백두대간 농부가 된
프랑스 교수의 사철 이야기

Anecdotes saisonnières d'un professeur
français devenu paysan dans
la chaîne de montagnes Baekdudaegan en
Corée du Sud

나는
예안禮安 김金 가문의
28대손이다.

조상들의 보살핌으로
우리 문중이 번영하기를!

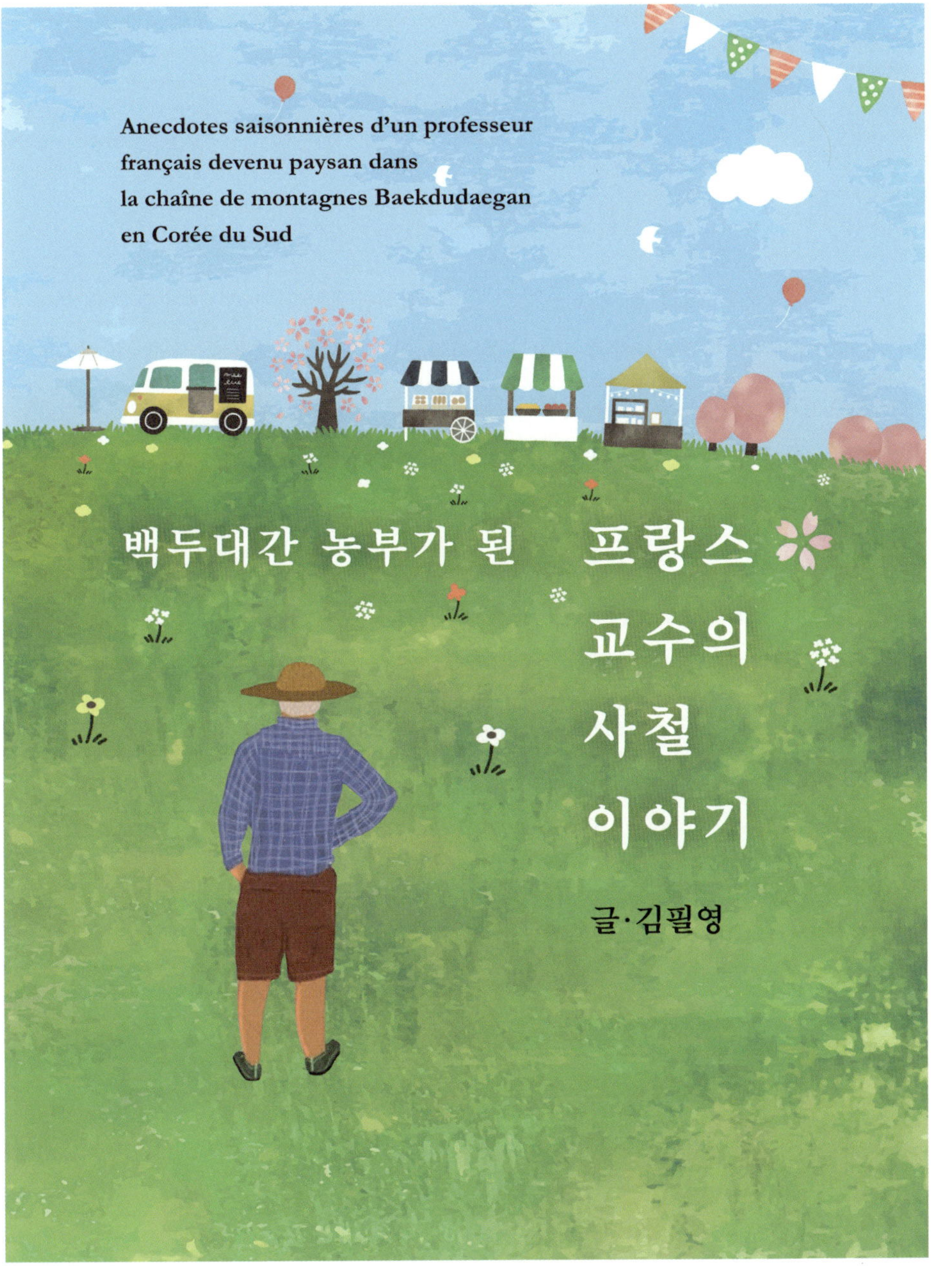

Anecdotes saisonnières d'un professeur
français devenu paysan dans
la chaîne de montagnes Baekdudaegan
en Corée du Sud

백두대간 농부가 된 프랑스 교수의 사철 이야기

글·김필영

학민사
Hakmin Publishers

머리말을
대신하여

나는 경상북도 예천 태생의 프랑스 국적 재외동포이다. 1970년대에 파리에 가서 2025년 현재까지 그곳에 본가를 두고 생활하고 있다. 나와 프랑스인 아내 사이에 두 명의 아들이 있다. 아내 조엘Joëlle은 평생 은행에서 근무하다가 정년퇴직했고, 큰아들 삐에르-필립Pierre-Philippe은 한 프랑스 은행의 한국 법인에서 근무하고 있고, 작은아들 플로리앙Florian은 파리에서 미국 컨설팅 회사에서 일하고 있다.

나는 파리대학교에서 중국어를 공부한 뒤 대학원에서 한국학으로 석사과정을, 그리고 원동학遠東學으로 박사과정을 마친 후 파리 국립동방언어문명대학교(Institut national des langues et civilisations orientales, INALCO)에서 프랑스에서 최초로 한국학 박사학위를 취득했다. 나는 30대 후반까지 무역, 호텔, 양조 분야에 종사하기도 했으나, 40대 초반부터는 알마틔 소재 카작국립대학교와 파리 소재 국립동방언어문명대학교에서 한국학 교수를 역임했고, 2005년에 용인 소재 강남대학교로 직장을 옮겨 2010년대 후반 국제지역학(중앙아시아학 전공) 교수로 정년퇴직했다.

나는 한국에서 영주 자격으로 체류하며 서울과 파리를 오가며 봄부터 가을까지 백두대간 저수령 자락에 있는 농장 '주현재酒峴齊'에서 농사짓는다. 나의 농부 경력은 2015년 농산물품질관리원에 처음 농업경영체를 등록한 지 올해로 만 10년이 됐다. 나의 농사 철학은 환경친화적 작물 재배와 농산물의 자급자족과 나눔의 미학에 있다.

Je suis un ressortissant français d'origine coréenne, né à Yecheon, dans la province de Gyeongsangbuk-do, en Corée du Sud. Établi à Paris depuis les années 1970, j'y maintiens ma résidence principale en 2025. Mon épouse française, Joëlle, et moi sommes parents de deux fils. Joëlle a consacré sa carrière au secteur bancaire avant de se retirer. Notre fils aîné, Pierre-Philippe, occupe un poste dans la filiale coréenne d'une banque française, tandis que notre fils cadet, Florian, travaille à Paris pour une société américaine de conseil en informatique.

Après des études de chinois à l'Université de Paris, j'ai poursuivi un cursus de master en études coréennes, puis un doctorat en études de l'Extrême-Orient, devenant ainsi le premier titulaire d'un doctorat en études coréennes en France, obtenu à l'Institut national des langues et civilisations orientales (INALCO). Jusqu'à la trentaine, j'ai exercé dans le commerce extérieur, l'hôtellerie et l'industrie viticole. Ensuite, j'ai enseigné les études coréennes à l'Université nationale kazakhe d'Almaty et à l'INALCO à Paris. En 2005, j'ai intégré l'Université de Kangnam à Yongin, en Corée du Sud, où j'ai achevé ma carrière en tant que professeur d'études internationales, spécialisé en Asie centrale, à la fin des années 2010.

Résidant en Corée avec un statut de résident permanent, je partage mon temps entre Séoul et Paris. De mars à octobre, je cultive ma ferme Juhyon-jae, nichée au pied du col Jeosuryeong, dans la chaîne de montagnes Baekdudaegan. Enregistrée en 2015 auprès de l'Agence nationale de gestion de la qualité des produits agricoles, mon exploitation célèbre ses dix ans en 2025. Ma philosophie agricole valorise les cultures écologiques, l'autosuffisance alimentaire et l'esthétique du partage.

파리대학교 시절,
과제를 준비하며

내가 농부가 된 데는 나의 건강과 관련이 있다. 2012년 7월 중순에 아내와 같이 포르투갈을 여행했다. 하루는 고성古城을 방문하며 오랫동안 산을 오르내리며 걸었더니 저녁에 소변에 피가 섞여 나왔다. 변기 내부는 순식간에 핏빛으로 변했고, 나는 순간적으로 많이 놀랐다. 내가 강남대학교 국제학부 교수로 재직할 때인 2012년 5월 어느 날 소변에 핏기가 있어서 용인시 신갈동에 있는 한 비뇨기과에 갔다. 의사가 내 방광과 신장을 초음파 영상으로 검사하더니 신장에 결석이 생겼다고 했다. 의사는 결석의 크기가 작으니 체외 초음파 충격으로 그것을 파쇄해서 소변으로 배출시킬 수 있다고 하여 초음파 충격 시술을 받은 적이 있었다. 포르투갈 여행을 마치고 파리 집으로 돌아온 뒤 곧바로 파리 대학병원(Centre hospitalier universitaire)에 갈까 하다가 용인의 비뇨기과 의사한테 전화해서 상태를 말했더니 서두를 건 없으니 한국에 돌아오면 의원에 한 번 들리라고 했다. 학기 초에 바빠서 오늘내일 미루다가 2012년 10월 중순 비뇨기과를 방문했고, 의사는 초음파 영상을 통하여 내 방광을 진찰했다. 소변이 차지 않은 상태인데 방광 내부 아래에 돌출한 부분이 있으니 내시경 검사가 필요하다며 분당서울대학교병원 비뇨기과 변석수 부교수를 추천하며 진료의뢰서를 써 주었다.

분당서울대학교병원에 전화하니 12월 중순으로 진료 일정을 예약해 주었다. 서울대학교병원에 근무하는 친구 교수에게 부탁하여 예약 일정을 앞당길 수도 있었지만 불

2012년 여름,
포르투갈에서 돌아와 파리국립오페라
(Opéra National de Paris) 옆 까페
들라 빼(Café de la Paix)에서

안한 마음에 진료 일정을 빨리 잡고 싶지 않았다. 진료 일정이 잡힌 날 아침 두근두근하는 마음을 진정시키며 택시를 타고 병원에 갔다. 담당 의사에게 진료의뢰서를 건넸더니 그는 곧바로 내시경 검사를 하였고 방광암이라고 진단했다. 내시경을 투입하기 위해서는 요도를 통해 작은 관을 방광 내부로 삽입하는데 통증이 매우 심했다. 2012년 12월 25일 입원하여 건강 상태 점검과 수술 받을 준비를 마치고 하룻밤을 보냈다. 의사가 방광은 표피가 얇기 때문에 수술 도중 천공될 수도 있다며 그 경우 옆구리에 구멍을 뚫고 관을 연결하여 소변을 배출한다고 해서 크게 상심하고 있었는데 다행히 수술은 성공리에 끝났다. 내시경으로 찍은 방광 속 암세포의 영상을 보고는 그 형태와 색상이 너무 아름다워서 나는 순간적으로 감탄했고, 갑자기 프랑스 시인 보들레르의 시 '악의 꽃'(Les Fleurs du Mal)이 머리에 떠올랐다.

방광암이 발생한 이유 중의 하나는 내가 술을 많이 먹는 데 비해 물을 거의 마시지 않았기 때문이다. 물을 마시지 않으니 신장에서 걸려낸 독소들이 제때 몸 밖으로 배출되지 않고 방광에 오랫동안 머무는 바람에 독소로 인해 방광이 상했던 것이다. 퇴원 후 일단 6주 동안 매주 1회 요도에 관을 삽입하여 결핵 예방을 위해 사용되는 균주인 BCG 백신을 방광에 투입한다고 의사가 말했다. 그 당시 나는 친구들과 매일 저녁 술을 마셨는데, 나에게 연락하는 친구들에게 일일이 방광암을 언급하며 술을 마실 수 없게 된 사연을 알리는 것이 귀찮고 서러웠다. 결국 나는 크게 마음먹고 재직하고 있던 강남대학교에서 한 해 동안 연구년을 얻어 모든 치료를 중단하고 중앙아시아로 떠나기로 결심했다. 친분이 있는 크즐오르다국립대학교 비쎄노프Bissenov 총장에게 나의 사연을 말하고 그곳에서 한국어를 강의할 테니 1년 방문 교수 비자와 숙소 등 몇 가지 편의를 봐줄 것을 부탁했다. 2013년 1월 셋째 주에 2학기가 시작된다고 해서 나는 학교 학사 일정에 맞춰 크즐오르다로 떠났다. 투여하지 못한 4회 분의 BCG 백신을 분당서울대병원에 요청했으나 균주를 휴대하는 것은 불법이라 해서 백신 투여마저 포기했다. 나의 계획은 서울이나 파리에서 내가 받는 주변 환경이 주는 심리적 압박을 피해서, 중앙아시아 돌궐 민족 목동들이 가축을 방목하는 초원에 가서 그들과 함께 유르타yurta[1]에서 생활하며 모든 걸 잊고 마음 편하게 지내는 것이었다.

1992년 봄 유르타에서. 필자, 비탈리 유가이와 그의 부친 알렉쎄이[2]

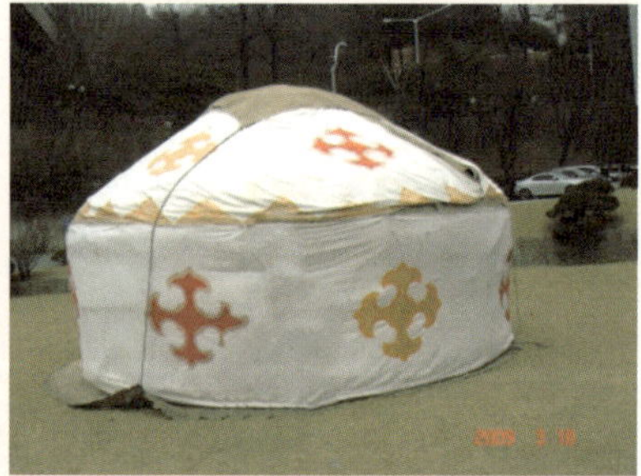

2009년 춘분, 손님 맞이를 위해 강남대학교 교정에 설치했던 전통 문양이 새겨진 천으로 외부를 치장한 유르타

---

1 유르타(yurta)는 중앙아시아 튀르크(돌궐) 민족이나 페르시아 민족들이 초원에서 사용하는 이동식 천막 조립가옥으로 형태는 원형이며 천장은 궁륭(穹窿)이다. 뼈대는 버드나무를 깎아서 만들고 외부를 둘러싸는 천은 가축의 털을 섞어서 압착하여 만든 두꺼운 모직물인데, 그 위에 전통 문양이 새겨져 있는 천을 둘러 치장하기도 한다. 출입구 외에도 천장 중앙에 환기구가 있어서 화덕의 굴뚝을 연결시킬 수 있고, 채광이나 환기가 필요할 때 환기구의 덮개를 걷거나 덮을 수 있다.

2 1992년 5월 알마틔 교외에서 촬영한 사진이다. 비탈리(Vitaly)는 1990년대 초반 현지에서 나를 많이 도와주었고, 원래 중등학교 교사였던 그의 부친 알렉쎄이(Aleksey)는 참외와 수박을 전문으로 재배했다.

그러나 1월은 아직 날씨가 추워서 목동들이 목초지로 떠나지 못하고 춘분이 되어야 양, 말, 낙타 등 가축 무리를 몰고 초원으로 갈 수 있다고 했다. 봄이 올 때까지 2개월이 좀 넘는 기간 동안 대학에서 제공한 숙소에서 기거하며 한국어 수강 학생들에게 한국어를 강의하기로 했다. 수술을 받은 후부터 나는 술은 일체 끊고 대신 물이나 차만 마셨고, 프랑스 친구 의사의 조언으로 매일 비타민C 1,000밀리그램, 비타민 B17을 함유하고 있는 볶은 아몬드 적당량, 아로니아 분말 한 숟갈을 복용했다. 식사도 하루 세끼 모두 브로콜리, 토마토, 다시마, 양배추, 양파, 당근, 두부, 닭 가슴살 등에 된장 한 숟가락을 풀어서 끓인 야채국에 현미밥을 같이 먹었다. 후식으로는 저지방 우유를 내가 직접 발효시킨 요거트에 냉동한 까막까치밥나무(영어 blackcurrant, 프랑스어 cassis) 열매를 섞어서 먹었다. 크즐오르다에서도 같은 방식으로 끼니와 후식을 해결했다. 한두 가지 추가된 것은 친구 초발심 보살이 한국에서 보내준 유기농 야채수와 크즐오르다국립대 총장이 본인의 농장에서 매일 배달해 준 신선한 마유馬乳와 낙타유酪駝乳를 마셨다. 다시마를 공급해준 습득 거사[3], 유기농 야채수를 구입해준 초발심 보살, 다시마와 유기농 야채수 그리고 간장 등을 알마틔까지 배달해준 이상헌 전 국회의원의 수고를 잊을 수 없다. 말의 젖을 발효시킨 마유주는 상당히 시금털털하지만 금방 짠 말의 젖은 나름 마실만했다. 말의 젖은 모유처럼 맑고 특별한 맛이 없었지만 낙타의 젖은 우유처럼 흰색이나 농도가 짙고 약간 고소했다. 낙타의 젖을 일주일 동안 매일 마셨더니 체중이 느는 것 같아서 말의 젖만 마시기로 하고, 크즐오르다국립대 체육관에서 매주 월, 수, 금에 실내자전거 타기와 팔다리 근육 운동을 병행했다.

크즐오르다에 가서는 항암 치료를 포함한 암에 대한 모든 것을 까맣게 잊고 전혀 의식하지 않고 지냈다. 가족을 제외하고는 파리나 서울의 어느 친구에게도 연락하지 않

---

3 2009년 5월 1일, 나는 내소사 주지 비구 진학으로부터 한산(寒山)이라는 법명을 받았다. 진학은 그의 스승 때부터 내소사에 꾸준히 보시해 온 원창유통 이석훈 대표를 나에게 소개하며 앞으로 형제처럼 지내라며 이 대표에게 습득(拾得)이라는 법명을 지어 주었다.
   한산과 습득은 당나라 때 탈속적인 삶을 산 생몰 연대 미상의 승려이다. 두 승려는 평생 절친한 사이로 지내며 어떤 세속적인 것에도 걸림 없는 도인으로 살았다. 후세 사람들은 한산을 문수보살의 후신, 습득을 보현 보살의 후신이라 일컬었다.

았고, 매일 시간이 날 때마다 책을 읽거나 현지 텔레비전 방송과 프랑스 TV5MONDE, 미국 CNN, 영국 BBC 방송을 보며 지냈다. 그리고 매일 조금씩 연구 과제인 대학용 카작어 교재를 집필했다. 중앙아시아에 거주하는 튀르크(돌궐) 민족이나 페르시아 민족은 춘분이 설날인데 카작스탄에서는[4] 나우르즈Nauryz라고 부른다. 춘분은 이들에게 가장 중요한 명절이다. 카작 민족은 이날 말고기를 삶은 국물에 여러 가지 곡물을 넣고 끓인 죽, 나우르즈 코제Nauryz kozhe를 나누어 먹는다. 춘분이 지나고 날이 점

2013년 연구년 과제 결과물로 2015년 1월 1일 국학자료원에서 간행된 《카작어 문법》

차 따뜻해 지자 목동들이 가축 무리를 몰고 초원으로 떠나기 시작했다. 나는 친구의 농장이 있는 악쿰Akkum이란 곳으로 가기로 했다. 카작어로 '흰 모래'란 뜻을 지닌 악쿰은 크즐오르다에서 인공위성 발사기지가 있는 바이코누르Baikonur[5] 방향으로 80여 킬로미터 떨어진 곳이다. 목동들이 그곳 축사에 있던 가축 무리를 몰고 걸어서 초원으로 향했고, 유르타 및 생존에 필요한 식자재를 운반하던 일행과 나는 말을 탔고 짐들은 말 등에 실었다.

초원에서의 생활은 해가 뜨면 일어나고 해가 지면 잠자리에 드는 자연 친화적 삶이었다. 당연히 인터넷이나 전화는 작동되지 않았고 식사도 아주 단순했다. 아침식사는 말린 빵에 양유羊乳, 낙타유, 마유, 홍차를 마셨다. 대부분의 점심과 저녁식사는 양파, 등 몇 가지 야채를 섞어서 볶은 감자 요리, 쿠르트kurt[6]라는 말린 치즈에 감자 등 몇 가지 야채

---

4 카자흐스탄은 러시아어식 발음인데 여기서는 카작어식으로 카작스탄(Qazaqstan)으로 표기한다. 이밖에도 모든 외국 지명과 고유명사는 한국어 외래어 표기법에 관계없이 현지 발음에 가깝게 표기한다.

5 바이코누르는 소련 때인 1957년에 건립된 우주선 발사기지로 당시의 명칭은 레닌스크(Leninsk)였다. 1991년 소련 해체 후 러시아가 2050년까지 발사기지를 임차하여 관리하고 있으며, 러시아 대통령(1991-1999) 보리스 옐찐(Boris Yeltsin)이 1995년 명칭을 바이코누르로 변경했다. 이곳에서 1961년 4월 12일 인류 최초로 소련 우주비행사 유리 가가린(Yuri Gagarin)이 우주선 보스톡(Vostok) 1호를 타고 지구 궤도를 도는 우주 비행에 성공했다. 한국의 이소연도 이 기지를 이용했다.

6 쿠르트는 신선한 치즈에 약간의 소금 간을 해서 메추리 알 크기로 동그랗게 뭉쳐서 말린 것이다. 중앙

를 넣고 끓인 국, 단순히 물에 삶은 감
자에 약간의 소금과 버터를 넣고 으깬
것, 삶거나 볶은 꿩고기, 닭고기, 양고
기, 말고기 등이었다. 초원에는 야생
꿩이 많았는데 목동들이 가끔 꿩을
사냥했다. 의식적으로 나는 기름기가
많은 음식은 피했고 목동들도 나에게
는 주로 살코기만을 줬다. 매주 한 차

말린 치즈 쿠르트

레씩 말린 빵, 여러 가지 야채, 양념, 고기, 보드카 등을 농장에서 자루에 담아서 말 등에
실어 배달하곤 했다. 나는 술을 끊었으나 말의 젖을 발효시킨 마유주는 매일 조금씩 마셨
다. 말의 젖을 짜서 상온에 두고 하루 몇 차례씩 저어 주면 이삼일이 지나면 발효가 돼서
아주 약간의 알코올 성분이 생긴 시금털털한 맛이 나는 마유주가 된다. 대부분의 시간을
나는 책을 읽거나 운동 대신 매일 하루 몇 시간씩 말을 타고 여기저기 돌아다니며 자연과
더불어 시간을 보냈다. 초원에서 나는 가끔 야생 삼동추[7]를 발견했는데, 그걸 뜯어 와서
올리브기름에 후추, 소금, 겨자, 식초를 조금 넣고 섞어서 만든 소스에 무쳐 먹곤 했다.

수술 6개월 후 암세포의 재발이나 전이를 살펴보기 위한 검진 일정이 잡혀 있어서
서울에 다녀올 계획을 세우고, 2013년 5월 초순 일단 알마틔를 거쳐서 파리 본가에 먼
저 들리기로 했다. 파리로 출발하기 전에 나의 건강을 걱정하는 카작국립대학교 한국어
문학과 제1회 졸업생들인 제자들을 만나 알마틔에 있는 앙트르꼬뜨Entrecôte라는 프랑스
식당에서 저녁을 함께 했다. 변 교수를 돕던 전공의가 방광암은 80%가 재발한다고 했던
말이 기억나서 걱정이 되어 파리에 도착하자마자 대학병원 비뇨기과에 예약하여 초음파

아시아 돌궐 민족은 이걸 차 마실 때 그냥 깨물어서 먹기도 하고 국을 끓이거나 요리할 때 넣기도 한다.

[7] 삼동추는 유채의 예천 방언이다. 1960대 서울 청량리시장에 가면 상인들이 단으로 묶은 어린 유채의
     잎과 줄기를 손수레에 가득 싣고 '하루나' 사라고 외치고 다녀서 나는 그때 삼동추의 표준어가 하루나인
     줄 알았다. 이번에 사전에 찾아보니 한자어인 유채(油菜)가 표준어이고 하루나는 충남 방언이었다.

2013년 봄, 초원에서 말을 타고 달리던 모습

영상 검진을 받았다. 담당 교수가 초음파 영상 필름을 보더니 방광과 신장 모두 깨끗하다고 해서 한시름 놓았다. 2013년 5월 중순 분당서울대학교병원 비뇨기과에 들러 방광 내시경 검사를 받았다. 파리 대학병원에서 들었던 것처럼 내 건강 상태는 생각보다 양호했다. 수술했던 암 부위도 재발하지 않았고 방광의 다른 부위나 신장으로 암세포가 전이되지도 않았다. 변 교수가 그동안 어디서 어떻게 지냈느냐고 묻길래 나는 사실대로 중앙아시아 초원에서 목동들과 지내면서 매일 신선한 말의 젖을 마셨다고 했더니 그는 자연 환경도 중요하지만 마유馬乳가 도움이 됐을 수도 있다고 했다. 하지만 계속 몇 년 동안 먹고 마시는 것에 신경을 쓰며 공기가 좋은 산이나 바닷가에서 지낼 것을 권유했다. 아무튼 긍정적인 검진 결과로 인해 삶에 대한 활력이 생겼다.

내가 적을 둔 전라북도 부안에 있는 조계종 사찰 내소사를 방문하여 주지 비구 진학 및 친한 신도 몇 분을 만나 안부를 전하고 함께 식사했다. 내소사 주지가 내가 중앙아시아에 있을 때 키르기즈공화국 소재 호수 송쿨Songkul에 가보고 싶다고 하여 7월 초에 비슈켁에서 만나기로 했다. 나는 크즐오르다로 돌아가 초원에 머물다가 알마틔를 경유하여 비슈켁[8]에 가서 내소사 주지 비구 진학, 광주전남불교신도회 지용현 회장, 부안 실상사

2013년 5월, 알마틔 앙트르꼬뜨(Entrecôte)에서
디나 샴시디노바, 슈나르 옹가르바예바, 자나르 바자르베코바, 필자, 자나르 사르셈비예바,
자리파 세릭바예바

주지 비구 지안, 내소사 신도 초발심 보살을 만났다. 나와 친분이 있는 키르기즈국립대학교 탈라벡 압드라흐마노프Tolobek Abdyrakhmanov 총장의 도움을 받아 해발고도 3,016 미터에 있는 호수 송쿨에서 꿈 같은 일주일을 보내고 알마틔로 돌아갔다.

뉴욕에 사는 조카 내외가 나에 대해 걱정을 많이 했는데 내 건강 상태가 많이 좋아졌으니 이참에 가족들과 함께 조카네 집에 다녀오기로 마음먹었다. 아내와 상의하여 며칠 뒤 뉴욕에서 만나기로 하고 나는 알마틔에서 암스테르담을 거쳐 뉴욕으로 향했다. 조카 식구들과 반갑게 만나 즐거운 시간을 보내고 우리는 몽레알Montréal과 꿰벡Quebéc에 들렀다가 다시 뉴욕으로 돌아와 아내와 아들은 파리로 떠나고 나는 암스테르담을 거쳐 알마틔로 갔다.

카작스탄 초원의 여름 날씨는 꽤나 더웠다. 한낮 기온이 보통 40도 이상이었지만 습기가 없어서 그늘에만 들어가면 그나마 시원했다. 목동들은 땀을 뻘뻘 흘리면서도 줄곧 뜨거운 홍차를 마시곤 했다. 이것은 조상 대대로 내려오던 그들의 전통으로 뜨거운 차를 마셔서 몸속의 열을 밖으로 배출시켜 체온을 유지하는 방법이다. 나도 그들을 따라서 해봤더니 그야말로 효과가 있었다. 이열치열以熱治熱의 미학! 여름방학 동안 나는 크즐오르

2013년 5월, 내소사 청련암에서 내려다본 원경(遠景)

2013년 7월, 송쿨의 저녁 풍경

     백두대간 농부가 된 프랑스 교수의 사철 이야기

2013년 7월, 뉴욕에서 조카네 가족과 함께
종손녀 효재와 현재, 작은아들 플로리앙, 아내 조엘, 조카 병원, 질부 손영미

다국립대 총장과 상의하여 카작스탄 교육부의 허가를 받아 인문대학 내에 새로이 영어-한국어, 영어-중국어, 영어-아랍어 전공을 개설하기로 결정하고, 한국어 전공 1, 2, 3, 4학년 과정 과목들의 강의계획서를 준비했다. 그동안 한국어는 정식 전공이 아닌 선택 과목에 불과해 체계적으로 한국어 강의가 진행되지 않았고, 게다가 한국국제협력단에서 파견한 한 한국어 봉사단원의 강의실 내 선교활동으로 인해 2011년 카작스탄 교육부의 결정으로 한국어 과목이 폐지됐다. 영어-한국어 전공 1학년 신입생들의 강의를 위해 나는 9월 초 크즐오르다로 복귀하기로 했다. 시간은 빨리 지나갔고 방목 기간 동안 가축들이 새끼를 낳아 숫자가 많이 불었다. 가축들의 무탈함을 기원하고 나의 건강 회복과 무사한 귀환을 위해 목동들이 양 한 마리를 잡아 꼬치구이도 하고 국거리로 삶거나 야채와 함께 볶기도 해서 잔치를 벌였다. 모두들 맛있게 먹고 마시며 즐거운 시간을 보냈다. 목동들은 10월 말에 가축 무리를 몰고 농장으로 돌아갈 계획이라고 했다.

삼성전자 중앙아시아지사의 후원, 알마틔 한국교육원 이견호 원장의 지원, 대한민국 대사관 알마틔분관 손치근 총영사의 지지로 2013/2014학년도가 시작되는 9월 초에 크즐오르다국립대 영어-한국어 전공 개설행사가 성대하게 거행되었다. 크즐오르다국립대학

교에 최초로 한국어가 전공으로 자리
매김하는 역사적인 순간이었다. 이에
대해 손치근 총영사는 2015년 5월 크
즐오르다국립대에서 개최됐던 한국학
국제학술대회에서 나에게 감사장을
수여했다.

영어-한국어 전공 신입생 20명
이 입학했다. 인문대학 건물 내 한국
어 전공 강의실 두 개를 배당 받아 알
마틔 한국교육원의 지원으로 내부 수
리를 마치고 책상과 의자를 새것으
로 교체했다. 삼성전자 중앙아시아 지
사에서 후원한 대형 텔레비전 수상기
를 강의실에 설치하고 노트북 컴퓨
터를 책상마다 배치했다. 연세대학교
한국어학당에서 출간한《연세 한국
어》를 기본 교재로 채택하고 1권부터
6권까지 각 권당 30부씩을 내가 개
인적으로 구입해서 강의실 서가에 배
치한 후 학생들에게 대여하는 방식으
로 사용하도록 했다. 한국어 수업은
순조롭게 진행되었고 금방 12월이 되
었다. 크즐오르다국립대 본부에서 대
한민국대사관 알마틔분관에 신청한

주카자흐스탄 대한민국대사관에서 준 감사장

2015년 5월, 총영사 손치근 박사가 필자에게 선물로 준
청자 극락조(極樂鳥)

한국어 강사 지원 요청에 따라 한국 교육부에서 파견한 김지연 선생이 나의 후임으로 도
착했다. 내 마지막 수업을 김 선생과 함께 하며 학생들에게 가곡 '봄이 오면'(김동환 시,

김동진 작곡)을 가르쳐 주고 그들에게 춥다고 움츠리지 말고 곧 봄이 올 테니 즐겁게 지내라고 당부하면서 학생들과 교실에서 윷놀이를 했다.

2014년 1월, 새해 인사를 하고 있는 크즐오르다국립대 영어-한국어 전공 첫 입학생 일부. 김지연 선생이 보낸 것인데 지금은 학생들의 이름이 생각나지 않지만 왼쪽에서 셋째는 강남대학교에 교환 학생으로 왔던 울보슨 삭타카노바(Ulbosyn Saktakanova)이다.

　　　나는 서울로 돌아와 12월 중순 약속된 일자에 분당서울대학교병원을 방문하여 다시 검진을 받았다. 다행히 암 수술 부위가 더 이상 악화되지 않고 안정된 상태였다. 의사는 나에게 자연 친화적인 환경에서 운동도 하고 식단 조절도 하면서 지속적으로 건강관리에 힘쓰면 암세포의 전이나 재발 방지에 도움이 될 것이라고 했다. 겨울방학 동안 파리 본가에 가서 2014년 3월 개학 때까지 쉬기로 했다. 프랑스 의사가 파리에 있든 서울에 있든 가능하면 공기가 좋은 바다나 산 근처에 거처를 마련하여 지낼 것을 권유했다. 나는 대서양 연안 쌍-말로Saint-Malo와 피레네산맥 자락 쎄레Céret에서 지내볼까 했으나 두 지역의 환경이 모두 나에겐 맞지 않았다. 바다 근처는 저녁이 되면 바다 바람과 함께 스며드는 비릿한 냄새가 너무 싫었고, 산 자락에는 생각보다 눈이 너무 자주 내려서 내가 혼자서 생활하기에는 상당히 불편했다.

2014년 3월 초 새 학년도 학사일정에 맞춰 강남대학교로 돌아왔다. 나는 처음부터 대학 내에 위치한 외국인 교수 숙소(Guest house)에서 살았기 때문에 자동차가 딱히 필요하지 않아서 애초부터 구입하지 않았다. 서울이나 지방에 갈 때면 항상 대중교통을 이용했다. 2009년 4월 중순 예천의 한 동무로부터 새로 복원한 민요 '예천 아리랑'을 소개하는 행사가 있다고 연락이 와서 강남대학교 입구에 살던 친구에게 함께 가자고 하여 그의 차를 타고 예천문화원에 들른 적이 있었다. 행사가 끝나고 우연히 예천초등학교 동기인 이현준 당시 경북 도의원[9]을 만나 술자리를 함께 한 후 예천 읍내 친척 댁에서 하룻밤을 보내고 927번 지방도를 타고 옛길을 따라 단양, 이천을 거쳐 용인으로 갔다.

경북 예천군과 충북 단양군의 경계선인 백두대간 저수령에 못 미쳐 '두메 산장-식사와 차 그리고……'란 간판을 발견했다. 화장실에도 갈 겸 차나 한잔하자며 그곳으로 들어갔다. 건물의 출입문은 닫혀 있었고 아무리 불러도 기척이 없었다. 막 떠나려고 하는데 한 남성이 문을 열고 나왔다. 우리가 차 한잔할까 했다고 하자 그 양반이 웃으면서 폐업한지 오래 됐다며 일단 들어오라고 했다. 박영종 산장 주인의 말에 따르면 중앙고속도로가 개통되기 전까지 927번 지방도가 영덕, 안동, 영주, 예천 등지에서 서울로 가는 지름길이어서 시외버스들이 다 그 길을 이용했기 때문에 장사가 잘 됐으나 그 이후로는 차들이 다니지 않아서 손님들의 발길이 끊겼다고 했다. 그는 원래 펜션과 식당을 했는데 영업이 안 되어 식당은 폐업하고 펜션은 귀촌자나 암환자들에게 일년 단위로 세를 놓고 있다고 했다. 그곳이 해발 700여 미터 산자락에 위치한 까닭에 공기가 맑으니 펜션 한 채를 얻어서 주말에 이용하는 것도 나쁘지 않겠다는 생각이 들었다. 중앙아시아에서 돌아와 우연한 기회에 '두메 산장'이 생각나 2014년 5월 하순에 연락했더니 마침 한 채가 비었다고 해서 나는 큰아들[10]과 함께 그곳에 들러 내부 시설을 둘러본 후 360만원에 10평

---

9 이듬해인 2010년에 치러진 지방선거에서 그는 예천 군수 직에 당선됐고, 2014년에 재선됐다.

10 큰아들은 이름이 삐에르-필립 예천(Pierre-Philippe Yechon)이다. 출생신고 시, 그가 태어나기 전 아내와 함께 지은 삐에르-필립이란 이름에 아버지의 출생지가 예천이란 걸 기억하라고 내가 '예천'이란 이름을 하나 더 추가했는데 아들은 '김예천'이란 이름을 한국에서 잘 써먹고 있다. 큰아들은 파리대학교에서 경영학 학사, 한국학 학사, 경영학 석사 학위를 받았다. 서울에서 1년 반 동안 강남대, 경희대, 서

남짓한 작은 펜션 한 채를 일 년 동안 임차했다. 이렇게 하여 나는 백두대간 저수령 자락 용두리에 거처를 마련하고 대학에서 강의가 없는 날은 산속에서 지내게 됐다.

2014년 봄, 필자가 임차했던 저수령 자락의 작은 펜션

　　강남대학교에서 저수령 자락 펜션까지 오자면 시간이 많이 걸렸다. 용인 신갈에서 성남 야탑까지 지하철로 30분을 가서 성남버스터미널에서 예천행 고속버스를 타면 고속도로가 막히지 않을 경우 예천시외버스터미널까지 2시간 30분이 걸렸다. 그리고 예천시외버스터미널에서 상리면 용두리까지는 농어촌버스로 50분이 걸렸다. 대학 숙소에서 용두리 펜션까지 오자면 거의 한나절이 필요했다. 그것도 길이 막히지 않고 교통편이 바로 연결될 때에만 가능했다. 그래서 결국 자동차를 구입하기로 하고 프랑스 국영자동차회사 르노Renault의 스페인 공장에서 생산된 깝뛰르Captur를 주문했는데 한국에서는 이 차의 명칭을 바꾸어 QM3라는 이름으로 판매했다. 주문한 자동차는 2014년 7월 초에 도착했다. 강남대학교 숙소에서 용두리 펜션까지의 거리는 170킬로미터로 영동 고속도로(신갈-

울대에서 한국어를 공부한 뒤 한국 정부 장학생으로 한국학중앙연구원에서 경제학 석사 학위를 취득했다. 이후 인천 송도국제도시에 있는 한 핀란드 회사에 취업하여 스스로 학비를 마련하고 고려대학교 경영대학원 Korea MBA과정을 수료한 후 MBA 학위를 취득했다.

여주), 중부내륙 고속도로(여주–노은분기점), 평택제천 고속도로(노은분기점–제천), 중앙고속
도로(제천–단양)를 거쳐 2시간 정도면 도착할 수 있었다.

펜션에서 지내는 시간을 늘리기 위해 2학기부터는 같은 요일에 모든 과목을 강의
하기로 마음먹었다. 대학에서 정교수의 주당 의무 강의시간은 6시간이었는데 3시간짜리
2과목을 강의하면 됐다. 하지만 교무처에서 2과목 모두를 같은 요일에 강의하면 안 된다
고 해서 나는 화요일과 수요일로 나눠 강의 시간을 짰다. 매주 펜션에서 월요일 밤 10시
경에 용인으로 출발해서 대학 숙소에서 지내며 강의를 마친 후 수요일 오후에 용두리로
돌아와 그 다음 월요일까지 펜션에서 지냈다. 펜션 근처 임도林道를 따라서 걷다 보면 약
2킬로미터 지점에 작은 '숲속 길 쉼터'라는 정자가 있는데 그곳에서 책을 읽거나 먼 산
을 바라보며 무상無想의 시간을 보낼 수 있어서 참 좋았다. 가끔 서울에서 친구들이 1박
2일 일정으로 찾아와 꼬치구이를 마련해서 러시아산 보드카 한 잔과 함께 산속 생활을
즐기기도 했다.

펜션에서 면 소재지까지의 거리는 4킬로미터 정도였는데 그곳엔 면사무소, 우체국,
농협, 하나로 마트 외에는 아무것도 없었다. 하나로 마트도 농협 내부에 마련된 작은 공
간으로 소주, 맥주, 과자, 빵, 사탕, 세제 등 아주 기본적인 것만 판매했다. 찻집 하나 없는
이런 면 소재지는 내가 지금까지 세계 어느 곳에서도 본 적이 없었다. 근처에 횟집, 고깃
집, 한식집 하나가 있을 뿐이었다. 그럼에도 불구하고 나는 그곳 환경에 잘 적응하여 산
속에서 지내는 삶이 그리 불편하지 않았다. 매주마다 대학에서 강의를 마치면 항상 근처
대형 마트에 들러 시장을 본 후 펜션으로 돌아왔다. 시간이 지나면서 산속 생활이 너무
마음에 들어 나는 아예 용두리로 귀농하여 농지를 마련하고 농가를 건축하여 농사를 지
으며 내 건강을 챙기기로 마음먹었다. 부동산중개소를 통해 농지를 알아보기 시작했다.
부동산중개소 대표는 농업이 나의 주된 생계 수단이 아니니 농지의 위치가 중요하다
며, 도로에 접한 경치 좋은 농지를 구입하도록 조언했다. 농지 열 몇 곳을 둘러봤으나 이
두 가지 조건을 만족하면 근처에 사과 밭이 있었고, 사과 밭이 없으면 두 가지 조건 가운데
하나가 만족스럽지 못했다. 사과 밭에는 꽃이 필 때부터 수확할 때까지 15차례나 농약을

2014년 가을, 효공원 입구 표지판(왼쪽 하단은 '낙석주의' 표시판)

2014년 가을, 한 작은 골짜기에 위치한 농지

2015년 봄, 농지를 개간한 후 농가와 비닐하우스를 설치하고 밭둑에 석축을 쌓는 장면

친다. 암을 극복하기 위해 일부러 공기 맑은 산속에 내려와 생활하고 있던 내가 사과 밭 근처에 정착할 이유는 없었다. 그러던 중 2014년 9월 어느 날 인터넷에서 용두리에 관한 정보를 검색하던 중 우연히 농지 매도 광고를 보게 됐다. 주소로 위치를 검색했더니 '효공원'[11] 표지판 근처였다. 주소지를 답사했더니 부근에 아무것도 없는 작은 골짜기로 927번 지방도에 접해 있었다. 지금까지 내가 찾고자 노력했던 바로 그런 땅이었다. 농지 소유자에게 연락하여 가격을 흥정한 후 전체 농지 가운데 600평 정도를 매입하기로 하고 며칠 뒤 예천 읍내의 한 법무사 사무실에서 그를 만나 매매 계약서에 서명했다. 경사진 골짜기 전체가 농지였지만 도로 옆 일부는 묘지가 있어서 제외했고, 골짜기의 윗부분은 경치는 빼어났지만 당장 그렇게 많은 농지가 필요하지 않았다.

매입한 농지는 토지대장에 밭田으로 명시돼 있었지만 실제로는 수십 년 동안 농사를 짓지 않아서 나무들이 빽빽한 산림이나 다름없었다. 2014년 10월 한국국토정보공사에 신청하여 농지 경계측량을 마친 후 그곳을 벌채했다. 굴착기를 고용하여 길을 내고 밭을 계단식으로 개간하여 네 층계로 만들고 맨 위에 농가를 지을 터를 마련했다. 2015년 봄이 되어 30제곱미터 크기의 비닐하우스 한 동을 건립한 후 내부에 자동 급수장치를 설치했다. 이어서 상수도 설치 공사, 농가 설치 공사, 전기 및 인터넷 가설 공사, 농로 포장 공사를 차례로 마쳤다. 농가의 명칭을 주현재라고 지었다. 용두리에서의 나의 농부 생활은 이렇게 시작되었다. 농지를 매입한 후 몇 년 지나서 농지 매도인이 나머지 땅도 팔겠다며 나에게 구입해 주기를 간절하게 바라는 바람에 결국 2017년 11월에 골짜기 윗부분에 있던 전田 600평마저 구입하였다. 그곳도 벌채 후 계단식으로 개간하여 중간에 농로를 내고 왼쪽에 네 층계, 오른쪽에 두 층계의 농지를 조성한 후 농로 포장공사를 마쳤다. 이리하여 주현재에 모두 열 뙈기의 밭이 마련됐다.

---

11 효공원은 조선 철종 때 왕명으로 《명심보감》 효행편에 등재된 효자 도시복(1817-90)의 효행을 기리기 위해 용두리 야목에 있던 그의 생가 터에 예천군이 마련한 공원이다. 2014년 9월 당시 지방도 927번 도로변에 세워진 효공원 표지판 오른쪽에 소형 주차장이 있었는데, 그 후 효공원 표지판 왼쪽 접도구역에 대형 주차장이 마련되었다. 대형주차장은 현재 내가 농사짓고 있는 주현재 맨 아래 밭 뙈기와 둑을 이루고 있다.

2015년 여름, 농로에 콘크리트를 타설한 뒤 주현재 입구 모습

2019년 여름, 밭둑의 풀을 벤 후 주현재 입구 모습

　　이삼 년에 한 차례씩 비닐 포대에 든 20킬로그램짜리 유기농 유박 퇴비를 다량 구입해서 밭 입구에 쌓아두고 쓰는데 이듬해가 되면 빗물이 들어가서 부패하거나 여름의 강한 햇볕으로 인해 포대가 상해서 부서지는 경우가 종종 있었다. 그래서 2017년 가을 예천 명성자재 김명성 대표에게 부탁하여 30 제곱미터 크기의 창고용 비닐하우스 한 동을 더 설치하고 해가림용 흑색 비닐 망을 씌웠다. 퇴비 포대에 빗물이 스며드는 건 막을 수 있었지만 창고 안의 여름의 뜨거운 열기는 피할 수가 없었다. 2018년 가을 천안 말타냥주식회사 송인석 대표에게 부탁하여 양쪽에 창문을 하나씩 냈지만 크게 도움이 되지 않았다. 여기저기에 자문을 구했더니 단열재를 사용하라고 해서 결국 해가림용 흑색 비닐 망을 제거한 후 안쪽에 얇은 단열재가 피복된 양철판으로 교체했다.

비닐하우스 창고 개조 과정

　　여기에 쓴 이야기들은 2014년 백두대간 저수령 자락 용두리 산촌생태마을에 농지를 마련한 후 지금까지 내가 파리 본가, 서울 집, 농장 주현재를 오가며 몸소 겪고, 보고, 듣고, 느낀 이런저런 에피소드들로, 나의 네이버 블로그를 비롯해서 여기저기에 적어 놓았던 것들이거나 옛날 일이 생각나서 다시 되돌아본 것들이다. 이 책의 제목처럼 이야기들을 계절별로 나누지는 않았고 월별로 오래된 것부터 소개했다.

　　Les histoires racontées ici sont des anecdotes variées que j'ai vécues, observées, entendues ou ressenties depuis l'acquisition de mon terrain agricole en 2014, dans le village écologique de montagne de Yongduri, au pied du col de Jeosuryeong, dans la chaîne de montagnes Baekdudaegan. Ces récits, issus de mes écrits publiés sur mon blog Naver ou ailleurs, ou tirées de souvenirs d'événements passés revisités, reflètent ma vie partagée entre ma résidence principale à Paris, mon domicile à Séoul et ma ferme Juhyeonjae. Comme l'indique le titre de cet ouvrage, ces histoires ne sont pas organisées par saison, mais présentées par mois, en commençant par les plus anciennes.

2025년 12월

백두대간 저수령 자락 용두리 산촌생태마을 주현재에서

김 필 영

야목 부락의 위성사진(사진의 좌측 맨 아래가 주현재)

2018년 3월, 열 번째 밭뙈기에서 내려다본 주현재 전경

2024년 가을, 여덟째 밭뙈기에서 내려다본 주현재 전경

2025년 5월, 열 번째 밭뙈기에서 내려다본 주현재 전경

   백두대간 농부가 된 프랑스 교수의 사철 이야기

2025년 주현재에서 바라본 첩첩산중 풍경

차 례

1월의 이야기

'주현재'는
저수령 자락 용두리 산촌 생태 마을에 있다

백두대간 저수령低首嶺은 소백산 서남쪽 끝자락에 있는 해발고도 850미터의 고개이다. 저수령을 기준으로 북쪽은 충청북도 단양군 대강면 올산리兀山里이고, 남쪽은 경상북도 예천군 효자면[1] 용두리龍頭里이다. 내가 농사짓고 있는 농장 주현재酒峴齋는 용두리에 속한 곳이다. '술이 나는 고개'라는 뜻의 주현酒峴은 나의 호인데 이것을 농장 명칭에 사용하였다. 이는 '술이 나는 고개에 있는 집'이란 의미이다. 나는 해외에 나갈 때마다 여러 병의 술을 구입하기도 하고 때때로 내가 직접 술을 담그기도 해서 주현재에는 농장 이름처럼 늘 술이 넘친다. 산림청에 따르면[2] 저수령은 백두대간의 제4구간과 제5구간의 경계에 위치하며, 예천군에서 바라볼 때 저수령 동쪽에서 서쪽으로 비스듬히 내려가는 구간이 제4구간이고(저수령-월악산-속리산-화령재), 서쪽에서 동쪽으로 비스듬히 올라가는 구간은 제5구간(저수령-소백산-도래기재)이다.

효자면 홈페이지에 의하면, 효자면의 면적은 67.32제곱킬로미터이고, 인구는 2025년 1월 말 통계[3]로 1,172명인데 남녀 각각 592명과 580명이고, 전체 인구 가운데 외국인

---

1   당시 행정구역 명칭은 상리면이었으나 2016년 2월 1일 효자면으로 변경됐다.

2   한반도 남쪽의 백두대간은 10개의 구간으로 나눠진다. 제1구간: 천왕봉-지리산-여원재, 제2구간: 여원재-덕유산-덕산재, 3구간: 덕산재-삼도봉-황학산-화령재, 4구간: 화령재-속리산-월악산-저수령, 5구간: 저수령-소백산-도래기재, 6구간: 도래기재-태백산-피재, 7구간: 피재-청옥두타산-대관령, 8구간: 대관령-오대산-구룡령, 9구간: 구룡령-점봉산-한계령, 10구간: 한계령-설악산-향로봉. https://www.forest.go.kr/kfsweb/kfi/kfs/cms/cmsView.do?cmsId=FC_001214&mn=AR03_05_06_01

3   효자면사무소 홈페이지에 게재된 통계는 2022년 6월 것이라서 예천군청에 문의하여 입수한 2025년 1월 말 인구 통계이다.

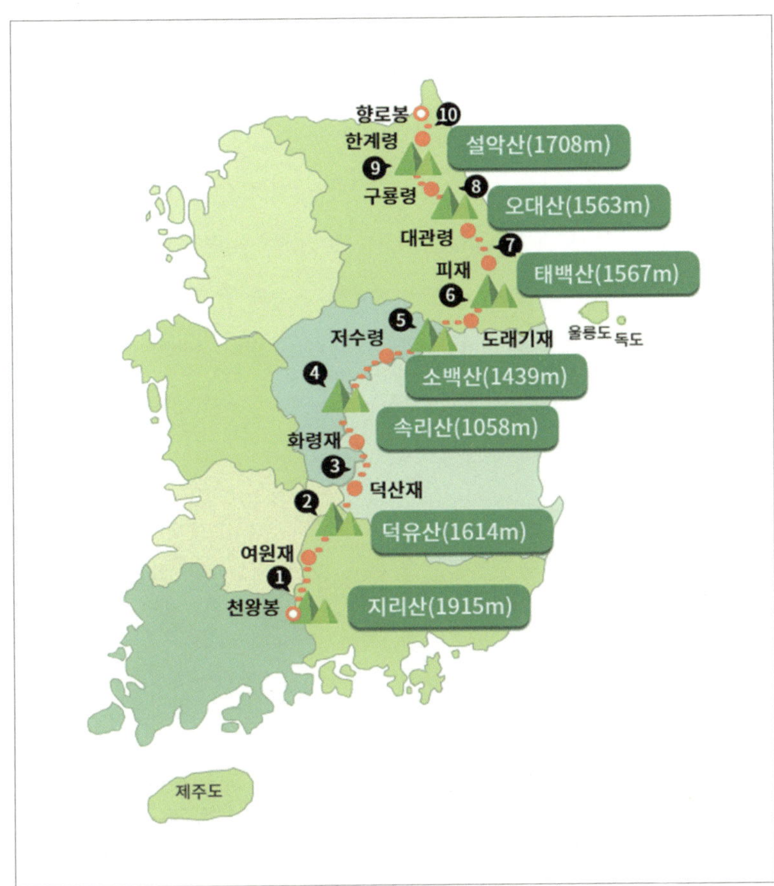

백두대간 구간도

2014년 여름, 저수령 풍경

10명이 포함되어 있는데 남녀 각각 3명과 7명이다. 나는 효자면의 외국인 남성 3명 가운데 한 명이다. 효자면의 10개 리里 가운데 하나인 용두리는 산림청에서 산촌생태마을로 지정한 곳으로 음달, 야목, 원용두 세 개의 자연부락이 있다. 내가 농사짓는 주현재는 야목 부락에 속하며 2025년 3월 초 기준으로 이곳에 실제로 연간 6개월 이상 거주하는 주민은 28명이다. 연령대로 보면 90대가 1명(정인순), 80대가 4명(윤금순, 임상기, 최영재, 최옥선), 70대가 9명(김목란, 김태일, 김필영, 남상영, 도대환, 신순희, 양정년, 우재환, 임윤식), 60대가 10명(김금순, 도석기, 박종훈, 엄동일, 엄천식, 이금희, 이중수, 임익수, 최영환, 황경수), 50대가 3명(임병우, 장영환, 황재정), 40대가 1명(도혜경)이다.[4]

2025년 4월, 단양군 대강면 금문반점에서
최영환, 박종훈, 도대환, 필자

2025년 8월, 영덕군 강구항에서
도대환, 엄영식 전 용두리노인회 회장, 필자, 박종훈

주현재는 3,999제곱미터의 작은 골짜기로 이루어진 비탈진 밭이다. 주현재의 동남쪽인 아랫부분은 지방도 927번인 2차선 도로 도효자로에 접한 곳으로 고도가 520미터이고, 서북쪽인 윗부분은 골짜기의 시작점으로 고도가 600미터[5]에 이른다. 농장 주현재에는 도로변에서부터 골짜기 꼭대기까지 콘크리트로 포장된 3미터 너비의 농로가 있다.

---

4   성명은 한글 자모 순서대로 적는다.

5   여기 사용된 수치는 GPS 기반 고도계로 측정한 것이다.

농가, 건조기, 저온저장고가 있는 지점의 고도 550미터를 기준으로 농로 양쪽으로 아래쪽에 네 뙈기의 밭이, 위쪽에 여섯 뙈기의 밭이 있다.

2025년 봄, 여름, 가을에 927번 지방도에서 바라본 주현재 전경

첫째 뙈기에는 호두나무와 감나무 그리고 지방도에 접한 밭둑에는 감나무, 조팝나무, 산당화, 고광나무[6]가 있고; 둘째 뙈기에는 아로니아 그리고 밭둑에는 두릅나무, 진달래나무, 탱자나무, 프랑스의 자색 자두인 푸룬나무, 상사화가 있고; 셋째 뙈기에는 30제곱미터 크기의 비닐하우스가 있고 그 옆의 여분의 땅은 채전으로 이용하며 농로를 따라 이어지는 밭둑에는 조팝나무, 고광나무, 불두화나무, 호두나무, 배나무, 앵두나무, 보리수나무, 살구나무, 복숭아나무, 오가피나무, 밤나무 등이 한두 그루씩 있고; 넷째 뙈기에는 감나무가 있고 밭둑에는 감나무, 목련, 조팝나무, 사철나무, 과실용 벚나무, 고광나무, 박태기나무, 모과나무, 라일락, 국화가 있고; 농가 앞 뜰에는 고광나무, 황매화나무, 박태기나무, 진달래나무, 철쭉나무, 생강나무, 옥잠화, 으름덩굴, 작약, 목단, 천궁, 원추리, 비비추, 설중매, 둥굴레, 삼잎국화, 박하, 방아가 있고 뒤 밭둑에는 마가목, 오가피나무, 박태기나무, 대나무, 붓꽃이 있고; 다섯째와 여섯째 뙈기에는 까막까치밥나무 그리고 다섯째와 여섯째 뙈기의 밭둑에는 각각 산초나무, 땅두릅나무가 있고, 일곱째 뙈기에는 아로니아나무 그리고 밭둑에는 고사리가 있고; 여덟째와 아홉째 뙈기에는 꾸지뽕나무가 있고; 열째 뙈기는 식용작물 재배지와 부엽토 조성지로 이용한다.

봄에 꽃을 감상하기 위해서 농지 개간 초기에 현지에 자생하는 야생 복숭아나무, 철쭉나무, 진달래나무, 생강나무, 조팝나무, 고광나무를 캐서 주현재 여기저기에 옮겨 심었다. 주현재에서 재배하는 작물의 선정 기준은 여러해살이식물인지와 유기농 재배의 가능성이었다. 나는 한 번 심어서 오랫동안 지속 가능한 작물을 선호하며, 퇴비, 칼슘, 유황 등을 시비하지만 농약과 화학비료는 일체 사용하지 않는 유기농을 지향한다. 토지와 작물에 농약이나 화학비료를 사용하지 않고 농사짓는 게 자연에 대한 나의 기본 철학이다.

---

6 프랑스어로 써랑갸(seringa)라고 부르는 꽃나무인데 용두리 주변 산자락에 자생한다. 고광나무는 흰색의 꽃이 매우 우아하며 향기 또한 아주 섬세하다. 고광나무는 내가 주현재에서 가장 좋아하는 꽃나무인데 봄에 피는 꽃 가운데 향이 뛰어나 일부러 산자락에서 몇 주 캐어 주현재 이곳저곳에 옮겨 심었다.

오스트레일리아와
뉴질랜드를 다녀오다

2018년 1월 중반부터 2월 초까지 20여 일 동안 오스트레일리아와 뉴질랜드를 다녀왔다. 이 국가들을 처음 방문한 것은 아니고 이전에 몇 번씩 갔었지만 학술대회에 참석하러 주로 3박 4일의 짧은 기간 동안 들렀기 때문에 저녁마다 식사 후 여러 나라에서 온 오랜만에 만난 동학들과 술자리를 가지느라 시내 구경을 제대로 한 적은 없었다. 일부러 겨울 동안 따뜻한 곳에 가서 좀 지내고 싶었는데, 서울의 날씨도 추워서 지내기가 쉽지 않았지만 파리의 날씨 또한 계속 비만 오는 구질구질한 날이 계속되어 여행을 떠난 보람이 있었다.

시드니에서 머문 센트럴Central 지역은 교통 중심지로 시내 곳곳은 물론 비행장까지도 한 번에 갈 수 있는 매우 편리한 곳이었다. 특히 메리디안 호텔 뒤편에 있는 친환경 아파트는 나에게 큰 감명을 주었다. 시드니에서 나는 주로 센터럴, 써리 힐Surry Hill, 써큘러 쾌이 Circular Quay 지역을 오가며 대부분의 시간을 보냈다.

2018년 1월, 건물의 외부를 식물로 치장한 친환경 조경

여러 곳을 들렸지만 기억에 남는 것은 시드니의 오페라 공연 관람, 하버 브리지 철교의 미적 웅장함, 써리 힐 지역의 아기자기한 주택과 거리, 본다이 해변의 매우 강한 바람과 거센 파도, 그리고 멜번의 구운 돼지갈비이다. 오페라 하우스에서 '유쾌한 미망인'(The Merry Widow)이란 3 막짜리 오페라를 봤는데 아주 괜찮았다. 오페라 하우스는 독특한 구조물 덕분인지 언제 어느 각도에서 봐도 멋있었다. 바람으로 잔뜩 부풀어진 돛대의 모양을 형상화한 이 오페라 하우스는 덴마크 건축가 Jørn Utzon이 설계한 것으로 1973년에 개관하였으며, 하버 브리지에 이어 또 하나의 시드니의 상징물이 되었다.

2018년 1월, 오페라 하우스 앞에서

하버 브리지Harbour Bridge는 최초의 시드니 상징물로 1932년에 개통한 아치형 철교이다. 해상 134 미터 높이의 이 철교는 세계에서 가장 높은 것으로, 가까운 거리에 있는 시드니 오페라하우스와 빼어난 구조적 조화를 이루어 멀리서 바라보면 그 광경이 지극히 아름답다.

2018년 1월, 하버 브리지 원경

써리 힐 지역은 옛 시드니의 모습을 고스란히 간직한 아기자기한 언덕 마을이다. 대부분의 주택들은 오래 된 소규모 2층 구조물인데 프랑스 파리의 라틴 구역Quartier Latin이나 캐나다 몽레알Montréal의 우트르몽Outremont 구역에서 볼 수 있는 그런 예스러운 소박한 아름다움을 갖추고 있다. 조그마한 2층 집 한 채를 사서 서울이나 파리가 추울 때 그곳에서 지내고 싶은 내 마음에 쏙 드는 그런 마을이다.

2018년 1월, 써리 힐의 집들

2018년 1월, 본다이 해변의 바람

　　본다이 해변(Bondi Beach)은 유럽 사람들이 겨울에 선호하는 휴양지 가운데 하나인데 사나운 파도로 유명하기도 하다. '본다이'는 원주민 언어로 '바위에 부서지는 물'(water breaking over rocks) 혹은 '바위에 부서지는 요란한 물소리'(noise of water breaking over rocks)란 뜻인데 파도가 그만큼 세다는 것을 말한다. 본다이 해변은 그래서 파도타기를 좋아하는 사람들이 선호하는 곳이기도 하다. 나는 수영을 못하기 때문에 해변에는 일반적으로 가지 않지만 본다이 해변은 워낙 아름답다고 소문이 나서 궁금했었다. 인파로 이름난 본다이 해변은 내가 들린 2018년 1월 31일에는 날씨가 흐리고 아침에 비까지 조금 내려서 그런지 정오가 다 되었지만 사람은 거의 없었고 강한 바람과 거센 파도만이 가득했다.

　현재의 멜번은 인구면에서 시드니와 거의 비슷한 규모의 도시이다. 매우 아담한 도시로 오스트레일리아의 현대 미술, 스포츠, 영화, 무용 분야의 산실로 명실공히 오스트레일리아의 문화 수도이자 아시아-태평양 지역의 금융 중심지 가운데 한 곳이기도 하고, 오스트레일리아 최대의 항구도시이며 세계 최대의 전철망을 갖춘 도시이다. 멜번을 가로지르는 야라강Yarra river 양변에는 식당들이 즐비한데 내가 맛본 풀만 먹여서 사육한 돼지갈비 구이는 혼자서 먹기에는 그 크기가 어마어마했다. 실수로 사진을 지워버려서 보여줄 수가 없어 안타깝다. 멜번에 들른 기간이 '오스트레일리아 오픈' 테니스 경기가 열리던 때라서 한국 선수 정현의 시합을 텔레비전 중계로 보기도 했다.

2018년 1월, 멜번의 야라강변 풍경

2018년 1월, 멜번에서 돼지갈비를 맛본 식당

　　뉴질랜드에서는 오클랜드에서만 며칠을 머물고 남섬에는 가지 않았다. 오클랜드 시내의 박물관들과 시장 등을 둘러보았다. 오클랜드 시내 초대형 유람선 정박지 근처의 '소울SOUL'이란 식당이 기억에 남는다. 식당 내부가 운치 있었고 음식이 정갈하여 마음에 들었다.

2018년 2월, 오클랜드의 소울(SOUL)에서

2019년 1월, 옛날 문서들을 정리하던 가운데 큰아들 삐에르-필립이 초등학교에 다닐 때 《문화일보》에 기고한 글을 발견했다. 이 글은 《문화일보》 1994년 2월 23일 자에 실린 것이다. 나와 친분이 있던 당시 문화일보 최병권 논설위원의 요청으로 삐에르-필립이 프랑스 초등학교 학생의 하루 일상에 관해 쓴 글이다. 글쓴이의 이름이 삐에르-필립 크레뻬로 되어 있는데 지금 생각해 보니 그때 편집부에서 삐에르-필립 김은 한국인처럼 보이니 아내의 성을 쓰면 좋겠다고 해서 그렇게 했는데 지극히 한국적인 발상이었다. 어쨌든 이 글의 댓가로 삐에르-필립은 그해 자신이 원하던 자전거 한 대를 제 힘으로 구입하게 되었으며 엄청 뿌듯해 했다. 옛 기억이 새록새록 다시 피어 나서 스캔한 신문 지면을 여기에 남긴다.

"공부보다 썰매타기 더 신나요"

佛 개구쟁이 크레페君의 겨울

학생日記 시리즈 (3차분)
1) 프랑스 都市工學徒와 발레공연
2) 美 高2의 優劣班 교육
3) 독일 女大生의 공동체 생활
4) 프랑스 國校4年生의 즐거운 학교
5) 일본 醫大生의 체력 단련

친구와 만든 선생님눈사람 너무 못생겨

피에르 필립 크레페

수업과정의 하나로 박물관을 찾고 있는 프랑스 국민학생들.

수업시간 떠들어 교장선생님께 벌받아
숙제끝내고 목욕탕서 동생과 潛水놀이

북한의 질녀와
소식이 단절되다

북한에 거주하는 질녀와 나는 일 년에 서너 차례 서신을 주고받는다. 북한의 질녀가 파리 본가로 편지를 보내면 아내가 그걸 스마트폰으로 촬영해서 전자우편이나 WhatsApp을 통해서 나에게 전달하고, 내가 답장을 PDF파일 형태로 파리 본가에 발송하면 아내는 그걸 인쇄해서 우체국에서 등기로 평양으로 보낸다. 매년 1월이 되면 북한에 거주하는 질녀가 새해 문안 편지를 파리 우리 집으로 보내곤 했는데 2020년 1월 중화인민공화국 우한武汉에서 창궐한 코로나 바이러스Covid-19로 인해 북한의 국경이 완전 봉쇄되면서 서신 왕래가 끊어지고 말았다. 그때부터 1월이 되면 나는 오지도 않을 편지를 기다리며 북한에 살고 있는 질녀와 조카들을 생각하게 된다.

나의 어머니(安順伊, 1912-2002)는 결혼할 당시 무남독녀라서 결혼 후 아버지(金濟雨, 1906-1987)께서 예천 외가댁 근처로 생활 근거지를 옮기셨고, 자식들도 예천 읍내에서 학교를 다녔다. 나의 큰형은 1930년생이지만 출생신고를 늦게 하는 바람에 호적에는 1932년생으로 기재됐다. 어른들 말씀에 따르면, 그 당시에는 유아 때 질병으로 사망하는 경우가 허다하여 일부러 출생신고를 늦게 했었다. 형의 실제 나이 만 6세 때 부모님께서 초등학교에 입학시키려고 하셨으나 학교에서 호적상 나이가 어리다며 받아주지 않았다. 형은 동갑내기보다 두 해 늦게 6년제 예천보통학교에 입학하게 됐고, 모든 게 실제 나이에 비해 2년이 늦어지고 말았다. 당시 중고등 과정을 합친 5년제 예천공립농업중학교를 1950년에 제1회로 졸업했다.

대학 입학을 준비하던 중 육이오전쟁이 일어났고 진보적 기질이 있었던 형은 동무 수십 명을 모아 인민군에 지원했다. 부모님께서는 이 사실을 전혀 알지 못했고, 형은 어머니께만 며칠 동안 어디를 좀 다녀올 테니 폭격이 심할 때는 피난용으로 파 놓은 굴속에 들어가 피신하시라고 당부하고는 떠났다.[7] 그때는 이게 생이별이 될 줄 아무도 짐작하지 못했다. 부모님께서는 생전에 큰아들을 한 번 만날 수 있기를 꿈꾸셨으나 끝내 소원을 이루지 못하시고 아버지께서는 1987년에, 어머니는 2002년에 별세하셨다. 부모님 생전에, 내가 프랑스 학자 신분으로 평양을 몇 차례 방문한 적이 있었는데 그때마다 나의 형 '1932년생 김기영'의 존재에 대해 알아봤으나 허사였다. 그래서 그 이후로는 나도 아예 알아보는 걸 포기했고, 부모님께서도 큰아들이 육이오동란 중 사망한 걸로 생각하셨다. 당시 형을 찾지 못했던 추측 가능한 이유는 육이오전쟁 이후 북한에서 형이 새로 호적을 만들면서 출생 연도를 1930년으로 고쳤기 때문이거나 아니면 형이 인민군 간부였기 때문에 당국에서 의도적으로 접근을 차단했기 때문일 것이다.

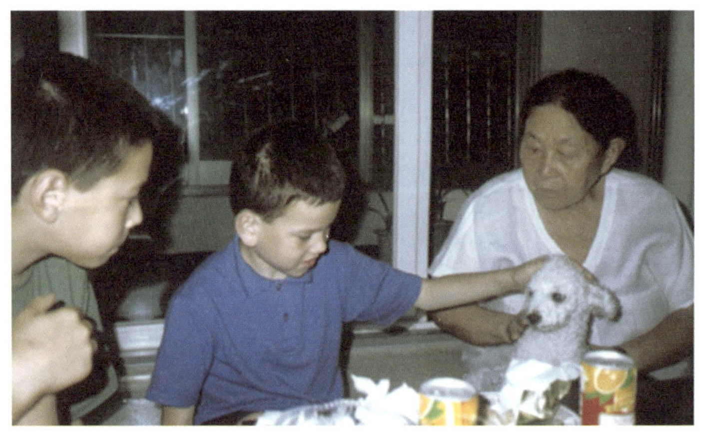

한국 정부의 초청으로 1995년 8월 15일 광복 50주년 기념 행사에 참석하기 위해 가족과 함께 서울을 방문했을 때. 큰아들 삐에르-필립, 작은아들 플로리앙, 어머니

2004년 봄 남북 이산가족 상봉 행사 남측 주관 기관에서 누나에게 연락하여 북측에 사는 오빠가 남측 동생들을 찾는다며 오빠가 맞는지 신원 확인을 요청했다. 그리하여 그해

---

7   이에 관해서는 어머니께서 생전에 나에게 말씀하셨고 나중에 평양에서 형에게 직접 확인한 적이 있다.

7월 11일부터 16일까지 금강산에서 북측의 형과 남측의 동생들이 육이오동란 이후 처음으로 다시 만나게 됐다. 나는 육이오전쟁 이후에 태어났기 때문에 형은 나의 존재를 모르고 있었을 뿐 아니라, 프랑스 국민인 나는 한국 정부가 추진하는 이산가족 상봉 행사에 참석할 자격이 없었다. 금강산에서의 며칠 간의 요란한 만남은 가족의 생사만 확인해줬을 뿐 그 이후 소식을 주고받을 수 있는 어떠한 후속 조치도 없이 서로에게 슬픔만을 남겼다.

나는 남쪽의 가족을 대표해서 형을 만나보고 재정적 도움을 드리기 위해 평양을 방문하기로 결정하고 2004년 8월 하순 주프랑스 조선민주주의인민공화국(이하 조선) 대표부를 찾아가 사증을 신청했다. 다행히 나는 이전에 이미 학자로서 평양을 몇 차례 다녀온 적이 있어서 사증을 받는 것 자체는 문제가 되지 않았지만, 신청 후 평양 당국의 결정을 기다려야 하기 때문에 시간이 좀 걸렸다. 한국의 친척들이 형에게 전하고 싶다는 물건과 돈도 받을 겸 서울에 들른 후 북경을 거쳐 평양으로 가기로 마음먹고 사증을 주중국 조선대사관에서 받을 수 있게 해 달라고 나는 김하원 참사에게 부탁했다.

조선 대표부 방문 시 김향산 대사가 마침 자리에 있어서 김하원 참사와 함께 차를 한잔했다. 김향산 대사는 주유네스코 대사이면서 주프랑스 조선대표부 대표를 겸직하고 있었다. 그 즈음 한국에서 출판된 나의 저서 《소비에트 중앙아시아 고려인문학사(1937-1991)》[8] 한 권을 김 대사께 증정하고, 양복 저고리에 훈장을 잔뜩 달고 있는 형님의 사진을 보여주었다. 김 대사께서 책에 관한 기사를 《한겨레》 신문에서 이미 봤다고 하면서 사진을 보더니 "김 박사 형께서 김일성 훈장을

《소비에트 중앙아시아 고려인문학사
(1937-1991)》 표지

---

8 2004년 8월 15일 강남대학교출판부에서 간행된 1,060쪽 분량의 연구서로, 2005년 대한민국 학술원의 우수학술도서로 선정되었다.

받았군!" 하면서 흡족한 미소를 지었다. 아래는 정상진[9] 문학평론가가 《고려일보》에 소개한 《소비에트 중앙아시아 고려인 문학사(1937-1991)》에 관한 평론이다.

---

9   정상진(1918-2013) 평론가는 블라디보스톡에서 출생했으며 러시아어식 이름은 유리 다닐로비츄 텐(Yuri Danilovich Ten)이다. 1937년 8월 스탈린에 의해 카작스탄으로 강제 이주됐다. 강제 이주 시 크즐오르다로 옮겨온 원동고려사범대학의 후신인 크즐오르다사범대학을 1940년에 졸업한 후 중등학교에서 교사로 일했다. 제2차 세계대전 말기인 1945년 3월 소련 군사동원부의 명령으로 그는 소련군 태평양함대 해병대 일원으로 일본군과 싸웠고, 1945년 8월 종전 후 조선의 정권 수립에 참여하라는 소련 당국의 지시에 따라 여러 직책을 거쳐 1952년 문화선전성 제1부상(차관)에 임명됐다. 김일성 정권의 소련파 숙청으로 1958년 소련으로 귀국하여 타슈켄트 고급당학교 기자학부를 마치고 1961년 이후 한글신문 《레닌치기》(1938-90)의 기자와 문학평론가로 활동했다. 저서로 《아무르만에서 부르는 백조의 노래》(지식산업사, 2005)가 있다.

나는 10월 29일 주중국 조선대사관에 들러 입국 사증을 받고 10월 30일 고려항공 편으로 평양에 도착하여 10월 31일 형과 가족을 평양여관에서 처음 만났다. 북한에서는 친척의 가정 방문이나 친척 댁에서 숙식은 불가하여[10] 내가 모든 비용을 부담하고 형과 가족을 호텔로 초대해 숙식을 함께 했다. 처음에는 좀 서먹서먹했으나 이내 분위기가 좋아졌다. 형은 육이오전쟁 당시 인천상륙작전 이후 중국 단동까지 후퇴했던 일을 언급하며 먹을 것이 없어서 무척 고생했던 기억을 떠올리기도 했다. 육이오전쟁 휴전 후 형은 김일성정치대학을 졸업하고 인민군 장교로 임관한 후 대좌로 진급하였고, 줄곧 정치부장으로 근무하다 정년퇴직했다. 첫째 질녀의 남편은 보위부에서 일하고 있었고, 둘째 질녀의 남편은 인민군 대좌로 정치부장으로 근무하고 있었다. 큰아들은 국영 기업의 운전수였고, 작은아들은 김일성정치대학을 졸업하고 장교로 임관해 인민군에 복무하고 있었다. 북한은 운전면허학원이 없기 때문에 운전을 배울 수 있는 기회는 군대에서 운전병 보직을 받아야만 가능하다. 이런 이유로 북한에서 자동차 운전 능력은 고급 기술이었다.

2000년, 형의 70세 생일잔치 때 형과 형수 림영훈

---

10 2006년 7월 방문 시, 딱 한 번 형님 댁에서 가족들과 함께 저녁을 먹었다. 이게 어떻게 가능했는지 매우 궁금했지만 끝내 물어보지 않았다. 저녁을 마치고 나오니 그때까지 나의 안내원이었던 보위부 요원이 아파트 입구에서 지키고 있었다. 그날 난생처음으로 북한의 아파트 내부를 둘러볼 수 있었다. 형님네 아파트는 거실 1개, 방 3개, 목욕실 1개, 화장실 1개로 구성되었다. 거실 벽에는 김일성과 김정일의 사진이 걸려 있었다. 수돗물이 단수(斷水)가 되는 경우가 있어서 욕조는 물을 받아 놓는 용도로 주로 쓰며 난방은 연탄으로 한다고 했는데 발코니에 석탄 아궁이가 있었다.

2004년 11월, 형과의 첫 상봉
필자, 큰 질녀 명희, 큰 질서 김
석철, 형수, 형, 큰조카 준일

2006년 7월, 형님 가족과 함께
왼쪽부터 큰 질서, 큰 질녀, 형
수, 작은 질녀 정희, 형, 큰 질부
어영애, 큰조카, 작은 질부 장
영이, 작은 조카 선일

2006년 7월, 형님 댁에서

2011년 5월, 조카와 질녀 가족과 함께(오른쪽 끝에서 둘째는 큰 질녀의 딸 김영란)

나의 재정적 지원과 조언으로 첫째 질녀와 큰조카는 화물차를 구입하여 북한 최대 도매시장인 평성장마당[11]에 물건을 공급하는 사업을 시작했다. 형수께서는 2007년 4월에 별세하셨고 형께서는 2011년 4월에 작고하셨으며 현재 북한에는 질녀 두 명과 조카 두 명의 가족들이 살고 있다. 큰 질녀의 남편은 2010년대 후반에 정년퇴직하였고, 둘째 질녀의 남편은 인민군 대좌로 현직에 있어서 한 번도 만나보지 못했으나 나이로 봐서 2020년대 초에 전역했을 것이다. 작은조카는 장교로 제대하여 초급당간부학교를 다니고 있었으니 국가 기관 어디에서 간부로 근무하고 있을 것이다. 그동안 평양에 가 보지 못해서 최근의 사정은 알 길이 없다. 하루 속히 북한의 국경이 개방되어 서신 왕래도 재개되고 내가 건강할 때 마지막으로 평양을 방문하여 질녀와 조카들을 만날 수 있었으면 좋겠다. 2019년 12월 16일 보낸 질녀의 편지가 이례적으로 매우 늦게 2020년 3월 2일 파리 본가에 도착했다. 아내는 그날 바로 편지 내용을 촬영하여 내게 보내주었고 나도 편지를 읽자마자 답장을 써서 아내에게 사진 파일로 전송했고 아내는 그걸 곧바로 평양으로 발송했다. 아래는 내가 질녀와 마지막으로 주고받은 편지이다.

---

11 평성은 평양시가 있는 평안남도 도청 소재지이다.

보고 싶고 그리운 삼촌께

기다리고 기다리던 삼촌의 편지를 9월 28일 반갑게
받아보았습니다 삼촌을 비롯하여 그리운 숙모님.
언제나 보고싶은 병기와 예천이도 모두 편하신지요.
보고싶을때 마다 사진을 펼쳐 보고한답니다
평성의 저희들은 언제나 삼촌의 말씀과 기대에 어긋나지않게
화목하게 잘 지내고 있습니다 경석이 아버지도 잘있고 준일.선일
정희네도 모두다 잘있습니다 준일네 맏아들은 재현도 곧 졸업반이다
선일네는 오누이 인데 거꾸로 하오에 다니고 있습니다
경심이 아버지는 늘 삼촌의 모습을 잊지못하고 있습니다

이번 주신 편지와 사진의 모습을 감회깊게 받아보았습니다
고모부와 고모님들도 모두 편하 신지오 저의 인사 좀 부락합니다

2004년도 에 아버님 께서 계실때 형제들과 그리운 화포들
나누며 적은 사진들도 오늘 감회깊게 펼쳐보며 어느새
세월이 흘렸는지 15년이라는 세월이 지나갔 습니다
그때는 삼촌께서도   엄마나 젊으셨 습니까.
그젊음이 지금이라면 얼마나 좋겠 습니가. 현대추세가 이제는
60청춘. 90한 갑 을 노래하는 시대인데 삼촌께서도 늘 기쁜마음
으로 젊어 계시기를 바 랍니다
    참 지금 건강상태는 좀 어떠하신지?
    다음 주신 편지에 소식을 기다리겠 습니다

그리고 예전이가 84년 생이라 하였는데 금년도는 3거나가고
래년도이면 좋은 변화가 있으라 봅니다
전번 편지에도 소식을 전하였지만 경란이와·신랑이 창제품제작소
운영을 하고 있으니 우리 형편도 일었습니다 경란이가 다 북했 한답니다
손녀 (좌영정)은 2018년 5월 22일 생이니 꼭 1년 7달 이되여
옵니다 이제는 걷기도 잘하고 쉬방맘은 좀 번집 없니다
처녀애가 되여서인지 귀여웁게 재롱을 버린답니다
효생화 제가 많아 지금까지도 우리 집에서 키우고 있습니다
밥도 잘먹고 간석도 잘먹습니다
며칠에 한번씩 엄마 생각이 낟가하여 제가 데리고 갔노라오련합니다
올해도 산청겹 고층 전품들도 많이 일더세우고 봉사 맘
재건들도 시대적 추시에 맞게 확장 하면서 일깠들이 좀 지않고
지럽까 소원 좋도까지 구편쳐 먼 간나갔습니다
그외에도 일반 겨들들이 들어오면 본인들의 외사에 맞게 잡용사
하여거고 있습니다 경란이 신랑어 2만 차면 굶치 않습니다
젊인이 재간이 있고하니 같이 제작하는 염슨들에 많은도 유이됩니다
그리고 이번 10월 11일 정심이 결혼서을 하였습니다
(여자 낫자) 유점에서 합동하여 식당에서 결혼서을 하였습니다
하루 몸은들어 오전10시부터 오후4시가지 4 집쳤영들과
손님들의 접대을 증분히 만족시겄으며 (여자 측) 사는집 친척들
과의 상봉도 화려한 분위기 속에서 진정한으로서

결혼식을 뜻깊게 장식하였습니다

래년도에는 경식이 아버지4이는 저났지만 자석들이 환갑을
하겠다 했다나 이렇게 결혼식도 하고 겨울 요동 준비도 . 하고
이모저모 시간성으로 손녀도 재워놓고 조용히 오늘 소식을
전하게됬니다

첫재도 둘째도 건강이니 쌍껏께서 꼭 건강하시기만을 바라면서
어만하겠습니다

성봉의 그늘을 기다리며 여러번 인사를드렸니다

二○一九년 12月 16일

김명희 올림,

(경식이 사진을 한장 보냅니다)

보고 싶은 명희에게,

네가 2019년 12월 16일에 쓴 편지가 오늘 2020년 3월 2일 오전에 파리에 도착했다. 나는 파리에 계속 있다가 2월 24일 서울로 와서 예천이를 만나보고 그저께 예천에 내려왔다. 이번에는 편지가 도착하는데 많은 시간이 걸렸구나. 하지만 늦게 도착해도 안 오는 것보단 낫다.

그곳에는 많은 경사가 있었구나. 지난 편지에 경란이가 결혼을 하였고 딸을 낳았다는 이야기는 들었다. 손녀의 사진을 보니 아주 귀엽더라. 다행히 경란이 남편의 사업이 잘 된다고 하니 반가운 소식인데 너희들 생활비까지 부담한다고 하니 참으로 착한 사람인 것 같구나. 너희들이 복이 많구나! 그리고 경식이가 결혼을 했다고 하니 이 또한 축하할 일이다. 경식이는 어디에 집을 마련했는지 그리고 며느리가 어떤 사람인지도 궁금하다. 네 남편은 지금도 낚시도 하고 산책도 하며 잘 지내는지 궁금하다. 금년에 여름에 내가 평양에 갈 수 있으면 좋겠는데... 잘 될지 모르겠다.

그건 그렇고, 정희 남편은 제대를 하였는지 궁금하다. 제대를 했으면 지금 어디에서 살고 있는지? 준일이는 뭘 해서 먹고 사는지 걱정이 된다. 사실 준일이 뿐만 아니라, 너희 가족, 정희네 가족, 선일네 가족 모두가 어떻게 생활하는지 늘 걱정을 하며 하늘에 계신 할아버지와 할머니, 너희 아버지 와 어머니께서 두루 보살펴 주시기를 마음 속으로 기도하고 한다.

2019년 12월 말에 파리의 한 대학병원에서 검사를 받았는데, 암세포가 모두 사라졌고 완치가 되었다고 했다. 하지만 재발한 가능성이 높기 때문에 계속 공기가 좋은 곳에서 살면서 담배와 술을 하지 않고 건강을 잘 챙겨야 한다. 혼자서 힘들지만 내가 봄부터 가을까지 여기 산속에서 생활하는 이유이다. 꾸준히 운동을 하며 먹는 것도 주로 채소 위주로 고기 섭취를 줄여야 한다. 그래서 단백질 섭취를 위해 고기 대신에 주로 콩과 두부를 많이 먹으며 가끔 기름기가 없는 닭 가슴살이나 돼지고기 안심을 먹기도 한다.

현재, 중국 우한(무한)에서 발생한 신종 코로나바이러스 때문에 세계가 시끄럽다. 새로운 코로나바이러스가 폐렴을 유발하여 많은 사람이 매일 죽고 있다. 중국은 이미 수천 명이 죽었고, 서울과 이탈리아 밀라노, 이란에서도 이 코로나바이러스가 유행하여 수십 명의 인명을 앗아갔고 계속 번 지고 있다. 그곳은 상황은 알 수가 없지만 아무튼 너희들도 건강에 유의하며 비누로 흐르는 물에 손을 자주 씻고 사람들을 만날 때는 마스크를 사용하고 될 수 있으면 많은 사람들이 모인 곳에 가지 말기를 바란다. 이 코로나바이러스는 침으로 전파된다고 하니 사람들과 가까운 거리에서 정 면에서 말하는 것을 피하고, 특히 기침을 하게 되면 옷소매로 입과 코를 가리고 하고, 특히 더러 운 손으로 입, 코, 눈을 만지지 않는 게 감염을 막는 최선의 방법이다.

너희들을 마지막으로 본지가 벌써 몇 해가 지났구나. 정말 너무 보고 싶다. 금년 여름에 모든 상 황이 좋아져서 꼭 너희들을 만날 수 있으면 좋겠다.

2020년 3월 2일 저녁

예천에서 삼촌 씀

2020년 3월 2일, 내가 질녀에게 쓴 마지막 답신

2023년 새해를
주현재에서 맞다

　늘 성탄절에는 파리 본가에 가곤 했다. 그러나 2022년 성탄절에는 집에 가지 않기로 했다. 얼마 전에 다른 일이 있어서 본가에 다녀오기도 했고, 코로나 바이러스 때문에 생긴 사회적 격리 사태로 복잡한 상황에서 사내 세 명이 한꺼번에 모이면 힘드니 아내가 나에게 새해가 지난 후에 왔으면 좋겠다고 했다. 그래서 지인 몇 명과 함께 주현재에서 새해를 보내기로 했다. 내가 농사짓는 백두대간 저수령 자락에 위치한 주현재는 겨울에 눈도 많이 내리고, 바람도 세차게 부는 추운 곳이다. 출타했다가 12월 26일 주현재에 왔더니 정화조 소제구 안쪽 부분과 생쥐들이 집안으로 못 들어오게 하기 위해 하수도 입구 집수거 안에 높낮이를 다르게 두고 설치한 배수관이 얼었다. 화장실을 사용할 수가 없었고 세면대에서 물을 내릴 수도 없었다. 세면대는 세숫대야를 받쳐서 사용한 후 바깥에 물을 버리면 되지만 화장실이 문제였다. 마을회관을 이용할까, 펜션을 좀 빌릴까 망설이다가 원래 계획대로 그냥 주현재에서 새해맞이를 진행하기로 했다.

　주민들은 매년 한 번 면사무소에 정화조 청소 증명서를 제출해야 하는데 연말이 되면 한꺼번에 많은 사람들이 몰려서 약속을 잡기가 쉽지 않았다. 업체에 전화를 해서 내가 '독거노인'이며 31일 손님들이 내려온다고 사정사정했더니 다행히 12월 30일 들리겠다고 했다. 주현재는 약간 경사가 있는 장소에 위치하기 때문에 쌓인 눈을 치우지 않으면 정화조 청소차의 진입이 불가능하다. 이틀 동안 부지런히 힘들게 눈을 치웠다. 나는 프랑스처럼 내부 공기를 데워서 난방을 하기 때문에 집안 바닥이 차다. 실내온도가 22도지만 실제 체감온도는 20도 정도이다. 실내화를 가지고 오라고 하기가 송구스러워 급히 방안에 깔 카펫을 주문했고 31일 오전에 도착했다. 제때 도착한 게 다행이었다. 카펫은 사실 나도 평소에 필요한 것인데 오늘내일 하며 지금까지 미뤄왔던 것이다.

　차가 막힐까 봐 일찍 출발한 일부 참석자들이 점심 전에 도착했다. 이웃 마을에 있는

방바닥에 카펫을 깐 모습

'맛질 송어 횟집'에 들러 점심을 했다. 31일은 식당도 만만치가 않았다. 한 시간을 기다려 겨우 점심식사를 할 수가 있었다. 가지고 간 포도주가 한 병 있어서 그걸로 겨우 시간을 때웠다. 이 집에서는 갖은 나물에 회를 뜬 송어를 얹고 볶은 콩가루를 넣은 뒤 초장과 참기름을 쳐 비벼서 먹는다. 마지막에 무료로 제공하는 매운탕은 그 맛이 이미 세간에 알려진 지 오래다.

주현재로 돌아오니 마지막 두 분이 도착하였다. 점심 식사를 제대로 못한 이 분들께 구운 고구마와 반발효차를 대접하였다. 다른 먹을 것이 있었지만 곧 시작할 새해맞이 만찬을 앞두고 적게 먹는 것이 좋을 것 같아서 더 제공하지 않았다. 만찬 시작까지 두어 시간의 여유가 있어서 새해 아침에 하기로 한 명봉사 답사를 당겨서 하기로 하였다. 피곤해서 한잠을 자겠다는 두 분을 남겨 두고 우리는 출발했다. 눈이 많이 쌓였지만 명봉사 무량수전을 지나, 이두문 비석인 '경청선원 자적선사 능운탑비'境淸禪院 慈寂禪師 陵雲塔碑[12]와 조선왕조 문종의 태실까지 둘러보고 돌아왔다. 단종의 태실은 더 높은 곳에 있어서

명봉사의 무량수전

이두문 비석인 '경청선원자적선사능운탑비'

---

12 '경청선원자적선사능운탑비'는 통일신라 말기부터 고려시대 초기까지 활동한 자적선사(慈寂禪師) 홍준(弘俊, 882-939)의 행적을 기록한 것으로, 고려 태조의 명으로 941년에 세워졌다. 고려 최초의 이두문 비석인 이 탑비의 비문은 당대의 명 문장가 최언위가 짓고 비문의 서체는 중국의 명필 구양순의 필적을 집자하여 사용했기 때문에 고려 초기의 이두, 문장, 서예를 잘 보여주고 있으며, 고려 초기의 불교사, 예술사, 국어학 연구에 매우 중요한 자료이다.

미끄러운 눈길에 넘어질까 염려하여 가지 않았다. 추웠지만 우리는 이 산책 구간이 매우 마음에 들었고 만족했다.

만찬을 위하여 천막을 친 후 석유난로를 피우고 화덕에 불을 피우기로 했다. 환영주로 끼르 브러똥kir breton을[13] 마신 후 네 명이 함께 천막을 세우고 바람막이를 두르려고 하는데 갑자기 돌풍이 불어 천막이 공중으로 뜨는 것이었다. 바로 천막을 접고 그냥 노천에서 화덕에 불을 피우고 행사를 시작하기로 했다. 며칠 전에, 참석자들에게 백두대간으로 겨울 산행을 간다고 생각하고 방한화에 겨울 등산용 파카를 착용할 것을 당부했더니 다행히 잘 준비하고들 왔다. 참석자 각자에게 만찬에 필요한 포도주를 지정해서 부탁했는데 한 명을 제외하고 주문한대로 가지고 와서 천만다행이었다. 먼저 시칠리아 소시지를 굽고 이어서 메르게즈merguez 소시지[14], 생굴을 구워서 삐노누아르로 양조한 포도주를 곁들여서 먹었다. 껍질 있는 굴을 시킨다고 '생굴'을 주문했더니 껍질을 간 게 오고 말아서 낭패를 보았다. 마지막에 양¥ 다리를 화덕에 구웠는데 시간이 꽤 걸렸다. 구운 양 다리를 방으로 가지고 들어가 고기를 잘라서 프랑스 지중해 지역식으로 볶은 여러 가지 채소와 프랑스 전통빵인 시골빵(pain de campagne)과 함께 삐노누아르로 양조한 포도주를 곁들여 먹었더니 맛이 기가 막혔다. 참석자들은 양고기에 일가견이 없었든지 양고기 특유의 누린내가 나지 않는다고 말만 했지 손도 대지 않았다. 나름 나는 매우 안타깝고 속상했다. 다시는 문외한들에게 특별한 요리나 술을 대접하지 않기로 굳게 결심했다.

양 다리 구운 걸 먹은 뒤 두 명은 졸린다면서 자러 갔다. 나머지는 남아서 카스피해산

---

13 끼르 브러똥은 사과즙 발효주인 시드르(cidre)에 까막까치밥나무 열매로 만든 리큐어 몇 방울을 떨어뜨린 일종의 칵테일이다.

14 시칠리아 소시지는 돼지고기를 사용하며, 페페론치노 고추, 후추, 마늘, 향신료를 첨가하여 만든 것이다. 메르게즈는 북아프리카 마그레브 지역에서 유래한 양고기 또는 쇠고기로 만든 매운 소시지로, 아랍어로 미르까즈인데 20세기 후반 프랑스에서 유명해져서 전 세계에 프랑스어 명칭인 메르게즈로 알려지게 됐다.

끼르 브러똥

시칠리아 소시지

메르게즈

깐 생굴

양 다리

양 다리 구운 것

시골빵

지중해식 야채 볶음

철갑상어 알에 보드카를 곁들어 마시며 많은 이야기를 나누었다. 소떼른Sauternes 포도주와 함께 푸아그라foie gras를 먹고 나니 새해가 되었다. 우리는 서로에게 새해에 건강하고 행복하기를 기원했다. 후식으로 프랑스산 푸른 곰팡이 치즈인 록포르roquefort에 쏘떼른 포도주와 커피를 마신 후 용두리 산촌생태마을의 사과를 이용한 프랑스식 사과 버터 지짐으로 새해맞이 만찬을 마무리하였다. 자정이 좀 넘어서 식탁을 정리할까 하는데 자러 갔던 두 명이 돌아왔다. 하지만 우리는 너무 힘들어서 그냥 자기로 했다.

철갑상어 알

거위 간을 이용한 프랑스 전통음식 '푸아 그라'

록포르 치즈, 쏘떼른 포도주

프랑스식 사과 버터 지짐

새해 아침 식사로 송아지 고기에 여러 가지 야채를 넣고 볶은 후 약간의 육수를 붓고 자작하게 졸인 뒤 거기에 가락국수를 말아서 먹는 둥간식[15] 국수를 준비하고 원래 헤어질 때 마시기로 한 모에 떼 샹동Moët & Chandon 샴페인을 아침에 마시기로 했다. 새해 아침 구름이 낀 날씨 때문에 둥근 해를 보지는 못했지만 그 기운을 마음으로 받았다. 건배를 하며 모두의 건강을 다시 빌었다. 둥간식 국수를 먹고 난 다음 스페인산 초리소chorizo 소시지와 프랑스산 로제뜨rosette 소시지에 프랑스산 꼬르니숑cornichon을 안주로 삼아 포도주를 한잔하였다. 앞 쪽 사진의 프랑스식 사과 버터 지짐은 31일 저녁 새해를 맞지 못하고 일찍 잠자리에 들었던 두 명을 위해서 남겨 놓았던 것이다. 철갑상어 알과 푸아그라는 우리가 다 먹어버려서 남은 것이 없었다.

송아지 고기를 야채와 볶아서 조리한 둥간식 국수

김종인(강영희 부군), 전헌숙, 필자, 송은주, 정은숙, 강영희

---

15 둥간족(東干族)은 소련 내에 거주하던 중국 훼이주(回族) 계통의 무슬림 민족으로, 둥간어를 사용하며 현재 중앙아시아 국가들에 거주한다. 둥간어는 키릴자모로 표기된 중국어이다.

순 한국식 생일 축가에 관한
신문 기사를 발견하다

중학교 때 어디서 주워들은 생일 축가祝歌가 있다. 이 노래는 순 한국어로 된 것인데 당시 흔히 부르던 영어 생일 축가를 번역한 것과는 확연히 달랐다. '햇빛처럼 찬란히 샘물처럼 더 맑게…'로 시작되는 노래인데 아직까지도 노랫말이 머릿속에 남아 있는 게 신기하다. 몇 년 전, 12월이 생일 달인 뉴욕에 사는 질부 손영미에게 생일 축하 문자를 보냈더니 질부가 나에게 숙모(내 아내)의 생일을 물어서 12월 몇 일이라고 대답했다. 질부는 "숙모님도 겨울아이네요"하며 생일을 축하한다며 '겨울에 태어난 아름다운 당신은…'으로 시작하는 생일 축하 노래를 내게 보내 줬다. 노래 가사를 들어보니 아마도 만든 노래인 것 같았다.

그 생일 축하 노래를 아내에게 들려주기 위해 가사를 프랑스어로 번역했다. 아내가 그 한국어 생일 축하 노래를 듣더니 그 노래를 좋아했다. 나는 갑자기 어릴 때 배웠던 한국어 생일 축가가 생각나서 그것을 녹음하고 가사를 번역했다. 그런데 막상 그 노래를 프랑스어로 번역하려고 했더니 내가 기억하고 있는 가사로는 번역하기가 쉽지 않았다. 내가 기억하고 있던 가사는 다음과 같았다.

햇빛처럼 찬란히 샘물처럼 더 맑게
오늘이 곱게 곱게 들이옵소서.
뜨거운 박수로 축하합니다.
당신의 생일을 축하합니다.

번역에 어려움이 있었던 부분이 '오늘이 곱게곱게 들이옵소서'였는데 '들이다'라는 뜻을 어떻게 번역해야 좋을지 몰라서 고민했다. 표준국어대사전에 실린 여러 뜻 가운데 위 가사에 어느 정도 부합하는 '들이다'는 '빛, 볕, 물 따위를 안으로 들어오게 하다'였다. 그래서 '생일(오늘이)을 아름답게 맞기를 바란다'는 뜻으로 번역했다. 하지만 그렇게 번역한 후 내심 뭔가 이상하다는 생각이 들었다.

어제 2023년 1월 10일 우연히 인터넷에서 뭔가를 찾다가 이 생일 축하 노래에 관한 기사를 발견했다. 《중앙일보》 1966년 2월 18일자 '생일의 노래 당선작을 발표'라는 기사였다.

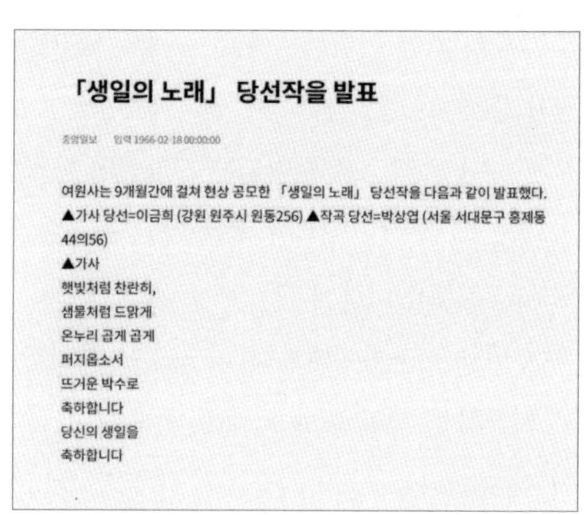

「생일의 노래」 당선작을 발표

중앙일보 입력 1966-02-18 00:00:00

여원사는 9개월간에 걸쳐 현상 공모한 「생일의 노래」 당선작을 다음과 같이 발표했다.
▲가사 당선=이금희 (강원 원주시 원동256) ▲작곡 당선=박상엽 (서울 서대문구 홍제동 44의56)
▲가사
햇빛처럼 찬란히,
샘물처럼 드맑게
온누리 곱게 곱게
퍼지옵소서
뜨거운 박수로
축하합니다
당신의 생일을
축하합니다

두 군데가 전혀 달랐다. 하나는 '더 맑게' 대신 '드맑게'였고, 다른 하나는 '오늘이 (......) 들이옵소서' 대신에 '온 누리 (......) 퍼지옵소서'였다. 하지만 '온 누리 곱게 곱게 퍼지옵소서'란 문장을 내가 제대로 이해할 수 없어서 이를 프랑스어로 옮기기는 사실 쉽지가 않았다. 이 문장에 격조사가 없으니 '온 누리'(모든 세상)의 문장 성분이 주어인지 알 수 없지만, 만약 '온 누리'가 주어라면 비문이 되기 때문에 문맥에 따라 '온 누리'를 '곱게 곱게 퍼지옵소서'를 수식하는 장소 부사로 인식해서 '온 누리에 곱게 곱게 퍼시옵소서'로 보는 게 적절해 보였다. 한국인이 한국어로 글을 쓸 때 흔히 하는 실수지만 문장에서 주어를 표시하지 않아서 생긴 문제일 수 있었다. 이게 생일 축가의 가사이니 '당신의 생일'이란 문구를 이 문장의 생략된 주어로 가정해서 '당신의 생일이 온 누리에 곱게 곱게 퍼지옵소서'라는 뜻으로 이해하기로 했다. 내 주위의 친구들이 쓴 글을 보면 가끔 주어가 없어서 이해가 안 될 때가 많았다. 그때마다 그들에게 문제를 지적해 줘도 그들이 그것을 대수롭지 않게 생각해서 나는 늘 안타까웠다.

파리 샹젤리제 거리에서
시계를 사다

    지난 20여 년 동안 등산을 가거나 자전거를 탈 때 사용하던 핀란드산 수운토SUUNTO 시계가 완전히 고장이 났다. 2024년 11월 중순 망가진 시계를 수리하려고 서비스센터에 연락했으나 불가능했다. 이전에 서울 강남구에 있던 서비스센터를 몇 년 전에 수원 광교로 옮겨서 영업했는데 이마저 문을 닫고 말았다. 인터넷에서 검색을 하다가 어렵게 수운토 한국대리점을 찾았다. 연락했더니 한국에서는 더 이상 수리가 불가능하다며 수운토 홍콩 서비스센터 주소를 알려주면서 그쪽으로 발송하라고 했다.

    서울에서 홍콩까지 DHL 우편물 발송비가 0.5킬로그람에 88,200원이었다. 이른바 배보다 배꼽이 더 크다는 경우였다. 그래서 그냥 고장 난 시계를 버리고 새로 하나 구입하기로 마음먹었다. 큰아들에게 시계를 하나 다시 마련해야겠다고 했더니 스위스산 뛰도르Tudor(영어로 튜더)를 추천하며 성탄절 때 집에 가면 파리에서 면세로 구입하자고 제안했다. 나와 큰아들은 주한 프랑스대사관에 한국 거주자로 등록돼 있어서 프랑스에서 면세로 물건을 구입할 수 있다. 2024년 12월 말 어느 날 작은아들이 샹젤리제 거리에 뛰도르

성탄절과 새해를 축하하기 위해 샹젤리제 거리의 가로수에 설치한 조명

매장이 있다고 해서, 함께 그곳에 가서 시계를 구입하고 파이브 가이즈Five Guys에서 햄버거를 먹기로 했다. 참고로 샹젤리제 거리(Avenue des Champs-Élysées)의 샹젤리제(Champs-Élysées, 엘리제 들판)는 그리스어 엘리시온 페디온Elysion pedion(엘리시온 들판)에서 유래하며, 이 들판은 행복한 영혼이 죽은 후에 가는 곳으로 고대 그리스인들이 믿던 장소였다.

뛰도르 매장이 있던 곳에 갔으나 폐점해서 근처 뒤바이DUBAIL란 시계 전문 매장에 갔더니 뛰도르도 자신들이 운영하던 것인데 최근에 합쳤다고 했다. 판매원이 BLACK BAY와 PELAGOS를 추천했으나 나는 단순한 것이 좋겠다고 했다. 날짜가 나오는 시계는 월말에 날수가 바뀔 때면 매번 조정해야 하는 번거로움이 있고, 그리고 방수가 되지 않는 시계는 야외 활동 시 비가 와서 물이 들어가면 고장이 나니 이 두 가지 문제를 해결할 수 있는 모델을 원한다고 했더니 판매원이 스테인리스스틸 제품 레인저RANGER를 권했다. 판매가격 3,340유로를 작은아들이 선뜻 지불하며 나에게 지나간 생일선물이라고 했다. 물론 면세 금액 401유로는 나중에 동유럽을 다녀오면서 환불받았다.

뛰도르는 롤렉스Rolex 창업자가 개발한 상표인데, 특히 레인저는 1952년부터 1954까지 영국의 북그린란드 탐험대가 사용했던 뛰도르 시계의 튼튼하고 실용적이며 합리적 가격의 전천후 시계의 정수를 담고 있는 제품이다. 레인저는 착용하고 다니면 동작에 의해 자동으로 태엽이 감기고, 시계줄은 잠금 장치가 이중이라서 잘 풀리지 않을 뿐더러 길이도 잠금 장치에서 반 칸을 조정할 수 있고, 다이얼은 큰 글자에 야광이라서 밤에도 시간 확인이 가능하고, 수심 100미터까지 방수가 되니 비가 와도 걱정할 것 없는 시계이다. 겉 모양으로는 중국산 3만 원짜리 싸구려 시계처럼 보이지만 나는 이 시계가 너무나 마음에 들어서 이를 마련해 준 두 아들이 대견스럽다.

뛰도르 시계의 본체와 시곗줄

2025년 새해 선물을
미리 받다

애들이 어렸을 때는 성탄절과 새해 선물을 늘 거창하게 준비했었다. 심지어 고등학교에 다닐 때까지만 해도 애들이 원하는 게 많아서 받고 싶은 선물의 목록을 미리 만들라고 요청하곤 했었다. 한 10여 년 전부터는 아내의 제안으로 연말연시 가족과 친척 사이에 주고받는 선물을 최소화하기로 했다. 특히 우리 직계 가족 사이에는 연말연시에 항상 그림엽서와 책 등을 준비한다. 2024년 성탄절에는 가족이 서로에게 선물을 하나씩 준비했지만, 2025년 새해에는 큰아들의 주도로 가족의 이름으로 각자에게 그림엽서 한 장과 책 한 권씩을 선물하기로 했다.

나는 성탄절에 가족에게 프랑스어로 번역된 한강 작가의 《채식주의자》, 《소년이 온다》, 《작별하지 않는다》를 선물했다. 《작별하지 않는다》는 서울 교보문고에 주문했던 것이고(함께 주문한 《채식주의자》는 수급 문제로 교보문고에서 취소했다.), 나머지 두 권은 파리 FNAC에서 구입했다. 파리 서점들을 둘러보았으나 무슨 영문인지는 모르지만 한강 작가의 작품 가운데 판매대에 있던 소설은 《채식주의자》와 《소년이 온다》 두 권뿐이었으며, 그것마저도 페이퍼백 포켓북이었다. 의외로 프랑스어로 번역된 황석영 작가의 소설들이 많아서 나는 적이 놀랐다. 일부러 한동안 판매대 근처를 서성이며 지켜봤지만 특별히 2024년 노벨문학상 수상 작가의 작품을 찾는 프랑스인들은 없었다.

2024년 12월 31일 아침에 가족으로부터 내가 받은 2025년 새해 선물은 가족들의 새해 염원을 담은 카드와 John Fante란 이탈리아 출신 미국 작가의 소설을 프랑스어로 번역한 것과 여행용 핸드크림 하나였다. 원래는 1월 1일 아침에 가족이 새해 선물을 주지만 내가 12월 31일 오후에 출타하는 바람에 나에게만 미리 준 것이었다.

새해 선물로 받은 핸드크림과 소설책

아내와 두 아들이 쓴 새해 축하 카드

프랑스에서 성탄절이 지나면 제과제빵점에서 '갈레뜨 데 루와'galette des Rois(동방박사들의 과자)라고 부르는 둥글납작하면서도 꽤나 두툼한 과자를 이듬해 1월 중순까지 판매한다. 이 과자는 나사렛 예수의 탄생 후 동방박사들이 그를 예방한 것을 기념하여 1월 6일에 먹는 것인데, 이 가톨릭 명절을 에삐파니Epiphanie라고 한다. '갈레뜨 데 루와'는 그냥 한국어로도 프랑스어처럼 불러도 되겠지만 기어이 한국어로 번역한다면 '동방박사들의 과자'가 되겠다. 프랑스어로 동방박사를 '루와 마쥬'Rois mages라고 일컫는데 글자대로 번역하면 roi는 왕을 그리고 mage는 점성가를 뜻하니 점성가들을 존경하는 의미로 '점성가 왕들'이란 호칭을 붙였을 것이다. 동방에서 별의 움직임을 따라 아기 예수를 찾아온 이들 세 명의 점성가들을 한국어로 번역된 성경에서 동방박사라고 부르니 '갈레뜨 데 루와'galette des Rois의 한국어 번역은 '(점성가) 왕들의 과자'보다는 '동방박사들의 과자'가 더 합리적일 것이다.

'갈레뜨 데 루와'의 모양

이 과자 속에 '쌍똥'santon이라고 부르는 채색한 사기 제품의 조그마한 인물이나 물건의 형상을 넣는데, 과자를 나눠 먹으면서 이 쌍똥이 들어 있는 몫을 받은 자가 그날의 왕이 되어 왕관을 쓰게 된다. 채색한 사기로 만든 형상이 마련되지 않은 경우 누에콩蠶豆

을 넣기도 해서 쌍똥이란 말과 함께 누에 콩을 뜻하는 프랑스어 '페브'fève란 용어도 쓰인다. 쌍똥은 일반적으로 오른쪽 사진처럼 성탄절 때 예수 탄생 시 상황을 재현하는 장식에 사용되는 것들이었지만 지금은 종교적인 색채가 없는 짐승, 새 등 여러 가지 형상을 만들기도 한다.

여러 가지 쌍똥들

　　'걀레뜨 데 루와'를 만드는 반죽을 '프랑지빤느'frangipane라고 부르는데 아몬드의 향이 나는 반죽이란 뜻이다. 이 '프랑지빤느'는 전통적으로 아몬드 가루 3분의 2와 밀가루 3분의 1을 섞어서 만든 것인데, 현재는 제과점에 따라서 코코넛을 조금 첨가해서 향을 추가하기도 한다. '걀레뜨 데 루와'를 한 입 물면 남녀노소 관계없이 '프랑지빤느'가 주는 강한 아몬드 향과 달콤함 때문에 금방 입안에서 황홀함을 느끼게 된다. 연말연시에 프랑스를 방문하거든 이걸 꼭 한 번 시식해 보기를 권한다. 2025년 1월 10일에 우리가 맛본 아래 사진은 6인분 크기의 '걀레뜨 데 루와'인데 가격은 30유로(4만 5천 원 정도)였다.

6인분 크기의 '걀레뜨 데 루와'

프랑지빤느의 생김새

부다페스트에서
점심을 먹다

　　나는 동유럽의 헝가리, 체코슬로바키아, 유고슬라비아, 루마니아, 폴란드 등의 나라들을 80년대에 가끔 방문하곤 했었다. 당시 이 지역에서 한국학을 하는 분들은 모두 과거에 북한과 관련이 있었다. 이분들은 북한에서 유학했거나 외교관으로 일한 경력이 있는 학자들이었기 때문에 북한에 관한 많은 정보를 가지고 있었다. 유럽한국학회에서 매년 4월에 개최하는 학술대회에서 이분들을 만나면 그들이 북한에서 경험한 일들이나 북한의 형편에 대해서 이야기해주곤 했는데 우리들에게는 모든 것이 신기했다. 2025년 새해를 맞아 며칠 동안 바람이나 쐴 겸 옛 한국학 동료들이나 만나볼까 하고 부다페스트와 프라하를 다녀오기로 했다. 부다페스트에는 카롤리 펜들러Karoly Fendler 교수가 국제문제연구소, 엘테대학교 등에서 한국학을 강의했는데, 그는 이전에 북한에서 외교관으로 근무하였다. 프라하에는 블라디미르 푸첵Vladimir Pucek 교수가 카를로바대학교에서 한국학 강의를 했는데, 그 역시 북한에서 유학한 뒤 외교관으로 근무한 경력이 있었다. 이분들과 연락이 되면 식사나 같이 하면서 옛날 이야기를 나눌 생각이었다.

　　부다페스트에서 몇 군데 알아봤으나 펜들러 박사와 연락이 되지 않았고, 마지막에 그가 세상을 떠났다는 사실을 알게 됐다. 할 수 없이 혼자서 점심을 먹었다. 특별히 아는 곳은 아니고 그냥 돌아다니다가 괜찮은 전통식당이 있길래 무작정 들어갔더니 마침 예약이

부다페스트의 건물 풍경

안 된 자리가 있었다. 전식으로 굴라슈 수프goulash soup를, 본식으로 적포도주로 요리한 소의 볼 스튜(beef cheek stew with red wine)를 주문했다. 음료수는 생수 한 병과 현지 Kovacs Nimrod 산 적포도주 두 잔을 시켰다. 프랑스처럼 빵은 식당에서 무상으로 제공했다. 굴라슈 수프는 그동안 내가 먹어 봤던 것과는 완전히 달랐다. 프랑스 고급식당의 꽁소메consomé에다가 고기를 조금 넣은 것과 같았다. 꽁소메는 두 종류 이상의 육류, 주로 닭고기와 쇠고기를 삶아 낸 육수에 간을 한 말간 수프를 말한다.

소의 볼 스튜는 쟁반에 빵을 깔고 그 위에 스튜를 얹어 놓아서 국물이 빵 조각에 흡수되어 전체적으로 좀 퍽퍽한 느낌을 줬다. 스튜의 맛은 프랑스의 뵈프 부르기뇽boeuf bourguignon과 비슷했다. 소의 볼 스튜는 주문을 받은 직원이 헝가리의 전통 메뉴라고 추천해서 시킨 것인데 프랑스의 뵈프 부르기뇽과 다르지 않아 직원에게 불만을 토로했더니, 후식을 식당에서 제공하겠다며 맛있는 푸딩을 주인이 직접 가지고 와서 직원의 적절치 않았던 설명에 대해 사과했다. 식사 내내 실내에서 잔잔한 음악이 연주되었는데 분위기는 그런대로 좋았다. 전체 식사 비용이 45유로(67,500원 정도)였으니 괜찮은 편이었다.

부다페스트에서 맛본 음식들

2025년 1월 초순 프라하에서 옛 동료를 만날까 싶어 연락했으나 연락이 되지 않았다. 뭘 하면서 그날 오후 한나절을 보낼까 생각하다가 목적 없이 시내를 둘러보기로 했다. 나는 일반적으로 도시에서는 관광객들이 몰려다니는 유명한 곳은 일부러 가지 않고 사람들의 발길이 적은 지역을 걸어 다니며 살펴보기를 좋아한다. 다니다 보면 재래시장을 비롯하여 이것저것 생각지도 않았던 흥미로운 것을 발견하게 되기 때문이다. 일단 구시가로 가서 여기저기를 돌아다녔다. 리스본처럼 프라하도 보도步道는 전통식 포도鋪道이다. 나는 전통식 포도 위를 걷는 걸 좋아하지 않는다. 전통식 포도는 도로면이 평평하지 않기 때문에 걸음을 많이 걷게 되면 쉬이 발이 아프고 피곤해진다. 전통식 포도란 요즘처럼 콘크리트나 아스팔트를 사용하여 포장한 도로가 아닌 돌을 깨거나 잘라서 사각형으로 가공하여 모자이크식으로 포장한 도로를 말한다. 파리의 도로가 모두 이런 식이었으나 몇 십 년 전부터 큰 도로들은 아스팔트로 그 위를 재포장하여 매끈하게 돼 걷기에 편하고 차를 운행하는데도 소음이 적게 발생한다. 지나다가 우연히 아름다운 건축물 하나를 발견했다. 건물 자체는 단순한 콘크리트 구조지만 발코니 장식이 아주 특별했다. 아래층에서 맨 위층까지 마치 나뭇가지가 뻗쳐 있는 것 같은 광경을 창출하고, 거기에다 4층부터 7층 위 옥상까지 각 층마다 억새를 심어 마치 나뭇가지 사이사이로 억새 꽃이

숲과 초원의 조화를 연출한 프라하의 한 건축물 외관

핀 것 같은 숲과 초원의 조화를 도출했다. 기발한 생각이 만들어 낸 도심에서 보기 드문 훌륭한 인공적 자연 경관이었다!

프라하의 까를루프 모스트 원경

프라하에는 까를루프 모스트Karlův most라는 명칭의 오래된 다리가 있다. '모스트'는 슬라브어파 언어에서 '다리'를 뜻한다. 신성로마제국 시절인 1357년에 축조가 시작되어 1402년에 완공된 길이 516미터의 돌다리이다. 이것은 1841년까지 블타바Vltava 강 양안을 연결하는 유일한 다리로 9세기에 건축된 프라하성과 중세에 형성된 구 도심을 이어주는 중요한 역할을 해 왔다. 특별한 것은 없지만 늘 사람들로 붐비는 곳이다. 늘 그런지는 모르지만 내가 간 날은 다리 위에서 몇 사람이 재즈 음악을 연주하고 있었다. 나는 거리에서 연주하는 이런 광경을 매우 좋아해서 한참을 지켜보았다. 주머니에 현금이 없어서 사례는 못했지만 음악을 감상하며 매우 즐거운 시간을 보냈다.

호텔로 돌아오는 길에 서점에 들러 체코어판 《어린 왕자》 한 권을 구입하고, 대형 마트에서 체코산 배 증류주 한 병을 샀다. 프랑스어로 배는 뿌아르poire이고 배 증류주는 오-드-비 드 뿌아르eau-de-vie de poire라고 하지만, 일반적으로 사람들은 상품명을 따라 '뿌아르 윌리암즈'Poire Williams라 부른다. 배 증류주를 만드는데 사용하는 배의 품종이 윌리암즈Williams라서 붙여진 이름이다.

2월의 이야기

과실수 몇 그루를
주문하다

2015년 2월 중순으로 들어섰지만 날씨는 아직도 영하이다. 하지만 곧 다가올 봄맞이를 위해서 아래와 같이 몇 그루의 과실수를 주문했다.

모과나무 2 그루를 그루당 3,000 원
밤나무 2 그루를 그루당 4,000 원
무화과나무 2 그루를 그루당 10,000 원
대추나무 2 그루를 그루당 7,000 원
까막까치밥나무 20 그루를 그루당 4,000 원
합계 128,000 원

오늘 주문한 과실수는 밤나무를 제외하고는 모두 나의 지난 날의 추억과 관련이 있는 것들이다.

어릴 적에 외갓집에 가면 나는 나보다 한 살이 아래였던 배다른 막내 외삼촌과 같이 놀았다. 집 앞 장독대를 덮고 있던 머루나무에는 여름이 되면 머루가 주렁주렁 달려 있었고, 우물가에는 큰 모과나무 한 그루가 있었다. 그런데 외조부께서 머루를 함부로 따지 못하게 하셔서 한 번도 제대로 먹어본 적이 없기에 늘 서운했다. 가을이 되면 우물가의 모과나무에 모과가 익어서 노랗게 색갈이 변하게 되면 너무나 아름다웠다. 이 두 풍경은 내 기억 속에 아쉬움과 아름다움으로 남아 있었고 외갓집을 떠올리면 항상 머루나무와 모과나무가 생각이 나서 꼭 한 번 집에 심어보고 싶었다. 파리 교외의 별장에서는 이 꿈을 이루지 못했다. 프랑스 모과는 향도 그리 강하지 않고, 과육이 부드러우며 단맛이 강하여 나의 기억 속에 남아 있는 그런 모과가 아니었다. 그래서 이 번 기회에 꼭 직접 심어 보고 싶었다.

열매가 주렁주렁 달린 무화과나무를 내가 처음 본 것은 포항이었다. 중학교 시절 잠시 교회에 같이 다녔던 한 선배와 기차를 타고 포항해수욕장으로 배낭여행을 한 적이 있었다. 우리는 재정이 충분하지 않아 포항 어느 교회에 들러 목사님께 하룻밤을 재워달라고 해서 신세를 진 적이 있었는데, 바로 그 교회당 입구에 아주 큰 무화과나무가 있었다. 열매 자체보다는 나뭇잎이 더 아름다웠다. 그 이후 언제 기회가 되면 무화과나무를 집에 심어 보겠다고 벼려 오다가 파리 교외에 있던 별장에 심었으나 기후가 맞지 않았는지 죽거나 죽지 않아도 봄이 되어 움이 트면 얼어서 말라 죽는 바람에 제대로 자라질 못했다. 오늘 무화과를 주문하면서 소백산 자락도 기후가 따뜻한 편이 아니기 때문에 불길한 생각이 들었지만 다시 시도하기로 했다. 2월 말에 설치할 비닐하우스 안에 심으면 살지 않을까 하는 기대감 때문이었다.

대추와의 인연은 시월 시제와 관련이 있다. 설이나 추석이 되면 나는 부모님을 따라 큰집에 가곤 했다. 특히 음력 시월에 시사를 지내기 위해 큰집에 가면 집 앞에 늘어선 대추나무에 붉게 물들은 잘 익은 대추가 주렁주렁 열려 있었다. 제사를 지내기 위해 미리 대추를 따 놓았을 때도 있었지만, 주로 사촌 형과 내가 대추나무를 발로 차거나 장대로 가지를 두드려서 대추를 따곤 했다. 그 때 씹어 먹던 제대로 익은 싱싱한 대추의 단맛과 입안을 가득 메운 과육의 향을 지금도 잊을 수가 없다. 이러한 추억 때문에 파리 교외에 있던 별장에 심어 보려고 종로5가에 있는 종묘상에서 두 차례나 묘목을 사 갔지만 모두 실패하고 말았다. 봄에 겨우 가지에 움이 트면 얼어 죽고 마는 것이었다. 파리가 기후는 그리 춥지 않지만 북위 고도가 높아서 그런 것 같았다. 내가 농사를 지을 소백산 자락에 있는 땅은 해발고도가 550미터 정도인데 대추가 잘 자랄지 의문이다. 주현재보다 해발고도가 많이 낮긴 하지만 면사무소 근처의 농가에 대추가 열린 것을 보았으니 잘 클 수도 있을 것이다.

까막까치밥나무는 영어로 black currant, 프랑스어로 cassis까씨스, 러시아어로 смо-родина스마로디나라고 한다. 영어와 프랑스어는 ‘까막까치밥나무’로 러시아어는 ‘까치밥나무’로 번역하고 있다. 나는 한국에서 까막까치밥나무를 본 적이 없었다. 1970년대 프랑스에서 처음으로 알게 되었다. 까막까치밥나무 열매로 만든 잼도 먹어 보았고, crème de cassis크렘 드 까씨쓰라고 하는 까막까치밥나무 열매로 만든 술도 마셔 보았고, 신선한 익은 열매도 먹어 보았다. 그 이후 단맛과 신맛이 묘하게 조화된 까막까치밥나무 열매를 나는 퍽 좋아하게 되었다. 완전발효 샴페인에 크렘 드 까씨스를 몇 방울 떨어뜨린 kir royal끼르 로얄이라는 칵테일을 나는 매우 좋아했다. 심지어 파리 교외에 있던 별장에 까막까치밥나무를 심어서 열매를 따먹기도 했었다.

내가 이 식물에 매료된 것은 당연히 맛 때문이긴 하지만 또 다른 중요한 이유가 있다. 하나는 ‘까막까치밥나무’라는 이름이 주는 소박한 매력 때문이고, 다른 하나는 까막까지밥나무의 열매를 으깰 때 내 눈을 자극하는 그 색깔의 강렬함 때문이다. 나는 늘 이 열매를 찹쌀과 섞어서 누룩으로 양조한 술을 만들어 마시고 싶었으나 일에 밀려 꿈을 이루지 못했다. 이제야 드디어 절호의 기회를 맞았으니 해 보지 않을 수 없다. 이번 겨울 방학에 집에 갔을 때 묘목을 파리에서 구해 올 생각이었으나 우연한 기회에 서울에 있는 한 원예종묘사에서 까막까치밥나무의 삽목묘를 판다는 사실을 알게 되어 생각보다 쉽게 묘목을 구할 수가 있었다. 백두대간 저수령 자락 주현재에서 샤쉴륵shashlyk이라고 하는 꼬치구이를 안주 삼아 까막까치밥나무 열매 술을 마시게 될 날도 멀지 않은 것 같다!

드럼통 난로를
만들다

종묘사에 주문한 과실수가 도착했다는 연락이 와서 2015년 2월 27일 토요일 저수령으로 내려갔다. 상리면 백석리에 사는 장병근 농부에게 품앗이를 부탁하여 드럼통 난로를 하나 제작하고 비닐하우스를 설치하여 비닐하우스 안에 도착한 과실수를 땅이 녹을 때까지 가식할 생각이었다.

생질에게 부탁했던 비닐하우스 자재들이 모두 도착해 있었으나, 비닐하우스 지지대를 땅에 박기 위해서는 땅에 구멍을 뚫을 수 있는 쇠창처럼 생긴 도구를 준비해야 하는데 미처 생각하지 못했다. 야목 부락에 수소문하여 음달 부락의 안승규 농부한테서 빌리기로 했다. 쇠꼬챙이가 도착하는 동안 장병근 농부와 드럼통으로 난로를 제작하였다. 모든 자재와 필요한 공구 준비부터 드럼통을 절단하고 고정시키는 작업까지 모두 장병근 농부가 수행하였으며, 나는 그냥 옆에서 잡아 주기만 했다.

200리터짜리 빈 드럼통은 10,000 원을 주었고, 스테인리스강 연통 2개를 구입하는데 61,000원이 들었다. 제작 원리는 간단했다. 절삭기로 드럼통의 윗부분 한 쪽에 화목 주입구로 사용할 지름 20센티미터 크기의 구멍을 내고 반대편에는 지름 10센티미터 크기의 구멍을 뚫었다. 지름 20센티미터 구멍에 넣을 화목 주입구는 드럼통의 깊이 80퍼센트까지 내려갈 수 있는 길이로 연통을 재단하고 윗부분을 약 3센티미터 정도의 폭으로 세로로 잘랐다. 자른 부분은 펜치로 절단면을 바깥쪽으로 굽혀서 연통을 드럼통에 낸 구멍 속으로 넣을 때 화목 주입구의 윗부분이 드럼통에 걸치게 했다. 그리고 굴뚝용 구멍은 미리 10센티미터의 원을 그리고 그 중심부를 직경 5센티미터 정도의 원형으로 절단하여 구멍을 낸 뒤 미리 그려 놓은 직경 10센티미터의 원 둘레까지 3센티미터 정도 간격으로 잘랐다. 자른 부분을 드럼통 안으로 구부려 넣고 4개만 동서남북으로 서로 마주 보게 연통에 수직으로 구부러서 연통을 지지할 수 있도록 나사못으로 고정시켰다.

화목을 넣을 곳을 잘라내고 그곳에 원통을 넣어 걸침

굴뚝으로 사용될 곳을 잘라내고 연통을 나사못으로 고정

화목 주입구와 굴뚝이 완성된 모습
바람에 넘어지지 않게 돌을 얹음

불을 붙일 때는 화목 주입구로 큰 나무와 작은 나뭇가지를 차례로 넣은 뒤 종이에 불을 붙여서 넣으면 금방 나무에 불이 붙는다. 거의 완전 연소가 되기 때문에 연기도 그리 나지 않고 화력도 좋고 오래 가기 때문에 매우 경제적이다.

문제는 비닐하우스 설치 작업이었다. 비닐하우스 지지대를 박을 구멍을 팔 쇠꼬챙이가 와서 작업을 시작했으나 땅이 얼어서 50~60센터 깊이로 구멍을 뚫기가 그리 쉽지 않았다. 해머가 필요한데 마을에서 빌릴 수가 없어서 조금 큰 망치로 쇠꼬챙이를 두드려서 박았으나 이내 망치 자루가 부러져 버렸다. 할 수 없이 두 사람이 힘들게 들 수 있는 무겁고 큰 돌을 구해서 작업을 했으나 힘만 들 뿐 결과가 시원치 않았다. 설치 경력자의 도움이 필요하다고 판단하여 결국은 점심 때쯤에 비닐하우스 설치 작업을 중단했다. 생질에게 부탁하여 경력자에게 설치를 의뢰하기로 했다.

비닐하우스 지지대를 옮기고 있는 백석리의 장병근 농부

비닐하우스가 설치되었더라면 과실수를 비닐하우스 안에 가식할 수 있었을 텐데 참으로 안타까웠다. 할 수 없이 농가 마당에 땅을 파고 임시로 묻어 놓고 혹시 묘목이 얼까 봐 비닐과 볏짚으로 덮어 놓았다. 땅이 녹기를 기다리는 수밖에……

안데스 산맥 알띠쁠라노를
종단 답사하다

스페인어 알띠쁠라노Altiplano는 고원이란 뜻으로 영어로 'high plateau'이다. 스위스의 명품 수제시계 제작사 삐아제Piaget는 제품 가운데 두께가 3.6밀리미터인 세계에서 가장 얄팍한 시계의 이름에 알띠쁠라노Altiplano라는 명칭을 사용하기도 했다. 남미 안데스 산맥에 위치한 알띠쁠라노는 볼리비아가 대부분을 차지하고 있지만 북부 일부는 페루에 속하고 남부 일부는 아르헨띠나와 칠레에 속한다. 알띠쁠라

삐아제의 알띠쁠라노 백금 시계

노에는 유명한 관광지가 몇 있는데, 그 중에 페루와 볼리비아 국경에 위치한 띠띠까까 Titicaca 호수, 볼리비아의 최대 도시 라 빠스La Paz와 우유니Uyuni 소금 평원, 칠레의 아따까 마Atacama 사막 등이 있다.

나는 이미 1994년에 학술 회의 참석차 라 빠스에 들렀을 때 참석자들과 함께 띠띠까까 호수와 우유니 소금평원을 관광차 들린 적이 있으나 시간이 없어서 제대로 둘러보지 못했다. 나와 친분이 있는 한 현지 학자가 알띠쁠라노 종단 구간의 자연지리를 소개하면서 꼭 한 차례 자동차로 답사해 볼 것을 권유했다. 그래서 나는 언제 시간이 될 때 반드시 알띠쁠라노를 제대로 답사하겠다고 다짐했다. 하지만 마음만 먹었지 혼자서는 엄두가 나지 않아서 계속 실행에 옮기지 못하다가 마침내 동행할 지인 몇 명을 모집하여 2017년 2월에 페루의 뿌노Puno에서 칠레의 산 뻬드로 데 아따까마San Pedro de Ata Cama까지 자동차로 안데스산맥 알띠쁠라노 종단 구간을 답사했다.

꾸스꼬에서 뿌노행 야간 버스를 기다리며

　　개인적으로 이번 여행의 목적은 알띠쁠라노 고원을 종단하는 것이었지만 알띠쁠라노 구간만 답사한 것은 아니었다. 동행했던 참가자 대부분이 남미가 초행길이었기 때문에 페루, 볼리비아, 칠레로 이어지는 관광객들이 즐겨 찾는 곳들을 여행 구간에 추가했다. 아메리칸항공을 이용하여 2017년 2월 8일 오후 인천을 출발하여 미국 달라스를 거쳐 페루 리마로 가서, 거기서부터 버스, 기차, 사륜구동 메르세데스 벤츠를 이용하여 꾸스꼬Cusco, 마추삑추Machupicchu, 오얀따이땀보Ollantaytambo, 모라이Moray, 뿌노Puno, 볼리비아 라 빠스La Paz와 우유니Uyuni, 칠레 산 뻬드로 데 아따까마San Pedro de Atacama를 거쳐 깔라마Calama에서 칠레 항공편으로 산티아고Santiago로 가서 그곳을 둘러본 뒤 다시 미국 달라스를 거쳐 2017년 2월 24일 오후 인천으로 돌아오는 16박 17일의 여행이었다. 지도에서 붉은 부분이 알띠쁠라노 고원지대이다.

페루 꾸스꼬에서 버스를 타고
띠띠까까 호수로 가다

꾸스꼬Cusco에서 뿌노Puno까지
는 정기노선 야간 버스를 이용했다.
저녁 10시에 꾸스꼬를 출발해서 다음
날 아침 04시 30분에 뿌노에 도착하
는 버스였다. 버스는 2층짜리 반 침대
버스였는데 생각보다 편해 비행기의
비지니스 클래스 좌석보다도 훨씬 좋

180도로 펼 수 있는 침대 버스

았다. 반 침대 버스도 이렇게 편한데 위 사진처럼 180도로 펼 수 있는 침대 버스는 얼마
나 편할까! 고산지대라서 낮에는 햇살이 따가울 정도로 덥고 밤에는 기온이 영상 5도 정
도로 내려가기 때문에 꽤나 쌀쌀했다. 좌석이 2층 맨 앞자리라서 유리창에서 한기가 전
해졌고 발이 시려서 결국 배낭에서 침낭을 꺼내어 덮고 잠을 청했다. 추워서 꼼짝하기도
싫었는데 저녁을 먹으면서 물을 좀 많이 마신 까닭에 버스 1층에 마련된 화장실을 두어
차례 오르내리느라 매우 성가셨다.

버스는 예정보다 조금 일찍 목적지에 이르렀다. 짐을 찾은 뒤, 날이 아직 완전히 밝
지 않았지만 택시를 잡아타고 띠띠까까 호수 우로스Uros 섬으로 가기 위해 뿌노항Puno port
으로 향했다. 띠띠까까 호수는 오른쪽 페이지 지도에 표시된 것처럼 해발고도 3,809미터
에 위치하며 넓이는 8,560제곱킬로미터이다.

우로스 섬으로 가는 배들이 정박된 띠띠까까 호수 뿌노항에 도착하니 아직 어두컴
컴했으나 곧 동이 틀 것 같았다. 조그만 배를 타고 뿌노항에서 서쪽으로 5킬로미터 떨어

띠띠까까 호수 주변 도시들

진 곳에 있는 우로스 섬으로 향했다. 우루Uru 혹은 우로스Uros족은 페루와 볼리비아의 원주민으로 우루-치빠야스Uru-Chipayas, 우루-무라또스Uru-Muratos, 우루-이루이또스Uru-Iruitos로 분류된다. 첫 두 집단은 페루의 꾸스꼬 인접 지역과 뿌노 근처 띠띠까까 호수의 둥둥 떠 있는 섬에 거주하여 이들이 사는 둥둥섬을 우로스섬이라고 부른다. 마지막 집단은 띠띠까까 호수와 데사구아데로Desaguadero 강의 볼리비아 영토에 거주한다. 우루족은 민족어인 우루어가 있었으나 우로스섬으로 온 후 육지에 거주하는 아이마라Aymara족과 교역하고 결혼하면서 아이마라어에 흡수되어 현재는 아이마라어를 사용한다.

뿌노항 모습

우로스 섬에 도착하니 섬에 거주하는 사람들이 관광객을 위해 섬의 내력과 갈대로 만든 모형을 보여주면서 그들의 주거지에 대해 설명했다. 호수 깊은 곳에 갈대로 집을 짓고 산다는 것은 당연히 불가능한 일이다. 우로스 섬이 형성된 곳은 물이 깊지 않아서 갈대가 자랄 수 있는데 이 갈대를 자르고 엮어 뭉치로 만들어 이를 물에 띄워서 그 위에 거주공간을 짓는다. 구체적으로 호수 바닥에 기둥을 박고 그 기둥에 엮은 갈대 뭉치를 묶고 쌓아서 뿌리를 내리게 하여 구조물을 지탱하게 한 후 그 위에 마른 갈대를 두껍게 깐 후 구조물을 마련한다. 두껍게 깐 갈대는 습기 때문에 부식하거나 사람들이 밟아서 상하기 때문에 자주 덧대거나 갈아주어야 한다. 우로스족은 띠띠까까 호수의 갈대들을 이용하여 공예품을 만들어 관광객들에게 판매했다.

우로스 섬의 내력과 주거 환경에 대해 설명하는 우로스 사람들

띠띠까까 호수는 크기로는 세계에서 최고지만 높이로 따지자면 해발고도 4,000미터에 위치한 타지키스탄의 카라쿨 호수Karakul에는 못 미친다. 띠띠까까 호수를 크기가 엇비슷한 해발고도 1,600미터에 위치한 키르기즈공화국의 이쓱쿨호수Issykkul의 아름다운 호변과 빼어난 주변 경관에 비교하면 초라하기가 이루 말할 수 없었다. 내가 지금까지 가본 산중 호수 가운데 가장 아름다운 것은 당연히 해발고도 3,000미터에 위치한 키르기즈공화국의 송쿨호수Songkul였다.

우로스 섬을 둘러본 뒤, 배를 타고 다시 육지로 나왔다. 교통편을 기다리면서 근처

띠띠까까 호수의 모습

시장에서 사온 살떼냐salteña로 아침식사를 했다. 페루와 볼리비아에서 살떼냐라고 하는 이 음식을 칠레에서는 엠빠나다empanada라고 부른다. 이것은 밀가루 반죽에 다지거나 잘 게 썬 고기와 야채를 넣고 화덕에 구운 일종의 만두이다. 살떼냐와 엠빠나다는 중앙아시 아의 돌궐·몽골 문화권이나 중동의 이슬람 문화권의 삼사samsa와 유사한 음식이다. 살떼 냐는 주로 아침 식단에 사용되기 때문에 만두 속 재료에 야채를 많이 넣어서 먹을 때 국 물이 흘러나오는 반면 엠빠나다는 국물이 없는 것이 특징인데 칠레의 엠빠나다가 세계적 으로 유명하다.

볼리비아의 살떼냐

칠레의 엠빠나다

칠레 산띠아고 중앙시장에서
세비체를 다시 맛보다

2017년 2월 21일 산 뻬드로 데 아따까마San Pedro de Atacama에서 산띠아고에 도착하자마자 숙소에 짐을 두고는 곧 바로 중앙시장인 메르까도 센뜨랄Mercado Central로 갔다. 이곳은 산티아고 시내의 최대 수산시장인데 내부에 음식점이 즐비하다. 바깥쪽에는 생선 가게들이 있고 안쪽에는 음식점과 과일가게들이 있다. 그 중에서도 시장 내부의 엄청난 공간을 차지하고 있는 아우구스또Augusto라는 대형 음식점이 유명하다. 여기서 파는 세비체ceviche를 나는 매우 좋아한다. 2012년 10월 아르헨띠나를 다녀오는 길에 아우구스또의 세비체가 먹고 싶어서 일부러 산띠아고를 들려서 온 적도 있었다.

서부 유럽의 오래된 전통시장처럼 철제 구조물이 고풍적이고 아름답다

아우구스또 식당에서 세비체를 맛보며. 김학민, 필자

　　음식점 아우구스또는 시장치고는 가격이 좀 비쌌지만 재료가 신선해서 제공하는 요리는 아주 좋았다. 이번에도 동행했던 몇 친구들과 같이 세비체를 주문했다. 세비체는 생선을 포를 떠서 도톰하게 썬 것에 채 친 양파를 섞어서 후추와 레몬즙으로 간을 하고, 프랑스어로 꼬리앙드르coriandre라고 부르는 고수를 다진 것과 생마늘 몇 개로 장식한 일종의 생선 무침 회이다. 칠레산 '또레온 데 빠레데스'Torreon de Paredes라는 백포도주를 시켰는데 세비체와 함께 마시기에 더할 나위 없이 훌륭했다. 지금도 세비체를 떠올리면 갑자기 입안에서 군침이 도는 것을 어찌할 수가 없다.

생선 무침 회 세비체

신맛과 단맛이 잘 조화되어
세비체와 마시기에 탁월한 술

칠레 산띠아고에서 스페인 바스끄 민족의
요리를 맛보다

2017년 2월 23일, 동행했던 일행은 산띠아고 교외에 있는 '꼰차 이 또로'Concha y Toro 양조장으로 견학을 가고 나는 양조장 견학을 포기한 지인 두 명과 함께 산띠아고 전경을 보기 위해 걸어서 산 끄리스또발San Cristobal 언덕으로 갔다. 산 끄리스또발 언덕은 서울의 남산공원 같은 곳인데 정상 부근에 전망대가 있어서 산띠아고 시내를 한눈에 내려다볼 수 있다. 푸니꿀라르funicular라고 부르는 일종의 케이블

모떼 꼰 우에시요

산 끄리스또발 언덕에서 바라본 산띠아고 시내 전경

  백두대간 농부가 된 프랑스 교수의 사철 이야기

카를 타기 위해 거의 한 시간 동안 줄을 서서 기다렸다. 매표소 입구에 모떼 꼰 우에시 요mote con huesillo를 팔고 있었는데, 같이 갔던 지인이 그 광경을 보고는 신기해 하면서 세 잔을 사가지고 와서 기다리는 동안 함께 마셨다. '모떼 꼰 우에시요'는 말린 복숭아 를 달인 물에 삶은 옥수수와 밀을 넣은 달달한 음료수인데 후덥지근한 산띠아고 여름 날 씨에 목을 축이기에는 이만한 것이 없었다.

우리는 케이블카를 타고 언덕을 내려오면서 일단 점심을 먹고 국립미술관에 가 보 기로 했다. 뭘 먹을까 고민하다가 지나가는 길에 그럴듯한 음식점이 나타나면 그곳에서 점심을 먹기로 했다. 식당가로 들어서서 세 군데를 들렀으나 어느 것도 우리의 구미를 당 기는 것은 없었다. 실망도 하고 배도 고팠지만 마지막으로 한두 군데를 더 둘러보기로 했다. 한 골목으로 들어섰더니 EL TXOKO ALAVES라는 허름한 식당 하나가 보였다. 무작정 들어갔으나 생각과는 다르게 음식점의 내부 장식이나 식사하고 있는 손님들의 풍 경이 예사롭지 않았다. 한마디로 너무나 마음에 들었다. 두말할 것도 없이 세 명이 앉을 수 있는 식탁을 부탁하고 자리가 날 때까지 앉아서 얼마를 기다렸다. TXOKO는 바스끄

식당의 외부 모습

어로 '작은 구석'이라는 뜻이고, ALAVES는 스페인 북동부 지역 바스끄 민족의 역사적 영토인 Alava도道 출신인이라는 뜻인데, EL TXOKO ALAVES는 '알라바도 출신인들의 작은 공간' 정도로 해석할 수 있으며, 스페인의 바스끄 민족 음식을 전문으로 하는 음식점이라고 볼 수 있다. 우리는 전식으로 문어 요리를 시켰고 주식으로 생선 요리를 주문했는데 무슨 생선이었는지 기억이 나지 않는다. 하지만 두 요리 모두 정말 맛있게 조리하여 두고두고 생각이 났다. 옆 자리 손님들이 시킨 스테이크를 보고는 깜짝 놀랐다. 그렇게 크고 먹음직한 스테이크는 처음이라 맛을 보고 싶은 마음이 간절했으나 배가 너무 불러서 주문을 자제했다.

전식으로 주문한 문어 요리

주식으로 시켰던 생선 요리

옆 자리 손님이 주문한 스테이크

우리는 커피를 한잔한 뒤 후식주로 아라우까노Araucano를 마셨다. 병에 붙은 상표에 '쓴맛 아라우까노'는 식전주나 식후주이며 '위장을 튼튼하게 하는 리큐어'licor estomacal라고 적혀 있었는데 과학적인 근거가 있는지는 모르겠다. 아라우까노는 1905년 이탈리아 이민자 Virgilio Brusco Castagnino에 의해 칠레의 항구도시 발빠라이소Valparaiso에 설립된 'Tres Torres' 증류소에서 생산한 리큐어인데, 23 가지의 약초나 약초의 씨앗을 사용하여 증류한 술이다. 유럽으로 수출되는 아라우까노는 '쓴맛 부루스코'Bitter Brusco란 상품명을 사용한다. 아라우까노는 약초의 향에 쓴맛이 나는 흑색의 28도짜리 술인데

후식주로 마신 아라우까노 Araucano

아무것도 섞지 않고 그대로 먹거나 얼음을 넣어서 차게 마시기도 한다.

우리는 주문한 요리에 백포도주를 곁들여 마시면서 13시부터 16시까지 칠레사람들처럼 3 시간 동안 느긋하게 점심을 먹었다. 내가 파리에서 직장 생활을 할 때 손님 접대를 위해서 한 것을 제외하고는 타지에서 점심을 3 시간 동안이나 먹은 것은 이것이 처음이었다. 점심을 먹는 내내 음식 맛에 감탄해서 말할 수 없이 행복했다. 내가 최근에 맛본 가장 훌륭한 음식이었다. 결국 계획했던 국립미술관 관람은 포기하고 말았다. 숙소로 돌아가는 길에 우리들 앞에 나타난 온갖 벽화로 치장한 건물들과 마뽀초Mapocho 강물이 맛과 멋에 취한 우리들을 더할 나위 없이 즐겁고 행복하게 했다.

벽화로 치장한 칠레 산띠아고의 건물들

작품명이
'김필영像'이다

　　무술년 설날 다음날인 2018년 2월 17일 동네 친구들과 강남대학교 입구에 있는 한 음식점에서 저녁을 같이 했다. 우리는 주말에 만나서 주로 자전거를 함께 타거나 주변 산에서 트레킹을 하는 용인에 거주하는 친구들이다. 최근 들어 모두들 나태해져서 그런지 운동을 함께 하는 빈도가 줄어든 대신에 식사를 하며 막걸리를 한잔하는 횟수가 상대적으로 늘어났다. 그렇다고 자전거를 전혀 타지 않거나 아예 산에 가지 않는 것은 물론 아니었다.

　　'두근두근' 고깃집에서 막걸리와 함께 저녁 식사를 마친 뒤, 늘 하는 것처럼 동네 맥주집 '안단테'에서 맥주를 한 잔씩 하고 헤어질 무렵 김천정 삽화가가 선물이라며 종이봉투 하나를 건넸다. 집에 와서 뜯어보니 작품명이 '김필영像'인 내 초상화였다. 몇 해

전에 김천정 삽화가가 친구들의 초상을 제작하여 선물한 적이 있었다. 공교롭게도 그 때 나는 프랑스 본가에 가 있었기 때문에 받지 못했는데 김 삽화가가 일부러 제작하여 이번 설 모임에 가지고 나온 것이었다. 내 맘에 아주 쏙 들어서 흐뭇했다.

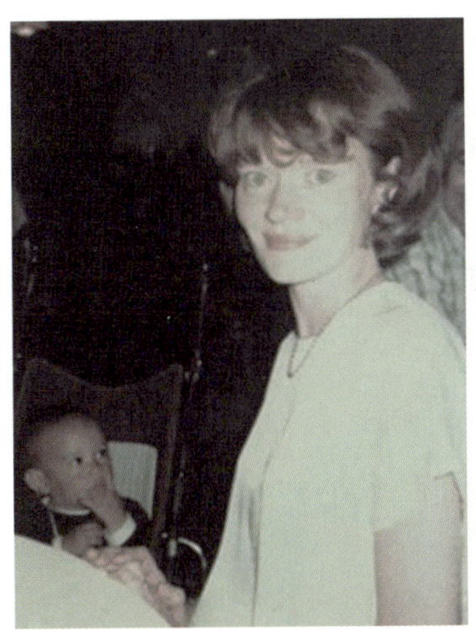

초상이 너무 마음에 들어서 아내에게 사진을 보냈더니 부러워하는 눈치였다. 미안해서 부탁을 못하다가 얼마 전에 술자리에서 우연히 김천정 삽화가에게 아내의 초상화에 대해 말을 꺼냈더니 흔쾌히 들어주었다. 나에게 있던 아내의 최근 사진과 30대 초반의 사진 한 장을 매일로 보냈더니 삽화가의 말이 최근 사진은 인상이 너무 강해서 초상으로 적절하지 않다며 30대 초반에 촬영한 모습을 선택하겠다고 했다. 내 아내는 눈동자가 갈녹색인데 초상肖像에 갈청색으로 채색이 되어 있어서 그것만 다시 수정해 달라고 부탁했다. 아내가 자신의 초상을 보고는 마음에 든다며 좋아했다. 아내의 초상화는 큰아들 삐에르-필립이 어렸을 때 어느 식당에서 찍었던 사진을 바탕으로 김천정 삽화가가 그린 것이다.

농가 뒤꼍의 집채만 한
바위를 파쇄하다

몇 년 전부터 농가 뒤꼍에 있는 큰 바위를 파쇄하려고 마음을 먹었으나 바위가 농가에 너무 가까이 있어서 화약으로는 발파할 수가 없었다. 그 동안 여기저기 다른 방법을 알아보았지만 마음대로 되지 않아서 포기했었다. 2018년 1월 파리 본가에서 우연히 인터넷에서 무엇을 검색하다가 부산에 소재한 암석 제거 전문업체를 알게 됐다. 2월 초순 호주와 뉴질랜드 여행을 마치고 한국으로 돌아와 바로 공사를 시작하려 하였으나 날씨가 몹시 추워서 엄두를 내지 못했다. 백두대간 저수령 자락의 금년 겨울은 영하 20도 이하로 내려가는 날이 많았다.

2월 중반이 지나면서 날씨가 좀 풀려서 업체에 연락하여 2월 22일로 약속을 잡았다. 파쇄 작업은 아침 8시에 시작해서 오후 5시에 끝마쳤다. 암석제거 업체 직원 두 명이 대형 공기압축기(air compressor)를 사용하여 바위의 절단할 부분에 일직선으로 여러 개의 구멍을 뚫고 거기에 쇠 쐐기를 박은 다음 해머로 그것을 깊이 들어가게 내려쳐서 바위에 금이 가게 해 원하는 부분을 갈라지게 하는 방법이었다. 파쇄할 부분에 금이 가서 갈라지면 굴착기에 부착된 파쇄기로 내려쳐서 바위를 깼다.

일단 바위는 성공적으로 제거하였지만 아직은 땅이 깊게 얼어서 주위의 땅 정리는 하지 못하고 있다. 아마도 3월 하순은 되어야 가능할 것 같다. 파쇄한 바위의 분량이 25톤 덤프트럭으로 두 차는 충분히 될 것 같다. 파쇄석 가격이 한 차에 50만 원이니 나중에 농가 뒤편의 밭을 정리하고 석축을 쌓을 때 유용하게 사용할 수 있겠다.

바위 파쇄 장면

해어진 책의 수선을
부탁하다

내가 프랑스 유학시절 프랑스어를 배우면서 구입하여 지금까지 쓰고 있는 《베쉬렐》Bescherelle 이란 프랑스어 동사활용 사전이 심하게 해어져 표지에서 등 부분이 떨어져 나가 버렸다. 그것도 그럴 것이 나뿐만 아니라 아내와 두 아들도 함께 사용해 왔으니 한 사람이 160여 년을 사용한 거나 마찬가지이다. 인터넷 서점에서 현재 25,700 원에 최신판을 구입할 수 있지만 내 《베쉬렐》은 오랫동안 사용

헤어진 프랑스 동사 활용 사전 《베쉬렐》

해서 눈을 감고도 쪽 수를 짐작할 수 있을 정도로 손에 익은 정이 든 책이다.

수선을 위해 인터넷에서 검색을 하던 중 수원에 있는 한 업체를 찾았다. '부링더북'Bring the book이란 작업실인데 금년 1월부터 매달 1권의 책을 무상으로 수선해 주고 있었다. 2018년 2월이 다 끝나가는 22일 저녁까지 아무도 수선을 신청하지 않았다. 반가운 마음에 바로 댓글을 달고 수선을 신청했다. 작업실의 명칭이 'Bring the book'으로 꽤나 묘한데, 한국어로 '책을 가져오세요' 정도로 번역할 수 있겠다. 어제 2월 27일 오전에 수선이 필요한 책을 가지고 직접 부링더북 작업실을 찾아갔다. 무상으로 수선을 받는게 미안해서 이은정 대표께는 근래에 구입한 몽골여행기를, 그리고 따님을 위해선 지난번 중앙아시아 여행 시 구입한 초콜릿을 준비했다. 책을 맡기면서 수선이 완료되면 택배로 보내주길 부탁하고 돌아왔다. 작업소에서 곧 바로 수선에 들어갔는지 이 대표가 책을 해체하는 작업 과정을 블로그에 올려 놓았다. 책등의 수선 작업이 생각보다 정교하여 어느 예술 작품 제작과정이나 다름없어 보였다.

저수령 부근 927번 지방도에 쌓인 눈

날씨가 풀리는 듯하여 계획은 없었지만 비닐하우스도 살펴볼 겸 삼일절 아침에 백두대간 저수령 자락에 있는 농가로 출발했다. 저수령 자락에 도착하니, 비가 많이 내린 수도권 지역과는 다르게 엄청난 양의 눈이 길 양쪽에 쌓여 있었다. 단양군과 예천군에서 막 제설한 상태라서 다행히 저수령을 넘어갈 수 있었다.

2018년 3월 2일 대보름날 오후, 용두리에 작은 땅 한 뙈기를 마련하여 주말에만 내려오는 인천시민 이성원 이웃의 초청으로 여러 가지 나물 반찬과 오곡밥을 먹고 있었는데, 부탁했던 책의 보수 작업이 끝났다고 브링더북에서 문자가 왔다. 3월 3일 아침 브링더북 블로그에 게재된 수선된 책의 사진을 보니 기대했던 것보다 퍽 예쁘게 제본되어 참으로 기뻤다. 수선에 쏟은 정성을 생각해서라도

2018년 보름날에 먹은 오곡밥과 나물 반찬

앞으로는 책을 더욱 곱게 쓰도록 노력해야겠다.

　책 수선을 맡기면서 박병선 박사가 생각났다. 1979년 여름, 파리 뤼 더 리쉴리으 거리 Rue de Richelieu에 소재한 프랑스 국립도서관에서 사서로 일하던 박병선(1923-2011) 박사를 찾아간 적이 있었다. 서울에서 어느 정치인이 명성황후 민씨의 자료가 프랑스 국립도서관에 있는지 알아봐 달라는 부탁을 하여 나는 안면도 없는 박병선 박사께 전화로 사정을 말씀드린 뒤 도서관을 방문했다. 박 박사께서 20세기 초 당시 프랑스 신문과 잡지에 보도된 관련 자료 몇 가지를 나에게 보여 주셨다. 점심 때 박 박사께서 구내식당으로 나를 초대하여 함께 점심을 했다. 식사 후 커피를 마시면서, 머리를 남자처럼 짧게 깎은 박 박사께서는 대화 동안 줄곧 담배를 피우시며 차분하게 이런저런 말씀들은 해 주셨는데 국립도서관의 사서들은 고서와 고문서의 정리 외에 수선도 한다고 하셨다. 특히 고서의 수선에는 특별한 풀을 사용한다고 하셨다. 찹쌀가루를 항아리에 담아서 실내에 오랫동안 놓아 두면 자연적으로 쌀가루가 습기를 머금어 부패되는데 그 가루로 풀을 쑤면 접착력이 아주 강해서 그걸 고서 수선에 사용한다고 했던 말이 기억난다. 요즈음 책 수선에 사용하는 풀은 어떤 것인지 궁금하다. 아래는 내 책《베쉬렐》의 수선과 관련하여 부링더북 이 대표의 블로그에 게재된 사진을 발췌한 것이다.

표지 군데군데 벗겨진 부분에 빨간색 코팅까지 해서 완벽하게 수선된《베쉬렐》

옛날 컴퓨터에서 필요한 자료를 찾다가 오래전 카작스탄 크즐오르다에서 찍은 사진 몇 장과 크즐오르다와 관계가 있는 사진 한 장을 발견했다. 돌이켜 생각해 보니 내가 카작스탄의 첫 수도였던 도시 크즐오르다Qyzylorda를 오간 것이 거의 서른 해가 됐다. 크즐오르다는 소련 원동에 거주하던 고려사람들이 소련 공산당 서기장 스탈린의 정책에 의해 1937년 가을 중앙아시아로 이주될 때 블라디보스톡(해삼)에 있던 원동고려사범대학(1931년 설립)과 고려극장(1932년 설립)을 옮겨온 곳이다.

원동고려사범대학은 우리 민족이 1931년 러시아 원동 지역 블라디보스톡에 세운 최초의 4년제 대학이다. 당시 한국에는 연희전문이나 보성전문처럼 2년제 전문대학만 있을 때였다. 1937년 가을 강제 이주 시 크즐오르다로 이전된 원동고려사범대학은 한 학년도 동안 고려말로 강의한 후 1938년 9월에 크즐오르다사범대학으로 개편되어 러시아

제정 러시아 시절인 1905년에
건립된 크즐오르다 기차역

어로 강의하는 소련 대학이 되었다. 1991년 12월 소련이 해체된 후 크즐오르다사범대학은 1996년 9월에 크즐오르다인문대학교로 명칭이 변경되었다가 1998년 9월에 크즐오르다국립대학교가 되었다. 나는 우리 민족이 세운 대학에 바탕을 둔 이 대학에 애착이

옮겨온 원동고려사범대학에 바탕을 두고 설립된 크즐오르다사범대학 건물(1940년 건립)

1994년 11월, 크즐오르다 공동묘지에 안장된 민족영웅 홍범도장군의 흉상 앞에서 오른쪽은 주카작스탄 한국대사관 김성수 참사관

많이 가서 소련 해체 전인 1990년 이래 지금까지 주기적으로 크즐오르다를 방문한다.
금년 2017년은 소련 원동 고려사람들이 중앙아시아로 이주된지 80주년이 되는 해이기
도 하고, 동시에 크즐오르다국립대학교가 설립 80주년을 맞는 해이기도 하다.

크즐오르다에 있는 홍범도거리(표지판에 '이
거리는 1937년 크즐오르다로 이주한 한국의 비
범한 민족영웅이자 애국자이며 러시아 원동지
역과 중국 북동지역 빨치산부대의 전설적인 사
령관이었던 홍범도의 이름을 따라 명명되었다'
라고 적혀 있다.)

홍범도 거리 전경

1995년, 크즐오르다국립대 중앙도
서관 희귀본실에서(1937년 강제이주
시 원동고려사범대학에서 가져온 한문
서적과 대한제국법령 등 많은 도서들
이 보관되어 있다)

2007년 10월, 크즐오르다국립대학
교 개교 70주년 기념행사 참석.(오른
쪽은 친구인 클류슈벡 비쎄노프 박사
내외 1998~2007 크즐오르다국립대
총장, 2007~2011 카작스탄 하원의원,
2011~2019 크즐오르다국립대 총장)

2010년, 크즐오르다국립대학교 바
이작 모민바예프 총장의 강남대학교
방문 기념(왼쪽 둘째), 오른쪽은 악보
타 스마토바 카작스탄학전공 전임
강사

<h1 style="text-align:center">927번 지방도는 풍광이
아름답지만 위험하다</h1>

　단양군 대강면에서 예천군 효자면까지 오자면 지방도 927번을 이용해야 한다. 대강면 올산리에서 효자면 용두리까지 오는 지방도 927번 구간은 계절에 상관없이 주위 풍경이 아름답지만 산길 자체가 굴곡이 심하고 오르내림이 빈번하며 가파른 곳이 태반이라 매우 위험하다. 그래서 눈이 내리게 되면, 특별한 장치를 갖춘 사륜구동의 전천후 자동차라도 927번 지방도로에서는 매우 조심해서 운행해야 한다. 2021년 1월 청량리역에서 안동역까지 'KTX 이음'이 개통된 이후 나는 주현재에서 자동차로 단양역까지 가서 그곳 주차장에 차를 두고 고속열차를 타고 청량리역으로 가곤 했다. 단양역에서 청량리역까지는 1시간 20분이 소요된다. 자동차를 운전하게 되면 도로 상황에 신경을 써야 하기 때문에 두어 시간 운전하고 나면 피곤하기 마련인데 기차를 이용하면 책도 읽을 수 있고 졸리면 잠도 잘 수 있어서 매우 편했다. Covid-19 독감이 창궐하고 나서 해외 여행이 원활치 않아 한동안 나는 파리 본가에 가지 않고 서울과 주현재를 오가며 지냈다. 그러다가 백신이 개발되고 시간이 지나면서 백신 접종 증명서를 지참하면 일부 국가들은 출입국이 가능하게 됐다. 대구에서 고교 교사로 퇴직한 예천초등학교 최무렬 동기가 나에게 일본에 한 번 가보자고 제안해서 2022년 2월 27일 출발하는 항공권을 구입하고 숙소를 예약했다. 출발 당일 우리는 인천공항에서 만나기로 했다.

　도쿄로 출발하기 전전날인 2월 25일 저녁 친구가 전화로 "어머니가 별세하셨다."며 나 혼자라도 다녀오라고 했다. 그래서 나는 친구에게 다음 기회에 가자고 하고는 곧장 항공권과 숙소를 취소했다. 숙소는 날짜 변경 없는 조건으로 조금 저렴한 가격에 도쿄와 교토 두 곳 모두 프랑스 호텔 이비스 스타일즈Ibis Styles에 예약했기 때문에 환불이 되지 않았다. 하지만 항공권은 일부 수수료를 제외한 나머지 금액을 되돌려받았다. 친구 모친의 문상을 가기 위해 26일 아침 청량리역으로 향했다. 출발 전날 기차표를 예약하려고 했으나 이미 KTX 표가 매진되어 'ITX마음'을 타기로 했다. 이전에 무궁화호라고 부르던 이 열차는 청량리역에서 단양까지 1시간 50분이 걸렸다. 무궁화호 급행열차는 생각보다 자리도 넓고 오히려 KTX 보통석보다도 안락했다. 청량리역에서 떠날 때부터 눈이 조금씩 내리더니 어느새 차창 밖으로 보이는 들판에는 눈이 수북이 쌓이기 시작했다. 옆자리 여성이 빛바랜 세익스피어의 작품집을 읽고 있었는데 호기심에 그 여성과 몇 마디를 주고받았다. 그녀는 안동까지 간다고 했다. 단양역에 내렸더니 눈발이 흩날리고 있었다. 눈이 아직 도로에 쌓인 건 아니어서 일단 927번 지방도를 이용해서 저수령으로 가기로 했다. 대강면 장림교를 지나 한참을 가다가 미노삼거리에서 올산리 방향으로 들어서면 그때부터 오르막길이 시작된다. 오르막길에 들어서니 이미 눈이 좀 쌓여서 자동차 바퀴가 헛돌아 주행이 불가능했다. 할 수 없이 927번 지방도 초입에 있는 대강면 장림사거리로 다시 돌아가 아무런 생각 없이 국도 5번을 탔다. 눈이 쌓이진 않았지만 퍼붓는 함박눈 때문에 해발고도 689미터의 죽령을 넘기까지 미끄러질까 봐 가슴을 조이며 운전했다. 풍기를 거쳐 영주에서 28번 국도로 갈아타고 예상보다 훨씬 늦게 예천농협 장례식장에 도착했다. 대강면 장림사거리에서 곧바로 중앙고속도로를 탔더라면 아무런 걱정 없이 제때에 도착했을 텐데 후회가 막심했다. 아래 작품은[1] 문상을 다녀와 그날을 상상하며 창작한 것이다.

청량리역에서 오전 11시 34분에 출발하는 안동행 급행열차가 떠날 시간이 거의 다 됐을 무렵 한 여인이 다가왔다.

　─ 실례하겠습니다.

　나는 습관적으로 자리에서 일어나 그 여인이 편하게 창가 자리로 갈 수 있도록 비켜섰다. 자그마한 키의 이 여인은 곧장 앉을 기세였으나 잠시 머뭇거리더니 다시 일어나 작은 배낭을 선반에 얹고는 자리에 앉았다. 이제는 방해할 사람이 없으니 나는 잠을 자겠다고

1　계간지 《예천 산천》 2023년 봄호 90-94 쪽에 실린 〈필연적 우연〉이란 제목의 글이다.

의자를 뒤로 젖히고 눈을 감았다.

　나는 대구에 사는 초등학교 동기와 같이 내일 아침 일찍 인천공항에서 동경으로 출발할 예정이었다. 그런데 하필이면 어제 이 친구의 모친이 별세하시는 바람에 일단 여행을 취소하였다. 친구는 나 혼자라도 다녀오라고 했지만 혼자서 여행을 할 마음이 내키지 않았다. 더구나 듣자 하니 일본에서는 일반적으로 일본어를 구사하지 못하면 소통이 안 된다고 해서 걱정하던 차에 혼자서 갈 마음이 싹 사라졌다. 다른 한편으로는 무슨 안 좋은 일이 생길 걸 미리 알고 친구 모친께서 일부러 우리 여행을 말리신 건 아닌지 의문이 들기도 했다.

　날씨가 추운 데다가 설상가상으로 집에서 나설 때부터 함박눈이 펑펑 쏟아지는 바람에 기분마저 우울했다. 눈은 그치지 않고 기차를 타고 가는 도중에도 계속 세차게 퍼부었다. 이런 이유로 생각이 꼬리에 꼬리를 물면서 나는 잠을 이룰 수가 없었다. 창밖을 쳐다보려고 눈을 돌리니 옆자리 여인은 책을 보고 있었다. 그런데 책장의 빛바랜 정도가 수십년은 되어 보였다. 일단 퍽 신기했다. 무슨 옛 추억을 다시 꺼내 보려고 여행 중에 이런 책을 읽을까 하며 나는 입속으로 중얼거렸다. 차장 밖으로 온통 눈으로 덮인 논밭이 주마등처럼 지나갔다. 논밭 뒤로 펼쳐지는 형체를 겨우 분간할 정도의 나지막한 산봉우리 위로 쏟아지는 함박눈이 하늘과 어울려 아주 묘한 풍경을 만들어내고 있었다. 마치 비가 온 뒤 볼리비아의 우유니 소금사막에 비친 하늘의 그림자마냥 저절로 감탄을 자아내는 멋진 경치였다. 옆자리 여인이 스마트폰으로 사진을 찍었다. 나도 이 아름다운 풍경을 놓칠세라 서둘러 사진 한 장을 찍었다.

　나는 다시 한번 옆자리 여인을 힐끔하였다. 읽다가 편 상태로 무릎 위에 엎어 놓은 문고판 크기의 책 제목이 눈에 띄었다. 이종구 역 《햄릿/맥베스》. 속으로 나는 적잖게 놀라며 갑자기 여러 가지 의문이 생겼다. 도대체 뭘 하는 여인이길래 이토록 눈이 시리도록 아름다운 풍경을 외면하고 이리도 비극적인 희곡을 읽을까? 무슨 아픈 옛 추억이 있길래 이 여인은 혼자서 기차를 타고 눈이 이처럼 펑펑 쏟아지는 날 여행을 할까? 그냥 순수한 시골 여성처럼 보이던 이 여인이 달리 보이기 시작했다. 어떤 여인인지 알고 싶어 나는 견딜 수가 없었다. 똑바로 쳐다보지 않아서 연령을 추측하기 어려웠지만 마스크 위로 드러나는 눈가의 주름살을 볼 때 대충 50대인 것 같았다. 무슨 수작을 부리려는 사람

무궁화호 차창에서 내다본 눈으로 뒤덮인 논밭 풍경

으로 오해받지 않기 위해서 나는 스마트폰을 꺼내어 필기장에 "정말 오랜만에 빛바랜 책을 읽는 분을 봅니다. 혹시 연극 분야에 종사하시는 분이신가요?"라고 써서 여인에게 내밀었더니 그 여인은 자신의 아이폰에 "글을 씁니다."라고 적어서 답했다.

몇 차례 더 필담을 하다가 호기심이 발동하여 결국 나는 조심스레 말문을 열었다.

— 그럼 희곡을 쓰시나요?

— 아니오. 소설을 씁니다.

— 저는 빛바랜 책도 책이지만 책 제목을 보고 깜짝 놀랐습니다. 여행 중에 기차 안에서 편하게 읽을 수 있는 내용의 책은 아니잖아요!

— 옛날에 읽었던 책들을 다시 보면 느낌이 새로워서요. 저는 희곡을 전공했습니다.

— 저도 연극을 좋아해서 한효동 선생님과 이근삼 선생님한테서 영미 희곡작품을 공부한 적이 있지요. 이전에 햄릿과 맥베스 공연에 배우로 참가하기도 했습니다.

— 아! 이근삼 선생님이요. 저는 오태석 선생님한테서 공부했습니다. 지난 해 별세하셨지요.

오태석 선생이 서울예대 교수이셨으니 이 여인이 그럼 서울예대 출신인가 하는 생각이 내 머릿속을 스쳤다. 어쨌든 나는 우리의 관심 분야가 같다는 게 갑자기 신기하게 느껴졌다. 나는 20대 초반에 영미 희곡에 관심이 생겨서 특히 한국어로 번역된 셰익스피어의 희곡 작품은 모조리 읽었다. 그 후 프랑스 유학 당시 셰익스피어의 희곡 작품을 원문으로 읽었다. 시간이 날 때마다 일부러 셰익스피어의 고향인 스트렛퍼드 어펀 에이번Stratford-upon-Avon에 가서 왕립 셰익스피어 극장(Royal Shakespeare Theatre)에서 공연을 보곤 했다. 그 후 문학 창작에 관심이 생겨서 시를 좀 쓰다가 결국은 집어 치웠다. 나처럼 문학 평론을 하는 사람에겐 창작 과정에서 순수한 감정보다 이론적 기교가 앞선다는 현상을 발견했기 때문이었다. 최근 친구 문인들이 부추겨서 내가 살아온 기구한 운명을 바탕으로 장편소설 한 편을 쓰고 있다. 100 쪽 정도 썼는데 잘 마무리할 수 있을지 모르겠다.

— 혹시 한효동 선생님에 대해서 들어 보신 적이 있으신가요?

— 아니오. 저는 그 분에 대해서는 모릅니다.

— 하긴 한효동 선생님은 오태석 선생보다 연배가 한참 높으신 분이라 그럴 수도 있겠습니다. 사실 저는 농부가 되기 전에 교수였습니다. 제가 밖에서는 한국문학 교수로, 한국에서는 중앙아시아학 교수로 일했습니다. 정년퇴직 후 저는 교육계, 문화계와의 인연을 모두 끊고 산골에서 농사지으며 파리와 서울을 오가며 조용히 지내고 있습니다. 지난 해 연말, 대구에 거주하는 한 친구 시인이 《예천 산천》 겨울호 한 부를 제게 보냈습니다. 이 잡지는 예천으로 귀향한 그의 사돈 양반이 발간하는 것인데 두 동향인이 협력하면 좋겠다고 친구가 말하더군요. 《예천 산천》은 예천 주변에 거주하거나 이 지역 출향인들이 쓴 글로 꾸미는 계간지입니다. 친구에게 고맙다는 말을 문자로 전한 후, 제가 조용히 지내게 된 그간의 내력과 《예천 산천》을 응원하는 차원에서 평생구독자가 된 사연을 네이버 블로그에 썼습니다.

한효동 교수는 1912년생으로 일본 와세다대 영문과에서 영미 희곡을 공부하신 분이다. 희곡작가와 연출가로서 한국 연극사의 초석을 다지는 데 큰 역할을 하셨으며 1973년 한국 최초의 희곡 이론서인 《희곡론》을 출간하셨다. 선생은 호가 노단路壇인데 이는 '생각하는 사람'이란 작품으로 유명한 프랑스 조각가 로댕의 한자 표기이다. 내가 한효동 교수님의 햄릿 강의를 들은 것은 선생께서 작고하시기 2년 전인 1975년 봄이었다. 검정색

바바리 코트를 즐겨 입으시고 눈을 지긋이 감고 햄릿 작품 속의 이런저런 장면을 설명하시던 한효동 교수님의 모습이 지금까지도 내 눈앞에 선하다.

— 어디까지 가시며 어디에 사시는지요?

— 저는 안동에 갑니다만 사는 곳은 서울입니다.

— 아! 그렇군요. 저도 옥인동에 삽니다.

— 어머! 저는 이웃 마을 부암동에 사는데요.

하면서 여인은 신기하다는 듯이 입가에 미소를 띄웠다.

— 예. 정말 그렇네요. 희곡에 대한 관심도 그렇고, 사는 지역까지 같다니 묘한 인연입니다. 저는 예천과 단양의 경계선에 있는 백두대간 저수령 자락에서 농사짓는 농부입니다. 저는 단양역에 차를 두고 고속열차를 타고 청량리를 오갑니다. 이따가 단양역에 내려서 제 차로 예천 농협장례식장까지 가야합니다. 단양 대강면에서 백두대간 저수령으로 이어지는 산길이 지름길이긴 하나 눈 때문에 이용할 수가 없을 것 같습니다. 중앙고속도로를 타고 풍기, 영주를 거쳐서 가야할 것 같네요.

하면서 청바지 주머니에서 지갑을 꺼내 명함 한 장을 건넸다. 거기에는 백두대간 저수령 자락 산촌생태마을 농부 김 아무개라고 적혀 있고, 비슷한 내용이 프랑스어로도 표기되어 있었다.

— 이건 프랑스어 아닌가요?

— 예. 사실은 제가 프랑스 국민입니다. 저는 안동 예안면 출신으로 예천읍 태생입니다. 아버지께서는 안동 분이시고 어머니께서는 예천 분이십니다. 저는 외가댁에서 태어났습니다.

— 그래요! 제가 오늘 가는 곳이 예안입니다. 저도 안동에서 고등학교를 나왔고 대학은 서울에서 다녔습니다.

— 거짓말 같은 희한한 인연이네요. 그럼 예안 수몰지역 내력도 잘 아시겠네요. 저는 예안 김가입니다. 고려 때 경주 김씨 가문의 김상이란 어른께서 선성현에 자리를 잡고 선성 김씨 가문을 창시하셨지요. 선성현이 지금의 예안면입니다. 안동 댐을 축조하면서 예안면 면소재지가 있던 서부리가 수몰되고 거기 사시던 분들이 인근 도산면으로 이주하면서 서부리가 도산면에 편입되었지요. 하지만 지금까지도 그 분들은 그곳을 예안이라고 부르지요.

― 아, 그래서 안동호 수상길이 아닌 '선성 수상길'!

정말 귀신이 곡할 노릇이다. 일부러 이렇게 만나려고 꾸민다고 해도 불가능한 일이다. 토정비결에 나오는 어느 동방의 귀인이 일찍이 맺어준 인연임에 틀림이 없다. 유사한 문학적 취향에, 거주 지역이 이웃이고, 고향마저 동향이라니! 세상에서 다시 있을 것 같지 않은 만남이다. 만약 우리가 청춘 남녀였더라면 그냥 헤어질 수 없는 숙명적인 사건이 발생하지 않았을까?

― 하필이면 눈까지 휘몰아치는 오늘 같은 날씨에 예안은 왜 가시는지?

― 안동의 작가 레지던스 프로그램에 입주를 신청했는데 선정이 되었습니다. 예안에는 딱 한 곳이 있습니다. 전통 가옥은 아니고 현대식 건물의 방 한 칸을 사용할 수 있습니다. 주중에는 라디오방송국 작가로 일하고 주말에는 예안에 내려가 글을 씁니다. 남편은 취미로 1950년대 펜더(Fender) 앰프를 복원하는 작업을 합니다. 나사며 가죽 끈이며 모든 부품은 미국에서 조달을 합니다. 앰프의 마감 칠 작업은 미술을 전공하는 딸이 도와줍니다. 딸이 도료 냄새를 무척 좋아해요.

― 특별한 취미군요. 하긴 언젠가 보니 비싼 건 가격이 500만 원 정도 하더군요. 저도 농가에 1950년대 빅터Victor 전축이 한 대 있습니다. 진공관 앰프가 두 개 장착되어 있는데 소리가 웅장하긴 해도 관리를 제대로 하지 않아서 그런지 소리가 생각보다 신통치 않습니다.

갑자기 남편 이야기를 꺼내는 바람에 불길처럼 일어나던 여인에 대한 환상이 순간적으로 사그라지는 느낌이 들었다. 그러나 어찌 하리? 마음에 끌리는 여인이 있는데 그녀의 남편의 존재가 대수이겠는가? 내가 무슨 불륜을 꾸미는 악당도 아니고… 남편은 그냥 남편일 뿐이다.

― 저는 원래 내일 아침 일찍 한 친구와 일본 동경을 거쳐 교토에 가려고 했는데 친구 모친이 별세하셔서 여행을 취소했습니다. 지금 교토에 가 있는 친구가 사진을 보냈는데 눈이 엄청 많이 내려서 그곳도 난리랍니다. 좀 아쉽기는 하지만 교토에 못 가게 된 것이 저에게는 오히려 잘 된 것 같습니다.

하면서 김 교수가 보낸 사진을 보여주었다.

― 맞아요. 저도 친구가 교토에 사는데 눈이 정말 많이 왔다며 사진을 보내왔어요. 정말 신기하네요. 어쩌면 이렇게 모든 게 겹치지요!

－ 친구는 일본 분이십니까?

－ 아닙니다. 한국인입니다. 화가인데 거기서 불화를 그립니다.

－ 파리대학교 박사과정 제 동기 가운데 한국에서 가수였던 한 여성이 북한의 황해도 불화 연구로 박사학위를 받고 한국에 돌아와 교수가 되었지요. 불화도 이야기를 들어보면 생각보다 상당히 재미있더군요.

－ 문상을 가셨다가 언제 서울로 돌아가시나요?

－ 저는 오늘 저녁이나 늦어도 내일 오전에 다시 서울로 돌아갑니다. 이것도 인연이니 서울에서 제가 탁주 한 잔 대접하겠습니다.

－ 어디 단골로 가시는 데가 있는가 봅니다.

－ 서울 지하철 3호선 안국역 6번 출구 근처에 '인사동 양조장'이라고 있습니다. 그곳은 '자희향'이라는 한국 최고의 탁주를 양조하시던 여성 분이 몇 년 전에 개업하였습니다. 그 분은 전통주를 복원하여 대량 생산하고 유통시킨 최초의 인물인 셈이지요. 제가 매우 존경하는 양조가입니다.

－ 저는 인왕시장에 있는 포장마차에 가끔 갑니다.

－ 저는 인왕시장은 가 본 적이 없습니다. 홍제동 쪽에 있는가 보군요. 아! 포장마차. 갑자기 옛날 생각이 나네요. 오랜만에 추억이 깃든 운치 있는 포장마차에 한 번 가보고 싶네요. 그럼 인왕시장에서 한 번 뵙도록 하지요. 서울에 돌아가시면 연락하시기 바랍니다.

마음속으로는 친구 모친의 문상도 미루고 이 여인을 따라 예안까지 가고 싶은 충동이 불길처럼 타올랐다. 때마침 '우리 열차는 곧 단양역에 도착하니 내리실 분은 미리 준비하시기 바랍니다'라는 방송이 흘러나왔다. 다시 만나서 마스크를 벗은 얼굴이라도 한 번 제대로 보고 싶은 욕망이 순식간에 분봉하는 벌떼처럼 일어나 내 가슴속을 난장판으로 만들어 버렸다. 만약 이 여인이 연락을 하지 않으면 어쩌지 하는 아쉬운 마음을 억누를 수가 없었다. 나는 태연한 척하면서 기도하는 심정으로 다시 입을 떼었다.

－ 이따가, 제가 드린 명함에 있는 전화번호로 주소를 남겨 주시면 《예천 산천》 한 부를 보내드리겠습니다. 그럼 서울에서 다시 뵙겠습니다. 눈길에 조심히 살펴 가시기 바랍니다.

방송대는 원격 교육의
한국 하버드대학교이다

치매가 걱정되기도 하고 시간을 좀 생산적으로 사용하기 위하여 60대 중반부터 한국방송통신대학교(약칭 방송대)에 편입하여 공부한지 벌써 수 년이 되었다. 사실 나는 대학에서 정년퇴직할 무렵에 강의 도중 가끔 전문용어가 떠오르지 않아 학생들에게 내용을 설명하여 그게 무엇인지를 물은 적이 있었다. 그리곤 어설프게 학생들에게 '이래서 정년퇴직 제도가 있다'고 해서 학생들이 한바탕 웃은 적이 있었다. 나는 방송대에 3학년에 편입하여 전공 과목 외 선택 과목으로 영어도 배우고, 법률상식도 공부하고, 중국어도 학습하고, 심지어 프랑스어까지 수강했다. 외국어 과목들은 사실 배운다기보다는 다른 사람들이 어떻게 가르치는가 보기 위함이었다. 나는 그동안 대학에서 한국어, 프랑스어, 러시아어, 카작어, 타직어 등의 외국어를 가르치며, 3시간짜리 전공 과목의 영어 강의도 많이 했다. 방송대에서 외국어 수업을 듣다가 보면 간혹 옛 추억이 다시 살아나기도 하여 혼자 웃곤 했다.

한국방송통신대학교는 약자로 방송대로 칭한다. 방송대의 칭찬거리는 당연히 교재이다. 매 과목마다 학기당 15주를 강의해야 하는 규정에 따라 교재를 적당한 분량으로 알차게 집필하지 않으면 원격으로 학습하는 학생들이 따라가기가 쉽지 않다. 방송대의 교재는 전부 방송대의 전임교원이 집필하거나 타 대학 교수와 공동으로 집필한 것들로 그 내용이 한국 내 어느 대학 것보다 훌륭하다. 한마디로 최고 수준이다. 현재 일반대학교에서 1학점을 취득하자면 학기마다 15주 동안 1시간의 강의를 수강하고 평가를 받아야 한다. 그런데 방송대는 과목마다 학기당 1시간 내외의 원격 강의를 15주 동안 듣고(20점 배점), 3시간짜리 출석수업에 참석하여 중간시험을 보거나 과제물을 제출하고(30점 배점), 기말시험을 거쳐(50점 배점) 총 60점 이상을 받으면 3학점을 취득할 수 있다. 학점당 수업 시간이 일반 대학교에 비하면 3분의 1밖에 안 되는 건 아마도 원격교육의 특성을 반영한 것 같은데 방송대 홈페이지에 밝힌 게 없어서 확실한 건 알 수 없다. 과목당 전체 강의의 80퍼센트 이상을 들으면 20점을 부여하는 제도는 최근에 생겼다. 얼핏 보면 학점을 따기가 쉬울 것 같은데 만학도들에게는 그리 만만치 않다.

나는 2023년 2월에 또다시 한 학과를 졸업하게 된다. 2022학년도부터 졸업에 필요한 학점이 140학점에서 130학점으로 조정되었다. 취득한 총 전공 학점이 의심쩍어 졸업 가능 여부를 조회했더니 졸업하기에 충분했다. 이번 전공도 열심히 한 결과 성적은 만족할 만했다. 평균 성적은 100점 만점에 98.5점이었고, 평점 평균으론 4.5점 만점에 4.4점이었다. 2023학년도에도 나는 또 다른 학과에 편입할 예정이다. 공부를 하게 되면 강의를 듣고, 책을 보고, 시험을 준비해야 하니 두뇌를 많이 쓸 수밖에 없고, 이런 일련의 과정들이 뇌세포를 활성화시키기 때문에 치매를 예방하는 데 도움이 된다고 한다. 이게 바로 내가 대학에서 계속 공부하는 이유 가운데 하나이다. 한 학기, 즉 6개월에 35만여 원을 투자하여 얻을 수 있는 게 방송대 학업보다 나은 게 또 어디에 있을까? 학업을 게을리하는 내 조카나 질녀의 아들딸들에게 교훈을 주려고 아래 성적표를 첨부한다.

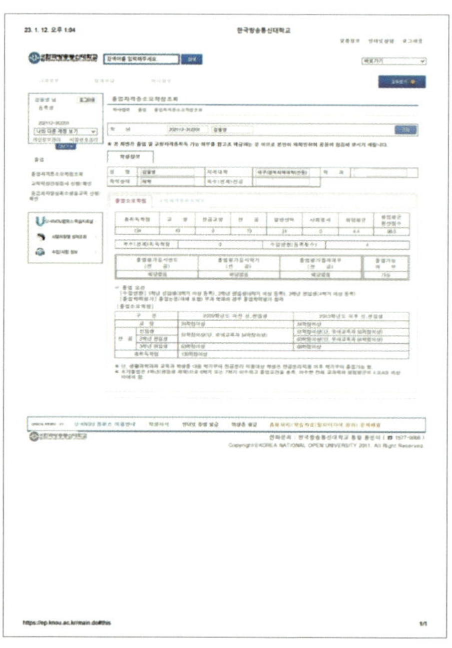

오늘 2023년 2월 4일 이른 새벽에 파리에서 아내가 보낸 WhatsApp 문자이다. 친구의 부고 문자를 나에게 전한 것이다.

André le mari de Farahnaz et leur fille Roxane ont l'immense tristesse de vous annoncer le décès de Farahnaz LEBLAIS épouse et mère.

La fin de vie est intervenue le vendredi 3 février 2023 au matin à l'hôpital POMPIDOU 20 rue Leblanc Paris 15e.

Vous aurez la possibilité de lui rendre visite avant son grand départ à la chambre mortuaire de l'hôpital soit dimanche 5 février de 14h30 à 16h en présence de la famille soit de 8h à 17h15 du lundi 6 au 9 février en prenant soin d'appeler au préalable le numéro 01 56 09 31 38 en epelant si besoin est le nom LEBLAIS et le prénom FARAHNAZ.

La date de la cérémonie prévue le vendredi 10 février et le lieu du cimetière BAGNEUX restent à confirmer lundi 6 février.

친구 파라(Farhanaz, 파라나즈)가 2023년 2월 3일 파리 15구에 있는 뽕삐두병원에서 세상을 떠났다. 파라는 파리대학교 중국어과에서 함께 공부한 이란 출신 여성인데 나와는 친하게 지냈다. 파라는 우리와 함께 중국어를 공부했던 프랑스인 앙드레 러블래André LEBLAIS와 결혼해서 한 명의 딸을 두었다. 딸의 이름은 록산Roxane이다.

나는 파라와 비슷한 시기에 결혼을 했고 두 가족이 가깝게 지냈다. 딸 이름 덕분에

록산의 뜻이 페르시아어로 '빛나다'라는 것과 당나라 때 난을 일으켜 연나라 황제를 자칭했던 안록산이 페르시아 계통의 속드^{Sogd}인이었다는 사실을 알게 되었다. 파라는 이목구비가 뚜렷하고 키가 크고 마음이 착한 다정다감한 여성이었다. 파리에서 함께 공부했던 동학 가운데 가장 먼저 세상을 하직한 친구, 파라! 이제 겨우 칠십대 초반인데 안타깝기 짝이 없다.

2월 10일 파리 교외 바녀^{Bagneux} 공동묘지에서 거행될 예정인 장례식에 아내가 작은아들과 함께 문상을 가기로 했다. 파라의 죽음을 애도하는 나와 큰아들의 마음을 앙드레에게 전해달라고 아내에게 부탁했다. 학생 시절 수업이 끝난 뒤 동학들과 함께 학교 주변 다방에서 차를 마시며 깔깔대며 웃던 파라에 대한 추억이 눈앞에 떠올라 참으로 견디기 힘든 슬픈 하루였다.

어느 해 설날(春節) 중국정부 파견 Lin Jianming(林建明) 교수댁에서 Zhang Huafang(張華芳) 교수와 동학들과 함께. 좌측 둘째가 Zhang 교수, 우측 첫째 Lin 교수, 우측 뒤 두 명이 앙드레와 얼굴이 반만 보이는 파라

아내가 참석했던 어느 행사에서 발표하고 있는 파라의 모습

나는 2023년 2월 22일 방송대를 또 한 번 졸업했다. 졸업식 날 아침 나는 잠실운동장 학생체육관 입구에서 졸업장과 상장을 찾고 나서 졸업생들이 가족과 함께 사진을 찍으며 기뻐하는 풍경을 스마트폰에 몇 장 담았다. '빛나는 졸업장을 타신 언니께 꽃다발을 한아름 선사합니다….'라고 시작하는 어릴 때 불렀던 졸업식 노래가 생각나서 이날 촬영한 사진을 카톡에 올렸다. 그랬더니 강영희 친구가 자기도 이번에 아주대학교에서 공공정책전공으로 석사학위를 받았다고 했다. 이런저런 연유와 더불어 졸업을 축하하는 의미로 친구들과 저녁을 함께 하기로 했다.

우리 두 졸업생을 축하하기 위해 전헌숙 친구가 예쁜 도자기를 선물했다. 강영희 친구에게는 직사각형의 그릇 한 쌍을 그리고 나에게는 쟁반 하나를 줬다. 김영환 도예가가 제작한 것인데, 누가 봐도 쟁반이 훨씬 예쁘고 제작 과정에 손이 많이 갔음을 짐작할 수 있었다. 하지만 나는 쟁반이 딱히 필요하지 않아서 선물을 준 전헌숙 친

2023년 2월 졸업 선물로 받은 한 쌍의 직사각형 도자기 그릇

구에게 양해를 구하고 강영희 친구에게 선물을 교환하자고 제안했더니 너무 좋아하며 나의 제안을 받아들였다. 꼭 필요할 때 당연히 그릇으로 사용하겠지만, 일단 나는 이 도자기를 장식품으로 텔레비전 앞에 전시하기로 했다.

전헌숙 친구가 나의 거처에서 전을 부쳐 먹자며 부추에 해산물을 섞은 반죽과 새

프라이팬frypan 하나를 가지고 왔지만
내가 곧 출국하기 때문에 집안에 기
름 냄새가 배면 빠지지 않을 것이니
서운하겠지만 그건 안 되겠다며 거절
했다. 문제는 그날 내가 주제넘게 전
헌숙 친구가 준비한 전을 부칠 반죽
을 정은숙 친구에게 주자고 한 것이나
새 프라이팬을 내가 쓰겠다고 마음대
로 결정한 데 대해 그날 헤어진 후 두
고두고 나의 잘못된 처신에 대해 후회

향나무 결 손잡이가 달린 우유 빛 프라이팬

하며 반성했다. 색갈이 우유 빛인 프라이팬은 난생 처음 보는 것이어서 매우 신기했고 손
잡이의 색깔과 결이 마치 향나무 같았다. 내가 사용하고 있는 스테인리스강으로 만든 프
라이팬 옆에 놓으니 그 자태가 확실히 다름을 느낄 수 있었다. 프라이팬이 너무 예뻐서
음식을 조리하기에는 좀 아깝다는 생각이 들었다. 아무튼 전헌숙 친구에게 사죄하고 감
사하는 마음으로 도자기와 프라이팬 모두 오랫동안 잘 써야겠다.

공익직불금과
농민수당을 신청하다

　2025년 1월 31일 용두리 이장 임병우 농부로부터 2025년도 공익직불금과 농민수당 신청에 관한 안내문을 전화 문자로 받았다. 2025년도 공익직불금 신청 기간은 2월 1일부터 28일까지이고, 농민수당 신청 기간은 2월 1일부터 3월 14일까지이다. 신청 대상은 공익직불금은 비대면 신청 문자를 받은 농업인이고, 농민수당은 2024년도 공익직불금을 수령했던 농업인이다. 신청 방법은 공익직불금은 문자로 전송된 주소를 클릭하여 신청해야 하고, 농민수당은 '모이소' 경상북도 앱으로 신청해야 한다. 어떤 이유로든 신청 기간에 신청하지 못한 농업인은 농지 소재지 읍, 면, 동사무소를 방문하여 신청해야 하며 공익직불금의 방문 신청 기간은 3월 1일부터 4월 30일까지이고, 농민수당은 2월 24일부터 방문 신청이 가능하다.

　야목 부락 임병우 이웃이 2024년 1월부터 용두리 이장직을 맡고 있다. 직전 이장 김성호 농부는 10년 동안 이장 직을 수행하면서 면사무소에서 전달하는 정보들을 한 번도 제대로 주민들과 공유한 적이 없었다. 게다가 면사무소의 지원 사업이 있을 때마다 무슨 대단한 권력이라도 있는 것처럼 행세하면서 귀농한 주민들을 적지 않게 차별 대우하거나 훼방을 놓곤 했다. 귀농한 주민들이 군 지원사업과 관련하여 도움을 요청하면 그는 일단 무조건 부정적 의사를 표시하며 자신이 무엇이라도 된 것처럼 우쭐거렸다. 주위에서 그의 그런 행동에 대해 불평하며 욕하는 것을 내가 들은 것이 한두 번이 아니었다. 그래서 나는 일부러 면사무소나 군청에 직접 민원을 제기해서 문제를 해결했다. 근래에, 전 이장이 심지어 주민들의 도장을 면사무소 행정 처리에 임의로 사용하는 등 적절치 않은 행동을 하여 야목 부락의 임익수 이웃의 거센 반발을 사자 그는 마을 사람 몇 명(누군인지 알지만 여기서는 거명하지 않겠다)에게 식사를 대접하면서 이들에게 하소연하여 이 문제를 잠재

우려고도 했다.

　그 후 어느 날 저녁 야목 부락의 도대환 농부 댁에서 나를 포함하여 박종훈, 임익수, 임병우 부부, 도창기, 도혜경 등이 삼겹살을 구워 먹고 술을 한잔 하면서 마을의 이런저런 이야기를 하다가 급기야 위에 말한 전 이장의 도장 임의 사용에 대한 이야기가 임익수 농부의 입에서 나왔다. 나도 임익수 농부의 말에 힘을 실으며 전 이장을 비판했더니 임병우 농부가 전 이장을 옹호하며 나에게 매우 부적절한 언사로 대들어서 하마터면 큰 불상사가 날 뻔했으나 다행히 내가 잘 참아서 이변은 없었다. 이 사건이 있기 전까지만 해도 나는 매달 한 번 정도 고기, 술, 야채를 마련해서 야목 부락 도대환 농부 댁에서 가까운 거리에 사는 주민들과 술자리를 가졌으나 이 사건 이후로는 아예 부락에서 술자리를 만들지 않을 뿐만 아니라 마을의 젊은 이웃들과는 공식적인 자리가 아니면 어울리지 않는다. 그동안 한 번도 반성하는 자세를 보이지 않던 전 이장이 2024년 1월 이장 직을 한 차례 더 맡겠다고 나서자 몇 명의 주민들이 강력하게 반대했다는 이야기를 나중에 들었다. 나는 겨울 동안 파리 본가에 가 있어서 회의에 참석하지 않아 자세한 내용은 모르지만 한 때 전 이장에게 붙었던 그 사람들이 그날 어떤 이유에서 전 이장을 내쳤는지 이유가 매우 궁금하다. 전 이장의 지나친 사리사욕이 마음에 들지 않아서, 아니면 단순히 새로 이장 직을 맡고 싶어 하는 젊은 임병우 농부를 돕기 위해서?

　마을의 이장 직은 내가 늘 주장하는 것처럼 주민 가운데 시간이 나서 마을에 헌신적으로 봉사할 생각이 있는 자가 맡아야지 무슨 작은 이득을 바라보고 '꼴값'을 떨면서 잘난 척을 할 거면 사실 하지 않는 것이 마을 발전에 도움이 된다. 다행히 새 이장 임병우 농부는 50대로 나이도 젊지만 면사무소에서 하달하는 정보 대부분을 주민과 공유하며 나름 노력하고 있다. 앞으로 임 이장이 용두리 마을의 화합을 위해 면사무소와 주민 사이에서 더욱 건설적으로 소통하도록 힘을 쓰되 면사무소의 꼭두각시 노릇을 하지 말고 면사무소가 하달하는 모든 정보를 주민들과 완전 공유하도록 노력하길 바란다. 나처럼 마음만 먹으면 면사무소의 행정 정보를 바로 얻을 수 있는 사람도 있지만, 우리 마을에는 그렇지 못한 주민들이 더 많기 때문이다. 마을 주민들이 이장이 수령하는 보수에 대해 잘못 알고 있기에 여기서 밝힌다. 2025년 3월 현재 이장의 보수는 월 40만 원의 기본 수당, 연 200%의 상여금 80만 원, 1회에 2만 원인 매월 2회 개최되는 회의 참석 수당 연 48만 원으로 구성된다. 이것을 합산해서 월 단위로 계산하면 이장은 매월 506,666원을 수령한다. 대부분의 주민들이 생각하는 것처럼 무슨 대단한 보수를 받는 것도 아니지만 그렇다고 무료 봉사는 아니다. 이장 직은 그야말로 봉사에 가까운 것이다. 화합이 잘 되는 마을은 전적으로 이장의 수행 능력과 주민의 요청에 대한 긍정적인 대응 능력이 만들어 내기 때문에 이장의 역할이 매우 중요하다.

공익직불금은 농업의 공익직불제의 일환으로 농업인에게 지급되는 보조금이다. 공익직불제란 농업활동을 통해 공익기능을 창출하는 농업인에게 보조금을 지원함으로써 공익적 가치의 생산, 유지, 확대를 유도하는

농민수당으로 지급된 예천사랑상품권

제도이다. 여기서 말하는 농업의 공익기능은 농업활동을 통해 먹거리 안전, 환경, 생태, 보전, 농촌 공동체 유지 등의 긍정적 기능을 창출하고 유지하는 것을 의미한다. 반면에 농민수당은 농업인의 기본 소득을 안정시키기 위해 지자체가 지급하는 수당으로 농업인의 영농활동을 보전하고, 농촌의 지속 가능성을 위해 지급되는 보수이다. 2024년도의 경우 나와 같은 소농에게는 11월 29일 자로 공익직불금 1,300,000 원이 은행계좌로 입금되었다. 농민수당은 농업 규모에 관계없이 봄과 가을에 한 차례씩 지급되는데 2024년도에 경상북도 예천군 효자면은 5월 8일과 9월 5일에 각각 30만 원어치의 '예천사랑상품권'을 배부했다. 이 상품권은 예천군에서만 사용이 가능하며 현금처럼 사용할 수 있다.

2025년도 공익직불금에 대하여 문자로 전송된 주소를 클릭하여 신청했더니 그날 바로 '기본직불 소농 신청 등록이 완료되었다'는 문자가 왔다. 하지만 경상북도 앱 '모이소'를 통하여 농민수당을 신청하려고 했으나 외국인등록번호가 인식되지 않아서 신청이 불가능했다. 2024년 2월 초에 이미 이 문제에 대해 전화로 경북도청 담당자에게 민원을 제기했지만 지금까지도 시정되지 않았다. 그래서 2025년 2월 1일 경상북도청 홈페이지를 통해 도지사에게 민원을 제기했더니 매우 구차한 해명을 답변으로 남겨 놓았다.

한국의 모든 행정 분야에서 외국인 등록번호가 통용되는데 경상북도에서 사용하는 이 앱만 외국인 등록번호를 인식하지 못한다는 게 말이 되는가! 경상북도 이철우 도지사 체제의 민원 처리가 대부분 강 건너 불 구경하듯 매우 소극적인데 한마디로 성의도 없고 진정성마저 없다. 내년까지 이 문제가 시정되는지 지켜보겠다. 나는 올해도 할 수 없이 지난해처럼 3월 6일 면사무소까지 40여 분을 걸어가서 담당자를 방문하여 신청했다.

2025년 기본직불 소농 신청 등록 완료 문자

2025년 4월 22일 용두리 마을회관을 방문한 효자면 직원으로부터 농민수당 60만 원을 예천사랑상품권으로 받았다. 지난 해와 다르게 금년에는 효자면에서 일 년치 농민수당을 한꺼번에 지불했다. 그 이유를 물어보지 않았지만 내 짐작으로는 금년 봄 의성, 영덕, 안동 지역에 발생한 대형 산불의 피해 상황을 고려한 경상북도의 지원책이지 싶다. 그리고 2025년 6월 16일자로 효자면에서 우편으로 발송한 '2025년 기본형 공익직불제 등록증'을 수령했다.

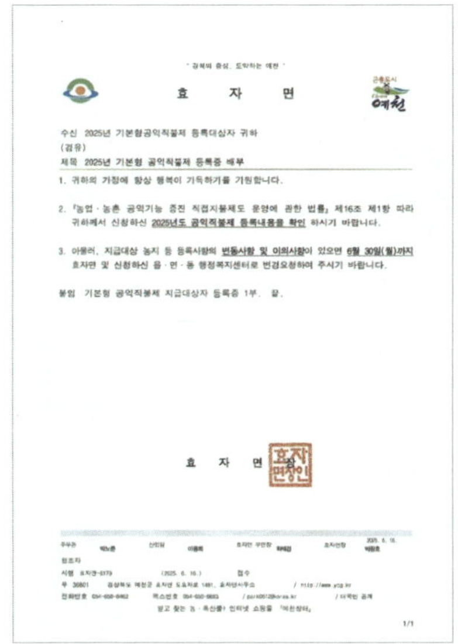
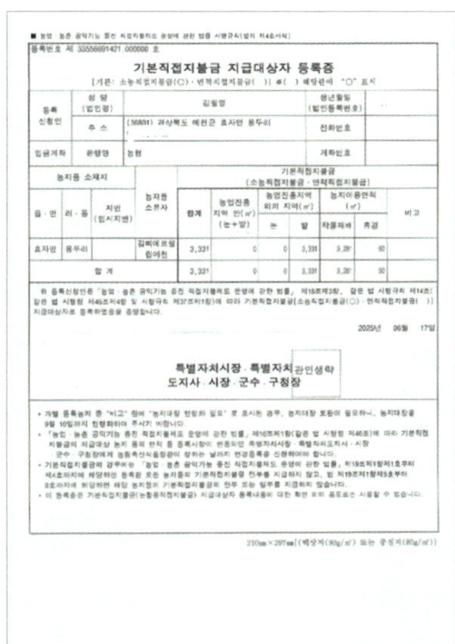

2025년 기본형 공익직불제 등록증

농사 일 가운데 내가 가장 먼저 하는 것이 아로니아나무 가지치기 작업인데, 매년 하는 것은 아니고 삼 년마다 한 차례씩 한다. 주현재는 해발고도 550미터 안팎에 위치하고 있기 때문에 평지보다는 봄이 늦게 온다. 양지 쪽을 제외하고는 빨라도 3월 하순은 되어야 땅이 완전히 녹는다. 2월 말이 되면 큰 추위는 없기 때문에 이때 나는 아로니아나무의 가지치기를 한다. 금년 2025년에도 2월 27일과 28일 이틀에 걸쳐 일단 웃자란 가지를 자르고 아래로 처진 가지와 골 사이를 지나다닐 때 방해가 되는 옆으로 지나치게 삐져나온 가지들을 제거했다. 특히 웃자란 가지를 그냥 두면 삼 년 후에는 아로니아나무의 높이가 2.5미터에서 3미터에 이르기 때문에 나무의 윗부분을 제외하곤 햇빛이 가려서 탄소동화작용이 제대로 이루어지지 않고 생육에도 지장을 초래하게 된다. 전지를 잘 해 놓으면 열매 수확 시나 잡초 제거를 위해 '잔디 깎는 기계'(영어 mower, 프랑스어 tondeuse)를 사용할 때 여러 모로 편리하다. 풀을 깎는 기계는 아직 한글 표준말

가지치기를 한 아로니아나무

명칭이 없는데 그냥 '잔디깎이'라고 불렀으면 좋겠다. 가지치기를 한 해는 아로니아 열매가 거의 달리지 않기 때문에 나는 그 전해 가을에 수확한 아로니아를 이용한다.

5월 초순이 되면 아로니아나무에 꽃이 활짝 피는데 밭 옆을 지나가면 토종벌들이 꿀을 모으기 위해 분주하게 날아다니는 소리가 윙 하고 귓전에 들릴 정도로 소란하다. 용두리 산촌 생태마을은 토종벌 보전지역이기 때문에 서양종 꿀벌은 칠 수가 없다. 그럼에도 불구하고 내가 농사짓고 있는 야목 부락에는 전문적으로 토종벌을 다량 양봉하여 생계 수단으로 삼는 이는 한 명도 없다. 지름 30센티미터 내외의 통나무를 50센티미터 정도의 길이로 잘라서 그 속을 파낸 후 토종벌이 들락날락할 수 있게 작은 구멍을 몇 개 내고 빗물이 들어가지 않도록 벌통의 위아래를 막은 후 안쪽에 꿀을 좀 발라서 바위 앞 양지바른 곳에 두면 봄에 토종벌이 찾아 들어가 집을 짓는다.

내가 농사짓기 시작한 지 얼마 안 되어 야목 부락의 최영환 이웃이 내 농가 뒤에 있는 큰 바위 앞 양지바른 곳에 벌통을 하나 갖다 놓아도 괜찮겠냐고 묻길래 그러라고 했다. 벌통 설치 후 얼마 안 되어 토종벌이 찾아와 집을 짓고 매우 활발하게 꿀을 따러 다녔다. 토종벌이 얼마나 활발하게 활동했던지 초여름에 벌써 벌통 내부 공간이 모자라 심지어 벌통 위에 벌통 하나를 추가로 설치했다. 10월 말 어느 날 대학에서 강의를 마치고 농가에 돌아오니 벌통이 없어졌다. 최영환 농부에게 전화했더니 자신이 꿀을 땄다고 했다. 그래서 그에게 그럼 토종벌들은 어떻게 됐느냐고 물었더니 꿀을 뜨기 위해 벌통을 가져 가면서 연기를 피워 벌들을 모두 쫓아 버렸다고 했다. 너무나 어처구니없는 말에 나는 말문이 막혔다. 세상에 도대체 이럴 수가 있단 말인가! 그렇다면 그 토종벌들은 곧 다 죽게 될 것인데 용두리가 무슨 '토종벌 보존지역'이란 말인가? 토종벌이 겨울을 나기 위해 그토록 열심히 모은 식량을 한 인간이 한순간에 모두 약탈해 버렸다. 겨울이 코앞이라 벌들은 이제 다시 꿀을 모을 수도 없거니와 집을 짓는 것 마저도 여의치 않을 것이다. 나는 가슴이 몹시 아리었다. '토종벌 보존지역' 답게 꿀은 뜨되 벌통을 남겨 두고 가져간 꿀 대신 겨울용 먹이를 보충해 주든가, 아니면 일부 소량의 꿀만 가져 가고 벌들이 겨울 양식으로 필요한 만큼의 꿀은 남겨 놓았어야 했다.

　　이 일이 발생한 이후로는 마을에서 산자락이나 바위 앞에 벌통을 갖다 놓는 농부들을 볼 때마다 그가 비양심적이고 위선적으로 보였다. 용두리에도 몇 년 전부터 사과나무를 많이 심고 있다. 사과나무 밭에는 일년에 15차례 정도 여러 종류의 농약을 동력 분무기로 살포한다. 토종벌은 몸집이 왜소하기 때문에 미량의 농약 성분만 흡입해도 곧바로 죽음에 이른다. 용두리의 농부들이 아직까지 피부에 와닿을 정도로 느끼지 못하고 있지만, 벌이 사라진다면 농작물은 수정이 되지 않아 결국 농사마저 짓지 못하게 될 날이 올 것이다. 언젠가 농업기술센터에서 들은 이야기인데, 유기농 인증을 받기 위해 밭에 일정 기간 동안 농약과 화학비료를 사용하지 않다가 인증을 획득하고 나서부터 슬그머니 다시 농약을 살포하는 비양심적인 농부도 종종 있다고 했다. 용두리 산촌 생태마을에서는 이런 일들이 일어나지 않길 바란다. 이건 '토종벌 박멸지역'이지 무슨 놈의 '토종벌 보존지역'이란 말인가! 용두리 농부들은 산촌 생태마을 주민답게 제발 모두들 정신 좀 바짝 차리고 생태 보전에 힘쓰면 좋겠다.

3월의 이야기

백두대간 저수령 자락에
경작지를 마련하다

　　2014년 3월 초순에 예천중학교 동기인 김규현 지보면장의 소개로 상리면장(현 효자면)을 소개받았다. 상리면장의 주선으로 상리면 사곡리에 위치한 땅 500평을 매입하기로 결정한 후, 2014년 5월 31일 예천군청 앞에 있는 한 법무사 사무실에 들러 매입 대금을 치르려 했으나 토지 매도자의 부당한 요청으로 인해 계약을 파기하고 말았다. 바로 그날 용인으로 돌아오는 길에 큰아들 삐에르-필립의 제안으로 상리면 용두리에 소재한 한 펜션을 1년 동안 임대하였다. 이 펜션은 2009년 4월 중순 예천문화원의 '예천 아리랑' 발표 행사에 갔다가 돌아오는 길에 우연히 발견하여 쥔과 오미자 차를 한잔하였던 인연이 있는 곳이었다.

　　그 이후로 한 주일의 절반을 이 펜션에서 생활하며, 주위에 농사를 지을만한 땅이 있는지 알아보며 그런 땅이 나오기를 기다렸다. 상리면 도촌리에 있는 토지 몇 군데를 보았고, 용두리에 있는 임야도 몇 필지를 보았으나 마음에 들지 않거나 진입로에 문제가 있어 매입을 포기했다. 그러던 중 2014년 9월 어느 날 드디어 내 마음에 드는 땅을 찾았다. 하지만 혼자 살며 농사를 짓기에는 면적이 좀 커서 매도자와 상의하여 600평 내외만 매입하기로 하고 9월 22일 계약금을 치렀다.

　　대한지적공사에 분할측량 신청을 하여 2014년 10월 1일로 측량 일정을 잡았다. 측량을 하기로 한 날 지적공사 기사들이 현지에 도착하였으나 오랫동안 농사를 짓지 않은 탓에 밭에 수목이 무성하여 측량이 불가능하였다. 매도자에게 연락하여 일단 수목을 제거하기로 했다. 생질 반문기의 소개로, 용두리 야목 부락의 황일수 농부에게 부탁하여 10월 3일과 4일에 걸쳐 엔진 톱으로 모든 수목을 베었다.

2014년 10월, 오래 경작을 하지 않아 수목원이 된 밭의 초기 벌목 장면

2014년 10월, 벤 나무들을 굴착기로 수거하여 정리하던 장면

2014년 10월, 벤 나무들을 수거하고 깨끗이 정리한 밭의 풍경

2014년 10월, 진입로를 보수하고 정리하는 장면

10월 5일 생질 김도윤의 도움을 받아 굴착기 한 대를 구해서 벌채한 나무들을 모두 끌어내리고 정리한 뒤, 이전에 사용하던 밭으로 나 있던 진입로를 보수하고 정리했다.

10월 6일 지적공사의 측량기사들이 다시 현지에 도착하여 분할측량을 마쳤고 이어서 10월 13일 분할측량 성과도가 나왔다. 내가 매입할 밭의 면적은 586평이었다. 하지만 등기상 소유자 명의로 1,500만 원 상당의 저당이 설정되어 있어서 바로 잔금을 치르고 등기를 이전할 수가 없었다. 매도자가 설정된 저당을 해제하는 데 시간이 좀 걸려 10월 29일에야 잔금을 치룰 수가 있었고, 31일에 등기의 이전이 완료됐다.

매입한 밭에서 농사짓기 위해 나는 작은 농가를 지어야 한다. 농가를 짓기 위해서는 해당 부분을 다시 측량하여 대지로 용도 변경을 해야 한다. 그래서 일단 측량 전에 경지를 정리하기 위해, 지난번에 굴착기를 빌릴 때 도움을 주었던 생질 김도윤에게 다시 부탁하여 굴착기 한 대를 11월 7일에 예약해 놓았다. 경지 정리가 되면 밭에다 일단 감나무와 호두나무를 심을 예정이다.

2015년 2월 말 나는 백석리 장병근 농부와 같이 비닐하우스를 설치하려고 하다가 능력 부족으로 그만 두었다. 생질 반문기의 도움으로 3월 21일 그의 초등학교 동기인 음달 부락의 도성섭 농부가 야목 부락의 도석기 이웃과 함께 비닐하우스를 설치했다.

지름 3센티미터짜리 둥근 쇠 파이프(管)를 휘어서 반 타원형처럼 만든 지지대를 박고, 땅속에 묻힌 쇠 파이프가 흔들리거나 위로 튀어나오지 않게 쇠 파이프를 지지대 지표 부근 안쪽에 가로로 대고 굵은 철선으로 만든 강선 조리개를 사용하여 고정시킨 후 출입문을 달았다. 그리고 반 타원형에 가까운 지지대가 뒤틀리지 않게 천장 부분에도 안쪽에 쇠 파이프를 부착한 후 같은 방법으로 고정시켰다. 그 후, 반 타원형의 지지대 양 옆면의 위 부분에는 안쪽에 쇠 파이프를 대고 바깥쪽에 내부가 빈 요철 모양의 납작한 알루미늄 패드를 맞대어 전동드라이버를 사용하여 나사못으로 고정시켰고, 아래 부분에는 바깥쪽에만 빈 요철 형태의 납작한 알루미늄 패드를 부착하여 같은 방법으로 고정시켰다. 이런 과정을 거쳐 일단 비닐하우스의 뼈대가 완성되었다.

비닐하우스의 뼈대가
완성된 모습

　　완성된 뼈대의 양 옆면에 부착한 두 개의 알루미늄 패드 가운데 아래 것에서부터
지지대가 박힌 땅 표면까지 두꺼운 비닐로 감싼 뒤, 알루미늄 패드 부분에 비닐 끝 부분
을 밀어 넣고 사철(굵은 철사를 탄력이 있게 굽혀서 만든 고정용 핀)로 고정시키고, 지표 부근
의 비닐은 땅 속에 파묻었다. 그리고, 비닐하우스 전체를 폭이 넓은 한 장의 비닐로 덮어
씌운 뒤, 지지대 양 면의 윗부분에 댄 알루미늄 패드 부분에 해당하는 비닐을 알루미늄
패드 속으로 밀어 넣고 사철로 고정시켰다.

지지대 양 옆 아래 부분의 알루미늄 패드 안으로 비닐을 밀어 넣고 사철로 고정시키는 장면

비닐을 씌운 뒤 사철로 고정시키는 장면

그리고 마지막으로 내부 기온이 높을 때 환기를 시킬 수 있도록 비닐하우스 입구 양쪽 가장자리에 쇠 파이프를 수직으로 박고 거기에 환기용 비닐을 말아서 올리거나 펴서 원래의 위치로 내릴 수 있는 수동개폐기를 설치하고, 이 장치에 지표까지 내려온 비닐을 가로대에 말아서 하우스 클립으로 고정시켰다. 그리고 마지막으로 비닐하우스가 강풍에 날아가지 않게 양 옆 지표면에 각각 6개의 쇠말뚝을 박고 하우스 끈을 비닐하우스 지붕 위로 얹어서 묶었다.

출입문 양 옆 주홍색의 수동개폐기를 이용하여 환기용 비닐을 조금 말아 올린 장면

완성된 비닐하우스 모습

비닐하우스 내부 광경

비닐하우스에
시비하고 밭을 갈다

　몇 년 전부터 나는 종묘상에서 채소 모종을 구입해서 비닐하우스에 옮겨 심는다. 그전에는 3월 초에 비닐하우스에 직접 채소 씨앗을 파종했는데 기온이 낮아서 싹이 트는데 시간도 많이 걸리고 성장 속도도 시장에서 산 모종보다 느렸다. 대체로 3월 중순이 되면 종묘상에서 채소 모종을 팔기 시작한다. 모종을 심기 2~3주 전에 일단 비닐하우스에 남아 있는 경작물의 대나 뿌리를 제거하고 유기농 퇴비와 칼슘과 유황을 적당량 뿌린 후 삽으로 땅을 갈아엎어 퇴비가 분해되도록 한다. 모종을 심기 전 충분한 시간을 두고 시비를 해야지 그렇지 않으면 퇴비가 완전히 분해되지 않아 옮겨 심은 모종이 시들다가 죽고 만다. 채소를 비닐하우스에 심는 이유는 작물이 비를 맞지 않기 때문에 병충해를 줄일 수 있고 점적관수로 토양에 자동으로 수분을 공급할 수 있기 때문이다. 3월 말경 땅이 녹으면 비닐하우스 옆 노지 채전菜田도 같은 방법으로 시비하고 갈아엎는다.

비닐하우스 안의 땅을 갈아엎어 놓은 모습

내가 비닐하우스에 심는 채소는 여러 종류의 상추, 고추, 토마토, 가지, 고수, 주키니 호박, 셀러리 등이다. 비닐하우스는 자동 급수시설이 갖춰져 있어서 가뭄 때 내가 장기간 출타해도 작물이 말라서 죽는 일은 없다. 대신 비닐하우스 옆 노지 채전에 심는 작물은 들깨, 옥수수, 감자, 고구마 등이다. 노지 채전에는 정구지 세 골, 부지깽이나물 한 골, 참나물 한 골이 있다. 정구지는 부추의 예천 방언이다. 이 세 작물은 여러해살이라서 매년 3월 초순에 퇴비만 주고 잡초를 관리한다. 비닐하우스와 채전의 나물들이 어느 정도 자라게 되면 주현재에는 먹을 것에 대한 걱정이 없게 된다. 그때부턴 된장과 참기름만 있으면 현미 쌀로 밥을 지어 비빔밥을 만들어 먹을 수 있기 때문이다. 나는 반찬을 만들 줄 모르기 때문에 일반적으로 밥을 해 먹지 않고 산다. 밥 대신에 주로 직접 통밀 가루로 빵을 구워서 먹거나 통밀 빵을 구입해서 먹지만, 가끔 찐 고구마나 감자로 대신하기도 한다.

비닐하우스 안에 심은 채소 모종들

나는 아침 식사는 보통 반발효차나 녹차 한 잔에 구운 통밀 빵 두 조각에 땅콩 알갱이가 포함된 땅콩버터를 발라서 먹는다. 점심이나 저녁 식사로 내가 주로 해 먹는 것은 오믈렛, 야채 샐러드, 돼지안심 찜, 닭 가슴살 찜 등이다. 오믈렛omelette은 1리터 정도 용량의 전자오븐용 유리 그릇에 썬 양배추, 당근, 양파, 파프리카, 토마토 등의 채소에 계란 3개, 후추가루, 말린 허브를 첨가해 잘 섞은 뒤 전자오븐에 10분 동안 찌면 된다.

고기 찜은 냄비에 토마토, 양배추, 양파, 당근, 파프리카 등의 채소에 돼지안심이나 닭 가슴살을 썰어서 넣고 다진 마늘과 후추가루 등의 양념을 추가하여 뚜껑을 덮고 고기가 제대로 익을 때까지 섭씨 100-120도로 찌면 된다. 나는 일반적으로 요리할 때 간을 하지 않지만 음식을 소스에 찍거나 구운 고기를 야채에 싸서 먹을 때 간장이나 된장에 다진 마늘이나 참기름 등 다른 재료를 섞어서 사용하기도 한다. 점심이나 저녁 식사 가운데 한 끼는 식후에 내가 직접 우유를 발효시킨 요거트 250그램에 내가 재배한 까막까치밥나무 열매나 까치복상에 약간의 설탕을 넣고 만든 꽁뽀뜨compote[1] 한 숟갈을 넣어서 먹는다. 까치복상은 야생 복숭아의 예천 방언이다. 그리고 하루에 매 끼니마다 한 번 내가 재배한 아로니아 열매를 건조시켜 방앗간에서 빻은 아로니아 가루 한 숟갈을 섭취한다.

오믈렛

저지방우유로 발효시킨 요거트

주현재의 까막까치밥나무 열매로 만든 꽁뽀뜨

주현재의 까치복상으로 만든 꽁뽀뜨

주현재의 아로니아 열매를 건조시킨 후 제분한 아로니아 분말

---

1 꽁뽀뜨는 과일에 설탕 20% 정도를 넣고 끓인 프랑스식 저당 과일 졸임이다.

진경 산수화
'산방산'山房山의 실체를 보다

나에게 한산寒山이라는 법명을 준 비구 진학이 2015년 12월 말에 8년의 내소사 주지 임기를 마쳤다. 그리고는 문중 후배 승려에게 자리를 물려주고 대웅전 옆에 있던 요사체 벽안당에서 뒤편 능가산 정상 부근에 위치한 청련암으로 거처를 옮겼다. 진학은 지난 8년 동안 내소사의 최고경영자로서 많은 불사를 일으켜 내소사를 중창하다시피 했다. 거처를 옮긴 이후 처음으로 내가 청련암을 방문했을 때 암자 툇마루에 놓아둔 초라한 초상 사진 액자를 보고 이거는 아니다 싶어 제대로 된 초상을 하나 제작해 드리겠다고 자청했다.

그 약속을 지키기 위해서 2016년 3월 12일 오후에, 초상화 대가인 금릉 김현철 화백, 김 화백의 고등학교 동창인 경기문화재단 박희주 문화예술본부장과 함께 청련암을 찾았다. 김 화백은 서울대학교 미술대학 회화과와 미술대학원 동양화과를 졸업한 뒤 간송미술관에서 연구위원으로 오랫동안 근무하면서 겸재 정선의 진경 화풍을 익혔다. 아사천에 수묵으로 채색한 그의 화폭은 이미 세간의 주목을 받은 지 오래고 비단에 그린 그의 세필 초상화는 타의 추종을 불허한다. 뒤 쪽 사진의 산수화는 2015년 초 김 화백의 전시회에서 내가 구입한 가로 세로 각 1미터 크기의 대한민국 명승 77호 제주도 산방산의 진경이다.

내소사로 가는 길에 공주에 들러 토종씨앗으로 농사짓는 '도시 텃밭연구소' 황진웅 사무국장을 만나 점심을 대접했다. 금년 봄에는 밭벼를 심기로 작정하고 토종 밭벼 종자를 구하던 차에 마침 황 사무국장을 알게 되어 밭찰벼, 앉은뱅이밀, 수수 등 토종 종자를 얻을 수 있었다. 내가 황 사무국장을 만나게 된 내력을 듣고는 동행했던 박 본부장이

금릉 김현철 화백의 '산방산' (2012년, 가로 세로 각 1미터)

자기도 토종종자를 좀 얻을 수 있냐고 묻자 황 사무국장은 그 자리에서 기꺼이 자색미와 앉은뱅이밀 종자를 나눠주었다. 황 사무국장은 연합체를 구성하여 토종종자로 농사지어 수확한 농산물을 소비자에게 직거래하는 방식으로 농업을 활성화시키려고 노력하고 있다. 그의 전문적인 소견이나 열정을 보면 사업이 반드시 성공하리라고 본다. 어떤 방법으로든지 한국의 농업이 하루속히 대기업 지배나 정부 주도 구도에서 벗어날 수 있는 길을 찾아야 한다.

　　늦은 오후에 청련암에 도착하자 비구 진학이 우리 일행에게 반발효차를 대접했다. 청련암에서 바라본 바다 건너 고창의 풍경이 너무나 아름다웠다. 툇마루에 걸터앉아서 서해 바다를 바라보며 김 화백이 비구 진학이 살아온 내력에 대한 이야기를 나누며 그곳에서 하룻밤을 같이 보내며 초상화 제작에 필요한 준비를 마쳤다. 아래는 2016년 가을 드디어 마련된 '비구 진학 진영'인데 좌측의 화제에 '佛記 二千五百六十年 寒山 金弼榮 施主 金陵 金賢哲 畵'(불기 2560년 한산 김필영 시주 금릉 김현철 화)라고 표기되어 있다.

금릉 김현철 화백의 '비구 진학 진영'(2016)

　　다시 산수화 '산방산'으로 돌아가 보자. 현재 이 '산방산' 그림은 서울 종로구 서촌 수성동 계곡에 있는 내 거처 누상재에 걸려 있다. 나는 이 산수화 '산방산'을 볼 때마다

도대체 어디서 그렸길래 산방산 아래에 쪽빛 바다가 보일까 내심 궁금했다. 그동안 제주
도에 가게 되면 일부러 산방산 자락에도 가보고 부근 여러 곳을 둘러봤지만 내 거처에
있는 쪽빛 바다와 접해 있는 '산방산'의 실체를 볼 수가 없었다. 그러다가 어느 날 초발
심 보살의 배려로 모슬포 운진항에서 가파도행 배를 타게 되었는데 가파도로 가던 도중
먼발치에서 우연히 아래 사진과 같은 쪽빛 바다와 맞닿은 산방산의 실체를 볼 수가 있었
다. 물론 방향은 조금 달랐지만 쪽빛 바다 위에 홀로 떠있는 듯한 산방산을 볼 수 있어서
너무 기뻤다.

가파도에서 바라본 산방산 풍경

2016년 3월 26일 읍내에 있는 남산설비 김승호 대표가 와서 지난 주 경지정리 시 굴착기가 망가뜨린 정화조 배기관과 오수관을 보수하고, 동파된 계량기와 수돗가의 수도관 및 수도꼭지를 교체했다. 수도관을 교체하기 위해 시멘트 콘크리트를 깨고 땅을 파니 1미터가량 지하에 묻혀 있던 수도관 안의 물이 얼어 있었다. 도저히 이해가 안 되는 상황이었다. 계량기를 교체하고 물을 틀자 수도관에서 수도관 모양처럼 생긴 얼음이 나왔는데 퍽 신기했다. 아래 사진에서 반짝이는 둥근 관 모양의 것이 수도관에서 나온 얼음이다.

김승호 대표의 말에 따르면 수돗가 뒤 부분에 쌓은 석축과 수돗가의 간격이 얼마 안 되는 데다가 축을 쌓은 돌 사이로 바람이 들어와서 그럴 거라고 했다. 또 하나 배운 것은 월동 준비를 할 때 수도꼭지를 틀어 놓은 뒤 수도관을 잠궈야 한다고 했다. 그렇지 않으면 이번처럼 얼어서 수도관과 수도꼭지 사이가 파손이 된다고 했다.

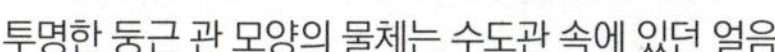

투명한 둥근 관 모양의 물체는 수도관 속에 있던 얼음

2016년에 교체한 수도관의 윗부분이 2024년 겨울에 다시 얼어 터졌다. 수도관의

교체를 위해 남산설비에 아무리 전화
해도 연락이 되질 않았다. 생질 김도
윤의 도움으로 강대호 대표를 소개받
아서 2025년 4월 2일 동파한 플라스
틱 재질의 수도관을 스테인리스스틸
수도관으로 교체했다. 강 대표를 통해
서 남산설비의 김승호 대표가 암으로

2016년 3월, 교체한 플라스틱 수도관

몇 해 전에 사망했다는 사실을 알게 됐다. 이번에 교체한 수도관은 스테인리스스틸 재질
이라서 겨울에 혹시 얼더라도 이전의 플라스틱 재질처럼 수도관 자체가 동파되는 일은
발생하지 않기 때문에 수도꼭지만 교체하면 된다.

스테인리스스틸 수도관의 길이는 이전의 플라스틱 재질의 것보다 20센티미터가 더
높은 1미터 20센티미터였다. 스프링클러 관을 수도관의 높이에 맞게 연결시키니 자동제
어함의 문을 가로막아서 함을 열 수가 없었다. 생질 반문기에게 부탁하여 그의 친구인
명성자재 김명성 대표에게 상황을 설명하고 수리를 좀 요청하라고 했더니, 김 대표가 바
쁘다며 생질에게 필요한 자재를 주면서 우리에게 직접 고쳐보라고 했다. 생질과 함께 김
대표가 준 자재를 이용하여 관을 연결하려고 여러 모로 노력했으나 부속이 맞지 않았다.
고민 끝에 결국 자동제어함의 고정대를 뽑아 올려서 높이를 조정할 생각을 하게 됐다. 애
초부터 이 방법에 착안했더라면 쓸데없는 수고를 하지 않았을 텐데 많이 아쉬웠다.

2025년 4월, 교체한 스테인리스스틸 수도관

자작나무 수액을
받다

　자작나무 수액을 처음 맛본 것은 1990년대 초 러시아 시베리아 지역에서였다. 현재는 봄이 되면 러시아 시베리아 지역뿐만 아니라 러시아 전역에서 자작나무 수액을 병에 넣어 생수처럼 상점에서 판매한다. 자작나무 수액에는 천연 감미료인 자일리톨xylitol 성분이 있어 맛이 달짝지근하지만 한국에서는 아직까지 고로쇠나무 수액처럼 자작나무 수액을 판매하지는 않는다. 아무래도 자작나무 수액의 당도가 고로쇠나무의 것만 못하기 때문일 것이다. 하지만 자작나무 수액의 단 성분인 자일리톨을 이용한 껌은 시판된 지 이미 오래다. 자작나무에는 항염 작용을 하는 베툴린산betulinic acid, 베툴린betuline, 이리도이드iridoids 등의 성분이 있어서 이쑤시개, 아이스크림에 사용되는 막대기, 나무 숟가락과 포크 등 일회용 제품은 위생을 고려하여 대부분 자작나무로 만들고 있다.

　자작나무에 대해서 처음 공부하게 된 것은 내가 박사학위 논문을 쓰던 1980년대였다. 정지용 시인의 시 〈백록담 3〉에서 '白樺백화 옆에서 白樺백화가 髑髏촉루가 되기까지 산다. 내가 죽어 白樺백화처럼 흴 것이 숭없지 않다.'라는 시구를 번역하면서 자작나무가 프랑스어로 bouleau이며, 학명이 Betula platyphylla란 것도 알게 되었다. 한글의 '자작나무'라는 명칭은 자작나무가 탈 때 '자작자작'하는 소리가 나기 때문에 붙여졌다는 설도 있는데, 북한에서는 자작나무를 '봇나무'라고 부른다. 자작나무는 한자로는 '자작나무 화樺' 자를 쓴다. 옛날에 결혼 첫날 밤에 '화촉을 밝히다'는 표현을 사용했는데 이 때의 '화촉'이 바로 자작나무 껍질로 만든 초라는 뜻이다. 옛날에 초가 없을 때 기름기가 많은 자작나무 껍질에 불을 붙여 촛불처럼 사용한 데서 유래했다. 자작나무는 한반도에서 다양한 용도로 사용됐는데 경주 천마총에서 출토된 '천마도'가 자작나무 껍질에 그려진 그림이며, 고려 때 제작된 팔만대장경의 경판 일부도 자작나무에 조각한 것이다.

특히 구소련 지역 주민들에게는 사우나 문화가 일상에서 매우 중요한 부분을 차지한다. 그들은 사우나에 갈 때면 반드시 사우나장 입구나 가게에서 잎이 달린 가지를 말린 자작나무를 한 단씩 구입해서 가지고 들어간다. 이 자작나무 단을 물에 담가서 잎을 불린 다음 그것으로 몸을 쳐서 살갗이 벌겋게 될 때까지 맛사지를 한다. 자작나무 단으로 몸을 치면 이때 자작나무 잎에서 매우 우아한 향이 나는데 이것이 몸에 배어 자작나무 향이 나게 된다.

주현재 주위 산자락에 자작나무가 자생한다. 나는 꽃가루 알레르기가 있어서 자작나무를 별로 좋아하지 않는다. 4월 말에 자작나무의 꽃이 필 때 바람이 불면 아프리카 여성들의 땋은 머리채처럼 축 늘어진 꽃자루에서 많은 꽃가루가 진동하기 때문에 나는 재채기를 하며 힘든 나날을 보내야 하기 때문이다. 2023년 3월 초 어느 날 야목 부락 도창기

구부정한 회색의 큰 나무가 자작나무

사우나용으로 판매하는 잎이 무성한 말린 자작나무 가지

이웃이 고로쇠 수액을 받기 위해 고로쇠나무에 유출기를 설치한다는 말을 들었다. 나는 아무런 생각 없이 그에게 주현재 입구에 있는 자작나무에 유출기를 하나 설치해 달라고 부탁했더니 자작나무 밑동에 전기드릴로 천공하여 유출기를 설치하고 관을 연결해 주었다. 주현재에서 와서 처음으로 받아 보는 수액이었다.

한나절 동안 수액을 받았더니 20리터 정도가 고였는데 생각보다 양이 너무 많아서 나중에는 수액을 처치할 방법이 생각나지 않아 매우 난감했다. 마을에서 매년 고로쇠 수액을 채취하여 판매하는 음달 부락의 신지섭 농부에게 조언을 구했더니 박아 논 유출기를 제거하면 수액이 흐르다가 천공한 부분이 저절로 아문다고 했다. 주말에만 용두리 음달 부락에 내려오는 암 투병 중인 이성원 인천 시민에게 한 통을 주고 내가 한 통을 힘들게 마셨다. 그때 너무 혼이 나서 그 이후로는 수액을 채취할 생각은 아예 하지 않았다.

아프리카 여성들의 땋은 머리채처럼 축 늘어진 자작나무 꽃자루

2023년 봄, 서거 십 주년을 맞은
나의 의형 윤이흠 교수를 생각하다

2023년 3월 20일에 나의 의형義兄 윤이흠(1940-2013) 교수의 서거 10 주년을 맞았다. 윤이흠 박사는 내가 카작국립대학교 한국어문학과에서 학과장 겸 한국어문학 교수 노릇을 하던 1994년 늦가을에 알마틔에서 처음 만났다. 당시 현지 한국 유학생 손영훈 군이 주카작스탄 한국대사관 소속 알마틔 한국교육원을 방문한 윤 교수를 우연히 만나게 되어 나를 소개했다. 그때부터 윤이흠 교수와 나와의 인연이 시작됐다. 유럽한국학회를 비롯하여 여러 학술대회에 함께 참석하며 우리는 매우 가까운 사이가 됐고, 윤이흠 교수의 제안으로 우리는 결국 의형제라는 특별한 관계를 맺었다.

1996년 5월 21일 서울에서 필자와 윤이흠 교수

금년에는 특별히 윤이흠 교수에 대한 추억이 자주 떠오르곤 한다. 몇 일 전 나는 윤이흠 교수에 대한 감회가 물밀듯이 들이닥치는 바람에 옛 추억을 들춰 보다가 아래 신문 기사를 발견했다. 윤 교수께서 세상을 떠나신 2013년 3월, 나는 그때 나의 모든 친근한 인연과 멀어지기 위해 카작스탄으로 피신해 있었다. 2012년 12월 26일 나는 분당서울대학교병원에서 방광암 수술을 받은 후, 모든 치료를 포기하고 내가 근무하던 대학에서 일년 동안 연구년을 얻어 2013년 1월 초 중앙아시아로 떠났다. 윤이흠 교수에 대한 생각이 날 때면 나는 늘 '청산에 살리라'라는 가곡을 듣곤 했다. 윤 교수께서 술을 한잔 하신 후 나를 위해 가끔 불러 주시던 노래였다. 윤이흠 교수의 노래 실력은 전문가 수준이었다. 경동고 시절 박인수(후에 서울대학교 음대 교수)와 함께 성악을 공부했으나 부친의 만류로 마지막에 다른 길을 선택했다고 하셨다.

그 이후 나는 가끔 윤이흠 교수께 카톡을 통해 안부를 전하곤 했다. 윤이흠 교수께서 그해 3월 초에 전화로 '5월 초에 김 선생 있는 곳에 들를게' 하셨는데 그게 나와의 마지막 대화였다. 3월 중순 어느 날 저녁, 윤이흠 교수의 제자 김일겸 박사가 나에게 전화로 윤이흠 교수의 부고를 전했다. 윤이흠 교수께서 아파트 욕실에서 족욕을 하던 상태로 별세하셨는데 정확한 사망 일자는 모른다고 했다. 2012년 12월 말, 한국방송통신대학교 교수였던 부인께서 암으로 별세하신 후 윤이흠 교수께서는 독거하셨다. 정년퇴직 후에도 윤이흠 교수께서 대학에서 매주 한 차례 강의를 하셨다. 어느 날 수업시간에 오시질 않았고, 연락마저 안 되자 제자 김종서 교수가 댁을 방문했는데 아파트에 인기척이 없었다. 회사원인 외동아들에게 연락하여 아파트에 들어갔으나 이미 윤 교수께서는 이 세상 분이 아니셨다. 혈압이 높아서 윤 교수께서는 평소에 술을 세 잔 이상은 드시지 않았는데, 아마도 족욕 시 혈압이 상승하여 쓰러지셨던 것 같았다. 다음은 내가 오늘 다시 발견한 옛날 기사들이다. 하나는 《조선일보》에 실린 부고 형식의 글이고, 다른 하나는 윤이흠 교수의 제자 김홍수 교수가 자신의 스승에 대해 쓴 추억담을 김홍수 교수의 후배인 일본 메이지가쿠인대학교 서정민 교수가 옮긴 것이다.

변방 학문이던 종교학 외연 넓힌 선구자
윤이흠 서울대 명예교수
원선우 기자
입력 2013.03.22. 03:02

한국 종교학 '1세대 개척자'로 불리는 윤이흠尹以欽(73) 서울대 종교학과 명예교수가 20일 별세했다. 학계는 '평생에 걸쳐 한국 종교 연구의 독창적 방법론 정립에 천착해온 스승을 잃었다'며 슬픔을 표했다.

윤이흠 서울대 명예교수

1940년 평안북도에서 태어나 6·25전쟁 때 월남한 고인은 서울대 종교학과를 졸업하고 미국 밴더빌트대와 노스웨스턴대에서 각각 석·박사 학위를 받았다. 고인은 광복 이후 '변방 학문'으로서 명맥만 간신히 유지하던 종교학의 외연을 넓힌 선구자로 평가받는다.

1980년 서울대 종교학과 교수에 임용된 고인은 윌프레드 캔트웰 스미스, 니니안 스마트 등 서구 종교학자들의 관점을 한국 종교학계에 소개하는 한편, '전환기의 한국 종교', '한국 종교 연구', '한국인의 종교' 등 다양한 저작 50여권을 통해 황무지였던 한국 종교 연구의 기반을 다졌다. 한국종교학회 회장, 한국종교사회연구소 소장, 민주평화통일자문회의 자문위원 등을 역임했다. 종교학과 김종서 교수는 '고인은 한국 종교의 특수성을 조명하는 방법론을 개발하면서도, 한국 종교사를 세계 종교사적 시각에서 조망하는 데 헌신했다'고 말했다.

고인은 2005년 정년식에서 열린 고별 강연에서 '열 살 소년이었던 내가 항상 노니던 방죽길에서 아지랑이가 피어오르던 풍경, 이것이 내가 늘 꿈처럼 떠올리는 고향, 가산의 이미지'라고 말했다. 고인의 3년 후배인 금장태 명예교수는 '옳지 않다고 판단되면 격분하다가도, 돌아서면 바로 후회하고 미안해 하던 윤 교수는 너무나 인간다운 평안도 사나이였다'고 회고하기도 했다.

지난해 12월 부인 한균자 여사(전 방송통신대 교수)와 사별한 뒤 잇달아 전해진 고인의 부고에 지인들은 황망해 했다. 고인과 함께 한국 종교학 1세대를 이끈 정진홍 명예교수는 '충분히 더 활동하시면서 후학을 양성하실 수 있었는데 이리 급하게 가시다니 학계의 큰 손실'이라고 말했다. 유족으로 장남 우람(LG전자 근무)씨, 며느리 지재영(LG전자 근무)씨. 빈소 신촌세브란스병원, 발인 22일 5시 30분. (02)2227-7500

논문 지도 교수, 윤이흠 선생님 (김흥수 형 글)

2013년 3월 24일 일요일 자정 전후

내 페이스 북과 블로그의 객원이신 김흥수 형이 절제된 글, 선생님을 보낸 뒤의 글을 보냈다. 물론 이 글은 형 자신의 페이스북에도 올린 것이다. 나는 형의 박사학위 지도교수인 윤이흠 선생에게 직접 사사받은 적은 없다. 몇 차례 공사석에서 인사만 드렸을 뿐이다. 그러나 형의 선생이니, 내 선생이기도 하다. 선생님의 하늘 길이 밝기를, 남은 유족과 제자들에게 깊은 위로가 있기를 기도한다.

그런데, 김흥수 형의 박사논문은 한국전쟁과 그리스도교에 대한 최초의 본격적인 연구이었다. 형의 논문작성 당시 거의 매주 함께 공부하며, 대화의 상대였던 내가 그 과정을 잘 안다. 한국전쟁과 그리스도교의 외형적 관계사가 아니라, 그 전쟁의 참담함이 한국 그리스도교 신앙형태에 어떤 영향을 주었는가 하는 내재적 문제를 다루었다. 그러나 바로 그 탁월한 논문의 뒷이야기가 오늘 형의 글에 나온다. 사실 형은 전쟁을 막으려고 발 벗고 나서지 못한 한국 그리스도교의 참회록을 학문적으로 쓰고 싶었다는 것을 당시부터 나는 안다. 그러나 결과적으로, 지도교수의 반대 때문이었지만, 형의 당시 쓴 '기복신앙 확산' 문제의 연구 주제도 꼭 필요한 논문이었다. 역사는 그런 것일 것이다. 이어 게재한다. 김흥수 형이 선생을 보낸 후 써서 막 내게 보내온 글이다.

논문 지도 교수, 윤이흠 선생님
김흥수
3월 21일 아침 서울대 종교학과 명예교수 윤이흠 선생님께서 돌아가셨다는 부음을 들었다. 불과 세 달 전 사모님의 장례식이 있었는데, 건강하셨던 선생님께서 갑자기 돌아가셨으니 제자들의 황망한 모습이 역력하였다.

윤 선생님은 나의 박사논문 지도교수이셨다. 지도교수로서의 선생님과는 이런 일이 있었다. 우리나라 종교들은 6·25전쟁에서 북한지역 종교나 남한의 종교나 싸움을 부추길 뿐 싸움을 말리는 일을 하지 못했는데, 한국교회의 이 점을 분석해보고 싶다고 말씀 드렸다. 이런 문제의식은, 내가 보스턴대학과 베일러대학에서 공부할 때 기독교의 평화주의 전통, 전쟁에 대한 양심적 반대 문제를 공부하면서 생긴 것이라 갑작스러운 것은 아니었다. 선생님께서는 내 이야기가 다 끝나기도 전에 '국립 서울대학에서는 그런 논문을 쓸 수 없다'고 단호하게 말씀하셨다. 그게 다였다. 선생님의 단호하고 갑작스런 반응에 당황해서 그 이유를 묻지도 못했다. 선생님께서는 나중에 6·25전쟁을 다루되 그것이 한국의 종교문화에 미친 영향을 분석해보면 어떻겠느냐고 말씀하셨다. 6·25전쟁이 교파분열, 반공적 신앙, 기독교계 이단적 신종파의 등장에 영향을 미쳤다는 연구만이 있을 때였다. 결국 6·25전쟁으로 전후에도 오랫동안 한국인들은 생존을 가장 중시하게 됐고 그 환경이 한국교회의 기복신앙을 확산시켰다는 '한국전쟁과 기복신앙 확산 연구'를 쓰게 되었다.

논문을 쓰고 나서 선생님을 종종 뵈었지만, 왜 국립 서울대에서는 그런 논문을 쓸 수 없다고 하셨는지 문의하지 못했다. 선생님께서는 평북 박천에서 태어나 6·25 무렵 월남하셨다. 되돌아보니, 열 살 때의 월남 경험과 선생님이 강조하신 '국립대학'의 분위기가 그런 말씀을 하신 배경이 아니었을까 하는 생각이 든다. 나중에 이 논문을 책으로 낼 때 이런 속사정을 머리글에서 이렇게 말했다. '한국전쟁과 종교 관계를 연구의 주제로 삼으면서 전쟁 시 왜 남과 북의 교회가 전쟁을 지원하고 종교적으로 정당화할 뿐 서구 기독교의 평화주의 전통처럼 싸움을 말리는 일에 나서지 않게 되었는가 하는 문제에 관심을 가졌으나, 연구 여건이 여의치 않아 전쟁이 한국 종교문화에 미친 영향을 살펴보는 것으로 주제를 바꾸었다.'

선생님께서는 미국 밴더빌트대학 석사과정에서 공부를 하셨다. 2000년 봄 미국 벤더빌트대학에 방문학자로 있을 때 소식을 전한 적이 있다. 그 때 선생님은 젊은 시절 공부하셨던 밴더빌트대학 교정의 마그놀리아가 눈에 선하다는 답장을 보내셨다. 키가 4-50

미터나 치솟은 밴더빌트대학의 마그놀리아 나무들은 그 잎이 사철나무처럼 번들거리고 무성한 잎 사이에 햐얀 꽃을 피우는데, 선생님은 그런 마그놀리아의 기억 속에서 자신의 젊은 시절을 그리워하셨을 게다.

오랫동안 잊고 있었던
나의 미국인 친구를 생각하다

2024년 3월 초에 나는 파리에서 서울에 왔다. 옛날 사진을 정리하다가 우연히 오랫동안 잊고 있었던 나의 미국인 친구의 사진들을 발견했다. 그녀의 이름은 애니스 리 스트래턴Annice Lee Stratton이다. 구글에 그녀의 흔적이 있을까 해서 찾아보았다. 놀랍게도 그녀는 아직까지도 켄터키주 아이벨Ivel에 살고 있었다. 나는 곧바로 그녀에게 편지 한 장을 썼고 그걸 보내기 위해 이튿날 아침 우체국에 갈 예정이었다. 무슨 다른 연락처가 있지 않을까 생각하며 찾아보다가 애니스의 페이스북 계정을 알게 됐다. 나는 페이스북에 계정을 만들고 그녀에게 문자를 남겼다. 다행히 그녀는 나에게 그녀의 전자우편 주소를 알려주었다. 나는 그녀에게 우체국에서 발송하려고 했던 편지를 전자우편으로 보냈다.

경기고로 진학한 예천중학교 한 해 선배 이한선의 미국 펜팔의 소개로 애니스가 나의 펜팔이 되었다. 펜팔pen pal은 편지를 주고받으며 교제하는 친구를 의미한다. 나는 애니스와 1968년부터 1985년까지 서신으로 연락하며 미국에서 만나기도 했다. 1985년 3월 내가 결혼하면서 청첩장까지 보낸 것은 기억이 나지만 결혼 후 생활이 바빠지면서 나는 자연스럽게 그녀와 멀어졌다. 애니스와 펜팔이 되면서 나는 영어에 관심을 가지게 되었고, 그녀는 내가 영어를 잘 할 수 있도록 고무했다. 내가 현재 영어를 포함한 여러 가지 외국어를 구사할 수 있게 된 것은 모두 애니스의 덕분이라고 할 수 있다. 애니스는 1968년 나에게 폴라로이드 사진기를 선물로 보내주었는데, 그때 나는 사진을 찍고 사진기에서 바로 사진이 인화되어 나오는 신기한 현상을 목격하고 무척 놀랐다. 나에게는 엄청난 문화 충격이었다. 나는 보답으로 고려시대 문신이자 시인인 정지상의 한시 '송인'送人을 집안 명필 아저씨에게 부탁하여 한지에 써서 표구한 뒤 항공 소포로 보냈다. 한동안 내가 교회에 다녔는데 그때 영어 공부도 할 겸 영어판 성경을 읽고 싶어 영어 성경을 부탁했더니 그녀는 예쁜 흰색 가죽 표지의 제임스왕 판(King James Version) 성경을 내게 보내주기도 했다. 아래는 시 '송인'이다.

送人

雨歇長堤草色多	비 개인 언덕에 풀빛 푸른데
送君南浦動悲歌	남포로 임 보내는 구슬픈 노래
大洞江水何時盡	대동강 물이야 언제 다 마르리
別淚年年添綠波	해마다 이별 눈물 보태는 것을

애니스는 1954년생인데 켄터키주의 모어헤드 주립대학교Morehead State University(1887년 설립) 간호학과를 졸업하고 간호원으로 근무하며 1970년대 중반에 결혼했다. 1981년 8월에 내가 애니스의 가족을 방문했을 때, 애니스는 자기가 살 던 집에 불이 나서 내가 선물로 준 벽에 걸려 있던 족자가 불에 타버렸다고 했다. 그녀의 부친 윈델Windell은 우체국장이자 석탄광산 소유자였다. 그는 정의감이 있는 분으로 내겐 맏형 같았다. 그녀의 모친 로라

나의 옛 친구 애니스 스트래튼

Lora는 유쾌하고 조용한 분이었다. 애니스의 오빠 더글라스Douglas는 부친의 광산에서 일했고, 여동생 개이Gay는 대학에 다녔다. 덕(더글라스의 애칭)은 어느 날 나를 이웃 마을의 농장 바(ranch bar)에 데리고 갔었는데, 거기서 나는 파리에 산다는 청년을 만났다. 이야기하다가 보니 그는 켄터키주에 있는 파리 거주자였다. 그때 나는 처음으로 켄터키주에 파리, 런던, 프랑크푸르트가 있다는 것을 알았다. 하루는 덕의 배려로 연발기관총을 교량 위에서 개천을 향해 발사하는 경험을 했다. 지금 그때를 회상하니 모든 게 주마등처럼 지나간다. 이번에 구글에서 얻은 정보를 통해서 우연히 안 사실인데 애니스는 첫째와 둘째 남편 사이에 딸 한 명씩을 두었으며 현재 세 번째 남편과 살고 있다.

1981년 8월, 애니스의 부친 윈델 엘리엇 스트래턴(Windell Elliott Stratton, 1927–2013)

1981년 8월, 애니스의 부모님 댁 주방에서 식구들과 대화하며

2025년 3월 3일 월요일 아침에 일어나니 15센티미터 정도 높이의 눈이 쌓여 있었다. 아침을 먹고 나서 눈가래로 일단 길을 내기로 하고 밖으로 나갔다. 다행히 기온은 섭씨 영 도 내외라서 그리 춥지는 않았다. 농가 앞 처마 밑에 쌓인 눈을 제거한 뒤 창고까지 가는 작은 길을 내기 위해 눈가래로 눈을 치웠다. 눈을 한 가래 떴더니 눈가래의 폭이 넓어서 그런지 생각보다 눈이 무거웠다. 한참 동안 작업해서 농가에서 창고까지 길을 낸 후 좀 쉬었다가 창고 앞에서부터 비닐하우스까지 가는 통로를 만들기 위해 열심히 눈을 치웠다.

2025년 3월 3일 아침, 주현재에서 바라본 전경

　　창고 앞에서부터 주현재 입구까지도 길을 내야 하는데 주현재 입구에는 너무 많은 양의 눈이 쌓여 있었다. 한 시간 전부터 네 차례에 걸쳐 눈을 밀고 지나간 제설차의 운행으로 저수령 방향으로 올라가는 927번 지방도로 가장자리의 눈이 모두 주현재 입구로 밀려들어온 탓이었다. 어떻게 할까 생각하면서 비닐하우스 앞에서 쉬고 있는데 효공원 입구에서 누가 트랙터로 눈을 치우는 소리가 들렸다. 트랙터 운전수가 용두리 이장 임병우 농부인 것 같아서 그에게 전화했다. 연료비를 줄테니 눈을 좀 치워달라고 부탁했더니 임 이장이 주현재가 높아서 올라갈 수 있을까 걱정하길래 나는 그에게 지방도 옆 입구만 좀 치워달라고 했다. 임 이장이 와서 두어 차례 오르내리며 지방도 옆 입구부터 창고 앞까지 쌓여 있던 눈을 아래 사진에서 볼 수 있듯이 말끔하게 치우고 통로를 만들어 주었다. 젊은 이장이 바로 옆에 살아서 이럴 땐 많은 도움이 된다.

눈을 말끔히 치운 927번 지방도 주현재 입구

　　저녁이 되니 갑자기 바람이 매우 강하게 불기 시작했다. 행정안전부와 예천군에서 온 문자에 따르면 폭설이 예상되니 피해가 없도록 대비를 잘 하라고 했다. 3월 4일 아침에 일어나니 다행히 눈은 오지 않았다. 아침을 먹은 후 창고에 내려가 운동을 마치고 나오니 9시경부터 눈이 내리기 시작했다. 12시에 밖으로 나갔더니 벌서 많은 양의 눈이

쌓여 있었다. 그냥 두면 나중에 치우기가 더 힘들 것 같아서 일단 한 차례 치우기로 하고
어제 낸 길들을 따라 눈가래로 쌓인 눈을 제거했다. 오후 5시에 다시 밖으로 나갔더니
다행히 눈은 그쳤지만 적지 않은 양의 눈이 쌓여 있었다. 갑자기 해가 나서 햇빛에 비친
주현재에서 바라본 전경이 황홀할 정도로 아름다웠다.

일기예보를 보니 오늘 저녁부터는 눈이 내리지 않는다고 해서 곧바로 어제 낸 통로
에 쌓인 눈을 치우기로 했다. 한 시간 정도 작업해서 농가에서부터 지방도 옆 입구까지
어제 낸 통로의 눈을 대충 제거했다. 오늘은 날씨가 영하로 내려가서 많이 쌀쌀했다. 그
럼에도 불구하고 눈을 다 치우고 나니 땀이 비 오듯 했다. 내가 여기에서 농사짓기 시작
한 2015년 이래 3월에 이렇게 많은 눈이 내린 것은 처음이다.

2025년 3월, 주현재에서 바라본 햇빛에 비친 설산 풍경

4월의 이야기

주현재에서
들나물 향연을 베풀다

4월 초가 되면 주현재 밭뙈기와 밭둑에서 민들레, 쑥, 고들빼기, 나새:이, 속세, 정구지, 달래 등의 싹이 올라온다. 나새:이, 속세, 정구지는 예천 방언인데 각각 냉이, 씀바귀, 부추를 뜻한다.

민들레는 국화과에 속하는 여러해살이풀로 학명은 Taraxacum mongolicum인데 특히 흰 꽃이 피는 토종 민들레는 학명이 Taraxacum coreanum이다. 노란 꽃이 피는 민들레 가운데 꽃받침이 뒤로 젖혀져 있으면 서양 민들레이고 꽃받침이 꽃을 감싸고 있으면 토종 민들레이다. 민들레를 중국어로는 蒲公英Púgōngyīng이라고 부르고, 영어 명칭은 dandelion인데 이는 프랑스어 dent-de-lion(사자의 이빨)에서 유래한 것으로 민들레의 잎이 거친 톱니처럼 생겼기 때문이다. 프랑스에서는 민들레 잎을 샐러드로 이용한다.

고들빼기는 국화과에 속하는 두해살이풀로 학명은 Crepidiastrum sonchifolium이다. 고들빼기의 영어 명칭은 Korean bitter lettuce이고 중국어로는 苦菜kǔcài라고 부른다. 고들빼기는 주로 김치를 담그지만 나는 주현재에 자생하는 고들빼기를 캐서 데친 다음 나물로 이용한다.

냉이는 배추과의 두해살이풀로 학명은 Capsella bursa-pastoris이다. 냉이의 영어 명칭은 shepherd's purse, 즉 '목동의 지갑'인데 삼각형인 냉이의 씨 모양이 지갑처럼 생겼기 때문이다. 중국어로는 薺菜jìcài라고 부른다. 냉이는 주로 된장국을 끓여 먹거나, 데친 다음 양념에 버무려 무침으로 먹는다. 뿌리와 함께 끓이거나 데친 냉이를 한 입 물면 알싸하면서도 쌉싸름한 맛이 입안을 감싸며 풀 향과 은은한 흙 향에 이어 후추처럼 매콤한 향이 코로 퍼지면서 긴 여운을 남긴다.

씀바귀는 국화과에 속하는 여러해살이풀로 학명은 Ixeridium dentatum이다. 영어 명칭은 toothed ixeridium이고 중국어로는 苦蕒菜kǔmǎicài라고 한다. 중국어나 한국어 명칭 모두 이 식물의 쓴 맛을 강조하고 있는데 잎과 뿌리를 데쳐서 쓴 맛을 우려낸 뒤 나물로 이용한다.

달래는 수선화과에 속하는 여러해살이풀로 학명은 Allium monanthum이다. 달래의 영어 명칭은 wild chive이고, 중국어로는 山蒜shānsuàn이다. 주현재에서 달래는 주로 들나물을 기본으로 준비한 비빔밥에 사용하는 달래장을 만드는데 사용된다.

부추는 백합과에 속하는 여러해살이풀로 학명은 Allium tuberosum이다. 부추의 영어 명칭은 garlic chives이고 중국어로는 韭菜jiǔcài라고 부른다. 내가 주현재에서 한 해 동안 가장 자주 이용하는 게 부추이다. 부추로 나는 골뱅이와 무쳐서 먹는 걸 매우 좋아하고 이웃이나 친구들과 부추로 전을 부쳐서 포도주나 탁주와 함께 마시는 걸 즐긴다. 부추는 베고 나면 금방 또 자라기 때문에 이용하기에 부담이 없는 들풀이다. 부추는 8월 하순이 되면 흰색의 꽃이 피는데 생각보다 예쁘다.

꽃이 활짝 핀 주현재의 부추

들풀이 올라올 때가 되면 나는 이웃이나 지인들을 초대하여 함께 들나물을 채취하고 음식을 준비하여 스스로를 위한 향연을 베푼다. 2025년 4월도 마찬가지이다. 먼저 프랑스 샹빤녀Champagne 지역의 '모에 떼 샹동'Moët & Chandon 샴페인에 까막까치나무 열매로 만든 리큐어 '크램 더 까씨스'Crème de cassis 몇 방울을 떨어뜨린 식전주 '키르 로얄'Kir royal에 쑥전을 곁들인다. 샴페인 '동 뻬리뇽'Dom Pérignon이 맛과 향이 훨씬 뛰어나지만 한 병에 35만 원이라는 비싼 가격 때문에 자주 마시기에는 부담이 가서 나는 주로 한 병에 8만 원 정도 하는 '모에 떼 샹동'을 구입한다. 그윽한 쑥 향이 샴페인의 상큼함과 어울려 한참 동안 입안에 머물며 입맛을 돋군다. 이어서 정구지를 잘라서 통조림 골뱅이와 뒤섞은 뒤 고추가루, 레몬즙, 참기름, 깨소금, 야생 복숭아 청을 넣고 무쳐서 샐러드를 만들어 작게 자른 바게뜨 빵과 함께 전식으로 먹는다. 전식에는 프랑스 발레 들 라 루아르Vallée de la Loire 지역의 '상세르'Sancerre 백포도주로 맛의 균형을 맞춘다.

주식으로는 들나물을 이용하여 비빔밥을 만든다. 고들빼기, 민들레, 씀바귀를 데친 뒤 물기를 뺀 후 잘게 썰어 놓고, 달래를 잘게 잘라서 고추가루, 다진 마늘, 참기름, 물로 희석한 간장을 넣어 달래장을 만들어 놓은 다음, 잘게 썬 두부와 냉이를 넣어 된장국을 끓인다. 된장국이 완성되면, 데쳐서 잘게 썰어 놓은 들나물을 잡곡밥에 얹고 달래장, 마늘과 당귀를 갈아 넣어 숙성시킨 고추장, 참기름을 넣고 비벼서 냉이 된장국과 함께 먹는다. 쓴맛이 나는 들나물 비빔밥과 맛의 조화를 맞추기 위해 프랑스 보르도Bordeaux 지역의 쌍떼밀리옹Saint-Émilion 적포도주를 곁들인다.

주식이 끝나면, 주현재에서 저지방 우유로 만든 요거트에 까막까치밥나무 열매 꽁뽀뜨compote를 넣어서 후식으로 먹는다. 후식은 프랑스 앙주Anjou 지역의 꼬또 뒤 레용 Coteaux du Layon 한 잔과 함께 맛본다. 식후주로는 프랑스 노르망디Normandie 지역의 사과 증류주인 깔바도스Calvados에 사과 말랭이를 곁들인다. 이게 주현재에서 4월 초에 맛볼 수 있는 들나물의 향연이다.

민들레, 쑥

냉이, 고들빼기, 씀바귀

부추, 냉이, 그리고 데쳐서 헹군 뒤 물기를 뺀 들나물들

식전주에 곁들인 쑥 전

부추에 골뱅이를 넣고 무친 전식

두부와 냉이를 넣고 끓인 된장국. 15가지 혼합곡물 밥에 민들레, 고들빼기, 씀바귀 데친 것과 달래장, 고추장, 참기름을 넣고 비비기 직전 모습

전식으로 쑥전을 먹었는데 쑥과 관련된 프랑스 이야기를 좀 하고자 한다. 한국의 쑥은 국화과에 속하는 여러해살이풀로 한국, 중국, 일본이 원산지로 학명은 Artemisia princeps이며, 영어로는 Korean wormwood라고 부르고, 중국어로는 黃花艾 huánghuāài이다. 고혈압을 예방하는 효과가 있고, 혈액 속에서 해로운 병균을 잡아먹는 백혈구의 수를 늘려 면역기능을 높이고 살균효과가 있다.

프랑스에서 19세기 초부터 20세기 초까지 유명했던 향쑥을 바탕으로 증류한 압쌍뜨absinthe라는 술이 있었다. 향쑥은 쓴쑥이라고도 하는데 국화과에 속하는 여러해살이 풀로 학명은 Artemisia absinthium으로 원산지는 유럽이며, 영어 명칭은 wormwood 이고 중국어로는 茵陈yīnchén이라고 부른다. 높이는 1미터 정도이고, 잎에는 작고 하얀 털이 나 있는데 특이한 향이 난다. 잎과 꽃이 필 때 가지의 끝 부분을 채취하여 강장제, 강심제, 해열제, 구충제로 사용한다. 프랑스에서 압쌍뜨는 1805년 앙리-루이 뻬르노 Henri-Louis PERNOD가 뽕따를리에Pontarlier에 세운 증류소에서 처음 생산되었으며, 압쌍뜨 의 강한 알코올 도수와 압쌍뜨가 정신건강에 해를 끼친다는 이유로 1915년 금지될 때까 지 전국적으로 유행했다. 압쌍뜨는 쓰면서도 감미로운 향신료인 향쑥과 아니스anis 혹은 회향(프랑스어로 fenouil, 영어로는 fennel) 등을 함께 증류하여 만든 45도에서 74도에 이르 는 알코올 음료로 녹색이나 황록색을 띠지만, 무색인 것도 있는데 물과 섞으면 탁한 오팔 (붉은 남색) 빛으로 변한다. 압쌍뜨는 프랑스의 술집에서 '녹색 요정'(La fée verte)이란 별 명으로 통했던 술이다. 투명한 잔에 술을 따르면 그 색깔이 연두색을 띠기 때문이었다.

압쌍뜨의 푸른 색깔은 엽록소 때문인데 빛을 받으면 점차 산화되어 연두색에서 노란색
이 되었다가 다시 갈색으로 변한다.

값싼 술이었던 압쌍뜨는 당시 가난한 작가나 화가들에게 인기가 있었다. 압쌍뜨를 즐겨 마시던 예술가로는 소설가 어니스트 헤밍웨이, 시인 에드거 앨런 포, 화가 빈센트 반 고흐와 앙리 더 뚤루즈 로트렉 등이 있었다. 극작가 오스카 와일드는 보헤미안을 상징하는 술이라고 압쌍뜨를 찬양하기도 했다. 이들 예술가들은 대부분 불우하게 살다가 비참하게 죽었는데, 이에 대한 원인을 압쌍뜨가 일으킨 정신착란에서 찾기도 했다.

에드가 드가(Edgar DEGAS)의 '압쌍뜨'란 작품(1876)

20세기 초, 압쌍뜨를 마시면 향쑥 성분이 중독증세를 일으키며 정신착란과 시각장애를 초래한다고 알려지며, 소설가 에밀 졸라 등의 지식인들이 압쌍트 근절 운동에 나섰고 프랑스를 비롯한 유럽 각국과 미국에서 압쌍뜨를 금지하게 됐다. 하지만 압쌍뜨가 환각이나 정신착란을 일으킨다는 주장은 근거가 없는 것으로 밝혀지면서 여러 국가에서 압쌍뜨 증류가 다시 가능하게 됐다. 프랑스에서도 2011년에 압쌍뜨가 해금되었다.

2011년 해금 후 프랑스에서 다시 생산된 압쌍뜨

우즈베키스탄 고려인 신순남^{Nikolai Shin}
화백을 생각하다

책을 처분하려고 정리하다가 1992년 10월 신순남 화백이 내게 준 전시회 도록을 보고 2006년 4월 그를 우연히 다시 만났던 추억이 떠올랐다. 경기문화재단 송태호 대표 이사 일행이 2006년 3월 23일부터 31일까지 카작스탄을 방문하여 크즐오르다국립대학교와 크즐오르다 고려인협회에서 학술 및 문화 교류 행사를 개최했는데, 그때 나는 방문단의 자문 역으로 동행했다. 행사 후 버스편으로 우즈베키스탄을 방문하여 타슈켄트, 사마르칸트, 부하라의 역사 유적지를 답사했다. 크즐오르다에서 타슈켄트로 가는 길에 투르케스탄^{Turkestan}에 있는 유네스코 세계문화유산 아흐멧 아샤위^{Ahmet Yasawi} 영묘를 답사했다. 수피 신비주의자였던 야사위(1093-1166)는 시를 통해 이슬람을 전파했는데, 아랍어가 아닌 돌궐어(튀르크어)를 사용했기 때문에 누구나 그의 시를 공감할 수 있었다. 야사위는 이슬람 신비주의파(Sufism)를 창시했으며, 그의 영묘는 이슬람 세계의 중요한 순례지가 되었다. 아흐멧 야사위 영묘는 티무르제국의 티무르 황제에 의해서 1389년에 건축이 시작되었으나 티무르가 사망한 1405년에 공사가 중단되어 미완성으로 남은 기념비적 건축물이다. 전면 벽에는 건축 당시 사용된 지지용 비계가 아직도 남아 있어서 운치를 더한다.

2006년 4월 1일 주우즈베키스탄 한국대사관 김성환 대사(이명박 정부 당시 2010-13 외교통상부 장관)의 초청으로 대사관저에서 만찬이 있었다. 김 대사는 송 대표이사와는 경기고와 서울대 선후배 사이였고, 나와도 몇 차례 만난 적이 있어 친분이 있었다. 만찬에는 송 대표이사의 요청으로 우즈베키스탄 고려인 신순남(1928-2006) 화백도 참석했다. 송 대표이사는 그가 문화체육부 장관(1997-98)이었던 1997년 신순남 화백으로부터 작품 '레퀴엠'을 기증받은 인연이 있었다. 내가 그날 신순남 화백을 다시 만난 것은 그야말로

아흐멧 야사위 영묘 앞에서 왼쪽 다섯 번째 송 대표이사, 오른쪽은 켄신바이 교수와 필자

우연이었다. 전혀 예상하지 못했기 때문에 신 화백도 나를 보자 놀라는 눈치였고 나 역시 신 화백을 만나게 되어 몹시 반가웠다. 김 대사가 마침 나의 좌석을 신 화백 옆에 배정하여 우리는 가까이서 대화를 나눌 수 있었다. 우리가 서로 악수를 하며 오랜만이라고 인사를 하자 송 대표가 "두 분이 잘 아시는 가요?"하며 물었다. 그래서 나는 할 수 없이 신 화백과 알게 된 사연을 소개했고, 나도 송 대표를 통해서 그간의 신순남 화백에 관한 소식을 들을 수 있었다.

주우즈베키스탄 한국 대사관저에서 만찬 시 신순남 화백과 필자

1992년 10월 31일 나는 우즈베키스탄 타슈켄트에서 당시 타슈켄트국립동방학대학교 김문욱 일본어 강사의 소개로 신순남 화백을 처음 만났다. 신순남 화백은 김문욱 일본어 강사의 장모와 먼 친척 사이였다. 신순남 화백은 나에게 자신의 전시회 도록 2부를 주며 한 부에는 172쪽 '도록의 속표지' 사진에서 볼 수 있는 것처럼 '존경하는 김필영 선생님께, 좋은 추억으로 남길 바라며, 1992년 10월 31일 타슈켄트에서 신申'이라고 서명했다. 신 화백은 그의 작품에도 한자 '거듭 신'申 자를 서명으로 사용했다. 신 화백은 자신의 작품을 파리 소재 유네스코 본부에 무상으로 기증할 테니 영구적으로 전시해 달라는

조건을 제시하며 나에게 유네스코에 그의 제안을 전해달라고 부탁했다. 당시 유네스코 담당자는 내가 전하는 그의 제안을 별로 달가워하지 않았으며 유감스럽게도 그 제안은 포장 및 운반 비용 때문에 성사되지 않았다.

그후 신 화백이 어떤 경로로 한국과 인연이 닿았는지 1997년 국립현대미술관에서 '수난과 영광의 유민사–신순남 전(Nikolai Shin‑Story of the Passion and Glory)'이란 제목으로 6월 5일부터 7월 15일까지 그의 작품 전시회가 열렸다. 전시회 후, 신 화백은 그의 작품 '레퀴엠'을 무상으로 한국 정부에 기증하였고, 한국 정부는 그에게 금관문화훈장을 수여했다. 2000년에는 신순남 화백이 KBS 재외동포상을 수상했고, 2004년에는 4월 2일부터 10월 15일까지 국립현대미술관에서 '잊혀진 질곡의 유민사–신순남의 진혼곡'이라는 제목으로 기증 작가 특별전이 열리기도 했다.

신 화백의 작품 '레퀴엠'은 가로 2미터에 세로 3미터 크기의 캔버스 22장에 그린 총 44미터에 이르는 거대한 화폭에 자신이 겪은 강제이주의 기억을 묘사한 연작이다. '수난과 영광의 유민사–신순남 전'의 도록에 따르면, '레퀴엠'은 신 화백이 1980년대 초에 시작하여 1990년에 완성한 작품이다. 고려인 강제이주의 실상과 그들이 처했던 역사적 운명을 묘사한 '레퀴엠'은 스탈린 체제의 탄압에 희생된 고려인 영혼들에게 바치는 신순남 화백의 시각적 진혼곡이라고 할 수 있다. '레퀴엠'에는 눈, 코, 입이 없거나 그 형체만 겨우 묘사된 인간의 무리가 등장하는데, 이에 대해 신 화백은 "우리는 노예였습니다. 노예에겐 이름도, 민족도 없었습니다. 그래서 난 '레퀴엠'에 얼굴을 그려 넣지 않았습니다."라고 말했다.

신순남 화백은 2006년 4월 1일 내가 그를 다시 타슈켄트에서 만난지 몇 달이 채 지나지 않아 그해 8월 18일 세상을 떠났다. 신순남 화백의 개인적 입장에서 보면 1992년 그가 유네스코에 작품을 기증하려고 했던 일이 무산된 것은 유감이지만 한 편으로는 그 덕분에 그의 연작 '레퀴엠'이 한국에 기증된 것은 다행이라고 할 수 있다. 신순남 화백이 나에게 주었던 전시회 도록에 포함된 작품의 일부를 여기 소개한다.

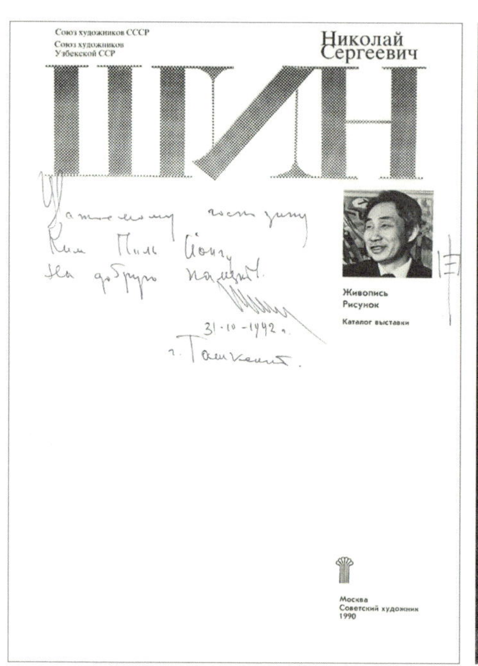
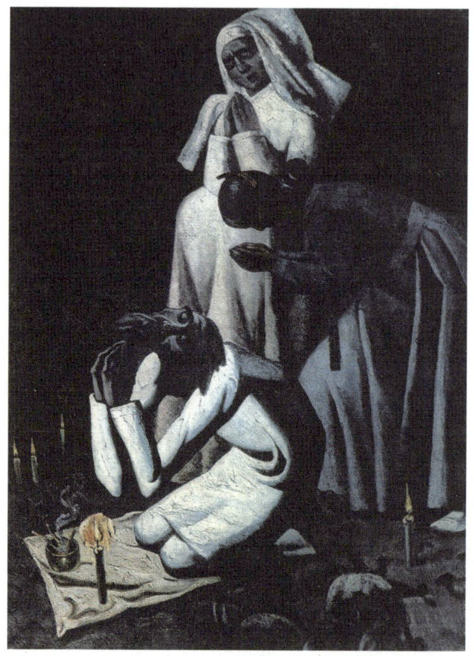

도록의 속표지

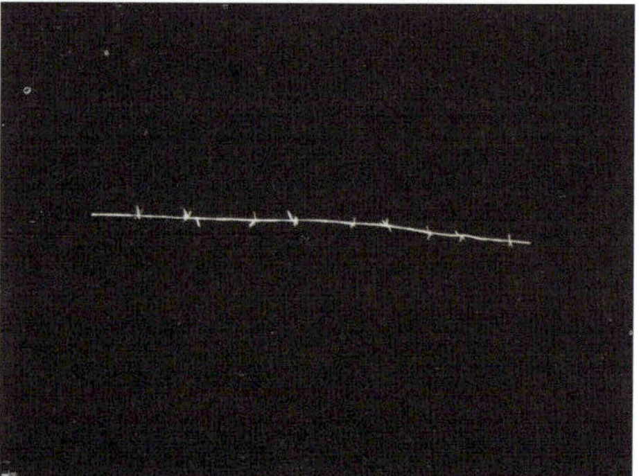
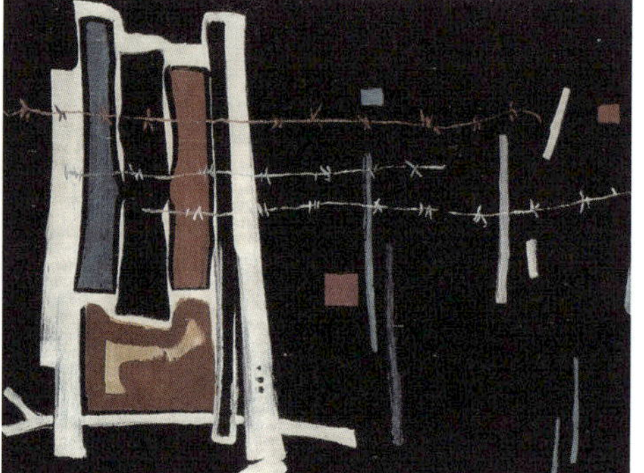

    백두대간 농부가 된 프랑스 교수의 사철 이야기

강남대학교에서 한국 최초로
카작스탄학 전공을 개설하다

　나는 2005년 3월에 한국에 와서 강남대학교 국제학부에 적을 두고 카작스탄학 전공 개설을 준비했다. 2006년 3월 공식적으로 카작스탄학 전공을 개설한 후 2006년 4월 19일에 개설 기념식을 거행했다. 아래는 당시 개설 행사 사진과 팸플릿의 일부이다. 카작스탄학 전공은 나중에 중앙아시아학 전공으로 명칭이 변경되었다.

개설식에서 인사하고 있는 카작스탄학 전공 김필영 교수

강남대학교
카자흐스탄학전공 개설 기념식
Opening Ceremony for the Department of Kazakhstan studies
일시 : 2006년 4월 19일(수) 14:00   장 소 : 우원관 국제회의실
경
축

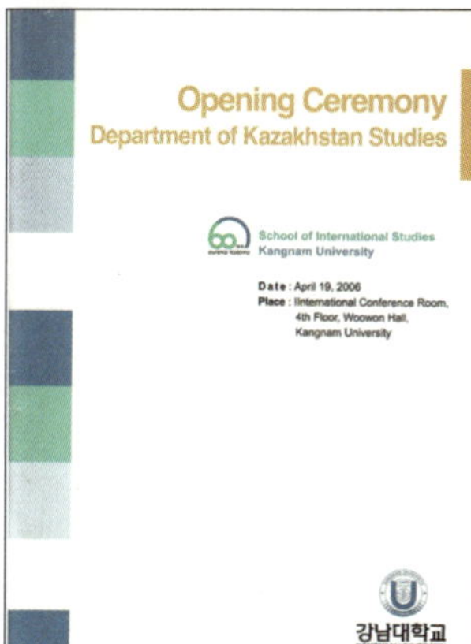

Opening Ceremony
Department of Kazakhstan Studies

School of International Studies
Kangnam University

Date : April 19, 2006
Place : International Conference Room,
4th Floor, Woowon Hall,
Kangnam University

강남대학교
KANGNAM UNIVERSITY

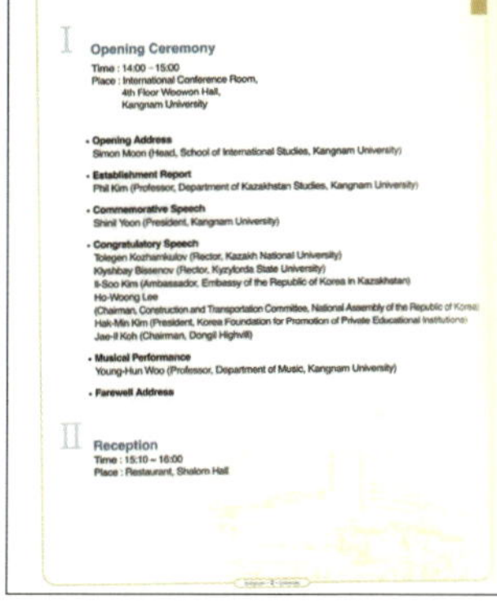

Ceremony Schedule

I Opening Ceremony
Time : 14:00 - 15:00
Place : International Conference Room,
4th Floor Woowon Hall,
Kangnam University

- Opening Address
Simon Moon (Head, School of International Studies, Kangnam University)
- Establishment Report
Phil Kim (Professor, Department of Kazakhstan Studies, Kangnam University)
- Commemorative Speech
Shinil Yoon (President, Kangnam University)
- Congratulatory Speech
Tolegen Kozhamkulov (Rector, Kazakh National University)
Klyshbay Bissenov (Rector, Kyzylorda State University)
Il-Soo Kim (Ambassador, Embassy of the Republic of Korea in Kazakhstan)
Ho-Woong Lee
(Chairman, Construction and Transportation Committee, National Assembly of the Republic of Korea)
Hak-Min Kim (President, Korea Foundation for Promotion of Private Educational Institutions)
Jae-Il Koh (Chairman, Dongil Highvill)
- Musical Performance
Young-Hun Woo (Professor, Department of Music, Kangnam University)
- Farewell Address

II Reception
Time : 15:10 - 16:00
Place : Restaurant, Shalom Hall

카자흐스탄학 전공 교수 소개

김필영
파리대학교 중국어과 수학.
파리대학교 중앙학 대학원 한국학 석사, 박사과정 수료,
국립상뜨러시엘대학교 (파리) 한국학 박사학위 취득,
한국 현대시, 중앙아시아 고려인 문학, 카자흐어문학 연구,
카자흐국립대학교, 크즐오르다국립대학교, 국립상뜨러시엘대학교 교수 역임,
현재 강남대학교 국제학부 카자흐스탄학 교수 및 한국 카자흐스탄학회 회장.

Қазақстантану кафедрасының
меңгерушісі

Профессор Фил Ким

Париж университетін қытай тілі мамандығы бойынша бітірген.
Париж университеті шығыстану факультетінің аспирантурасы мен
докторантурасын бітірген.
Мемлекеттік шығыс тілдері мен ориенат институтында (Париж) корейтану
мамандығы бойынша доктор дәрежесін алған.

Қазіргі заманғы корей поэзиясы, Кеңес Одағындағы Орта Азия корей әдебиеті,
Қазақ тілі мен әдебиетінің мамыны.

Әл-Фараби атындағы Қазақ ұлттық университеті, Қорқыт Ата атындағы
Қызылорда мемлекеттік университеті, Мемлекеттік шығыс тілдері мен ориенат
институтының профессоры.

Қазіргі кезде Кянгнам университеті Қазақстантану кафедрасының меңгерушісі
және Корейдегі Қазақстантану Ассоциациясының президенті.

Профессор Ким Филмен тиянақталған байланысуға болады.
Мекен жайы: (82-31) 280 3653
Телефон: (82-17) 325 1560
Электрондық пошта: jigogae@hotmail.com, jigogae@yahoo.co.kr

살다 보면
그냥……

갑자기 노래 가사 한 구절이 떠올랐다. '살다 보면 괜시리……'로 시작되는 노래인데 약간의 푸념 같은 소망을 담고 있다. 여기 내가 제목으로 쓴 '살다 보면 그냥……'은 위의 것과는 다른 뜻으로 생각지도 않았던 일이 발생한 것에 대한 느낌을 말한 것이다.

25년 사귄 카작인 친구를 도우려 2023년 4월 초 나는 카작스탄 크즐오르다로 갔다. 이 친구는 건축분야 전공자로 크즐오르다국립대학교에서 교수와 총장으로 일했고, 국회의원과 도의회 의장 등 정치 분야에서도 활동했다. 현재는 본인이 설립한 사립 대학의 총장 직을 맡고 있다. 이 친구는 1998년에 4년제 '크즐오르다 기술 및 서비스 대학교'를 설립했고, 이어서 고등학교와 전문대학을 통합한 5년제 '크즐오르다 다학제 전문대학'을 세웠다.

내가 도우려 했던 일은 크즐오르다 다학제 전문대학의 영어-한국어 전공 개설과 관계된 것이었다. 2013년 이 친구가 크즐오르다국립대 총장 시절 나는 그와 함께 영어-한국어전공을 개설했던 경험을 공유하고 있다. 특별한 건 아니고 교과과정과 교재를 준비하고 강사를 구하는 일이었다. 그곳에서 가장 어려운 것은 한국어 강사 구하는 일인데 의외로 쉽게 해결되었다. 크즐오르다국립대 영어-한국어 전공 졸업생 가운데 한국 강남대학교에서 이중학위 과정을 마치고 고향으로 돌아가 현지 중등학교에서 영어 교사로 일하고 있는 20대 중반의 여성이 있어 그 자원을 이용하기로 했다. 일단 영어-한국어 전공은 새 학년이 시작되는 2023년 9월에 개설하기로 결정하고 모든 준비를 마쳤다.

문제는 이 친구의 부탁으로 나에게 다른 임무가 하나 생겼다. 그동안 코로나 사태로 인해 어느 국가를 막론하고 모든 대학들이 비대면 강의를 진행했다. 그러다 보니 대학 운영에 전혀 생각지 않았던 문제들이 생기기도 했다. 2022년 늦가을 내가 그곳에 갔을 때 이 친구에게 개방대학에 관한 정보를 줬다. 이 친구가 개방대학 체제에 관심이 있었던지 '크즐오르다 기술 및 서비스 대학교'를 개방대학으로 전환하겠다고 현지 고등교육부에 신청하여 2023년 2월에 허가를 받았다. 나보고 그는 한시적이라도 좋으니 새로 시작하는 크즐오르다개방대학교Open University of Qyzylorda의 국제협력 분야를 도와달라고 간청했다. 개방대학 체제는 이 친구가 카작스탄에서 처음으로 시도하는 것이었다. 그야말로 내가 생각지도 않았던 일을 '살다 보면 그냥' 어쩔 수 없이 하게 된 경우였다.

크즐오르다개방대학교 국제관계 부총장 김필영 박사의 명함

여기서 내가 말하는 개방대학이란 한국에서 1980년대 초에 시도했던 것과는 다른 것이다. 달리 말하면 영어로 'open university'라고 하는 원격교육 체제에 관한 것이다. 세계 최초의 원격교육 체제는 프랑스가 1939년에 시도한 국립원격교육센터(Centre National d'Education à Distance, CNED)로 지금까지 성공적으로 운영되고 있다. 당시 프랑스는 제2차 세계대전 와중에 붕괴된 일반 교육체제에 대처하기 위해서 임시 방편으로 통신교육을 시작했다. 원격교육 체제를 이용한 최초의 개방대학은 1969년에 개교한 영국의 개방대학교(The Open University)이고, 그 다음이 1972년에 개교한 한국방송통신대학교(Korea National Open University)이다. 여기서 말하는 open은 교육의 기회가 모두에게 열려 있다는 뜻이다. 한자어권 국가에서도 원격교육 체제를 영어로는 모두 open university라고 하지만 자국어 명칭은 저마다 다르다. 각 나라의 대표적인 국립 open university를 한국은 방송통신대학, 일본은 방송대학, 중국은 개방대학, 홍콩은 공개대학, 타이완은 공중대학으로 부른다. 개인적인 생각인데 'open university'의 번역은 개방대학이 가장 적절할 것 같다.

생각지도 않게 크즐오르다개방대학교의 국제관계 부총장 직을 엉겁결에 맡게 됐다. 첫째 임무가 한국방송통신대학교와 국제관계 양해각서를 체결하는 것이고, 둘째는 아시아 개방대학 협회(Asian Association of Open Universities)에 회원으로 가입하는 일이었다. 이 둘 모두 시간이 필요하고 생각보다 간단한 일이 아니었다. 일단 대학 홈페이지를 새로 구축하기로 하고 내가 직접 홈페이지의 구성을 디자인하고 기본 개념을 설계했다.

크즐오르다 스르다리야강의 봄 풍경

 백두대간 농부가 된 프랑스 교수의 사철 이야기

이 분야 전문 남성 직원 3명과 내부 행정 조직을 잘 아는 여성 직원 2명이 함께 나머지 작업을 진행했다. 나는 당시 한국방송통신대학교 농학과 학생이었다. 매 학기 한 차례 있는 출석수업에 참여하기 위해 2023년 4월 14일 서울에 잠시 들어왔다. 다행히 이 기간에 한국방송통신대학교 고성환 총장과 면담 일정까지 잡혀서 크즐오르다개방대학교와 한국방송통신대학교 간의 국제협력에 관해 협의할 수 있었고, 고성환 총장이 서명한 양해각서 2부를 상대 대학교 총장의 서명을 위해 DHL편으로 크즐오르다개방대학교로 발송했다.

홈페이지 첫 화면에 올릴 이 지역을 대표할 상징물을 찾던 가운데 나는 어느 날 호텔 식당에서 아침 식사를 마치고 방으로 돌아가던 길에 우연히 복도에 걸려 있던 스르다리

스르다리야강과 아무다리야강의 물길 지도

야강Syr Darya의 항공 사진을 발견했다. 혼잣말로 "그래, 이거지!" 하며 그걸 사용하기로 했다. 대학 홈페이지 첫 화면에 이 스르다리야강 풍경과 함께 'Beyond the Syr Darya, we go further'(스르다리야강을 넘어 우리는 더 멀리 간다)란 문장을 넣었다. 스르다리야강은 고대 그리스어로 Jaxartes작사르테스로 불린 중앙아시아 강으로 세계사에서 역사적으로나 문화적으로나 그 의미가 매우 크다. 스르다리야강은 키르기즈공화국의 천산산맥의 빙하가 녹아서 만들어진 강으로 키르기즈공화국, 우즈베키스탄, 타지키스탄, 카작스탄을 거쳐 아랄해로 연결되며 그 길이가 2,200여 킬로미터에 이른다.

그 이후 나는 크즐오르다에 상주하지는 않고 원격으로 국제관계 부총장 직을 수행하며 아시아 개방대학 협회(AAOU)에 가입하기 위해 서류를 준비했다. 2024년 1월 1일부로 드디어 아시아 개방대학 협회의 준회원이 되었고, 2025년 8월 31일에 나는 부총장 직을 사임했다. 하지만 크즐오르다개방대학교 총장인 친구 비쎄노프Bissenov 박사는 나를 그냥 놓아주지 않았다. 총장은 도와달라며 이런저런 요청과 구실로 나를 옭아매는 바람에 2025년 10월부터 다시 나는 크즐오르다개방대학교 총장의 국제협력 고문이 되었다.

처음 재배한 유기농 고추로
고추장을 담그다

2024년 무농약, 무화학비료를 사용하여 농사지은 고추로 2025년 4월 4일 고추장을 담갔다. 내가 주현재에서 처음으로 지은 고추 농사였다. 고추가루 4킬로그람 외에 첨가한 재료는 다음과 같다:

매실청 2리터

야생 복숭아청 2리터

간장 1리터

찹쌀 조청 4리터

신안 천일염 2킬로그램을 녹인 소금물 5리터

메주가루 2킬로그램

기피한 들깨가루 1.5킬로그램

생마늘 간 것 2킬로그램

완성된 고추장을 보령옹기에서 제작한 30리터짜리 항아리에 담으니 약 3분의 2정도가 찼다. 아래 고추장을 담그는 사진 자료에 덧붙여 고추에 대한 상세한 정보를 소개한다.

고추는 가지과 식물로 열대지방에서는 목질화되어 다년생이고, 온대지방에서는 일년생이다. 고추의 학명은 Capsicum annuum이고 한자어로는 辣椒날초이다. 고추는 영어로 red pepper(붉은 후추)인데, 이는 콜럼버스(Christopher Columbus)가 1493년 남아메리카에서 고추를 스페인으로 가져오면서 후추와 구분하기 위하여 붙인 이름이다.

마지막에 마늘 간 것을 넣은 모습

고추가 색깔은 붉지만 맛은 후추처럼 맵다는 뜻이다. 고추 속명인 'Capsicum'은 1719년 프랑스의 식물 분류학자 조제프 삐똥 드 뚜른포르(Joseph Pitton de Tournefort)가 최초로 기술했는데, 종자를 싸고 있는 고추 열매의 모양이 속이 빈 상자 같아서 상자를 뜻하는 라틴어 'Capsicon'에서 차용한 것이다. 고추의 종명인 'annuum'은 1년생이라는 뜻이다. 최초의 한글 문헌인 최세진의 《훈몽자회》(1527)에서는 고추를 '고쵸'라고 불렀고 한자로는 苦(쓸 고)와 椒(산초나무 초)를 사용하여 고초苦椒로 표기했다. '고쵸'는 그 후 '고초'로 단모음화되고 다시 '초'가 '추'로 음운변화를 거쳐 '고추'가 되었다.

고추의 원산지는 유전적으로 다양한 야생종들이 분포하고 있는 열대 중앙아메리카로 본다. 20여 종의 야생종이 멕시코에서부터 중앙 안데스 산기슭 지대인 페루와 볼리비아 접경지역의 남아메리카까지 광범위하게 분포하고 있다. 멕시코에서는 기원전 7,000년경의 유적에서 캡시쿰 안누움Capsicum annuum으로 추정되는 종의 고추가 출토되었고, 페루에서는 기원전 800년경의 비석에서 고추 문양이 발견되었다. 고추는 기원전 9,000년 전부터 고대인들이 야생종을 채집하여 식용으로 사용하였으며, 기원전 850년경에 재배가 시작된 것으로 추정한다. 고추의 주요 재배종은 안누움(Capsicum annuum), 박카툼(Capsicum baccatum), 치넨세(Capsicum chinense), 프루테센스(Capsicum frutescens), 푸베센스(Capsicum pubescens)이다. 한국에서 재배하고 있는 대부분의 고추는 안누움(Capsicum annuum)에 속한다.

고추는 생과와 건과로 이용이 가능하여 고대인들에게는 고기나 생선의 냄새 제거제나 보존제로 사용된 획기적인 식용식물이었다. 고추는 매운맛의 정도가 다양하고, 수확량이 많으며, 종자의 보존 기한이 길고, 운반이 용이하다. 고추는 1493년 콜럼버스에 의해 남아메리카에서 스페인으로 유입되어 유럽으로 전파되었다. 이후 1497년 포르투갈인 바스코 다 가마Vasco da Gama가 유럽에서 브라질 및 아프리카 남해안을 거쳐 인도에 이르는 항로를 개척함으로써 브라질에서 재배되던 고추가 아프리카와 인도로 전해졌다. 고추 원산지인 중남미의 열대 저지대와 비슷한 환경을 지닌 인도와 동남아시아에서는 17세기경에 이미 다양한 고추 품종이 재배되었다. 중국에 고추가 전파된 시기는 명조 말경으로 추정하며, 중앙아시아, 남아시아, 혹은 동남아시아에서 중국으로 유입되었다고 본다. 일본에서는 1542년 포르투갈인들에 의해 담배와 함께 전파되었다는 '남방도입설'과 임진왜란(1592-98) 때 한국에서 일본으로 가져갔다는 '북방도입설'이 있다.

고추가 한국에 도입된 유래는 '일본 유입설'과 '아시아 자생설'이 있다. '일본유입설'은 유럽에서 일본으로 전해진 고추가 임진왜란 때 일본에서 한국으로 도입되었다고 보는 견해이다. 이수광의 《지봉유설》(1614)에서는 "남만초南蠻椒는 많이 독하다. 왜국에서 처음 왔기 때문에 속칭 왜개자倭芥子라고 불린다."고 하고; 이익의 《성호사설》(1723경)에서는 "번초番椒는 매우 매운 것이며, 일본에서 온 것이라 왜초倭椒라고 한다."고 하며, 이규경의 《오주연문장전산고》에서는 "번초番椒는 남만초南蠻椒라 부르고 조선에서는 왜개자倭芥子 혹은 왜초倭椒라고 하는데 임진왜란 이후 일본을 통하여 들어왔다."고 한다. 최남선의 《고사통》(1943)에서는 "임진왜란 때 유럽의 고초苦椒가 담배와 함께 일본군을 따라 한국에 처음으로 들어왔다."고 한다.

'아시아 자생설'은 유전자분석 및 생물학적으로 고추가 다양한 국가에서 다양한 품종으로 수만 년 이상 자라왔으며 수천 년 이상 재배되어 왔다고 보는 견해이다. '일본유입설'에 의한 임진왜란 때 일본을 통해 한국으로 들어온 고추는 C. baccatum 종인데 한국의 대표적인 고추는 C. annuum 종이다. 유전자분석에 따르면 이 두 종은 175만 년 전 분화되었으며, 약 50만 년 전에 이미 한반도에 C. annuum 종이 유입되었을 것으로 본다. 의학서 《구급간이방》(1489)에 "고죠를 거라 수레 머그라."라는 표현이 나오고, 이규보의 《동국이상국집》(1241)에도 "고추를 탄 술 한 잔에 뺨 위에 이는 노을"이라는 시구가 있다. 이는 고추나 고춧가루를 술에 타 먹는 습관이 조선에 오래전부터 있었다는 것을 보여준다. 임진왜란 후 문헌에 크기가 작고 매우 매운 고추를 '번초番椒'나 '남만초南蠻椒'라고 부른다는 기록이 있는데, 이는 한국의 고유품종과 인도나 태국에서 온 고추를 지칭한다고 본다. 또한 일본의 《大和本草》(야마토혼조, 1709)에서는 임진왜란 때 일본군이 조선에서 고추 종자를 가져왔다고 하여 '고려호초'라고 한다는 기록이 있고, 일본의 《和漢三才圖會》(와칸산사이즈에, 1712) 남쪽에서 온 번초는 '남만호초', 조선에서 온 고추는 '고려호초'로 적고 있다. 이런 근거들을 바탕으로 한국에는 이미 몇 만 년 전부터 고유종의 고추가 존재했다는 '아시아 자생설'이 제기되었다.

고추는 비타민 A, B, C, E, K 및 무기 성분과 항산화 물질이 풍부하여 건강에 좋을 뿐 아니라 붉은 색소와 매운맛을 함유하고 있어서 중요한 양념으로 사용된다. 고추의 매운맛 성분은 알칼로이드의 일종인 캡사이신capsaicin인데 그 효능은 다음과 같다:

----

1) 항균과 살균작용이 뛰어나 음식의 부패를 막음
2) 혈당의 부하를 줄이고 인슐린 민감도를 높여 성인병을 예방
3) 신진대사 향상과 소화 촉진 효과로 지방의 축적을 막음
4) 에너지 연소를 활성화시켜 체중감량에 도움

숙성된 고추에는 적색 색소인 캡산틴capsanthin, 카로티노이드계 색소인 베타카로틴β-carotene, 루테인lutein, 크립토잔틴cryptoxanthin 등도 존재한다. 고추에는 단당류인 포도당, 과당, 갈락토스와 이당류인 자당 등이 유리당으로 존재하며, 이들 당류가 고추 특유의 단맛에 중요한 역할을 한다. 고추의 성분 중에는 구연산, 사과산, 주석산, 호박산, 알파−케토구르탐산 등의 유기산이 들어있으며, 이 가운데 사과산과 구연산이 전체 산의 80% 이상을 차지한다. 고추의 과피에는 지질 함량이 적으나, 붉은 고추씨에는 23~29%의 높은 지방이 함유되어 있으며, 고추씨 기름의 지방산은 불포화 지방산이자, 필수 지방산인 리놀산과 리놀렌산이 60% 이상을 차지하고 있다.

두릅은 두릅나무과에 속하며 학명이 Aralia elata이며, 영어로는 Korean angeli-ca-tree이고 중국어로는 楤木cōngmù이다. 중국어로 두릅나무 순은 刺老芽cìlǎoyá라고 하는데 이는 '가시 달린 늙은 싹' 이라는 뜻으로 두릅나무의 가시와 어린 순을 함께 지칭하는 표현이다.

2025년 4월 중순에 채취한 두릅

2016년 4월 초에 가시 없는 두릅나무 20주를 주현재의 한 밭둑에 심었는데 뿌리를 통해 두릅이 퍼져서 2025년 봄 현재 두릅을 심은 밭둑을 가득 채울 정도로 포기 수가 늘었다. 두릅은 두릅나무 가지에서 채취한 새순을 말하는데 새순은 데쳐서 고추장이나 된장에 찍어 먹거나 반죽을 입혀서 튀겨 먹는다. 나는 개인적으로 두릅을 수확한 후 곧바로 반죽을 입혀서 튀긴 것을 매우 좋아한다. 두릅 튀김은 데친 순에서는 맛볼 수 없는 바삭한 식감에다가 이어지는 진한 두릅 향을 느낄 수 있기 때문이다. 주현재의 두릅은 4월 중순에 채취할 수 있다. 두릅과 비슷한 시기에 수확하는 여러해살이 새순 나물로 땅두릅과 엄나무가 있다. 주현재에는 땅두릅은 있지만 엄나무는 없다.

땅두릅은 두릅나무과에 속하며 학명은 Aralia cordata이다. 두릅의 영어 명칭은 herbal aralia, spikenard, mountain asparagus이고 중국어 이름은 獨活dúhuó이다. 땅두릅의 채취 방법은 땅속에서 올라오는 새순의 밑동에 칼날을 넣어 잘라낸다. 하지만 이때 밑동을 너무 바싹 자르지 말고 약간 남겨 놓아야 땅두릅이 제대로 생육할 수 있다. 땅두릅의 새순은 굵고 연하지만 그 향은 두릅보다 훨씬 강하다. 다시 순이 올라와 크게 자라면 언제든 가지 끝의 어린 순을 뜯어서 이용할 수 있다.

2025년 4월 중순에 채취한 땅두릅

2025년 6월 초순에 뜯은 땅두릅 순

엄나무는 두릅나무과에 속하며 학명은 Kalopanax septemlobus이다. 엄나무는 음나무라고 부르기도 하는데, 영어 명칭은 kalopanax pictus 외에 castor aralia나 tree aralia로도 불리며 중국어로는 刺楸cìqiū이다. 엄나무의 새순은 두릅과 같은 방법으로 채취하여 이용한다.

2025년 4월 중순 대강면 방곡리에서 채취한 엄나무 순

5월의 이야기

배나무와 복숭아나무에서
적과하다

주현재에는 배나무 두 그루와 복숭아나무 한 그루가 있다. 매년 5월 초순에 열매솎기를 하는데 이는 나무도 보호하고 실한 과실을 얻기 위함이다. 배나무는 장미과에 속하며 학명이 Pyrus pyrifolia인데 영어로는 pear이고 중국어로는 梨子 lízi이다. 주현재의 배나무는 농촌진흥청에서 개발한 '그린시스'라는 조생종 품종으로 부드러운 육질에 담백한 맛이 일품이며, 석세포가 거의 없고 과즙이 풍부한데 8월 하순에 수확한다.

적과한 그린시스 배나무

오른쪽 사진은 2025년 8월 30일에 수확한 그린시스 품종 배인데 품종의 명칭처럼 배의 껍질이 녹색이다.

복숭아는 장미과에 속하며 학명은 Prunus persica이고 원산지는 중국 화북의 산시성陝西省과 간쑤성甘肅省이다. 복숭아의 영어 명칭은 일반 복숭아는 peach이고 천도 복숭아는 nectarine이다. 중국어로 일반 복숭아는 桃子táozi이고, 천도복숭아는 油桃yóutáo이다. 주현재의 복숭아는 과육의 색깔이 붉은 혈도이며 6월 하순에 수확한다.

적과한 피복숭아나무

복숭아는 일반적으로 과육의 색깔에 따라 백도와 황도로 나누지만, 혈도라고 불리는 붉은색 과육을 가진 품종도 있다. 혈도는 피복숭아라고 부르기도 하는데 과육에 붉은 색소가 많기 때문이다. 주현재에 식재한 복숭아는 조생종 피복숭아로 6월 하순에 익는다. 피복숭아의 학명은 여느 복숭아와 마찬가지로 Prunus persica로 분류되는데 영어로는 red-fleshed peach 혹은 blood peach라고 일컫고, 중국어로는 血桃xuètáo라고 부른다. 주현재의 피복숭아나무는 조생종이기 때문에 해충이 피해를 주기 전에 복숭아를 수확할 수 있다.

2025년에는 6월 27일에 피복숭아 100여 개를 수확했다. 피복숭아 껍질의 색깔은 햇빛을 받은 부분은 붉은색이고 잎에 가려서 햇빛을 받지 못한 부분은 일반 복숭아의 색깔과 유사하다. 주현재 피복숭아는 수확 후 곧바로 과육이 아직 단단할 때 먹으면

열매가 달린 피복숭아나무

아삭아삭한 식감을 즐길 수 있을 뿐만 아니라 적절히 조화를 이룬 신맛과 단맛을 만끽할 수 있다. 복숭아는 수확 후에도 호흡 작용을 통해 계속해서 익기 때문에 과육이 빨리 무르고 쉽게 상할 수 있어 가급적 빨리 이용해야 한다. 나는 일반적으로 수확한 피복숭아를 가공하지는 않고 저온 저장고에 넣어 두고 며칠에 걸쳐 생과로 먹는다.

절단한 익은 피복숭아의 과육 색깔

왜성 호두나무를 베어 내고
신령 품종으로 교체하다

7년 전인 2018년 봄에 생질 반문기가 조생종 왜성 호두나무를 심는다고 해서 나도 그에게 30주를 부탁해서 첫째 밭뙈기에 심었다. 첫째 밭뙈기는 지방도 927번에 접해 있다. 묘목 판매자의 정보에 따르면, 일반적으로 호두나무는 높게 자랄 뿐 아니라 풍성하게 크는데 반해 중국에서 새로 나온 이 호두나무는 크게 자라지 않는다. 일반 호두나무는 10-15미터의 간격을 두고 식재하는데 비해서 왜성 호두는 크게 자라지 않기 때문에 5미터 간격으로 심어도 된다는 게 큰 장점이었다.

호두나무는 한자어 호도胡桃에서 유래한 것인데, 오랑캐 나라에서 들어온 식물의 녹색 열매 모양이 복숭아를 닮아서 붙여진 이름이다. 호두나무를 예천 방언으로는 추자나무라고 한다. 한자어 추자楸子는 가래를 뜻하는데 호두의 생김새가 가래와 흡사하기 때문에 호두나무를 추자나무라고 부른 것 같다. 중국어로도 가래나무를 호두를 닮은 가래라는 뜻으로 胡桃楸hútáoqiū라고 부른다. 호두나무는 가래나무과에 속하며 학명은 Juglans regia이다. 호두를 영어로는 walnut, 중국어로는 核桃hétáo이라고 부르는데, 원산지는 페르시아이다. 《고려사》에 따르면, 고려 충렬왕 16년(1290) 9월 원나라에 사신으로 갔던 유청신柳淸臣(?~1329)이 임금의 수레를 모시고 돌아올 때 호두나무의 묘목과 열매를 가져와 묘목은 천안 소재 광덕사 안에 심고, 열매는 유청신의 고향집 뜰 앞에 심었다고 한다. 광덕사 소재 호두나무는 대한민국 천연기념물 398호이다.

왜성 호두나무는 실제로 크게 자라지 않았다. 게다가 열매도 심은 다음 해에 열리기 시작했다. 문제는 호두의 바깥쪽 단단한 껍질이 제대로 목질화되지 않는 경우도 있었고, 열매가 많이 달리지만 제대로 여물지 않는 결점이 있었다. 2023년 가을까지 35주의

왜성 호두나무 제거 장면

왜성 호두나무에서 제대로 호두를 수확해 본 적이 없었다. 그래서 2024년 봄에 큰맘을 먹고 왜성 호두나무를 신령이란 품종으로 교체하기로 하고 왜성 호두나무 사이로 6주의 신령 품종 2년짜리 묘목을 충분한 거리를 두고 식재했다. 주현재에는 2015년에 심은 신령 품종 호두나무 7그루가 있는데, 내가 한 해 동안 필요한 양의 호두는 충분히 수확할 수 있다.

2025년 4월 초에 확인해 보니 한 해 전에 심은 신령 품종 6주 가운데 한 주가 얼어 죽었다. 국제원예종묘에 신령 한 주를 다시 주문해서 4월 11일 죽은 호두나무 자리에 보식했다. 이어서 4월 28일과 29일 이틀에 걸쳐 왜성 호두나무의 밑동을 잘라서 제거했다. 삽으로 밑동 아래 뿌리 둘레의 흙을 파낸 후 톱으로 밑동을 지면보다 낮게 잘랐다. 힘든 작업이었다.

열 뙈기 밭의
풀을 깎다

　　매년 4월 20일경에 주현재의 열 뙈기 밭의 풀을 처음으로 깎는다. 2025년에는 예년보다 좀 늦게 5월 4일에 열 뙈기의 풀을 모두 깎았다. 주현재 밭에서 왕성하게 자라는 잡초는 개망초, 달맞이꽃, 쇠뜨기, 토끼풀 등이다. 처음 풀을 깎은 날부터 대체적으로 보름마다 나는 한 번씩 밭의 풀을 깎는다. 2014년 가을 내가 밭을 장만했을 때부터 잔디 깎는 기계를 사용할 요량으로 농지에 아예 고랑을 만들지 않고 약간의 경사를 두어 물이 빠지도록 개간했다. 그후 이삼 년 동안 매년 봄가을로 밭의 잔돌들을 제거했다. 잔돌들을 완전히 제거하지 않으면 잔디 깎는 기계(잔디깎이)로 풀을 깎을 때 칼날에 돌들이 부딪혀서 튀기 때문에 다칠 수가 있다.

　　2025년 5월 중순이 되면서 갑자기 날씨가 더워지는 바람에 풀들이 예상 외로 훌쩍 자랐다. 5월 15일 풀을 깎으려고 잔디깎이의 시동을 걸었으나 작동하지 않았다. 시차를 두고 여러 차례 시동을 걸려고 노력했으나 되지 않아서 나는 결국 작업을 포기하고 말았다. 원용두 부락의 정규철 농부에게 차편을 부탁하여 잔디깎이를 손보기 위해 읍내에 있는 명상공구에 가지고 갔으나 거기서도 고치지 못하여 결국 전문업체에 보내어 수리하기로 했다.

　　나는 프랑스 파리 교외에 소재한 별장에서 이탈리아산 잔디깎이를 이십여 년 동안 사용했지만 고장 한 번 나지 않았는데, 2015년 내가 주현재에서 마련한 미국제품 잔디깎이는 매년 봄 처음으로 풀을 깎으려고 할 때 제대로 시동이 걸린 적이 단 한 번도 없었다. 기계의 수리를 맡기고 나서 딱히 할 일이 없었는데 마침 큰아들이 탐 크루즈가 출연하는 '미션: 임파서블'(임무: 불가능)을 5월 16일에 개봉한다며 주말에 함께 보자고 해서 서울에 갔다.

미국산 MTD 자주식 잔디깍이

5월 19일 월요일 오전에 주현재로 돌아와서 명상공구에 연락했으나 아직 기계가 도착하지 않았다고 했다. 5월 20일 오전에 장을 보려고 읍내에 간 김에 명상공구에 들렀더니 마침 수리한 기계가 도착했다. 몇 년 전에 운전하는 게 귀찮아서 자동차를 친구 딸에게 줘 버린 뒤부터 잔디깍이가 고장이 날 때마다 이웃 농부나 친척의 도움을 받아야 했다. 수리를 마친 기계를 싣고 가기 위해, 이웃 가운데 읍내에 내려온 이가 있는지 알아봤으나 아무도 없었다. 혹시나 해서 원용두 부락의 정규철 농부에게 혹시 읍내에 내려올 일이 없느냐고 물었더니 마침 2시경에 내려와서 3시에 돌아간다고 해서 잔디깍이를 좀 실어 달라고 부탁했다. 이럴 때마다 이웃에게 도움을 청하는 게 너무 불편하고 미안해서 차를 다시 마련하고 싶은 생각이 굴뚝같았지만 운전이 더 이상 하고 싶지 않아서 나는 그냥 참고 넘어가곤 했다.

장을 본 뒤 대구식당에서 청국장을 주문하여 점심 식사까지 마쳤으나 시간은 12시 30분밖에 되지 않았다. 내가 단골로 이발하는 고운미용실에서 좀 기다릴 생각으로 그곳에 갔더니 음달 부락의 다정식당 서순희 대표가 말하기를 엄영식 농부가 차를 손보러 갔는데 곧 자신을 데리러 오기로 했다는 것이었다. 그 차편을 이용하기로 하고 정규철 농부에게 전화하여 먼저 가겠다고 했다. 우연히 만난 음달 부락의 엄영식 농부 덕분에 빨리 돌아올 수 있어서 그날 오후에 곧바로 첫째부터 넷째 뙈기의 풀을 깎을 수 있었다. 나머지 여섯 뙈기의 풀은 이튿날인 5월 21일에 마저 깎았다. 뒤 쪽 사진은 첫 번째 뙈기부터 열 번째 뙈기까지의 풀을 깎은 밭의 모습이다.

풀을 깎은 첫째부터 넷째 뙈기의 밭

풀을 깎은 다섯째부터 일곱째 뙈기의 밭

풀을 깎은 여덟째부터 열째 뙈기의 밭

용두리 산촌 생태마을의 토착 주민들은 5월이 되면 산나물을 뜯는다. 내가 농사짓는 야목 부락에서는 주로 부락 뒤편의 백두대간 소백산 자락을 거슬러 올라가며 여러 가지 산나물을 채취한다. 이곳은 해발고도가 높아서 5월 내내 산나물 채취가 가능하다. 부락민들이 대부

2025년 5월 중순, 소백산 자락에서 뜯은 참나물

분 이곳 출신이라 산나물에 대해서 잘 안다. 나는 이곳에서 10여 년을 살았지만 사실 산나물에 대해서는 아는 게 별로 없다. 산자락에서 내가 구별할 수 있는 산나물은 겨우 참나물, 참취, 곰취, 반디나물, 머위, 고사리 정도이다. 위 사진은 2025년 5월 중순에 백두대간 소백산 자락에서 뜯은 참나물이다.

참나물은 미나리과에 속하며 학명은 Pimpinella brachycarpa인데 한국, 중국, 일본 등지에 분포하는 여러해살이풀이다. 영어로는 short-fruit pimpinella, 중국어로는 朝鮮茴芹cháoxiǎnhuíqín이다. 나는 어쩌다 이웃이 부추겨서 참나물을 뜯으러 갈 뿐, 일부러 참나물을 찾으려 소백산 자락에 가지 않기 때문에 내가 주현재에서 봄에 가장 자주 이용하는 산나물은 반디나물과 취나물이다.

간혹 시골 장터에서 아주머니들이 참나물이라고 파는 연한 녹색 나물이 있는데 이것은 사실 참나물이 아니고 반디나물이다. 반디나물은 파드득나물이라고도 하는데 참나물처럼 미나리과에 속하고 학명은 Cryptotaenia japonica이며, 산자락 입새에서 쉽게

볼 수 있다. 반디나물은 참나물보다 잎이 넓고 잎과 줄기가 연녹색인데 참나물처럼 향이 좋다.

주현재 밭둑의 반디나물

우리가 일반적으로 취나물이라고 말하는 것은 참취의 어린 순을 말한다. 주현재에서 가장 흔한 것이 참취인데 국화과에 속하는 여러해살이풀로 학명은 Aster scaber이다. 참취의 영어 명칭은 edible aster이고 중국어 이름은 東風菜dōngfēngcài이다. 참취는 8월 중순이 되면 꽃이 피는데 흰색 꽃이 꽤 아름답다.

꽃이 핀 주현재 밭둑의 참취

6월의 이야기

카작국립대학교에
한국어문학과를 개설하다

1994년 6월 6일 카작국립대학교 나리바예프 총장과 프랑스 파리 국제비교한국학회 김필영 사무총장이 서명한 협정서에 따라 1994년 9월 1일 카작스탄에서 처음으로 카작국립대학교에 한국어문학과가 개설되었다. 간단하게 요약하면 이렇게 말할 수 있지만 실제로는 내가 1991년 9월 이래 나리바예프 총장을 비롯하여 여러 인맥을 파리에서 만나고 수 차례의 협상을 통하여 끈질기게 밀어 부친 노력의 결과로 이루어진 것이다. 여기에 내가 투자한 비용만도 만만치 않지만 재정적인 부분에 대해서는 생략하고 한국어문학과 개설에 관한 그간의 내력을 적어두고자 한다. 아래 사진은 1994년 6월 6일 협정서 서명 후 카작국립대 측에서 마련한 대학 구내식당에서의 만찬 광경이다.

왼쪽부터 당시 국제학술문화담당 무카슈 부르킷바예프(Mukash BURKITBAEV) 무기화학 교수(후에 제1부총장, 카작과학원 원사), 국제관계담당 아만타이 누르마감베토프(Amantay NURMAGAMBETOV) 물리학 교수(후에 악토베지역국립대학교 총장), 국제관계 부총장 압삿타르 데르비살리예프(Absattar DERBISALIEV) 아랍어 교수(후에 카작스탄 무슬림 수석 이맘), 총장 콥자싸르 나리바예프(Kopzhasar NARIBAEV) 경제학 교수, 국제비교한국학회 김필영 사무총장

　　국제비교한국학회는 내가 주축이 되어 설립한 학회이다. 1991년 12월 옛 동독 베를린 지역 소재 훔볼트대학교에서 개최되었던 한 학술대회 참가자 가운데 고송무(1947-93) 박사를 포함한 몇 학자들이 나의 제의에 동조하여 1992년 봄 파리에서 내가 학회를 설립하고 정식으로 등록하였다. 핀란드 헬싱키대학교에서 한국어 교수로 재직하던 고송무 박사는 1991년 9월부터 한국학술진흥재단(현 한국연구재단)의 파견으로 카작국립사범대학에서 한국어를 가르치고 있었다. 나는 고송무 교수와 협력하여 국제비교한국학회의 이름으로 중앙아시아 국가 가운데 고려인들이 다수 거주하는 우즈베키스탄과 카작스탄에 정식으로 한국학과를 개설하기로 계획을 세우고, 일단 1992년 10월에 카작스탄 과학원과 공동으로 제1회 한국학 국제 학술대회를 개최했다.

1992년 10월, 알마틔 카작스탄 과학원에서 제1회 한국학 국제 학술대회 후 한국학중앙연구원 이성무 교수, 고송무, 국민대학교 조동걸 교수, 필자, 인하대학교 윤병석 교수

　　국제비교한국학회의 명의로 먼저 1993년 우즈베키스탄 타슈켄트 소재 타슈켄트국립동방학대학교에 한국학대학을 개설하였다. 구소련 지역에 한국학 단과대학이 개설된 최초의 사례이다. 타슈켄트국립동방학대학교는 원래 타슈켄트국립대학교에 속한 단과대학이었으나 소련 해체 후 별개의 대학으로 독립하였다. 나의 제안으로 타슈켄트국립동방

학대학교에 김문욱(1936-2016) 일본어 강사가 한국학대학 초대 학장에 임명되었다. 김문욱 일본어 강사는 1960년대 평양을 탈출하여 소련으로 망명한 북한인이다. 그 이후 나는 카작국립대학교에 한국학과를 설립하기 위하여 카작스탄 인사들을 파리로 초청하여 개설 가능성을 타진하고 협력을 부탁해 왔다. 그러던 가운데 1993년 9월 21일 고송무 교수가 알마틔에서 교통사고로 세상을 떠나는 불상사가 발생하고 말았다.

1994년 봄 카작국립대학교로부터 한국학과 개설에 관한 협의를 위해 초청한다는 텔렉스를 받고 나는 1994년 6월 초 카작스탄 알마틔에서 나리바에프 총장을 만났다. 나리바에프 총장과 두 차례 회의 후, 나는 1994년 6월 6일 한국학과 개설에 관한 협정서에 서명하였다. 1994년 9월에 한국학과를 개설하기로 합의한 이 협정서는 러시아어와 영어로 작성되었으며 그 내용은 아래 사본과 같다.

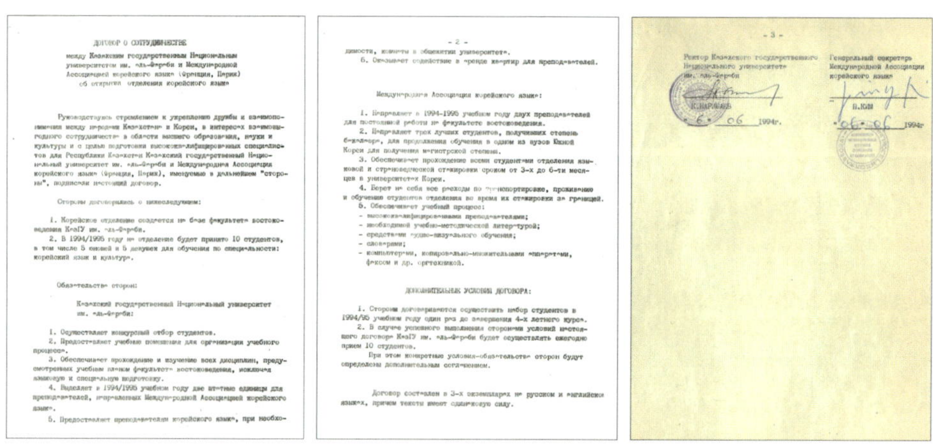

1994년 6월, 카작국립대학교와 국제비교한국학회 대표가 서명한 한국어문학과 개설 합의서

문제는 협정서에 따라 한국학과 개설과 동시에 국제비교한국학회에서 당장 2명의 한국어 강사를 파견해야 했다. 첫 해에는 10명의 학생만 받기로 했기 때문에 한국어 강사는 한 명이면 충분했지만 고송무 교수가 사망하는 바람에 사정이 매우 복잡하게 되었다. 당시 나는 두 아들이 초등학교 고학년이어서 타국에서 오랫동안 머물 처지는 아니었다. 1990년대 초반까지도 서울과 헬싱키 사이에 직항이 없었기 때문에 고 교수가 한국에

갔다가 핀란드로 돌아가는 길에 늘 파리에 들리곤 해서 나의 아내와도 안면이 있었다. 내가 아내에게 그 동안 중앙아시아에서 전개했던 사업을 정리하기 위해 알마틔에 한 반 년 동안 다녀오겠다고 했을 때 고 교수의 사망 소식을 알고 있는 아내가 선뜻 나를 막아서지 못하고 어쩔 수 없이 그냥 받아들였다.

예정대로 1994년 9월 1일 한국학과를 개설하고 10명의 신입생을 받아 내가 한국학과 초대 학과장에 취임했다. 현지에 도착하기 전에 연세대학교 한국어학당에 교재를 주문하고 강의에 필요한 모든 장비를 마련했다. 당시 카작스탄은 소련이 해체된 지 얼마 되지 않아 제반 상황이 매우 열악하여 나는 필요한 모든 걸 한국이나 프랑스를 통해서 조달해야만 했다. 일례로 분필과 칠판지우개가 없어 대학에서 물에 갠 석회가루를 응고시켜 자른 조각을 분필로 쓰고 천 조각을 물에 적셔 칠판을 닦는 형편이었다. 필자의 부재로 인한 가정 문제뿐만 아니라 대학 측과도 적지 않은 다툼이 있었지만 나는 모든 걸 힘들게 해결해 가면서 첫 학년도를 성공적으로 마무리했다. 1995년 9월 새 학년도가 시작되었고 본관 건물 왼쪽 날개 1층에 마련된 한국어문학과 사무실 공간에 필자가 설치 비용을 부담하고 한국학 도서관을 마련하여 12월 17일에 개관하였다. 이 공간은 한국학 도서관 겸 한국학과 사무실이자 강의실 역할까지 했다. 당시 전남일보 이정일(1948-2009) 회장이 한국 관련 서적 1,000여 권을 도서관 장서로 지원했다.

1994년 10월, 필자의 수업 광경
앞줄 왼쪽부터 자나르, 누르볼랏,
알리야, 악보타, 디나, 자나르, 라잣
(맨 앞줄의 학생들은 사진에 없음)

1995년 12월, 한국학도서관 개설 행사
왼쪽부터 국제관계 부총장 데르비살리예
프 아랍어문학과 교수, 김아파나시 체육
부 차관, 김유리 헌법재판소 소장, 필자,
부르캇바예프 국제학술문화담당 무기화
학과 교수

그간에 많은 사연이 있었지만 생략하기로 한다. 결과적으로 아내의 협조로 협정서 내용대로 첫 졸업생이 배출된 1999년 6월까지 5년 동안 나는 파리와 알마틔를 오가며 카작국립대학교에서 한국어와 한국문학을 강의했다. 이 때문에 필자의 두 아들은 아버지가 가장 필요한 초등학교와 중학교 시절에 정작 제대로 도움을 받지 못했다. 개인적으로 참 안타까운 일이었다. 지금까지도 가끔 큰아들이 아버지가 안 계셨을 때 장-삐에르 Jean-Pierre 외삼촌이 하교 시 자신을 데리러 와서 여기저기 다녔던 이야기를 꺼내 미안한 마음에 눈물을 흘리곤 했다. 그 당시 이런 힘든 사정을 알아주는 사람은 어디에도 없었고 나 스스로 저지른 일이라 누구에게 하소연마저도 할 수 없는 노릇이었다. 게다가 한국 정부 차원의 지원이 없어 내가 필요한 모든 재원을 마련해야 했었다.

1996년 가을에는 한국어와 한국문화 연수를 위해 내가 모든 비용을 부담하고 첫 입학생 10명과 대학 국제부 담당 직원 한 명을 인솔하여 서울을 거쳐 충청도, 전라도, 경상도, 강원도의 대표적인 도시들을 방문하고 명승고적을 두루 답사하였다. 나와 의형제 관계였던 서울대학교 종교학과 윤이흠 교수가 이들을 위해 일부러 며칠 동안 시간을 내서 서울대학교의 모든 선진 교육 시설들을 소개해 주었다.

1996년 10월, 한국 연수 시 동해안 바닷가에서 뒷줄 왼쪽부터 필자, 디나, 알리야, 자리파, 알피스바이 국제부 직원; 뒷줄 왼쪽부터 라잣, 자나르, 누르볼랏, 슈나르, 악보타, 바그닷, 자나르 사르셈비예바는 이 사진을 찍어서 여기에 없음.

　　첫 졸업생 가운데 악보타 스마토바, 자리파 세릭바예바가 서울대학교 일반대학원에서 언어학 전공으로 석사학위를 받았고, 디나 삼쉬디노바가 서울대학교 국제대학원에서 국제학 전공으로 석사학위를 받았다. 자리파 세릭바예바만이 현재 모교인 카작국립대학교 한국학과에서 한국어를 가르치고 있다. 누르볼랏 안다소프는 외무부 대리대사로 근무했고 나머지 졸업생들도 대부분이 직장에서 간부로 일하거나 창업하여 회사 대표로 있다. 자리파 세릭바예바는 석사과정 후 서울대학교 사범대학 한국어교육 전공 박사과정을 수료한 후 2025년 현재 박사학위 논문을 마무리하고 있는 중이다. 중앙아시아 한국학의 미래를 위하여 내가 자신의 아들 두 명의 교육을 아내와 처남에게 맡긴 것이 과연 의미 있는 일이었는지 지금에 와서 되돌아보면 사실 후회도 되고 가슴이 많이 아프다. 아무튼 두 아들의 기억 속에 내가 '충실하지 않은 아버지'로 남지 않길 바랄 뿐이다.

혼자서 인도 북부 지역을
답사하다

원래 2013년 1월 7일부터 18일까지 내가 교감을 맡고 있는 음식문화학교 참가자 20여 명을 이끌고 인도 북부로 답사 여행을 다녀올 예정이었으나 2012년 12월 26일 방광암 수술을 받는 바람에 이 여행에서 빠질 수밖에 없었다. 참가자 가운데 영문과 교수가 한 명 있어서 그에게 현지 영어 가이드의 해설을 한국어로 통역해 줄 것을 부탁했지만 사실 많이 불안했다. 인도에서는 힌디어와 영어가 공용어이다. 하지만 힌디어 원어민이 구사하는 영어는 힌디어의 조음방법과 억양으로 영어 단어를 발음하기 때문에 이들이 사용하는 영어에 경험이 있거나 음성학을 전공한 사람이 아니면 그들을 이해하는 게 쉽지 않다.

힌디어에는 영어의 'l'이나 'r' 이 없기 때문에 힌디어 화자들은 이들 자음을 힌디어의 유사한 발음으로 대체하여 발음한다. 곧 영어의 치조음보다도 강하게 발음되는 혀의 뒤쪽을 사용하는 힌디어 후굴음(retroflex consonants)의 영향으로 힌디어 화자들이 영어 단어를 강하게 발음하기 때문에 그들의 영어가 이방인들에게는 낯설게 들릴 수밖에 없다. 실제로 당시 통역을 맡았던 ㄷ대학의 영문과 박 교수가 현지 해설자의 영어를 알아듣지 못해서 ㅅ대학의 불문과 최 교수가 나서서 도움을 주곤 해서 겨우 소통이 가능했다는 말을 나중에 한 참가자한테서 들었다.

2013년 1월 3일부터 6주 동안 매주 1회 병원에 가서 약물치료를 받아야 했다. 약물치료는 방광 안에 결핵백신인 BCG를 투여한 후 2시간 동안 소변을 참아야 했다. BCG가 악성종양의 재발 및 전이를 막는 데 효과가 있다고 했다. 수술 후 부작용 때문에 심한 통증, 고환염, 혈뇨, 고열 등이 생길 수 있다며 수술을 집도했던 교수가 약을 처방해 주었다. 하지만 약물치료를 두 차례 받은 후 나는 모든 치료를 포기하고 중앙아시아로 떠나 목동들과 초원에서 이동식 천막가옥에서 기거했다. 그곳에서는 매끼마다 목동들이 짜 주는 마유와 낙타유를 마셨고, 매일 아침저녁으로 운동삼아 말을 타고 초원을 누비고 다녔다.

그러다가 5월 초순 파리 본가에 갔다가 진료차 분당서울대학교병원에 가기 위해 5월 중순 서울에 잠시 들렀다. 하루는 여권을 보다가 2012년 12월 초순에 주한국 인도대사관에서 받은 사증을 보게 됐는데 유효기간이 6개월이었다. 문득 "그래, 내가 언제 죽을지 모르는데 이참에 인도나 다녀오자."는 생각이 들었다. 당시 큰아들이 인천 송도국제도시에 있는 한 핀란드 회사에서 과장으로 근무하고 있었는데 그 회사는 일본과 인도까지 영업을 관할했다. 한 여성 부장이 인도를 담당하고 있었는데, 아들의 소개로 나의 인도 북부 여행에 그 분의 도움을 받았다. 2주 동안의 인도 여행에서 내가 감탄한 게 두 가지가 있었다. 하나는 카주라호 힌두교 사원의 벽에 장식된 성교 장면을 묘사한 조각이었고, 다른 하나는 인도 무굴제국 당시 건축됐다는 타즈 마할 영묘의 대리석 공예 기술이었다.

2013년 5월 22일 오전에 카주라호Khajuraho를 방문했다. 카주라호는 작은 마을의 명칭이지만, 유네스코에서 세계문화유산으로 지정한 차타르푸르Chhatarpur에 위치한 힌두교와 자이나교 사원 단지를 통틀어 일컫는 명칭이기도 하다. 사원의 벽에는 《카마 수트라》Kama Sutra(性愛論)에 기술된 성관계에서 가능한 여러 체위에 관한 내용을 조각 작품으로 형상화해 놓았다. 《카마 수트라》는 고대 인도의 힌두교 문화의 보편적인 성적 관습에 대한 내용을 기술하고 있는 산스크리트어 문학작품으로 단순히 성관계를 위한 체위에 대한 설명서가 아니라 인간의 참다운 삶과 사랑에 관한 지도서이다. 당시는 성관계도 자신을 수련하기 위한 수단으로 여겼기 때문에 《카마 수트라》는 종교적 의미가 담긴 일종의 성에 관한 자기 개발서였다. 나는 1970년대에 프랑스 초중고의 열린 성교육 제도를 보고 놀란 적이 있었는데, 인도 카주라호 힌두교 사원에 조각된 성관계에 대한 인도인들의 개방된 사고와 인식에 한 편으론 놀라고 한 편으론 감탄했다.

카주라호 힌두교 사원의 조각

타즈 마할^{Taj Mahal}(페르시아어로 '궁전의 왕관'이란 뜻) 영묘는 인도 아그라^{Agra}에 있는 무굴 제국^{Mughal Empire}(1526-1857)의 건축물이다. 무굴제국의 황금기를 이끌었던 제5대 황제 샤 자한^{Shah Jahan}(1592-1666, 페르시아어로 '세계의 왕'이란 뜻)이 2만여 명이 넘는 노동자를 동원하여 자신의 부인 뭄타즈 마할^{Mumtāz Mahal}(1593-1631)로 알려진 아르주만드 바누 베굼^{Arjumand Banu Begum}을 기리기 위하여 뭄타즈 마할이 사망한 1631년에 타즈 마할 영묘의 건축을 시작하여 1653년에 완공했다. 뭄타즈 마할은 페르시아어로 '궁전의 고귀한 사람'이란 뜻이다.

　　타즈 마할 영묘는 페르시아 양식에 초기 무굴 양식이 반영된 건축물이다. 전체적인 구조는 우즈베키스탄 사마르칸트에 있는 티무르 제국Timurid Empire(1370-1507)의 황제 티무르의 무덤인 구르-이-아미르Gur-i-Amir(페르시아어로 '왕의 무덤'이란 뜻)와 매우 흡사하다. 무굴 제국 초기의 건축물은 주로 적색 사암을 사용했지만 샤 자한은 타지 마할 영묘 건축에 순백색의 대리석과 보석만을 사용하게 했다. 샤 자한의 재위(1628-1658) 기간 동안 건축 양식에 대한 그의 독특한 취향 덕분에 무굴 제국의 건축 양식은 전환점을 맞게 되고 새로운 방향으로 발전하게 되었다. 내가 감탄했던 것은 2013년 5월 23일 오후에 방문한 타즈 마할 영묘에 사용된 순백색 대리석의 정교한 조각 기술이었다. 어디에서도 본 적이 없는 타즈 마할 영묘의 대리석 조각 예술이 주는 형언할 수 없는 감동과 희열에 나는 저절로 입이 떡 벌어져 한참 동안 할말을 잊고 서 있었다.

타즈 마할 영묘의 대리석 조각 예술

파리 교외 갸랑씨애르의
별장을 처분하다

아이들이 어릴 때 주말에 이용하기 위해 파리 교외 갸랑씨애르-앙-드루애 Garancières-en-Drouais에 위치한 오래된 가옥을 구입했다. 1723년에 건축된 본채에 따른 부속 건물로 빵을 구울 수 있는 화덕이 있는 아래채와 농기구와 시드르cidre(사과 발효주) 양조를 위해 사과즙을 만들 수 있는 압착기를 보관하던 창고 외에 앞뜰과 집 뒤 정원 및 텃밭이 있었다. 애들이 대학교에 입학하자 자연히 별장에 가지 않게 되었고, 결국 2주에 한 번씩 주말에 나 혼자 혹은 아내와 같이 잔디를 깎으러 가는 게 고작이었다. 그러다가 내가 한국으로 직장을 옮기게 되면서 아내가 시골집을 관리할 수 없어서 2008년에 처분하고 말았다.

아래 사진은 1990년대 중반 우리 포도 농장에서 찍은 것이다. 나도 이때까지만 해도 머리가 세지 않아서 나름 괜찮았는데 지금은 완전히 백발이 되어 아쉽다. 포도 농장은 샬론-쉬르-루아르Chalonnes-sur-Loire에 있었는데, 앙주Anjou 지역의 여느 포도 농장

샬론-쉬르-루아르의 포도 농장에서 필자

처럼 셔냉 블랑Chenin Blanc이라는 품종의 백포도로 꼬또 뒤 레용Coteaux du Layon이란 후식용 단 포도주를 생산했다. 이 포도 농장과 양조장 역시 관리하기가 힘들어 결국 2008년에 처분했다.

1723년에 건축된 갸랑씨애르의 별장

큰아들 삐에르-필립,
장모 모리셋 누리(Mauricette Noury)
작은 아들 플로리앙

‘엑스포 2017 아스타나’ 학술대회에
참가하다

2017년 6월 9일에 있었던 ‘EXPO 2017 ASTANA’ 개막식에 이어 부대 행사로 6월 19-20 이틀에 걸쳐 Green Energy(친환경 에너지)란 주제로 개최된 World Scientific and Engineering Conference(세계 과학 및 엔지니어링 학술대회)에 나는 한국 발표자들의 대표로 참가했다. 엑스포 학술대회는 카작스탄 크즐오르다국립대학교의 초청으로 참가하게 되었는데, 한국의 신재생에너지 전문가 5명이 태양광, 풍력, 수력, 바이오 분야 관련 논문을 발표했다.

엑스포 학술대회 개회식 후 휴식시간에 촬영한 기념사진
왼쪽부터 광운대학교 송승호 교수, 한국에너지기술연구원 이진식 수석연구원, 한국해양대학교 윤형기 초빙교수,
한국해양대학교 이영호 교수, 필자, 성균관대학교 이준신 교수

　크즐오르다국립대 총장의 안내로 우리는 18일 오전에 조지아와 튀르키예에서 참가한 발표자들과 함께 아스타나 시내를 관광했다. 아래 사진은 소련 때 '조국 전쟁'이라 부른 제2차 세계대전 희생자들을 기리기 위해 건립한 조형물이고, 뒤 쪽의 사진은 민속공원(Ethnic Park)이다. 민속공원은 카작 민족의 전통 문화와 공예를 소개하고 작품을 판매하는 공간으로 한국의 용인 민속촌 같은 곳이다. 민속공원 옆에는 경마장이 있었는데 그날 외국 방문객들을 위해서 유목 민족답게 카작 민족의 마상 민속놀이 두 가지를 시연했다. 하나는 야생말을 잡아타고 저항하는 말에서 떨어지지 않고 다시 돌아오는 것이었고, 다른 하나는 말을 탄 두 패가 서로 경쟁하여 땅에 놓아둔 양을 선취하는 경기였다.

카작 민족의 민속공원(Ethnic Park)

까치복상으로
청을 담그다

 군위군에 농토를 마련해서 농사짓는 예천초등학교 최무렬 동기가 청 매실을 수확했다면서 나에게 매실청을 담그라며 좀 주었다. "좀 더 있다가 익으면 따지 왜 벌써 수확했느냐?"고 그에게 물었더니 "해충 방제약을 치지 않기 때문에 지금 수확해야 한다."고 말했다. 그 말을 듣고 갑자기 나는 주현재 밭둑에 있는 '까치복상'이 생각났다. '그래, 이거다! 벌레가 열매 속으로 파고 들어가기 전에 익지 않은 까치복상을 따서 청을 담그면 되겠구나!' 하는 생각이 내 머릿속을 스치고 지나갔다. 표준국어대사전에 '청'이라는 어휘는 등재되어 있지 않다. 표준어로 '청'을 뭐라고 하는지 여기저기 찾아봤으나 어디에도 시원한 답이 없었다. 그래서 일단 일반인이 사용하는 '청'이라는 단어를 사용하기로 한다.

 야생 복숭아를 예천 방언으로는 '까치복상'이라고도 하고 '개복상'이라고도 한다. 야생 복숭아는 장미과에 속하며 학명은 Prunus davidiana인데, 한국과 중국의 산간 지역에서 자생하는 야생 복숭아나무를 뜻한다. 야생 복숭아를 영어로는 wild peach라고 부르고 중국어로는 野桃yětáo 또는 山桃shāntáo라고 한다. 봄철에 꽃을 보려고 나는 몇 년 전에 주변 산자락에서 까치복상나무에 몇 그루를 캐다가 밭둑에 옮겨 심었다. 봄에 까치복상나무 꽃이 피면 정말 아름답다. 까치복상나무도 열매가 달리지만 열매 속 벌레 때문에 그동안 까치복상을 이용할 생각은 아예 하지 않았다. 나 또한 해충 방제약을 사용하지 않기 때문에 까치복상은 곤충 애벌레들의 먹이감이나 다름없었다.

 나는 2023년 6월 9일 오후 시험 삼아서 까치복상을 따서 잘 씻은 후 용기에 담고 까치복상의 무게만큼 설탕을 넣었다. 물론 친구가 준 청 매실도 까치복상과 같은 방법으로 매실청을 담갔다.

청을 담근 청 매실과 까치복상이 우러난 모습

위 사진은 6월 12일 이른 오후 청 매실과 까치복상이 조금 우러난 모습이다. 왼쪽이 청 매실이고 오른쪽이 까치복상이다.

밤나무에
꽃이 피기 시작하다

　　백두대간 저수령 자락에서 농사짓기 시작한 2015년 봄에 나는 밤나무 두 그루를 심었는데 한 그루만 살아 남았다. 그 밤나무에 삼사 년 전부터 꽃이 피고 밤이 몇 개씩 열리기 시작했으나 가을이 되면 남아 있는 게 거의 없었다. 2023년 가을에는 보기 드물게 정말 많은 양의 밤을 주웠다. 주운 알밤의 양이 한 자루가 됐다. 몇 차례 그 밤을 삶아 먹기도 하고 일부는 친구들에게 추석 선물로 주기도 했다. 아마도 금년 여름에 비가 많이 와서 밤의 생육에 도움이 되었던 것 같다.

　　밤나무는 참나무과에 속하며 원산지는 동아시아, 유럽, 북아메리카 등 북반구 온대 지역이다. 특히 한국에서 재배하는 밤나무는 학명이 Castanea crenata이며 원산지는 한국과 일본이다. 밤나무는 영어로는 chestnut tree이고 중국어로는 栗树lishù이다. 오래 자란 밤나무는 좋은 목재로 쓰이고 목재로 적당하지 못한 것은 버섯재배 원목이나 땔 감으로 사용된다. 밤꽃에는 꿀이 많은데 꿀의 색깔은 짙은 갈색이며 쓴맛이 강해서 여느 꿀처럼 강한 단맛을 느낄 수는 없다.

　　한국에서는 밤을 찌거나 구워서 먹는 게 보통이다. 그런데 프랑스에서는 밤의 속껍질을 제거한 뒤 그걸 쪄서 통조림 형태로 보관했다가 요리에 사용하거나, 후식용 마롱 글라쎄marron glacé를 만드는데 사용한다. 마롱 글라쎄는 속껍질을 벗긴 밤을 찐 뒤 설탕 시럽에 몇 차례 반복하여

마롱 글라쎄

조리는 과정을 통해 그 표면에 투명한 설탕 시럽의 막이 생기게 한 것이다.

주현재 밤나무는 6월 중순에 꽃이 핀다. 밤나무는 암꽃과 수꽃이 따로 피는 단성화이나 암꽃과 수꽃이 모두 한 나무에 달리는 자웅동주로 꽃의 위치는 각각 다른 위치에 다른 모양으로 핀다. 수꽃은 그 형태가 아프리카 여인들이 머리를 여러 갈래로 땋아서 늘어뜨린 모양과 흡사하고, 암꽃은 수꽃이 핀 곳 바로 아래쪽에 2~3개씩 달리는데 밤송이 모양으로 가시가 돋아 있다. 우리가 일반적으로 아는 밤꽃은 밤나무의 수꽃인데 그 향이 매우 독특해서 아래 인용하는 정지용 시인의 〈호랑나븨〉(《문장》 22호, 1941년 1월)에서 언급하고 있는 '비린내' 즉 정액의 냄새를 연상시킨다. 6월 중순에 '연애가 비린내를 풍기기 시작한' 뒤 잉태한 밤은 10월 초순이 되면 나무에서 떨어져 알밤으로 농로에 뒹굴게 된다. 이때 알밤이 927번 지방도까지 굴러가지 않도록 풀이나 밤송이를 쌓아서 임시로 작은 둑을 만들어 놓아야 한다.

꽃이 핀 밤나무와 밤나무의 수꽃과 암꽃

호랑나븨

畫具(화구)를 메고 山(산)을 疊疊(첩첩) 들어간 후 이내 蹤跡(종적)이 杳然(묘연)하다
丹楓(단풍)이 이울고 峯(봉)마다 찡그리고 눈이 날고 嶺(영)우에 賣店(매점)은 덧문 속
문이 닫히고 三冬(삼동)내– 열리지 않었다 해를 넘어 봄이 짙도록 눈이 처마와 키가 같
았다 大幅(대폭) 캔바스 우에는 木花(목화)송이 같은 한 떨기 지난해 흰 구름이 새로
미끄러지고 瀑布(폭포)소리 차즘 불고 푸른 하눌 되돌아서 오건만 구두와 안ㅅ신이
나란히 노힌 채 戀愛(연애)가 비린내를 풍기기 시작했다 그날 밤 집집 들창마다 夕刊(석
간)에 비린내가 끼치였다 博多(박다) 胎生(태생) 수수한 寡婦(과부) 흰얼골 이사 淮陽
(회양) 高城(고성)사람들끼리에도 익었건만 賣店(매점) 바깥 主人(주인) 된 畫家(화가)는
이름조차 없고 松花(송화)가루 노랗고 뻑 뻑국 고비 고사리 고부라지고 호랑나븨 쌍
을 지여 훨 훨 靑山(청산)을 날고.

내가 농사짓는 저수령 자락 농부들은 누구나 할 것 없이 호두나무를 재배하고 있
다. 농부들은 일반적으로 9월 말이나 10월 초가 되면 여문 호두 열매를 털어서 박피기
에 넣어 껍질을 까고 그걸 세척기로 씻은 뒤 건조기에 넣어 말린다. 밤나무를 대량으로
재배하는 농가에서도 아마 밤을 호두처럼 털어서 수확하겠지만 저수령 자락 농부들은

알밤이 927번 지방도로 굴러가지 않도록 풀이나 밤송이를 쌓아 둑을 만든 모습

왠지 모르지만 밤나무는 재배하지 않는다. 가끔 마을의 연세가 높은 여성 이웃들이 백두대간 자락에 자생하는 야생 밤나무에서 떨어지는 그리 크지 않은 알밤을 줍는 것을 봤을 뿐이다. 주현재에는 밤나무가 한 그루밖에 없기 때문에 수확할 밤의 양이 그리 많지 않아서 나는 일부러 밤을 털지는 않고 자연적으로 떨어지는 알밤을 줍거나 떨어진 밤송이를 벌려서 밤톨을 꺼낸다.

알밤이 떨어지면 벌어진 밤송이가 무슨 꽃잎처럼 예쁘다. 이 아름다운 밤송이는 촘촘히 가시로 둘러싸여 있는데 그 덕분에 곤충의 애벌레들이 밤송이 속에서 성장하고 있는 어린 밤알을 갉아먹을 수가 없다. 하지만 가을에 밤나무에서 떨어진 밤톨을 바로 줍지 않으면 곧장 곤충의 애벌레가 갈색의 겉껍질을 뚫고 속으로 파고 들어가기 때문에 식용으로는 쓸 수가 없다. 알밤은 나뭇가지에서 완전히 벌어진 밤송이에서 바로 떨어지기도 하고 일부만 벌어진 밤송이가 땅에 떨어질 때 충격에 의해 밤톨이 튀어나오기도 한다. 벌어지지 않은 밤송이가 땅에 떨어지면 가시가 돋쳐 있는 껍질을 발로 비벼서 벌린 다음 밤톨을 꺼내야 한다. 밤톨을 꺼낼 때 조심하지 않으면 가끔 가시에 찔리게 되는데 매우 따가울 뿐만 아니라 그 통증이 꽤 오래간다. 하지만 알밤 한 톨 한 톨을 모아서 그릇을 채우는 재미를 그 무엇에 비길 수 있으랴!

꽃잎처럼 벌어진 밤송이의 아름다운 자태

2024년 6월 1일 아침 나는 작은아들을 마중하러 인천공항에 갔다. 작은아들 플로리앙은 나와 내 큰아들과 몇 주를 함께 보내기 위해서 서울에 왔다. 그는 미국의 한 IT컨설팅회사의 프랑스 법인에서 시니어 컨설팅 엔지니어로 근무한다.

우리는 근래에 개업한 서울 종로구 서촌 통인시장 입구에 있는 이탈리아식당 체나레Cenare에서 점심을 먹었다. 전식으로는 가리비를 시켰다. 주식으로는 작은아들과 나는 오징어 먹물과 게 살을 넣은 파스타를, 그리고 큰아들은 니요끼gnocchi를 주문했다. 후식으로는 작은아들은 띠라미쑤tiramisu를, 큰아들은 크렘 브륄레crème brûlée를, 나는 바닐라 아이스크림을 먹었다. 이 식당의 음식은 우리가 기대했던 것 이상으로 훨씬 맛있었다.

2024년 6월, 서촌 통인시장 누각 앞의 이탈리아 식당 '체나레'에서
필자, 작은아들 플로리앙, 큰아들 삐에르-필립

중국 우한에서 발병한 코로나 독감이 창궐하기 전인 2019년 8월에 플로리앙은 한 달 동안 서울에서 우리와 함께 지내기도 했다. 코로나 독감 때문에 2020년부터 2023년까지는 큰아들 삐에르-필립과 나는 파리 본가에 가는 것을 제외하고는 우리는 해외 여행을 자제했다.

2019년 여름, 종로3가 Piccadilly영화관 맞은편 닭튀김 식당에서

2019년 여름, 형수 댁 방문 후 식당에서
왼쪽부터 막내 질부 진정민, 막내 조카 병태, 플로리앙, 삐에르–필립, 필자, 형수 장옥랑, 질녀 아라

2019년 여름, 경복궁에서 플로리앙

2019년 여름, 서울 체류 시 플로리앙이 매일 아침식사를 하던 곳 ‘커피 빈 앤 티 리프’

2019년 여름, N서울타워에 있는 프랑스 식당 앤 그릴(n Grill)에서 플로리앙을 위한 송별 만찬

2019년 여름, 인천공항에서 플로리앙을 배웅하며

마음을 담은
글쪽지를 발견하다

안도현 시인이 주축이 되어 예천에서 발행되는 《예천 산천》이란 계간지가 있다. 친구 이동순 교수의 소개로 지난 해 이 계간지의 존재에 대해 알게 되어 나는 두세 편의 글을 기고한 적이 있다. 이동순 교수와 안도현 시인은 사돈간이다. 2024년 6월 초 《예천 산천》의 강한비 편집장에게 2024년 가을호에 〈역사기록소설 홍범도〉에 관한 글을 기고하며 6월 말경에 《예천 산천》 편집진에게 식사를 한 번 대접하겠다고 했다. 강 편집장은 자신은 6월 20일부터 두 달 동안 긴 여행을 떠나는 관계로 참석하기 어렵지만 안도현 시인에게 전달하겠다고 했다. 내가 《예천 산천》에 글을 기고하며 가장 많이 접촉한 분이 강 편집장인데 그녀가 빠지면 안 된다며 나는 그녀에게 8월 말에 함께 하자고 제안했다.

미국 뉴욕에 있을 때인 7월 4일 강 편집장한테서 문자가 왔다. 《예천 산천》이 2024년 여름호 발간 후 한동안 휴간하게 됐다는 소식이며, 8월 중 이에 관한 알림이 있을 것이라고 했다. 내가 기고한 가을호 원고에 대해 강 편집장이 게재 여부가 정해지면 알려주기로 했던 터라 나에게 따로 연락을 한 것이라고 했다. 강 편집장은 자신이 이미 퇴사가 결정된 상태라 《예천 산천》 메일이 아닌 메신저로 연락한 것에 대해 양해를 구했다. 그는 곧 고향으로 돌아갈 예정이지만 집 문제가 남아 있어 당분간 예천을 오갈 것 같다고 했다. 그래서 나는 한국 문학 분야 책들을 몇 권 줄 테니 강 편집장이 예천에 들리면 연락하라고 부탁했다. 강 편집장이 《예천 산천》에 쓴 글을 통해 나는 진작부터 그녀가 전북대 국어국문과와 일어일문과를 졸업하고 한국어 교육 전공으로 석사학위를 했다는 사실을 알고 있었다. 그래서 나는 이 책들이 그녀에게 유용할 수 있다고 생각해서 그런 제안을 했었지만 실제로는 낯설고 물설은 예천에 와서 《예천 산천》을 위해 희생한 강 편집장의 수고에 대한 나의 고마움의 표시이기도 했다. 이 책들은 내가 정년퇴직 때 연구실을 정리하면

서 후배들에게 주지 않고 지금까지 간
직한 것들로 나의 박사학위 논문을 지
도하셨던 조동일 교수께서 주신 당신
이 저술한 이론서들이다.

그동안 나는 정년퇴직 후, 누구
에게 주기가 아까워 가지고 있던 책들
을 아주 가끔 필요한 분들에게 선물
처럼 드리곤 했다. 국문학 분야의 서
적은 이번이 마지막이었다. 미국 여행
에서 돌아와 오늘 아침 주현재의 책
장을 정리했다. 조동일 저 《문학연구
방법》이란 책 표지 안쪽에 붙어 있는
단아하게 쓴 쪽지 하나를 발견했다.
이 책의 속표지에 '이병근 교수께−저

1991년 여름 연변대학교 조선학학술대회에 참석하며
윤윤진 연변대 조선어과 박사과정, 조동일 교수, 필자

1990년 가을, 파리에서 학술 행사 후
파리대학교 이옥 교수, 필자, 서울대학교 이병근 교수

자 드림'이라고 적혀 있는 걸 볼 때 조동일 선생님이 내게 직접 주신 건 아니었다. 그렇다
고 이병근 교수께서 내게 이 책을 주신 기억이 나지 않으니 누가 내게 이걸 줬는지는 알
수가 없었다. 중요한 것은 러시아어로 쓴 이 쪽지의 내용이었다.

필립!

진심으로 네 생일을 축하해!

이 과자는 내가 널 위해서 특별히 구운 거야.

아이게림이 집에 혼자 있기 때문에 남아 있을

수가 없었어.

입맞춤하며. 가샤!

잊고 있었던 정말 오래전 일이 갑자기 주마등처럼 스쳐갔다. 가샤는 누르가이샤의 약칭이다. 1996년 내 생일 때 카작국립대학교 한국어문학과 학생들이 식당을 예약해서 함께 저녁 식사를 했는데 그때 나는 친하게 지내던 대학 교수 및 외부인들을 초청했다. 초청자 가운데 가샤도 포함됐는데 그녀는 행사 직전에 잠시 들려 바빠서 식사는 함께 할 수 없지만 생일을 축하한다며 소련 사람들의 관습대로 볼에다 입맞춤한 뒤 떠났다. 며칠 후 돔부라(두 줄로 구성된 카작 민족의 전통 현악기) 강의 시간에 그녀는 생일을 축하한다며 자신이 직접 구운 과자 상자를 내게 주었다. 이 쪽지는 그때 과자 상자에 들어 있던 것이다. 누르가이샤는 카작국립음악원에서 돔부라를 전공한 분으로 나에게 돔부라를 가르쳤던 선생님이었다. 아마도 누르가이샤의 정성이 갸륵하여 당시 나는 이 쪽지를 어느 책 표지 안쪽에 넣어 놓았던 것 같다. 그녀는 슬픈 표정의 눈동자에 온화한 모색을 지닌 마음이 여린 여성이었다. 돔부라 강의는 그녀가 바빠서 몇 번 배우지 못하고 안타깝게 중단되고 말았다. 가샤가 어디에서 뭘 하는지는 모르지만 나는 그녀가 늘 건강하고 행복하기를 간절히 바란다.

이제 주현재 서재에 남은 책들은 중앙아시아 관련 서적들인데 러시아어, 카작어, 타직어, 키르기즈어, 우즈벡어, 투르크멘어로 저술된 것이다. 구비서사시 분야 전문서적이라서 필요한 사람을 찾기가 쉽지 않지만 프랑스로 영구히 돌아가기 전까지 이 분야에 관심이 있는 사람을 찾아볼 것이다. 아래는 《예천 산천》이 휴간하는 바람에 싣지 못했던 〈역사기록소설 홍범도〉에 관한 글이다. 이 글은 원래 한국문학번역원 계간지 《너머》(2024년 여름 호)에 게재되었던 것이다.

김세일의 〈역사기록소설 홍범도〉: 항일 민족주의에서 소비에트 국제주의로

김필영(카작국립대학교 명예교수)

〈장편소설 홍범도〉에서 〈역사기록소설 홍범도〉로

김세일(1912-2000)의[1] 러시아 식 이름은 김 세르게이 표도로비치(Kim Sergei Fedorovich)
이다. 그는 제정 러시아 연해주 포시예트에서 태어나 1932년 소왕령 고려사범전문학교를
졸업한 후 원동국립출판사 번역원으로 종사했다. 1937년 크즐오르다로 강제 이주 후 김
세일은 교사로 근무했고 1945년 소련이 일본에 선전포고하자 소련군에 징모돼 참전 후
평양에 남아 소련군 신문사에서 일했다. 1954년 모스크바로 돌아온 그는 외국문출판사
에서 일하며 고려인 신문 《레닌기치》에 시와 소설을 발표했다. 김세일은 1960년대 후반부
터 1970년대 초반까지 《레닌기치》에서 기자로 근무하다 정년퇴직했다.

김세일의 〈역사기록소설 홍범도〉는 다섯 권으로 구성된 장편소설로 1989년에 제1-3권
이, 1990년에 제4, 5권이 출판됐다. 이 소설은 1965년 10월 23일부터 1969년 5월 24일까지
《레닌기치》에 연재됐던 〈장편소설 홍범도〉를 김세일이 《레닌기치》 독자들의 증언과 자료
들을 참고하여 수정하고 보완한 개정 증보판이다(5권 321-323쪽). 제1~3권은 《레닌기치》
에 연재됐던 〈장편소설 홍범도〉의 일부를 고친 것이고, 제4권은 자유시 사변을 다룬 것이
며, 제5권은 홍범도의 만년 생활에 관한 것이다(5권 333-334쪽).

〈장편소설 홍범도〉의 집필 경위에 따르면(1권 19-20쪽), 우즈베키스탄 안디잔에 거주하
던 노혁명가 이인섭이 김세일을 찾아와 '홍범도 일지', 혁명가들의 수기, 노의병들의 회
상기 등 중요한 사료들이 포함된 20여 권의 필기장을 주며 그에게 홍범도 장군에 관한
전기나 소설을 써 줄 것을 부탁했다. 김세일은 1989년 개정 증보판을 출간하면서 제목을
〈역사기록소설 홍범도〉로 수정하며 비록 이 작품이 소설의 형식을 빌렸지만 역사 기록물

---

1 《고려일보》와 《한국민족문화대백과사전》에는 김세일의 사망 연도를 1999년으로 적고 있고, 필자는 그
  의 사망 연도를 2001년으로 알고 있었다. 필자가 2023년 3월 김세일의 친손자 김세르게이를 통해 김
  세일이 2000년 7월 25일 모스크바에서 사망했음을 확인했다.

이란 점을 부각시켰다. 〈역사기록소설 홍범도〉는 한국에서 최초로 공개된 홍범도에 관한 많은 자료들을 포함하고 있는데, 제5권 말에는 김세일이 필사한 '홍범도 일지' 사본이 첨부됐다.

항일 민족주의자에서 소비에트 국제주의자로

김세일은 소련 해체를 전후하여 필자가 모스크바에서 만난 고려인 가운데 유달리 고르바초프를 비난하며 소련 체제를 적극적으로 옹호하던 작가였다. 《레닌기치》에 발표된 김세일의 시와 소설 작품들은 대체로 고려인 민족주의와 소비에트 국제주의를 표방하고 있는데[2] 김세일의 이런 작가 정신은 〈역사기록소설 홍범도〉에서도 크게 벗어나지 않는다. 당시 소련은 공산주의 건설을 위해 소비에트 문학에 당성을 강조하던 시기로 레닌이 주장한 사회적 사실주의가 문학 창작의 근간이 됐다.[3] 〈역사기록소설 홍범도〉의 바탕이 된 〈장편소설 홍범도〉는 1965년 《레닌기치》가 주최한 최초의 문예현상모집에서 소설 부문 1등에 당선됐다. 김세일은 〈역사기록소설 홍범도〉에서 홍범도 장군의 성장 과정, 항일 의병 활동과 무장 투쟁, 러시아 혁명 과정에서 경험한 자유시 사변과 레닌과의 만남, 이만에서의 농업조합 설립과 경영, 강제 이주 후 크즐오르다의 만년 생활을 자세하게 묘사했다. 김세일은 소설 창작 과정에서 뛰어난 상상력을 동원하여 자칫 지루할 수 있는 반복된 항일 무장 투쟁 활동에 여성 의병 박영란 등 허구적 요소들을 가미하여 사건을 비교적 흥미롭게 전개했다. 이런 허구적 요소의 일부는 최근에 출간된 홍범도 장군을 다룬 소설에 그대로 차용되기도 했다.[4]

홍범도(1868-1943)는 빈천민 출신으로 원래 이름은 범동이었다. 범동은 일찍이 조선 진

2　Phil KIM(김필영), Korean Nationalism and Soviet Internationalism(고려인 민족주의와 소비에트 국제주의), *Journal of Korean Studies*, Vol. 8, Central Asian Association for Korean Studies, 2006, pp. 05-31.

3　김필영, 《소비에트 중앙아시아 고려인 문학사(1937-1991)》, 강남대출판부, 2004, 184-186쪽.

4　방현석, 《범도 1, 2》, 문학동네, 2023. 여성 의병 박영란을 차용한 백무아의 형상과 여성 혁명가 김알렉산드라의 등장을 들 수 있다. '홍범도 일지'에 따르면 박영란은 실존 인물이 아니고 김알렉산드라는 실존 인물이지만 홍범도 장군이 만난 적이 없다.

위대 나팔수와 제지공장 노동자로서 겪은 모욕과 착취에 살인과 폭행으로 맞서며 불평등한 사회에 반항했다. 정의롭지 못한 사회를 저주하며 범동은 자신의 과거를 참회하고 수행하기 위해 신계사에 출가했다. 지담대사는 범동에게 글과 병서를 가르치며 애국주의를 고취시켰고 새 출발을 결심한 범동의 이름을 범도로 개명했다. 하지만 범도는 "가난한 자들은 중 노릇도 해 먹기 곤란하다는 것"(1권 93쪽)을 깨닫고 산에서 만난 여승 단양이 씨와 백년가약을 맺고 환속한 후 뜻밖의 봉변으로 아내와 헤어져 쫓기는 몸이 됐다. 범도는 변복하고 총, 탄약, 장검을 구입한 뒤 산속으로 들어가 지담대사에게서 배운 병법과 군대에서 익힌 전법을 연구하고 사격술과 검술을 연마했다. 홍범도의 의병 활동은 사실상 이때부터 시작됐다. 홍범도는 골동연 포수들을 결집하여 "우리 나라를 삼켜 먹으려고 미쳐 날뛰는 왜놈들과 싸워야 하겠소. 그러자면 우선 왜놈의 앞잡이 노릇을 하고 개질하는 일진회 회원놈들부터 없애 버려야"(1권 156쪽) 한다며 의병대 조직을 결의하고 대장에 천거됐다.

홍범도 의병대는 필요한 군자금을 친일 세력을 습격하여 마련하거나, 직접 노동해서 벌거나, 조선인 노동자로부터 의연금을 받아서 충당했으며 군자금의 일부는 피난민 구제와 유가족 지원에 사용했다. 김세일이 소설에서 설정한 여성 의병 박영란은 군자금 모금과 작전에 필요한 정보 수집과 연락에 큰 역할을 했을 뿐 아니라 의병대원의 아내와 동지로서 사랑과 투지를 보여준 전형적인 소비에트 여성상이었다. 여성 의병 박영란의 형상은 김세일의 장편 서사시 〈새'별〉(《레닌기치》 1961년 2월 15일자)의 주인공인 소비에트 여성 혁명가 김알렉산드라와 맥을 같이 한다고 볼 수 있다. 홍범도의 의병 활동은 애초부터 그 대상이 왜적뿐만 아니라 나라와 민족을 배반한 친일 세력을 처단하는 민족주의에 바탕을 두고 빈천자와 여성을 배려했음을 알 수 있다.

홍범도는 후치령, 천보사골, 한대골, 바배기골 등 크고 작은 전투에서 승패를 맛봤고, 그 와중에 왜놈의 감옥에서 아내가 목숨을 잃고 왜적과의 전투에서 아들 양순이 전사하는 아픔도 겪었다. 전투 후 그는 늘 참모회의를 소집하고 전투의 승패에 따른 원인을 분석하며 대책을 세웠고 의병대원들에게 그들이 정의를 위해 싸운다는 것을 확신케 했으며, 의병대의 승전을 자신의 공로가 아닌 "의병들의 집체적인 계교, 정의로운 투쟁의 승리에 대한 공통한 심신의 승리"(2권 88쪽)로 돌렸다.

홍범도는 중령에서 무기 획득이 어렵게 되자 노령 연해주로 밀사를 보내 왕족 이범윤을 통해 무기를 구입하려고 했으나 어렵게 마련한 군자금 2만원을 그에게 갈취당하고 밀사는 여권 불소지로 러시아 당국에 체포됐다. 문제를 해결하기 위해 홍범도가 직접 이범윤을 찾아 해삼위로 갔지만 이범윤은 모르쇠로 일관했다. 이범윤의 행태에 분개한 소왕령 애국청년들의 모금으로 홍범도는 추풍의 토호 문창범을 통해 재차 무기 구입을 시도했지만 다시 그에게 농락당했다. 홍범도는 "자기들은 조국 강토에서 목숨을 걸고 피를 흘리며 왜적과 결사전을 하고 있는데 소위 애국 지사라는 량반들은 해외에 나와 망명 생활을 하면서도 고대광실에서 지내며 호의호식하며 사리사욕만 채우고 국권을 회복하기 전부터 정권 쟁탈을 일삼고 있다."(2권 218쪽)며 울분을 토했고 이범윤과 같은 왕족이나 양반 출신에 대해 부정적인 시각을 갖게 됐다.

1910년 일제가 조선을 합병한 뒤 의병 활동이 날로 어렵게 되고 신해혁명 이후 만주가 마적과 홍의적의 천지가 된 상황에서 홍범도는 이전 방식으론 안 된다는 걸 깨닫고 "지금 형편에서 군자금을 모집한다든지 무기를 구입한다든지 하자면 어쨌든 로령 연해주에 가야만 된다."(3권 77쪽)며 군인총회를 열어 의병대 일부는 제대시키고 일부는 둔병 형식으로 장백현에 머물며 때를 기다렸다. 이 시기 홍범도는 독립 후 세워질 나라는 문벌을 폐지하고 양반 통치를 없앤 평등한 사회가 구현되는 정치 체제를 갈망했다. 홍범도는 일단 대원 몇 명과 함께 해삼위로 가서 부두 노동자로 취업해 여비를 마련하며 유인석을 찾아가 러시아 당국의 제지로 노령에서 의병 활동이 불가하니 애국 문화계몽 운동에 힘을 쏟는 게 좋겠다는 조언을 들었다. 홍범도는 일행과 같이 야쿠티야 금광으로 가서 노동하며 그곳 조선인 노동자들에게 애국심을 고취시키고 노동상조회가 지원한 군자금으로 무기를 마련하여 1915년 중령 밀산으로 가 때를 기다렸다.

홍범도의 의병 활동은 조선이 일제에 합병되기 전까지는 항일 무장투쟁을 통해 조국을 점령한 일제를 몰아내기 위한 민족주의가 강조되었고 합병 이후에는 침탈당한 조국의 독립과 재건을 위한 국제주의가 반영되었다. 홍범도는 조선 의병 활동에 호의적인 태도를 취한다면 홍의병이든, 러시아 빨치산이든, 중국 관료 보위단이든 모두 이용해야 한다고 생각했다.

1917년 러시아에서 혁명을 일으켜 황제 정권을 전복시킨 레닌의 신당이 빈천자들의 정권이고 그 정권을 소비에트라고 한다는 말을 듣고 홍범도는 "과연 이런 정권이 있단 말인가? (……) 빈천자의 정권이 세상에 있고 또 로씨야에 그런 정권이 섰다는 것이 정말이라면 얼마나 좋으랴!"(3권 116쪽)며 감탄했다. 1918년 하바롭스크에서 김알렉산드라와 이동휘가 서명한 조선인 해외 망명자 회의에 초청장을 받고 홍범도는 그곳에 들러 무산자 정권이며 피압박 민족의 정권인 소비에트를 위해 나선 다민족 적위병들과 소비에트 통제 아래 상점들이 배급 체제를 도입한 것 등을 보고 "망국 출신인 조선 녀자를 외교위원으로 등용하는 이런 참된 인민 정권이오 합동 민족의 정권인 쏘베트 정권을 위하여 나도 목숨 바쳐 싸우련다."(3권 120쪽)며 소비에트 정권에 관심을 갖고 왕가둔에 남겨둔 의병들을 데려오게 했다.

추풍에 도착하나 연해주 상황이 복잡한 것을 인지한 홍범도는 다른 독립군 부대와 연합이 가능하며 시베리아와 연해주로 출정하는 왜놈 군대의 주요 교통로인 만주로 갈 계획을 세웠다. 독립군 부대를 새로 개편하면서 홍범도는 처음으로 '동무'란 소비에트식 호칭을 채택했는데 이는 "우리 볼세위크들은 그 '동무'란 말에 '사회 정치적 평등'이란 의미까지 포함"(3권 183쪽)시킨다는 김알렉산드라의 말에서 그가 차용한 것이었다. 1920년 만주 일대에 기동하는 일본 출정군을 토벌하기 위해 홍범도는 부대를 무단봉으로 옮겨 봉오골 최진동 부대와 간도 안무 부대 등과 협동작전을 펴기로 하고 봉오골 전투 총사령관에 임명돼 전투를 승리로 이끌었다. 봉오골 전투 후, 청산리로 향하던 서일의 군정서 부대가 일본군과 접전하였으나 김좌진의 전략 부재로 700명 가운데 500명이 전사하거나 실종됐고 김좌진과 나머지는 도망쳤다. 다행히 때마침 도착한 홍범도 부대가 지형을 이용한 전술로 기관총을 사용하여 일본군을 섬멸하고 대승했다. 만약 홍범도 부대가 그때 청산리에 당도하지 않았다면 군정서 부대는 전멸했을 것이라며 김세일은 소설에서 여러 차례 김좌진이 도주한 것과 그의 전술 부재를 강조했는데 아마도 그는 이 사실이 역사에 제대로 알려지지 않았다고 봤던 것 같다.

타 독립군 부대들이 노령으로 간 것을 확인한 후 홍범도 부대도 독립군이 힘을 합치고 훌륭히 무장하려면 만주에서는 불가능하다는 판단 하에 노령으로 갈 준비를 마치고 부대원들에게 "거기 가서도 왜놈들과 싸울 것이오. 그리고 우리는 피압박 민족을 동정하고 도와주는 쏘베트 붉은 주권이 서 있는 로씨야로 간다는 걸 반드시 알고 있어야"

(3권 275쪽) 함을 강조하며 그곳에서는 왜놈의 총이 필요 없으니 러시아 무기로 재무장할 것임을 설명했다. 홍범도 부대는 일단 광복단과 연합하여 대한의용군으로 개칭한 뒤 홍범도가 총사령관이 됐고, 이어서 정치적 의도가 다른 군정서와도 연합하여 통의부를 만들고 총재에 서일, 부총재에 홍범도가 임명됐다. 하지만 이만에서 무기를 바치고 자유시로 가려고 기차에 오를 때 김좌진 등은 슬그머니 만주로 도망쳤다. 통의부는 1921년 2월 자유시에 도착해 원동공화국 인민혁명군 제2군단 소속 조선 빨치산 연합부대인 싸할린 특립부대(이하 싸특부대)에 편입되어 자유시 부근 마사노프에 배치됐다. 자유시에 있던 오하묵의 자유대대는 싸특부대 편입을 반대하고 이르쿠츠크로 가서 국제공산당 원동비서부 고려지부를 부추겨 고려혁명군사의회 설립에 가담했다. 고려혁명군 사령관 칼란다리슈빌리가 싸특부대를 고려혁명군에 편입시키토록 명령했으나 싸특부대 지휘관 박일리야가 이를 거부하자 칼란다리슈빌리는 싸특부대의 강제 무장해제를 결정했다.

홍범도는 박일리야의 무력 협박에도 불구하고 단독으로 통의부를 이끌고 고려혁명군에 합류하여 싸특부대의 강제 무장해제를 강력하게 반대했지만 이미 불가항력이었다. 고려혁명군은 결국 무력으로 싸특부대의 무장해제를 단행하여 1921년 6월 동족상잔의 자유시 사변이 발생했다. 1921년 9월 고려혁명군은 이르쿠츠크로 이전하여 러시아 적군 조선특립여단으로 개편되고 홍범도는 제1대대 대대장에 임명됐다. 1922년 1월 모스크바에서 개최된 태평양 연안국 혁명가 대회에 홍범도는 연해주와 아무르주 빨치산과 만주에서 넘어온 독립군 대표로 참가했다. 거기서 레닌으로부터 전투 공훈 표창으로 권총, 군용 외투와 모자, 금화 100루불을 받고 자유시 사변에 대해 묻는 그에게 "저는 그 사변에 참가하지 않았습니다."(4권 238쪽)라고 단호히 답변하며 당시 상황을 설명했다.

홍범도는 함께 제대한 전우들과 이만 싸인발에서 황무지를 개간하여 농업조합을 조성한 후 벼농사를 지었고 1924년 전우들의 주선으로 이인복과 재혼했다. 조합원들이 피땀 흘려 개간한 농토를 구역 관리위원회가 국가 땅이라며 차지하니 다른 곳을 다시 개간해야 하는 폐단을 타개하기 위해 홍범도는 1928년 전우들과 함께 공산당에 가입했다. 농업조합 내에 당 단체가 생기면서 홍범도는 이런 불이익에 제대로 대처할 수 있게 됐고 연해주 조선인 농촌은 점차 집단화됐다. 1937년 강제이주 시 홍범도 역시 크즐오르다로 이주되어 그곳에서 여생을 마감했다. 1941년 독소전쟁이 일어나자 《레닌기치》에 기고한

글에서[5] 홍범도는 "나는 지금 늙엇다. 그러나 나의 마음이 지금 파시쓰트들과 전쟁을 한다. 젊으니들! 모도 무긔를 잡고 조국을 위하여 용감하게 나서라!"며 조국 소련을 향한 애국심을 보였다.

홍범도 장군은 항일 무장 투쟁과 러시아 혁명 과정에서 의병대장으로 추대되어 뛰어난 사격술과 훌륭한 전술로 부대 규모나 무기 체계가 열세한 상황에서도 빛나는 전공을 세워 의병대원들은 물론 조선 인민들로부터 존경받았던 인물이다. 스탈린의 대숙청 시기에 그가 피해를 입지 않았던 이유도 소비에트 혁명의 적이었던 원동 지역 일제에 대항해 싸운 공로가 인정됐기 때문일 것이다. 소설 속에 등장하는 홍범도의 형상은 영웅이라기보다는 자신의 영욕이나 가족의 안위를 돌보지 않고 조국의 해방과 민족의 독립만을 위해 일제와 친일세력에 맞서 싸운 "강인한 의지, 대담한 성격, 너그러운 심정"(3권 195쪽)을 지닌 인간적인 의병대장이다. 혹자는 소설의 서사 구조의 단순함이나 미적 감각의 결여를 문제 삼을 수도 있으나 김세일이 남긴 〈역사기록소설 홍범도〉의 선구적이고 기념비적인 업적은 이미 누구도 부인할 수 없는 역사가 된 지 오래다.

지난 해 한국 사회는 홍범도 장군의 공산주의 편향에 대해 시끄러웠다. 홍범도는 애초부터 민족해방 운동이나 공산주의 운동의 영도권 장악에 대한 욕심이 없었고, 일제에 대항하기 위해 독립군의 연합을 꾀하며 고려혁명군에 가담했지만 싸특부대의 강제 무장해제를 강력히 반대하며 동족간 싸움을 막으려 했다. 김세일이 소설에서 언급하지 않았지만, 홍범도가 나중에 자유시 사변의 피해자인 싸특부대를 비판한 것이나 고려혁명군 법원의 재판 위원으로 참여한 것은 그가 남긴 부정할 수 없는 오점이다. 굳이 그를 변명하자면 우리가 소련이 조국이 된 홍범도 장군이 맞닥친 당시 상황을 정부 수립 이후 대두된 이념 대립의 개념에서 바라볼 필요는 없을 것 같다.

---

5   이전 빠르찌산–홍범도, 〈원쑤를 갚다〉, 《레닌의 긔치》, 1941년 11월 7일자.

뒤꼍 여섯 떼기 밭둑의
풀을 깎다

밭의 풀은 열 떼기 모두 내가 잔디깎기를 사용하여 직접 풀을 깎지만 밭둑의 풀은 첫 번째 떼기부터 네 번째 떼기까지는 내가 직접 베고 농가 뒤꼍에 위치한 다섯 번째 떼기부터 열 번째 밭떼기까지의 풀은 품을 사서 깎는다. 첫째 떼기부터 넷째 떼기까지는 수직으로 석축을 쌓은 구간이 많아서 상대적으로 풀을 깎아야 하는 밭둑이 그리 많지 않기 때문에 내가 손수 낫으로 풀을 벤다. 초기에 예초기를 구입해서 밭둑의 풀을 깎아 봤지만 기계를 다루는 내 솜씨가 시원치 않아서 마음대로 되지 않았다. 게다가 풀을 깎다가 밭둑에서 미끄러지기 일쑤여서 위험하기도 했다. 뒤꼍 밭둑의 풀은 일년에 세 차례 깎는다. 개망초 꽃이 만발할 때인 6월 15일경에 처음으로 깎고, 7월 31일경에 한 차례 깎고, 9월 15일경에 마지막으로 깎는다.

금년 2025년에는 6월 13일에 품을 사서 뒤꼍에 위치한 밭둑의 풀을 깎았다. 예초기를 잘 다루는 사람은 4 시간 정도면 깨끗하게 작업을 마칠 수 있다. 14일에 많은 비가 내린다는 일기예보가 있어서 서둘러서 13일에 깎았는데 비가 내리기 전에 깎기를 잘 했다. 일기예보대로 14일 이른 저녁에 시작한 비가 이튿날 오전까지 내렸다. 비가 오고 나면 밭둑이 미끄럽기도 하지만 발이 빠져서 이동하기가 수월하지 않기 때문에 땅이 마를 때까지 작업이 용의치 않다. 아래는 밭둑의 풀을 깎는 장면들이다.

밭둑의 풀을 깎는 광경

왕보리수나무 열매가
익다

왕보리수나무 열매는 6월 중순에 익는다. 2023년부터 열매가 달리기 시작한 주현재 왕보리수나무에서 2024년에 많은 양의 열매를 수확했지만 열매가 제대로 달린 첫해라서 가공할 생각은 하지 않고 그냥 생과를 먹는 걸로 만족했다. 금년 봄 왕보리수나무에 꽃이 필 때 만약 지난해처럼 열매가 많이 달린다면 청을 담기로 계획했다. 하지만 꽃이 피고 실처럼 가는 열매가 형성되었을 때 냉해를 입는 바람에 2025년에는 겨우 몇 개의 열매가 익어서 대롱대롱 달려 있을 뿐이었다. 왼쪽 사진에서 자세히 살펴봐야만 붉은 색깔의 익은 열매가 보일 것이다. 내년에는 왕보리수나무에 꽃이 필 때 기후가 좋아서 열매가 풍성하게 열리기를 기원한다.

왕보리수나무는 보리수나무과에 속하며 동아시아가 원산지이며 학명은 Elaeagnus umbellate이다. 영어 명칭은 oleaster이고 중국어로는 牛奶子niúnǎizi라고 한다. 왕보리수나무는 불교에서 신성시 여기는 인도보리수나무와는 아무런 연관이 없다. 인도보리수나무는 뽕나무과에 속하며 학명이 Ficus religiosa인데, 바로 이 인도보리수나무 아래서 석가모니가 깨달음을 얻었다고 전해진다.

주현재의 왕보리수나무

<h1 style="text-align:center">복분자나무의 열매를 수확하여
꽁뽀뜨를 만들다</h1>

　복분자나무의 열매는 6월 하순에 익는다. 복분자의 학명은 Rubus coreanus인데 한불사전에도 복분자의 명칭이 학명으로 표기되어 있다. 복분자를 영어로는 black raspberry라고 부르고, 중국어로는 覆盆子-fùpénzǐ이다. 라틴어 루부스rubus는 나무딸기 혹은 가시덤불이라는 뜻이니 복분자의 학명 Rubus coreanus는 '한국 나무딸기' 정도가 되겠다. 한불사전에 복분자의 명칭이 학명 Rubus coreanus로 표기되어 있지만 이 명칭은 사전에만 있는 것이지 프랑스에서 실제 사용하는 어휘는 아니다. 아마도 사전학자들이 한국의 복분자를 번역하는 과정에 복분자와 꼭 같은 식물이 프랑스에 없으니 학명을 채택한 것 같다.

　우연히 처가에서 한국의 복분자와 비슷하게 생긴 식물을 발견하고 장모님께 그 이름을 물어봤더니 뮈리에mûrier라고 하셨다. 내가 알고 있던 뮈리에는 뽕나무였기 때문에 좀 의아한 생각이 들었다. 프랑스어 사전에 찾아봤더니 뮈리에mûrier는 학명이 Morus인 뽕나무란 뜻 외에도 학명이 Rubus fruticosus인 나무딸기라는 의미도 있었다. Rubus fruticosus라는 학명의 이

프랑스의 뮈리에 열매

식물은 프랑스에서 일반적으로 롱스ronce라고 일컫는데 나무딸기 혹은 가시덤불이란 뜻이다. 그러니 한국의 복분자와 가장 유사한 프랑스 식물은 롱스ronce이다. 뮈리에는 바로 롱스를 개량한 것으로 잎과 가시는 한국의 나무딸기와 유사하나 열매의 모양은 뽕나무의

열매인 오디처럼 타원형이다. 하지만 열매의 조직이나 색깔은 한국의 복분자 열매와 거의 동일하다.

　　주현재의 복분자나무는 2016년 봄 이웃 마을인 두성리 구도실 부락의 남재수 농부가 모종 몇 포기를 줘서 심은 것이다. 그것이 퍼져서 이제는 25주 정도가 됐다. 복분자는 꽃이 한꺼번에 다 피지 않고 약간의 시차를 두고 피기 때문에 수확할 때도 한꺼번에 다 따지 않아도 돼서 몇 차례 식용으로 이용할 수 있어서 좋다. 복분자는 씨가 아주 작지만 매우 단단해서 씹어도 뭉개지지 않기 때문에 복분자 열매를 생과로 먹을 때 씨가 씹히는 딱딱한 느낌이 매우 거슬린다.

주현재 복분자나무

　　사실 내가 좋아하는 것은 복분자 생과보다는 복분자를 넣고 찹쌀로 양조한 복분자주이다. 2023년 가을 서울 종로구 안국역 근처에 위치한 주점 인사동양조장의 노영희 대표가 나에게 이런저런 연유로 고맙다며 직접 양조한 복분자주 2리터를 준 적이 있다. 그것이 내가 지금까지 한국에서 맛본 복분자주 가운데 가장 향이 뛰어나고 맛있는 복분자주였다. 나도 그동안 가끔 주현재에서 찹쌀을 물에 불려서 찐 다음 누룩을 섞어 술을 담갔지만 최근 들어 술을 담그는 게 손이 많이 가고 귀찮아서 이제는 내가 직접 술을 빚지는 않는다. 하지만 언젠가 한 번은 꼭 복분자로 술을 담가 보고 싶다.

　　2025년 6월 26일에 첫 수확한 복분자 열매로 꽁뽀뜨compote를 만들었다. 꽁뽀뜨를 한국어로 번역한다면 '과일 저당低糖 졸임' 정도가 되겠다. 복분자 꽁뽀뜨는 복분자 무게의 20퍼센트에 해당하는 설탕을 넣고 끓여서 졸이면 된다. 꽁뽀뜨는 잼에 비해서 상대적으로 설탕을 적게 넣기 때문에 부패하기 쉽다. 그래서 복분자를 졸이자마자 바로 유리병에 담아 뚜껑을 꼭 닫아서 밀폐하여 보관해야 한다. 뜨거운 꽁뽀뜨를 병에 담아 밀봉하면 병 안의 미생물이 살균되기도 하고, 내용물이 식으면 부피가 줄어들어 병 안의 압력이 낮아지며 뚜껑이 병에 밀착되어 외부 공기의 유입을 막아 세균 번식을 억제하여 꽁뽀뜨의 보관 기간을 늘여 준다.

　　꽁뽀뜨를 만드는 방법은 1) 수확한 복분자 열매 1.6킬로그램에, 2) 복분자 열매 무게의 20퍼센트에 해당하는 설탕 320그램을 넣고, 3) 복분자와 설탕을 잘 섞은 후, 4) 80도에서 나무 숟가락으로 내용물을 젓다가 설탕이 다 녹으면 100도로 온도를 올려 끓이면서 수분을 증발시켜 농도가 걸쭉하게 될 때까지 졸인 뒤 곧바로 병에 담으면 된다. 오늘 가공한 복분자 열매처럼 과일의 무게가 1.6킬로그램일 경우, 80도에서 5분이면 설탕이 다 녹았고, 100도에서 내용물을 걸쭉하게 졸이는데 걸린 시간은 60분이 소요됐다. 중요한 것은 졸일 때 과일이 눌어붙지 않게 꾸준히 저어 줘야 한다. 복분자 열매 1.6킬로그램을 졸이면 아래 사진처럼 900밀리리터짜리 유리병으로 꽁뽀뜨 1.6병의 양이 나온다.

복분자 꽁뽀뜨 가공 과정

까막까치밥나무 열매를
수확하다

까막까치밥나무는 까치밥나무과에 속하며 학명은 Ribes nigrum이다. 영어로는 blackcurrant, 프랑스어로는 cassis, 중국어로는 黑醋栗 hēicùlì이다. 까막까치밥나무라는 명칭은 까치밥나무의 열매 색깔이 까맣기 때문에 그렇게 부르게 된 것 같다. '까막'이란 어휘는 고대 한국어에서 '검다'라는 뜻을 가진 '감-'이라는 어근에 부정적이거나 경멸적인 의미를 더하는 역할을 하는 접미사 '-악'이 결합하여 '까막'이 되어 검은색을 지칭하게 됐다.

까막까치밥나무의 잎에는 아주 우아하면서도 그윽한 향이 나는데 잎을 뜨거운 물에 우려서 차로 마실 수도 있다. 까막까치밥나무의 열매 역시 새콤달콤하면서도 상큼한 맛이 색다른데 씹으면 코로 전달되는 고상한 향이 일품이다. 까막까치밥나무 열매가 주는 맛과 잎이 내뿜는 향은 말과 글로 표현하기가 쉽지 않은데 나는 그것이 과일 나무가 인간에게 줄 수 있는 극치의 맛과 향이라고 생각한다.

까막까치나무 열매에는 비타민 C가 많고 불포화지방산, 유기산, 다당류 외에 안토시아닌을 다량 함유하고 있으며 생리활성으로는 항암, 항염증, 항응혈, 항미생물 작용 등이 있는 것으로 알려져 있다. 한 학술 논문에 따르면[6] 아로니아와 까막까치밥나무 열매의 성분을 비교한 결과는 다음 표에서 볼 수 있는 것처럼 폴리페놀과 플라보노이드 성분은 아로니아나무 열매가 훨씬 많이 함유하고 있고, 안토시아닌 성분도 아로니아나무 열매가

---

6 정해정, '아로니아, 블랙커런트, 마키베리의 기능성 성분 및 생리활성 비교', 《한국식품영양과학지》 제 45권 제8호, 2016, 1122-29쪽.

좀 더 많은 것으로 나타난다.

시료 1 g당	폴리페놀	플라보노이드	안토시아닌
아로니아나무 열매	59.26 mg	24.26 mg	9.52 mg
까막까치밥나무 열매	43.70 mg	16.82 mg	8.95 mg

까막까치밥나무와 그 열매

까막까치밥나무도 복분자나무처럼 열매가 6월 하순에 익는다. 까막까치밥나무의 열매는 생과로 먹어도 좋지만, 그걸 꽁뽀뜨 형태로 가공해서 저장해 두면 철 지난 후에도 그 열매의 황홀한 맛과 향을 느낄 수 있다. 나는 내가 손수 발효시킨 요거트에 까막까치밥나무 열매로 만든 꽁뽀뜨를 섞어서 먹는 걸 매우 좋아한다. 하지만 2025년에는 봄에 까막까치밥나무의 묵은 가지를 솎아 내고 웃자란 가지를 잘라 내는 바람에 열매가 거의 열리지 않아서 6월 23일 겨우 생과 500그램을 수확했다. 금년에는 내가 가장 좋아하는 까막까치나무 열매로 가공한 꽁뽀뜨를 맛볼 수가 없어서 안타깝고 서운하다.

부모님 산소에서
벌초하다

부모님 산소는 영주시 평은면 금광리에 소재한 산에 있다. 영주댐 건설로 인하여 부모님 산소에 갈 때 이용하던 영주에서 안동 방향으로 가는 도로가 수몰되었다. 영주댐은 2009년에 착공하여 2016년에 준공된 중형 규모의 다목적 댐이다. 새로 마련된 도로

부모님 묘지의 상석

로 산소에 가자면 이산면 운문리 방향 도로 표시판에서 나가야 한다.

영주댐 건설의 목적은 낙동강 하류 지역의 수질 개선을 위한 하천 유지용수 확보에 있다. 댐을 통해 이상기후로 인한 홍수 피해를 줄일 수 있도록 물을 조절하고 영주, 안동, 예천, 상주 등 4개 시군에 생활, 공업, 농업용수를 공급한다. 하지만 영주댐 준공 후 여러 가지 피해들이 해당 지역에서 보고되고 있다. 영주댐은 예천군의 환경, 생태계, 주민 생활에도 부정적인 영향을 미쳤으며, 댐 건설로 인한 추가적인 피해와 기후변화에 대한 대비책 마련이 필요한 상황이다. 영주댐 건설 이전에는 1급수였던 내성천의 수질이 댐 완공 후 6급수까지 떨어져 농업용수나 공업용수로도 사용할 수 없는 수준이 되었다. 이는 모래가 사라지면서 자연 정화 작용이 제대로 이루어지지 않았기 때문이며 녹조현상까지 발생했다. 내성천에 모래톱이 감소하면서 흰목물떼새와 같은 하천 생물의 서식지가 파괴되고 모래톱에 살던 식생이 변화하는 등 생태계 전반에 걸쳐 영주댐이 부정적인 영향을 미치고 있다.

심지어 국가지정문화재 명승 제16호인 예천 회룡포回龍浦의 모래사장이 사라질 것이

2025년 8월 중순, 회룡포 전경 (모래사장 곳곳에 갈대가 자라고 있는 모습)

라는 우려가 제기되고 있다. 아래 회룡포 전경을 보면 내성천의 수량이 줄어들어 실제로 모래사장이었던 곳에 갈대가 자라고 있다. 2023년 극한 호우로 발생한 예천 지역의 대홍수 이후, 극한 홍수와 가뭄에 대비하기 위해 예천군 효자면 용두천에 기후대응댐 건설 계획이 2025년 3월 15일 최종적으로 확정되었지만, 환경 단체에서는 댐 건설에 반대하고 있는 실정이다.

부모님 산소 아래로 영주댐 저수지에 접해 있는 곳은 칡 넝쿨이 무성해서 예초기를 사용하지 않으면 벌초하기가 쉽지 않다. 그래서 매년 봄가을로 한 차례씩 품을 사서 부모님 산소를 벌초한다. 2024년 가을에 벌초하러 갔다가 처음으로 영주댐 저수지에 배가 다니는 걸 보았다. 배가 다니는 정확한 이유는 모르지만 가을에 벌초하러 오는 사람들을 도로 근처에서 산기슭까지 태워다 주는 역할을 하는지도 모르겠다.

2024년 9월 초순, 품을 사서 벌초하는 장면. 영주댐 저수지에 배가 다니고 있다.

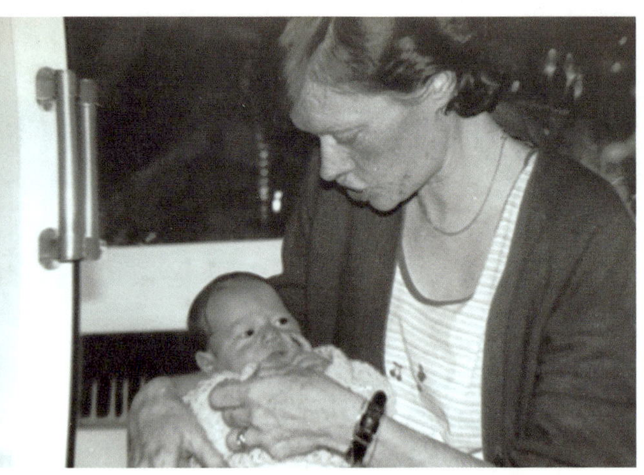

Je t'aime
Papa

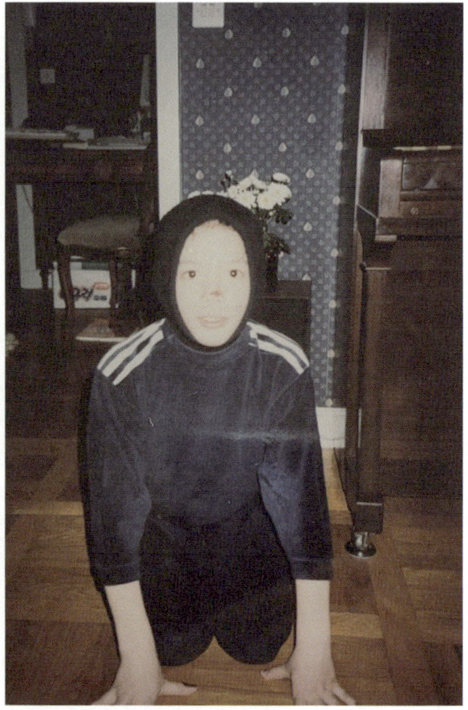

내 6리 Hea 6(Yak) 리
(정경리해수욕장) Janggyeong-ri Beach
수산종묘해양연구소
영흥화력 본부
Yeonghung TIP Site Division

7월의 이야기

몽골 울란바타르Ulaanbaatar에서
'알타이 포럼'을 개최하고 돌궐 비문을 답사하다

2009년 5월 13일 황석영 소설가가 이명박 대통령의 중앙아시아 순방에 동행했다. 기내에서 가진 기자간담회에서 그는 이 대통령과 자신을 중도로 규정하고 큰 틀에서 이명박 정부에 동참할 뜻을 밝혔다. 당시 '욕먹을 각오가 되어 있다'던 황석영 소설가에게 실망한 사람들 가운데 그를 변절자로 취급한 이들도 있었지만, 한 사람의 생각이 바뀌었다고 그 사람의 인간적 가치에 대해 부정적인 평가를 내리는 것은 성급하다고 보는 지지자들도 많았다. 우리가 이미 역사에서 보았지만 좌우를 드나든 사람이 한두 명이었던가! 나는 황석영 소설가가 뼛속부터 그런 사람이 아니라고 굳게 믿었기 때문에 애초부터 그가 말한 중도를 대수롭게 생각하지 않았고, 그의 주장에 일리가 있다고 보았다. 그가 이명박 정부와 함께 하고자 했던 것은 단순히 '알타이 연합론'이라는 몽골과 남북한 연방제에 중앙아시아까지 하나로 엮어 보려는 구상이었다.

아무튼 황석영 소설가의 주도로 정부의 지원을 받아 서울에서 한 차례 '알타이 포럼'이 열렸고, 이듬해에도 몽골의 수도 울란바타르Ulaanbaatar에서 '알타이 포럼'이 2010년 7월 24일부터 28일까지 개최됐다. 한국을 비롯하여 우즈베키스탄, 카작스탄, 타지키스탄, 키르기즈공화국, 투르크메니스탄, 몽골에서 참가한 학자들이 포럼에서 논문을 발표했다. 알타이 포럼 사무국의 상근 이사였던 정도상 소설가가 포럼을 기획하고 나는 몇 학자들과 함께 발표자들의 러시아어 논문을 한국어로 번역하고 전체 일정을 조율했다. 두 차례 개최된 포럼은 매우 성공적이었지만 그 이후에 이렇다고 할 후속 작업이 이루어지지 않았다. 알 수 없는 이유로 '알타이 포럼'이 중단된 것은 내가 보기에는 퍽 안타까운 일이었다. 다행인 것은 당시 몽골 울란바타르에서 개최된 '알타이 포럼' 참가자들에게 몽골 역사 유적지를 둘러볼 기회가 있었는데, 그때 돌궐 비석도 답사할 수 있었다.

2010년 7월, 돌궐 비석 앞에서

　　몇 년 전 내가 방송통신대학교 중어중문학과에서 공부할 때 '생활한자' 과목을 수강한 적이 있다. 교재에 돌궐 민족은 문자가 없는 야만족이라고 기술돼 있어서 그 과목 담당 손종흠 교수에게 잘못된 내용이니 수정하라고 알려줬더니, 내가 중앙아시아학 전공 교수인 줄 모르고 중국 문헌에서 인용한 것이라며 오히려 나를 이상한 학생으로 치부하는 눈치였다. 돌궐문자는 돌궐 제국의 언어인 돌궐어突厥語(영어로 Turkic language 튀르크어)를 표기하기 위해 사용된 문자로, 아랍어처럼 오른쪽에서 왼쪽으로 읽으며, 게르만족이 로마 자모를 받아들이기 전에 사용했던 음소문자인 룬(runic alphabets) 문자와 유사하다. 여기서 말하는 튀르크어(Turkic language)는 한자로 돌궐어突厥語라고 일컫는 알타이어족에 속하는 몽골어군, 만주·퉁구즈어군, 튀르크어군 가운데 하나인 튀르크어군에 속하는 고대 언어이며, 서남아시아에 위치한 튀르키예Türkiye에서 사용하는 튀르키예어가 아니다. 튀르키예어는 튀르크어군에 속하는 하나의 언어일 뿐이다.

　　이 글에서는 한자 문화권에서 공통으로 사용하는 돌궐이라는 용어를 사용하기로 한다. 돌궐어 문헌은 끊어 읽어야 하는 부분에 부호 ' : '를 표시하며, 자음이 모음을 머금을 수 있는 특성이 있어 모음이 생략된 경우가 빈번하다. 예를 들면, 돌궐문자로 표기한 ')'('너' 'qghn은 자음 q와 gh 뒤에 모음 a를 첨가해서 qaghan으로 읽어야 소통이 가능하다. 다행히 돌궐문자는 전설 모음과 결합하는 자음과 후설 모음과 결합하는 자음이 다르기 때문에 생략된 모음이 어떤 것인지를 짐작할 수가 있다.

돌궐 민족은 유라시아 유목 민족 가운데 최초로 자신들의 문자로 기록을 남긴 민족이다. 몽골 북부 오르혼Orkhon 강 주변에서 720-35년경에 세워진 돌궐어 비석이 발견됐는데 이를 '오르혼 비문'이라고 부르며 몽골어로 효쇼 차이담Khöshöö Tsaidam이라고 한다. 이 비석의 내용은 돌궐어(튀르크어)로 기록된 가장 오래된 문헌이다. 비석에는 후돌궐제국(제2돌궐제국) 지도자들의 업적을 기리는 내용이 새겨져 있는데, 당시 돌궐을 중심으로 한 주변국과의 역사와 상황이 구체적으로 기술되어 있다. 비문에는 돌궐뿐만 아니라 다른 유목 민족은 물론 당나라와 고구려에 관한 언급도 부분적으로 등장한다. 고구려에 관한 것은 731년에 사망한 퀼 테긴의 비석(732년) 동쪽 면 40줄 가운데 네 번째 줄에 나온다. "(그들의 장례식에) 문상객(으로서) 동쪽에서는 해 뜨는 곳으로부터 뷔클리 쵤 백성, 중국, 티베트, 아바르, 비잔틴, 크르그즈, 위치 쿠르간, 오투즈 타타르, 거란, 티타브 이만큼의 백성이 와서 울었다고 한다. 애도하였다고 한다. 그들은 그렇게 유명한 카간이었다고 한다." 여기서 '뷔클리'를 bök(kü)li(〈*bäkküli〈*mäkküli 貊句麗) 또는 bök(kö)li(〈*bäkköli〈*mäkköli 貊高麗)로 읽을 수도 있는데[1] 학계에서는 '뷔클리'를 고구려로 보고 있다.

돌궐문자로 기록된 대표적인 비문碑文 자료는 제2 돌궐제국 시기의 톤유쿠크 비문, 빌게 카간 비문, 퀼 테긴 비문과 위구르 제국 시기의 테스 비문, 시네 우수 비문, 타리아트 비문, 구성회골가한비문 등이 있다. 이들 비문의 내용은 중국 한족 입장의 다소 편파적인 한문 사료를 보충하여 고대 유목제국의 역사를 보다 객관적으로 규명하는 데 매우 소중한 자료이다. 이들 비문 가운데 오르혼 비석은 1889년 러시아의 민족지학자 니꼴라

---

1 Talat Tekin, 이용성 역, 《돌궐 비문 연구: 퀼 테긴 비문, 빌개 카간 비문, 투뉴쿠크 비문》, 제이엔씨, 2008, 90-91쪽.

이 야드린쩨프Nikolay Yadrintsev(1842-94)가 1889년에 발견하여 1890년 그 내용을 학계에 보고했고, 문헌학자 악셀 올라이 하이켈Axel Olai Heikel(1851-1924)이 이끄는 핀란드 조사단의 오르혼 강변 학술 조사 결과로 1890년 완전한 오르혼 비문이 채록되어 1892년 그 사본이 출판됐다. 돌궐문자로 표기된 이 오르혼 비문은 1893년 덴마크의 언어학자 빌헬름 톰센Vilhelm Thomsen(1842-1927)이 최초로 해독했다. 이로써 그동안 중화 중심의 관점에서 기록된 중국 사료에 의존해 해석되어 왔던 유라시아 유목 민족에 관한 연구에 획기적인 전환점이 마련됐다. 이로써 유라시아 유목 민족 역시 문자로 기록된 역사를 가졌으며, 정주 민족들 못지않은 정치, 경제, 문화, 사회적 전통을 바탕으로 주위 타 민족들과 동등한 지위에서 교류가 이루어졌다는 사실이 밝혀졌다.

먼 곳에서 친구가 찾아오니
어찌 아니 반가우랴!

　　2013년 8월에 키르기즈공화국에 있는 송쿨이란 호수로 함께 피서를 갔던 친구들이
있다. 송쿨은 해발고도 3,000여 미터에 위치한 아주 큰 자연 산정호수이다. 그곳에서 여
름 동안 가축을 방목하는 목동이 빌려준 유르타에서 며칠을 유숙했다. 2천여 년 전에 그
곳에 거주했던 흉노족의 유적을 답사하고, 빼어난 경관을 마음껏 즐기며 양을 잡아서 꼬
치구이도 해 먹고 호수에서 잡은 전어처럼 생긴 생선도 구워 먹으며 꿈 같은 며칠을 보
낸 기억이 어제 일만 같다. 송쿨은 한 마디로 신선들이 사는 그런 곳이다.

　　이때 함께한 네 명의 참가자 가운데 한 명은 건강을 핑계로 오지 않았고 나머지 세
명이 2014년 7월 19일 저수령 자락에 있는 내 임대 가옥에 모였다. 한 명은 전북대학교
최용철 교수이고, 다른 한 명은 한국 전통주에 관하여 열심히 학습과 실습을 하는 유규
형 아마추어 양조가이고, 나머지 한 명 역시 한국 전통주를 사랑하여 한국전통주협회
사무국장을 역임하다가 요즘에는 같은 분야에서 독립적으로 활동하고 있는 이승훈 대표
이다. 여기에 내가 교감으로 있는 음식문화학교 학생으로 만난 미국 웰스 파고^{Wells Fargo}
은행의 한국지점에서 근무하는 임영자 상무가 참가했다.

　　이곳 산골까지 찾아오는 동무들을 위해 늘 하듯이 이번에도 양고기와 돼지고기 꼬
치를 마련했다. 도착하기 하루 전에 고기를 두툼하게 썰어서 양념을 하여 재워 놓았다.
제천을 지나고 있다는 연락이 와서 급히 단양군 대강면으로 내려갔다. 식당 ‘장림산방’
에서 친구들을 맞이하여 곤드레나물 비빔밥과 청국장으로 점심을 함께한 후 꼬불꼬불한
산길을 20여 킬로미터 달려서 내가 사는 예천군 상리면으로 돌아왔다.

등산을 하기로 하였기에 세 가지 등산로를 제안했다. 하나는 백두대간의 한 구간, 다른 하나는 용두산 등산로, 마지막 것은 임도를 따라서 명봉사까지 가는 것이었다. 모두 그 전날의 음주를 핑계로 쉬운 길을 택하길 원하여 결국 임도를 따라서 명봉사에 들렀다. 가는 길에 딴 산딸기를 안주하여 중간 지점에 있는 정자에서 탁주를 한잔했다.

명봉사로 가는 중에 산딸기를 따고 있는 이승훈과 유규형

임도 중간에 있는 '숲속 길 쉼터'에서 산딸기를 안주 삼아 탁주 한 잔. 유규형, 필자, 최용철

명봉사 일주문을 나와서 삼거리에 있는 유일한 식당에서 농어촌버스를 기다리며 막걸리를 한잔했다. 그 사이에 임영자 상무에게서 대강면에 막 도착했다는 연락이 와서 우리를 좀 태우고 가도록 요청했다. 집에 도착하자마자 먼저 소독해 둔 30리터짜리 독을 꺼내 놓고, 아침에 예천 읍내의 한 떡집에서 쪄 온 10킬로그램의 찹쌀 고두밥에 누룩 800그램을 넣고, 끓인 지하수 8리터를 붓고 30분가량 잘 버무려서 독에 앉혔다.

술을 담그기 전에 재료와 방법에 대해 설명하는 유규형

내가 꼬치와 메르게즈를 굽기 위해 불을 피우는 동안 유규형 전통주 아마추어 양조가가 직접 담가서 가지고 온 몇 가지 술을 맛보기 시작했다. 메르게즈mergez는 지중해 연안 아랍 국가에서 양고기에 향신료를 넣어 만든 소시지이다. 임 상무도 괜찮은 포도주를 한 병 가져왔고, 이승훈 대표는 발틱해에서 생산되는 알밴 정어리 통조림과 일본 홋카이도에서 나는 연어 말린 것 등 여러 가지 맛있는 안주를 가져왔다.

꼬치가 익기 시작할 무렵 내가 임차한 집의 주인과 내 앞집에 사는 이웃인 박 목수를 술판으로 초대했다. 박 목수는 뉴질랜드에서 목수 기술을 배워 목재가옥을 전문으로 건축한다. 이웃 목수가 자신이 공사 현장에서 사용하는 기구로 우리 식탁을 환히 밝혀 주었다. 전등을 설치하는 과정에 말벌 집 두 개를 건드려서 박 목수와 집 주인이 벌에 쏘

식탁보는 천연염료로 염색한 비단실로 수
놓은 우즈베키스탄 부하라 지역의 수예품

우즈베키스탄 타슈켄트 재래시장에서
구입한 스테인리스스틸 꼬치

파프리카 고추가루로 양념한 '메르게즈'
라는 양고기 소시지

숯불에 익고 있는 꼬치들

산장의 여름 밤 풍경

이는 불상사가 발생했지만 다행히 대수롭지는 않았다. 매우 정겨웠던 술판은 다음 날 0시 50분까지 지속되었다. 몇 해 전에 우즈베키스탄 부하라에서 사온 식탁보를 자연 속에 깔아 놓으니 그 문양이 주위와 매우 잘 어울렸다.

앉은뱅이밀을
수확하다

2016년 7월 7일 아침 6시부터 예천초등학교 정화진, 배귀남 동기와 함께 앉은뱅이밀을 수확했다. 새로 농지 정리를 해서 땅이 척박한 데다가 미생물만 사용하여 유기농으로 밀을 키웠더니 소출이 저조했다. 아래 사진에서 볼 수 있듯이 낫을 사용하여 베지 않고 가위로 이삭만을 잘라서 자루에 담았다.

앉은뱅이밀은 벼과의 토종 밀 품종으로 키가 가장 작으며, 학명은 Triticum aestivum으로 일반 밀과 동일한 학명을 공유한다. 앉은뱅이밀의 영어 명칭은 따로 없으며 그냥 줄기가 짧은 한국의 토종 밀이라는 뜻으로 Korean landrace dwarf wheat라고 번역할 수 있겠고, 중국어로도 마찬가지로 韓國地方品種矮小麥Hánguó dìfāng pǐnzhǒng

앉은뱅이밀 수확

ǎixiǎomài이라고 부를 수 있겠다. 밀은 아프가니스탄, 트랜스코카서스, 아르메니아 등지가 원산지인데 한국에는 중국을 통하여 전래되었다. 평안남도 대동군 미림리에서 발견된 밀은 BC 200-100년경의 것으로 추정하고 있으며, 경주의 반월성지, 부여의 부소산 백제 군량창고의 유적에서도 밀이 발견된 것으로 미루어 한반도에서 오래전부터 밀이 재배된 것을 알 수 있다. 앉은뱅이밀은 다른 밀보다 색이 붉고, 낟알이 작으며, 껍질이 얇아 제분량이 많고 가루가 부드럽다. 단백질 성분인 글루텐 함량이 적어 쉽게 바스러지고 점성이 적다. 지방 함량은 낮고 당류 함량은 높으며, 열량이 낮은 게 특징이다.

하루 정도 말린 뒤 2016년 7월 8일 늦은 오후에 앉은뱅이밀을 타작했다. 원래 전통적으로 도리깨를 사용해서 타작하지만 양도 많지 않았고 도리깨마저 없어서 그냥 막대기로 이삭을 두들겨 껍질을 분리하려 했지만 생각대로 잘 되지 않았다. 그래서 결국 괭이의 날을 이용하여 내려치며 다지는 방법을 썼는데 매우 효과적이었다.

하지만 풍구가 없어서 타작할 때 떨어진 겉껍질이나 까끄라기는 분리하지 못하고 그냥 자루에 담아서 창고에 보관했다. 장마가 끝나고 더위가 좀 누그러지면 조용할 때 풍구가 있는 이웃집에 들러 겉껍질과 까끄라기를 제거한 뒤 방앗간에 가지고 가 눌러서 현미와 함께 밥을 지어 먹을 생각이다.

타작하여 거친 지푸라기만 걷어 낸 앉은뱅이밀

키르기즈국립대학교를
방문하다

2016년 7월 11일부터 14일까지, 전라남도교육청의 정보화 지원 사업의 일환으로 키르기즈공화국의 수도 비슈켁에 있는 키르기즈국립대학교를 다녀왔다. 개소식에는 전라남도교육청 장만채 교육감, 주키르기즈공화국 한국대사관 정병후 대사, 함평 학다리중고등학교 양한모 이사장, 광복회 광주전남지부 김갑게 지부장, 키르기즈국립대 탈라벡 압드라흐마노프 총장, 키르기즈공화국 교육부 차관과 외무부 동아시아국 부국장 등이 참석했다.

키르기즈국립대 동방학대학에는 한국어전공이 개설된 지 오래 되었고, 몇 년 전 세종학당이 설치되어 운영되고 있어 한국어를 공부하는 학생 수가 수 백 명에 이른다. 이번에 전라남도교육청에서 지원한 80 대의 새 컴퓨터로 문을 연 키르기즈국립대 컴퓨터센터가 한국어 전공생을 비롯하여 대학의 모든 학생들에게 필요한 정보를 제공하는데 큰 역할을 하게 되기를 바란다.

왼쪽부터 총장, 필자, 차관, 부국장, 장 교육감, 김혜순 한복전문가

　　개소식 후, 키르기즈공화국 고려인
협회를 방문하여 조 발레리^{Tsoy Valeriy}
회장으로부터 협회의 최근 활동 상황에
대한 소식을 들었다.

　　나와 양한모 이사장이 돌아오는 항
공편 가운데 비슈켁/알마틔 구간의 좌
석이 확보되지 않아 자동차로 알마틔까

왼쪽 안쪽이 필자, 조 회장
오른쪽 안쪽이 양 이사장, 장 교육감

지 가서 알마틔공항에서 합류하겠다고 했더니 다른 일행들도 갑자기 호기심이 발동하여
모두들 비행기를 타지 않고 승합차로 국경을 통과하여 알마틔로 가서 알마틔/인천 구간
아시아나항공을 타겠다고 했다. 비슈켁에서 알마틔까지는 300여 킬로미터밖에 안 되는
짧은 구간이었지만, 키르기즈공화국과 카작스탄의 국경을 걸어서 통과하는 진귀한 경험
을 할 수 있었고, 끝없이 펼쳐지는 초원의 풍경을 구경할 수 있었다. 더욱 중요한 것은 날
씨가 좋아 천산산맥의 한 봉우리인 7,010미터(얼음을 제외한 지질학적 높이는 6,995미터) 높
이의 한텡그리를 먼발치에서 볼 수 있었기 때문에 나름대로 의미가 있었다.

중앙에 뾰족하게 튀어나온 삼각형 봉우리가 한텡그리

2016년 7월 초 극한 호우로
주현재 석축이 무너지다

봄에 파종을 앞두고 2016년 3월 18일부터 21일까지 주현재 농가 뒤 산자락과 도로 옆 밭둑과 둘째 뙈기 밭둑에 석축을 쌓았다. 하지만 고용했던 굴착기 기사가 석축들을 제대로 쌓지 않았는지 2016년 7월 초 이어진 거센 장맛비에 석축들이 예외 없이 모두 무너져 버리고 말았다.

먼저 농가 뒤 석축 옆의 흙더미가 무너지고, 이어서 옆의 석축이 내려앉은 모습

도로 옆 밭뙈기의 석축이 무너져 토사가 도로로 유출된 모습

둘째 밭뙈기의 석축이 내려앉은 모습

　　급한대로 일단 굴착기 한 대를 고용하여 무너진 밭둑의 돌들을 수거하고 흙을 끌어모아 수해를 입은 밭둑과 산자락을 정리했다. 석축이 무너진 곳에 임시로 쌓아 올린 흙들이 잘 다져지도록 기다렸다가 이듬해에 석축을 제대로 쌓기로 계획을 세웠다. 2017년 봄 영주시 장수면에 있는 한 채석장에 전화하여 제방용 큰 돌과 잔돌을 25톤 덤프트럭 스무 대 분량을 주문했다. 다시는 석축이 무너지는 일이 없도록 하기 위해 석축을 쌓은 뒤 장마가 질 경우에도 물의 압력을 견딜 수 있도록 석축 뒷면 1미터 정도의 공간에 잔돌을 채워 넣었다. 5월 하순에 돌을 쌓기 시작하여 6월 초에 모든 복구공사를 마쳤다.

2017년 6월, 2016년 여름 수해로 무너진 밭둑을 다시 구축한 모습

섬진강에서
은어를 훌쳐서 낚아채다

하동에 사는 지인이 얼마 전부터 전화로 여름에 하동에 한 번 내려오라고 치근거렸다. 이유인즉 은어 낚시에 빼어난 능력을 갖춘 달인에게 부탁하여 살아 있는 은어를 먹기 싫도록 잡아 주겠다고 했다. 사실 나는 지금까지 살아 있는 은어를 본 적도 없거니와 낚시를 하는 광경은 더욱이 본 적이 없다. 은어는 학명이 Plecoglossus altivelis인데, 영어로는 은어가 수박 향을 띠는 특징을 살려서 sweet fish라고 부른다. 중국어로도 마찬가지로 香魚xiāngyú라고 표기한다.

2016년 7월 19일 오전에 옛 사진들을 정리하다가 우연히 묘향산 보현사에서 찍은 사진 몇 장을 보게 됐다. 갑자기 2002년 여름 평양에서 묘향산 보현사로 가는 길에 하룻밤을 묵었던 청천강호텔에서 은어 회를 먹었던 기억이 되살아났다. 안내원이 은어 회를 씹으면 수박 향이 난다고 했는데 나는 회 맛을 잘 몰라서 그런지 그때 은어에서 수박 향은 느끼지 못했다. 난데없이 은어 낚시가 궁금해서 견딜 수가 없었다. 2016년 7월 20일 아침을 먹은 뒤 옷가지를 빨아서 빨랫줄에 널어 놓은 후 지인에게 전화한 뒤 대구를 거쳐 88고속도로를 타고 이른 오후에 하동에 도착했다.

화개 장터 근처에 있는 한 식당에서 기다리고 있던 지인과 은어 낚시의 달인 최명철 목수를 만나 곧바로 근처 섬진강 어느 다리 밑으로 향했다. 거기엔 평상이 있었는데 최 목수는 우리들에게 한 시간만 기다려 달라고 하고는 옷을 갈아입고 잠수 안경과 낚싯대를 챙겨서 강변을 따라 상류 쪽으로 올라갔다. 기다리는 동안 우리는 평상에 걸터앉아 잡담하며 막걸리를 한잔했다. 하동도 더웠지만 다리 밑은 바람이 지나가는 길목이라 제법 시원했다.

50여 분이 지난 후 최 목수가 다리 근처에 나타났다. 그는 강물에 엎드려 물속을 들여다보며 왼손으로 은어를 찾아서 적당한 장소로 몰은 뒤 오른손에 거머쥐고 있던 짧은 대나무 낚싯대로 재빠르게 은어를 훑쳐서 낚아챘다. 신기하기 짝이 없는, 귀신이 곡할 노릇이었다! 몇 초밖에 안 되는 짧은 순간에 최 목수가 은어 한 마리를 눈앞에서 잡아 올렸다.

왼손으로 은어를 찾아서 적당한 장소로 몰고 있는 최명철 달인

최 목수가 상류 쪽으로 올라간 20여 분을 제외하면, 30여 분 동안 거의 30여 마리를 잡은 셈이다. 너무 신기해서 어떻게 그렇게 재빨리 잡을 수 있느냐고 칭찬했더니, 최 목수는 은어가 죽지 않은 상태로 잡는 것이 더 중요한 기술이라며 잘난 척하며 우쭐댔다. 은어는 성질이 급하기 때문에 훑쳐서 낚아챌 때 낚시 바늘이 정확하게 등지느러미를 꿰어야지 몸통이나 머리 부분이 걸리면 죽어버린다고 했다.

훑쳐서 낚은 살아 있는 은어

굽기 전에 수돗가에서 내장을 비우고 손질한 은어들

　　잡은 은어를 최 목수의 큰누나가 운영
하는 화개시장 근처의 '남도식당'으로 가지
고 가서 절반은 굵은 소금을 뿌려서 구워 먹
고, 나머지 절반은 국을 끓여서 먹었다. 사실
최 목수가 회를 쳐서 먹자고 제안했지만 우
리는 기생충이 두려워 감히 따르지 못했다.
구이나 국 모두 맛이 좋았지만 특히 은어 구

숯불에 구운 은어들

이는 담백하면서도 단맛이 있었는데, 아직까지도 입안에 감도는 그 맛을 잊을 수가 없다.
하지만 내장을 손질한 은어를 코에 가까이 대고 애써 냄새를 맡았지만 나는 이번에도 은
어에서 난다는 수박향은 느끼지 못했다. 나는 그냥 은어가 다른 민물고기와는 다르게 비
린내가 나지 않아서 좋았다.

한여름에 태평추 요리를
맛보다

2016년 7월 25일 서울에 거주하는 두 친구가 내가 농사짓고 있는 소백산 자락 용두리 산촌생태마을을 방문했다. 예천 읍내를 둘러보고 싶다고 해서 읍내에 있는 청포집에서 청포비빔밥으로 늦은 점심 식사를 한 후 보물 53호인 개심사터 5층 석탑(서기 1011년 사월 초파일 건립)을 답사했다. 이 탑은 원래 국보였던 것이 1963년 보물로 강등됐다. 당시만 해도 이 탑에 대한 연구가 제대로 되지 않아 그 진가를 몰랐기 때문이다. 근래에 와서 많은 학자들의 연구에 힘입어 이 탑의 중요성이 세세히 밝혀지면서 학계나 유관 기관에서 개심사터 5층 석탑이 다시 국보로 지정될 수 있도록 힘을 쏟고 있다.

고려 초기에 건립된 이 석탑은 992년이란 유구한 신라의 문화 전통에 갓 시작된 고려의 문화 정책이 반영되어 건조된 불교 조형물이다. 세밀하고 정교한 조각과 형태의 단순함이 주는 이 우아한 석탑은 높이가 4.3미터로, 2층 기단 위에 5층의 탑신부를 형성하고 있는 고려 시대를 대표할 수 있는 석탑이다. 개심사터 5층 석탑은 건립 당시의 위치에서 원래의 형태를 그대로 보존하고 있는 보기 드문 탑이다. 탑신부 정상에 상륜을 올려놓은 일반형 석탑이지만 상하층의 기단에 모두 조식이 있고 탑신부를 받치고 있는 굄대도 연화대로 이루어져

개심사터 5층 석탑

있어 일반 탑과는 구별된다. 축조 과정과 건립 일자를 밝히고 있는 개심사터 5층 석탑의 명문은 언어학적으로나 역사학적으로 매우 소중한 자료이다.

　　주현재로 돌아와 수수밭 옆에 상을 펴고 문어 숙
회, 배추전, 부추전 등을 안주로 자희향 탁주와 자희향
약주[2]를 마시다가 어릴 적 장난기가 발동하여 용두천
으로 내려가 발을 담그며 멱을 감고 돌아와서 어두워
질 때까지 다시 한잔하였다. 별이 몇 개 나타났다가 곧
사라지기를 반복하는 어두컴컴한 밤하늘을 바라보며
블루투스 스피커로 음악을 듣다가 흥에 겨운 나머지
산에서 내려오는 이슬 섞인 밤공기를 마시며 막춤을
췄다. 집 뒤 처마의 전깃불 빛에 비친 바람에 흔들대던

자희향 탁주와 약주

수숫대들의 그림자는 춤추던 사람들을 매혹시킬 정도로 낭만적이었다.

그 날 밤 분위기를 기억하는 수수밭

2　자희향은 전라남도 함평군 신광면에서 찹쌀과 누룩만으로 빚은 고급 탁주와 약주의 상표이다. 탁주는
12도짜리인데 달짝지근한 맛과 과일향이 일품이다. 이 탁주는 자희향의 노영희 대표가 문헌에 기록된
'석탄주'를 복원한 것인데, 석탄주(惜呑酒)란 맛이나 향이 너무 좋아서 '삼키기 아까운 술'이라는 뜻이다.
국화꽃을 넣어 빚은 약주는 15도짜리인데 색깔이 노르스름하고 마시면 꿀향이 나는 강렬한 단맛을 느
낄 수 있다. 2025년 현재는 '인사동양조장'이라는 상호로 종로경찰서 옆 골목에서 영업하고 있다. 노영희
대표는 한국의 옛 술을 복원하여 대량으로 유통시킨 명실공히 대한민국 최고의 전통주 양조 장인이다.

친구들이 서울로 돌아가는 버스를 풍기
IC터미널에서 타기로 했다. 소백산 자락을 한
바퀴 돈 후 배웅하는 길에 풍기에 있는 노부부
가 운영하는 간판이 없는 꽤 유명한 식당에서
메밀묵과 검은콩 가루를 넣어 반죽한 손칼
국수를 먹기로 했으나 아쉽게도 병환으로 휴
업 중이었다. 풍기IC터미널로 가는 길에 발견
한 '영화식당'이란 곳에서 태평추를 먹었다.
태평추를 정말 오랜만에, 그것도 한여름에 맛
보아서 그런지 매우 인상적이었다.

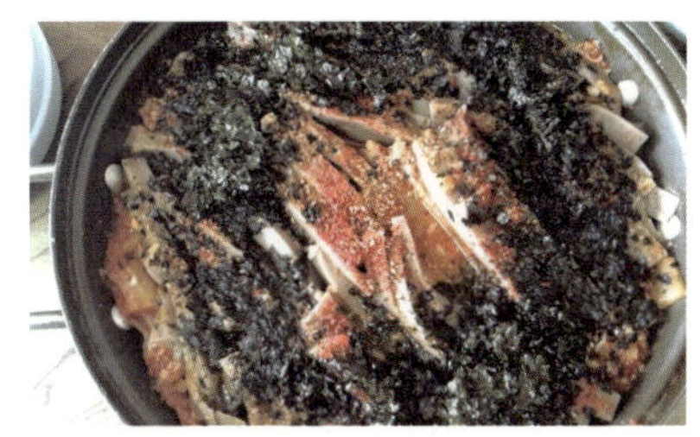

조리가 끝난 태평추 모습

태평추는 예천의 대표적인 음식으로 어
릴 적에 자주 먹던 것인데 일반적으로 겨울
에 먹는 요리이다. 내가 주인 아주머니한테
"아지매요, 예천 분이껴?"(아주머니, 예천 분입
니까)하고 물었더니, "야, 하리 은산에서 살았
니더."(예, 하리 은산에서 살았습니다)라고 답했
다. 어느 식당이든 메뉴에 태평추가 있으면
그 음식점 요리사는 대개 예천 출신이다.

조리된 태평추는 묵이 부서지지 않게 국자를
가장자리 깊숙이 넣어서 푼다.

내가 용두리 산촌 생태마을에 온 후 맛본
태평추 가운데 용두리 음달 부락의 안승규 농부 댁에서 먹었던 것이 가장 맛있었다. 안
승규 농부의 부인은 전에 현 예천목재체험장 맞은편에서 식당 '천등가든'을 경영했으며,
요리 솜씨가 매우 훌륭하다. 안승규 농부의 부인에게 태평추 조리 방법을 물었더니, 먼저
돼지고기를 볶은 다음 거기에 잘게 썬 김치를 넣어서 다시 한번 볶은 뒤, 마늘과 고추가
루 등 양념을 넣고 적당량의 육수를 부은 뒤 길고 얇게 썬 묵을 얹어서 자작하게 졸인
후, 완성된 태평추 위에 김가루를 뿌리면 된다고 했다.

원동고려사범대학 도서들의
행방에 대하여

　　동국대학교 일본학과 김환기 교수가 2022년 7월에 크즐오르다를 방문한다고 해서 현지 크즐오르다국립대학교 영어과 원로교수이자 국제교류를 담당하고 있는 켄신바이 교수를 소개해 줬다. 김 교수와 나는 해외 동포문학을 연구하는 동학인데, 그는 주현재에서 가까운 문경시 산북면 출신이다. 김환기 동학에게 크즐오르다 방문 시 크즐오르다국립대의 대학역사박물관과 중앙도서관을 견학할 것을 권유했더니 그는 그렇지 않아도 그럴 생각이었다고 했다. 나는 켄신바이 교수에게 연락하여 김 교수 일행이 크즐오르다국립대학교의 대학역사박물관과 중앙도서관을 편히 방문할 수 있도록 편의를 제공해 줄 것을 부탁했다.

단양군 대강면 방곡리에 있는 까페 '돌' 입구에서 김환기 교수와 함께

2022년 7월 9일은 동학 김환기 교수 일행이 크즐오르다에 도착하는 날이다. 2005년에《오마이뉴스》에 게재했던 원동고려사범대학 도서의 행방에 대한 글이 갑자기 내 머릿속에 떠올랐다. 크즐오르다국립대 중앙도서관에 들를 때 참고하라며 나는 그 글을 복사해서 김환기 교수에게 카톡으로 보내 줬다. 아래는《오마이뉴스》에 실린 글이다.

'원동고려사범대학' 도서의 행방을 찾아라

1938년 대학 명칭이 '원동고려사범대학'에서 '크즐오르다사범대학'으로 바뀌면서 이 도서들도 위기를 맞았다. 지금까지 알려진 사실에 의하면, 소련 원동에서 옮겨온 대부분의 책들이 소각되었고 위기를 면한 일부가 알마티에 있는 국립도서관에 보관되어 있을 뿐 크즐오르다국립대학교 도서관에는 한 권도 남아 있지 않은 것으로 알려져 왔다.

　고려인들이 전하는 이들 도서에 관한 이야기는 이러하다. 이 이야기는 당시 크즐오르다사범대학에서 생물학 도쩬뜨로 근무하다가, 나중에 알마티사범대학으로 일자리를 옮긴 리(이) 빠벨 필리쁘비치 교수가 직접 겪은 증언이다. 1938년에 크즐오르다사범대학 초대 학장에 유태인 솔로몬 립낀이 임명되었다. 아직까지 밝혀지지 않은 어떤 이유로 립낀 학장은 소련 원동에서 실어온 원동 고려사범대학의 도서들을 모두 소각시켜 버리라는 상부 명령을 받았던 것 같다. 그래서 대학의 난방을 책임지고 있던 화부에게 이들 도서들을 불쏘시개로나 연료로 사용하여 소각시킬 것을 지시했다.

　당시 크즐오르다사범대학에서 근무하던 빠벨 필리쁘비치 도쩬뜨(부교수)가 어느 날 우연히 카작인 화부가 이 도서들을 아궁이에 넣고 불을 때고 있는 현장을 목격하였다. 그 연유를

크즐오르다국립대학교 중앙도서관 희귀본실 서가

묻는 리 빠벨 교수에게 화부는 총장이 그 도
서들을 모조리 불태워 버리라는 명령을 했다
는 사실을 밝혔다. 벌써 도서의 일부가 소각된
뒤였다. 순간적으로 리 빠벨 교수는 이 도서
들을 다른 곳으로 옮겨야겠다는 생각을 했다.

리 교수는 이 도서의 소각 명령을 받은 카
작인 화부 케말바르라는 사람의 도움으로 남
아 있던 책들을 카자흐 소비에트 사회주의 공
화국 나르꼼프로스에 보낼 수 있었고, 그 책
들이 현재 알마틔에 있는 국립도서관에 보관
되어 있는 것이다. 이 책들이 알마틔 중앙도서
관에 보관되게 된 경위는 다음과 같다.

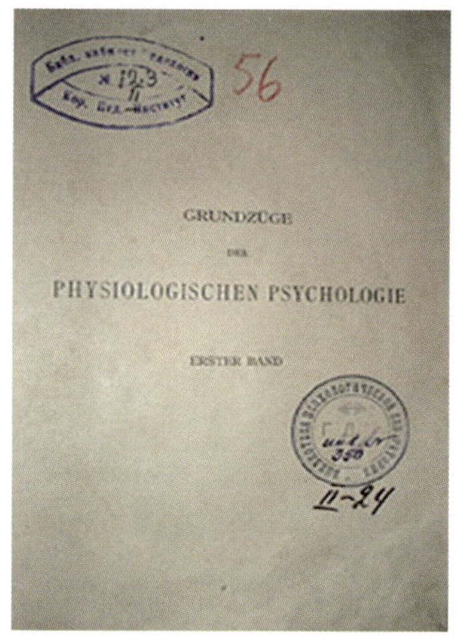

도서에 날인된 '고려사범대학' 도서관 도장

리 교수는 일단 시장에 가서 빈 궤짝 6개를 사서, 며칠 밤 동안 케말바르 씨와 함께
그 책들을 궤짝에 넣은 후 알마틔로 보낼 궁리를 했다. 그 당시만 하더라도, 한인 동
포인 고려인의 이름으로 화물을 보내게 되면 당장 검열에서 발각되어 여러 사람이 화
를 입을 수 있는 소지가 있었다.

소련 정부 한국도서 소각 명령... 리 빠벨 교수 소각위기 도서 구해

그래서 어떤 카작 사람의 도움으로 마치 그 카작 사람이 화물 발송인인 것처럼 하여 알마
틔로 보냈다. 교육 관계 기관으로 책을 보내면 일단 보관은 될 것이라는 막연한 생각에
서, 수신인 없이 카자흐 소비에트 사회주의 공화국 민족교육위원회(나로드늬 꼬미쩨트 프
로스비세니야 카작스꼬이 소비에트스꼬이 소치알리스티체스꼬이 레스푸블리끼) 앞으로 보냈다.

1938년 민족교육위원회가 도착된 여섯 궤짝의 화물을 뜯어보니 책들이 들어 있으
므로 그대로 중앙도서관(현재 국립도서관으로 명칭이 변경되었음)으로 보냈고, 현재 국립
도서관에 보관되어 있는 450여권의 한국 도서가 바로 이때 발송한 것들이었다.

이 이야기를 들은 지 몇 년 후인 1996년 가을 알마틔에서 만난 크즐오르다사범대학
(대학 명칭이 1996년에 크즐오르다인문대학교 Kzyl-Orda University of Humanities로, 1998년에

크즐오르다국립대학교 Kzyl-Orda State University로 변경되었음) 총장 박베르겐 도스만베토프Bakbergen Dosmanbetov 교수에게 대학 중앙도서관에 혹시 오래된 한국 도서들이 있는지를 물어보았다. 놀랍게도 크즐오르다사범대학 중앙도서관에 원동고려사범대학에서 가져온 도서들이 있다고 했다.

오랫동안 시간을 낼 수 없어 가 보지 못하다가, 1997년 나우르즈(카작 민족 설날로 춘분에 해당함) 때 크즐오르다 시장이 초청하여 그곳에 갈 기회가 생겼다. 1996년까지 크즐오르다사범대학의 총장을 지낸 도스만베토프 경제학 박사가 당시 크즐오르다 시장(1996-1999)이었다.

새 총장 볼랏 압드라실로프Bolat Abdrasilov 생물학 박사의 안내로 대학 중앙도서관 희귀본실에 보관되어 있던 이들 도서들을 볼 수가 있었다. 희귀본실에는 원동고려사범대학에서 실어온 6천여 권의 책들이 있었다. 물론 내 기대와는 달리 그렇게 많은 분량의 한국 도서들이 있지는 않았다. 대부분의 도서들은 러시아어나 서방언어로 쓰여진 것들이었지만 책에는 '원동고려사범대학'이란 도장이 찍혀 있었다. 그것만으로도 그 동안의 필자의 기대를 만족시키기에 충분했다.

이때 확인한 한국 도서는 총 24권이었으며 목록은 다음과 같다.

(1) 現行大韓法規類纂(현행대한법규류찬): 표지와 앞의 몇 장이 없어진 상태라서 장서
    번호 미확인.

(2) 圃巖集(포암집) 一, 十권: 장서 번호 B6196

(3) 秋浦集(추포집) 人권: 장서 번호 B6148.

(4) 關西邑志(관서읍지) 四, 七권: 장서 번호
    B6146.

(5) 保晚齊集(보만제집) 六권: 장서 번호 B6264.

(6) 孟子(맹자) 六권: 장서 번호 B6186.

(7) 壽薺集(수제집) 天, 地권: 장서 번호 B6187.

(8) 厚薺集(후제집) 五, 十二권: 장서 번호 B6219.

(9) 公法會通(공법회통) 天권: 장서 번호 B6147.

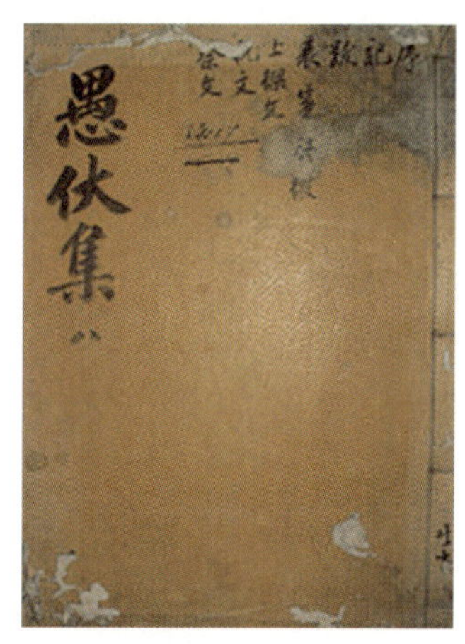

《우복집》 겉 표지

(10) 覃谿著錄(담계저록) 易附記 二권: 장서 번호 B6197.

(11) 雲石集(운석집) 己, 辛권: 장서 번호 B6201.

(12) 戒懼庵集(계구암집) 二권: 장서 번호 B6150.

(13) 太瑚集(태호집) 四권: 장서 번호 B6195.

(14) 三山薺(삼산제) 書권: 장서 번호 B6263.

(15) 耳溪集(이계집) 三권: 장서 번호 B6200.

(16) 壹谷集(일곡집) 二권: 장서 번호 B6235.

(17) 愚伏集(우복집) 一, 二, 八권: 장서 번호 B6136.

이들 도서들에 대해서는, 1993년 6월 어느 날 고우 고송무(1947-93) 박사에게서 들은 이들 도서에 관한 또 하나의 이야기와 비교해서 살펴볼 필요가 있을 것 같다. 물론 이 이야기도 1993년 5월 고 박사가 크즐오르다를 방문했을 때, 크즐오르다사범대학의 카작 역사 교수였던 끼리예프 마디 꾸르마노비치 씨로부터 들은 이야기이다.

끼리예프 교수의 말에 의하면, 1937년 9월 일반 이주민들과는 별도 열차로 크즐오르다에 도착한 대학 선생 20명과 학생 172명이 원동고려사범대학의 도서들을 가지고 크즐오르다에서 다시 고려사범대학을 열었다. 그러나 정식으로 수업은 하지 않았고, 여러 차례의 모임만 가졌다. 그러던 중 대학이 러시아어 과정으로 바뀌는 바람에 이들 도서들이 등록되지 않았다. 대학이 러시아어로 교수하는 소련 대학이 되면서 임명된 초대 총장이 바로 위에 말한 립낀이라는 유태인이었으며 1948년에 비밀경찰에 의해 체포되었다.

원동사범대학 도서, 강제이주 고려인 애환 상징… 전자 목록 만들어야

고 박사가 애써 조사하였으나 크즐오르다사범대학 중앙도서관에서 한국 도서는 한 권도 찾아볼 수가 없었다. 대신 러시아어로 '원동고려사범대학'이란 도장이 찍힌 몇몇 러시아어 도서들을 목격할 수 있었다. 이에 대해 끼리예프 교수는, 1956년에 크즐오르다사범대학의 역사학부가 폐쇄될 때, 도서들을 잠블사범대학으로 넘겨주게 되었는데, 그 당시 일부는 넘겨주고 일부는 넘겨주지 않았기 때문에 남아 있는 것이라고 설명했다.

위의 증언에는 우리가 유의해야 할 두 가지 사실이 있다.

하나는 크즐오르다에 도착한 원동고려사범대학의 도서가 크즐오르다사범대학으로 개편된 후 대학 도서로 등록이 되지 않았다는 것이다. 끼리예프 교수의 증언에 따르면, 한국 도서가 등록이 되지 않았어야 했는데, 이번에 크즐오르다국립대학교에서 새로이 발견된 한국 도서들에는 모두 등록번호가 찍혀 있다는 사실이다.

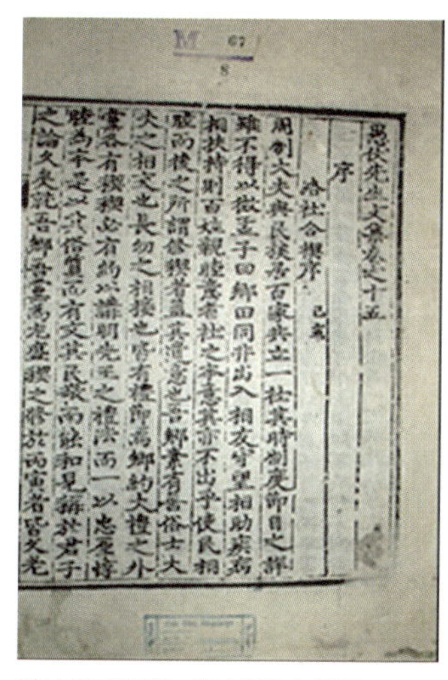

장서 번호가 있는 《우복집》 속 표지

물론 기록이 없어 이 책들이 언제 어떻게 해서 크즐오르다사범대학 중앙도서관에 등록되었는지는 현재로서는 알 길이 없다. 앞 (17)의 《우복집》 표지에는 'M67'이라는 등록번호를 삭제하고 다시 'B6136'으로 등록한 흔적이 있기도 하다. 현재 크즐오르다국립대학교의 장서가 오십만여 권이 되니 등록 일련번호 6천대는 초기에 등록된 것일 것이라고 짐작만 할 뿐이다.

다른 하나는 지금 우리가 모르고 있는 한국 도서들이 잠블대학교에 있을 수 있는 가능성이다. 1938년 당시 소각 대상이 되었던 책은 단지 한국 도서만이 아닐 수도 있다는 가정이 가능하고, 새로이 확인된 도서들을 볼 때 한국 도서들이 모두 소각되지는 않았음을 알 수 있다. 물론, 끼리예프 교수가 말한, 1956년에 잠블대학교로 넘겨주어야 했던 도서들이 1945년 이후 등록된 북한 도서일 수도 있다는 가능성 역시 배제할 수 없다. 이에 관해서는 현재 알마티에 있는 국립도서관에 보관되어 있는 도서들과 잠블대학교 도서관에 보관되어 있을 수도 있는 도서들을 검토한 후에야 더 정확한 내막을 알 수 있을 것이다.

크즐오르다국립대학교 현 총장인 클르슈벡 비쎄노프Klyshbek Bissenov 교수는 카자흐스탄 고려인들의 역사를 보존하는 의미에서 대학 중앙도서관 희귀본실에 보관된 강제이주 시 고려인들이 실어온 원동고려사범대학 도서의 전자목록을 만들 계획을 밝혔다. 문제는 예산이다. 이들 도서의 내용을 요약하여 소개하는 영상자료들을 제작하자면 5만 달러 정도의 예산이 필요하다. 한국 국가보훈처나 카자흐스탄에 진출한 한국 기업체 가운데 이들 도서의 전자목록 작성에 소요되는 비용을 지원할 독지가가 나오길 기대할 뿐이다.

마지막으로 어려운 시기에 신변의 위협을 무릅쓰고 민족 문화 보존을 위하여 애쓴 리 빠벨 필리뽀비치 교수의 업적이 카자흐스탄 고려인들의 기억 속에 영원히 간직되도록 한국 정부에서 훈장이라도 추서해야 할 것이다.

　백두대간 농부가 된 프랑스 교수의 사철 이야기

처음으로 결혼식 주례를
보다

2023년 7월 1일 내가 한국에서 처음으로 주례를 맡았던 제자 윤여훈 군이 그의 결혼식 사진을 보내왔다. 그동안 한국에서 제자들이나 혹은 친구들이 그들의 아들이나 딸의 주례를 좀 봐 달라고 요청했지만 모두 거절했다. 이유는 내가 한국의 신식 결혼식을 본 적이 거의 없고, 나 스스로 신랑과 신부에게 모범이 될 삶을 살았다고 생각하지 않기 때문이었다. 그런데 이 제자와는 특별한 인연이 있었기 때문에 거절할 수가 없었다. 아마도 이게 한국에서 본 나의 처음이자 마지막 주례일 것이다. 그날 주례사 후에 사회자가 "지금까지 본 주례사 가운데 가장 짧고 강렬한 것"이라며 결혼식을 제 시간에 마칠 수 있게 협조해 주셔서 감사하다는 말을 나에게 했다. 다음은 주례사 전문이다. 동영상을 보고 적어 놓으니 좀 어설프단 생각이 든다.

저와 신랑 윤여훈尹汝勳 군은 특별한 인연이 있습니다. 2013년 한 해 동안 카작스탄 크즐오르다에서 함께 지냈습니다. 그때 가까이 지내면서 학교에서는 보지 못했던 신랑의 성실함, 정직함, 예의 바름 이런 등등의 성품을 제가 새로이 발견하게 되었습니다. 오늘 배필로 여러분들이 보신 신부 연혜지延慧智 양 역시 같은 성품을 지녔을 것이라고 확신합니다. 바로 이러한 성품 덕분에 지금까지 신랑 신부가 사회생활을 성공적으로 영위할 수 있었던 것으로 생각합니다. 가정생활은, 특히 부부생활은 사회생활과는 조금 다릅니다. 저는 1985년 프랑스 파리에서 프랑스인과 결혼했습니다. 결혼 이후 지금까지 저는 한 차례도 제 아내와 다툰 적이 없습니다. 저희는 민족문화가 달랐고 살아온 배경이 달랐지만 서로가 상대방의 생각과 행동을 존중해 왔습니다. 오늘 부부의 연을 맺은 신랑과 신부에게 이 덕목을 강조하고자 합니다. 앞으로 신랑과 신부는 평생동안 서로를 배려하고 존중함으로써 원만한 가정생활과 부부생활을 이어 가기를 바랍니다. 고맙습니다.

식장 단상에 올라가면서

프랑스식으로 신부에게 축복을 빌며 볼에 키스하다

축사를 하고 있는 필자

<h1 style="text-align:center">타슈켄트국립동방학대학교의
한국문학 분야 박사학위 논문을 심사하다</h1>

우즈베키스탄 타슈켄트에 타슈켄트국립동방학대학교Tashkent State Institute of Oriental Studies가 있다. 이 대학교는 소련 시절 우즈베키스탄의 유일한 종합 대학이었던 타슈켄트국립대학교Tashkent State University에 속한 한 단과대학이었다. 1991년 소련이 해체되면서 단과대학이었던 동방학대학이 독립하여 종합대학으로 승격되었다. 새로 탄생한 타슈켄트국립동방학대학교에 나는 고우 고송무(1947-93) 박사와 함께 파리 소재 국제비교한국학회의 이름으로 당시 총장 네마툴라 이브라기모프 박사와 협의하여 1993년 9월 한국학대학을 개설했다. 아래 신문 기사에서 볼 수 있듯이 애초 1992년 9월에 대학을 개설하기로 우즈베키스탄 고등교육부와 합의했으나 현지 사정으로 실제로는 1993년 9월에야 한국학대학이 개설될 수 있었다. 한국학대학의 개설을 위해 1991년 이래 우리에게 통역 등 많은 도움을 준 당시 타슈켄트국립동방학대학교 김문욱(1936-2016) 일본어 강사를 나는 네마툴라 이브라기모프 총장에게 초대 학장으로 추천했다. 하지만 한국학대학 체제는 오래 존속하지 못하고 다양한 지역을 포괄하는 명칭으로 바뀌면서 한국학과가 됐다.

합의서 서명 후
왼쪽 두번째부터 총장, 차관,
고승우, 장관, 필자, 김문욱

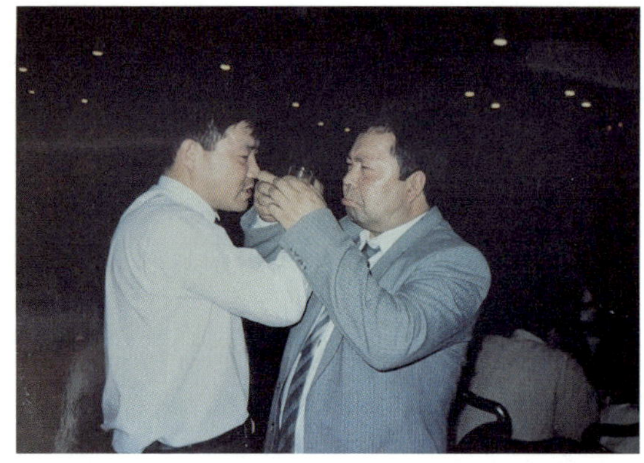

만찬장에서 이브라기모프 총장과 한국학대학 개설
합의 축하주를 마시다

타슈켄트국립동방학대학교 한국학대학 개설에 관한 《동아일보》 기사

김문욱 일본어 강사는 1960년대 후반 소련과 북한의 관계가 나쁠 때 평양을 탈출하여 소련으로 망명했다. 망명 후 그는 1966년 소련 국적을 취득하고 타슈켄트에 정착해서 현지 고려인 의사 문엘자와 결혼했고, 1987년 비철금속 분야 칸디다트 학위도 취득했다. 그는 어린 시절 일제 강점기에 일본어로 교육을 받았다고 했다. 어릴 적 사용했던 일본어를 기억하고 있었던 덕분에 그가 타슈켄트 소재 대학에서 일본어를 가르칠 수 있었다.

그 이후 나는 이 대학에서 개최하는 모든 한국학 국제 학술대회에 참석했다. 2000년대 초반 김문욱 교수의 소개로 어문학 박사인 김빅토리야(1962년생) 교수를 만났다. 김빅토리야 교수는 김문욱 한국학과 학과장(1993-2004)의 뒤를 이어 오랫동안 학과장(2004-15)으로 재직했으나 몇 년 전 러시아로 이주했다. 김빅토리야 교수의 제자 가운데 우미다 사이다지모바Umida SAYDAZIMOVA(1975년생) 박사는 2018년 한국 고전문학 연구로 어문학 박사학위를 취득하였으며 나는 그녀의 어문학박사 학위논문 심사위원이었다. 우미다 사이다지모바는 2025년 9월 현재 한국어문학 교수로 재직하고 있으며 두 차례(2015-17, 2019-24) 학과장 직을 맡기도 했다.

2011년 우미다 사이다지모바의 칸디다트 학위 논문 심사 후 우미다 사이다지모바, 황류드밀라, 김빅토리야. 황류드밀라(1945-2021) 어문학박사는 우즈베키스탄 카라칼팍자치공화국의 카라칼팍국립대학교 러시아어문학 교수였으며 김소월의 시를 번역했다.

우미다 사이다지모바 교수의 제자 가운데 두르도나 무로도바Durdona MURODOVA(1995년생)가 2023년 한국 현대문학 연구로 어문학 박사 학위논문을 제출했다. 무로도바의 박사학위 논문은 소련 해체 이후 구소련 국가들이 유럽의 학위 체제에 따라 새로 도입한 학사 4년, 석사 2년, 박사 3년 과정의 학제 실시 이후 제출된 한국문학 분야 박사학위 논문이었다. 소련 시절에는 5년제인 대학 과정을 수료하면 디플롬(졸업증서)을 받았고, 그 이후 관련 분야에서 여러 해 동안 활동하면서 논문을 제출하여 심사를 통과하면 칸디다트(박사후보, 북한에서 준박사라 칭함)라는 연구자 칭호를 받고 박사학위 논문을 준비할 수 있었다. 소련 시절 외국인이 이 칸디다트 증서를 받으면 영어 번역본에 PhD라고 표기해 소련 외 지역에서 칸디다트 증서를 어부지리로 박사학위로 만들었는데, 이는 소련의 제도가 미국의 것보다 우월하다는 보여주기식 행태에서 기인한 것으로 실제로는 유럽의 석사학위나 다름없었다. 교육 경력이 충분한 칸디다트 증서 취득자는 도쩬뜨라는 교육자 칭호를 받을 수 있는데 이는 유럽의 부교수에 해당한다. 박사 증서를 받은 자가 필요한 교육 경력을 충족하면 교수 칭호를 받을 수 있다. 근래에 이 대학의 영어 명칭이 Institute에서 University로 바뀌었으나 한국어로는 마찬가지이다.

아래는 2023년 7월 13일에 있었던 박사 학위논문 심사에 앞서 내가 타슈켄트국립동방학대학교 박사 학위논문 심사위원회에 제출한 무로도바의 《Художественная интерпретация проблем нации в романах Пак Вансо》(박완서 소설에 나타난 민족 문제의 예술적 해석)이란 제목의 논문에 대한 심사평이다.

РЕЦЕНЗИЯ

на автореферат диссертации на соискание доктора философии (PhD) по филологическим наукам
(10.00.05 – Язык и литература народов Азии и Африки)
Муродовой Дурдоны Боходир кизи
на тему: «Художественная интерпретация проблем нации в романах Пак Вансо»

Диссертационное исследование Мурадовой Дурдоны посвящено одной из интересных тем в современной корейской литературе второй половины XX века – проблеме послевоенного поколения.

Структура диссертации состоит из введения, трех глав, параграфов, заключения и списка использованной литературы.

В рецензируемой диссертации проведена попытка исследования современной корейской прозы на примере творчества известной писательницы Пак Вансо. В качестве анализа диссертанткой были взяты два ее произведения «Кто съел столько цветков *шинга?*» ("그 많던 싱아는 누가 다 먹었을까", 1992) и «Действительно ли там была гора?» ("그 산이 정말 거기 있었을까", 1995).

Во Введении обоснованно аргументируется актуальность, научная новизна диссертационного исследования, рассматривается объект и предмет исследования; четко определяются цель и задачи работы; раскрывается теоретическая и практическая значимость; формулируются методы и методологическая база исследования; указывается структура диссертации.

В Первой главе – автором рассмотрено состояние национальной корейской литература после освобождения (1960-1970-х годов), влияние феминистской литературы на становление женской прозы, появление на литературной арене плеяды современных писателей и поэтов. Показано, что на развитие литературного процесса большое влияние оказали идейные противоречия, с которыми столкнулся корейский народ после разделения Кореи на Север и Юг.

Во Второй Главе диссертант проводит анализ романов Пак Вансо, в котором ярко отражена послевоенная ситуация, проблема выбора героями жизненного пути (между Севером и Югом).

На мой взгляд, наиболее продуктивной и эффективной с точки зрения результативности является исследовательская работа в **Главе III.**, направленная на анализ автобиографических романов Пак Вансо, где были рассмотрены система женских образов, через литературные приемы «пейзаж», «умолчания», «поток сознания», «художественные детали» и т.д.

В Заключении подводятся итоги диссертационного исследования и делаются выводы.

Дать оценку научно-практической значимости работы: Примененные теоретические положения и разработки позволяют выявить новые аспекты сравнительно-типологического, филологического анализа и аксиологии в изучении исследуемой темы.

Оценить работу по использованной литературе: Проведенный анализ и выводы по данному диссертационному исследованию говорит о том, что диссертант, достаточно емко обосновала актуальность поставленного вопроса, ответила на все поставленные задачи и достигла искомой цели. В рамках диссертации были намечены и выполнены основные направления исследования. Основная часть работы, выводы и заключение свидетельствует об умении автора свободно ориентироваться в специальной литературе, анализировать и обобщать ее, делать выводы. Список использованной литературы включает свыше 60 источников.

Заключение по работе: анализ автореферата Мурадовой Дурдоны Боходир кизи на тему: «Художественная интерпретация проблемы нации в романах Пак Вансо» позволяет сделать вывод о том, что данная работа является серьезным исследованием, отвечает требованиям ВАК Республики Узбекистан, предъявляемым к диссертациям, а её автор заслуживает присуждения ученой степени доктора философии (PhD) по филологическим наукам (10.00.05 – Язык и литература народов Азии и Африки).

Рецензент:

Доктор наук,
Профессор Центрально-азиатских исследований
(Республика Корея)
Kim Phil

04.07.2023

2023년 여름 극한 호우 뒤
초등학교 동기들이 찾아오다

해외 여행에서 돌아와 서울에 일거리가 있어 10여 일 동안 품을 팔다가 주현재가
궁금해서 2023년 7월 20일 백두대간 저수령 자락으로 내려왔다. 청량리에서 출발하는
고속열차는 수해 탓에 운행되지 않아서 나는 동서울 고속버스터미널에서 버스를 탔다.
버스는 보통 서울에서 예천까지 2시간 30분이 소요되지만 장마 탓인지 4시간이 걸려서
예천 시외버스터미널에 도착했다. 나는 터미널 근처 대백마트에서 시장을 본 후 농어촌
버스를 탔다. 읍내에서 주현재까지 오는 약 25킬로미터 구간의 하천 주위는 아수라장이
었다. 산이 긁히고, 둑이 무너지고, 집들이 쓸려 나간 곳이 한두 군데가 아니었다. 성한
곳이라고는 찾아보기 어려웠다. 수해로 인해 예천 산천 전체가 앓고 있었다.

예천군은 2023년 7월 14일과 15일 이틀 동안의 극한 호우로 발생한 홍수와 산사태
로 전국에서 가장 심각한 수해를 입은 지역이 됐다. 이상민 행안부장관은 물론 윤석열
대통령까지 예천군 수해 현장을 다녀갈 정도로 상황이 심각했다. 효자면은 예천군에서
가장 피해가 심했던 곳인데, 이번 홍수로 백석리에는 엄청난 산사태가 발생해서 상백 부
락 대부분이 휩쓸려 나갔고, 장병근 농부 부부를 포함해서 5명이 매몰되어 사망했다. 사
곡리에서는 명봉사 입구부터 높은다리에 이르는 개천 양안에 있던 여러 채의 가옥이 파
괴되는가 하면 수십 년 된 수목이 뿌리째로 뽑혀 떠내려 갔지만 인명 피해는 없었다.
내가 농사짓는 용두리는 다행히 토사 유출은 좀 있었지만 걱정할 정도는 아니었다.
주현재에는 두 군데에 둑의 흙이 무너져 있었다. 주현재 앞 비닐하우스 창고의 왼쪽 옆 수
로 위에 있던 큰 싸리나무 한 그루가 뿌리째 토사와 함께 내려앉아 수로가 막혀 있었다.
수로가 막히는 바람에 흘러 넘친 물이 결국 비닐하우스 창고 옆의 둑 일부를 무너뜨리
고 말았다. 6월 20일과 21일 이틀에 걸쳐 나는 혼자서 톱으로 나무를 잘라서 제거한 후

삽으로 흘러내린 토사를 깨끗이 치우고 비닐하우스 창고 옆 둑이 무너진 곳에 흙을 채워 넣어 보강했다.

효자면 백석리 상백 부락의 산사태 현장

주현재 장마 피해 현장

7월 22일 오전 예천초등학교 황재우 동기가 전화로 안부를 물으며 친구 두 명과 같이 주현재를 찾아왔다. 방문한 친구들과 함께 나는 효자면 명봉리와 사곡리의 수해 지역 몇 군데를 둘러보았다. 수해 광경이 너무나 처참해서 비통한 심정을 감출 길이 없었다. 점심 식사를 위해 단양군과 문경시 경계에 있는 '황장산 쉼터'라는 식당에 가서 친구들에게 칼국수를 대접했다.

이 식당은 건물의 앞쪽은 단양에 속하고 뒤쪽은 문경에 속한다. 충북과 경북 지역 두 곳에서 손님들이 오기 때문에 이 집은 특이하게 충북 전화번호와 경북 전화번호 모두를 사용한다. 나는 야목 부락 이웃들과 함께 칼국수나 버섯전골을 먹기 위해 이 집에 가끔 들린다. 특히 이 집 칼국수는 2023년 현재 가격이 5,000원으로 저렴할 뿐 아니라 양도 매우 푸짐하다. '황장산 쉼터'의 칼국수는 어릴 때 집에서 어머니께서 해 주시던 그런 담백한 맛이 있는데, 여기에 이 집의 양념장을 한 숟갈 넣으면 더할 나위 없이 완벽하다. 국수를 다 건져 먹은 후 공짜로 제공하는 공기밥을 조금 말면 배가 아무리 불러도 그 맛 때문에 먹지 않을 수가 없다.

'황장산 쉼터'의 칼국수

식사 도중 무슨 이야기를 하다가 중학교 시절 우리에게 영어를 가르쳤던 미국 평화봉사단 소속의 제리 래이크Jerry Raik 선생님을 떠올리게 되었다. 오후에 주현재로 돌아와 구글에서 래이크 선생님에 대한 정보를 검색했더니 몇 가지 글이 있었다. 그의 아내 배리 래이크Barrie Raik 선생님이 뉴욕대학교 의과대학을 졸업하고 의사가 되었다는 사실을 알게 되었다. 제리 래이크 선생님은 뉴욕의 한 유태교당에 당신이 개설한 하브라Havurah

학교의 교장으로 재직하고 있었다. 레이크 선생님이 유태인이라는 사실을 새로이 알게 되었다. 갑자기 나는 옛 생각이 불현듯 나서 하브라 학교의 전자우편 주소를 찾아 2023년 7월 23일 아주 오랜만에 선생님께 안부를 전했다.

뒷줄 왼쪽부터 제리 래이크 선생님, 이동수 영어 선생님, 제리 레이크 선생님의 형 하워드 래이크,
앞줄 왼쪽부터 딸 이숙희, 배리 래이크 선생님, 이동수 선생님 부인, 아들 이한준

뉴욕 조카네 집에
다녀오다

2024년 7월 초에 뉴욕 조카네 집을 방문했다. 장시간 비행기 타는 게 싫어서 건강할 때 한 번 다녀오려고 얼마 전부터 마음먹었으나 covid-19로 인해 실천하지 못하다가 이번 여름에 드디어 다녀오게 됐다. 두 종손녀는 성인이 됐고 작은 종손녀는 결혼까지 했다. 나의 중학교 시절 원어민 영어 교사였던 당시 평화봉사단 소속 Jerry Raik 선생님 댁에서 딱 한 차례 저녁 식사를 한 것 외에는 이번에 정말 다른 곳엔 가지 않고 조카 가족들과 함께 시간을 보냈다. 몇 가지 기억에 남는 걸 여기에 사진으로 남겨 놓는다.

퀸즈에 있는 어느 한국식당에서 저녁 식사 후 조카 병원, 필자, 질부 손영미, 종손녀 효재와 현재, 종손서(從孫壻) 임수만

질부 및 두 종손녀와 함께 브루클린에 소재한 유태인 식당 K'Far Patio에서 먹었던 점심

퀸즈 Long Island City의 East River 강변에서 소풍했던 저녁

퀸즈에 있는 한 맥도날드 식당에서 5달러짜리 특가 햄버거를 사 먹던 날

질부네 남동생 식구들과 함께 집에서 갈비 바비큐를 해 먹은 저녁

뉴욕주 Long Island에 있는 Sunken Meadow Park과 퀸즈와 브롱스를 연결하는 East River에 설치된 현수교 Bronx-Whitestone Bridge에 갔던 날

퀸즈의 한 그리스 식당에서 저녁을 먹으며 큰 종손녀가 그린 내 초상화 값으로 500달러를 주며

다산 정약용이 살았던 시절의
예천을 추억하다

정약용(1762-1836)은 조선후기 《경세유표》, 《흠흠신서》, 《목민심서》 등을 저술한 유학자이자 실학자이다. 정약용은 남인 가문 출신으로 십대에 이익의 학문을 접하면서 개혁사상을 받아들였다. 정조 재위 시기에는 관료로 봉사하면서 과학자의 면모도 보였다. 이 시기에 천주교에 관심을 가지기 시작했고, 그로 인해 장기간의 유배생활을 했다. 유배 중에 당시 사회의 피폐상을 직접 확인하면서 그에 대한 개혁안을 정리하여 정치, 경제, 사회, 문화, 사상을 포괄하는 거대한 학문적 업적을 남겼다. 2012년 유네스코 세계기념인물로 선정되었다.

1780년 예천군수로 부임한 아버지를 모시기 위해 정약용은 그의 아내와 같이 예천에서 살았다. 당시에 그가 남긴 글로는 그가 동헌 동쪽에 있던 정자 반학정伴鶴亭에서 공부하며 지은 〈하일지정절구〉夏日池亭絶句(여름날 연못가에서 지은 절구)와 〈반학정기〉伴鶴亭記가 있다. 반학정伴鶴亭은 학과 더불어 노니는 정자를 뜻하는데 이 정자는 지금의 예천초등학교 자리에 있었다고 전한다. 뒷날 정약용은 젊은 시절 예천에서 공부했던 기억을 떠올리며 예천을 공자와 맹자의 고향인 노나라와 추나라에 비유하며 예의가 바르며 학문이 성행한 곳이란 의미로 '추로지향'鄒魯之鄕이라고 일컬었다. 아래는 〈하일지정절구〉夏日池亭絶句와 〈반학정기〉伴鶴亭記의 번역문이다.

여름날 연못가에서 지은 절구

1

동산 수목 그늘 짙고 물가 난간 서늘한 때
꾀꼬리 울음 뒤에 여름 햇살 길어라.
별자리 책을 다 읽고도 일이 없어
《황정경》 첫째 장을 한가로이 베껴 쓴다.

2

더워지자 뜨락 텅 비고 푸른 이끼 자라났네.
한잠을 자고 나선 주렴을 반쯤 걷어 둔다.
수면에 어린 물고기 나와 있군
가랑비 부슬부슬 내리기 때문인가 봐.

3

어린 기생이 차를 들고 대사립에 이르러도
패옥 소리 글방에 들어오지 않게 한다만,
이화원에는 봄에 빚은 술 넉넉하여
이따금 홍안에 취기 띠고 돌아가는 것을 보네.

4

한 줄기 안개가 밀려와 작은 못을 덮었고
고을 누각에 나팔소리 성문 닫을 시간.
어느 새 담장 곁 나무 위로 달이 올라와
낭창낭창 흔들리는 담쟁이덩굴 보이네.

5

갓 심은 연 줄기 진흙을 벗어나
차츰차츰 푸른 마름과 어울리네.
여인의 볼 같은 보조개 어여쁜 꽃 기다리지만
무성한 배꼽 모양 잎 또한 사랑한다오.

6

오얏 담그고 오이 물에 띄우자 어느덧 석양
산중 손님 맞아 즐거운 자리 열었다.
글 베낄 붓을 벼루못에 정성스레 빨아 놓고
바람 드는 주렴 선선한 기운을 누리노라.

반학정기

부형父兄의 고을살이에 따라가 있는 자제子弟들은 술과 고기, 음악과 여색의 늪에 빠지지 않으면, 반드시 관청의 업무와 법률 문제에 간여하게 된다. 심한 경우에는 죄인을 채찍질하고 볼기 치는 일을 구경거리로 삼아 즐기면서 시간을 보낸다. 그러므로 세상에서는 "고을 수령이 되면 세 가지를 버려야 하는데, 집을 버리고 하인을 버려야 하며, 자제를 버리는 것도 그중 한 가지이다."라고 말한다. 한탄할 만한 일이다.

내가 예천醴泉에 도착한 날, 관청과 누정樓亭의 규모를 둘러보다가 정각政閣(동헌) 동쪽에 버려진 정자를 보았다. 정자 아래에는 작은 연못이 있었다. 사방 수십 보 크기인데 모두 돌로 쌓은 것이었다. 연못가에는 아름다운 화초와 초목이 많았으며, 둥그런 담장을 빙 둘러쳤고 작은 문 하나만 내서 정각으로 통하게 하였다. 정자 뒤에는 쭉 뻗은 대나무와 숲이 우거지고, 창문마다 모두 단청을 하였다.

다만 버려진 지 여러 해가 되었기에 그 이유를 물어보니 이렇게 말하였다.

"저 정자에는 귀신이 있어서 이곳에 거처하면 혹 병에 걸리거나 그렇지 않으면 놀라

잠을 자지 못하니, 이 때문에 버려진 것입니다."

내가 말하였다.

"귀신은 사람이 부르는 것일 뿐이다. 내 마음속이 귀신을 무시하면 귀신이 어디에서 오겠는가."

다음 날에 부친을 뵙고 말씀을 드렸다.

"반학정伴鶴亭은 아늑하고 고요해서 책을 읽고 시를 지을 만하며, 정각과도 약간 떨어져 있는 데다 담장이 둘러쳐져 있어서 송사訟事를 판결하는 소리가 들리지 않으니, 참으로 자제가 거처할 만한 곳입니다. 오늘 제가 반학정을 쓸고 닦고서 책상과 이부자리를 옮기려고 합니다."

그러자 부친께서 말씀하셨다.

"네가 하고 싶은 대로 하라."

나는 반학정에 머물면서 문장을 지으며 한가한 시간이 많아 마음대로 책을 읽을 수 있었다. 사람들이 말한, 들보에서 휘파람을 불고 뜰을 걸어 다닌다는 귀신은 조용하여 다시는 어떤 소리나 흔적이 없었다. 항상 밝은 달이 물에 비추고 그윽한 달빛이 창문으로 새어 들며 나무 그림자가 어른대고 꽃향기가 코로 스민다. 저녁에는 선친의 잠자리를 돌보고 새벽에는 문안을 드린다. 그리고 남는 여가에 유유자적 이리저리 거닐며 경서經書 공부에 마음을 쏟는다.

저포樗蒲와 장기, 노래하는 아이와 춤추는 계집처럼 사람의 마음과 눈을 어지럽히는 것들은 작은 문 안으로 한 발자국도 들어오지 못하게 하였으니, 이렇게 해서 부모님께 심려를 끼치지 않을 수 있었다. 마침내 내 마음속의 즐거움을 기록하여 반학정의 기문으로 삼는다.

예천에는 국가지정문화재 명승 제19호인 선몽대仙夢臺가 있다. 선몽대는 1563년 이열도李閱道(1538-91)가 지은 정자인데, 선몽대가 들어선 자리에서 신선들이 노니는 꿈을 꾸고 정자를 지었다고 해서 붙인 이름이다. 이열도는 퇴계 이황의 종손이자 제자였다. 이열도의 작은할아버지 이황이 그곳을 방문해 '선몽대' 편액 글씨와 시를 남겼다. 그 덕에 당

대의 유명한 학자들인 김성일, 류성룡, 정탁, 김상헌, 이덕형 등도 그곳을 방문하여 글을 남겼다. 아래는 이황이 남긴 시이다.

노송은 높이 솟았고 푸른 산에 우뚝하구나
흰 모래와 푸른 벽은 구름으로도 표현하기 어렵도다
나는 이제 밤마다 신선의 꿈을 꿀 것이니
한탄하지 마라, 진작 경치 구경하지 않았는지를

1780년 정약용의 아버지 정재원이 예천군수 때의 일이다. 정약용이 아버지를 따라 선몽대에 가보니 그의 7대조인 정호선이 경상감사로 재직할 때 남긴 시가 걸려 있었다. 200년 전 조상이 지은 시판의 먼지를 닦으며 두 부자가 감회에 젖었다. 아버지 정재원은 아들에게 기문과 시를 짓도록 했다. 아래는 18세의 정약용이 선몽대의 주위 풍광을 묘사하고 있는 〈선몽대기〉仙夢臺記의 번역문이다.

예천醴泉의 동쪽 10여 리里에 시냇물이 있는데, 깊고 너르며 굽이치며 멀리 흐른다. 깊은 곳은 짙푸르고 얕은 곳은 연푸르다. 냇가에는 깨끗한 모래와 흰 돌들이 있고, 곱고 아름다운 풍광이 사람들의 눈에 비쳐 들어온다. 시냇물을 몇 리 거슬러 올라가면 높은 절벽이 깎아 세운 듯이 서 있다. 다시 그 벼랑을 따라 올라가면 누대 하나가 있는데 '선몽대仙夢臺'라는 이름이 붙어 있다. 선몽대 좌우에는 무성한 숲과 길쭉한 대나무가 있고, 시내 물빛과 바위 빛깔이 희미하게 보일 듯 말 듯하니, 참으로 신비로운 풍경이다.

태백산太白山 남쪽에서 산수山水가 아름다운 곳으로는 내성柰城, 영천榮川, 예천이 으뜸인데, 선몽대는 특별히 그 기이함 때문에 여러 군에 이름이 알려졌다.

하루는 부친을 따라 약포藥圃 정상국鄭相國의 화상畵像을 공경히 배알하고, 방향을 바꾸어 이 누대에 도착하였다. 서성이며 바라보다가 이윽고 벽 위에 걸려 있는 시詩들을 보았는데, 그 중에 하나는 바로 우리 선조 관찰공觀察公이 쓴 것이었다. 현판이 망가지고 글자가 마멸되어 편방偏旁이 없어지기도 하였지만 자구字句는 하나도 빠진 것이 없었다.

부친께서 손수 먼지와 그을음을 털어 내고 나에게 시를 읽게 하고는 말씀하셨다.

"공公이 영남 지방에 사명使命을 받고 내려왔다가 이 누대에 올랐다. 공이 살던 시대로부터 200여 년이 지났는데, 나와 네가 또다시 이 누대에 올라와 즐기고 있으니 어찌 신기하지 않은가."

그러고는 나에게 시를 옮겨 모사模寫하여 공인工人에게 맡겨 번각翻刻하고 채색과 칠을 다시 해서 현판을 매달도록 한 다음, 나를 불러 이것을 기록하게 하셨다.

2024년 7월 초순 나는 친구들과 선몽대에 들른 적이 있다. 정약용이 말한 냇가의 '깨끗한 모래와 흰 돌들'은 근래에 건설된 영주댐으로 인해 내성천의 물줄기가 줄어들면서 천변 일부가 갈대로 뒤덮이고 모래마저도 옛날처럼 그렇게 깨끗하지는 않았다. 지금의 선몽대 주위 풍경은 정약용이 본 '곱고 아름다운 풍광'과는 거리가 있는 것 같았고, 중학교 시절에 봤던 내 기억 속에 남은 그 모습과도 사뭇 달라서 아쉬웠다. 하지만 선몽대를 멀리서 바라보면 정약용이 언급한대로 선몽대 주변의 무성한 숲과 희미한 시내 물빛이 한눈에 들어오는 건 예나 지금이나 변함이 없었다.

국가지정문화재 명승 제19호 선몽대 전경

2024년 7월 15일, 오늘은 초복이다. 복날에는 자고로 더위를 이길 수 있는 보양식을 먹곤 했다. 내가 어렸을 때는 복날에 개를 잡아서 개장국을 끓이고 남녀노소 할 것 없이 온 가족이 모여서 그것을 먹었다. 최근에 와서 애완견을 키우는 사람들이 많아지면서 개고기 식용에 대한 반대 의견이 늘어나기 시작했고, 급기야 개고기 식용을 금지하는 법까지 생겼다. 시대에 따라 개고기에 대한 기준이 달라지고 있는 상황이다. 내가 개고기를 마지막으로 먹은 것은 2000년대 초반 안내원이 대접한 평양에 있는 '원형식당'에서였다. 고급식당인 원형식당은 개고기 전문 요리집인데 평양 사람들은 그곳에서 단고기라고 부르는 개고기 요리에 살구소주를 곁들여 먹는다. 그 이후론 여러 가지 사회적 상황을 감안해 나는 의도적으로 개고기를 먹지는 않았다. 그리고 나는 오랫동안 한국 밖에서 생활했기 때문에 어릴 적 기억을 제외하곤 복날에 대한 특별한 추억이 없다. 그런데 오늘 초복이라고 세 가지 특별한 음식을 먹은 것에 대해서 기억하고자 한다.

평양의 단고기 전문 '원형식당'

아침 6시 반경에 야목 부락의 박종훈 농부가 내게 전화하여 바닷가에 가서 아침을 대접하겠다며 바로 나오라고 했다. 야목 부락의 도대환 농부와 같이 우리는 7시에 영덕군 강구항으로 출발했다. 박종훈 농부와 도대환 농부는 야목 부락에서 내가 자주 만나는 친근한 이웃들이다. 박종훈 농부는 사실 태고종 선암사 소속 비구 점각이기도 해서 부락 주민들이 승려로 일컫지만 나는 동질감을 느끼기 위해 승려보다는 농부라는 명칭을 애호한다. 마찬가지로 야목 부락 이웃들도 나를 교수가 아니라 농부로 불러 주기를 원한다. 농부라는 직업은 다른 직업이 있어도 조건만 갖추면 누구에게나 가능하다. 교수였던 내가 당시에 농부가 될 수 있었고, 비구 점각이 박종훈 농부가 될 수 있는 것이다.

2000년에 제정된 '농업 농촌 및 식품산업 기본법' 제3조 제2호에 따르면, 농업인이란 농업을 경영하거나 이에 종사하는 자로서 대통령령으로 정하는 기준에 해당하는 자로 정의하고 있다. 누구든지 다음 가운데 어느 하나에 해당하는 사람은 농업인 즉 농부가 될 수 있다.

---

1. 1,000㎡ 이상의 농지를 경영하거나 경작하는 사람
2. 농업경영을 통한 농산물의 연간 판매액이 120만원 이상인 사람
3. 1년 중 90일 이상 농업에 종사하는 사람
4. 농어업경영체 육성 및 지원에 관한 법률 제16조 제1항에 따라 설립된 영농조합법인의 농산물 출하, 유통, 가공, 수출 활동에 1년 이상 계속하여 고용된 사람
5. 동법 제19조 제1항에 따라 설립된 농업회사법인의 농산물 유통, 가공, 판매 활동에 1년 이상 계속하여 고용된 사람

우리 부락에서 강구항까지의 거리는 대략 140킬로미터이다. 대구탕을 주문하여 먹고 있는데 주인 아주머니가 남편의 배가 들어왔다며 식당 바로 앞에 도착한 배에 다녀온다고 나갔다. 얼마 후 돌아온 주인 아주머니는 우리에게 생물 가자미와 대게를 사라고

했다. 박종훈 농부는 대게 쉰 마리를 쪄 달라고 했고, 도대환 농부는 가자미 한 상자를 샀다. 대게 열 마리는 우리가 먹었고 마흔 마리는 점심 때 마을회관에 모일 이웃들에게 주려고 포장했다. 여름 대게는 우리가 일반적으로 알고 있는 것과는 다르게 크기가 작았다. 하지만 다리에 살이 꽉 찼고 몸통도 실해서 생각보다 먹을 것이 많았다. 특히 여름 대게의 맛은 겨울 대게와는 비교할 수 없을 정도로 감칠맛이 뛰어났다. 아래는 우리가 먹었던 대게인데 거의 다 먹었을 때 사진을 찍어서 볼품은 없다.

2024년 초복 아침에 맛본 영덕 대개

　　11시 50분에 마을회관으로 돌아왔다. 마을회관에는 먹음직스러운 삼계탕이 보기 좋게 차려져 있었다. 기지떡[3]과 정구지적[4]도 있었다. 거기에 우리가 가지고 간 영덕산 여름 대개까지 상에 올랐다. 우리는 사실 아침을 먹은 지가 얼마 안 되어 삼계탕을 먹지 못할 것으로 생각했으나 의외로 너무 맛있어서 시간은 걸렸지만 국물까지 다 마셨다. 새로 선출된 젊은 이장의 결단력 덕분인지 마을에서 처음으로 삼계탕 80 그릇을 마련해 마을 사람은 물론 면사무소와 파출소 직원들까지 초청해 점심을 대접했다. 이장이 군수도 초청

3　기지떡은 증편(蒸片)의 예천 방언이다. 증편을 찔 때 맨드라미 꽃이나 잎을 따서 위에 얹어 떡에 붉은색 무늬가 물들게 했다. 쌀가루에 탁주를 첨가한 반죽을 발효시켜 증기에 찐 것이 기지떡이다. 떡을 만드는 과정에 반죽이 부풀어 오르는 발효 현상 때문에 '기지떡'이라 불리게 됐는데, 기지떡의 '기지'는 '술을 띄운다' 혹은 '술로 부풀린다'는 뜻의 기주(起酒)의 '주'가 음운 변화하여 '지'로 바뀐 것이다.

4　'정구지'가 부추의 예천 방언이라고 이미 앞에서 말한 바 있고, '적'은 부침개의 예천 방언이다. '정구지적'은 표준말로 부추전이다.

했는지 군수 대신 부인이 와서 주민들
과 점심을 함께 먹었다. 오른쪽 사진
은 우리가 먹었던 삼계탕인데 큰 인삼
두 뿌리가 들어 있었다.

2024년 초복 점심에 맛본 삼계탕

　　점심을 먹은 후 이웃 마을 도촌
리에서 운영하는 손두부집에서 후식
으로 떡붕어 아이스크림을 하나씩 먹
었다. 이 손두부 집에서는 소주, 맥주, 막걸리, 아이스크림, 과자 등을 판매하는데 마을
사람들이 들려 손두부와 김치에 술을 한 잔씩 하는 사랑방 같은 곳이다. 오늘 우연히 본
것이지만, 손두부집 벽에 초벌구이 장어를 판매한다는 글이 붙어 있었다. 주인 아주머니
에게 장어에 대해서 물었더니, 그 집 아들이 이웃 면에서 장어 양식장을 운영하며 초벌
구이한 장어를 포장해서 판매한다고 했다. 그 장어를 잘라 측면만 다시 한번 구워 장어
판매 시 제공되는 소스와 썬 생강과 함께 먹으면 된다고 했다. 우리는 저녁에 먹자며 초
벌구이 장어 두 봉지를 구입했다. 초벌구이 장어 한 봉지에는 두 마리의 장어가 들어 있
었다. 17시, 다시 야목 부락의 도대환 농부 집에 모인 우리는 초벌구이 장어를 구워서 김
치 등과 함께 맛보았다. 오랜만에 먹어서 그런지 장어가 정말 맛있었다. 오늘은 내가 태
어나서 처음으로 이른 아침부터 세 끼 식사를 제대로 해결한 복날이었다. 그것도 영덕군
강구항까지 다녀오면서......

2024년 초복 저녁에 맛본 장어구이

8월의 이야기

난생 처음으로
일본을 가다

2011년 8월 한 달 동안 아내와 작은아들이 서울을 방문했다. 당시 큰아들은 한국 정부 장학생으로 한국학중앙연구원에서 경제학 석사과정을 이수하고 있었기 때문에 한중연 기숙사에서 생활했다. 가족이 한국에 있는 동안 서울에 있는 호텔에 방 두 개를 예약할까 하다가 교통이 좀 불편하긴 하지만 그냥 대학 내 숙소에서 함께 지내기로 했다. 아내는 나와 함께 대학 외국인 교원 게스트하우스에서 지내고 두 아들은 대학 본부에서 마련해 준 2인용 외국인 방문학자 숙소를 사용하기로 했다. 아침은 매일 내 게스트하우스에서 파리에서 하던 대로 커피에 빵과 버터로 해결했고, 점심과 저녁은 밖에서 다니다가 식당 음식을 먹었다. 큰아들이 한국어를 잘 하니 가족이 서울 관광지에 들리거나 다른 지역을 방문할 때 내가 나서서 통역하지 않아도 되는 게 너무 편하고 좋았다.

한국에서 우리 가족이 모두 모여서 여기저기 함께 다니며 프랑스어로만 말하니 마치 프랑스에서 한국으로 가족 여행을 온 것 같은 느낌이었다. 물론 아내나 작은아들이 이번에 처음으로 한국에 온 것은 아니었다. 이전에 몇 차례 서울을 방문한 적이 있기 때문에 한국이 그들에게 그리 낯설지는 않았다. 일부러 우리는 함께 한국에서 이전에 가보지 않은 지역을 많이 방문했다. 특히 당시 큰아들이 한국에서 운전면허를 취득하고 중고차를 한 대 구입해서 운전하고 다닐 때라서 그걸 이용하여 지방에 가곤 했다. 가족 모두가 좋아했던 곳은 동해안 지역이었다. 한 번은 삼척을 가다가 강릉에 못 미쳐 점심을 먹기 위해 어느 작은 항구에 들렀는데 마을 분위기가 너무 호젓하고 낭만적이어서 특히 아내가 그곳을 좋아했다. 하지만 그곳에는 우리 식구가 함께 점심을 먹을 만한 곳이 없어서 유감이었다. 삼척에서 돌아오다가 해거름에 양양에 있는 낙산사를 방문했는데, 노을에 비친 바다와 산사의 풍경이 너무도 아름다워 우리 식구 모두가 감탄했다.

동해안 어느 조그마한 항구
마을 해안에서 아내 조엘

큰아들의 제안으로 일본을 가기로 마음먹고 8월 하순에 오사까^{大阪}행 항공권을 예약했다. 일본 여행은 나에게 처음 있는 일이었다. 나는 부친께서 생전에 "일본과 일본사람과는 거리를 두고 살라."고 말씀하신 교훈 때문에 일본에 갈 일이 생겨도 일부러 가지 않았고, 당연히 생활 현장에서도 일본인과는 사귀지도 교류하지도 않았다. 이번 오사까 여행은 내가 식구들을 위해 큰마음을 먹고 양보한 것이었다. 일본 여행 동안 오사까 시내를 둘러본 뒤 기차를 타고 나라^{奈良}를 다녀왔다. 기억에 남는 것은 오사까의 오사까조^{大阪城}와 나라의 도다이지^{東大寺} 및 나라 꼬엔^{奈良公園}이었다.

나라 도다이지(東大寺) 정문 다이와고지(大華嚴寺)에서 큰아들 삐에르-필립, 아내 조엘, 작은아들 플로리앙

나라꼬엔(奈良公園)에서 작은아들 플로리앙

나라의 어느 전통식당에서 점심을 먹은 뒤 작은아들 플로리앙과 큰아들 삐에르-필립

지고개_{酒峴}의 내력은
이러하다

지고개는 내가 태어난 곳의 지명으로 경상북도 예천군 예천읍 서본리와 대심리의 경계선에 있는 작은 고개로 '술이 나는 고개'란 뜻인데, 이 지명을 나는 호로 쓰고 있다. 지고개가 속한 행정구역 예천_{醴泉}은 '단술이 나는 샘'이란 뜻이다. 단술이 나는 샘이 있는 고을에 술 고개 하나 정도는 반드시 있어야 했을 것이다.

이런저런 연유로 백두대간 소백산 자락에 지은 농가도 주현재_{酒峴齋}로 이름을 지었다. 한자어 酒峴_{주현}은 '술이 나오는 고개'란 뜻의 이두식 표기인데 '술'은 酒의 음을 따고 '고개'는 峴의 뜻을 빌린 것이다. '주고개'가 세월을 거치면서 음운변화가 일어나

예천 읍내 도로 표지판 앞에서 필자와 두 아들. 작은아들 플로리앙이 표지판을 보더니 '예천아 예천!(Yechon à Yechon! 예천이 예천에 있네!)' 하면서 웃었다. 예천은 큰아들의 한국 이름이다.

현재의 명칭인 '지고개'가 된 것이다. 앞 쪽 위의 붉은색 문양은 酒峴주현을 새긴 낙관이다. 술 酒의 왼쪽 水 변을 술병 속에 담가 버린 것이나, 고개 峴의 왼쪽 山 변을 운치 있게 표현한 것이나 오른쪽 변인 見 자를 마치 어린아이가 무엇을 바라보고 있는 것처럼 형상화한 것은 뛰어난 상상력이다. 국전 심사위원이었던 전각가 우치 손태원이 새긴 것이다.

　　지금은 지고개란 지명만 남아 있으나 전설에 따르면 지고개에는 술이 나는 옹달샘이 있었다. 그리고 지고개를 오가는 사람은 누구나 목이 마르면 그 샘물을 한 바가지씩 퍼서 마실 수 있었다. 그러나 한 사람이 한 바가지만 마시게 되어 있는 이 옹달샘의 술을 어느 욕심 많은 사람이 두 바가지를 퍼 마신 후로는 술이 말라버리고 물만 나오게 되었다. 앞 쪽 사진의 도로 표지판은 예천역 입구에 설치된 것으로 실제 지고개까지의 거리는 꽤 된다. 하지만 예천초등학교 뒷문에서 지고개까지의 거리는 불과 이삼백 미터로 가까운 곳에 있다. 집에서 초등학교까지 거리가 가까웠기 때문에 나는 통학하는데 걸어서 몇 분이면 충분했다.

　　지고개에는 큰 느티나무가 한 그루 있어 예천 변방 사람들이 읍내에 올 때 더운 여름날 이 나무 아래서 땀을 식히거나 아픈 다리를 쉬어 가곤 했다. 아래 사진은 2014년 8월 서울에서 찾아온 친구들과 백두대간 저수령 근처를 등산한 뒤 지고개를 답사하고 조촐하게 고사를 지낸 후 남은 탁주를 거름 삼아 느티나무 주위에 뿌리고 있는 광경이다.

고사를 지낸 후 남은 탁주를 느티나무에 붓는 모습

　　20세기 말, 도시계획에 따라 길을 넓히고 아스팔트로 포장하기 위해 굴착기로 지고개를 정지하여 평지로 만드는 바람에 고개 자체는 사라지고 말았지만 아직까지 느티나무와 느티나무를 심은 내력을 적어 놓은 주현괴정괴酒峴槐亭槐라는 비석은 남아 있다. '주현괴정괴'는 '지고개 회화나무정자에 심은 느티나무'라는 뜻인데 갑신년 2월 9일에 느티나무를 심고 비석을 세운 내력을 기록하고 있다. 한 논문에 따르면[1] 괴정(회화나무 괴槐, 정자 정亭)에 잔존하는 괴목은 느티나무 혹은 회화나무이나 전국적으로 괴목을 표상하는 나무로는 느티나무

지고개의 '주현괴정괴' 비석

가 우월한데 이는 느티나무를 회화나무로 의식한 일종의 문화변용의 사례로 보고 있다. 이러한 견해를 주현괴정괴酒峴槐亭槐에 반영한다면 이전에 주현酒峴에 회화나무 정자槐亭가 존재했을 가능성이 있기에 '槐亭槐'를 '회화나무정자에 심은 느티나무'로 번역할 수 있을 것이다. '회화나무 정자'의 의미도 실제 정자 건물의 존재 여부와 관계없이 회화나무 자체가 그늘을 만들어주는 정자 역할을 했을 수도 있을 것이다. 그렇다면 '槐亭槐'는 '회화나무가 있던 곳에 심은 느티나무'란 뜻일 수도 있다. 여기서 말하는 갑신년은 1944년인데, 갑신년 이전에 지고개에 느티나무 정자가 있었음을 시사하고 있다. 갑신년에 심은 느티나무 역시 지고개에 이미 있던 노후한 회화나무나 느티나무를 제거하고 다시 심은 것일 것이다.

1　노재현 외, '괴정(槐亭)의 잔존 수종을 통해 본 괴목(槐木) 식재의 문화변용', 《韓國傳統造景學會誌》, 제37권 제4호, 2019, 81-97쪽.

아래는 사라진 지고개에 대해 2003년 초에 내가 쓴 시로, 한국 외무부 산하 재외동포재단에서 주관하는 재외동포 문학상을 받았다.

지고개酒峴 전설

하무실大母谷 사람들은
막걸리 같은
샘물이 고인다던
술마루를 기억한다
느티나무 한 그루가
마을을 지키던
그 고개를

철마다
술마루엔
느티나무에서 떨어지는
숱한 소문들이
수북하게 쌓이고
소문은
마을을 돌고 돌아
더디게
썩어갔다

돈 많은 영감한테 어린 딸 시집보낸 간난네 엄마
시집도 가기 전에 애를 배서 집에서 쫓겨난 영자네 언니
빌린 돈을 떼먹고 한밤중에 정선으로 달아난 숫개네 아버지

구호물자 얻으려 성당에 다니던 분도(Benedictus)네 식구들

자기 집에 불을 지른 과목집네 간 큰 욕쟁이 아들

눈 먼 딸한테 못된 짓을 한다고 손가락질당하던 산 밑 집 무바우

잘못을 충고한다고 분개해 못으로 이웃의 눈을 찌른 구봄이 아저씨

나붓들蝶野 밤길에 옆집 수연이를 강간한 고무신 때우던 사팔뜨기

밀주 단속한다고 돌아다니며 돈만 갈취한 등기소 직원

제 어머니를 팬 죄로 경찰서에 끌려간 철구란 놈

흘진개屹曾洞2로 가는

큰 길이 나던 어느 날

술마루도

느티나무도

모두

흙더미 속에 파묻혀

사람들의 기억에서

사라지는

지고개가

되고 말았다

오늘 아침에 배달된

지고개서 온

소포에는

조카가 장가를 간다는

소식이 적혀 있고

---

2 흙진개의 예천식 발음이 흘진개이다. 이중자음 'ㄺ'의 표준어 대표음이 'ㄱ'인데 예천 방언의 대표음은
   'ㄹ'이다. 예를 들자면, '밝다'를 예천 방언식으로 읽으면 '발다'가 된다.

파리에 있는

우리 집에는

태평양을 건너온

새로 나왔다는

25 도짜리 안동소주에

잊고 있었던

지고개 전설들이

다시금

황홀한 냄새를

풍기기 시작한다

해인사를 처음으로
방문하다

    나는 그 동안 프랑스나 카작스탄에서 한국학교수로 재직할 당시는 물론이고 한국에서 중앙아시아학 교수로 일하고 있는 지금까지도 한국문화 개론을 강의하고 있다. 한국에서 강의하기 시작한 2005년 이래 외국인 학생들을 대상으로 'Korean language and Korean culture'(한국어와 한국문화)라는 과목을 영어로 강의한다. 강의 내용 가운데 빠지지 않는 부분이 한국 불교에 관한 것이고 거기에는 팔만대장경이 늘 포함된다.

    팔만대장경이 보관된 곳이 합천에 있는 해인사라는 것은 누구나 다 아는 사실이고 나 역시 알고 있다. 하지만 역설적이게도 실물을 볼 기회가 없어서 사진 자료에서 본 대장경 판본이나 보관 장소에 대해 늘 궁금했었다. 며칠 전 우연히 부안에 소재한 내소사의 전 주지 비구 진학에게 팔만대장경 판본을 한 번 직접 보고 싶다는 이야기를 꺼냈더니, 그 자리에서 바로 가자고 제안하여 오랜 내 꿈이 쉽게 실현되었다.

    2016년 8월 3일 해인사에 도착하여 팔만대장경이 보관된 경내 가장 위쪽 언덕으로 올라가니, 마침 비구 진학이 해인사 승가대학 학승일 당시 스승이었던 승려께서 법보전 주위에서 울력을 지휘하고 계시다가 우리가 간 내력을 듣고는 수다라장과 법보전을 두루 안내하며 자세하게 설명까지 해 주셨다. 조선 후기에 여러 차례 화재가 났었지만 팔만대장경에는 불길이 미치지 않아 지금까지 보존될 수 있었단다. 장경판전은 1995년 유네스코 세계문화유산으로 지정되었고, 2007년에는 해인사의 다른 경판과 함께 유네스코 세계기록유산으로 지정되었다.

팔만대장경이 보관된 법보전

법보전을 방문한 뒤 아래로 내려가
다가 대적광전에서 드리는 10시 50분 사
시예불 광경을 보았는데 매우 인상적이
었다. 사시예불은 사시巳時 즉 오전 9시
에서 11시 사이에 올리는 예불이다. 하
안거에 참가한 비구들을 포함하여 100
여 명에 가까운 승려들이 가사장삼을 차
려 입고 대규모로 예불을 드리는 모습
은 지금까지 어디에서도 본 적이 없었기
에 정말 특별한 경험이었다. 돌아오는 길
에 경내에 있는 다실에서 비구 진학의
도반인 승가대학 교수를 만나 차를 한
잔 나누었다.

해인사에 보관된 팔만대장경

친구들과 키르기즈공화국을
다녀오다

　내가 강남대학교로 직장을 옮긴 2005년 바로 이듬해에 우연히 친구인 김학민 한국사학진흥재단 이사장(2005-2008)이 학교 바로 옆 강남마을 2단지로 이사했다. 그 이후 나는 주말에 가끔 근처에 사는 몇 이웃들과 같이 자전거를 같이 타게 되었다. 김학민 이사장은 나보다 몇 살 위이고 나머지 이웃들은 나보다 몇 살 아래였다. 게스트하우스에서 가끔 이들과 같이 중앙아시아 지역 출장 시 면세점에서 구입한 보드카를 마시며 중앙아시아 지역의 역사와 문화에 대해 이야기를 나누곤 했다.

　몇 년 전 친구들의 요청으로 우즈베키스탄 비단길 유적지인 타슈켄트Tashkent, 히바Khiva, 부하라Bukhara, 사마르칸드 Samarkand를 답사한 적이 있었는데, 최근에 다시 키르기

2016년 8월 10일 00시 30분 비슈켁 마나스공항으로 마중을 나왔던 친구 키르기즈국립대학교 총장을 초청하여 서울식당에서 오찬을 하다

즈공화국을 한 번 가자고 하여 2016년 8월 9일부터 17일까지 8박 9일의 일정으로 그곳을 다녀왔다. 키르기즈공화국은 국토의 80퍼센트가 해발고도 2,000미터 이상인 산악국가로 중앙아시아의 스위스로 불린다. 인천에서 카작스탄 수도 알마틔를 경유하여 키르기즈공화국 수도 비슈켁으로 가는 경로를 이용했다. 출발 며칠 전 답사 소식을 들은 대한택견협회 이용복 회장과 유인태 전 국회의원이 합류했다.

송쿨에서 취사에 필요한 식재료들을 시장에서 구입하다

　첫째 답사지는 해발고도 3,016미터에 위치한 송쿨 호수Song kul이다. 이 호수는 길이가 29킬로미터, 폭이 18킬로미터, 깊이는 13.2미터이며 면적은 270제곱킬로미터에 달한다. 키르기즈공화국에서 두 번째로 큰 산중호수이다. 이번 송쿨 답사는 나에겐 일곱 번째인데, 그곳의 유일한 목동인 켄제벡Kenzhebek의 대형 유르타 하나를 빌려서 2박을 했으며 한 끼를 제외하곤 우리가 직접 밥을 짓고 국을 끓여서 식사했다. 나와 유인태 전 의원을 제외한 모두가 고산증세로 약간 고생을 했다.

목동 켄제벡이 양 한 마리를 잡아서 꼬치와 쿠르닥 요리를 하는 모습

송쿨에서 타슈라밭으로 가는 길목에 있는 해발고도 3,000미터에서 2,500미터 구간에 펼처지는 32 구비 경사로 ‘뱀길’

둘째 답사지는 타슈 라밭Tash rabat이다. 해발고도 3,200미터에 위치한 비단길 대상 숙소인데 15세기에 건축된 석조 구조물로 32개의 반구형의 방이 있다. 고고학 발굴 조사에 따르면 10세기에는 이곳이 네스토리어스Nestorius교 사원 터였다. 타슈 라밭은

타슈 라밭의 정면

타슈 라밭 내부 입구

돌궐어로 '돌 성채'라는 뜻인데, 대상 숙소 건물 주위는 아름답고도 웅장한 모습의 돌산이 둘러싸고 있다.

셋째로 답사한 곳은 이쓱쿨 호수Issyk kul이다. 해발고도 1,607미터에 위치한 이 호수는 돌궐어로 '뜨거운 호수'라는 뜻인데, 소금기가 있어 겨울에 얼지 않기 때문이다. 이쓱쿨 호수는 폭 60킬로미터, 길이 182킬로미터, 깊이 668미터로 면적은 6,236제곱킬로미터이다. 키르기즈공화국에서 가장 큰 산중호수이며 크기로는 세계 두 번째이다. 세상에서 가장 큰 산중호수는 해발고도 3,809미터에 위치한 띠띠까까 호수El lago Titicaca로 폭 80킬로미터, 길이 190킬로미터, 깊이 281미터, 면적은 8,372제곱킬로미터이다. 띠띠까까 호수는 케추아어로 '퓨마의 바위'란 뜻이며, 페루와 볼리비아 국경에 있다.

이쓱쿨 북쪽 중심도시 촐판 아타 전경

유람선이 호수 깊은 곳에 도착하면 30분 동안 정박하는데 이 때 대부분의 사람들이 수영복으로 갈아입고 호수에 뛰어 들어 수영을 한다.

펜션에 속한 이쓱쿨 호변에서 이용복, 유인태, 김학민

넷째로 답사한 곳은 부라나Burana 탑이다. 부라나 탑은 수도 비슈켁에서 동쪽으로 80킬로미터에 위치하며, 카라한 왕조Karakhanids(840-1212)가 9세기에 건설한 도시 발라사군Balasagun에 11세기에 건축된 탑이다. 원래 높이가 45미터였으나 여러 차례의 지진과 전쟁의 피해로 현재 남은 것은 25미터뿐이다.

부라타 탑 전경

부라타 탑에 올라 옛 도시 발라사군의 규모를 생각하며

다섯째로 답사한 곳은 알라 아르차Ala archa 국립공원이다. 수도 비슈켁에서 남쪽으로 40킬로미터 지점에 위치하며 공원의 면적은 200제곱킬로미터이다. 해발고도 1,500미터에 위치한 공원 입구에서부터 천산 세메노프 봉Peak Semenov에 이르는 해발고도 4,895미터까지이다. 해발고도 4,860미터에 코로나Korona 빙하가 있고, 해발고도 4,740미터에 자유조선봉(Pik Svobodnaya Koreya)이 있다. 이 봉우리 명칭이 소련 때 붙여진 것이기 때문에 자유한국봉이라고 번역할 수는 없다. 자유조선봉은 1959년 안드레예프G. Andreev가 처음으로 북벽 등정에 성공했다.

알라 아르차 공원 입구 부근

자유조선봉의 북벽

알라 아르차 공원 산행 후 키르기즈국립대학교 탈라벡 압드라흐마노프 총장이 마련한
오찬에서 맛본 양고기에 감자를 넣고 요리한 악쿠르닥

　돌아오는 길에 경유지 알마틔 공항 탑승구 앞에서 우연히 실크로드 답사단을 이끌

고 여행 중인 정수일 교수를 만났다. 2009년 이명박 대통령의 중앙아시아 국빈 방문 시

동행했던 황석영 소설가의 주도로 구성된 '알타이문화연합'의 일로 나는 정수일 교수와

탈라벡 압드라흐마노프 총장이 알라 아르차 공원 입구 천변에 설치한 오찬용 천막

가깝게 지냈다. 정 교수는 1934년 중국 연변에서 태어나 1952년 북경대 아랍어과에 입학하여 수석으로 졸업한 뒤 1955년 국비장학생으로 이집트 카이로대학에 4년간 유학하며 아랍 문학을 전공했다. 정 교수는 1958년부터 1963년까지 주모로코 중국 대사관에서 외교관으로 활동했다. 1963년 북한으로 귀화한 후 평양외국어대학 교수로 지내며 김일성 주석의 아랍어 통역을 맡기도 한 엘리트였다. 1984년 아랍계 필리핀인으로 위장하여 한국에 입국해 단국대학교에서 사학과 교수로 재직하며 간첩 활동을 하다가 1996년에 발각되어 구금되기도 했다. 정 교수는 2000년 광복절 특사로 복역을 마치고 2003년 한국 국적을 취득한 뒤 실크로드 문명교류 연구에 매진하여 많은 성과를 남긴 학자이다.[3]

---

3 정수일 교수는 2025년 2월 24일 지병으로 별세했다.

2016년 여름에
특별한 음식들을 맛보다

2016년 여름에 맛본 음식 가운데 특별히 기억에 남은 것이 세 가지가 있다. 모두 내가 처음으로 먹어 본 것들이다. 첫째는, 용두리 음달 부락의 안승규 농부 댁에서 맛본 돼지 꼬리찜이다. 고추장을 바탕 양념으로 사용했는데 맵지 않으면서도 간이 잘 되어 먹기에 좋았고, 꼬리 껍질은 겉은 꼬들꼬들하면서도 속은 쫀득쫀득한 것이 씹을수록 고소했다.

돼지 꼬리찜 요리

둘째는, 여수에 사는 한 지인 댁에서 맛본 새우 김치다. 싱싱한 대하를 고추가루로 양념해서 발효시킨 것인데 일반 김치처럼 신맛이 나는 것은 아니지만 씹으면 탱글탱글한 새우 속살이 터지면서 입안으로 배어드는 쌉쌀한 맛을 느낄 수 있었다. 중앙아시아 고려인들이 싱싱한 농어를 포를 떠서 고추가루로 양념하여 발효시킨 '반차이'(반찬)라고 하는 것과 맛이 흡사했다.

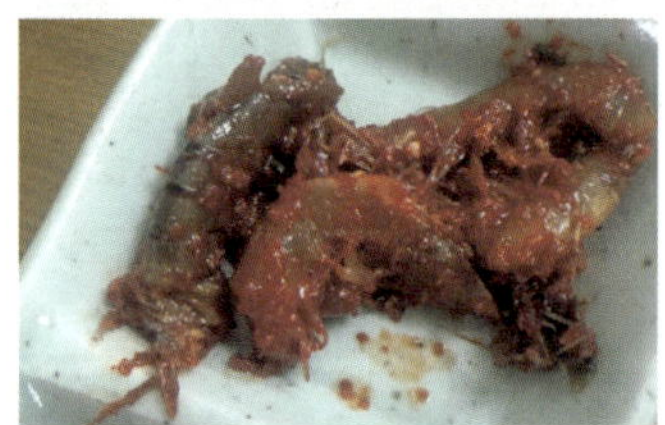

새우 김치의 생김새

셋째는, 하동 화개장터 근처에 있는 한 식당에서 맛본 다슬기 무침이다. 다슬기를 잘게 썬 양파, 고추 등과 함께 갖은 양념을 해서 무친 것인데 그 맛이 매우 독특했다. 식당 대

양파 속살에 담은 다슬기 무침의 모양새

표인 요리사께서 뛰어난 미학적 창의성을 발휘하여 양파를 까서 적당한 크기로 자른 뒤 그 안에 무친 다슬기를 담았는데 그 모양이 너무 아름다워서 먹기가 아까울 정도였다. 매운 것을 못 먹는 나에게는 양파가 너무 매웠고, 다슬기 무침을 먹고 나서 속이 쓰려 많이 아쉬웠다.

2016년 8월 중순에 프랑스 본가에 갔다가 며칠 전에 돌아온 큰아들 삐에르-필립이 쏘씨송 네 종류와 치즈 두 종류를 선물로 가져왔다. 이번 주는 서로가 바빠서 서울에서 만나지 못하여 우체국 택배로

보낸 것을 오늘 점심에 포도주 한 잔을 곁들여 그것들을 맛보았다. 프랑스에서 먹었으면 그냥 그러려니 했겠지만 한국에서 맛을 보니 더욱 좋았다. 쏘씨송saussison은 돼지고기를 갈아서 갖은 양념을 한 뒤 창자(현재는 인공 캐이싱 사용)에 넣어 시렁에 매달아서 발효시킨 것이다. 숙성 기간을 거치면 풍미가 좋아지는데 이때 수분도 적당하게 증발하여 먹기 좋을 정도로 말랑말랑하게 된다. 포도주나 맥주 안주로 이것보다 더 훌륭한 것은 없다.

이 번에 맛본 것 가운데 지방이 거의 없는 다리 살로 가공한 살코기 쏘씨송인 누와드 장봉Noix de jambon과 일반 쏘씨송의 겉 부분을 여러 가지 향신료로 피복하여 발효시킨 것이 특별히 맛있었다. 일반 쏘씨송은 아래 둘째 사진에서 보듯이 적당량의 지방을 섞어서 만든다. 살코기 쏘시송을 먹으며 카작스탄의 말고기 순대인 카즈qazy가 불현듯 생각났다.

지방이 거의 없는 다리 살로 가공한 살코기 쏘씨송

겉 부분을 향신료로 피복하여 발효시킨 쏘시송

서울 종로구 서촌에
누상재樓上齋를 마련하다

　나는 일이 있거나 답답해서 서울에 올라가면 신라스테이 혹은 시티호텔 같은 작은 호텔에서 머물다가 백두대간으로 내려오곤 했었다. 서울에서 직장 생활을 하고 있는 미혼인 큰아들 집에서 며칠을 묵을 수도 있지만 아들의 개인생활을 존중하는 차원에서 나는 호텔을 이용했다. 문제는 호텔에서는 이상하게도 나는 잠을 제대로 잘 수가 없었다. 여러 모로 생각을 하다가 2022년 8월에 나는 큰아들 집에서 약 150미터 떨어진 서촌 수성동 계곡 근처에 거처를 마련하였다. 수성동水聲洞의 '수성'水聲은 인왕산에서 흘러내리는 맑은 물줄기 소리가 인상 깊었기 때문에 붙여진 명칭이고, '동'洞은 조선시대의 행정 구역상의 '동'이 아닌 '골짜기'나 '계곡'을 의미하는 용어로 사용되었다. 따라서 수성동은 인왕산 자락의 아름다운 계곡을 지칭하는 이름이다.

2025년 7월 수성동 계곡 입구 기린교에서 바라본 인왕산

종로구 서촌 수성동 계곡의
기린교

위 사진에 보면 수성동 계곡에 돌다리가 하나 보이는데 그 이름이 기린교麒麟橋이다. 기린교에 대해서는 《신증동국여지승람》(1530)에서 "인왕산 기슭, 넓은 골짜기 깊숙한 곳에 있으니 비해당匪懈堂의 옛 집터이다. 시내가 흐르고 바위가 있는 경치 좋은 곳에 있어서 여름철에 노닐고 구경할 만하고 다리가 있는데 기린교麒麟橋라 한다."고 했다. 비해당은 세종대왕의 셋째 아들 안평대군(1418-53)의 호이다. 기린교는 겸재謙齋 정선鄭歚(1676-1759)이 인왕산 남쪽 기슭에서 백악 계곡에 이르는 장동壯洞 일대의 뛰어난 승경 여덟 곳을 화폭에 담은 〈장동팔경첩〉壯洞八景帖(1755)의 '수성동'이라는 그림에도 등장한다.

정선의 '수성동'에 묘사된
돌다리 '기린교'

내 거처가 도로명 주소로는 옥인3길이지만 지번 주소로는 누상동에 위치하기 때문에 나는 이 공간의 이름을 누상재樓上齋라고 지었다. 조선후기 김정호가 그려서 목각한 '수선전도'에 보면 누각동이 있다. 지금도 통인시장 서쪽 입구에 누각이 있지만, 그 당시에도 누각이 존재했던 것 같다.

  백두대간 농부가 된 프랑스 교수의 사철 이야기

'수선전도'의 북서지역을 확대한 아래 부분도에서 경복궁 서쪽을 보면 인왕산이라고 표기된 곳 아래에 누각동樓閣洞이 있다. 주민들의 말에 따르면 누각의 위쪽은 누상동이고 누각의 아래쪽은 누하동이라고 하는데 누각의 어느 방향이 기준이 된 것인지는 좀 애매모호하다.

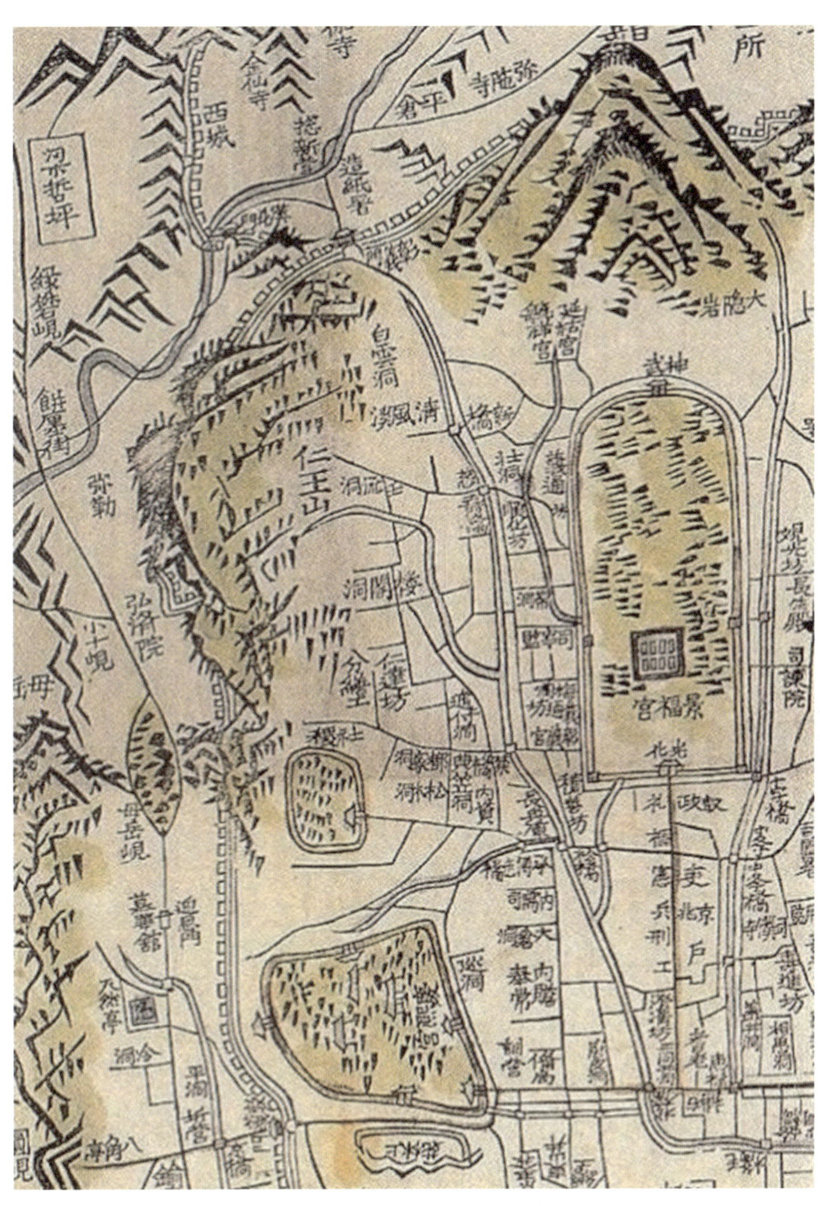

　신기하게도 누상재에서는 나는 잠을 참 잘 잔다. 저녁에는 거처 주변이 조용하기도 하고 나름 공기가 맑은 편이기 때문일 것이다. 아침에 일어나면 나는 수성동 계곡을 지나, 1968년 1월 21일 무장공비 김신조 일당의 침입 이후 세워진 초소 건물 자리에 최근에 건축한 '초소 책방'이라는 옥인동 소재 찻집을 거쳐서 '윤동주문학관'이 있는 청운동 자하문 고개까지 갔다가 돌아온다. 인왕산 자락이라서 그런지 산책 시 광화문 부근과는 비교가 안 될 만큼 숨쉬기가 편하다. 시간이 많을 때는 가끔 근처에 있는 황학정이라는 국궁 활터에 가 활을 쏘기도 한다.

2024년 10월 수성동 계곡 입구에서 인왕산을 배경으로　　2025년 3월 18일 인왕산 자락 수성동 계곡에 내린 눈

　백두대간 농부가 된 프랑스 교수의 사철 이야기

나는 작년까지만 해도 30제곱미터 크기의 비닐하우스에 토마토, 가지, 오이, 고추 몇 포기와 여러 종류의 상추와 잎채소를 주로 재배했다. 하지만 금년 2024년 봄에는 큰 맘을 먹고 단양군 대강면 종묘상에서 병충해에 강한 맵지 않은 고추 모종 100 포기를 5만원에 구입해서 비닐하우스에 심었다.

재배 작물을 바꾼 이유는 이웃 농부가 나에게 한 말 때문이었다. 그에 따르면, 비닐하우스에 고추를 재배하면 농약을 치지 않아도 되며, 수확한 고추도 노지에서 재배한 것보다 더 비싸게 팔 수가 있다. 나는 수확한 농작물을 판매하지 않기 때문에 가격에는 관심이 없었고 농약 사용 여부에만 관심이 있었다.

실제로, 비닐하우스에 심은 고추는 병에 걸리지 않고 무럭무럭 잘 자랐고, 2024년 8월 초순에 나는 처음으로 붉은 고추 만물을 수확했다. 고추에 묻은 먼지를 흐르는 물에 씻어낸 후 꼭지를 제거하고 버들가지 채반에 널어서 6일 동안 햇볕에 두었더니 고추가 훌륭하게 건조됐다.

8월 중순에 다시 한 차례 고추를 수확했다. 두 번째 수확한 고추를 빨리 말리기 위해 물에 씻어서 꼭지를 딴 후 고추를 반으로 갈랐다. 이런 식으로 다듬어서 돗자리를 깔고 바닥에 널었더니 4일만에 고추가 완전히 말랐다. 두어 차례 고추를 더 수확한 뒤 가까운 친척들에게 무농약 무화학비료로 농사지은 고춧가루를 조금씩 나눠줄 생각이다.

아로니아나무 열매를
수확하다

검은색 열매가 달리는 아로니아나무는 장미과에 속하며 학명은 Aronia melano-carpa이고 북아메리카가 원산지이다. 영어로는 aronia 혹은 black chokeberry라고 하고 중국어로는 野櫻莓 yěyīngméi라고 부른다. 18세기경에 유럽으로 전래되었으며 현재 폴란드가 전 세계 생산량의 90퍼센트를 재배하고 있다.

내가 아로니아나무를 키우게 된 이유는 암을 극복하기 위해서였다. 2012년 말 암 수술 이후 폴란드산 아로니아 분말을 복용해 왔으나 내가 용두리에 농지를 마련한 뒤에는 직접 아로니아나무를 길러서 그 열매를 이용하고 있다. 아로니아 열매는 풍부한 안토시아닌과 폴리페놀을 함유하고 있어서 강력한 항산화 작용을 하는데 이는 노화 방지, 눈 건강 증진, 혈관 건강 개선, 면역력 강화에 도움을 주며 암 예방, 혈당 조절, 염증 완화에도 효과가 있다. 아로니아나무는 내가 주현재에 제일 먼저 심은 작물 가운데 하나인데 2015년 봄에 식재한 3년생 아로니아나무는 2017년부터 열매가 달리기 시작했고, 그때부터 나는 내가 직접 농사지은 아로니아 열매로 가공한 분말을 지금까지 매일 아침 한 숟가락씩 꾸준히 먹고 있다.

아로니아 열매는 8월 중순이면 제대로 익어서 완전히 검은색이 되며 이때부터 수확이 가능하다. 아로니아 생과는 먹었을 때 떫은 맛이 매우 강해 신맛이나 단맛은 상대적으로 적게 느끼지만 실제로는 단맛과 신맛도 적지 않은 편이다. 아로니아 열매의 떫은 맛은 열매를 냉동하거나 건조하면 거의 다 없어지고 신맛과 단맛만 남게 된다. 주현재에 심은 아로니아나무는 300여 그루인데 나 혼자서 이용하기에는 열매의 양이 너무 많다. 내가 개인적으로 필요한 분량은 생과로 15킬로그램 정도면 충분한데 사과 수확 시 사용하는 플라스틱 상자로 한가득 수북이 담으면 그 정도의 양이 된다.

　아로니아 열매를 수확하지 않고 나무에 남겨 놓기에는 아까워서 지인들에게 연락하여 개인적으로 따서 가지고 가거나 아니면 나와 같이 공동으로 수확하자고 제안한다. 지인 가운데 수확한 생과를 가지고 가는 이도 있고, 어떤 이는 나와 함께 공동으로 수확한 아로니아 열매의 꼭지를 제거하고 깨끗이 씻어서 플라스틱 소쿠리에 담아 물기를 제거하는 작업을 하기도 한다. 아로니아 열매는 일반적으로 나무에 달린 것을 바로 따지만 뒷쪽의 사진처럼 2-3년에 한 번씩 웃자란 가지를 절단하여 열매를 채취하기도 한다. 이렇게 하면 그 이듬해 2월 말에 아로니아나무를 전지하지 않아도 되기 때문이다.

　물기를 제거한 아로니아 열매는 농업용 건조기에 넣어 말린다. 아로니아 열매는 당분 함량이 높아서 건조기 환기구를 완전히 개방하여 섭씨 50도에서 5-6일 정도 말려야 한다. 깨물면 딱 하고 소리가 날 정도로 건조된 아로니아 열매를 제분하면 아주 고운 자주색의 아로니아 분말을 얻을 수 있다. 완전히 건조되지 않은 아로니아 열매는 당분 때문에 빻을 때 제분기에 들러붙어 가루가 되지 않는다.

　나는 해마다 읍내에 있는 영남제분소에서 아로니아 열매 말린 것을 빻는다. 2024년 가을, 내 생각에는 잘 마른 것 같아서 20킬로그램에 가까운 아로니아 열매를 비닐포대에 담아서 농어촌버스를 타고 가져 갔다. 박영돈 대표가 열매를 깨물어 보더니 바싹 마르지 않아서 안될 것 같다고 했다. 그걸 다시 짊어지고 버스를 타고 돌아갈 생각을 하니 기가 막혀서 박 대표한테 그 정도면 될 것 같으니 한 번 분쇄해 보자며 졸랐다. 박 대표가 다른 열매 하나를 깨물어 보더니 어쩌면 가능할지도 모르겠다며 2시간 뒤에 찾으러 오라고 했다. 두어 시간 뒤에 들렀더니 나에게 아로니아 열매가 분쇄기 드럼에 더덕더덕 들러붙어 있는 장면을 보여주면서 도저히 안 되겠다며, 방앗간 건조기에서 아로니아 열매를 좀 더 말린 뒤 빻아 놓을 테니 그 다음날 찾아가라고 했다. 찾으러 가면서 너무 미안한 마음이 들어 얼마 전 미국 뉴욕공항 면세점에서 구입한 괜찮은 럼주 1리터짜리 한 병을 주면서 그에게 거듭 미안하다고 말했다. 박 대표가 사람이 좋아서 그런지 웃으면서 "그래야 양주도 얻어 마시고 하잔니껴!"[4] 하며 농담조로 대응했다.

보통 15킬로그램 정도의 아로니아 생과를 말려서 빻으면 3킬로그램 정도의 가루를 얻을 수 있다. 8월 하순에 수확한 아로니아 가루는 단맛보다는 신맛이 좀 더 강하고, 9월 초순에 딴 아로니아 가루는 신맛보다 단맛이 더 많은 편이다. 그 이유는 아마도 아로니아 열매의 수분이 증발하면서 상대적으로 당도가 높아지기 때문일 것이다. 아로니아 분말 3킬로그램이면 성인 한 명이 1년 동안 복용할 수 있는 양이 된다.

아로니아 열매를 수확하고 있는 친구들

---

4 '-니껴'는 예천 방언의 하십시오체 감탄형 종결어미이기도 하고 의문형 종결어미이기도 하다. '하잔니껴?'는 표준어로 '하잖습니까!'이다. 의문형 문장을 예로 들면 '아침 잡샀니껴?'는 '아침 드셨습니까?'가 된다.

아로니아 열매 채취 장면

아로니아 열매를 채취한 뒤
꼭지를 제거하고 세척하여
건조기에 넣기 위해 채반에 담아 논 모습

　한 학술 논문에 따르면[5] 아로니아 열매는 폴리페놀 화합물, 플라보노이드, 안토시아닌 등의 생리 활성 물질을 함유하고 있으며, 이들 물질들은 항산화 작용, 암 예방, 면역 증진, 시력 개선 등에 효과가 있다. 아로니아 열매의 건조 방법이 항산화 성분 함량과 항산화 활성에 영향을 미치는데 실험 결과 동결건조법이 자연건조법이나 열풍건조법보다 유효 성분을 덜 파괴하는 것으로 나타난다.

　아로니아 생과를 일광 건조, 찐 뒤 일광 건조, 동결 건조, 오븐 건조(섭씨 70도)의 방

5　황은선, 뉴안 도 티, '건조방법에 따른 아로니아(Aronia melancocarpa) 열수 추출물의 항산화 성분 함량 및 항산화 활성', 《한국 식품과학회지》, 제46권, 제3호, 303-08쪽, 2014.

법으로 말린 뒤 제분하여 분석한 결과 폴리페놀(mg gallic acid/g 기준), 플라보노이드 (quercetin 기준), 안토시아닌(cyanidin-3-glucoside 기준) 함량은 아래 표와 같다. 아로니아 열수 추출물[6]의 항산화 활성은 위 4가지 건조 방법 중에서 동결 건조 시료에서 항산화 활성이 유의적으로 높고, 오븐 건조한 시료에서 가장 낮다. 이 학술 논문의 실험 조건과 결과를 참고하여, 아로니아에 함유된 생리 활성 물질의 파괴를 줄이기 위해 나는 상대적으로 낮은 온도인 섭씨 50도 정도의 열풍으로 아로니아 생과를 건조한다.

	일광건조	찐 뒤 일광건조	동결건조	오븐건조
폴리페놀 (분말 1g 당)	769 mg	779 mg	910 mg	757mg
플라보노이드 (분말 1g 당)	76.9 mg	85.5 mg	90.1 mg	62.0mg
안토시아닌 (분말 100g 당)	0.10 mg	0.07 mg	0.14 mg	0.08 mg

지인들이 와서 함께 아로니아를 딸 때면 점심식사는 시간을 절약하기 위해 주로 음식점에서 해결하는데 한식 뷔페가 아니면 무지개 송어 회 무침이다. 한식 뷔페는 효자면 사무소 부근에 위치한 대흥식당의 점심 메뉴이다. 가격은 일인당 9,000원이며 밥, 국 외에 쌈 채소, 8 가지 반찬, 야채 전이나 잡채 혹은 두부 부침, 불고기나 생선 튀김, 숭늉을 제공한다. 정확하게 10첩 반상인 이 한식 뷔페는 가정식 백반과 흡사한데 효자면 농부뿐만 아니라 인근 면 농부들까지도 애용할 정도로 인기가 많다. 이 한식 뷔페는 신선한 나물 반찬이 많아서 사실 나도 좋아하는 곳이다. 대흥식당 송원득 대표는 효자면 도촌리 태생이고 부인은 전남 완도 출신이다. 송 대표는 용두리 음달 부락의 안승규 농부 부인의 외사촌 오빠이다. 안주인이 완도에서 어물을 가져오기 때문에 효자면 산중에서도 생선요리를 맛볼 수 있다. 대흥식당의 주요 메뉴는 한식뷔페 외에 메기 매운탕, 오리 주물럭, 오리 백숙, 해신탕 등이다. 오리 백숙이나 해신탕은 미리 주문해야 한다. '능이 한방 오리 해신탕'이나 '능이 한방 토종닭 해신탕'은 가격이 8만 원인데 4명이 먹을 수 있어 가성비가 괜찮은 편이다.

6　열수 추출은 재료를 물과 함께 끓이거나 가열하여 유효 성분을 용해시키는 방법이다.

'대흥식당'의 2025년 3월 초 한식 뷔페 차림

무지개 송어 회 무침은 이웃 용문면 하학리에 있는 '맛질 송어 횟집'의 유일한 메뉴이다. 이 식당에서는 자신들이 직접 양식한 무지개 송어를 사용하기 때문에 갓 잡은 송어의 싱싱한 맛을 느낄 수 있다. 송어 한 마리가 2인분인데 가격은 35,000원이다. 미나리, 자색 양배추, 양배추, 상추 등을 썬 것을 대접에 담고 그 위에 회를 친 송어를 놓고 간 마늘, 볶은 콩가루, 초고추장, 참기름을 넣어 젓가락으로 잘 섞으면 송어 회 무침이 된다. 송어 회 무침은 이 집에서 판매하는 13도짜리 청주 '청하'와 궁합이 잘 맞는다. 송어 회 무침을 먹고 나면 공짜로 주는 송어 매운탕이 나오는데 국물 맛이 정말 일품이다. 내가 가끔 이 횟집에 가는 이유는 바로 이 무지개 송어 매운탕 때문이다. 이곳에 나와 같이 갔던 대부분의 친구들은 송어 매운탕이 나오면 이미 배가 부르다며 밥을 먹지 않겠다고 했다가 국물 맛을 보고는 모두 다시 공기밥을 시켜서 먹을 정도로 그 맛이 뛰어난다. 예천초등학교 배귀남과 정화진 동기의 소개로 '맛질 송어 횟집'의 권명숙 대표를 알게 되었는데, 내가 친구들과 식당에 들리면 그녀는 언제나 우리를 살갑게 맞이한다.

' 맛질 송어 횟집'의 2025년 3월 초 무지개 송어 회와 매운탕

　주현재에서 8월 중순에 꽃이 피는 식물로 상사화와 비비추가 있다. 꽃의 색깔이 상사화는 연분홍빛이고 비비추는 자줏빛이다. 이 두 식물은 주현재에서 거의 비슷한 시기에 꽃이 만개한다. 상사화는 연분홍빛 꽃 외에도 지역에 따라 노란색이나 흰색 꽃이 피는 종류도 있다.

연분홍빛의 상사화

비비추 꽃

　　상사화는 수선화과에 속하는 여러해살이식물로 학명은 Lycoris squamigera인데 상사화相思花란 명칭은 이 식물의 꽃이 필 때 잎은 이미 말라 버려서 꽃과 잎이 서로 볼 수 없어 꽃과 잎이 서로 그리워하면서도 끝내 만나지 못하는 아쉬움을 표현하고 있다. 영어로는 상사화가 잎이 지고 나서 꽃이 피는 특성을 반영하여 magic lily 혹은 surprise lily라고 부르고, 중국어로는 石蒜shísuàn이다. 가을이 되면 상사화 꽃과 비슷하게 생긴 선홍색의 꽃을 사찰 근처에서 대규모로 볼 수 있는데 이게 바로 꽃무릇이다. 꽃무릇의 학명은 Lycoris radiata인데 영어로는 spider lily라고 부르고 중국어로는 彼岸花bǐànhuā라고 한다. 꽃무릇은 상사화와는 반대로 꽃이 먼저 피고 꽃이 진 뒤에 잎이 올라온다.

　　비비추는 용설란과의 여러해살이식물로 학명은 Hosta longipes인데 한국과 일본이 원산지이다. 비비추의 영어 명칭은 hosta 혹은 plantain lily이다. 영어 명칭 plantain lily는 비비추의 잎 모양이 질경이(plantain)와 비슷하고 꽃이 백합(lily)과 닮아서 붙여진 것이고, 중국어 이름 紫萼zǐè는 비비추 꽃의 색깔과 잎의 형태를 반영한 것이다.

꽈리는 가지과에 속하는 여러해살이풀로 학명은 Physalis alkekengi이다. 학명의 Physalis는 그리스어로 방광이나 주머니를 뜻하고 Alkekengi는 라틴어에서 유래한 아랍어로 '방광으로 감싼 버찌'라는 뜻이다. 그리스어나 아랍어 모두 꽈리의 형태를 묘사하고 있다. 꽈리의 영어 명칭은 ground cherry 혹은 bladder cherry이고 중국어로는 酸漿suānjiāng이라고 부른다. 영어 명칭은 꽈리의 형태를 묘사하고 중국어 명칭은 꽈리의 맛을 표현한다.

꽈리 열매를 둘러싸고 있는 주홍색 등(燈) 모양의 꽃받침(꽈리가 익으면서 녹색의 꽃받침이 점차 주홍색으로 변함)

익은 꽈리 열매는 주홍색 껍질을 가지고 있다. 껍질을 주물러 과육을 부드럽게 하여 바늘 등으로 꼭지 부분에 구멍을 내어 안의 씨앗을 조심스럽게 빼낸 뒤 입안에 넣고 둥근 껍질을 잘근잘근 깨물면 공기를 뺄 때 꽈악 꽈악하는 소리가 나는데, 이 행동을 '꽈리를 분다'고 한다. 내가 초등학교에 다닐 때는 학교 입구 가게에서 고무로 만든 꽈리를 판매하기도 했다.

주현재 농가 앞 잔디밭에 적지 않은 꽈리가 있다. 이 꽈리들은 2015년 봄 원용두 부락의 최순례 이웃한테서 모종을 얻은 것이다. 꽈리는 여름이 되면 흰색의 작은 꽃이 피고 녹색의 주머니가 달리는데 8월 중순이 되면 꽈리가 익어서 녹색 주머니가 주홍색이 된다. 이때 나는 이걸 따서 속에 든 열매를 후식으로 이용한다. 꽈리 주머니를 찢고 헤집으면 윤기가 흐르는 작고 단단한 주홍색의 꽈리 열매가 들어 있는데 산골에서 맛볼 수 있는 신맛과 단맛이 잘 조화된 최고급의 후식일 것이다.

내가 어릴 때부터 꽈리를 후식으로 먹은 것은 아니다. 내가 꽈리를 프랑스에서 처음 본 것은 식물 꽈리가 아니라 프랑스 최고급 식당 메뉴에 있는 음식 꽈리였다. 당시는 내가 꽈리가 프랑스어로 무엇인지 몰라 메뉴판에 적힌 physalis(피잘리스)를 이해하지 못했는데 웨이터가 추천해서 그걸 맛보게 되었다. 큰 쟁반에 꽈리가 주머니째 6개가 놓여 있었는데 그 모습을 보고 처음에는 설마 했었다. 그러나 그걸 찢어 보고는 깜짝 놀랐다. 정말 내가 알고 있던 그 꽈리였다. 꽈리를 후식으로 먹는다는 사실에 놀랐고, 그것도 프랑스의 최고급 식당에서 그걸 후식으로 사용한다는 데 또 한 번 놀랐다.

꽃받침 속에 든 주홍색 구슬 모양의 익은 꽈리

그 식당은 노트르 담 대성당 맞은편 센느La Seine 강변에 있는 1582년에 문을 연 프랑스에서 가장 오래된 '라 뚜르 다장'La Tour d'Argent이다. 이 식당은 손님에게 기념으로 사기 재떨이 하나와 식당의 역사를 적은 쪽지 한 장을 준다. 물론 나는 담배를 피우지 않기 때문에 선물로 받은 재떨이를 명함이나 커프스단추 같은 것을 담아 놓는 데 쓴다. 쪽지에 따르면, 이곳은 프랑스 역대 왕들이 애호하던 식당으로 17세기에는 '아프리카의 닭' 요리와 '산림의 장어' 요리가 유행했다. 내가 추측하듯이 '산림의 장어'가 뱀이라면 프랑스 왕들도 17세기에 뱀을 식용했다는 것 아닌가!

2023년 '라 뚜르 다장'에서 바라본 노트르담 대사원의 복원 현장 광경

토마토를
수확하다

매년마다 심는 토마토의 품종이 다른데 그건 모종을 구입할 때 종묘상의 상황에 따라 결정되기 때문이다. 2025년에 심은 토마토 품종은 흑토마토이다. 모종을 사면서 내가 방울 토마토보다 크고 일반 토마토보다 작은 계란 크기의 토마토를 원한다고 했더니 종묘상에서 흑토마토를 추천했다. 흑토마토에 대해서 뭐가 우수한지 종묘상 주인이 소개하지 않았지만 일반 토마토 모종보다는 가격이 조금 더 비쌌다.

흑토마토는 유전자 변형을 통해서 새로 탄생한 것이 아니라 우크라이나 크림반도에서 자생하던 품종으로 19세기 중반 크림전쟁에 참여했던 군인들에 의해 그 존재가 알려졌다. 현재 상품화된 선 블랙^{Sun Black} 품종은 2009년에 전통 하이브리드 방법으로 재래종을 개량한 것으로 강화된 안토시아닌^{anthocyanin} 성분 때문에 검은 색깔을 띠게 됐다. 크림전쟁은 1853년 10월부터 1856년 3월까지 러시아제국, 오스만제국, 대영제국, 프랑스제국, 사르데냐-피에몬테왕국 사이에 벌어진 전쟁이다. 1956년 3월 30일 파리강화 조약으로 종전된 이 전쟁에서 활약한 간호사로 플로렌스 나이팅게일이 있다.

토마토는 가지과에 속하는 한해살이풀로 라틴아메리카가 원산지인 과일인데 학명은 Solanum lycopersicum이다. 토마토는 영어로는 tomato이고, 중국어로는 남쪽 지역에서는 番茄^{fānqié}라고 부르고 북쪽 지역에서는 西紅柿^{xīhóngshi}라고 한다. 토마토를 나무가 아닌 한해살이풀에서 자라는 감이라는 뜻으로 일년감이라고 불렀는데, 중앙아시아 고려인들은 아직도 고려말로 그렇게 부른다. 이수광(1563-1629)이 편찬한 《지봉유설》(1614)에서는 "남만시^{南蠻柿}는 풀에서 나는 감으로 봄에 심어 가을에 열매를 맺는다. 맛은 감과 비슷하다. 남만에서 온 것으로 사신이 중국과 조선에 종자를 가져왔다."고 기록하고 있는 것으로 보아 '남쪽 오랑캐'(남만)가 사는 땅, 곧 중국의 장강 유역 및 그 남쪽에 살던 이민족이 재배하던 토마토를 감이라는 뜻으로 남만시라고 불렀던 것 같다.

토마토에는 라이코펜이 많이 들어 있으나 그냥 먹으면 체내 흡수율이 떨어지기 때문에 열을 가해 조리하면 라이코펜이 토마토 세포벽 밖으로 빠져나와 인체에 잘 흡수된다. 요리한 토마토에 들어 있는 라이코펜의 흡수율은 생토마토의 5배에 달한다. 흑토마토는 일반 토마토보다 수확 기간이 3-4개월 더 길며 베타카로틴과 라이코펜의 함량도 뛰어나는데 열매의 껍질이 두껍고 치밀해 단단하면서도 아삭아삭하며 섬유질이 풍부해서 저장기간도 길다.

수확한 구은 벽돌색의 흑토마토

흑토마토는 2025년 8월 하순에 수확한 위 사진에서 볼 수 있는 것처럼 나무에서 익으면 껍질이 어느 정도 검붉은 구운 벽돌색으로 변하는데 크기는 탁구공만 하다. 그 맛은 일반 토마토보다는 단맛이 적으며 약간의 짠맛과 신맛이 있다.

가지와 오이를
말리다

내가 봄에 기본적으로 비닐하우스나 텃밭에 심는 채소들이 있다. 그것들은 토마토, 가지, 오이, 들깨, 고추, 상추이다. 이 가운데 가지와 오이는 8월이 되면 너무 많이 달려서 나 혼자서 다 소비할 수가 없다. 이런 경우 가지와 오이를 수확해서 누구에게 주거나 그것도 용의치 않으면 그냥 버리고 만다. 2025년에도 8월 중순에 가지와 오이가 한꺼번에 너무 많이 달려서 혼자 소비하기에는 버거웠다. 남는 가지와 오이를 그냥 버릴까 하다가 말려 보기로 했다.

가지는 가지과에 속하는 한해살이 혹은 여러해살이 식물이며 학명은 Solanum melongena이다. 가지의 영어 명칭은 미국에서는 eggplant로, 영국에서는 aubergine으로 부른다. 중국어로는 茄子qiézi라고 한다. 수확해서 사용하지 않은 가지를 일단 잘게 잘라 두 채반에 넣어서 햇빛에 말렸더니 2일이 지나자 거의 다 말랐기에 3일째는 한 채반에 합쳐서 하루를 더 말렸다. 3일 동안 말리니 부러질 정도로 바싹하게 건조됐다. 채소가 없을 때 이걸 고기와 함께 맛있게 볶아 볼 생각이다.

가지는 이전에도 가끔 말린 적이 있지만 오이를 말리는 것은 이번에 처음으로 시도해 보는 것이다. 오이는 박과에 속하는 한해살이 덩굴식물로 학명은 Cucumis sativus이다. 영어 명칭은 cucumber이고 중국어로는 黃瓜huángguā라고 부른다. 예천 방언으로 오이를 '물위'라고 부르는데 '물위'의 '위'는 표준어 '외'로 참외를 일컫는다. 오이는 참외에 비해 그 맛이 물처럼 맹맹하기 때문에 '물위'란 이름이 붙여진 것 같다.

오이에는 산뜻한 청량감이 나는 독특한 향이 있는데 이 향의 성분은 알코올의 일종

가지를 채반에 말리는 모양

인 노나디에놀Nonadienol과 노나디엔알Nonadienal이다. 이 화학 물질들은 오이 알코올이라고도 부르는데 이 향에 대한 사람들의 민감도에 따라서 오이를 좋아하거나 싫어하게 된다. 서유럽에서 프랑스 사람들은 오이를 좋아해서 샐러드로 이용하지만 이탈리아 사람들은 아예 오이를 먹지 않는다. 내가 호텔을 경영할 때인데 이탈리아에서 온 고등학생 단체가 저녁 식사 때 마련한 오이가 들어간 샐러드를 아무도 먹지 않아서 문제가 된 적이 있었다. 나중에 인솔 교사에게 그 이유에 대해 물었더니 이탈리아 사람들은 일반적으로 오이를 좋아하지 않는다고 했다.

나는 일단 오이를 반으로 갈라서 숟가락으로 씨를 둘러싸고 있는 물질들을 모두 긁어 냈다. 그리고는 오이를 적당한 길이로 잘라서 넷으로 등분한 다음 채반에 널어 놓았다. 언젠가 누구에게서 들은 이야기가 있는데 오이로 장아찌를 담글 때 오이를 대충 말려서 조 껍질에 소금과 향신료를 썩은 양념에 버무려서 독에 담아 둔다고 했다. 나는

장아찌를 담글 생각은 없었고 그냥 바짝 말려서 이것을 닭 가슴살과 함께 볶아서 먹어
볼 요량이었다.

썬 오이를 채반에 널어놓은 모습

　　오이 썬 것을 하루 동안 햇빛에 말렸더니 물기는 완전히 사라진 상태가 됐다. 일기
예보를 보니 비가 올 수도 있다고 해서 다음 날 아침 서울에 가면서 농가 처마 밑 의자
위로 채반을 옮겨 놓았다. 4박 5일 후 주헌재에 돌아와 보니 오이의 건조 결과가 좋지
않았다. 워낙 수분이 많은 채소다 보니 노각은 잘 건조됐지만 나머지는 비가 내린 날씨
탓에 제대로 마르지 않았고 노린재가 잔뜩 붙어 있었다. 수분이 많아서 그런지 건조된
것도 생각보다 섬유질이 별로 없었다. 오이를 제대로 말리자면 농업용 건조기에 넣지 않
고는 불가능할 것 같았다. 결국 채반에 담긴 오이 썬 것을 모두 버리고 말았다. 아무튼
오이 말리기는 실패했고, 다시는 오이를 말리지 않을 것이다.

9월의 이야기

평양을
방문하다

내가 평양에 개인적으로 처음 간 것은 1992년 9월이었다. 그때 나는 평양여관에서 머물렀다. 북한에서 말하는 여관은 한국의 여관과는 다르고 현대화된 호텔을 의미한다. 평양여관은 대동강변에 위치한 평양에서 가장 오래된 현대식 호텔인데 아침저녁으로 강변에서 산보하기에 좋았다. 평양여관 맞은편에는 평양대극장이 있었고, 대극장 내부에는 대형 식당도 마련돼 있었다. 평양대극장 내부에 있는 식당에는 외국인은 갈 수가 없는데, 당시 나의 안내인의 배려로 그곳에서 점심식사를 한 번 했다. 물론 계산도 안내원이 현지 원화로 했으나 나중에 내가 그에게 수고비로 달러화를 좀 줬다. 외국인들은 평양에서 달러를 현지 원화로 환전하여 사용해야 하는데 외국인들의 환율은 현지인들의 환율과는 완전히 달랐다. 다시 말해서 외화와 환전한 1원은 현지 1원과는 가치가 달랐으며, 일반 상점에서는 외화를 환전한 원화를 쓸 수 없었고, 더구나 외국인은 일반 상점에는 갈 수가 없었다. 여관 내의 식당, 주점 등의 가격은 당시 파리의 물가와 거의 비슷했다. 내가 평양에 갔을 때 평양여관에는 재일동포 손님들이 가장 많았다.

매일 아침 9시에 안내원이 여관으로 왔는데 나는 새벽에 일찍 일어나 대동강변으로 나가 혼자서 산책을 한 후 아침식사를 했다. 그때 적지 않은 평양시민들이 대동강변에서 새벽에 낚시하는 것을 보았다. 내가 생긴 건 한국인이지만 옷차림과 말씨가 달라서 그런지 낚시하는 시민들과 대화를 시도했지만 "무엇을 잡느냐?" 혹은 "고기를 잡아서 뭘 하느냐?" 등의 짧은 질문 외에는 별다른 말은 나누지 못했다. 안내원은 나에게 자기 없이 혼자서 여관 밖으로 나가지 말라고 당부했지만 답답해서 혼자서 강변에서 산책했다. 나도 안내원에게 산책한 사실에 대해 말하지 않았고 안내원도 나에게 내가 밖에 나갔는지 묻지 않았다. 내가 말하는 북한의 안내원이란 단순한 관광 안내원이 아닌 국가 기관

요원으로 외국인의 체류 기간 동안 모든 걸 도와주는 조력자이기도 하지만 실제로는 감시원에 더 가깝다.

하루는 인민대학습당과 김일성대학을 방문하고 을밀대 등 평양의 명승지를 관광했다. 저녁 식사 후 안내원과 헤어진 후 방으로 가는 길에 복도에서 중국에서 온 조선족 동포들을 만났다. 그들은 평양에 사업차 온 사람들인데 나에게 말을 걸어서 내가 프랑스 파리에서 왔다고 했더니 자기들 방에서 맥주를 한잔하자고 제안했다. 그들을 따라갔더니 방 안에 캔 맥주 상자가 수북이 쌓여 있었다. 알고 보니 그들은 단동에서 평양에 맥주를 팔러 온 사업가들이었다. 그들이 명함을 주면서 중국에 오면 한 번 들리라고 했지만 단동 지역에 갈 일이 없어서 다시 그들을 만나지는 못했다.

인민대학습당에서

김일성대학에서

을밀대에서

하루는 내가 안내원에게 평양대극장에서 공연을 한다면 한 번 관람하고 싶다고 했더니, 그는 마침 그때 가극 '꽃 파는 처녀'가 공연 중이라고 했다. 당시 입장료가 50달러 정도였는데 생각보다 비쌌다. 대신 좌석은 맨 앞자리 중간에 좋은 곳으로 배정받았다. 내 좌석 주위에 서양인 관객도 몇 명 있었다. 가극 내용은 일제시대 때 가난한 머슴 가정이 겪는 고통과 슬픔, 지주와의 갈등, 그리고 계급적 모순에 대한 저항을 묘사한 것인데 가수들의 역량이 뛰어났다. 공연이 끝난 후, 안내원이 나에게 쏘가리 매운탕을 좋아하느냐고 물었다. 나는 쏘가리 매운탕을 먹어 본 적은 없지만 일찍이 쏘가리가 맛있는 민물고기라는 말을 들어 본 적이 있어서 먹어보고 싶다고 그에게 말했다. 그는 나를 평양 어느 구역에 있는 쏘가리 매운탕 집으로 데리고 갔다. 나는 쏘가리가 작은 물고기인 줄 알았는데 매운탕이 나왔을 때 쏘가리의 크기에 적지 않게 놀랐다. 쏘가리를 포를 떠서 된장을 조금 풀고 고추가루를 넣어서 매운탕을 끓였는데 생각보다 훌륭했다. 당시 내가 평양에서 먹은 음식 가운데 가장 맛있었다.

하루는 저녁 식사 후 안내원과 헤어진 후 평양여관으로 돌아와 혼자서 바에 가서 술을 한잔 할까 말까 망설이며 로비에서 서성거리다가 우연히 프랑스어를 하는 말소리가 들려서 주위를 둘러보았더니 나와 나이가 엇비슷한 프랑스인 남성이 북한 남성과 대화를 나누고 있었다. 그쪽으로 가서 프랑스어로 인사했더니 그는 아르노 뒤발Arnaud DUVAL이라며 나에게 손을 내밀며 악수를 청했다. 파리에 있는 만화영화제작사에 근무하며 평양의 한 회사와 계약하여 만화 영화 그림 작업을 감독한다고 했다. 저녁 10시가 지난 늦은 시간이라서 로비에는 사람들이 거의 없었다. 아르노가 가방에서 마시다 남은 독주 병을 꺼내며 리셉션에 있던 직원에게도 오라며 손짓했다. 리셉션 직원이 종이로 두리뭉실 싼 것을 가지고 와서 꺼내 놓으며 저녁에 먹다 남은 건데 "누추해서 드시겠나?"하며 겸연쩍은 표정을 지었다. 나는 웃으며 "안주로 당연히 좋지요." 하고 화답했다. 아르노는 거의 일 년을 여관에서 상주했기 때문에 모든 여관 직원들이 그와 친했다. 한 잔을 한 후 술이 약간 오른 아르노가 그의 평양 협업회사 통역에게 한 잔을 더 하자고 제안했고, 거의 자정이 다 된 시간에 근처에 있는 대동강여관으로 갔다. 대동강여관에서 신기한 걸 목격했다. 아르노의 평양 협업회사 통역이 나에게 보란듯이 허세를 부리며 프랑스산 꼬냑을 한 병 시켰다. 북한의 여관들은 모두 국가에서 경영하는 사업체인데 실제로 그날 저녁 그가 술값을 냈는지는 모르지만 아무나 할 수 없는 행동이었다. 다시 말해서 이 프랑스어 통역 역시 그냥 단순한 통역은 아니었다.

평양여관 로비에서 함께 술을
마셨던 통역과 여관 리셉션 직원

　그게 끝이 아니었다. 대동강여관에서 술판이 끝난 뒤, 새벽 2시경에 아르노가 디스코텍에 가자고 제안해서 8층 건물인 창광산여관에 있는 춤장엘 갔다. 평양에서는 디스코텍을 춤장이라고 불렀다. 디스코텍은 밴드가 직접 음악을 연주하는 것이 아니라 디스크(음반)를 틀어 주기 때문에 붙여진 이름이다. 그날 디스코텍에서 여러 번 틀어준 음반은 프랑스 노래 '여행, 여행'(Voyage, voyage)이란 샹송이었다. 춤장에서 아프리카 흑인 유학생들을 만났다. 한 남학생이 아프리카 기니인지 가나인지 그 나라 대통령의 아들이라고 했는데 그가 우리들의 술값까지 냈다. 그가 운전하는 차를 타고 그의 숙소에 가서 맥주를 한 잔 더 하고 헤어졌다. 그의 일행 가운데 에티오피아 흑인 여학생이 한 명 있었는데 북한 말을 정말 잘 했다. 나는 술이 취한 아르노를 부축해서 동이 틀 때쯤 호텔로 돌아왔다. 그날 밤 나는 아르노 덕분에 평양에서 아주 특별한 경험을 했다. 그후 나는 단 한 번도 평양에서 이런 호사를 다시 누려 보지 못했는데, 중국 조선족 동포 사업가들이 나에게 평양에서는 되는 것도 없고 안 되는 것도 없다고 하던 말이 생각났다.

그날 일에 대해선 나는 안내원에게 입도 뻥긋하지 않았다. 그 뒤 한참이 지나 파리에서 아르노를 다시 만나 가끔 평양에 관한 이야기를 나누었다. 아르노는 나중에 한국에 와서 한 대학의 프랑스어과에서 원어민 강사로 일하기도 했다.

얼마 전 유효 기간이 만료된 내 여권들을 폐기하던 중 평양에 가기 위해 받았던 사증들을 보다가 1990년대 초반부터 2000년대 후반까지 사증의 형태가 조금씩 변한 것을 발견하고 사증의 형태가 현대화되어 가는 과정을 정리했다. 1992년 사증은 고무도장으로 찍은 사증에 손으로 글씨를 쓴 것이고, 2002년 사증은 연한 녹색 바탕에 꽃 문양을 인쇄한 것으로 손으로 쓴 것이고, 2004년 사증은 연한 주황색 바탕에 평양의 개선문을 인쇄한 것으로 손으로 표기한 것인데 사증 왼쪽에 북한의 국가 문장을 포함시켰고, 2006년 사증은 2004년 것과 같지만 컴퓨터로 타자한 것이다. 이후의 사증은 2007년의 것과 동일하다.

북한 사증의 변화 양상

평양에 가는 방법은 두 가지가 있다. 하나는 북경이나 심양에서 평양까지 운항되는 고려항공을 이용하는 것이고, 다른 하나는 북경역에서 평양역까지 가는 기차를 타는 것이다. 외국인의 기차 이용은 북한 당국에서 꺼린다. 외국인들이 북경에서 기차를 타게 되면 신의주역에 도착할 때까지 북한 주민들과 자유롭게 접촉할 수 있기 때문에 이를 경계하는 것이다. 평양 순안공항에 도착하면 세관검사를 하는데 매우 엄격하다. GPS가 있는 시계나 기기는 무조건 세관에 보관했다가

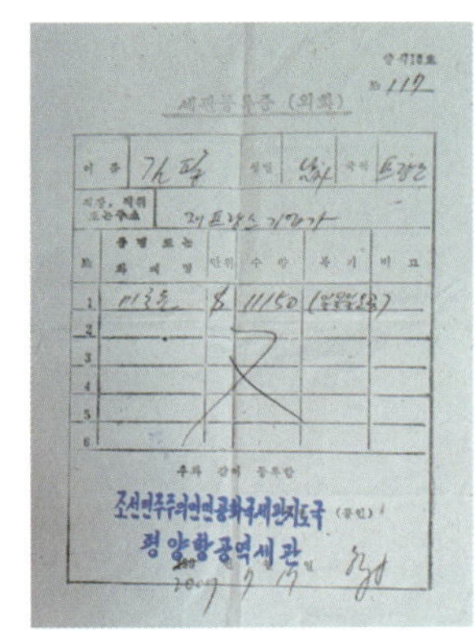

평양항공역 세관의 세관등록증

출국 시 찾아가야 한다. 그리고 여행객이 지참한 외화는 세관 직원이 일일이 다 세어서 '세관등록증(외화)'에 기록한 후 원본을 준다. 출국 시 이 금액보다 많은 외화는 반출할 수가 없다.

고려항공에도 공무석이라고 부르는 비니지스석이 있다. 공무석 여객은 공항에서 '응접실 리용증'을 보여주고 한국에서 말하는 공항 라운지를 사용할 수 있다. 하지만 라운지에는 편안한 소파에서 대기할 수 있는 것 외에 특별한 것이 없었다. 출국 시에는 공항이용료에 해당하는 '항공역봉사요금'을 내야 한다. 탑승권은 북한에서는 '자리표'라고 부른다. 북한에서는 공항의 명칭을 평양 순안공항이라고 하는데, 여객이 이용하는 공항의 공간은 공항이라고 하지 않고 항공역이라고 부른다. 아마도 기차역과 같은 형식으로 부르는 것 같다.

비즈니스 탑승권(공무자리표)과
라운지 이용권(응접실 리용증)

나는 2002년 7월에 딱 한 차례 평양-북경 구간을 기차로 간 적이 있다. 나는 기차가 너무 타 보고 싶어서, 평양에서 북경으로 떠나기 전날, 안내원에게 내가 가지고 있던 미국 달러를 거의 다 써 버려서 비행기표를 살 수 있는 여분이 돈이 없으니 열차를 이용해야 할 것 같다고 했다. 그가 매우 난처한 표정을 지었지만, 결국 당국의 허가를 받아 내가 기차표를 구입할 수 있도록 도와줬다. 평양역을 외부에서 바라본 적은 있지만 평양역 내부에 내가 들어가 본 것은 처음이었다. 역 내부에는 보따리를 든 여행객들이 수도 없이 바닥에 앉아 있었는데 마치 내가 어릴 때 청량리역에서 보던 풍경과 비슷했다. 나는 일부러 평양에서 출발하는 북한사람들과 같이 앉으려고 일반석 기차표를 예매했다. 평양에서 북경까지는 내 기억에 35시간 정도가 걸렸던 것 같다. 평양에서 북경까지 가는 사람들은 기차 안에서 먹고 마실 것을 가지고 탔다.

내가 탄 열차는 평양에서 모스크바까지 가는 러시아 열차였으며 북한 열차도 연결돼 있었다. 나는 2층 침대 칸을 예약했는데 나와 같은 칸에 탄 남성들은 먹을 것을 잔뜩 가지고 탔는데, 어떤 이는 직접 내린 소주를 20리터짜리 통에 담아 오기도 했고, 어떤 이는 떡, 수박, 찐 옥수수, 참외를 가지고 오기도 했다. 이들은 스스로를 건설노동자라고 밝혔는데 북경까지 가면서 먹고 마시며 서양 카드를 사용하여 북한식 '주패놀이'를 하며 담배 개비 내기를 했다. 북한 열차는 심양에서 러시아 열차와 분리되어 북경으로 갔지만, 러시아 열차는 하얼빈을 거쳐 모스크바로 갔다. 나는 같은 칸에 탄 건설노동자들 덕분에 북경까지 얻어먹으며 갔다. 미안해서 맥주라도 사려고 했지만 그들이 한사코 말려서 우리는 계속 삶은 돼지고기나 탈피를 안주로 소주만 마셨다. '탈피'는 말린 명태의 껍질을 벗긴 후 찢어서 먹는다고 해서 붙여진 명칭이다. 가는 도중 정주역에서 정전이 되어 열차가 한 시간 이상을 멈춰 서기도 했다. 이들은 신의주까지는 매우 조심스럽게 나에게 말을 건넸으나 단동에 들어서면서부터 내가 묻는 모든 것에 거리낌 없이 대답했다. 평양-북경간 기차 여행은 나에게 매우 새로운 값진 경험이었다.

2012년 9월 하순 아르헨띠나 마르 델 쁠라따 국립대학교Universidad Nacional de Mar del Plata에서 개최된 한국학 학술대회에 참가하기 위해 파리 샤를르–드–골 공항을 거쳐 부에노스아이레스로 갔다. 당시 국제학술대회 논문 발표자는 강남대학교에서 항공비를 지원했는데 담당 직원이 나에게 "왜 굳이 파리를 거쳐서 아르헨띠나에 갔느냐?"며 마치 내가 파리 본가에 들르려고 비싼 비용을 들여 일부러 그쪽을 거쳐서 간 게 아닌가 추궁하는 눈치였다. 하지만 실제로 한국에서 미국이나 캐나다를 거쳐서 가는 거나 한국에서 파리를 거쳐서 가는 거나 거리로 보나 비용으로 보나 엇비슷했다. 나에게 던진 그의 질문은 한마디로 말하면 세계지도를 제대로 살펴본 적이 없는 무지의 소치였다. 프랑스 파리는 대서양에 근접한 도시라서 곧바로 아메리카 대륙의 동부와 연결되기 때문에 남미 남동부에 위치한 아르헨띠나 부에노스아이레스와는 직선 거리로 거리 멀지 않다.

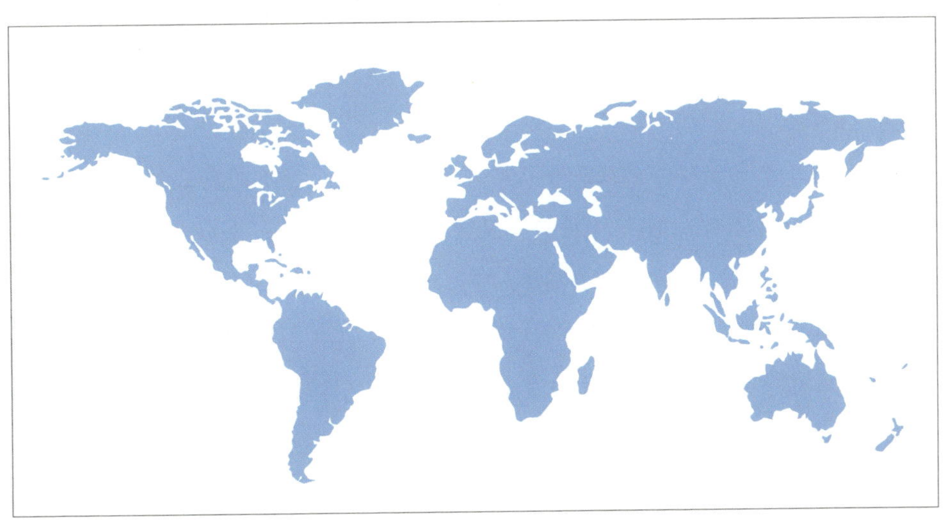

마르 델 쁠라따는 아르헨띠나 수도 부에노스아이레스에서 서남쪽으로 400킬로미터 떨어진 해안 도시로 유명한 해수욕장이 있는 관광지이다. 이 대학은 당시 한국학과가 설치된 곳은 아니었지만 한국국제교류재단의 지원으로 한국에 관한 강좌가 개설돼 있었다. 나는 학술대회에서 윤동주의 '별 헤는 밤', 조명희의 '짓밟힌 고려', 강태수의 '발 갈던 아씨에게'를 비교한 'Nationalist Imagery in the Poetry of Overseas Koreans'(해외 한인 시에 나타난 민족주의 형상)란 논문을 발표했다. 당시 현지 절기로는 초봄이었지만 아르헨띠나는 영토가 남북으로 길게 펼쳐져 있어서 북쪽과 남쪽의 기후 차이가 뚜렷했다. 돌아오는 길에 이과수 폭포Cataratas del Iguazú와 뻬리또 모레노 빙하 Glaciar Perito Moreno를 견학하고 지구 최남단 도시 우슈아이아Ushuaia를 방문했다.

마르 델 쁠라따 국립대학교에서 발표 장면

9월 28일 오후 늦게 뿌에르또 이과수Puerto Iguazú에 도착한 관계로 쉬고 이튿날 아침에 폭포를 보러 가기로 했다. 이과수 폭포는 세계에서 가장 큰 폭포이며 아르헨띠나와 브라질이 공유하고 있는 유네스코 세계문화유산이다. 다음날 아침에 일어나니 비가 내리고 있었다. 하지만 포기할 수 없어서 택시를 타고 이과수 국립공원으로 갔다. 매표소 입구에서 마침 우비를 팔고 있어서 그걸 하나 구입하여 입었다. 비가 와서 그런지 관광객이 거의 없었다. 이과수 폭포의 물줄기를 보는 순간 우렁찬 소리와 포말이 주는 형용할 수 없는 압도감에 나는 가슴이 벅찼다. 그런 기분을 난생 처음으로 느꼈다.

이과수 폭포의 거대한 물줄기

　　뻬리또 모레노 빙하는 아르헨띠나 빠따고니아 지역에서 가장 유명한 관광 명소이다. 빙하를 보기 위해 엘 깔라파떼El Calafate로 갔다. 엘 깔라파떼에서 경북 출신의 권명숙 대표가 경영하는 Linda Vista 아파트 호텔에서 숙박했다. 숙소 창 밖에 만발한 버드나무 꽃을 보고 한국으로 착각할 정도였다. 빙하 투어를 신청하여 배를 타고 아르헨띠나 빙하를 견학했다. 뻬리또 모레노 빙하는 프랑스 몽블랑의 메르 드 글라스Mer de Glace 빙하, 타지키스탄 파미르고원의 펜첸코Fedchenko 빙하에 이어 내가 세 번째로 견학하게 된 빙하였다. 이전에 본 두 곳의 빙하는 힘들게 걸어가서 견학했지만 이번에는 배를 타고 강에 떠다니는 유빙流氷을 보며 떼낄라를 한잔하며 유유자적한 상태에서 빙하까지 갔다.

삐리또 모레노 빙하와 아르헨띠노 호수에 떠다니는 유빙들

엘 깔라파떼에서 삐리또 모레노 빙하를 다녀온 뒤 핕스 로이 산Cerro Fitz Roy에 갈까 망설이다가 결국 린다 비스타 권 대표의 권유로 우슈아이아로 가기로 했다. 우슈아이아는 아르헨띠나 최남단에 위치한 항구 도시로 '우슈아이아, 세상의 끝, 모든 것의 시작'(Ushuaia, fin del mundo, principio de todo)라는 모토로 유명하다. 우슈아이아는 남극으로 가는 5대 관문 도시 가운데 하나인데 5대 관문 도시는 칠레의 뿐따 아레나스, 아르헨띠나의 우슈아이아, 남아프리카공화국의 케이프 타운, 오스트레일리아의 호바르트, 뉴질랜드의 크라이스트처치이다. 각 관문 도시는 가까운 남극 지역에 항공화물과 인적 자원을 수송한다.

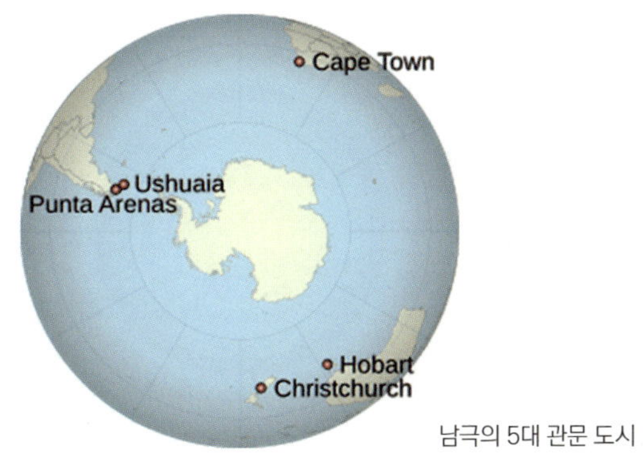

남극의 5대 관문 도시

　권 대표의 소개로 당시 우슈아이아에 거주하는 유일한 한국인 가족으로 화훼농장 '비베로 로스 꼬레 아노스'VIVERO Los Coreanos를 경영하는 강원 출신의 임영선 대표 댁에서 숙박했다. 당시 남편을 얼마 전에 사별한 임 대표의 큰아들 다빈은 부에노스 아이레스에서 의대에 다니고 있었고, 고등학교를 갓 졸업한 작은 아들 레온이 나를 며칠 동안 안내했다. 레온이 한국어를 제대로 배우고 싶다고 해서 내가 한국에 돌아와서 그를 일년 동안 무상으로 강남대학교 한국어교육원에 초청했으나 하필이면 그가 현지에 진출한 한국 기업에 취업하는 바람에 한국에 오지는 못했다.

우슈아이아 공항과 필자의 여행 가방

공항에서 바라본 우슈아이아 전경

당시는 비수기여서 6,000달러면 남극에 다녀올 수 있었지만 학기 중이라 시간을 더 낼 수가 없어서 몹시 안타까웠다. 하루는 임 대표가 아침 일찍 국립공원 관리원들이 출근하기 전에 직접 나를 차에 태우고 입장료도 지불하지 않고 공원 깊숙이 들어가 여러 가지 진귀한 풍경을 보여줬는데 지금까지도 그 고마움을 잊을 수가 없다. 아래는 띠에라 델 푸에고Tierra del Fuego 국립공원에 들어서며 임 대표가 찍어준 사진과 내가 촬영한 바이아 엔세나다Bahia Ensenada(작은 만)의 풍경들이다.

띠에라 델 푸에고 국립공원 내 비갤 해협(Canal del Beagle)에 위치한 아름다운 자연 경관으로 유명한 바이아 엔세나다의 풍경

신부를 회상하다

나는 어릴 때 동네 또래들과 같이 가끔 교회나 성당엘 갔었다. 특히 성탄절이 되면 당시 교회나 성당에서는 아이들에게 과자나 작은 선물을 주었는데 우리는 그걸 노리고 성탄절이 가까워지면 교회나 성당엘 다녔다. 특히 성당에서는 성탄절이 되면 프랑스 가톨릭 신자들이 보낸 옷가지를 선물로 줬는데 한국에서는 볼 수 없는 재질에 색깔이 매우 화려했다. 나는 예천성당에서 가까운 곳에 살았다. 성당에서는 '천주교 요리문답'이라는 책자를 주었는데 그것의 일부를 잘 외워서 가면 칭찬을 들었다. 영세를 받으려면 그걸 반드시 외워야 했다. 물론 나는 간헐적으로 성당에 다니다 말았기 때문에 영세는 받지 않았다.

내가 예천성당에 다니는 동안 세 분의 프랑스 신부를 만났다. 한 번은 신부께서 나에게 무슨 빵을 한 조각 주었는데 처음 먹어보는 맛있는 빵이었다. 이 사제는 1958년에 부임한 노광명盧光明, Jean Noël(1926-92) 신부로 1962년까지 시무했다. 나중에 내가 프랑스 파리로 유학을 가서 알게 되었지만 그때 맛을 봤던 빵이 브리오슈brioche라는 것이었다. 그 뒤 1962년에 부임한 박로제朴, Roger Doc(1927-83) 신부는 1966년까지 시무했고, 그 후 1966년에 부임한 매기석梅基石, Pierre Mesini(1934-2007) 신부는 1973년까지 시무했다. 내가 성당에서 만났던 세 분의 사제들 가운데 가장 인자했던 매기석 신부가 기억에 남는다.

그러다가 중학교 3학년 때 누구 때문이었는지 확실히 기억나지 않지만 예천서부교회(현 예천제일교회)에 얼마 동안 다니게 됐고 세례까지 받았다. 이게 예천에서의 나의 가톨릭과 개신교의 종교 체험이었다. 이 당시 나의 종교 체험은 가족의 신앙 체계에서 비롯된 것도 아니었고 나에게 어떤 특별한 종교적 호기심이나 신념이 있었던 것도 아니었다. 나의 모친께서 생전에 나에게 해 주신 말씀에 따르면, 나의 조모 파평 윤씨께서는 독실

한 기독교 신자이셨다. 조모께서도 기독교가 모태 신앙은 아니셨다. 나의 부친이 아기였을 때 몹시 아팠던 적이 있었는데 조모께서 백방으로 치료했으나 차도가 없었지만 한 침례교 미국 선교사의 기도와 돌봄으로 부친이 완쾌되자 그때부터 조모께서 기독교를 지극정성으로 믿기 시작하셨다. 조부(金禹鉉, 1870-1932)께서는 서학을 믿지 않으셨으며 동학에 가담하여 민중봉기에 참여하셨다가 1905년 음력 10월에 관군에 체포되어 감옥에 갇혔다가 동학교도들의 도움으로 탈옥하여 잠시 집에 들러 옷가지 등을 챙겨서 강원도로 피신하셨다. 나의 조모 파평 윤씨께서 오랫동안 수소문한 끝에 강원도 산간에서 신분을 감추고 숨어 지내던 조부의 소식을 1922년에 듣게 됐다. 1928년 일본에서 돌아온 나의 부친이 조부를 찾아가 어렵게 설득하여 1929년에 조부를 모시고 귀향하셨다. 조부께서는 나의 백부 댁에서 임신년(1932) 5월 24일(양력 6월 27일)에 별세하셨다. 나의 부친(金濟雨, 1906-87)과 모친(安順伊, 1912-2002)은 1929년에 혼인하셨으며 종교를 믿지 않으셨지만 하늘은 믿으셨다. 전통적으로 한국인에게 하늘은 조상을 의미하기도 하기 때문이다. 이런 까닭으로 한국인들은 재앙이 닥치면 하늘에 대고 조상들께 도와달라고 빌었던 것이다.

1928년 일본에서 귀국 시 부친의 모습

1967년 모친의 모습

파리 국립동방언어문명대학교 한국어과 시절인 2003학년도 1학기가 막 시작된 9월 초에 나의 수업을 듣던 에르베Hervé라는 남학생이 어느 날 나에게 조언을 구한다며 찾아 왔다. 그는 꽤나 건장한 체구의 학생이었는데 서인도제도에 있는 프랑스 해외영토로부터 럼주를 수입하는 회사를 경영하는 친척을 돕는 일을 하고 있었다. 그해 여름 방학 동안 한국에 다녀왔는데 그때 서울 영등포에 있는 '목동의 집' 신부를 통해서 안동의 한 고 교에서 프랑스어 교사로 일하는 김현주라는 여성을 알게 되었다고 했다. 에르베는 그 여 성이 마음에 들며 그녀를 사랑한다고 했다. 그가 한국을 떠나기 전까지 그녀에게 관심을 보였지만 그녀는 이렇다 할 반응이 없었다고 했다. 에르베는 나에게 한국에 가면 그녀를 한 번 만나서 자신의 소망이 실현될 수 있도록 이야기를 좀 잘 해 달라고 부탁했다. 내가 에르베에게 '목동의 집' 신부의 성함을 물었더니 삐에르 메시니라고 했다. 나는 순간적 으로 놀랐다. 왜냐하면 메시니 신부는 아비뇽에 계신다고 들었기 때문이다.

내가 박사학위 논문을 준비하고 있을 때인 1980년대에, 파리제7대학교 동아시아언 어문화학부에서 다니엘 부쉐Daniel BOUCHZ(1928-2014) 박사가 한국고전문학을 강의했다. 부쉐 박사는 원래 파리외방전교회 소속 사제로 1958년부터 1970년까지 서울 가톨릭대 학교에서 라틴어를 강의했다. 그는 한국 체류 시 한 한국 수녀와 사랑에 빠져 환속하여 결혼했다. 부쉐 박사의 부인(閔泳懿)은 고려대학교 총장을 지낸 김준엽 교수의 처제로 임 시정부 김구 주석의 판공실장과 외무차장을 지낸 독립운동가 민필호(1898-1963)와 독립 운동가 신규식(1880-1922)의 외동딸 신창희의 셋째 딸이다.

나의 석사과정 지도 교수였던 파리대학교 이옥(1928-2001) 박사의 부탁으로 1987년 10월 하순에 파리를 방문한 김준엽(1923-2011) 전 고려대학교 총장을 모시고 '만종'과 '이삭 줍는 사람들'로 유명한 밀레Jean-François Millet(1814-75, 프랑스어로는 미에)가 만년 을 보낸 바르비종Barbizon과 12세기 루이 7세부터 19세기 나폴레옹 3세까지 프랑스의 모 든 군주가 머물렀던 퐁뗀블로 궁전이 있는 퐁뗀블로Fontainebleau에 다녀왔다. 김준엽 저 《나의 無職時節, 長征 4》(도서출판 나남, 1990) 193쪽에 밀레가 살았던 집 앞에서 그날 내 가 찍어드린 김준엽 총장의 사진이 실려 있다. 김 총장께서는 이 책 191쪽에 내 성명을 김필용金弼容으로 적고 있다. 나의 은사이신 이옥 교수께서 생전에 나를 항상 김필용으로

호명하셔서 내 이름이 김필영이라고 말씀드려도 바뀌지 않았는데, 김준엽 총장께서도
이옥 교수의 영향을 받은 것으로 보인다.

이옥 교수 저《한국－기원부터 현재까지－》(La Corée–des origines à nos jours–, Léopard d'Or,
1988)의 속표지.

그때 김총장께서 처가와 처제에 관한 이야기를 해 주셨으며 자신이 중국에서 광복
군에 가담하여 독립운동을 한 내력을 기술한《장정》長征 한 권을 선물로 주셨다. 김총장
께서는 나에게 북경에 들를 일이 있으면 당신의 제자인 북경대학교 양통방杨通房(1924년
생)[1] 교수를 한 번 만나보라며 전화번호를 알려주셨다. 마침 이듬해 여름 북경에서 학술
대회가 있어서 그곳에 가게 되었는데 왕 교수께 연락하여 그를 북대北大 북변北边 출입구
에서 만나 점심을 함께 하며 북경대의 조선어 교육과 조선학 연구 상황에 관해 자세하게
들을 수 있었다. 그날 북대 북변 출입구에 있던 거대한 백송白松 무리를 처음 보고 매우 감
명을 받았다. 내가 한국에서는 백송을 본 적이 없을 뿐만 아니라 이렇게 아름다운 소나무

---

1 양통방 교수가 생존하신다면 금년 2025년에 101세가 된다. 올해 8월 北京大學 外國語學院 朝鮮(韓國)語
  言文化系 학과장에게 전자우편으로 양통방 교수가 아직도 생존하시는지 물었으나 그녀는 회답하지 않
  았다.

종류를 처음 본다며 감탄했더니, 양 교수께서 자신이 서울대학교에 유학할 당시 들은 이
야기인데 한국에서도 부잣집 명문 가문에서 마당에 장식용으로 백송을 키운다고 했다.
백송은 소나무과에 속하며 학명은 Pinus bungeana인데 영어로는 lacebark pine이고
중국어로는 白皮松 báipísōng이다. 서울 서촌에 거주하는 큰아들 집에 갔다가 우연히 통의
동 어느 골목에서 천연기념물로 지정됐던 백송의 손자 나무 세 그루가 있는 백송터를 지
나게 됐는데 그게 한국에서 처음 본 백송이었다. 이 백송은 한국내 백송 중 가장 크고 수
형이 아름다워 1962년 천연기념물 제4호로 지정됐으나 1990년 태풍 피해로 고사하여
1993년 문화재 지정이 해제됐다.

1962년 천연기념물로 지정됐던 서울 통의동 소재 백송의 손자 나무들

현재는 그 밑동만이 남아 손자 나무들과 함께 과거의 모습을 보여주고 있다. 그후
헌법재판소 뒤뜰에 제법 큰 백송 한 그루가 있다는 것을 알게 되어 일부러 찾아가 구경
한 적이 있다.

당시 부쉐 박사는 프랑스 국립과학연구원 연구원이었고 그의 부인은 파리 국립동
방언어문명대학교 도서관의 사서였다. 한번은 부쉐 박사께 내가 한국에서 예천성당에 가
끔 다녔는데 그때 사제가 프랑스 분이었다고 했다. 그는 나에게 사제의 이름을 물었고
내가 매기석 신부라고 했더니 그는 곧바로 "아! 삐에르 메시니."하며 그가 아비뇽에서

산다고 하셨다. 그때 처음으로 예천성당의 매기석 신부의 본명이 삐에르 메시니인 것을 알게 됐다. 그 이후 아비뇽에 갈 일이 생기면 그를 한 번 찾아가 보겠다고 마음먹었지만 결국 만나지 못했다. 그러다가 거의 20년이 다 돼서 나의 학생을 통해서 매기석 신부의 소식을 듣게 되어 뜻밖이었지만 반가웠다.

2004년 4월 부활절 방학 때 서울에 갔을 때 메시니 신부께 연락하여 찾아 뵙겠다고 말씀을 드리고 날짜를 잡았다. 메시니 신부께서는 그 당시 영등포에 있는 빈민 자선병원인 '요셉의원' 부설 '목동의 집'에서 생활하는 알코올 의존자들 곁에서 노동사제로서 생활하고 있었다. 신부님을 뵙고 옛 추억도 나누고 제자 에르베에 관한 이야기를 했더니 그는 그냥 웃기만 했다. 하루는 김현주 교사에게 전화하여 에르베의 교수라고 소개하고는 언제 안동에 가게 되면 한 번 연락하겠다고 했으나 결국 시간이 나지 않아서 만나지는 못했다. 파리로 돌아가기 며칠 전에 메시니 신부를 인사동에 있는 천상병 시인의 부인 목순옥 여사가 운영하는 찻집에서 만났다. 메시니 신부는 목순옥 여사와 매우 친했는데 알고 보니 메시니 신부가 김현주 교사와 공동으로 천상병 시인의 시집 《귀천》을 프랑스어로 번역해서 2001년 파리에서 *Retour au ciel*이란 제목으로 출간한 인연이 있었다. 김현주 교사는 나중에 안 사실이지만 삐에르 메시니 신부와 신자로서 가깝게 지냈던 당시 《예천신문》 변철남 상임고문의 질녀였다.

그 뒤 나는 2005년 한국으로 직장을 옮기면서 강남대학교에서 카작스탄학이라는 새로운 전공을 개설하느라고 바빠서 한국에 있으면서도 매기석 신부와 연락을 못하고 지냈다. 그러다가 우연히 뒤늦게 《예천신문》에 실린 기사를 보고 2007년 1월 26일 매 신부께서 선종하셨다는 사실을 알게 되었다. 다음의 사진과 기사는 《평화신문》 2007년 3월 4일 자에 실렸던 것이다.

매 신부가 안동 예천본당 사목 시절 맨 앞에서
십자가 행렬을 이끌고 있다.

1961년 순교의 땅 한국에 오는 선박 갑판에서
(왼쪽에서 세 번째가 매 신부)

요셉의원 봉사자들과 떠난 소풍 중에 망중한을
즐기는 매 신부

[교황 베네딕토 16세는 올해 사순 시기 담화에서 '부활의 기쁨에 참여하려면 하느님으로부터 받은 주님 사랑을 이웃, 특히 가장 고통받고 가난한 이웃에게 다시 주라'고 말했다. 하느님 사랑을 품고 있지만 말고 세상에 퍼뜨리라는 것이다. 평화신문은 사순 기획으로 받은 사랑을 다시 나눠주는 사람들을 소개한다. 첫 번째 주인공은 침묵과 가난 속에서 소외된 이들에게 주님 사랑을 전하다 1월 26일 73살을 일기로 선종한 매기석(Pierre Mesini, 파리외방전교회) 신부다. 매 신부는 '사막의 성자' 샤를 드 푸코를 닮은 파란 눈의 선교사다.]

낮고 외진 가장자리에서 산 '노동사제'

2007년 1월 29일 서울 개포동성당, 매기석 신부 장례미사.

재경 예천 천주교 교우회 변철남(비오)씨는 조사弔辭를 읽어 내려가다 고인이 남긴 마지막 말을 전하는 대목에서 목이 멨다. "나는 한국 사람이 될 수 없지만 한국의 흙이라도 되고 싶어요. 내가 죽으면 화장을 한 뒤 분골을 나무상자에 넣어 묻어 주세요. 도자기에 넣으면 썩어 흙이 되기까지 너무 오래 걸릴 것 같거든요…." 죽어서도 한국을 사랑하고 싶어하는 프랑스 선교사의 소박한 유언 때문에 성당은 눈물바다가 됐다. 그리고 고인과 40년 넘게 가까이 지냈던 사람들은 그때 처음 매 신부한테서 무엇을 '해달라'는 부탁을 받아 또 한 번 울었다.

변씨는 "고인은 말없이 행동으로 실천했지 누구에게 무엇을 해달라거나 하라고 시키는 법이 없었다."고 말했다. 안동교구 예천 본당은 고인이 1966년부터 6년간 사목하며 정을 쏟은 곳이다.

매 신부는 1961년 26살 젊은 나이에 선배 선교사들이 피 흘린 순교의 땅 한국에 왔다. 그는 한국 사람들과 문화를 끔찍이 사랑했다. 예천 본당에 부임한지 얼마 안 됐을 때 일이다.

프랑스 유학에서 돌아온 이문희 신부(현 대구대교구장)는 예천성당에 프랑스 신부가 왔다기에 인사차 찾아갔다. 그러자 신자들이 대접을 한다고 매 신부와 이 신부를 보신탕집에 데려갔다. 이 신부는 "프랑스 사람들은 개고기 못 먹어요. 개고기 먹는 사람을 식인종 보듯 할텐데.”라며 걱정스런 눈빛으로 신자들을 만류했다.

그러나 매 신부는 개고기 몇 점을 맛있다는 듯 집어먹었다. 그리고 곧바로 뒷간에 가서 토악질을 하고 돌아와 또 한 점을 꿀꺽 삼키고는 “한국에 왔으면 한국 사람들이 좋아하는 음식을 먹을 줄 알아야 한다.”며 웃었다.

그는 가난한 사람들, 특히 하루 종일 허리 휘도록 일을 해도 먹고 살기 힘든 노동자들과 함께 지내는 것을 원했다. 그가 꿈 꾼 것은 노동사제다. 노동자들을 사목하는 게 아니라 그들과 똑같이 일하면서 삶을 나누는 길을 걷고 싶어했다. 그러나 서양 신부가 한국에서 노동자들과 똑같이 사는 것은 쉽지 않았다. 결국 74년 프랑스로 돌아가 청소업체에 취직해 청소부로 살았다. 이어 아비뇽 국립병원으로 자리를 옮겨 물리치료 보조사로 일하다 사하라 사막에 갔다. 사막에서 돌아와서는 병원에 재취업해 꼬박 10년간 주방 설거지를 담당했다.

매 신부가 사막에서 3개월간 기도하고 나온 이유는 ‘사막의 성자’ 샤를 드 푸코(1858-1916) 영성을 깊이 호흡하기 위해서였다. 매 신부는 기도나 관상보다 활동에 치우칠 수밖에 없는 선교사였으나 푸코 영성을 따랐다.

푸코 신부는 사막에 들어가 유목민들의 친구이자 형제로 살고, 한때 나자렛에서 예수처럼 노동자로 살았던 위대한 영성가다. “내 온 삶을 통해 복음을 외치고 싶다.”고 말했듯이 복음을 입으로 전한 게 아니라 가난한 이들 속에서 관상기도와 행동으로 증거했다.

은수자들은 하느님을 만날 수 있는 절대고독의 장소로 사막을 꼽는다. 매 신부에게 사막은 쓰레기 널린 거리와 음식물 냄새 진동하는 주방이었다.

그는 병원에서 60살 정년을 맞아 은퇴했다. 그러나 친지와 동료가 있는 고국의 은퇴 사제관에 들어가지 않고 1995년 다시 한국에 왔다. 받은 것을 다시 주기 위한 재입국이었다.

그는 서울 영등포 요셉의원(빈민 자선병원)을 찾아오는 가난한 이들과 목동의 집(요셉의원 부설)에서 생활하는 알코올 의존자들 곁에서 임종 직전까지 동고동락했다.

목동의 집 김 아무 개 씨는 “새벽에 일어나 3-4시간 성체 조배하는 신부님, 몸이 편찮은 데도 식사가 끝나면 행주를 들고 설거지를 거드는 신부님이었다.”며 “가족 중에서도 가장 몸이 아프고 사정이 딱한 가족과 대화를 많이 했다."고 말했다.

요셉의원 원무과 봉사자 변수만(바오로)씨는 지난해 연말 마지막 후원금을 들고 온 매 신부 모습을 잊지 못한다. "암이 폐까지 전이돼 호흡이 무척 힘드실 때였다. 숨을 헐떡이며 3층 원무과에 올라오셔서 여느 때처럼 '안녕하십니까?'하고 큰 소리로 인사를 건네셨다. 그리고 12월분 후원금 80만원을 내미셨다. 병원비로 쓰시라며 만류했지만 황소 고집을 꺾을 수 없었다. 신부님은 1999년부터 매달 80만원씩 도와주셨다. 우리는 그 돈의 출처를 모른다. 신부님은 무척 가난하셨다. 1년 365일, 심지어 프랑스에 가실 때도 개량한복만 입으셨다. 또 대중교통만 이용하시기 때문에 지하철과 버스 노선을 우리보다 더 잘 아셨다." 후원금 출처는 아비뇽 국립병원 퇴직연금으로 추정된다.

요셉의원 약사 심명희(마리아)씨는 매 신부가 메고 다니던 가죽가방을 유품처럼 간직하고 있다. 어느 날 "그 가방은 100년을 써도 안 떨어질 것 같다."고 했더니 말이 끝나기 무섭게 소지품을 꺼내고는 "마리아씨 가져요."하고 주셨다. 답례의 뜻으로 고급 초콜릿을 선물했더니 다음날 목동의 집 가족에게서 '초콜릿 잘 먹었다'는 전화가 왔다. 신부님은 누구에게 무엇을 받으면 곧장 뒤(가난한 사람들)로 돌리셨다. 심씨는 '침묵', '가난', '행동' 이 3가지 단어를 빼면 매 신부에 대해 말할 것이 없다고 덧붙였다.

2년 반 동안 매 신부 곁에서 병수발을 한 이경숙(도나타)씨는 "마지막 순간에 호스피스 병동에 입원한 것을 제외하고 줄곧 다인실(6인) 입원을 고집했다."고 말했다.

"항암치료를 받으실 때 식사시간만 되면 밖에 나가 서성거리셨다. 속이 메스꺼워 음식냄새를 싫어하셨다는 것을 나중에 알아챘다. 그런데도 음식냄새에 대해서는 한마디도 하지 않으셨다."

이씨는 그동안 "사람들이 한국 신부라도 이렇게 대했을까?"하는 홀대를 많이 받았다고 했다. 그럴 때마다 이씨가 불평을 하면 매 신부는 "내가 좋아하는 예수는 더한 푸대접과 수모와 고통을 당하다 십자가에 매달려 돌아가셨다."며 웃어 넘겼다.

매 신부가 노동사제의 길을 택한 또다른 이유는 장례미사 때 서봉세(Gilbert Poncet, 질베르 뽕세) 신부 강론을 통해 밝혀졌다. 지난해 파리외방전교회 회원들에게 남긴 글이다.

"이탈리아 출신 이주 노동자 아들인 아버지는 가난한 품팔이꾼이었다. 어머니도 이주노동자 딸이었다. 제2차 세계대전 때 어머니는 아버지와의 불화로 나를 비롯해 어린 자식 4명을 데리고 집을 나와 피난민 수용소에서 살았다. 처음부터 가난한 이들의 세계가 내 삶의 무대였다…." 서 신부는 매 신부를 "낮고 외진 가장자리에서 산 형제"라고 불렀다.

매 신부는 가난하고 힘없는 사람들 속으로 들어가는 게 아니라 '묻히길' 원했다. 그 때문인지 그 사람들마냥 눈에 띄게 드러나는 언행을 발견하기가 쉽지 않다.

푸코가 "누군가를 사랑하는 사람은 그 사람을 닮게 마련입니다. 그런데 나는 그분의 공생활이나 가르치시는 행위를 본받을 수 있을 것 같지는 않습니다. 결국 본받을 수 있는 것은 그분이 나자렛에서 하신 가난하고 미천한 노동자로서의 숨은 생활인 것 같습니다."라고 고백했듯이 드러내거나 주장을 하지 않던 그가 자신의 장례미사에서 봉독되길 원하는 독서(필리 2, 3-11)와 복음(요한 21, 15-19)을 영적 유언처럼 미리 밝혀둔 점이 특이하다.

"…저마다 자기 것만 돌보지 말고 남의 것도 돌보아 주십시오. 그리스도 예수님께서 지니셨던 바로 그 마음을 여러분 안에 간직하십시오…."(필리 2, 3-11)

제2회 세계 한글작가 대회에
참가하다

2016년 9월 20일부터 22일까지 '경주 화백 컨벤션센터'에서 개최된 제2회 세계 한글작가 대회에 참가했다. 18개 국가에서 수 백 명의 문인과 학자들이 참가한 국제대회였다.

제2회 세계 한글작가 대회 슬로건-'한글문학, 세계로 가다'

20일 저녁 개회식에서 문화체육관광부 조윤선 장관이 박근혜 대통령의 축사를 대독했고, 일본 정창원에 보존되어 있는 신라금을 바탕으로 이번에 경주시에서 복원한 '신라금' 축하 공연이 있었다. 신라금은 두꺼운 나무 판을 속을 파 내고 줄을 걸어 제작한 것인데 음색이 가야금보다 맑고 우아했다. 나는 21일 오후에 주제 1 '세계 한글 문단의 오늘과 내일'의 첫째 분과 '세계 속의 한글 문단'에서 '중앙아시아 한글 문단의 상황과 의의 그리고 전망'이라는 논문을 발표했다.

'중앙아시아 한글 문단의 상황과 의의 그리고 전망'이라는 논문의 발표 장면

발표한 내용은 다음과 같다.

1. 시작하면서

중앙아시아 한글 문학은 소련 원동지역에 거주하던 고려사람들의 중앙아시아 이주 역사와 함께 시작되었습니다.[2] 이 발표문에서는 다루는 중앙아시아 한글 문학이란 소련 원동지역 고려사람들이 중앙아시아로 이주한 1937년부터 소련이 해체된 1991년까지 발표된 고려사람 작가가 고려사람 독자들을 위해 그들의 민족 말인 고려말로 창작한 작품들로 국한합니다.[3] 고려사람이란 소련 원동에서 거주하던 한인 동포들이 한반도에 거주하던 조선사람과 구별하여 위하여 스스로를 지칭하던 용어인데, 중앙아시아 고려사람들은 1937년 원동에서 중앙아시아로 이주한 고려사람과 그들의 후손을 의미합니다. 이들 고려사람들이 사용하던 민족 말을 고려말이라고

2　이 글은 2004년 강남대학교출판부에서 발간된 김필영이 지은 《소비에트 중앙아시아 고려인문학사 (1937-1991)》의 내용을 바탕으로 작성되었으며 출처는 생략합니다.

3　소련 해체 이후 중앙아시아 지역에서 발표된 한글 문학 작품을 싸잡아서 고려인 문학이라고 부르기에는 한계가 있기 때문에 따로 다루는 것이 바람직하다는 판단 아래 여기서는 생략합니다.

불렀는데 이는 함경도 방언이 러시아어의 영향을 받아서 형성된 지역 방언이라고 할 수 있겠습니다. 고려사람이란 용어는 편의상 한국어 조어법에 따라 고려인으로 바꾸어 쓰도록 하겠습니다.

2. 중앙아시아 고려말 문단의 상황과 의의

중앙아시아 고려말 문단은 당시 사회적 배경과 작품의 경향을 고려하여 형성기(1937-1953), 발전기(1954-1969), 성숙기(1970-1984), 쇠퇴기(1985-1991)로 나누고 기간 별로 고려말 문단의 상황과 의의를 살펴보겠습니다.

1) 형성기는 중앙아시아로 이주한 1937년부터 스탈린이 사망한 1953년까지입니다. 고려인들에게 거주이전의 자유가 없었을 뿐 아니라 소련 공민으로서의 권리조차 보장받지 못하던 시기로, 작품 내용에 대한 검열이 까다로웠고 고향이나 조국에 대한 향수의 표현이나 소련의 제도나 정책 비판을 위한 문학적 상상력은 허용되지 않았습니다. 하지만 카작스탄의 첫 수도인 크즐오르다에서 1938년 고려인 신문 《레닌기치》가 창간되고, 고려극장이 꼴호즈-쏩호즈 순회극장으로 설립되어 작가들이 창작 활동을 지속할 수 있는 바탕이 마련되었습니다. 게다가 1939년 5월에는 《레닌기치》에서 문예페지를 마련하였고, 1941년 4월에는 '각본 현상 모집'까지 하게 되어 고려인 작가들이 작품을 발표할 수 있는 기회가 빈번해졌습니다. 나아가 1944년에는 《레닌기치》와 고려극장이 시, 소설, 희곡, 평론의 창작을 활성화하기 위해 창작 협의회를 개최하였습니다. 이주 이후 창작과정에서 겪은 어려움에다 제2차 세계대전까지 겹치는 열악한 사회환경에도 불구하고 고려인 작가들은 《레닌기치》 지면과 고려극장 무대를 바탕으로 고려말 시, 소설, 희곡, 평론을 꾸준히 발표하여 민족어 보존에 기여하였습니다.

2) 발전기는 《레닌기치》가 크즐오르다도 도당위원회 기관지에서 카작스탄공화국 공산당중앙위원회 기관지로 지위가 승격된 1954년부터 1969년까지입니다. 고려인들에게 공민증의 다시 발급되어 사회적으로나 경제적으로 안정된 생활이 보장되었고 문학적으로도 왕성하게 창작 활동을 한 시기입니다. 형성기에 비해 작품의 내용이 어둡거나 우울한 면이 사라지고 이주지 중앙아시아가 고려인

들의 진정한 조국으로 형상화되고 있음을 볼 수 있습니다. 망명한 북한 유학생들과 사할린 출신 동포들이 고려말 문단에 가담하여 활동을 시작한 시기이기도 합니다. 1957년부터 《레닌기치》 문예페지는 '문예페지'와 '문예란'으로 나눠지고 고려인들의 시, 소설, 희곡 분야 등용문이 되었습니다. 1959년에는 고려극장이 크즐오르다도 도립고려음악연극극장으로 승격되었고, 1962년에는 《레닌기치》 지면에 '아동 문예페지'와 '학생 작품란'이 마련되어 아동과 청소년들이 작품을 발표할 수 있게 되었고, 1962년에는 카작스탄작가동맹 크즐오르다도지부 내에 고려인 작가분과가 조직되었고, 고려극장도 여러 차례 지위가 승격되어 1968년엔 '고려 국립 공화국 음악연극극장'으로 변모했습니다. 이러한 고려말 문단의 눈부신 발전 덕분에 작품집 《조선시집》(1958), 《조명희 선집》(1959), 《십오만 원 사건》(1960)이 출간될 수 있었습니다.

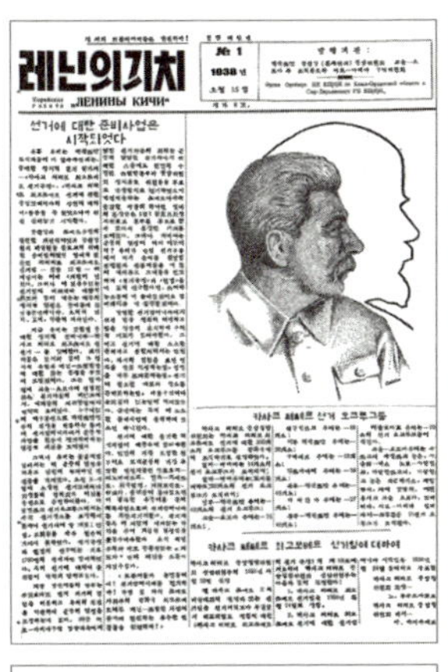

소비에트 고려인 문학의 발전기(1954-1969)에 발간된 한글 신문과 작품집들

3) 성숙기는 카작스탄작가동맹에 고려인 작가분과가 정식으로 결성된 1970년부터 1984년까지입니다. 발전기와 비교하여 《레닌기치》 지면에 시, 소설, 희곡 작품이 갈래 별로 고르게 발표되었고, 다수의 신인 작가가 등장하였는데 주로 북한에서 망명하였거나 사할린에서 조선중학교를 졸업한 이들이었습니다. 하지만 문학 작품의 수에 비하여 평론은 드문 편이었습니다. 1978년에는 《레닌기치》가 발행처를 크즐오르다 시에서 카작스탄의 수도 알마-아타로 옮겼는데 이것은 고려인 문화기관이 중앙정부의 인정을 받아 지위가 한 단계 향상되었음을 뜻합니다. 1981년 고려인 작가분과 주최로 《레닌기치》에서 개최된 창작회의에서 그간 발표된 작품이나 평론의 수준이 낮음을 지적하고 창작 기량을 높이는 일에 고려인 작가분과가 관심을 돌려야 함을 강조하여 고려말 문단의 작품의 질을 제고하는데 기여했습니다. 성숙기에 간행된 작품집으로 《시월의 해빛》(1971), 《씨르다리야의 곡조》(1975), 《그대와 말하노라》(1977), 《해바라기》(1982), 《행복의 노래》(1983)와 고려말 작품을 러시아어로 번역한 작품집 Bagul’nik v stepi(초원의 개나리꽃, 1973), Luna v ryekye(강에 뜬 달, 1975), Vyechnyi sputnik(영원한 동무, 1980), V dorogye(길을 가면서, 1981), Vyechyernyaya svirel’(저녁의 피리, 1981), Tchvyety zimy(겨울 꽃, 1982)가 있습니다.

소비에트 고려인 문학의
성숙기(1970–1984)에
발간된 작품집들

4) 쇠퇴기는 고르바쵸프가 개혁과 개방정책을 주창하던 1985년부터 소련이 해체된 1991년까지입니다. 개혁과 개방이라는 정치적 상황은 언론통제의 완화를 야기시켰고, 민족 감정의 문학적 표현이 어느 정도 허용되어 고려인 문학 창작에 영향을 미쳤고 고려인으로서의 정체성을 회복하려는 조짐이 작품에 나타나게 됩니다. 지역마다 고려인 문화협회가 설립되고, 민족어 교육이 다시 시작되고, 문학 작품에 이주라든가 고향이라든가 하는 어휘가 등장하고 민족주의가 대두되어 1990년 12월 《레닌기치》가 폐간되고 1991년 1월 《고려일보》가 새로이 창간됩니다. 되찾아야 할 고향과 억압받은 민족 감정이 문학적으로 표출되기 시작하나 1991년 12월 소련이 해체되고 맙니다. 기대 이상으로 언론의 자유가 빨리 실현되었지만 고려말 문단에는 민족어로 창작을 할 수 있는 세대가 사라지고 젊은 세대는 이를 계승할 준비가 되지 않았습니다. 이른바 고려말 문단의 쇠퇴기를 맞이한 것입니다. 쇠퇴기에 출판된 작품집으로 《숨》(1985), 《싹》(1986), 《붉은 별들이 보이던 때》(1987), 《행복의 고향》(1988), 《꽃피는 땅》(1988), 《한진 희곡집》(1988), 《해돋이》(1989), 《오늘의 빛》(1990), 러시아어로 번역된 Ogonek(번쩍임, 1988)이 있습니다.

소비에트 고려인 문학의
쇠퇴기(1985-1991)에
발간된 작품집들

3. 마무리에 대신하여

중앙아시아 고려말 문단의 전망에 대해서 말씀드리겠습니다. 쇠퇴기 이후 소련이 해체된 이래 발표된 소수의 작품들은 대부분이 망명한 북한 출신 혹은 사할린 출신 동포들이 창작한 것이거나 현지에 거주하는 한국인들의 것입니다. 이런 측면에서 이 작품들을 고려인 문학이라고 보기에는 문제가 있기 때문에 그냥 한글 문학이라고 부르겠습니다. 다시 말해서 원동에서 이주한 고려인 세대나 그 후손에 의한 창작은 거의 맥이 끊어졌기 때문에 고려말 문학이라고 부르기에는 한계가 있다는 뜻이기도 합니다. 이렇게 된 이유는 위에서 이미 간략하게 언급했지만 고려말로 창작하던 중앙아시아 이주민 고려인 작가들이 세상을 떠나거나 고령으로 활동을 중단했고, 이주지 중앙아시아에서 민족어 고등교육이 폐지되어 젊은 세대 고려인들이 모국어 제대로 구사할 수 없게 되자 고려인 문단에 세대교체가 이루어지지 못했기 때문입니다.

다민족 국가에서 제기되는 소수 민족의 문학 창작과 관련한 모국어와 국어의 문제는 극복하기가 쉽지 않습니다. 러시아어 문학권에서 성공한 소설가 김아나똘리는 중앙아시아 출신 고려인이지만 모국어인 고려말이 아닌 국어인 러시아어로 활동을 하니 러시아어문학 작가일 수밖에 없습니다. 그렇다고 러시아어 문화권에서 출생하여 국어인 러시아어로 교육을 받고 성장한 고려인 가운데 모국어인 고려말로 작품 활동을 할 수 있는 작가가 출현하기를 바라는 것 역시 거의 불가능에 가깝기 때문에 기대하기 어렵습니다. 이 두 가지 형편을 감안하여, 중앙아시아 고려인 가운데 모국어가 아닌 자신의 국어로 창작한 작품에 선조들로부터 물려받은 민족 정서를 채색하여 세계문단에서 주목받는 저명한 작가들이 나타나고 중앙아시아에 거주하는 한국인 가운데 역량 있는 작가들이 배출되어 지역을 대표할 수 있는 한글 문단이 형성되기를 바라며 마무리에 대신하겠습니다.

강낭을
수확하다

옥수수를 예천 방언으로는 '강낭' 혹은 '강내:이'라고 부른다. 봄에 조금 늦게 옥수수를 파종하는 바람에 따라 수확도 늦어졌다. 길이가 그리 길지 않은 텃밭에 세 골을 심었으니 많지 않은 양이다. 하지만 다행히 한 그루에 최소 한 자루의 옥수수는 제대로 여물었다.

옥수수는 벼과에 속하며 멕시코 남서부가 원산지로 추정되며 학명은 Zea mays이다. 영어로는 maize이고 중국어로는 玉米yùmǐ이다. 옥수수는 벼, 밀과 함께 3대 식량작물에 속한다. 옥수수는 《역어유해》(1690)에 '옥슈슈'로 표기되어 있는데, 옥수수가 중국에서 조선으로 전래될 때 한자어 명칭 '옥촉서玉蜀黍'의 발음 유슈슈yùshǔshǔ가 반영된 것 같다. '강냉이'이란 명칭은 처음에 《국한회화》(1895)에 '강낭이'로 표기되었는데, 이는 해외를 뜻하는 '강남'江南에서 차용한 것이라는 설이 있다.

유럽에 처음 전래되었을 때 스페인어로는 카리브해 지역의 타이노 원주민이 사용하던 마이스maíz로 소개되었고 여기서 영어 명칭 메이즈maize가 만들어졌다. 영어 corn의 어원은 '곡식' 혹은 '작물'이라는 뜻인데 옥수수를 corn이라고 부른 것은 미국식 영어 초기에 있었던 일이다. 현재 영어권에서도 maize라고 쓰고 특히 학계에서는 옥수수를 maize로 표기하는 것이 원칙이다.

페르낭 브로델Fernand BRAUDEL이 그의 저서 《물질 문명, 경제, 자본주의, 15-18세기》(Civilisation materielle, Economie et Capitalisme, XV-XVIII)에서 1493년 콜럼버스가 탐험에서 돌아올 때 옥수수를 유럽에 소개했다고 기록하고 있으나 콜럼버스의 1차

항해 일지에 옥수수를 가져온 기록은 없다. 아마도 2차 항해 이후에 옥수수가 스페인에 전래된 것 같다. 그 뒤 50년이 안되는 짧은 기간에 옥수수가 유럽과 중동 전역에 빠르게 전파되었다. 그러나 옥수수가 유럽인들의 식생활에 본격적으로 등장한 시기는 18세기이다. 인도나 중국에도 16세기 초에 옥수수가 널리 퍼졌고, 한국에도 16세기에 중국에서 옥수수가 전래되었다.

옥수수에는 오메가-6 지방산이 다량 함유되어 있다. 오메가-6 지방산은 지방의 분해 및 배출을 저하시키고 축적을 돕기 때문에 옥수수를 많이 먹으면 비만에 걸리기 쉽다. 또 옥수수만을 먹으면 필수 아미노산인 니코틴산(나이아신)이 결핍되어 펠라그라병에 걸리기 쉽다.

2016년 9월 27일 오후 강낭을 꺾어서 껍질을 벗겨 놓으니 큰 채반에 가득하다. 내년 씨앗용으로 옥수수 두 자루만 남겨 놓고 손이 아픈 줄도 모르고 알을 다 깠더니 양쪽 엄지 손가락 안 쪽에 물집이 생겼다. 3분의 1 정도는 밥에 섞어서 먹을 생각이고 3분의 2는 시내에 가지고 가서 튀겨 와 가을 밤에 책을 읽으면서 옆에 두고 심심풀이로 맛볼 계획이다.

수확한 토종 흑색 옥수수

고우 고송무(1947-93) 박사를
회상하다

2023년 9월 21일은 고우 고송무 교수가 객지에서 불의의 교통사고로 객사한지 서른 해가 되는 날이다. 나는 고송무 교수를 1980년대 후반 유럽한국학회(Association for Korean Studies in Europe, 약칭 AKSE) 학술대회에서 처음 만났다. 내가 그와 친하게 된 것은 1988년 봄 네덜란드 레이든Leiden에서 개최된 악세 학술대회에서 중앙아시아 지역 고려인과 한국학의 미래에 대한 의미 있는 대화를 나눈 뒤부터였다. 고 교수는 1980년대 후반 헬싱키대학교에서 소련 고려인에 대한 연구로 이 분야 최초로 박사학위를 받았다. 또한, 1965년부터 1969년까지 순 한글 고려인 신문 《레닌기치》에 연재되었던 《장편소설 홍범도》의 저자 김세일 선생의 부탁으로 그는 《역사기록소설 홍범도》가 서울에서 출간되는데 중개 역할을 했다. 《장편소설 홍범도》가 1989년 《역사기록소설 홍범도》의 1-3권으로 출간되었고, 1990년 발간된 4-5권은 김세일 선생이 새로 쓴 것이다. 《역사기록소설 홍범도》는 홍범도 장군의 삶에 대한 구체적인 자료들을 처음으로 한국에 소개했으며 이를 계기로 한국에서 홍범도 장군에 관한 새로운 논문이 나오기 시작했다.

이후 발표된 홍범도 장군을 다룬 시나 소설의 내용은 김세일의 《역사기록소설 홍범도》의 범위를 크게 벗어나지 않는다. 그럼에도 불구하고 어느 누구도 김세일 선생이나 그의 작품 《역사기록소설 홍범도》에 대해 한마디의 언급도 없이 자신이 수 십년 동안 연구해서 이룬 업적처럼 내세우고 있다. 이런 상황을 잘 아는 우리로서는 이런 걸 보고 듣는 게 매우 민망하다. 김세일 선생이야말로 명실공히 홍범도 장군 연구에 수 십년을 바친 분이다. 이에 대해서는 필자가 후일 한국문학번역원에서 발간하는 웹진 《너머》에서 김세일의 《역사기록소설 홍범도》에 대해 자세하게 언급할 것이다. 홍범도 장군에 대해 말이 많은 지금 나도 할 말이 있는데 내가 글을 쓰고 싶은 계간지 《너머》에는 이미 지면이 모두 마감되어 할 수 없이 내년 호에 글을 실을 수밖에 없다.

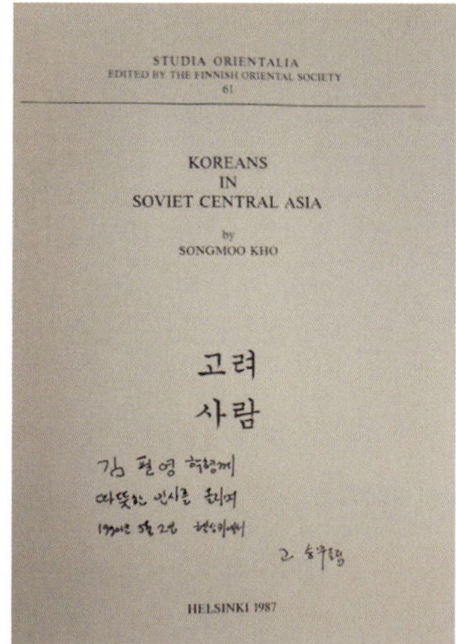

1987년 핀란드동방학회에서 《동방학연구》 61집으로 출간된 고송무 교수의 박사학위 논문

《역사기록소설 홍범도》 4, 5권은 각각 자유시 참변과 그 이후의 장군의 생애를 다루고 있다. 이 책들은 동국대 김환기 교수에게 기증했다.

1992년 봄, 카작스탄소비에트사회주의공화국 알마아타 교외 박박틔 솝호즈(국영농장)에서 고송무 교수와 필자. 이 농장은 고려인들이 집단으로 농사짓던 곳이다.

1991년 3월 하순 프랑스 파리 교외 두르당Dourdan에서 개최된 유럽한국학회 학술대회에서 만난 고 교수는 한국학술진흥재단(현 한국연구재단)의 지원으로 소련 카작스탄 소비에트 사회주의 공화국(이후 소비에트 카작스탄)의 수도 알마아타 소재 카작국립사범대학에 한국어 객원교수로 파견된다는 소식을 나에게 전했다. 카작국립사범대학에서 1991년

9월 동방언어학부에 한국어전공을 개설한다고 했다. 나는 이 소식이 반가워서 1991년 3월 24일 저녁에 친한 학자 몇 분을 내 방에 초대하여 한잔하였다.

그날 저녁 모임에 나, 고 교수, 김남길 박사(미국 남가주대학교 한국어과 교수), 곽선욱 조선 민주주의 인민공화국(이후 북한으로 칭함) 사회과학원 대외사업처장, 이름이 생각나지 않는 다른 2명의 북한 학자, 그리고 유럽 학자 몇 명이 참석하였다. 김남길(1939년 함경남도 이원 출생) 교수는 한국동란 때 월남하여 연세대학교 영어영문학과를 졸업한 후 도미하여 워싱턴주립대학교에서 언어학 박사학위를 받았다. 김 교수는 1990년대 초반 처음으로 유럽한국학회 학술대회에 참석했으며 나와는 친했다. 곽선욱 처장은 유럽한국학회의 지원으로 당시 악세 학술대회에 참석하는 북한 학자들을 인솔하는 책임자였다. 나는 곽선욱 처장과도 가까웠다.

1991년 3월 24일 샤르트르(Chartres) 성당 앞에서. 샤르트르는 파리에서 남서쪽으로 90킬로미터 거리에 위치한 외르-에-루아르(Eure-et-Loire) 도의 도청 소재지이다. 왼쪽부터 고송무 교수, 필자, 한국의 어떤 박물관 큐레이터, 곽선욱 대외사업처장

1991년 3월 24일 샤르트르(Chartres) 시내 프랑스 전통 목조가옥 앞에서. 왼쪽부터 김남길 교수, 곽선욱 대외사업처장, 나머지 두 명은 성명을 기억 못하는 북한 학자들, 그리고 필자

특히 김남길 교수는 고향이 북한이라 이들과 북한말을 쓰며 이런저런 이야기를 나누며 분위기가 화기애애했다. 곽 처장이 가져온 북한 술에다가 내가 마련한 프랑스 술들을 마시며 소비에트 카작스탄에서 한국어/조선어를 가르치게 된 것에 대해 건배를 들었다. 북한에서도 조선어 교원 파견에 대해서 긍정적인 생각을 가진 것 같았다.(실제 나중에 북한에서 이 대학에 김봉삼, 조달원 두 분을 조선어 교원으로 파견했으며 나는 이들과 함께 1994년부터 1996년까지 카작국립사범대학교에서 한국어/조선어를 가르쳤다.) 문제는 우리가 국제정세에 관한 이야기를 하던 중 누군가 북한 지도자에 대한 부정적인 의견을 피력하면서 분위기가 갑자기 살얼음판이 되었다. 이에 대한 것은 여기에선 생략한다.

그해 9월에 예정대로 고 교수가 그 대학에 부임했다. 하나 고 교수로부터 학생들이 목화 수확 노동 봉사활동에 차출되어 수업이 10월에야 시작된다는 연락이 왔다. 고 교수가 그해 연말에 한국에 갔다가 헬싱키 자신의 집으로 돌아가는 중에 파리에 들렀다. 파리에서 그와 나는 그곳 현지 분위기와 한국학의 미래에 대해 많은 대화를 나눴다. 고 교수는 그곳에서 고려인들을 위한 한국어 교육이나 대학 한국학의 초석을 다지기 위해 유관 정부 기관을 방문하려면 명함이 필요하다고 했다. 그래서 논의 끝에 내가 그를 위해 파리에서 '국제비교한국학회'라는 학술 단체를 만들기로 했다. 마침 그 해 1991년 12월 독일 동백림(동베를린) 지역에서(사실 이미 독일이 통일되어 베를린의 동서 개념이 사라진 시기였지만 우리는 그때까지도 그렇게 구분해서 불렀음) 통일교의 후원으로 어떤 한민족 학술대회가 훔볼트대학교에서 개최되었는데 고 교수의 주선으로 우리와 친한 학자들이 대거 초청되었다. 동백림에 거주하던 독일인 친구 홀머 브로흐로스 교수(직장은 서독의 수도였던 본 소재 본대학교 한국어과)의 동의를 얻어 그의 집에서 우리와 친분이 있는 학술대회 참석자 몇 명을 초대해서 차를 한 잔 나누기로 했다. 모임에서 이들에게 국제비교한국학회 설립에 관한 내 의사를 밝히고 그들의 동의를 구해서 학회 창립총회를 열었다.

그 사이 소비에트사회주의연방공화국이 1991년 12월 25일 정식으로 해체되면서 소련의 회원 공화국들은 모두 독립 국가가 됐다. 1992 봄 나는 프랑스 파리에서 국제비교한국학회를 정식으로 등록하고, 고 교수를 초대 회장에 추대했다. 중앙아시아 지역 한국어

교육과 한국학 기반을 다지기 위한 현지 활동은 고 교수가 하고 거기에 필요한 재원은 내가 지원하기로 했다. 고 교수는 자식이 없었지만 내게는 초등학교에 다니는 두 명의 아들이 있었기 때문에 자유롭게 외국에 머물 형편이 아니었다. 나는 당시 파리에서 학문과 사업을 병행하고 있었다.

1992년 12월, 동백림 브로흐로스 교수 댁에서
왼쪽에서 사과 바상자빈, 필자, 홀머 브로흐로스, 송영인, 홀머의 부인 등

국제비교한국학회의 첫 사업으로 1992년 5월 나와 고 교수가 우즈베키스탄공화국의 수도 타슈켄트 소재 타슈켄트국립동방학대학교에 한국학 대학을 개설하기 위해 네마툴라 이브라기모프 총장과 협의하였다. 하지만 협정서 내용대로 곧 바로 1992년 9월 새 학년도에 대학이 개설되지는 못했지만 우여곡절 끝에 1993년 9월에 한국학 단과대학이 개설되었다. 여기에 관한 내용은 ‘7월의 이야기’에 포함된 ‘타슈켄트국립동방학대학교의 한국문학 분야 박사학위 논문을 심사하다’라는 글의 앞부분에 자세하게 기술되어 있다.

우리는 국제비교한국학회의 두 번째 사업으로 카작스탄 공화국의 수도 알마틔(카작스탄이 독립하면서 러시아어 명칭 ‘알마아타’가 카작어 명칭 ‘알마틔’로 바뀜)에서 1992년 10월 하순 구소련 지역에서 처음으로 국제비교한국학회 제1회 한국학 국제 학술대회를 개최했다. 학회는 매우 성공적이었고 유럽, 아시아, 북미, 남미, 호주 등에서 60여 명의 한국학 학자가 참석했다. 학술대회 참석자들은 대회가 끝난 뒤 홍범도 장군의 묘지가 있는 크즐오르다를 방문하기도 하고, 우즈베키스탄공화국의 타슈켄트, 사마르칸드, 부하라를 둘러 보기도 했다. 이 두 사업이 국제비교한국학회의 이름으로 내가 고 교수와 중앙아시아에 서 이룬 첫 성과였다.

1993년 국제비교한국학회의 제2회 한국학 국제 학술대회가 7월 벨기에 루방에 있 는 루방카톨릭대학교Université catholique de Louvain에서 개최되었다. 하지만 고 교수가 다 른 일이 겹쳐서 학술대회에 불참하는 바람에 그때 나는 그를 만나지 못했다. 같은 해 9월 새 학년도가 시작되면서 고 교수는 파견지 카작스탄공화국 알마틔로 떠났다. 1993년 9월 22일 나는 알마틔로부터 텔렉스[4]를 받았다. 내용은 "어제 1993년 9월 21일 오후 고 송무가 교통사고로 사망했다."는 것이었다. 고 교수는 현지에서 중고차 한 대를 구입해서 사용했다. 그는 운전을 못하기 때문에 차가 필요할 때 현지 친구인 고려인 로베르트 유가 이가 운전을 도와줬다. 로베르트는 우리가 소련 말기 중앙아시아에서 만난 1959년생 고려 인 남성인데 당시 그 나이에 고려말을 유창하게 구사할 수 있었던 유일한 친구였다. 로베 르트 유가이는 우리에게 너무도 소중한 조언과 수많은 도움을 주었다. 그날 차에는 운전 을 한 로베르트, 고 교수, 그리고 카작스탄과학원 동방학연구소 소속 여성 연구원 한 명이

있었다. 고 교수와 여성 연구원은 즉사 했고 로베르트는 갈비뼈가 다 부러지 고 얼굴을 다쳤으나 요행히 죽지는 않 았다. 고 교수가 객사한 것이 애석했지 만 로베르트가 산 것은 다행이었다. 지 금까지도 알마틔에 들리면 나는 늘 로 베르트에게 연락해서 한 끼 식사를 같 이 나누며 옛날을 추억하곤 한다.

2023년 4월, 카작스탄 알마틔 공항에 위치한 한 식당에서 필자와 로베르트 유가이

---

4   텔렉스(telex)는 당시 사용되던 통신 수단으로 타자기처럼 생긴 단말기를 사용하여 자판에서 타자하면 종이 테이프에 내용이 천공되는데 세계 어디에서나 텔렉스 가입자 간에 천공된 테이프를 이용하여 타 자한 장문의 내용을 실시간으로 서로 보내고 받을 수 있었으며 실시간 채팅도 가능했다.

까치복상으로
꽁뽀뜨를 만들다

야생 복숭아는 장미과에 속하며 학명이 Prunus davidiana인데 영어로는 wild peach라고 하고 중국어로는 山桃shāntáo 혹은 野桃yětáo라고 부른다. 야생 복숭아도 열매를 보면 종류가 다른 걸 알 수 있다. 주현재 입구에 있는 까치복상나무는 주현재 다른 곳의 까치복상나무와는 다르게 벌레가 먹지 않는 게 특이하다. 9월 초순이 되면 복숭아가 익는데 크기가 주현재 다른 까치복상보다 약간 크며 향이 뛰어나고 맛 또한 먹을 만하다. 이 까치복상으로는 설탕 졸임인 꽁뽀뜨를 만든다.

열매가 달린 까치복상나무

일단 까치복상을 잘 씻어서 털을 제거하고 물기를 뺀 뒤 복숭아를 반으로 쪼개서 씨를 빼야 한다. 익은 복숭아는 과육과 씨가 생각보다 잘 분리되기 때문에 그리 어렵지는 않다. 복숭아 무게당 설탕 20퍼센트를 추가하고 아주 약간의 물을 부어 섭씨 100도로 끓이면 설탕이 녹으면서 즙이 생기기 시작한다. 15분 정도 끓이면 복숭아가 완전이 익으면서 많은 양의 즙이 생기는데 이것을 섭씨 80도에서 복숭아 즙의 농도가 약간 걸쭉하게 될 때까지 졸이면 된다. 까치복상 1.8킬로그람을 졸이면 잡화상 다이소에서 파는 900그람짜리 사각 유리병으로 2개 반 분량의 꽁뽀뜨가 된다.

까치복상으로 꽁뽀뜨를 만드는 과정

대추가 제대로
열리다

대추나무 한 그루를 심은지 9년이 됐다. 5-6년 전부터 매년 꽃은 피었지만 화분의 수정이 원활하지 않았는지 한 번도 열매가 제대로 열린 적이 없었다. 간혹 열매가 몇 알 달리더라도 익기 전에 다 떨어지고 말았다. 나는 대추가 열리지 않았던 이유를 해발고도가 높은 이 지역의 기후 탓이라고 생각했다. 대추나무는 주현재에서 가장 늦게 꽃이 핀다. 6월 하순에 피는 대추나무의 꽃은 그 크기가 매우 작지만 나무 옆을 지나갈 때 그 향이 사람을 황홀경에 빠지게 할 정도로 고혹적이다.

꽃이 만발한 주현재 대추나무

대추나무는 갈매나무과에 속하며 학명이 Zizyphus jujuba이다. 대추나무는 중국어로 枣树zǎoshù라고 하며, 대추는 红枣hóngzǎo라 부른다. 영어로는 대추를 jujube라고 한다.

금년 2024년에는 처음으로 가지가 늘어지도록 많은 대추가 달렸다. 대추는 원산지가 온화한 기후대에 속하는 유럽 남부나 동남아시아로 알려져 있다. 올해 열매가 많이 열린 이유를 더웠던 여름 날씨에서 찾아야 할 것으로 보인다.

아직 색깔도 그렇고 맛도 들지 않았지만 9월 말이면 단맛이 나는 적갈색의 대추를 수확할 수 있을 것이다. 그때 주현재를 찾는 이는 우아한 적갈색의 맛있는 대추를 맛볼 수 있다.

대추가 주렁주렁 영글어 있는 주현재 대추나무

절판된
내 책들을 보며

며칠 전, 한국 교육부의 파견으로 코르 쿳 아타 크즐오르다대학교Korkyt Ata Qyzylorda University, 한국어 강사로 부임할 임혜민 선생이 내게 연락했다. 그녀는 내가 10년 전에 출간한 《카작이 문법》과 20년 전에 출판한 《소비에트 중앙아시아 고려인 문학사(1937-1991)》 (이하 《고려인 문학사》)를 구하기를 원했다. 물론 내게도 이전에 대학에서 강의용으로 사용하던 것 한 권 밖에 없기 때문에 누구에게 줄 형편은 아니었다.

더 가관인 것은 중고서적 거래 사이트에서 정가 15,000원이었던 《카작어 문법》을 누가 500,000원에 내놓고 있는 사실이었다. 어느 누구도 수긍할 수 없는 말도 안 되는

정가 15,000 원짜리 중고 서적을 500,000 원에 판매하는 인터넷 서점

불합리한 행태였다. 다행히 나와 지금까지 연락하고 지내는 제자 윤여훈이 자신이 소장하고 있던 《카작어 문법》을 기꺼이 내어주는 덕분에 이 책을 구해 줄 수 있었다.

하지만 《고려인 문학사》는 어디에서도 찾아볼 수가 없었다. 마지막 수단으로 크즐오르다대학교 대학역사박물관에 진열돼 있던 《고려인 문학사》가 생각나서 그 책이 도서관이나 다른 곳에 있으면 이용할 요량으로 친구인 크즐오르다대 켄신바이 교수에

크즐오르다국립대학교 역사박물관에 전시된
필자의 저서《소비에트 중앙아시아 고려인 문학사》

게 책의 행방에 대해 물어봤다. 2023년 4월 내가 크즐오르다개방대학교Kyzylorda Open University에서 국제관계 부총장으로 재직 시 크즐오르다대학교에서 대학역사박물관을 리모델링하고 있었는데 지난 20년 동안 거기에 전시돼 있던《고려인 문학사》를 중앙도서관으로 옮겼을 수도 있다는 생각이 들었다. 만약 그렇다면 그 책을 중앙도서관에서 빌려서 이용할 수도 있을 것이다. 하지만 켄신바이 교수는《고려인 문학사》가 그 자리에 그대로 있다는 회답을 보내왔다. 현재로선 내가 강의용으로 쓰던 걸 빌려주는 방법 밖에는 달리 뾰족한 수가 없을 것 같다.

초등학교 시절을
회상하다

　　예천초등학교 동기인 영흥철물건재상사 강성철 대표의 모친이 미국에 거주하는 딸네 집에서 92세로 별세하셨는데 화장한 유해를 예천으로 모셨다는 소식을 뒤늦게 들었다. 카작스탄 크즐오르다에서 돌아와 백두대간 저수령 자락에 내려온 김에 강 대표를 위로할 겸 추석을 앞두고 2025년 9월 4일 초등학교 동기 몇 명을 저녁 식사에 초대했다. 예천초등학교 황재우, 노정숙 동기는 연락이 되지 않거나 다른 약속이 있어서 참석하지 못했고, 예천동부초등학교 김규현 동기는 자녀들 마중을 가야해서 오지 못했다. 결국 예천초등학교 강성철, 정화진 두 동기와 함께 예천권병원 뒤에 있는 유천식당에서 닭백숙으로 저녁을 먹었다. 어릴 적 친구들을 만나면 부담 없이 이런저런 이야기를 나눌 수 있어 나름 즐거운 시간을 보낼 수 있다. 친구들과 헤어진 뒤 농가 주현재에 돌아오니 막걸리 탓인지 불현듯 국민학교 시절의 추억이 활동사진처럼 떠올랐다.

　　내가 초등학교에 다닐 때는 초등학교를 국민학교라고 불렀다. 육이오동란의 피해로 50년대 후반부터 60년대 초반까지 예천초등학교는 시설이 초라하다 못해 피폐했다. 1학년 때 우리는 육이오동란 때 망가진 창문을 판유리 대신 문종이로 막아 놓은 교실에서 수업을 받았다. 교실에는 책상과 걸상이 없어서 마루 바닥에 앉아서 수업을 들으며 담임 선생님이 칠판에 쓴 글씨를 바닥에 엎드려서 공책에 베껴 쓰곤 했다. 내가 속했던 1학년 2반 담임은 안동사범학교를 갓 졸업한 박병주 선생님이셨고, 내 옆자리 동무는 어깨에 무슨 예방주사의 자국이 볼록 튀어나온 현이숙이었다. 나중에 커서 알게 된 사실이지만 제2공화국 시절 국방부장관과 내무무장관을 역임하고 예천 지역을 대표했던 현석호 국회의원이 그 동무의 큰아버지였다. 그러다가 2학년이 되면서 학교에서 집안 사정이 허락하는 학생은 각자의 책상을 제작하여 가져와 사용하라고 했다. 마침 우리 앞집이 목수 집안이라서 나의 부친께서 앞집에 부탁해서 책상을 마련하여 내가 학교에서 사용할 수 있도록 해 주셨다. 그러다가 3학년이 되면서 외국에서 들어온 나왕이라는 목재로 만든 새 책걸상이 제공되어 모든 학생이 그걸 이용하게 됐다. 그때 우리는 의자를 걸상이라고 불렀다. 새 책상에서 나는 나왕이라는 나무의 냄새와 결이 나의 마음에 쏙 들었다.

학교에서는 각 반마다 극빈자를 대상으로 유엔에서 제공한 구호물자로 마련한 강냉이 가루와 우유 가루를 섞어서 굽거나 끓인 강냉이빵과 강냉이죽을 배급했다. 학급의 당번이 양동이에 급식을 타 오면 우유 냄새에서 풍기는 고소함이 코를 찔렀고, 나는 수도 없이 입맛을 다셨다. 하지만 급식 대상 학생이 아니어서 나는 한 번도 그걸 먹어 보지 못했는데, 그때 그걸 조금이라도 맛보려고 급식 대상자 동무들에게 얼마나 애걸복걸했는지 모른다. 비록 내가 그 소원을 이루지는 못했지만 지금도 그때를 떠올리면 코끝을 스치던 기억 속의 우유의 고소한 냄새 때문에 입안에서는 군침이 돈다.

예천초등학교 뒤편에는 흑응산성이라는 토성이 있는데 육이오 때 그곳에서 전투가 벌어졌다. 초등학교 시절 그곳에 가면 전쟁 당시에 버려진 총기, 탄환, 수류탄 등을 쉽게 발견할 수 있었다. 동무들은 그 쇠붙이들을 주워서 엿장수에게 주고 엿과 바꾸어 먹든가, 아이스케키 장수한테 주고 아이스케키를 받아먹곤 했다. '아이스케키'라는 어휘는 영어의 'ice cake'에서 유래한 것 같은데 막대기가 달린 둥글고 긴 형태의 단순한 얼음 과자인데 영어권에서 popsicle라고 하는 것이다. 아이스케키는 샘물에 사카린을 타서 단맛을 낸 후 거기에 색소를 섞거나 팥 삶은 걸 좀 넣어서 둥글고 긴 시험관처럼 생긴 유리 재질의 형틀에 넣고 얼린 것인데, 현재 시중에서 판매되고 있는 '비비빅'이라는 상표의 아이스 크림 바ice cream bar와 형태가 유사이다. 어릴 때 우리는 단순히 얼음이 주는 시원함과 사카린의 단맛 때문에 아이스케키 통을 어깨에 메고 다니던 또래 애들에게서 아이스케키를 구입해서 빨아먹곤 했다. 지금 생각해 보면 비위생적으로 생산된 불량 식품이었지만 한여름에 우리에게는 이것보다 더 좋은 게 없었다. 아이스케키는 얼음처럼 매우 단단해서 깨물어서 먹는 게 쉽지 않았지만 어떤 동무는 그걸 기어이 바삭바삭

깨물어 먹다가 이가 빠지기도 했다.

초등학교 시절에 여름방학이 끝나면 늘 수류탄 사고로 죽는 학생이 있었다. 그래서 그때는 여름방학 전에 안동에 있던 육군 제36사단에서 교정에 여러 종류의 폭발물을 전시해 놓고 학생들이 유사하게 생긴 쇠붙이들을 두드리거나 만지지 않도록 교육했다. 그럼에도 불구하고 만년필처럼 생긴 수류탄은 한동안 우리 동무들의 어린 생명을 여럿 앗아갔다.

예천에는 가물 때 농사에 이용하기 위해 물을 가두어 두기 위해 만든 시설인 '물둠보'라는 게 있었다. 둘레의 흙이 물둠보 안으로 내려앉는 걸 막기 위해서 가장자리 안쪽으로 말뚝을 밖아 놓는데, 여름 장마철에 개울가나 논가에 있던 물둠보에 물이 가득 차게 되면 말뚝들이 보이지 않았다. 무더운 여름날 애들이 개울에서 멱을 감으며 놀다가 개구리가 점프하듯이 물둠보에 뛰어 들다가 말뚝에 찔리거나 박혀서 죽은 경우도 자주 있었다. 수류탄이나 물둠보의 말뚝이 원망스러울 때가 한두번이 아니었다. 나는 수영을 못해서 개울에서 멱을 감을 생각은 아예 하지도 못했고 폭발물을 주우려 다닌 적도 없었지만 그런 경험을 자랑하는 동무들을 보면 나는 그들이 은근히 부럽기는 했었다.

저녁을 함께 한 강성철 대표는 예천초등학교 6학년 때와 예천중학교 1학년 때 나와 같은 반이었는데, 국민학교 6학년 때 방과 후 가끔 그와 함께 놀았다. 내가 백두대간 저수령 자락에 내려온 후 예천초등학교 동기 가운데 가장 많이 만난 친구가 강 대표인데 그와는 어릴 때 함께 나눈 추억이 있기도 하지만 그가 평소에 타인의 흉을 보지 않기 때문이다. 내가 국민학교 시절에 강 대표네는 영흥상회라는 철물과 잡화를 판매하는 상점을 경영했는데, 그게 지금 그가 운영하고 있는 영흥철물건재상사의 전신이다. 강 대표네 집에 가면 우리는 주로 다락에 올라가서 놀았는데 거기에는 강 대표 조부께서 담가 놓은 큰 유리병에 든 술들이 많았다. 나는 그걸 맛볼 생각을 해 본 적이 없었지만, 강 대표의 말에 따르면 구신모 동기는 간 크게도 그 술을 마셨다고 했다. 구신모 동기네는 당시 예천초등학교 후문 근처에서 타면소와 방앗간을 운영했다.

그 당시 가게의 금전출납기 역할을 하던 '돈 통'이라고 부르던 나무로 만든 직사각

형의 통이 영흥상회에 있었는데, 강 대표가 거기서 지폐 한 장을 몰래 가져오면 우리는 그 돈으로 밖에서 이것저것을 사 먹을 수 있었다. 그때는 물건을 팔거나 사려면 현금 거래만이 가능했던 터라 가게를 하던 집안의 애들만이 남몰래 누릴 수 있었던 호사였는데, 나는 가끔 강 대표의 덕을 봤다.

정화진 동기는 내가 백두대간 저수령 자락에 내려온 뒤 예천초등학교 동창회에서 처음 만났는데, 집이 예천경찰서 뒤편 흑응산 자락에 있다. 그녀는 매년 가을 흑응산의 꿀밤나무에서 떨어지는 꿀밤으로 꿀밤묵을 쒀서 강 대표와 나에게 주곤 하는 고마운 친구이다. 꿀밤나무는 상수리나무의 예천 방언이다.

2025년 9월, 유천식당에서 필자, 강성철, 정화진

10월의 이야기

무용수 최승희의 제자 태정란 여사를
평양에서 만나다

2004년 10월 30일 오전 북경 수도비행장에서 평양행 고려항공을 타기 위해 탑승 구로 향했다. 거기서 뜻밖에 뻬린 푸룩샤르를 만났다. 뻬린Perrine은 지난 학년도에 파리 국립동방언어문명대학교에서 나한테서 한국어와 한국현대문학 강의를 들은 여학생이었 다. 프랑스 국방 분야에서 연구원으로 일하는 뻬린은 다른 대학에서 박사과정을 수료하 고 한국어를 배우기 위해 국립동방언어문명대학교에 입학했다. 내 생각에는 평소에 북한 에 대해 관심이 많았던 뻬린이 북한의 이모저모를 살펴보기 위해 의도적으로 평양을 방 문하는 것 같았다. 뜻밖의 만남이었지만 나는 매우 반가웠다. 뻬린은 다른 젊은 프랑스 인 남성 두 명과 함께 있었는데, 한 스위스 여행사가 주관하는 조선 단체관광 모집 광고 를 통해 만났다고 했다. 그들은 10일간 조선에 머물며 몇 곳을 관광할 것이라고 했다. 평 양 순안공항에 도착해서 짐을 찾은 뒤 헤어지면서 나는 그들에게 저녁을 함께 하자고 제 안하고 호텔로 찾아가겠다고 했다. 하지만 안내원이 당국의 허락이 필요한 사안이라 불 가하다고 했다. 평양에서 다시 그들을 만나지 못해 결과적으로 허세를 부린 것처럼 되고 말았다. 다행히 2008년에 서울로 어학연수를 온 뻬린이 내게 연락하였다. 때마침 서울에 온 우즈베키스탄의 한국어과 교수들과 그날 저녁을 할 참이었는데, 뻬린도 초대해서 함 께 식사하며 평양에서 연락할 수 없었던 사연을 설명하고 양해를 구했다.

2004년 10월 31일 오전에 동명왕릉을 답사했다. 동명왕은 전설적인 인물로 기원 전 277년에 고구려를 세운 왕이다. 이 능은 평양에서 25킬로미터 떨어진 곳에 있다. 가 는 길을 따라 가을걷이가 막 끝난 경지정리가 잘 된 논과 밭들이 보였다. 논에는 벼 낟가 리들이 줄을 이어 쌓여 있었고, 밭에서는 농부들이 무와 배추를 걷어 들이고 있었다. 늦 가을 날씨 치고는 퍽 따뜻했다. 능의 양쪽에는 입구부터 소나무들이 빼곡히 서 있었다.

2008년 7월 인사동 '촌'에서, 하필이면 뻬린이 사진을 찍는 바람에 그녀만 위 사진에 없다.
왼쪽부터 사마르칸드외국어대학교 엄안또니나, 타슈켄트국립사범대학교 리브로니슬라브[1],
서울대학교 권재일, 필자, 타슈켄트국립동방학대학교 김빅또리야

입구의 오른쪽으로 정릉사라는 절이 있었다. 여성 안내원의 설명에 따르면, 427년에 고려가 도읍을 평양으로 옮기면서 동명왕의 묘도 함께 옮겨졌고, 정릉사도 그 때 건축되었다. 동명왕릉의 내부 벽에는 목단 꽃이 그려진 벽화가 있지만 보존을 위해 일반인에게 내부 출입을 금하고 있었다. 경주의 천마총 정도로 높은 봉분을 한 동명왕릉의 앞면 양쪽에는 돌로 조각한 시중을 드는 문무관들이 서 있었다. 흥미로운 것은 그 뒤쪽으로, 동명왕의 측근 신하들의 묘와 온달의 묘가 있었다. 대학에서 한국문학사를 가르치는 나에게 온달의 묘는 답사하지 않으면 안 될 숙제였다. 한참을 걸어서 올라가니 온달의 묘가 나왔다. 한자로 온달의 묘라고 쓴 비석과 꽤 높은 봉분을 한 묘를 본 것밖에는 특별한 것이 없었다. 어떻게 그 묘가 온달의 것인지를 알 수 있었냐고 묻는 나에게 여성 안내원은 이전부터 민간에서 그 묘가 온달의 것이라고 전해져 왔다고 했다. 동명왕릉 또한 같은 내력

---

1   1937년 소련 원동 고려인들의 강제 이주 시 카작스탄 크즐오르다로 옮겨왔던 원동고려사범대학이 1938년 9월에 크즐오르다사범대학으로 개편되면서 대학에서 고려 말 강의나 고려 말 교육이 폐지되고 말았다. 그후 소련에서 처음으로 1956년에 타슈켄트국립사범대학(Tashkent State Pedagogical Institute)에 한국어과가 개설되었으나 1964년에 폐과되었고, 1984년에 다시 개설되었다. 리브로니슬라브(Li Bronislav, 1939-2021) 교수는 경제학 박사로 2003-04학년도 타슈켄트국립사범대학교(Tashkent State Pedagogical University) 한국어문학과 학과장으로 근무하며 학과 발전에 크게 기여했다. 현재 이 대학은 우즈베키스탄국립사범대학교(National Pedagogical University of Uzbekistan)로 명칭이 변경되었다.

으로 찾은 것인데, 발굴 조사단에 의해 왕궁 터에서 금관의 부속품으로 추정되는 물건들을 비롯하여 여러 가지 도구들이 발견되었다. 하지만 식민지 시절 일제가 동명왕릉을 도굴하는 바람에 묘 안에 있던 모든 부장품들은 도난당하고 말았다.

동명왕릉 앞에서

정릉사 앞에서

온달의 묘 앞에서

　백두대간 농부가 된 프랑스 교수의 사철 이야기

그날 점심은 나의 안내원의 배려로 평양대극장에 소속된 봉사소에서 먹었다. 봉사소란 한국의 구내식당 같은 곳이었다. 일요일이라서 그런지 봉사소는 가족단위로 외출한 사람들이 많아서 매우 붐비었다. 우리는 몇 가지 음식을 주문해서 맛보았는데, 그 가운데 국시가 제일 맛있었다. 평양에서는 우리가 서울에서 냉면이라고 부르는 음식을 국시라고 했다. 곁들여 마신 알코올 농도 3.5도의 대동강맥주도 유럽의 여느 맥주 못지 않게 맛과 향기가 좋았다.

점심을 먹은 후에 모란봉 자락에 있는 을밀대로 산보를 갔다. 평양여관에서 자동차를 타고 평양 지하철 통일역[2]까지 이동했다. 공원 입구에서부터 여기저기 사람들이 무리를 지어 놓고 있었다. 주패놀이를 하는 젊은이들. 신명 나게 노래를 부르며 전통 춤을 추는 노인네들. 주말 이른 오후 공원에서 시간을 보내고 있던 대부분의 사람들은 노인네들이었다. 노인네들은 장구와 북과 꽹과리를 치며 흥겹게 놀고 있었다. 을밀대로 올라 가는 길가에 유난히 눈에 띄는 한 여인이 있었다. 그녀의 춤사위나 발움직임이 예사롭지 않았다. 내가 그녀의 자태에 감탄하자 안내원이 곧바로 나에게 그 분이 조선의 전설적인 무용수 최승희의 제자인 태정란이라고 했다. 무용수 최승희에 대해서는 이전에 이미 들은 이야기가 있어서 나도 잘 알고 있었다. 무용수 최승희는 한국인으로서는 최초로 1939년 1월 파리 쌀 쁠레옐Salle Pleyel 극장과 같은 해 6월 파리 국립샤이오극장Théâtre national de Chaillot에서 자신의 무용 세계를 선보였던 인물이다. 이 두 차례의 성공적인 파리 공연을 통해 무용수 최승희의 이름이 세간에 알려지게 되었고, 순식간에 최승희는 프랑스에서 아시아의 전설적인 무용수로 자리매김했다.

태정란이란 이름은 북한 무용계에서 내가 한 차례도 들어 본 적이 없지만, 나의 안내원이 보위부 소속이긴 해도 그가 금방 알아볼 정도의 예술가라면 그 분이 뛰어난 무용수라는 점은 의심할 여지가 없었다. 안내원의 소개로 태정란 여사를 만나 잠시 대화를 나눌

---

2 통일역은 2024년 김정은 북한 국무위원장이 대한민국을 적대적 교전 국가로 규정하고 통일 정책을 폐기할 것을 지시하면서 역의 명칭에서 '통일'이 삭제되었다가 최종적으로 모란봉역으로 개칭됐다.

수 있었다. 무용수 태정란은 1936년생으로 1953년부터 무용수 최승희로부터 전통 춤을 전수받았다고 했다. 무용수 최승희의 딸 안성희가 1953년부터 4년간 모스크바 대극장 (Bol'shoy teatr, 발쇼이 떼아트르)의 부속 학교인 모스크바 발쇼이 발레 학교에 유학하고 있었으니 최승희한테서 직접 배울 수 있었을 것이다. 모스크바 발쇼이 발레학교는 현재 모스크바 국립 안무아카데미(Moscow State Academy of Choreography, МГАХ)로 불리며 세계에서 가장 오래된 권위 있는 발레 학교 가운데 하나이다.

태정란은 무용수 최승희의 남편인 문학평론가 안막(본명 안필승)의 형 안보승의 맏아들인 안병찬의 아내이다. 간단하게 말하면 태정란은 무용수 최승희의 조카며느리이다. 태정란이 1953년부터 최승희로부터 전통무용을 전수받았다면 당시 태정란은 17세였다. 평양에서 만났을 때 내가 물어보지 않아 태정란이 이미 그때 안병찬과 혼인한 사이였는지 아니면 그 이후에 혼인했는지는 알 길이 없다. 아무튼, 무용수 태정란은 평생 조선무용연구소에서 활동했으나 연금 생활을 시작한 뒤 가끔 민족극장에서도 일했다고 했다. 나의 안내원이 저녁 일정 때문에 재촉하는 바람에 시간이 별로 없어서 무용수 태정란에게 최승희나 안성희와의 개인적인 관계나 활동에 대해서는 물어보지 못했다. 몹시 안타까웠지만 태정란 여사와 몇 장의 사진을 남기는 걸로 만족했다.

평양 모란봉공원에서 태정란 무용수

한글 판본체 서예를
시작하다

2014년 봄 저수령 자락에 펜션을 마련한 이후 주말에 예천에서 할 수 있는 취미 생활이 뭐가 있을지 궁금하여 나는 예천에 거주하는 동기들에게 자문을 구했다. 정구를 치러 오라는 동기도 있었고, 수영을 같이 하자는 동기도 있었고, 색소폰을 배우러 오라고 한 동기도 있었다. 나는 헤엄을 칠 줄 모르기 때문에 수영은 바로 포기했고, 전에 기타를 배우려고 몇 번 시도했다가 매번 때려치운 적이 있기 때문에 악기를 다루는 것도 아예 엄두를 내지 못했다. 일단 정구를 치러 가 보기로 하고 나는 운동화와 정구채를 마련했다. 정구장에 몇 주 다녔으나 과격하게 뛰어다니다 보니 무릎 관절에 부담이 되기도 하고, 정구 선수 출신인 예천초등학교 황재덕 동기와 연습을 하는 게 미안하기도 해서 이마저 결국 그만두었다.

그러다가 하루는 지나다니는 길가에서 초정서예연구원이란 표지판을 보고는 불현듯 그곳이 궁금했다. 이 표지판을 그날 처음 본 것은 아니었다. 예천 읍내에 가다가 용문면 맛질이란 곳을 지날 때마다 보았지만 그날 따라 그것이 가슴에 와 닿았다. 예천 출신 서예가 권창륜(1943-2024)의 호 '초정'을 명칭으로 사용한 서예연구원은 맛질 네거리에서 불과 몇 킬로미터 거리에 있었다. 그곳은 5천여 제곱미터의 부지에 지하1층, 지상 2층 규모로 철근 콘크리트 구조에 목조 한식 기와 양식으로 건축한 연면적 864제곱미터의 공간을 갖추고 있었다. 초정서예연구원에는 상설 전시관이 있었고 교육 분야는 서예, 묵화, 한문 등이었다. 나는 그날 바로 등록하고 2014년 10월부터 매주 토요일 한자 서예를 배우러 다니기 시작했다. 나는 거기서 효자면 백석리 상백 부락에 거주하는 장병근 농부를 만났다. 장병근 농부는 유기농을 주장했는데 그 점이 나의 농사 철학과 잘 맞았다.

초정서예연구원 입구

    나는 권창륜 서예가에게 직접 배운 적은 없으며, 오다가다 만나거나 다른 수강생들과 함께 식사 한두 번 한 게 고작이었다. 초급 수준인 나는 그의 제자인 영주 출신 박기진 서예가한테서 배웠다. 박기진 서예가의 작품 한 점이 주현재에 있다. 권창륜은 중앙대학교 국어국문학과를 졸업했으며, 서예계의 대가였던 김충현과 김응현에게 사사했고, 1979년 대한민국 미술전람회에서 국무총리상을 받았다. 그는 해박한 서예 이론을 바탕으로 고법에 충실하면서도 격식에 얽매이지 않고 개성이 뚜렷한 작품 세계를 구축했다는 평가를 받았다. 권창륜은 진서, 예서, 해서, 행서, 초서는 물론, 사군자와 문인화, 전각 등에도 능했다. 2020년에 그는 대한민국예술원 회원이 되었다. 그의 대표 작품으로는 청와대의 인수문, 춘추관, 연무관, 그리고 운현궁 현판 외에 2011년에 제작된 제5대 국새의 인문印文이 있다.

2017년 제4회 전국휘호(揮毫)대전에서 휘호 시범을 보이고 있는 권창륜 서예가

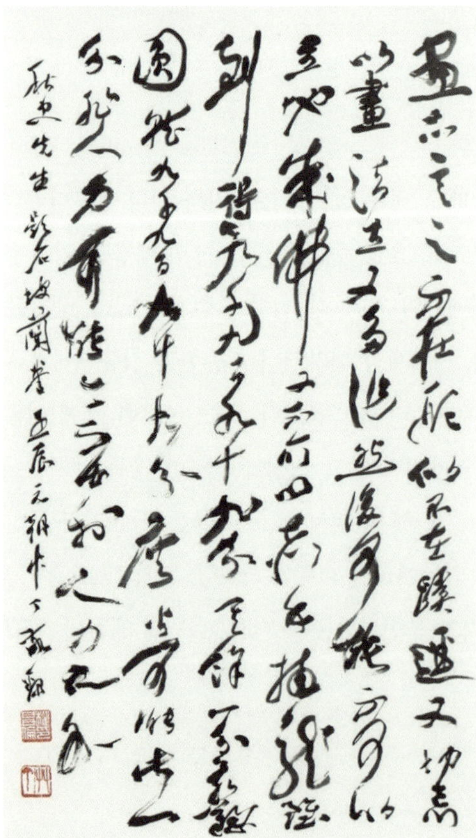

권창륜 서예가의 작품 제석파란권(題石坡蘭卷).
'제석파란권'은 추사 김정희의 예술적 정수가
담긴 바위와 난의 그림, 그리고 그 위에 덧붙인
글로 구성된 두루마리 작품집

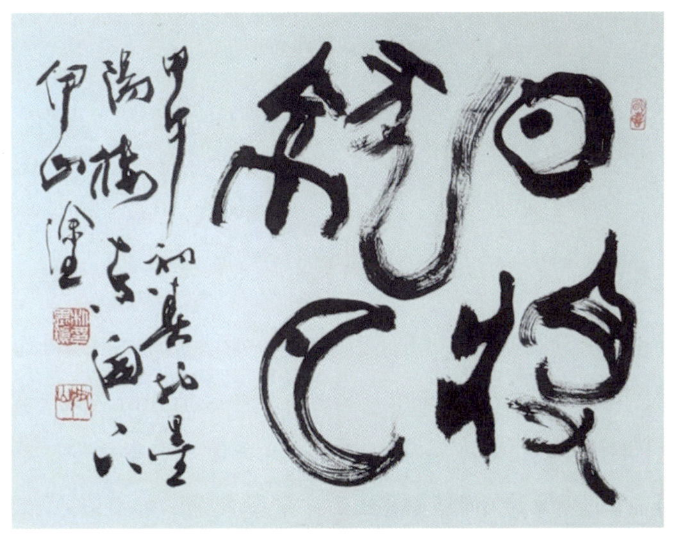

주현재에 있는 박기진 서예가의 작품 '일취월장'(日就月將)

초정서예연구원에서는 한글 서예를 가르치지 않아 나는 한자 서예만 몇 년 배우다가 중단했다. 2023년 9월 중순, 예천군청에 볼일이 있어서 다녀오다가 초정서예연구원에서 한글 서예 수강생을 모집한다는 현수막을 보았다. 전화로 문의했더니 이미 수업이 시작되었지만 언제나 수강이 가능하다고 해서 2023년 9월 23일부터 나는 한글 판본체 서예를 배우기 시작했다. 어느 날 우연히 권창륜 서예가가 우리 반에 들렀는데, 한글 판본체 획을 연습하고 있던 나를 보더니 붓 잡

필자에게 한글 판본체 서예를 가르치는 여운숙 서예가

는 법에 대해 조언해 주었다. 한국에 있을 때는 꾸준히 다닐 생각이다. 열심히 연습해서 법고창신法古創新을 염두에 두고 나름 나만의 서체를 만들어 볼 것이다. 한글 서예 강사는 예천 출신으로 단양에 거주하는 여운숙 서예가로 그 분 역시 권창륜 서예가의 제자이다.

수꾸를
수확하다

'수꾸'는 수수의 예천 방언이다. 수수는 벼과에 속하며 아프리카와 아시아가 원산지이며 학명은 Sorghum bicolor이다. 영어 명칭은 sorghum이고 중국어로는 高粱 gāoliáng이다. 한국어 명칭 수수는 한자어 촉서蜀黍의 중국어 발음 슈슈shǔshǔ에서 유래한 것으로 보인다. 거의 세계 전역에서 식용으로 수수를 재배하며, 수수를 발효시켜 고량주를 만들기도 한다. 수수의 종류는 알곡용, 당분용, 목초용, 빗자루용 네 가지로 나눌 수 있다. 수수는 밀, 벼, 옥수수에 이어 세계에서 네 번째로 중요한 작물이다.

금년 2016년 봄 공주에서 씨앗을 구해서 파종한 토종 수수를 10월 13일 오전에 수확했다. 수확한 수수가 큰 채반으로 하나 가득했다. 일단 건조를 위해 창고에 넣어 두었다. 창고는 농가 남쪽 측면 벽에 비스듬하게 설치했는데 창문이 있고 햇빛이 잘 드는 곳이라 곡식을 말리기에 좋다.

이삭을 털면 수수 알곡 서너 되는 충분히 얻을 것 같다. 어릴 적 겨울이 되면 가끔 어머니를 졸라 '수꾸 노치'와 '수꾸 미릉빈'을 해 먹었던 생각이 난다. 수꾸 노치는 수수 가루를 묽게 반죽하여 소금으로 간을 해서 부친 것이고, 수꾸 미릉빈은 수꾸 노치를 부칠 반죽을 프라이팬 대용으로 사용하던 솥뚜껑 위에 편 다음 그 위에 삶은 완두콩 으깬 것을 놓고 노치 반죽이 익을 때쯤 그걸 반으로 접어서 붙힌 것이다.

'노치'는 국어사전에 노티의 북한어라고 설명하고 있다. 주로 차조, 기장, 참쌀 따위의 가루를 쪄서 엿기름에 삭혀 지진 떡으로, 서도 지방에서 추석에 만들어 먹는다고 한다. 수꾸 노치도 이런 맥락에서 수수지짐 정도로 이해하면 될 것 같다. '미릉빈'의 어원은 사전에 등재되어 있지 않으니 어디서 유래한 것인지 알 수가 없지만, 수수부꾸미 정도로 보면 되겠다.

수확한 토종 수수

난생처음으로
야구장에 가보다

주현재로 내려온 후에도 강의 때문에 대학 내 게스트하우스에서 지낼 땐 그곳 지인들과 가끔 자전거를 탔다. 강남대 입구 삼거리에서 만나 신갈천을 따라가다가 지하철 분당선 기흥역에서 신갈역을 거쳐 구성역을 지나 성남 탄천을 따라서 잠실 올림픽경기장까지 왕복하는 60킬로미터 내외의 거리였다. 돌아오면 반드시 저녁을 함께 하며 막걸리나 맥주를 한잔하고 헤어졌다. 이들 가운데 전에 엘지 야구팀 후원회(LG supporters) 회장을 지낸 손호익 대표는 만날 때마다 야구 경기 소식을 전하며 이런저런 이야기를 꺼냈지만 나는 야구를 전혀 모르기 때문에 대화에 끼어든 적이 없었다. 서울 중구 출신인 손호익 대표는 당연히 LG 지지자였고, 전라도 영암 출신인 조재식 교사는 기아 팬이었다. 경기도 용인 출신인 김학민 이사장은 야구를 좋아하지만 특별히 선호하는 팀이 없었고, 경상도 예천 출신인 나는 야구를 모르기 때문에 아예 관심이 없었다.

2016년 8월 초순 이들과 함께 키르기즈공화국으로 답사 여행을 갔을 때, 우연히 야구 이야기가 나왔는데, 유인태 전 의원이 야구 경기에 우릴 한 번 초대하겠다고 했다. 돌아와서 그냥 잊고 있었는데 유 전 의원이 2016년 10월 24일 저녁 잠실야구경기장에서 개최되는 포스트 시즌post season 플레이 오프play-off 3차전 LG와 NC 경기에 초대하겠다며 연락했다. 나는 야구를 모르지만 호기심에 한번 따라가 보기로 하고, 난생처음으로 가 보는 야구장이라 경기 규칙을 찾아 나름대로 미리 공부를 좀 했다. '포스트 시즌'은 정규 시즌 종료 후 리그 상위 5위 권에 들어간 팀들이 최종 우승팀을 결정하기

2016년 포스트 시즌의 플레이 오프 3차 전 입장권

위해 벌이는 경기의 총칭이고, '플레이 오프'는 최종 우승자를 가리기 위해 치러지는 경기를 의미한다.

24일 늦은 오후 이들과 강남대 입구에서 만난 후 김밥을 몇 줄 사고 내가 준비한 1리터짜리 러시아산 벨루가 보드카 한 병을 500밀리리터짜리 물병 두 개에 나누어 담았다. 18시에 잠실야구장 입구에 도착하니 엄청나게 많은 사람들이 북적댔고, 포장마차들이 즐비했다. 미리 도착한 유 전 의원이 가락국수를 먹고 있길래 우리도 덩달아 떡라면을 한 그릇씩 시켜 먹었다. 경기장 입구로 가는 길에 보드카 안주용으로 순대와 머릿고기를 좀 샀다.

유 전 의원이 입구에서 입장권을 받아 한 장씩 나눠 줬는데, 좌석을 확인하니 구하기 힘들다는 프리미엄석이었다. 유 전 의원은 당시 한국야구위원회KBO 구본능 총재의 고문이어서 가능했던 것 같았다. 프리임엄석은 경기장 중앙을 마주보는 곳에 위치해 있었고, 자리에 마실 것과 먹을 것이 마련되어 있었다. 조금 후 뒷자리에서 영어로 대화하는 말소리가 들려 뒤돌아봤더니 마크 리퍼트Mark Lippert 주한 미국대사와 한때 미국에서 이름을 날렸던 박찬호 야구 선수가 앉아 있었다. 이전에 만난 적은 없지만 그냥 반갑게 인사를 나누었다. 미국 대사는 말투로 보아 매우 소박한 성격에 다정한 분인 것 같았다. 18시 30분 정각에 애국가 1절을 부른 뒤 경기가 바로 시작되었다.

함께 간 친구들 모두가 경기 내용이 형편없다는 말을 자주 했고, 야구 자체를 잘 모르는 나에게는 매우 지루하고 재미없는 경기였다. 양 팀 투수가 던진 공은 걸핏하면 볼이었고 타자 역시 제대로 때린 안타가 거의 없었다. 엉성한 경기에 연장전까지 하면서 2대 1로 LG가 겨우 이겼다. 경기가 끝나니 23시 30분이었다. 이 날 야구장에서 알게 된 흥미로운 사실은 생맥주를 파는 맥주 판매원이 있다는 것과 닭튀김, 떡볶이, 어묵, 잡채, 족발 등 왠만한 것은 다 사 먹을 수가 있다는 것이었다. 생맥주통을 등에 짊어지고 다니면서 컵에 따라 주는 맥주 판매원의 모습이 마치 분무기를 진 농부 같아서 인상적이었다. 프리미엄석은 파울볼에 맞아 다칠 확률이 거의 없고 화장실이 가까워서 편하지만, 늘 주심의 뒷모습을 중심으로 경기 광경을 보기 때문에 투수가 던진 공이 도달하는 과정이나 타자가 공을 치는 모습을 자세하게 볼 수 없는 게 단점이다. 경기를 제대로 관람하기에는 치어 리더들이 자리한 측면 응원석이 제일 좋을 것 같다.

잠실야구장 입구에서

왼쪽부터 이용복, 손호익, 필자, 김학민, 유인태

잠실야구장의 맥주 판매원

　　꾸지뽕나무는 가지에 굵은 가시가 있지만 내가 주현재에 심은 것은 가시가 없는 개량종이다. 2016년에 심은 꾸찌뽕 나무에서 2019년 가을부터 열매가 달리기 시작했다. 꾸지뽕나무는 뽕나무과에 속하며 학명은 Cudrania tricuspidata인데, 영어로는 silkworm thorn이고 중국어 명칭은 柘樹zhèshù이다.

　　꾸지뽕나무의 열매는 살구만 하며 붉은색인데, 과육이 연하고 달짝지근한 맛이 일품이다. 하지만 꾸지뽕나무의 열매를 씹으면 껍질은 얇지만 바삭바삭 부서지는 단단한 씨가 너무 많은 게 흠이다. 꾸지뽕나무 열매는 항산화, 항고혈당과 같은 약리학적 효능이 있는 플라보노이드 성분을 다량 함유하고 있으며, 구마린, 루틴, 스티그마스테롤, 가바 등 다양한 생리활성 물질도 가지고 있다.

익은 꾸지뽕나무 열매

주현재에서는 9말 말에서 10월 초에 꾸지뽕나무 열매가 익는데; 그걸 수확하여 주로 생과로 식용한다. 익은 꾸지뽕나무 열매는 과육이 너무 무르기 때문에 청을 담그기는 쉽지 않다. 꾸지뽕나무 열매로 청을 담가 봤다는 사람들을 몇 만났는데, 모두들 말하기를 열매가 침출되는 과정에 과육이 터져서 청이 죽을 쑨 것처럼 매우 혼탁해서 미관상 흉하다고 했다. 게다가 꾸지뽕나무 열매는 얇고 단단한 씨 때문에 꽁뽀뜨나 잼을 만들기에도 부적절한 게 사실이다.

가정용 운동기구를
설치하다

2022년 10월에 큰아들이 가정용 운동기구(home gym)를 선물했는데 조립하다가 복잡해서 내팽개쳐 버렸다. 지난 주 창고에서 동력 자주식自走式 잔디깍이를 정리하다가 이 운동 기구를 발견하고는 다시 설치해 보고 싶은 생각이 들었다. 제조사의 조립용 동영상을 보면서 나는 지난 번에 남겨 놓은 부분을 결합하기 시작했다. 도르래 하나가 함께 연결해야 할 철제 구조물의 틈에 들어가지 않아 나는 그것만 남겨 놓고 작업을 마쳤다.

카톡을 통해 나는 제조사 고객센터에 도르래에 관한 문제점을 제기했다. 다행히 이 회사는 자사 제품에 대해 책임을 질 줄 아는 그런 훌륭한 곳이었다. 담당자가 2023년 10월 16일 오전에 기사를 파견하여 문제점을 해결하겠다고 했다. 약속한대로 오전 10시경 대구에서 한 기사가 주현재로 왔다. 매우 친절한 젊은 기사는 멍키스패너로 철제 구조물을 벌려 도르래를 끼우고 강철 케이블을 연결시켰다. 그리고 내가 몇 차례 시도했지만 도저

히 끼울 수 없었던 스펀지관을 가슴 운동용 '버터 플라이'에 끼워 주었다. 이 기사 역시 그 스펀지를 끼우느라 엄청나게 애먹으며 적지 않은 시간을 허비했다. 아무튼 성공적으로 미무리해서 다행이었다.

지금까지 나는 주현재에서는 걷기 운동, 로잉 머신 rowing machine, 자전거만 이용했는데, 어제부터 이 가정용 종합 운동 기구를 사용하여 다른 운동도 할 수 있게 됐다. 아들은 나에게 첫 네 가지 운동과 마지막의 '스트레이트 암 풀 다운'을 추천했다.

버터 플라이
Butter Fly

체스트 프레스
Chest Press

레그 익스텐션
Leg Extension

랫 풀 다운
Lat Pull Down

킥백
Kick Back

아웃 타이
Out Thigh

스탠딩 암컬
Standing Arm Curl

스트레이트 암풀다운
Straight Arm Pull Down

중학교 시절의 원어민 영어교사를
다시 만나다

예천중학교와 예천여자중고등학교에서 원어민 영어교사로 재직했던 미국 평화봉사단 소속 제리 래이크, 배리 래이크 선생님 부부는 1947년 뉴욕 태생으로 하퍼대학Hapur college(현재의 Binghamton university)에서 각각 연극학과 영문학을 전공했다. 예천에서 영어 교사로 봉사한 뒤 귀국한 배리 래이크 선생은 1977년 뉴욕대학교 의과대학을 졸업하고 내과 전문의가 됐고, 제리 래이크 선생은 1975년 롱아일랜트대학에서 상담학 전공으로 석사학위를 취득했다. 2023년 7월 23일 제리 래이크 선생님께 보낸 전자우편에서, 나는 선생님이 예천군민체육대회 때 가르쳐 준 영어 응원가를 음역해 적으며 당시 선생님에 대한 추억을 되새겼고, 선생님 덕분에 영어에 대한 열정과 다른 문화권에 대한 호기심이 생겼다는 점도 언급했다. 그리고 내가 프랑스로 유학하여 박사학위 취득 후 파리에서 교수가 된 상황도 추가했다. 2023년 7월 25일, 선생님의 회신이 도착했다. 다음은 제리 래이크 선생님이 보낸 전자우편의 내용을 한국어로 번역한 것이다.

친애하는 김 박사,

자네 전자우편을 받은 게 얼마나 경이로운가! 자네에게 어떤 호칭을 사용해야 할지 나는 망설였네. 내가 스스로 묻기를, 내가 자네보다 연장자이니 당연히 필영 씨라고 부를까, 아니면 자네가 박사이니 김 박사라고 불러야 할까? 결국에는 우리 모두가 나이를 먹었으니 나는 자네를 미국식으로 필Phil이라고 부르기로 했고, 자네는 나를 제리Jerry라고 부르게. 그럼 다시 시작하겠네.

친애하는 필,

자네 전자우편을 받은 것이 얼마나 경이로운가! 나와 아내 배리는 진심으로 기뻤고, 신이 났고, 매우 놀랐네. 자네는 흥미로운 일과 여행으로 충만한 괜찮은 삶을 산 것 같네. 우리가 예천에 살았을 때 배리와 나는 자네가 전자우편에서 언급한 이동수 선생님 가족과 함께 지냈네. 우리는 전체 가족과 매우 가까웠고 현재까지도 가깝게 지내네. 우리는 그들과 매주 대화하고 그들 가운데 많은 이들이 뉴욕을 방문했고 우리도 우리 가족의 일부가 된 이 가족들과 함께 시간을 보내려고 한국에 많이 갔었네. 사실, 오는 10월에 그들 가족은 물론 한국에 있는 다른 친구들을 방문하기 위해 한국으로 여행할 계획이네.

이번 여행에서 우리는 십중팔구 예천에는 들리지 않을 것이네. 우리는 대부분의 시간을 김해, 대구, 포항, 서울에서 보낼 것이네. 만약 자네가 그때 서울에 있다면 만났으면 좋겠네.

우리도 예천의 처참한 홍수에 대해 들었네. 우리는 시설물 파괴와 인명 손실에 대해 소식을 듣고 많이 속상했네.

그 가족과 예천에 살면서 다른 친구들을 사귀고 한국어, 한국문화, 한국 음식에 대해 배웠는데 이 모든 것이 이후 우리 생활의 매우 중요한 일부로 남아있네. 나는 많이 잊어버렸지만 내가 아직도 한국어를 이해하고 표현할 수 있다는 걸 흐뭇하게 생각하네. 나는 예천중학교에서, 아내 배리는 예천여자중고등학교에서, 우리 두 사람 모두 가르치는 걸 좋아했지만 우리는 사실 우리가 학생들에게 많은 영향을 주었다고 생각하지 않았네. 무엇보다 자네들은 인원이 너무 많았네. 각 반에는 60명의 학생들이 있었으며, 우리는 하루에 5-6학급을 맡았네. 그건 언어를 배우는 최상의 방법은 아니었네. 또한, 심지어 예천 밖을 나가본 적이 없을 것 같았던 많은 학생들이 이미 대구와 서울에서 공부하고 있었구만. 이것은 우리가 틀렸다는 걸 보여줬네. 단순히 다른 문화권 사람들과 함께 지내며 소통하는 것이 우리에게 매우 귀중했던 것처럼 이 또한 역시 소중했네. 우리는 지난 수많은 세월 동안 우리 학생들이 단순히 우리와 함께 시간을 보냈다고만 생각했네. 이는 아내 배리와 나 모두에게 아주 가슴이 뭉클한 중요한 것이네. 자네가 언급한 (내가 오랫동안 잊고 있었던) 그 응원가는 다음과 같네.

예중, 예중 이겨라!

YeJung, YeJung on to victory!

예중 예중 지금 우리는 승리를 노래한다!

YeJung, YeJung now we sing to thee!

힘내고, 힘내라, 절대 항복하지 말고 싸워라!

Fight, fight, fight never give in!

예중을 위해서 승리할 것이다!

For YeJung will Win!

이것은 내가 어렸을 때 참가했던 여름 야영지의 응원가이네.

다시 한번 자네가 우리에게 안부를 전한 것에 대해 감사하네. 연락을 계속하도록 하세. 내가 알기로 펜팔은 대부분 젊은이들이지만 아마 노인들도 있지 싶네. 또한 자네가 그 기간 동안 서울에 있을 것인지 확실히 알려주고 노력해서 시간을 내어 보세. 만약 자네가 뉴욕에 오게 되면 우리 집에서 저녁을 함께 하거나 식당에서 만나게 되길 갈망하네. 그리고 자네가 뉴욕에 와서 머물 장소가 필요하면 우리 집에 방들이 많이 있네.

행운을 비네.

제 리

래이크^{Raik} 선생님 부부를 2023년 10월 12일 저녁 서울에서 만났다. 선생님께서는 그 전날 11일 아침에 서울에 도착한 후 한국에서 사용하실 전화번호를 전자우편으로 보내셨다. 12일 정오경에 선생님께 전화하여 숙소 앞으로 마중을 가겠다고 말씀드렸다. 전화를 받으시며 "안녕하세요?"하는 선생님의 목소리를 들으며 감격스러워 2-3초 동안 말문이 막혔다. 옛날 그때의 선생님의 음색 그대로였다. 기억이란 건 정말 대단하다! 부산에서부터 서울에 이르기까지 여러 곳에 흩어져 사는 예천여자중학교 출신 6명과 예천중학교 출신 4명이 이날 만찬에 참석했다. 만찬 장소는 한남동 순천향대병원 부근에 있는 '알아 차림'이란 한식집이었다. 이 집의 음식은 전통 한식은 아니고 서양식을 가미한 개

'알아 차림'에서 레이크 선생님 부부와 제자들의 만남

한남동에서 필자와 레이크 선생님 부부

량 한식이었다. 서양식처럼 음식이 차례로 나왔는데 매우 정갈하고 맛있었다. 두 분 선생님이 유태인이라 들지 않는 음식이 많아 제대로 된 한식집을 찾는 게 쉽지 않았다. 유태인은 돼지고기, 갑각류, 연체류, 비늘 없는 생선 등을 먹지 않는다.

2024년 3월 말 레이크 선생님 부부는 이동수(1934년생) 선생의 외손녀 결혼식에 참석하기 위하여 세 명의 자녀와 함께 한국을 다시 방문했다. 그들의 한국 방문을 계기로 예천중학교 19회와 예천여자중학교 23회 동창회의 주관 아래 '과거의 초상화: 50여 년 전 원어민 영어 교사의 렌즈에 담긴 예천'이라는 제목의 레이크 선생 부부 사진전이 2024년 3월 28일부터 4월 13일까지 예천군청 화랑에서 개최됐다. 전시된 사진들은 레이크 선생 부부가 1960년대 후반 예천에서 활동할 때 촬영한 풍경들인데, 매우 보기 드문 천연색 사진이다. 사진 몇 장을 여기에 소개한다.

조계사 사찰음식 '발우공양'에서 저녁 식사 후 필자, 베키, 몰리, 레이크 선생 부부, 조

예천의 가을 풍경

초가집 지붕을 이는 장면

장날에 갓을 파는 상인

장날 곡식을 파는 장터에서 일하는 되강구 아주머니

음력 10월 시사에 필요한 제물을 지게에 지고 가는 소년

아래는 제리 래이크 선생님이 전시회 개회식 때 발표한 회고담이다. 그날 선생님은 한국어로 말씀했지만, 선생님의 회고담 영어 원문을 받아서 내가 다시 동영상을 참조하여 한글로 옮겼다.

군수님을 비롯하여 여기 계신 모든 분들께 감사의 말씀을 드립니다. 무엇보다 먼저 제가 한국말을 잘하지 못하니 용서하시기를 바랍니다.

오늘 제가 여기서 언급하고자 하는 것은 모두 이런저런 감사의 말씀이지만 저는 이 말부터 시작하려고 합니다. 1967년부터 1969년까지 배리와 제가 예천에서 거주한 이후로 저는 57년 동안 줄곧 교사 생활을 해 왔습니다. 이 긴 세월 동안 제가 누렸던 가장 큰 기쁨 가운데 하나는 오랜 시간이 지난 후 옛 제자들을 만나게 되고 그들과 친구가 되는 것이었습니다. 이들 친구 가운데 두 분은 특별히 언급할 가치가 있습니다. 한 분은(제리 래이크 선생은 "오늘 오셨는지?" 하면서 청중을 돌아보며 두리번대다가) 지금 여기에 참석하지 않았지만 57년 만에 우리를 찾은 김필영 선생입니다. 다른 한 분은 오늘 전시회 개막을 가능케 한 친구 김의진입니다. 김필영과 김의진 두 제자에게 감사드립니다.

우리가 감사하는 것들 가운데 일부는 우리가 여기 예천에서 보냈던 시간, 우리가 알게 되어 사랑했고 계속 사랑하는 사람들, 특히 우리 한국 가족, 그리고 그 당시 예천의 실정에 관한 추억들입니다. 오늘 전시장 벽에 걸린 것은 우리가 보았던 것들의 스냅 사진들입니다. 우리가 기억하는 작은 추억들을 마음속에서 끄집어내어 몇 장의 스냅 사진으로 여러분들에게 소개하겠습니다.

예천에는 음반, 전축, 라디오를 판매하는 상점이 두 개 있었던 것을 우리는 기억합니다. 한 가게에서는 이른 아침부터 해가 질 때까지 다양한 종류의 아리랑이 끊임없이 터져 나왔습니다. 다른 가게에서는 이른 아침부터 밤 늦게까지 〈사랑의 묘약 9번〉(Love Potin Number 9)이란 노래가 계속 흘러나왔습니다. 여러분, 기억하시나요?(제리 래이크 선생은 〈사랑의 묘약 9번〉의 첫 구절 '나는 내 고민거리를 가지고 마담 루쓰에게 갔지요'를 부르며 흥얼거리다가 마지막 소절인 'Love potion number 9'을 참석자들이 당신과 함께 부르도록 유도했다.)

그때로 돌아가 보면, 예천에는 냉장고가 거의 없었습니다. 한 가게에는 아이스박스가 있어서 거기서는 얼음을 팔았고, 더 중요한 것은 음식이나 음료를 차게 해 뒀습니다. 우리가 일하던 학교에서 더운 여름날 내내 우리는 땀을 흘렸습니다. 업무가 끝나면 우리는 자전거를 타고 곧바로 아이스박스가 있는 가게로 갔습니다. 10분 후 우리는 시원한 OB맥주를 마실 수 있었습니다. 이것은 하나의 즐거운 추억입니다.

우리는 겨울 동안 가장 추운 기간에 교실 앞 부분에 있던 난로를 기억합니다. 우리는 난로에서 약 15센티미터 정도 떨어져 손을 쬘 수 있었습니다. 만약 우리가 난로에서 한 발자국만 떨어져도 열기가 전혀 없어 바깥이나 다름없었습니다. 난로에서 멀리 떨어져 앉아 있는 맨발의 학생들은 꽁꽁 얼었습니다.[3] 배리와 저는 그들을 난로 가까이 오게 하는 방법을 생각하여 한 번에 열 명씩 몇 분 동안 몸을 좀 데우게 했습니다. 날씨가 추웠던 날에는 우리가 영어 공부는 비록 많이 못했지만 적어도 몸은 따뜻했습니다.

예천에는 포장된 도로가 딱 하나뿐이었고 절반만 포장된 도로가 하나 있었습니다. 하지만 영화관은 두 개나 있었습니다. 그 가운데 하나는 외국 영화를 상영했습니다. 그러나 대부분의 영화는 중국이나 이탈리야 영화여서 우리에게는 도움이 되지 않았습니다.

첫 수확을 하기 전 봄에는 먹을 것이 많지 않았습니다. 하지만 오징어는 항상 넘쳐났습니다. 우리는 몇 주 동안 거의 매일 오징어국을 먹었습니다.

우리는 목욕탕을 즐겼으며 일주일에 한 번 갔던 것으로 기억합니다. 배리는 괜찮았지만 저는 미국 남자 체취 때문에 사람들이 그다지 좋아하지 않았습니다. 찬물에 면도하는 것을 싫어했습니다. 미국에 돌아가자마자 수염을 길렀습니다.

연탄을 지핀 뜨거운 방바닥이나 옆집에서 돼지가 꽥꽥거리는 소리는 우리에게 아주 이상했습니다. 아주 좋았던 것은 방과 후에 예천중학교 본관 앞 운동장에서 학생들과 농구하던 것입니다. 배리가 그녀의 어린 학생들에게 자전거 타는 법을 가르친 것, 동료 교사들과 오랜 시간 동안 자전거를 타고 멀리 소풍한 것, 동료 교사들과 술을 마신 것을 기억합니다.

---

3 당시 교실 바닥이 마루여서 학생들은 신발장에 신발을 벗어 놓고 교실에 들어갔다. 여기서 맨발이라고 한 것은 신발을 벗은 채로 양말만 신고 있는 상태를 말한 것이다.

남산에서 바라보는 계절마다 펼쳐지는 논과 굽이쳐 흐르는 냇물의 풍경, 5일마다 열리는 아주 분주하고 바쁜 장날이 생각납니다. 하리면(현 은풍면)에서 맞은 추석은 특별합니다. 가족의 조상들 묘 앞에 술을 붓고 영혼들이 배부르게 드시는 동안 그 앞에 절을 하고 나서 남은 음식을 우리가 먹었습니다. 바로 그때 우리는 이동수 선생님 가족과 형제자매가 되었고, 우리는 더 이상 손님이 아닌 가족이 되었습니다.

이 모든 것 외에도 다른 많은 것들이 우리들 마음에 남아 있습니다. 소소한 스냅 사진들은 아주 오래 전 우리가 젊었을 때 이곳에서 보냈던 그 어렴풋한 삶의 기억들입니다. 모든 것은 우리가 아주 먼 곳으로부터 이곳에 와서 내 집처럼 편안하게 지낼 수 있었던 추억의 조각들입니다. 생각해 보니 우리는 이곳 생활에 동화되어 정말 한 가족이 된 것처럼 느꼈습니다.

처음에는, 아이들이 우리를 만나면 빤히 쳐다보았습니다. 사실, 그 아이들의 부모나 할아버지 할머니들까지도 우리를 빤히 쳐다보았습니다. 하지만, 얼마 지나지 않아 저희는 더 이상 이방인이 아니었습니다. 그 이후로는 누구도 저희를 빤히 쳐다보지 않았습니다. 그들은 저희에게 오로지 따뜻하게 인사하거나 반절을 했고 저희도 그들에게 그렇게 대했습니다. 그들의 따뜻한 마음이 저희를 받아들였습니다.

우리는 몇 분과 특별히 잘 지냈습니다. 그들 가운데 일부는 당연히 우리 학교의 선생님인 동료들이었습니다. 특히 두 사람이 생각나는데 애석한 마음이 듭니다. 배리의 친구로, 눈이 반짝반짝 빛나던 오정자 씨, 그리고 제 친구이면서 우리와 얼마 동안 함께 시간을 보냈던, 고아원 성혜원에서 근무했던 최봉길 씨, 이 두 분은 우리에게 매우 소중했지만 우리가 뉴욕 집으로 돌아갔을 때 편지를 하지 않아서 연락이 끊겼습니다. 아직까지도 매우 슬프게 생각합니다.

제가 앞에서 언급한 가족은 이동수 형님, 박옥자 누님, 아이들 한준, 숙희, 혜경, 은희입니다. 우리는 예천에서 보낸 첫날밤부터 뉴욕의 집으로 떠날 때까지 그들의 집에서 머물렀고, 음식을 나눠 먹었고, 그들의 모든 자녀들을 사랑하게 됐습니다. 우리는 오늘까지도 그들 모두를 사랑합니다.

배리와 제가 이 모든 추억들을 돌이켜 봅니다. 작은 것들과 큰 것들, 각각의 별개인 것과 모든 걸 합친 것들, 이러한 것들로 우리들의 미음은 가득 차 있습니다. 뉴욕은 우리 둘 모두가 태어난 장소이자 우리가 거의 평생을 살아온 곳입니다. 우리가 뉴욕에서 사는 것을 좋아하지만 예천은 우리들의 마음의 고향입니다.

감사합니다.

회고담을 발표하는 래이크 선생님

뉴욕 맨하탄의 래이크 선생님 아파트에서

그후 2023년 7월에 나는 뉴욕에 사는 조카네 집에 들렀는데, 그때 래이크 선생님 부부께서 나를 댁으로 초대하셔서 2024년 7월 3일 뉴욕 맨하탄 브로드웨이에 위치한 아파트에서 다시 만났다. 나는 준비했던 전남 무안산 곱창김 한 톳과 합죽선 하나를 선물로 드렸다. 곱창김은 종로경찰서 맞은편에 있는 서울상회에서 구입한 것인데, 한 톳이라 하지만 김 한 장의 두께가 두꺼워서 그런지 백 장이 아닌 50장이었다.

　합죽선에는 약간의 사연이 있다. 이 접는 부채는 2022년에 사망한 고암 정병례 전각 작가가 글을 써 준 부채이다. 이 합죽선에 그림 같은 글씨를 남긴 2006년 당시에는 고암이 인사동에 작업실을 두고 있었다. 중앙대학교 의류학과 소황옥 교수의 요청으로 인사동에서 국제학술대회 준비 모임을 한 후 지하철역으로 향하던 길에 우연히 길에서 고암을 만나 그의 작업실에 들른 적이 있었다. 그를 처음 만난 소 교수에게 정병례 전각 작가를 소개하며 나는 작업실 벽에 걸려 있던 그의 작품들을 나름대로 설명해 줬다. 뜬금없이 소 교수가 "방문 기념으로 뭐라도 하나 주시면 안 되냐?"며 떼를 썼더니, 고암이 "선물 가게에서 합죽선을 사 오면 글을 써 주겠다."고 했다. 소 교수가 나간 사이, 벽에 걸린 정지용의 시 〈유리창 1〉 전문을 전각한 액자를 보며 고암에게 "제가 《정지용의 시적 미학》이란 논문으로 파리에서 박사학위를 받았습니다."라고 했더니 선뜻 "그럼 그걸 선물로 드리겠습니다."라며 액자를 나에게 주었다. 고마운 마음을 표현하기도 전에, 소 교수가 합죽선 2개를 손에 들고 들어왔고, 고암은 거기에 아래와 같은 글을 써 줬다.

배리 래이크 선생님께 선물한 합죽선

　글은 '龍行雲步'(용행운보)인데, 평소에 그가 전각하듯이 글씨를 그림처럼 아름답게 형상화했다. 단순하게 번역하면 '용이 가니 구름이 쫓는다'는 뜻이다. 이 부채는 제리 래이크 선생의 부인인 배리 래이크 노인병 전문의에게 드렸다. 합죽선에 글을 쓴 작가를 소개하기 위해 한국에 돌아와 배리 래이크 선생님께 정병례 작가의 블로그에서 발췌한 영어 동영상 3개의 링크를 보내 드렸다. 정지용 시인의 〈유리창 1〉을 전각한 액자는 지금 종로구 수성동 계곡 근처에 있는 나의 서울 누옥에 걸려 있다. 〈유리창 1〉은 1930년 1월 《조선지광》 89호에 발표된 작품으로, 1935년 10월에 간행된 《정지용 시집》에 재수록 됐으며, 7차 교육과정 고등학교 국어 교과서에 실리기도 했다. 아래 전각 작품은 원래 《현대 시학》 2004년 11월 호의 표지로 제작된 것이었다. 〈유리창 1〉은 정지용 시인이 자식을 잃은 슬픔을 표현한 내용으로 전문은 다음과 같다.

유리琉璃에 차고 슬픈 것이 어린거린다.
열없이 붙어서서 입김을 흐리우니
길들은 양 언 날개를 파다거린다.
지우고 보고 지우고 보아도
새까만 밤이 밀려 나가고 밀려와 부딪히고,
물먹은 별이, 반짝, 보석寶石처럼 백힌다.
밤에 홀로 유리를 닦는 것은
외로운 황홀한 심사이어니,
고흔 폐혈관肺血管이 찢어진 채로
아아, 늬는 산山ㅅ새처럼 날아갔구나!

고암 정병례 전각가가 필자에게 선물한
정지용의 〈유리창 1〉 작품

마가목 열매를
따다

　　마가목은 아로니아처럼 장미과에 속하며, 학명은 Sorbus commixta인데 조선시대에는 한자로 馬價木, 馬駕木, 馬可木으로 표기했다. 마가목의 서식지는 한국, 시베리아, 일본이다. 영어로는 silvery mountain ash라고 부르나 중국에는 마가목이 자생하지 않기 때문에 학명을 사용한다. 열매는 항산화 작용을 하는 플라보노이드 성분을 함유하고 있다. 어린 순은 데쳐서 나물로도 먹는다.

　　2018년 3월 마가목 다섯 그루를 심었는데 2023년 봄에 처음으로 꽃이 피고 열매가 달렸다. 마가목 열매는 아로니아처럼 송이로 달리는데 아로니아가 8월 중순에 까맣게 익는 반면에 마가목은 10월 초순에 주홍색으로 완숙된다. 2015년 10월 어느 날 강남대학교 외국인 교수 게스트하우스 근처에서 주홍색 열매가 달린 어떤 나무 세 그루를 발견했다. 대학 안에 있는 나무이니 자생한 것은 아닐 것이고 조경 차원에서 식수한 거라고 생각했다.

　　당시는 그게 무슨 나무인지 몰랐다. 백석리 장병근 농부에게 사진을 보내어 무슨 나무인지 아는가 물었더니 "어! 누가 거기에 마가목을 심었네."하는 것이었다. 그는 나에게 그 열매를 따서 소주를 부어 담금주를 만들라고 했다. 열매를 따니 그 양이 큰 사과 상자 하나에 가득했다. 꼭지를 제거하고 먼지를 씻은 후 40도짜리 안동소주 10리터를 유리 용기에 부어 마가목주를 담갔다. 석 달 후 걸러서 친구들과 그 맛을 봤더니 뜻밖에도 훌륭했다. 색깔이 위스키처럼 고왔는데 맛 역시 괜찮은 위스키 같았다.

　　다섯 그루 가운데 금년에는 세 그루에만 열매가 맺혔다. 10월 초에 한 그루의 열매가 주홍색으로 완숙됐으나 나머지 두 그루는 아직 덜 익어서 주황색이었다. 주황색의 열매가 다 익도록 기다리면 먼저 익은 열매는 말라서 쪼그라들 것 같아 2023년 10월 5일 아침에 모든 열매를 수확했다. 꼭지를 대충 제거하니 그 양이 작은 플라스틱 소쿠리에 겨우 찰 정도였다. 이번에는 40도가 아닌 30도짜리 소주 5리터로 담갔는데 40도 안동소주와 30도 담금소주가 마가목주의 맛에 미칠 차이가 어떤지 봐야겠다. 2024년 새해 전날 저녁이나 새해 첫날 아침에 걸러서 맛볼 예정이다.

익은 마가목 열매와 담금주

파리대학교 문과대학인 소르본느에서 최초로 한국어를 배운 나의 스승 앙드레 파브르 André FABRE,1932–2009 교수

2024년 10월 8일 우연히 어떤 자료를 찾다가 《오마이뉴스》에 2003년 내가 나의 스승 앙드레 파브르 교수에 대해 쓴 글을 발견했다. 파브르 교수는 1956년 프랑스에서 최초로 대학에서 한국어를 전공한 분이자 1969년 프랑스에서 최초로 한국어 교수가 된 분이기도 하다. 대표 저작으로 2000년에 출간된 《한국의 역사》(Histoire de la Corée)가 있다. 선생님은 나의 박사학위 논문 지도 교수였는데, 내가 만났던 여러 교수들 가운데 가장 다정다감한 분이셨다.

앙드레 파브르 교수의 저서
《한국의 역사》

파브르 교수는 내가 카작국립대학교에서 한국어문학과 학과장 겸 한국학 교수로 재직할 당시인 1997년 6월에 알마틔를 방문하셨다. 나는 파브르 선생님을 모시고 크즐오르다를 다녀온 후 우즈베키스탄의 타슈켄트, 사마르칸트, 부하라와 키르기즈공화국의 비슈켁, 이쓱쿨을 여행했다. 크즐오르다국립대학교 방문 시 볼랏 압드라실로프 총장이 파브르 교수를 크즐오르다국립대 명예교수로 위촉했다.

알마틔 교외 메데우에서 천산을 배경으로

명예교수 위촉 후
필자, 압드라실로프 총장,
파브르 교수

크즐오르다의
계봉우 선생 막내아들
계학림 댁에서

키르기즈공화국 이쓱쿨 호변의
카작국립대 휴양 캠프에서

아래는 〈오마이뉴스〉에 실린 글이다.

파리 국립동방언어문명대학교
(INALCO)

프랑스 대학 최초의 한국학 교수 앙드레 파브르 박사와 프랑스 한국학의 어제와 오늘

한국학이란 말은 한국에서 생긴 용어는 아니며 1970년대 초에 서방에서 한국에 관한 연구를 하던 사람들이 사용한 용어이다. 한국학이란 한 마디로 말한다면 의학, 공학, 자연과학을 제외한 한국과 한국사람에 관한 모든 연구를 포괄하는 학문 영역을 가리킨다. 명칭이야 서방에서 처음으로 사용하였지만, 내용적으로 보면 한국학이란 이미 오래 전부터 한반도를 바탕으로 동방의 여러 주변 국가에서 해오던 학문이다.

프랑스의 한국학은 역사적으로 19세기 중엽으로 거슬러 올라간다. 프랑스 한국학의 선구자는 국립현대동방어학교(Ecole Nationale des Langues Orientales Vivantes, 1795년 설립, 이하 '동방어학교'로 부름)의 일본어 교수였던 레옹 드 로니(Léon de Rosny, 1837-1914)이다.

드 로니 교수는 '조선반도와 그 장래'(1859), '중국어-한국어-아이누어 어휘'(1861), '한국어에 관한 고찰'(1864) 등 여러 편의 논문을 저술하였다. 19세기 후반에 달레나 꾸랑 같은 사람은 한국학에 기념비적인 업적을 남기기도 하였다. 샤를르 달레(Charles Dallet)는 《조선천주교회사》(Histoire de l'Eglise de Corée, 1874)를 저술한 파리 외방전교회 소속 신부이고, 모리스 꾸랑(Maurice Courant, 1865-1935)은 《조선서지》(Bibliographie coréenne, 1894)를 편찬한 외교관이다.

꾸랑은 동방어학교에서 중국어를 전공하였으며 1890년부터 1892년까지 조선 주재 프랑스 공사관 통역으로 근무하는 동안 수집한 조선에서 발간된 도서와 자료를 바탕으로 《조선서지》를 편찬하였다. 물론 이외에도 한국에 관심을 가지고 서적을 수집하거나 잡지에 당시 조선에 관한 상황을 전한 사람들도 있으나 학문적 차원의 한국학과는 거리가 있다.

파리대학교 문과대학(Sorbonne) 건물.
현재 Université de Paris IV

한국학을 학문적으로 발전시킨 학자는 샤를르 아그노에[Charles Haguenauer(1896-1979)
이다. 아그노에도 동방어학교에서 일본어를 전공하였으며 파리대학교(1253년 설립) 문
과대학(Sorbonne)의 일본어 교수였다. 아그노에 교수의 노력으로 1956년 문과대학에
프랑스에서 최초로 한국어 강좌가 개설되었고, 한국어 강사로 당시 연세대학교에서
조교로 근무하던 이옥(1928-2001)이 초빙되었다. 이로써 이옥은 프랑스 대학에서 한
국어를 강의한 최초의 강사가 되었다. 1959년에는 동방어학교에도 한국어 강좌가 개
설되었으며, 문과대학의 시간강사였던 이옥은 1965년에 동방어학교의 전임강사에 임
명되었다.

동방어학교는 루이 14세 때인 1669년에 최초로 설립된 통역학교에 바탕을 두고
1795년에 개편되었으며, 세계에서 가장 역사가 길고 명성이 높은 동방어의 교육 및 연
구 기관이다. 일본의 영향을 받아 동양어학교라고 부르는 이가 있는데 이건 잘못된
용어이고, 동방이란 동양과 서양이라는 개념과는 아무런 연관이 없다. 여기서 동방이
란 프랑스를 기준으로 지리적으로 동쪽에 위치한 국가나 민족을 가리키며, 동방어란
이들 국가나 민족이 사용하는 말을 의미한다. 동방어란 구체적으로 영국의 영어, 스페
인의 스페인어, 포르투갈의 포르투갈어, 이탈리아의 이탈리아어를 제외한 세계의 모든
언어가 여기에 포함된다. 이런 연유로 이집트의 상형문자를 해독한 학자가 프랑스 학자
인 장-프랑수아 샹뽈리옹(Jean-François Champollion, 1790-1832)이고, 중국 둔황에서
혜초의 《왕오천축국전》을 발견하여 학계에 보고한 학자도 프랑스 학자 뽈 뻴리오[Paul
Pelliot(1878-1945)이다. 동방어학교는 1971년에 '국립 동방 언어 문명 대학교'(Institut

national des langues et civilisations orientales, INALCO)로 명칭이 변경되고 파리제3대학교(Université de Paris III)[4]에 병합됐다가, 1984년에 '그랑 제따블리스망'(grands établissements)으로 독립했다. INALCO는 소위 프랑스에서 말하는 '전문학교'가 된 것인데 이것은 한국의 전문학교나 전문대학과는 전혀 다른 일반 대학보다 상위 개념의 교육 기관으로, 해당 분야의 실질적인 전문가를 양성하는 교육 기관을 뜻한다. 현재 INALCO에서는 120여 개의 동방 언어와 이들 언어와 관련된 문명을 가르친다.

1969년에는 프랑스 최고 학술기관인 꼴레쥬 드 프랑스(Collège de France)에 한국학 연구소(Institut d'Etudes Coréennes)가 설립되었으며, 샤를르 아그노에 교수가 초대 소장직을 역임하였다.

1956년 문과대학 한국어 강좌에 등록하였던 사람들은 극소수였으며, 동방어학교에서 아그노에 교수의 일본어 강의를 듣던 학생들이 아그노에 교수의 권유로 강의에 출석하였던 사람들이다. 이 때 문과대학에서 한국어 강의를 들은 학생들 가운데 최초로 한국어과정 수료증을 받은 사람이 앙드레 파브르(André Fabre, 1932-2009)이다. 그는 이미 동방어학교에서 러시아어, 일본어, 중국어를 전공하였다.

파브르는 1960년대에 한국에서 6년 동안 거주하면서 서울대학교 문과대학 언어학과에서 석사과정을 이수하며 동시에 한국외국어대학에서 프랑스어 전임강사로 일하기도 하였다.

1969년에 동방어학교에 한국어 교수 자리가 생기면서 앙드레 파브르는 스승이었던 아그노에 교수의 추천으로 프랑스 최초로 한국어 정교수이자 한국학 교수가 되었다. 앙드레 파브르 교수는 정년 퇴직을 한 1997년까지 동방어학교와 그 후신인 국립동방언어문명대학교(Institut National des Langues et Cvilisations Orientales)에서 한국학과 학과장을 역임하였다.

1968년 학생 사태로 인한 대학 조직 개혁에 따라 파리대학교는 13개의 파리대학교로

---

4 프랑스의 '1968년 5월 폭동'(Révolte de mai 68)의 영향으로 1970년 3월 21일 법령에 따라 파리대학교가 파리제1대학교(Université de Paris I)부터 파리제13대학교(Université de Paris XIII)까지 13개의 독립된 종합대학으로 개편됐다.

개편되었다. 파리대학교 문과대학에 소속되었던 동방 언어들은 새로 설립된 파리 제7
대학교(Université de Paris 7, 1970년 설립)에 편입되었다.

파리7대학교에 한국학과가 신설되면서 이옥이 부교수에 임명되었다. 1983년 마침
내 정교수가 된 이옥은 정년 퇴직을 한 1993년까지 한국학과 학과장을 역임하였다. 이
로부터 몇 년 후에 이옥 교수의 노력과 한국 교육부 산하 한국학술진흥재단의 재정
지원으로 지방에 있는 리용대학(1983)과 보르도대학(1986)에 한국어 강좌가 개설되었
고, 르아브르대학(1987)에서도 자체적으로 한국어 강좌를 개설하였다.

프랑스가 유럽에서 가장 먼저 한국학을 시작한 나라는 아니지만, 현재는 유럽에서
한국학이 가장 활발하게 연구되고 있는 지역이다. 꼴레쥬 드 프랑스의 한국학연구소
에서 한국학 연구총서(Cahier d'études coréennes)와 한국학 논문집(Memoire d'études
coréennes)을 발간하고 있으며, 파리에 있는 국립동방언어문명대학교와 파리제7대학
교에 학사, 석사, 박사 과정이 설치된 한국학과가 있으며, 지방에서도 리용Lyon, 보르
도Bordeaux, 르 아브르Le Havre, 라 로셸La Rochelle에서 한국어를 강의하고 있다.

현재 대학에서 한국어나 한국문학을 가르치고 사람들은 대개가 한국학을 전공한
사람들이 아니다. 사정이 이러하다 보니 문학을 가르치는 어떤 이는 한국 전통 시조가
3장으로 구성된 45자를 넘지 않는 시라며 시조 이론과 전혀 다른 내용을 소개하는가
하면, 말을 가르치는 사람 가운데 한 사람은 한국어의 선어말 어미를 한국어에는 있
지도 않는 접요사로 소개하는 큰 오류를 범하기도 하였다.

어느 나라를 막론하고 언어와 문학은 말을 잘 한다고 해서 누구나 다 가르칠 수 있
는 분야가 아니다. 이에 관한 이론과 역사를 체계적으로 배우지 않고는 학생들에게
제대로 지식을 전달할 수 없다. 다행히 지리와 역사, 정치와 경제, 종교와 철학 분야 한
국학은 제대로 공부한 프랑스 학자들이 있어서 별다른 문제없이 잘 발전하고 있다. 문
제는 한국어와 한국문학이다.

앞으로 한국학과에서 공부하고 있는 프랑스 학생들 가운데 한국의 대학원에서 한
국어 형태론과 통사론 그리고 한국 고전문학과 현대문학을 제대로 공부하여 프랑스
한국학의 언어와 문학 분야를 이끌어 갈 수 있는 인재들이 나오게 되기를 바란다.

세익스피어 작 '타이터스 안드로니커스'^{Titus Andronicus}
연극에 참여하다

《타이터스 안드로니커스》는 세익스피어의 첫번째 비극 작품인데, 초판본이 1594년에 출간되었다. 원래 제목은 The most lamentable Romaine tragedie of Titus Andronicus(가장 비통한 로마의 비극 안드로니커스 타이터스)로 일반적으로 줄여 《타이터스 안드로니커스》라고 일컫는다.

《타이터스 안드로니커스》는 여러 차례의 살인, 강간, 두 손과 혀의 절단, 생매장, 식인행위 등 끔찍한 복수 장면이 등장하는 잔인한 희곡이다. 2024년 10월 이래 참가한 배우들이 거의 한 달 동안 함께 대본을 낭독하며 분량을 조정하였다. 가능하면 나는 대사 분량이 너무 많지 않은 적당한 역을 맡았으면 했는데, 친구인 남육현 연출이 안드로니커스 타이터스 장군 역을 제안해서 나는 거절했다. 대사가 많은 그 역할을 맡아 심리적으로 고생하고 싶지 않았기 때문이었다. 그래서 호민관 마커스 안드로니커스 역을 맡기로 했다. 한 작품의 연극을 준비하려면 대략 10주 정도의 시간을 투자해야 한다. 나는 여행을 자주 하기 때문에 한 곳에서 이 정도의 시간을 내기가 쉽지 않아 연극 배우로 참여하기가 쉽지 않다. 그런데 이번에 우연히 나의 한국 체류 일정과 연극 준비 기간이 맞아떨어졌다. 오랜만에 다시 배우 역할을 하게 되니 가슴이 설렌다.

WhatsApp의 가족 단톡방에 10월 1일부터 이 작품의 연습에 참여한다고 했더니 모두들 좋다고 했다. 아내는 노인의 입장에서 연극 활동이 기억력에 도움이 될 거라며 나를 응원했고, 작은아들은 2년 전에 이 작품을 읽었다며 책이 집에 있으니 그 책을 내게 주겠다며 영어로 공연하는지 물었다. 일단 작은아들이 이 작품을 읽었다는 것이 신기했고, 더 놀라운 건 16세기 영어 원본으로 읽었다는 사실이었다. 이번 공연에 사용하는 대본은 김재남의 한국어 번역본을 공연 시간에 맞춰 대사 내용을 줄인 것이다.

작은아들 플로리앙이 세익스피어가 사용한 16-17세기 영어 어휘를 특별히 공부하지 않았지만 《타이터스 안트로니커스》를 읽을 수 있었던 것은 영어의 어휘가 프랑스어 어휘에 바탕을 두고 있기 때문이다. 위키피디아의 Foreign-language influences in English(영어에 나타난 외국어의 영향들)란 글에 따르면, 아래 도표에 표시된 것처럼 전문가들은 영어 어휘의 약 60퍼센트가 라틴어군에 속하는 프랑스어나(29%) 라틴어에서(29%) 차용된 것으로 본다. 역사적으로 1066년 프랑스 북서부 노르

작은 아들 플로리앙이 읽은
《타이터스 안트로니커스》 원본

망디 지역에 있던 노르망 공국이 도버해협을 건너 현 영국 영토에 살던 앵글로−색슨족을 지배하면서 이때부터 프랑스어가 피지배 민족의 언어생활에 지대한 영향을 미쳤기 때문이다. 이러한 연유로 프랑스에서 중고등 교육을 제대로 받은 사람이라면 영어 문장을 읽고 대충 이해할 수 있다. 물론 두 언어의 발음이 상이하기 때문에 구두로 소통하는 건 다른 차원의 문제이다.

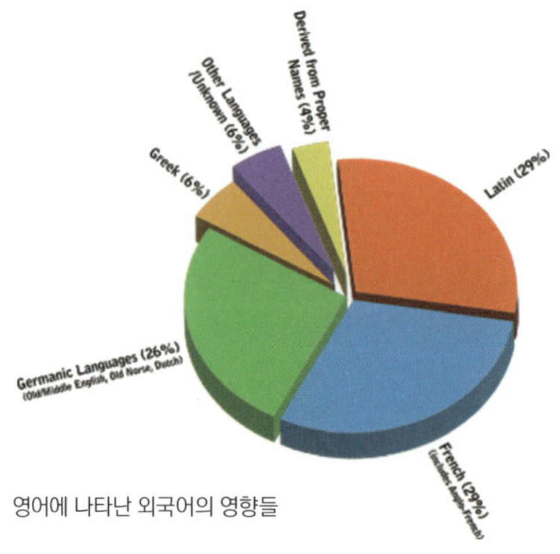

영어에 나타난 외국어의 영향들

예천천문우주센터 대신에
여주 갈산재 음악회에 가다

안동에서 라디오방송 작가로 활동하는 임정희 선생의 소개로 2024년 10월 19일 예천 천문우주센터에서 개최하는 행사에 가기로 마음먹었다. 나는 30여 년 전 카작스탄 알마틔에서 토성을 관찰한 적이 있다. 알마틔시 남쪽 15킬로미터 정도 떨어진 해발고도 2,510미터에 있는 대알마틔호수Big Almaty Lake에서 천산 정상 방향으로 좀 올라가면 해발고도 2,700미터에 1957년에 건립한 천산 천문관측소(Tienshan Astronomical Observatory)가 있고, 좀 더 올라가면 해발고도 3,330미터에 우주 관측소(Kosmostantsiya: Space Station)가 있다. 두 곳 모두 일반인은 갈 수 없는 곳이었는데, 고위 관료였던 지인의 도움으로 천문관측소를 방문할 수 있었다.

천산천문관측소 부근에서 내려다본 대알마틔호수

지금까지도 천문대가 운영되고 있는지 모르지만 그때 알게 된 충격적이 사실이 있다. 1970년대에 찍은 안드로메다 은하의 사진을 저장한 컴퓨터의 디스크 용량이 겨우 2메가였다는 것이다. 아마도 당시에는 그 정도 용량도 대단했을 수 있다. 그때 망원경을 통해서 봤던 토성의 모습을 아직도 잊을 수가 없다. 우연히 찾아온 기회를 놓치지 않고 그때 기억을 되살려 보기 위해 19일 토성 관측 행사에 참석할 생각이었다. 오른쪽 사진은 토성관측 행사 포스터이다.

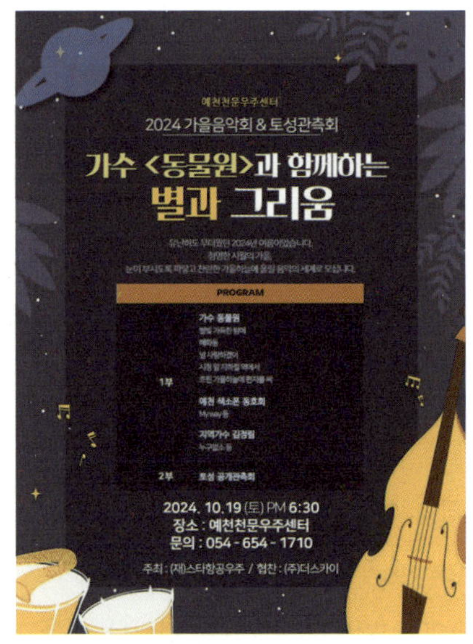

예천천문우주센터의 토성관측 행사 포스터

내가 이 행사에 참석하려고 한 또 다른 이유는 예천천문우주센터 바로 옆에 위치한 나일성천문관을 방문하여 나일성 교수를 만나보기 위함이었다. 1932년생인 나일성 박사는 연세대학교 천문우주학과 명예교수로 별의 움직임을 관찰하고 기록하는 등 관측천문학을 한국에 도입하고 한국 천문학을 국제적 수준으로 끌어올린 천문학계 대부다. 나는 나일성 박사를 만나 천문학자 김담의 당시 학문적 위상에 대해서 자세히 들어보고 싶었다.

세종 때 조선의 독자적인 책력을 만든 당시 조선 최고의 천문학자인 무송헌 김담 金淡은 나의 직계 선조이시다. 김담(1416-64)은 조선 전기의 문신, 유학자, 수학자, 천문학자로 사헌부 장령 등을 거쳐 이조판서, 중추원사 등을 지냈으며, 이순지 등과 천문학과 역법을 연구했다. 김담은 《칠정산내편》과 《칠정산외편》 등을 저술하여 세종 때 천문과 역법 사업에 크게 공헌한 천문학자였다.

2024년 10월 13일 백두대간 자락에 있는 농장 주현재에 다녀오면서 강남 고속버스터미널에 내려 지하철을 타려고 대합실을 지나가고 있는데, 오랫동안 보지 못한 김학민 이사장이 앉아서 스마트폰을 보고 있었다. 그냥 어깨를 툭 쳤더니 나를 쳐다보더니 뜻밖의 일이라 깜짝 놀라는 눈치였다. 그렇게 우리 두 사람이 그 장소에서 그 시간에 만나기는 쉽지 않은 경우의 수였다. 여주행 버스를 기다리는 중이라며 "잠깐 앉아 봐!" 하길래 잠시 옆자리에 앉았다. 다산 연구자 박석무 전 국회의원이 한강 작가의 노벨문학상 수상을 축하하자며 서울에서 모여 한잔했다고 했다. 그래서 내가 언제 한 번 보자고 했더니, 19일 오후에 여주 점동면에 있는 자신의 집 갈산재에서 음악회를 한다며 거기 오라고 했다. 나는 가겠다고 하고는 헤어졌다. 집에 도착해서 생각하니, 토요일 19일은 토성을 보러 가기로 맘 먹은 날이라 음악회에 간다고 한 것이 몹시 부담이 됐다. 그래서 월요일 오전에 천문대에 문의했더니 별 관측 행사는 가끔 있으니 그때 예약하고 오면 된다고 해서 토성 관측은 다음 기회로 미루고 그냥 음악회에 가기로 했다.

이번에 개최한 제6회 갈산재 음악회에는 기타와 첼로 연주자 두 분의 음악 연주와 노래가 있었고, 이어서 경기도 당굿 명인이 평안을 기원하는 굿 사설을 읊는 공연이 있었다. 공연은 7시가 좀 넘어서 끝나고 마지막까지 남은 십여 명이 돗자리를 깔고 앉아 남은 안주로 포도주를 마시고, 기타 음률에 맞춰 노래를 부르며 흥에 겨운 나머지 몸은 저절로 율동하였고 남성 두어 명은 일어나 춤까지 췄다. 정말 오랜만에, 옛날 학창 시절

공연자와 내빈을 소개하는 갈산재 주인 김학민 이사장

어묵이 끓고 있는 작은 가마솥

에 수학여행을 가서나 느낄 수 있었던 소소한 낭만적 분위기를 다시금 맛보았다. 남녀노소 모두들 신명이 나서 즐거운 시간을 보냈다.

나일성 박사에 대해서 좀 더 소개하고자 한다. 나 박사는 1999년 예천에 나일성천문관을 건립한 것 외에도 2012년 예천에 과학문화진흥원을 설립하고 여러 가지 관련 사업을 추진해 왔는데 2016년에는 '무송헌 김담 탄신 기념 국제 학술대회'를 개최하기도 했다. 2024년 12월 28일 과학문화진흥원의 기획으로 연극 〈북두, 무송헌 김담〉이 예천군민 20여 명으로 구성된 극단 '별똥'에 의해 예천문화회관에서 공연되었다. 대본은 유재원 작가가, 연출과 조연출은 김혁종 배우와 이지혜 배우가 각각 맡았다. 학문적 고증은 나일성 박사와 이은희 연세대 교수가 담당했다.

무송헌 김담 탄신 600주년 기념 국제학술대회

연극 〈북두, 무송헌 김담〉 공연에 참가한 배우들

때 이른 성탄절 선물을
마련하다

프랑스는 1905년에 제정된 국가와 종교의 분리에 관한 법률에 따라, 국민에게 종교의 자유를 허용하고 종교에 대한 국가의 간섭을 배제했다. 그럼에도 불구하고 오래된 국교였던 가톨릭교의 관습 때문인지 아직까지도 종교적 영향에서 벗어나지 못하고 있다. 학교를 예로 들자면, 11월 1일 만성절을 전후한 만성절 방학, 12월 25일을 전후한 성탄절 방학, 2월 말을 전후한 스키 방학, 4월 중에 있는 부활절 방학, 7월 초부터 9월 초까지 이어지는 여름방학이 있다. 긴 여름방학을 제외하고는 방학마다 대략 2주 정도를 쉰다. 관습적으로 방학의 명칭을 이렇게 부르지만, 스키 방학과 부활절 방학은 교육부에서 명칭을 공식적으로 각각 겨울방학과 봄방학이라고 한다.

이들 가운데 가장 중요한 것은 성탄절 방학이다. 12월이 되면 일단 모든 가정은 묘목장이나 마트에서 작은 전나무 자른 것을 한 그루 구입해서 집안에 세워 놓고 예수가 탄생한 광경을 모형으로 만든 조형물과 전구 등을 이용하여 전나무를 장식하고 집안을 꾸민다. 이렇게 장식한 전나무를 프랑스어로는 '성탄절 나무'(아브르 드 노엘, arbre de Noël)이라고 부른다. 프랑스에서는 예수 탄생일을 크리스마스라고 부르지 않고 '노엘'이라고 한다. 현대 프랑스어 Noël은 라틴어 natalis(탄생일)가 고대 프랑스어에 유입되어 nael 혹은 noel로 변형되어 성탄절을 의미하게 됐다. 전통적으로 성탄절에는 한국의 설날처럼 헤어진 가족들이 모두 본가에 모인다. 보통은 성탄절 전날 저녁에 모여서 식사를 함께 하고 가족과 친척들을 위해 준비한 성탄절 선물을 성탄절 나무 아래에 쌓아 둔다. 아이들이 성탄절 아침에 눈을 뜨자마자 찾는 곳이 바로 성탄절 나무이다.

성탄절에는 명절 가운데 가장 맛있는 음식을 준비하며 성탄절 당일 옷도 가장 보기 좋은 것을 입는다. 프랑스에서 성탄절은 가족 중심의 명절이기 때문에 일반적으로 타인을 초청하지 않는다. 대개 성탄절 당일은 물론이고 성탄절 전후일에 타인을 초청하지 않기 때문에 외국에서 우연히 성탄절 즈음에 프랑스

성탄절에 먹는 '장작' 케이크

를 방문하더라도 프랑스인 친구가 성탄절에 초대해 주기를 바라지 않아야 한다. 2000년대 초 친구 소황옥 교수 부부가 12월 하순에 파리에 들렀는데, 성탄절에 집으로 초대하지 못하는 사정을 말했지만 그들은 몹시 서운해 하는 눈치였다.

우리 집도 애들이 큰 뒤부터는 성탄절 나무는 장만하지만 선물은 예전처럼 거창하게 준비하지 않는다. 선물은 최대한 간소하게 주로 책을 선물한다. 하지만 음식만은 그래도 성탄절 전통에 따라 석화, 개구리 다리 요리, 거위 간(foie gras), 뿔닭(pintade) 요리, 뷔슈 드 노엘bûche de Noël 등 여러 계절 음식을 특별히 마련하고, 음식과 함께 마실 좋은 포도주와 증류주인 오 드 비eau de vie를 준비한다. 특히 성탄절의 대표적인 케이크인 '뷔슈 드 노엘'은 케이크의 형태가 장작처럼 생겼기 때문에 생긴 명칭이다. 뷔슈(bûche)는 프랑스어로 장작이다.

2024년 10월 24일 아침 우연히 인터넷 교보문고에서 한강 작가의 작품 《채식주의자》와 《작별하지 않는다》의 프랑스어 번역판을 주문 받고 있는 것을 보고 한 권씩 주문했다. 작은아들에게 줄 성탄절 선물을 때 이르게 마련하였다. 성탄절에 줄 선물을 외국에서 구입한 것도 처음이었지만, 선물로

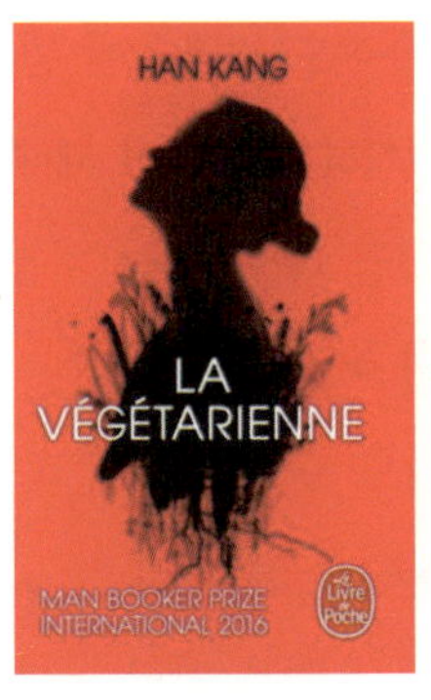

《채식주의자》 프랑스어 번역판

《작별하지 않는다》 프랑스어 번역판

줄 책의 제목을 미리 알려준 것도 처음 있는 일이었다. 이번 만은 예외로 아들에게 미리 통보하며 같은 책을 구입하지 않도록 부탁했다. 주문한 책은 11월 중에 배송될 예정이다.

감나무에서 처음으로
홍시를 따 먹다

2017년 봄에 이웃 마을 두성리의 정철홍 농부한테서 감나무 묘목 30그루를 사서 주현재에 심었다. 효자면에서는 예부터 이 지역의 토종 품종인 고종시라는 감나무를 재배해 왔다. 고종시는 모양이 뾰족한 감인 준시峻柿인 떫은 감인데, 씨가 없어서 주로 곶감을 만드는데 사용한다. 감나무는 감나무과에 속하며 학명은 Diospyros kaki이며, 영어 명칭은 persimmon이고 중국어로는 柿树shìshù라고 부른다. 그후 나는 2019년 봄에 국제원예종묘사에 감나무 묘목 25주를 추가로 주문해서 심었다. 주현재에는 현재 55 그루의 감나무가 있다.

2020년 봄부터 감나무에 꽃이 피고 열매가 달리기 시작했으나 가을이 되기도 전에 어김없이 죄다 꼭지에서 떨어지고 말았다. 전문가에게 자문을 구했더니 감이 덜 떨어지게 하려면 농약을 치는 수밖에 없다고 해서 포기하고 말았다. 나는 친환경 농법을 선호하기 때문에 어떤 경우에도 농작물에 농약을 사용하지 않는다. 무슨 영향인지 모르지만 금년 2025년에는 신기하게도 감이 꽤 여러 개가 가을까지 가지에 매달려 있는 게 아닌가! 드디어 2025년 10월 1일에 나는 처음으로 한 감나무에서 거의 홍시가 된 감 몇 개를 따서 맛볼 수 있었다. 바라기는 내년부터 감을 한 접이라도 수확할 수 있으면 정말 좋겠다. 나는 곶감이나 홍시에는 관심이 없고, 잘 익은 딱딱한 감을 넷으로 등분해서 농업용 건조기에 말린 후 차를 마실 때 입가심 거리로 이용하고 싶을 뿐이다.

2025년, 주현재에서 처음으로 수확한 감

발칸반도 국가들을
여행하다

2025년 10월 15일부터 11월 5일까지 발칸반도^{Balkan Peninsula} 국가들은 여행했다. 이스탄불과 루마니아를 거쳐 시계 반대 방향으로 발칸반도 국가들을 모두 답사하는 일정이었다. 이전에 여러 차례 들린 적이 있는 그리스는 이번 여행에서는 제외하고, 불가리아를 마지막으로 들린 후 이스탄불을 거쳐 파리로 돌아갔다.

발칸반도는 유럽 대륙 남동쪽에 위치한 삼각형 모양의 반도이다. 발칸반도라는 명칭은 불가리아와 세르비아에 걸친 발칸산맥에서 유래했다. 발칸은 튀르키예어로 '산'을 의미하는데 오스만제국의 지배 때 산맥의 이름으로 사용되었고, 19세기 이후 반도 전체를 지칭하는 명칭으로 확대되었다. 발칸반도는 일반적으로 아드리아해, 이오니아해, 에게해, 마르마라해, 흑해에 둘러싸인 지역으로 다뉴브강을 북쪽 경계로 삼는다. 이 지역은 역사적으로 15세기부터 19세기까지 오스만제국의 지배를 받았다. 오스만제국은 건국자 오스만 가지^{Osman Gazi}의 이름에서 유래한 명칭인데, 오스만제국을 유럽에서는 오토만제국^{Ottoman Empire}이라고 부른다. 이는 유럽에서 오스만을 중세 라틴어식으로 Ottomanus로 표기했기 때문이다.

발칸반도는 역사적으로 유럽, 아시아, 아프리카를 잇는 지정학적 요충지로 다양한 민족과 문화가 공존하는 지역이다. 그리스, 몬테네그로, 보스니아-헤르체고비나, 북마케도니아, 불가리아, 알바니아, 코소보, 세르비아, 크로아티아, 루마니아의 도브로제아^{Dobrogea} 지역, 슬로베니아, 튀르키예의 도구 트라키아^{Doğu Trakya} 지역이 발칸반도에 속하지만, 이 가운데 유고슬라비아 연방의 회원 국가였던 6개 국가 슬로베니아, 크로아티아, 보스니아-헤르체고비나, 세르비아, 몬테네그로, 북마케도니아와 근래에 세르비아로부터 독립을 선언한 코소보가 핵심 국가이다. 유고슬라비아Yugoslavia는 슬라브어파 언어로 '남南 슬라브인의 땅'이란 뜻으로, 제2차 세계대전 후 1945년 슬로베니아, 크로아티아, 보스니아-헤르체고비나, 세르비아, 몬테네그로, 북마케도니아가 연합하여 유고슬라비아 연방 인민공화국이 탄생하였다. 1963년에 그 명칭이 유고슬라비아 사회주의 연방공화국(Socialist Federal Republic of Yugoslavia)으로 변경되었다가 1992년에 공식적으로 해체되었다. 1991년 슬로베니아가 독립하기 시작하여 2008년 세르비아의 자치 도(province)였던 코소보가 마지막으로 독립하면서 현재의 남동 유럽의 발칸반도 국가 지형이 만들어졌다.

발칸반도 국가들은 그리스와 로마 문명을 바탕으로 형성되었다. 서로마제국의 멸망 이후 동로마제국인 비잔티움제국의 영향으로 그리스, 불가리아, 세르비아, 루마니아가 동방정교를 받아들였다. 15세기 후반 이후 발칸반도는 돌궐계(Turks) 오스만제국의 지배 아래 놓이면서 이슬람이 전래되었다. 하지만 크로아티아와 슬로베니아는 합스부르크제국이나 가톨릭의 영향이 더 강했기 때문에 가톨릭 문화권이 유지되었다. 세르비아, 불

발칸반도 국가들

가리아, 그리스 역시 정교회 신앙을 유지했으며 오스만제국의 지배에 저항하는 과정에서 정교회가 민족 정체성의 구심점이 되었다. 반면에 알바니아, 보스니아-헤르체고비나와 코소보는 이슬람으로 개종했다. 이번 답사 여행을 통해서 발칸반도 도처에 남아 있는 이런저런 역사 흔적과 문화 다양성을 피부로 느낄 수 있었다. 특히 알바니아인들이 사용하는 알바니아어는 인도유럽어족에 속하지만 그리스어나 아르메니아어처럼 하나의 언어가 독립 어파를 구성하는 독특한 언어이다.

여행 중 가는 곳마다 나는 그 지역의 음식과 술을 맛보았다. 그 가운데 가장 나의 기억에 남는, 크로아티아의 두브로브닉Dubrovnik 성곽도시에 있는 Proto라는 이탈리아 식당을 소개한다. 생선 정식을 주문했는데 가격은 74유로였다. 잔으로 주문한 적포도주는 15유로, 광천수(prirodna voda) 한 병은 6유로, 에스프레소 커피는 5유로였는데 모두 합해서 105유로(17만 8500원)였다. 종업원의 직업의식에 감탄한 나머지 나는 주지 않아도 되는 팁 10퍼센트를 포함해 115.58유로(190,600원 정도)를 신용카드로 결제했다.

현지 메를로 포도로 양조한 적포도주 한 잔(향과 맛은 프랑스 보르도 지역 적포도주와 유사)

전식 1 새우 카르파치오
(Shrimp Carpaccio)

전식 2 구운 가리비 관자
(Grilled Scallops)

본식 구운 농어
(Fish Fillet, Sea Bass)

후식1 헤이즐넛 파르페
(Hazelnut Parfait)

후식 2 에스프레소 커피

11월의 이야기

불사조 같은 운명을 타고난
고려인 시인 강태수

강태수(1908-2001) 시인은 1937년 소련 원동 블라디보스또끄에서 카작스탄으로 가는 강제 이주 열차에서 자신이 쓴 〈밭 갈던 아씨에게〉란 시 한 편 때문에 소련 인민의 원수로 몰려 1938년부터 1959년까지 소련 아르한겔스끄 수용소와 우드무르뜨 임산사업소에서 강제노역한 한 고려인이다.

2000년 1월 크즐오르다 방문 시 내가 강태수 시인을 마지막으로 만났을 때 그는 이미 시력을 완전히 잃은 상태였다. 강 시인이 자신이 쓴 소련 강제수용소 회고록 원고를 나에게 주며 한국에서 출판해 줄 것을 부탁하였고, 나는 그리 하겠다고 약속했다. 그러나 일 년 후 그는 세상을 떠났고 나도 당시 바쁜 일이 많아서 오늘내일 하다가 그 약속을 지키지 못했다. 2022년 여름 어느 날 주현재에서 컴퓨터 하드디스크를 교체하면서 자료들을 정리하다가 그동안 잊고 있었던 그때 강태수 시인이 준 원고를 타자한 파일을 발견하고 엄청 미안한 생각이 들었다. 나는 곧바로 강제수용소 회고록 파일을 정리하고, 내용에 등장하는 인명, 지명, 소련 관련 용어, 러시아어와 고려말 어휘 등에 주석을 달고, 강태수 시인의 이력을 추가했다. 국판 336쪽 분량의 강태수 시인의 강제수용소 회고록이 《소련 아르한겔스끄 수용소에서》란 제목으로 2022년 11월 1일 민속원에서 발간되었다.

강태수 저 《소련 아르한겔스끄 수용소에서》(2022년, 민속원)

2022년 11월 말 크즐오르다에서 강태수 시인의 외손녀 조율
리아에게 《소련 아르한겔스끄 수용소에서》를 전해주며 친구
티무르 켄신바이 교수와 함께. 생전에 강태수 시인이 살던 아
파트 건물 입구에서

아래는 한국문학번역원의 계간지 웹진 《너머》(2023년 봄 호)에 실린 나의 글 '불사조
같은 운명을 타고난 고려인 시인 강태수'이다.

강태수는 1908년 8월 26일 함경남도 이원에서 출생했다. 소학교 졸업 후 집안이 가
난하여 중학교에 진학하지 못하자 일자리를 찾아보았지만 그를 받아줄 만한 곳은 없
었다. 일본 점령하의 한반도 상황을 개탄하며 홍범도 장군이 이끄는 독립군에 지원하
려고 만주로 갔으나 부대가 이미 떠난 뒤라 그는 삯일을 하며 힘든 시간을 보냈다. 선
진 사회주의 사상이 도래한 소련으로 가보라는 만주의 한 조선인 선각자의 권유로 그
는 1927년 블라디보스토크로 들어가 노동 현장을 전전하며 생활을 이어갔다. 함께
자취하던 친구의 소개로 그는 1928년에 블라디보스토크로 망명한 문인 조명희(1894-
1938)를 만나 시 창작에 대해 지도를 받고 1933년 시 〈나의 가르노〉를 고려인 신문 《선

봉》(1923-1937)에 발표하며 문학 창작의 길에 들어섰다.

소속된 직장의 파견으로 강태수는 1930년 노동학원에서 공부를 시작했으나 졸업을 얼마 앞두고 공산당 당원인 한 학생의 건방진 행동을 참지 못하고 충고했다가 퇴학당했다. 다행히 그는 《고려문전》(1930)의 저자인 오창환의 추천으로 1936년 원동고려사범대학(1931~37)에 입학했지만, 소련 총서기 스탈린에 의해 1937년 초가을 다른 고려인들과 함께 카자흐스탄 크즐오르다로 강제이주 되었다. 옮겨온 원동고려사범대학의 교원이던 시인 조기천(1913-51)의 발의로 마련된 《벽보신문》에 발표한 시 〈밭 갈던 아씨에게〉로 인해 강태수는 1938년 1월 30일 국가안전위원회에 체포되었다. 체포 이유는 "일본 중등교육을 받은 강태수가 음흉한 목적을 가지고 블라디보스토크 노동학원에 잠입하여 공부했고, 1933년 고려사범대학 학생으로서 외국 간첩과 결탁했으며, 대학 학생들 사이에서 반혁명적인 간첩 활동을 주도하고 반혁명적인 시와 말을 퍼뜨리면서 간첩 활동에 개입했다."는 것이었다. 실제로 강태수는 일본 중등교육을 받은 적이 없었고, 1933년에 고려사범대학 학생도 아니었다. 시 〈밭 갈던 아씨에게〉는 강태수가 이주 열차에서 시베리아 벌판을 지나 카자흐스탄으로 가는 동안 보고 느낀 것을 원동의 한 아가씨를 그리워하는 내용으로 형상화한 작품이었다.

체포 후 강태수는 구치소에 감금되어 떠나온 원동을 그리워하는 시를 쓴 이유와 조명희의 연관성에 대해 취조를 받았고, 1938년 이른 봄 감옥으로 이송되는 과정에 재판도 없이 '소련 인민의 원수'란 죄목으로 1938년 7월 23일 5년 형을 선고받아 소련 북서부 북극해 연안 아르한겔스크 교화노동수용소에 수감되었다. 소비에트 중앙아시아 고려인 문단에서 시 한 편 때문에 시인이 정치범으로 수용소에 갇힌 최초의 사건이었다. 교화노동수용소가 명칭은 그럴싸하지만 사실은 노벨문학상 수상 작가 솔제니쯘Aleksandr Solzhenitsyn(1918~2008)이 《수용도 군도》을 통해 세상에 폭로한 참혹한 만행이 저질러진 소련의 강제수용소에 불과하다. 수용소 수감 당시 소련의 일부 정책이 바뀌어 죄수들이 자신의 부당한 처지를 상부 기관에 탄원할 수 있게 되었다. 수차례 탄원서를 제출했으나 아무런 반응이 없자 강태수는 위험을 무릅쓰고 직접 스탈린에게 탄원서를 보냈다. 스탈린의 이름만 들어도 벌벌 떨던 소련의 시대 상황에도 불구하고 이내 당국으로부터 스탈린의 지시로 재심을 하겠다는 회답을 받았다. 하지만 제2

차 세계대전 탓인지 재심사 결과에 대한 통보는 없었다. 수감 후 5년이 막 지난 1943년
에 강태수는 일단 수용소에서 석방되었다. 전쟁 통에 제때 석방되는 경우가 흔치 않던
당시 수용소 사정을 고려하면 큰 행운이었다.

강태수가 석방은 되었으나 완전히 자유의 몸이 된 것은 아니었고, 수용소에서 30킬
로미터 떨어진 곳에 있는 우드무르트 임산사업소로 이송되어 귀양살이 강제노역을 이
어갔다. 그는 매달 국가안전위원회에 출두하여 신상 신고를 하고 당국의 조사를 받아
야 했다. 열심히 노동한 덕분에 강태수가 노동 집단의 십장이 되기도 했지만 나아진 것
은 아무것도 없었고, 관리자들이 떠맡기는 책임 때문에 삶이 도리어 더 버거워졌다. 그
럼에도 나름 마음의 여유가 생겼는지 강태수는 크즐오르다에서 발행되던 고려인 신문
《레닌기치》(1938-90)에 1957년부터 〈당-어머니〉라는 시를 필두로 작품을 발표하기 시
작했다. 심지어 평양에서 발간되는 《문학신문》 1959년 5월 7일자 지면에 '기억의 한 토
막–조명희 선생을 회상하면서'라는 글까지 기고했다. 21여 년의 강제노역 후 1959년
9월 드디어 자유의 몸이 되었다. 위에서 언급한 스탈린에게 보낸 탄원서에 관한 검찰
자료에 따르면 "1957년 7월 3일 크즐오르다 지역[1] 검찰국 최고간부회의 결의에 따라
1938년 7월 23일자 강태수에 관한 소련 내무인민위원회 특별회의 결의를 취소하고 사
건의 범죄 구성이 부재함으로 기각한다"는 결정이 있었다. 하지만 무슨 이유인지 강태
수가 실제로 강제노역에서 풀려난 것은 1959년이었다.

크즐오르다로 돌아온 강태수는 배전소 등에서 노동을 하며 생계를 이어갔다. 러
시아인 안나 베프레바(1918-82)를 만나 2녀 1남을 두었으나, 현재 크즐오르다에 거주
하는 장녀 나데즈다를 제외한 자식들은 세상을 떠났다. 파란만장한 인생 여정에도
불구하고 강태수는 불사조처럼 다시 살아나 꿋꿋하게 문학 창작에 전념했다. 다행
히 마지막 몇 년 동안 그는 《레닌기치》 문학부 기자로 일하게 되었고 퇴직 후 연금 생
활자가 되었다. 소련 해체 후 한국 선교 단체가 설립한 크즐오르다 제일 장로교회에서
그는 1993년 11월 14일 세례를 받고 기독교인이 되었다. 1990년 8월 13일 소련 대통령

---

1   구소련에서 사용하는 '지역'이란 용어는 한국의 도에 해당한다.

령 '1920-30년대 모든 정치적 탄압에 의한 희생자들의 권리 회복에 대하여' 제1조에 따라 크즐오르다 지역 검찰국은 1938년 러시아 소비에트연방 사회주의공화국 형법 제58조에 따라 강태수에게 선고된 5년 징역형이 부당했음을 인정하고 1997년 5월 13일 강태수의 복권을 판결했다. 만년에 시력을 잃고 홀로 지내던 그는 2001년 1월 5일 크즐오르다에서 세상을 떠났다.

강태수 시인의 문학 유산으로는 카자흐스탄 작가동맹출판사에서 발간한 고려인 작가 공동 작품집, 《레닌기치》, 《고려일보》(1991년 창간) 등에 수록된 시, 서사시, 단편소설, 수필 등을 포함한 작품 200여 편이 있다. 강태수 시인의 시 작품 가운데 71편을 러시아어로 번역한 《길을 가면서》(알렉산드르 좁티스 번역)가 1981년 알마아타 자주쉬출판사에서 간행되었고, 강태수 시인의 강제수용소 경험담인 《소련 아르한겔스끄 수용소에서》(김필영 해제)가 2022년 서울 민속원에서 출판되었다.

처음으로 모과를
수확하다

2015년 4월 초 2년생 모과 묘목 두 그루를 주현재에 심었으나 한 그루만 살아 남았다. 2018년부터 예쁜 분홍색 모과 꽃이 피었으나 열매는 달리지 않았다. 내 생각에는 냉해를 입어서 그런 것 같았다. 그러다가 2023년에 처음으로 모과 몇 개가 가을까지 나무에서 떨어지지 않고 버티더니 제대로 익어 햇빛에 비친 모과 껍질의 노란색이 찬란할 정도로 눈이 부셨다. 하지만 내가 오랜 기간 출타하여 제때 수확하지 않아서 11월 초 늦가을 비와 강풍에 떨어져 벌레들의 먹이가 되고 말았다.

모과는 장미과에 속하며 중국이 원산지이다. 학명은 Pseudocydonia sinensis인데, 영어로는 퀸스quince, 한자어로는 木瓜mùguā이다. 모과는 알칼리성 식품으로 비타민 C와 칼슘, 칼륨, 철분을 함유하고 있고, 탄닌 성분을 내포하고 있어 떫은 맛이 나며 유기산을 포함하고 있어 신맛도 난다. 민간에서는 감기를 예방하거나 개선하기 위해 모과를 차로 끓여 마시는데 가래를 제거하고 기침을 멎게 한다. 한방에서는 모과를 감기와 기관지염, 폐렴을 치료하는데 활용한다. 모과는 구토와 설사나 이질 등에도 효과가 있다.

2024년 봄에는 냉해를 입지 않았는지 여름에 십여 개의 모과가 나뭇가지 사이로 보였다. 그동안 연극 연습 때문에 서울에서 지내느라 농장을 살피지 못하다가 10월 말에 주현재 농장에 내려와 보니 그 사이에 앞산은 단풍으로 물들었고 모과가 샛노랗게 익었다. 앞쪽에 있는 모과 몇 개를 따서 씻은 후 껍질째 잘라서 맛을 보았다. 생각보다 과육의 섬유질이 질기고 많이 신 편이었다. 프랑스 모과는 신맛과 단맛이 적당하게 조화를 이루고 과육도 연한 편이어서 생과를 맛있게 먹을 수 있기 때문에 한국의 모과도 그럴 거라 생각했는데 완전히 딴판이었다.

그래서, 맛이 시고 과육이 거친 이 모과로 뭘 할까 생각하다가 결국 모과차를 만들기로 마음먹었다. 일반적으로 모과를 편으로 썰어서 꿀이나 설탕에 절이거나 말려서 차로 이용하는데 나는 다른 방법으로 가공하였다. 모과 한 개당 무게는 300그람 내외였는데, 여섯 쪽으로 등분하여 씨를 뺀 후 분쇄기를 이용해 잘게 다졌다. 다진 모과는 무게당 설탕 20퍼센트를 넣어 병에 재워 두었다. 갈아 논 모과의 색깔이 아주 고왔지만 과즙이 나오면 당연히 갈색으로 변할 것 같았는데 바뀌지는 않았다.

아래는 2024년 11월 2일 주현재 앞산의 단풍 풍경인데, 사진의 왼쪽 밑, 푸른색의 큰 잎이 모과나무의 것이다.

2024년 가을 단풍과 모과나무

다진 모과를 병에 담는 광경

아래 사진은 유럽 모과의 생김새인데 사과처럼 생긴 개량종도 있고 한국의 토종 모과처럼 울퉁불퉁한 것도 있다. 둘 다 과육이 부드럽고 신맛이 강하지 않아 생과를 그냥 식용으로 사용할 수 있다. 나는 모과를 매우 좋아해서 파리에서 10월 하순이나 11월 초순이 되면 유기농산물 판매점에서 모과를 구입해 천천히 깨물어 씹으며 그 향과 맛을 나름 즐기곤 한다.

프랑스산 모과들

가는 날이
장날이라고……

　　원래 계획대로라면, 저녁에 친구 무카슈 부르킷바예프 교수와 알마틔 사말구역에 있는 폴란드식당에서 저녁을 함께 하기로 돼 있었다. 하지만 아스타나에서 제자 악보타를 만나면서 알마틔에 거주하는 다른 제자들과 연락이 되는 바람에 모두 같이 저녁을 먹을 생각이었다. 그런데 알마틔에 도착하니 하필이면 2024년 11월 29일이 옛 동료인 한 여성 교수의 70회 생일이었다. 구소련에서는 40회 생일과 70회 생일을 거창하게 치르는 관습이 있다. 내 친구가 이미 알다베코바 교수에게 내가 온다는 사실을 말해 버려서 연회에 안 들릴 수가 없는 처지가 됐다. 누르자말 알다베코바 박사는 중국어문학과 교수였는데 내가 카작국립대학교 한국어문학과에서 학과장으로 일할 때 마지막 2년 동안 동방학대학의 학장이었다. 그때 알다베코바 교수한테서 도움도 받았지만 가끔 다투기도 해서 우리는 미운정과 고운정이 다 쌓인 사이였다.

　　옛 제자들과의 만남도 중요하고 옛 동료의 70회 생일도 소홀히 할 수 없는 상황이라서 어떻게 하면 좋을까 고민했다. 결론은 6시에 시작하는 연회에 앞서 잠시 들러 축하 인사만 하고 제자들과 저녁 식사 후 다시 가기로 했다. 6시가 좀 지나서 들렀더니 연회를 막 시작해 버려서 바로 만나는 게 어려웠다. 카작국립대학교 제1부총장으로 10여 년 동안 일했던 친구 부르킷바예프 무기화학 교수에게 제자들을 만난 후 다시 들리겠다고 하고 자리를 떴다.

　　제자들은 한국음식이 먹고 싶었던지 '로뎀'이란 한국식당에 예약을 했다가 내 상황을 고려해서 서둘러 알다베코바 교수의 70회 생일 잔치가 열리는 연회장인 '유라시아'란 건물 바로 맞은편에 있는 초대형 상가 '도스특 플라자'에 있는 한 유럽 식당으로 바꾸었다. 10여 년 만에 제자들을 만나서 90년대 중반 우리가 겪었던 소련 붕괴 후 카작스탄의 사회 전반에 대해 이야기하며 즐거운 시간을 보냈다. 나는 이 제자들이 카작국립대 한국어문학과를 졸업한 후 여러 분야에 진출하여 각자 나름대로 성공한 것이 매우 자랑스러웠다. 나 혼자 연회장에 가면 그곳에 붙들려서 나오지 못할 게 뻔해서 식사 후 제자들과 함께 연회장에 들러 축사만 하고 바로 나오기로 했다. 연회장으로 가는 길에 꽃가게에서 알다베코바 교수에게 줄 선물로 예쁜 꽃다발을 하나 샀다.

왼쪽부터 슈나르 옹가르바예바, 자리파 세릭바예바, 자나르 바자르베코바, 필자, 디나 샴시디노바

무카슈 브르킷바예프 교수,
누르자말 알다베코바 교수,
필자

아침 식사로
'양귀비 씨 케이크'를 먹다

아이들이 초등학교에 다닐 때 그들을 위해 파리 교외에 마련했던 주말 가옥이 있던 곳이 갸량씨에르–앙–드루애Garancière-en-Drouais이다. 그곳 농부들은 관계 부처의 허가를 취득한 제약회사들과 계약해서 양귀비를 대량으로 재배했다. 양귀비 꽃이 피면 멀리서 봐도 마을이 울긋불긋한 정도로 정말 아름다웠다.

7월 14일 혁명기념일에는 60명 남짓한 마을 사람들이 폐교가 된 초등학교 교정에 모여 민속놀이도 하고 점심을 함께 먹곤 했다. 이때 빠지지 않는 것이 양귀비 씨를 넣고 반죽해서 구운 '양귀비 씨 케이크'였다. 양귀비 씨는 검은색에 크기가 매우 작다. 이 케이크를 입안에 넣고 오물오물 씹으면 양귀비 씨의 고소함이 이루 말할 수 없다.

2024년 11월 27일 카작스탄 아스타나 호텔에서 아침을 먹으며 정말 오랜만에 양귀비 씨를 넣고 만든 케이크를 발견하여 매우 기뻤다. 파리 교외 마을에서 양귀비 씨 케이크를 먹으며 포도주를 마신 마을 어른들이 "어, 갑자기 정신이 하나도 없네. 아편 기운이 도는 것 같네."하며 농담하던 추억이 떠올랐다.

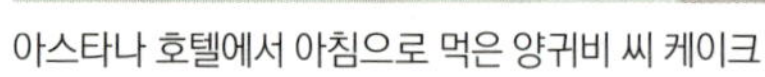

아스타나 호텔에서 아침으로 먹은 양귀비 씨 케이크

아편의 재료가 되는 양귀비 열매의 즙

양귀비는 양귀비과의 한해살이 풀로 학명은 Papaver somniferum이고, 영어로는 opium poppy이며 중국어로는 罌粟(yīngsù, 앵속)이다. 양귀비 열매가 다 커서 씨가 결실되기 전에 표면에 상처를 내면 즙이 나오는데 이 즙은 아편과 헤로인의 재료로 쓰인다.

잎과 줄기가 녹회색을 띠거나, 잎과 줄기에 털이 없든지 조금만 나거나, 잎이 줄기를 감싸는 형태로 자라거나, 꽃이 지고 나서 생기는 큰 봉오리 같은 부분이 크고 둥글거나, 꽃잎 안쪽에 큰 반점이 있으면 마약 성분이 있는 양귀비이다. 많은 나라에서 마약관리법으로 아편을 만들 수 있는 양귀비의 소지 및 재배를 금지 또는 통제하고 있는데, 한국의 마약류 관리에 관한 법률은 아래와 같다.

마약류 관리에 관한 법률

제2조(정의) 이 법에서 사용하는 용어의 뜻은 다음과 같다.
(개정 2013. 3. 2; 2016. 2. 3; 2017. 4. 19)
1. '마약류'란 마약, 향정신성의약품 및 대마를 말한다
2. '마약'이란 다음 각 목의 어느 하나에 해당하는 것을 말한다.

가. 양귀비: 양귀비과의 파파베르 솜니페룸 엘papaver somniferum L., 파파베르 세티게룸 디시papaver setigerum DC. 또는 파파베르 브락테아툼papaver bracteatum

나. 아편: 양귀비의 액즙이 응결된 것과 이를 가공한 것. 다만, 의약품으로 가공한 것은 제외한다.

다. 코카 잎과 코카 관목(에리드록시론속[屬]의 모든 식물을 말한다)의 잎. 다만, 엑고닌, 코카인 및 엑고닌 알칼로이드 성분이 모두 제거된 잎은 제외한다.

라. 양귀비, 아편 또는 코카 잎에서 추출되는 모든 알칼로이드 및 그와 동일한 화학적 합성품으로서 대통령령으로 정하는 것

마. 가 목부터 라 목까지에 규정된 것 외에 그와 동일하게 남용되거나 해독 작용을 일으킬 우려가 있는 화학적 합성품으로서 대통령령으로 정하는 것

바. 가 목부터 마 목까지에 열거된 것을 함유하는 혼합물질 또는 혼합제제. 다만, 다른 약물이나 물질과 혼합되어 가 목부터 마 목까지에 열거된 것으로 다시 제조하거나 제제할 수 없고, 그것에 의하여 신체적 또는 정신적 의존성을 일으키지 아니하는 것으로서 총리령으로 정하는 것(이하 '한외마약'限外麻藥이라 한다)은 제외한다.

저녁을 카작식으로
먹다

친구의 초청을 거절할 수 없어서 2024년 11월 28일 저녁을 같이 하기로 했다. 집으로 나를 초청한 아만타이는 내가 카작국립대학교 한국어문학과를 개설한 1994년에 처음 만날 당시에는 카작국립대 국제관계처장이었다. 나와는 30년 친구이다. 그의 원래 전공은 물리학이었지만 정치학으로 박사학위를 받았다. 그는 대학 본부에서 행정을 담당하다 보니 강의는 별로 하지 않았다. 그의 부인 레일랴도 정치학박사로 카작국립대에서 교수로 재직중 아스타나에 있는 유라시아국립대학교로 직장을 옮겨서 근무하다가 최근에 그만두었다. 구소련 국가에서는 대학에서 정교수가 되면 정년퇴직이 없어서 본인의 건강이 허락하면 원할 때까지 강의할 수가 있다. 아만타이는 카작스탄 대통령 행정실에서 일하다가 2013년에 악뚜빈스끄크지역국립대학교로 직장을 옮겨 총장으로 근무하기도 했고, 그 이후 교육부에서 국제학생교류국의 총 책임자로 일했다.

둘 다 나와는 오래된 친구들이다. 나처럼 아들이 두 명 있었으나 1977년생인 큰아들이 몇 년 전 심장마비로 사망하는 바람에 이들 부부는 한동안 슬픔에서 헤어나지 못했다. 레일랴는 나만 만나면 옛날을 생각하며 눈물을 흘리곤 했다. 친구 아만타이에게 저녁은 준비하지 말고 간단하게 보드카나 한잔 하자고 했다. 아스타나에 거주하는 악보타 스마토바라는 내 제자가 한 명 있는데 오래 전부터 한 번 보기를 원해서 아만타이에게 부탁해 그녀도 저녁식사에 초대했다. 악보타는 1977년생으로 카작국립대 한국어문학과 제1회 졸업생으로 서울대학교 대학원 언어학과에서 석사학위를 받은 후 강남대학교 카작스탄학 전공에서 전임강사로 나와 같이 일하기도 했다.

친구 아만타이한테 아무것도 준비하지 말라고 부탁했건만, 그의 아내는 저녁을 카작

필자, 아만타이, 레일랴

전통식으로 준비했다. 저녁도 점심 때처럼 베스바르막besbarmaq을 먹었다. 베스바르막은 카작어로 '다섯 손가락'이란 뜻인데 예전에 이 요리를 손을 사용해서 먹던 전통에서 유래한 명칭이다. 나는 말고기를 좋아하기 때문에 잘 먹지만 살이 찌는 게 문제이다. 나무를 깎아서 만든 베스바르막을 담는 그릇을 카작어로 아스타우astau라고 하는데, 친구 아만타이네 것은 특별히 길고 예뻐서 여기에 사진을 남긴다. 나무 그릇에 음식을 담으면 음식이 천천히 식는다고 한다. 사과 파이인 삐록pirog도 맛있었다. 오랜만에 아만타이와 러시아산 '바이칼' 보드카를 소주잔으로 세 잔씩 마셨다.

필자, 아만타이, 악보타 스마토바

베스바르막을 담는 그릇 아스타우

사과 파이인 삐록

주현재 초기인 2016년 봄, 지방도 927번 옆 밭둑에 울타리용으로 탱자나무 30주를 구입해서 심었으나 무슨 연유인지 대부분 죽어 버렸다. 살아남은 세 그루를 2018년 봄에 셋째 뙈기 밭둑에 옮겨 심었다. 하지만 탱자나무는 매우 느리게 자랐고, 게다가 뿌리 근처에 개미들이 집을 지어서 생육 상태가 불량했다. 2020년 초부터 탱자나무가 매년 조금씩 성장하기 시작하더니 2024년 봄에는 높이가 거의 1미터에 달했다.

탱자나무는 학명이 Citrus trifoliata인데 잎이 세 개 달린 감귤류란 뜻으로 중국이 원산지이다. 영어로는 추위에 강하다는 의미로 Hardy orange라고 부르고, 중국어로는 枸橘gōujú이다. 2025년 11월 9일 주현재에 내려왔더니 신기하게도 딱 한 개의 탱자가 샛노랗게 익어 있었다.

2025년, 주현재에서 처음으로 수확한 탱자

2025년 4월에 처음으로 탱자나무에 꽃이 피었지만 비바람 탓에 수정이 되지 않았는지 꽃이 진 후에도 열매가 달린 것을 보지 못했다. 그동안 녹색의 열매가 탱자나무의 잎에 가려서 눈에 띄지 않았던 모양이다. 익은 탱자의 색깔이 너무나 매혹적이어서 감탄사가 절로 나왔다. 아쉽지만 추워지기 전에 탱자를 따기로 했다. 너무 아까워서 그걸로 뭘 할까 진지하게 고민했다. 그냥 책상 위에 두고 탱자의 향을 맡으며 바짝 마를 때까지 두고 볼 것인지, 싱싱할 때 얇게 썰어서 따뜻한 물에 우려내어 한 잔의 차로 마실 것인지 한참을 생각하다가 결국 며칠 동안 향을 맡은 뒤 우려서 차로 마시기로 했다.

바로 오늘 2025년 11월 12일 드디어 탱자를 썰어서 차로 마셨다. 약간 떫고 씁쓰레한 신맛에 아주 미세한 유자 향이 콧속을 감돌았는데, 탱자 차의 이 독특한 맛과 은은한 향이 오래 두고 생각날 것 같다.

탱자를 우려서 차로 마시다.

15세기 세종조
세계 최고의 천문학자 무송헌撫松軒 김담金淡

2025년 11월 19일, 일가 할머니뻘이 되는 대구시민 김미순 고교 교사의 안내로 나의 직계 조상인 조선 세종조의 천문학자 무송헌 김담과 관련된 유적지를 방문했다. 김미순 교사는 몇 년 전부터 예안禮安 김金 가문의 대종회 소식을 유튜브를 통해서 보도하고 있다. 김담의 호 '무송헌'撫松軒에는 단종의 폐위 후 세조가 정권을 잡은 극한 상황에서 단종에 대한 절의를 지키기 위해 벼슬을 버리고 자연으로 돌아가기를 원하는 김담의 고결한 선비 정신이 담겨 있다. 무송撫松은 도연명陶淵明의 시 귀거래사歸去來辭에 '해는 어둑어둑 지려 하는 데도 못내 아쉬워, 외로운 소나무 어루만지며 머뭇거리네(影翳翳以將入 撫孤松而盤桓)'에서 따온 것이다.

김담은 문신이자 천문학자이고 수학자였다. 갓 스무 살의 나이에 세종에게 발탁되어 15세기 최고의 역서曆書로 평가받는 《칠정산내편》과 《칠정산외편》을 편찬하는 등 조선 천문 역법의 발전에 크게 기여했다. 17년 동안 집현전에 재직하며 한글 창제에 참여하였으며, 각종 예법을 개정하고 문물제도를 정비하였다. 벼슬이 이조판서에 이르렀던 김담은 관료로서도 모범적인 삶을 산 드문 인물이었다. 무송헌 김담의 생애와 업적에 대해 자세하게 소개하고자 한다.

무송헌 종택 사당에 있는 김담의 초상화

영주시 기흥동에 고려말 건축물인 '삼판서 고택'이 있다. 첫 번째 판서는 고려말 형부상서를 지낸 정운경鄭云敬으로 정도전의 아버지다. 두 번째 판서는 고려말 한성판윤, 공조·형조·예조 전서를 지낸 황유정黃有定이다. 황유정은 첫 번째 판서인 정운경의 사위이면서 정도전의 매제이기도 하다. 황유정은 사위인 예안[2] 김 가문의 김소량에게 이 집을 물려주었고, 김소량의 아들이 이조판서를 지낸 천문학자 김담이다. 여기서 말하는 마지막 판서가 나의 직계 10대조인 김담으로, 1416년 11월 29일 바로 이 '삼판서 고택'에서 출생했다.

삼판서 고택

예안禮安 김金 가문의 영주 입향은 시조 김상金尙의 8세손인 김로金輅의 아들 4형제 중 맏아들 김소량金小良이 평해 황씨 황유정黃有定(1343-?)의 사위가 되어 영주로 이주하면서 시작됐다. 김소량의 생몰 연대(1384-1449)를 감안하면 1400년에서 1410년 사이 이주

---

2 예안(禮安)의 고려 때 지명이 선성(宣城)이어서 '선성 김'이라고도 한다

한 것으로 보인다. 김담이 영주에서 태어난 해가 1416년이니 그 이전에 이주한 것은 분명하다. 이 무렵 순흥에는 순흥 안씨, 풍기에는 풍기 진씨, 영주에는 평해 황씨, 봉화 정씨, 단양 우씨, 감천 문씨, 영주 민씨 등이 세거했는데, 이들은 모두 고려 조정에서 득세했다. 조선 때 안동이 인재의 보고였다면, 고려 때는 영주가 인재의 보고였다.

김담은 1416년(태종16) 영천榮川(지금의 영주) 성동리城東里에서 판서공 소량小良과 정부인 평해 황씨 사이에 3남(澭, 談, 洪) 1녀(농암 이현보의 외조모) 중 2남으로 태어났다. 김담의 어릴 적 생활에 대해서는 전해지는 기록이 없으나, 그의 문집에 의하면 "어려서부터 총명이 남달라 7세부터 수학하였는데, 글 읽기를 좋아하여 한 번 보면 문득 기억하였다."고 전한다. 김담의 외조부인 판서 황유정이 물려준 사위의 집(삼판서 고택)을 찾아가 "외손자 김담을 만나 총명함을 칭찬하는 시를 지어 주었다."는 대목에서 외조부(황유정)의 가르침을 받았을 것으로 추측된다. 김담의 어머니 평해 황씨는 공조판서를 지낸 황유정의 딸이다. 또한 황 판서는 근재 안축의 외손자이며 조선 개국의 1등 공신인 삼봉 정도전이 그의 손위 처남이었다. 이러한 명문가에서 자란 김담의 어머니는 어릴 때부터 엄격한 교육을 받아 전형적인 현모양처로 기품이 있고 자질이 뛰어났다. 이러한 모친이 받은 교육은 자녀에게 이어져 중澭, 담淡, 홍洪 3형제 모두 당대의 명사가 되었다.

김담은 '삼판서 고택'에서 형 증澭과 어린 시절을 보낸 후 18세(1434)에 서울로 올라가 1435년(세종17) 약관의 나이로 형과 함께 정시 문과에 동진사同進士 제4인淡과 제5인澭으로 나란히 급제하여 그날로 형제가 집현전에 출사해 종사랑에 임명됐다. 1435년(세종17) 19세 때 집현전 정자正字, 21세인 1437년(세종19)에 저작랑, 24세에 박사博士, 26세에 부수찬副修撰, 35세에 직제학直提學에 올랐다. 김담은 1445년 이조정랑을 거쳐 제언종사관으로 임명되어 이순지와 함께 언제공사堰堤工事에서 계산을 맡았다. 1447년 승문원부교리로 있으면서 《전부구등지법》田賦九等之法을 편찬했으며, 1448년 천변지이天變地異를 관측해서 기록하고 역서를 편찬하며 절기와 날씨를 측정하고, 시간을 관장하던 관청인 서운관書雲觀의 책임자가 되었다. 그 무렵 김담은 문과 중시重試(과거 급제자를 대상으로 치르는 시험)에 응시하여 1등 3명 가운데 2등을 차지했다. 이때 1등은 성삼문이었고, 3등은 이개였다.

2등 7명은 신숙주, 최항, 박팽년, 유성원 등
이었다. 당대의 수재들과 어깨를 나란히 할
정도로 김담의 학문은 뛰어났다.

1449년(세종 31년) 1월, 부친이 별세하
자 김담은 3년 동안 시묘侍墓를 살기 위해
고향으로 내려갔다. 그해 5월, 세종은 국사
가 시급하니 조정으로 돌아오라는 특명과
함께 쌀 10석, 옷, 신발, 버선 등을 하사했
다. 그러나 김담은 '지금은 아버지 상을 모
시는 게 중요하므로 명을 거두어 줄 것'을
청하는 상소를 연이어 올렸다.

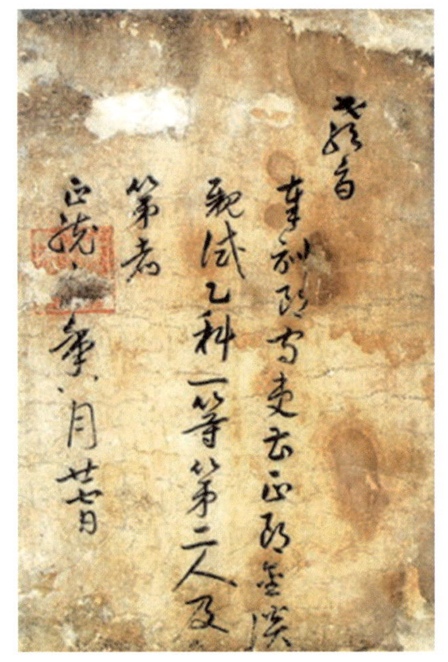

김담의 문과중시 교지(1445년)

신은 시골의 천한 선비로 태어나 임금의 은혜를 입고 관직이 4품에 이르렀습니다. 헤
아려 보건대 지금 신하들 중에서 비록 귀척貴戚이나 훈구勳舊의 후예라고 할지라도 신
처럼 성은을 입은 사람은 없을 것입니다. 마땅히 몸이 상하고 머리가 부서질지언정 만
분의 일이라도 성은을 갚아야 할 터인데, 어찌 감히 정을 숨기고 말을 꾸며서 성총聖聰
을 어지럽게 하겠습니까. 그러나 신의 아버지는 생시에 봉양하지 못하고, 병중에 의약
도 지어드리지 못했으며, 돌아가신 후 장례 치를 때도 당도하지 못했습니다. 하늘을
우러러보고 땅을 치며 통곡하고 피 눈물을 흘리며 생각하건대 묘소 곁에 엎드려 삼년
상을 마치려는 것은 지난날의 잘못을 보상하고자 함이 아니라 오늘날 신이 할 수 있
는 일은 오직 이것뿐이라고 여기기 때문입니다. 죽음을 무릅쓰고 아뢰오니 부디 통촉
해주시옵소서.

신의 가정이 액운을 만나서 신의 백부가 지난해 9월에 돌아가시고 11월에는 신의 누

이도 죽고 올해 정월에는 신의 어미가 병환으로 위독해서 미처 쾌차하기도 전에 신의 아비가 갑자기 돌아가시고 신의 여식은 조부모 슬하에서 자라다가 2월에 죽었습니다. 신의 집안이 이 지경이온데 부디 향리로 돌아가서 상제喪制를 마치고 집안을 수습하고 노모를 봉양하도록 윤허해주시기 바랍니다.

그해 7월까지 여섯 차례나 상소를 올렸지만, 세종은 허락하지 않고 오히려 벼슬을 승진시키면서 복귀하라는 명을 계속 내렸다. 사간원에서도 상을 당한 지 얼마 되지 않았는데 벼슬을 내리는 것은 옳지 않다고 건의했다. 그러자 세종을 대신해서 정무를 보던 세자(훗날 문종)가 "김담이 집에 있을 때는 상복을 입고 관청에 있을 때는 평상복을 입으면 되지 않겠는가. 역법에 정밀한 사람이 김담밖에 없기 때문에 임용하려는 것이다."라고 했다. 임금과 세자가 모두 김담을 깊이 신뢰하고 있었던 것이다. 결국 기복起復(상중에 있는 관리를 탈상하기 전에 불러서 관직에 쓰는 것)의 명을 따라서 복귀한 김담은 천문 역법 연구에 다시 매진하게 되었다.

1451년 사헌부 장령으로 있으면서 불사佛事를 배척하는 소를 여러 번 올렸다. 1452년 홍문관 직제학을 거쳐 충주목사로 나갔다. 충주목사로 있을 때 관내에 도적이 많아서 백성들이 몹시 두려워했는데 김담이 이를 잘 다스려서 백성들을 안심시켰다. 1456년에는 안동부사, 1458년에는 경주부윤 등을 지냈다.

1463년(세조9), 세조에 의해 이조판서에 제수되었으나 김담은 나아가지 않았다. 이듬해 1464년 7월 9일 그는 서울 자택에서 만 47세의 나이로 세상을 떠났다. 세조는 이 소식을 듣고 매우 슬퍼하면서 이틀 동안 조회朝會를 중지하고 철시撤市할 것을 명했다. 또한 예관禮官을 보내서 조제弔祭를 치르게 하고 부의賻儀를 후하게 내렸다. 아울러 별세한 이틀날 '문절'文節(학문에 부지런하고 묻기를 좋아한다는 '문', 청렴함을 좋아하고 사욕을 이긴다는 '절')이라는 시호를 내렸다. 사후 이틀 만에 시호를 내린 것은 매우 드문 일이었다. 그 만큼 김담을 귀하게 여겼다는 뜻이다.

그가 별세한 이듬해인 1465년 9월 영천(현 영주) 북쪽 빈동산賓洞山에 안장되었다. 묘소가 있는 빈동산은 현 봉화군 문단리에 있다. 그의 학문과 덕행을 추모하기 위해 위패를 모신 단계서원丹溪書院(1618)과 구강서원龜江書院(1615)이 있었으나, 홍선 대원군의 서원철폐령으로 1868년 훼철된 후 지금까지 복원되지 못했다.

김담의 묘지

김담의 신도비3

---

3 신도비는 임금이나 종이품 이상의 벼슬아치의 무덤 동남쪽의 큰 길가에 세운 석비(石碑)이다.

국가민속문화재 제29호 빈동재사(賓洞齋舍)

　　김담의 저술인 《칠정산내편》과 《칠정산외편》은 세계 천문학사적으로나 과학사적으로 매우 중요한 의미가 있다. 조선 초에는 매년 명나라 연경에 가서 역서를 가져와 사용했다. 그러다가 세종조 김담에 의해 조선의 기준에 맞는 칠정산七政算이라는 조선 고유의 책력이 마련되어 더 이상 명나라의 역법을 사용하지 않아도 되었다. 이것은 당시 한양의 일출과 일몰 시간을 기준으로 조선 풍토에 맞게 개발된 역법이었다. 칠정산 덕분에 조선은 15세기 전 세계에서 지방시地方時를 시행한 몇 안 되는 국가 중 하나가 되었다. 김담이 고안한 칠정산은 조선의 역법의 독립과 천문학적 발전에 크게 기여하였을 뿐만 아니라, 조선의 역사적 자존심과 민족적 긍지를 드높인 과학적 연구의 성과였다.

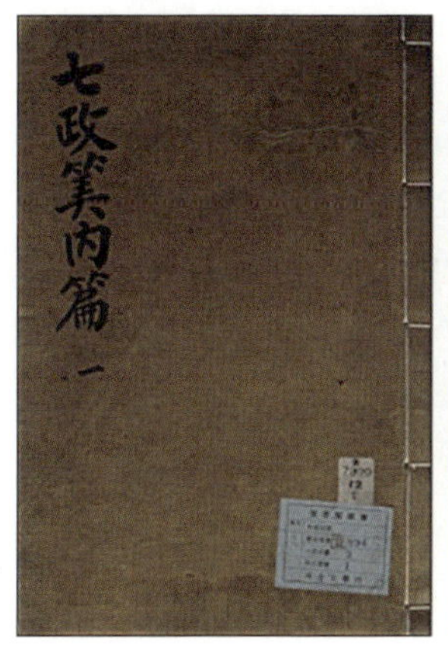

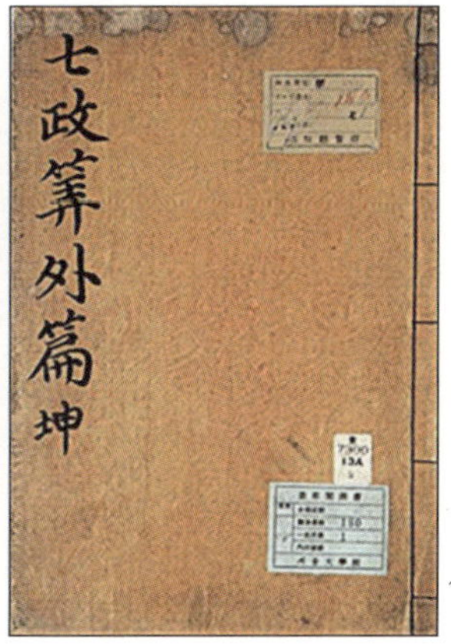

《칠정산내편》과 《칠정산외편》의 '칠정'은 해와 달, 다섯 별 수성, 금성, 화성, 목성, 토성을 의미하며, 이들 저술은 조선의 수도 한양을 기준으로 천체의 운행을 계산해 일출과 일몰, 절기, 일식과 월식 예측 등을 연구한 15세기 천문 과학의 정수를 담고 있다. 《칠정산내편》은 원나라의 수시력授時曆을 바탕으로 마련된 조선 최초의 역법서로, 1년의 길이를 약 365.2425일로 계산하는 등 당시 조선의 높은 수준의 과학 기술을 증명했다. 《칠정산외편》은 이슬람의 회회력回回曆를 참고하여 내편의 부족한 부분을 보완했는데, 내편과는 근본적으로 다른 계산 방식을 사용하여 지구가 태양을 도는 시간을 약 365일 5시간 48분 45초로 정확하게 계산했다. 《칠정산외편》에서 각도의 단위를 그리스의 전통을 따라 오늘날처럼 원주를 360도로 하여 60진법進法을 사용했고, 1 태양년太陽年의 길이를 역일曆日로 365일로 하되 128 태양년에 31 윤일閏日을 두어 128 태양년=(365×128+31)일로 산출했다. 즉 1 태양년은 365.242188일에 해당하며, 365일 5시 48분 45초로 현대 값보다 1초 짧을 뿐이다. 이 수치는 원나라 수시력의 값 365.2425일보다 두 자리나 더 정확한 것이었다.

영주시 문수면 무섬마을에 있는 무송헌 종택에서 김미순 교사와 필자

12월의 이야기

큰아들과
영화 한 편을 보다

큰아들이 한국 생활 초기 한국어학당과 대학원에 다닐 때는 그나마 시간이 맞아 방학이 되면 함께 국내외 여행을 했었다. 큰아들이 대학원을 졸업하고 회사에 다니기 시작한 2012년 후반부터는 서로 시간이 맞지 않아 여행은 같이 할 수가 없었다. 심지어 파리 본가에도 함께 간 적이 드물었다. 그래서 우리는 전화로 서로 안부를 묻는 것 외에 한 달에 두서너 차례 주중에 일과 후나 주말에 명동이나 강남역 부근에서 만나 영화 한 편을 관람한 뒤 저녁을 함께 하거나 찻집에서 차를 한 잔 마시며 이런저런 얘기를 나누다가 헤어지곤 했다. 아들의 초대로 2016년 12월 6일 저녁 명동에서 배우 Tom Cruise와 Cobbie Smulders가 주연한 'Jack Reacher: Never go back'(감독 Adward Zwick)을 관람했다.

영화를 본 뒤 중국대사관 정문 골목에 있는 한 일본식 국수집에 갔다가 영업을 마감하는 것 같아 저녁은 각자 집에 돌아가서 먹기로 하고 찻집에 들려 오늘 본 영화와 세상 돌아가는 이야기를 나누었다. 대화 중 아들이 나에게 정년퇴직 후 앞으로 어디에서 살 것인지에 대해 물어보았다. 사실 요새 나도 그게 고민이었다.

의사의 조언에 따르면, 내 건강을 잘 유지하기 위해 가장 중요한 것은 공기가 좋은 곳에

거주하는 것과 친환경 농산물을 식용하는 것이었다. 산촌이나 어촌에서 거주하는 것이 건강에 도움이 될 것이라고 해서 2012년 12월 26일 악성종양 제거 수술 후 나는 백두대간 저수령 자락에 600평 안팎의 밭을 마련하고 농가를 지었다. 방학 때는 파리 집에 가지만 학기 중에는 주말이면 내려가 먹을 식량 작물과 채소 농사를 지으며 생활하고 있다.

직장을 그만 두게 되면 어차피 프랑스로 돌아갈 계획이었다. 서울보다는 그나마 파리의 공기가 좀 나은 편이나 파리도 내 건강을 유지하기에는 적당하지 않다는 판단 아래 거주지역 후보군에서 제외했다. 언론매체 보도에 따르면 알프스산맥 주변 산촌 역시 생각보다 오염이 심하다고 해서 결국 대서양이나 지중해 근처 어촌이나 해안 도시가 좋겠다는 결론을 내렸다. 문제는 바다에서 풍기는 비린내이다. 내가 과연 비린내를 참고 견딜 수 있을까? 나는 어린 시절 내륙에서 자라서 헤엄도 치지 못하지만 비린내를 특히 싫어한다. 그래서 바닷가 바람에 밀려오는 비린내를 맡으면 토할 것 같은 충동을 느낀다. 어쨌든 다시 대서양 해안 도시나 피레네 산맥 자락에 거처를 마련해서 잠시 지낼 생각이다.

다시 오늘 본 영화 이야기로 돌아가면, 내가 매우 좋아하는 배우 탐 크루즈는 물론이고 특히 여배우 코비 스멀더즈의 연기에 매료되어 이 글을 쓰고 있는 지금까지도 그녀의 동양적인 단아함과 서양적인 매력이 잘 조화된 오묘한 표정이 내 머리 속을 맴돌고 있다. 군복을 입어도 그토록 잘 어울리는 우아하고 아름다운 여배우가 세상에 또 어디에 있을까! 파리에서 함께 일했던 선배 여성 동료 심승자(1945-2024)[1] 교수와 나의 박사학위 논문의 지도 교수였던 앙드레 파브르 박사의 딸인 마리–엘렌느Marie-Hélène가 불현듯 생각났다. 마리–엘렌느를 빼닮은 코비 스멀더즈! 어쩌면 두 여성의 표정이 이렇게도 같을 수가 있을까? 코비도 마리–엘렌느처럼 혼혈아일까?

---

1 2024년 5월, 파리에서 발행되는 한인 신문 《프랑스존》에서 심승자 교수가 2024년 4월 7일에 사망했다는 마리-엘렌느의 부고를 뒤늦게 접했다.

1993년 4월 20일, 독일 베를린 훔볼트대학교에서 개최된 유럽한국학회 제16차 학술대회에서
필자, 심승자 교수, 런던대 연재훈 교수

배우 코비 스멀더즈

스페인 안달루시아 지역을
다시 가다

2023년 12월 하순에 스페인 남부 안달루시아 지역을 40여 년 만에 다시 방문했다. 세빌리아에 사는 옛 동료를 만난 뒤 그라나다, 코르도바, 바르셀로나에 들러 역사유적을 둘러봤다. 로마, 아랍, 스페인의 건축문화가 조화롭게 공존하는 코로도바는 언제 봐도 흥미롭다. 바르셀로나의 사그라다 파밀리아는 거의 완공된 것처럼 보였다.

다리 건너편 건물은 코르도바 산타 마리아 대성당(Catedral de Santa María de Córdoba)인데 코르도바 메스키타(Mezquita de Córdoba)라고 부르기도 한다. 스페인어 메스키타는 이슬람 사원인 모스크를 뜻한다.

'코르도바 산티 마리아 대성당'은 서고트족 교회 위에 건축된 코르도바 메스키타 내부에 세워진 가톨릭 성당이다. 756년 코르도바를 수도로 건국한 후後 우마이야 왕조의 초대 아미르인 압드 알 라흐만 1세는 785년에 기존의 서고트족 교회를 개축하기 시작하여 987년에 2만 5천명을 수용할 수 있는 남북 180미터, 동서 130미터 크기의 이슬람 사원 메스키타를 완공했다. 그 후 카스티야 왕조의 페르난도 3세가 1236년에 코르도바를 정복했고, 이슬람 사원 메스키타를 1523년부터 성당으로 사용하기 시작했다. 스페인의 가톨릭 왕조는 대부분의 이슬람 사원을 헐어버렸지만 메스키타는 규모가 크고 화려하여 그대로 보존하면서 사원의 중앙 부분만을 철거하여 르네상스 양식으로 대성당을 세웠다. 원래는 전부 부수고 새로 지으려 했으나 메스키타를 방문한 카를 5세가 이슬람 사원의 아름다움에 감명을 받아 부수지 말도록 명령했다. 서고트족의 교회와는 달리 메스키타는 파괴되지는 않았지만 일부가 가톨릭식으로 교체되었다. 코르도바의 이슬람 사원 메스키타가 카스티야 왕조에 의해 성당으로 개조된 경우라면, 동로마제국의 콘스탄티누스 대제가 325년에 콘스탄티노플에 건축한 성 소피아 성당은 1453년 콘스탄티노플을 점령한 오스만제국에 의해 이슬람 사원으로 개조된 예이다. 아래 사진들은 언제 봐도 감탄을 자아내게 하는 메스키타의 건축양식이다.

메스키타의 내부 건축 양식

메스키타 내부의 반자를 받치고 있는 무늬를 새긴 목재와 건물 외부의 벽 장식

'사그라다 파밀리아 성당'(카탈루냐어 Temple Expiatori de la Sagrada Família, 스페인어 Templo Expiatorio de la Sagrada Familia)은 스페인 바르셀로나에 짓고 있는 세계 최대 규모의 로마 가톨릭교회의 미완성 성당이다. '사그라다'는 스페인어로 '성스러운'이라는 뜻이고 '파밀리아'는 가족을 의미하기 때문에 '사그라다 파밀리아 성당'을 '성가정 성당'이라고도 부른다. 카탈루냐 출신의 건축가 안토니 가우디가 설계하고 직접 건축을 책임졌다. 미완성인 '사그라다 파밀리아 성당'을 포함한 가우디의 작품들은 1984년 유네스코 세계 문화 유산에 등재되었으며, 2010년 11월 교황 베네딕토 16세는 사그라다 파밀리아를 성당에서 준대성당으로 승격시켰다.

1882년 프란시스코 데 파울라 델 빌라르 이 로사노Francisco de Paula del Villar y Lozano (1828-1901)에 의해 네오 고딕 양식의 성당 건축이 시작되었으나, 1883년 빌라르가 사임한 뒤 안토니 가우디 이 코르넽Antoni Gaudí i Cornet(1852-1926)이 수석 건축가로 취임하여 고딕과 아르누보 형식을 결합한 건축 양식으로 변형시켰다. 가우디는 그의 남은 생애를 성당 건축에 바쳤으며, 1926년 73세의 나이로 고인이 되었을 때 건축 공정의 25%가 완성되었다. 성당 건축이 기부금에만 의존한 탓에 공사가 느리게 진행되었고 스페인 내전(1936-39)으로 인해 공사가 중단되었다가 1939년 프란세스크 데 파울라 킨타나 Francesc de Paula Quintana(1892-1966)가 공사 현장 관리를 맡으며 성당 건축이 재개되었다. 킨타나의 사망 후 몇 차례 공사 경영자와 관리자가 바뀌었지만, 컴퓨터를 기반으로 한 건축기술의 발전 덕분에 2010년대 중반 이후 공사가 가속화되어 가우디 타계 100주년을 맞는 2026년에 성당의 건축이 완공될 예정이다.

1926년 가우디 사망 당시 사그라다 파밀리아의 모습

2023년 12월 사그라다 파밀리아의 모습

2024/2025 연말연시
나에게 행복을 주는 포도주

2024년 12월에 파리 본가로 돌아와 점심과 저녁 식사 때 자주 식구들과 포도주를 마신다. 아내와 아이들은 음식에 곁들어 맛만 볼 정도이고, 주로 내가 포도주를 마신다. 아내가 걱정을 하지만 나는 포도주가 혈관 질환에 도움이 된다는, 거짓말 같은 '사실'을 프랑스 학자들의 논문을 언급하면서 정당화시킨다. 그러다 보니 750밀리리터짜리 포도주 한 병을 따면 그날로 소비가 된다. 자주 마시기는 하지만 매일 먹는 건 아니다.

1980년대 초반부터 1993년까지 매년 가을에 가격과 품질이 괜찮은 포도주를 골라 10상자에서 15상자 정도를 구입하곤 했다. 매년 구입한 포도주를 나는 파리 교외에 있던 1723년에 건축된 농장 가옥의 지하실에 보관해 왔다. 고급 포도주 상자는 소나무로 제작된 것인데, 한 상자에 12병이 들어 있다. 1980년대 중반까지는 여러 가지 바쁜 사정으로 나는 친구 모임을 거의 하지 않았기 때문에 생일이나 연말연시가 아니면 집에서 포도주를 마실 일이 별로 없어 지하실에 포도주가 쌓이기 시작했다. 농장 가옥의 지하실 공간은 충분했지만 포도주 저장 시설이 부족했다. 하지만 농장 가옥이 오래되어 공사 자체가 만만치 않아 나는 저장 시설의 확장을 포기하고, 1993년 이후에는 포도주를 더 이상 구입하지 않았다.

그러다가 나는 1980년대 후반부터 시간적 여유가 생겨 친구 모임을 하면서, 그동안 잘 숙성된 이 포도주들이 빛을 발하기 시작했다. 가끔 주말에 몇 쌍의 부부가 모이면 기름진 음식을 마련하고 수다를 떨면서 포도주 반 상자 정도는 마시곤 했다. 2000년대 초반 파리 교외의 농장 가옥과 부지를 관리해 주던 그곳 이웃이 세상을 떠나자 할 수 없이 나는 그 가옥을 처분할 수밖에 없었다. 우리는 남아 있던 포도주를 파리의 아파트

지하실로 옮겼다. 우리가 사는 아파트에는 다행히 지하실이 있어 나는 그걸 이용할 수 있었다.

포도주를 저장하기 위해 나는 지하실에 있던 몇 백 권의 전공 서적 가운데 중요한 수 십 권을 제외하곤 모두 처분했다. 그후 나는 그동안 보관해 오던 포도주 대부분을 그럭저럭 소비했다. 2024년 연말 지하실의 포도주를 정리했더니 6 상자가 남아 있었다. 무작위로 맨 앞에 있던 상자의 뚜껑을 쇠 지렛대로 뜯었더니 보르도 지방 쌍떼밀리옹Saint-Emilion 지역에서 생산된 1991년산 끌로 푸르떼Clos Fourtet였다. 이 포도주의 구입 당시 가격이 기억이 나지 않지만 현재 파리에서 한 병에 꽤 비싸게 판매되고 있다. 아무튼 잘 숙성된 Clos Fourtet 한 잔 덕분에 식사 시간이 행복하다.

프랑스 보르도 지역에서 생산되는 포도주 가운데 최고급 포도원(château, 샤또)에 부여하는 공식 등급인 그랑 크뤼 끌라세(Grand Cru Classé)에 속하는 1991년산 끌로 푸르떼(Clos Fourtet)

크즐오르다에서
홍범도 장군 기념관을 방문하다

근래에 새로 건축하여 단장한 '홍범도 기념관'을 2024년 12월 1일 오후 처음으로 방문했다. 12월 1일이 마침 일요일이라 크즐오르다고려인협회 안엘레나(1986년생) 회장과 회원들이 기념관 안팎을 청소하고 있었다. 기념관의 명칭은 '홍범도 계봉우 기념관'으로 원래 없던 계봉우 선생까지 포함시켰다. 기념관 내부에는 한민족의 영웅 홍범도 장군과 애국지사 계봉우 선생의 업적을 사진 자료와 함께 전시해 놓았다.

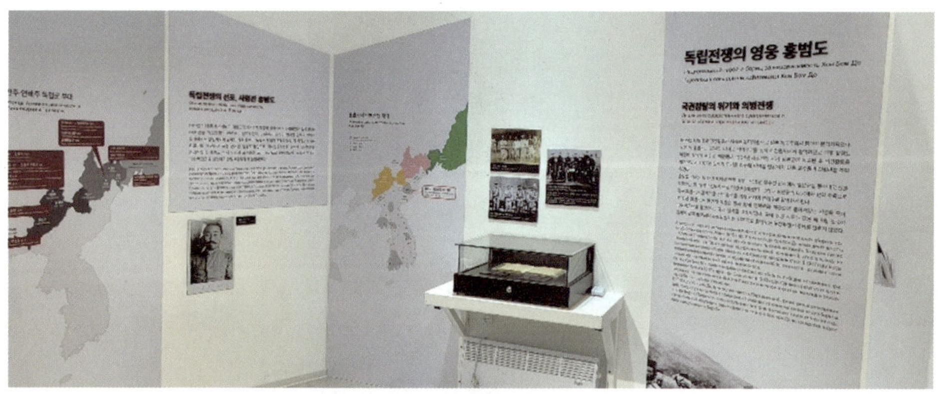

기념관 내부에 전시된 홍범도 장군에 관한 자료 가운데 유리관 안에 들어 있는 것은 고려극장의 리함덕 배우가 옮겨 적었다는 '홍범도 일지'이다.

홍범도 장군에 대해서는 이미 소개한 바가 있으니 계봉우 선생에 대해 간략하게 언급하고자 한다. 계봉우(1880-1959) 선생은 민족어인 고려말을 가르치며 교재를 편찬하고, 민속, 경제, 언어, 문학, 역사 분야의 저술활동을 통하여 조국독립에 기여한 민족 계몽가이다. 그는 상해 임시정부에 참여하여 북간도 대표로 의정활동을 펼쳤고, 상해파 고려공산당에 가담하여 독립자금의 수령을 위해 레닌 정부에 대표로 파견되기도 했던 진보적인 민족운동가였다.

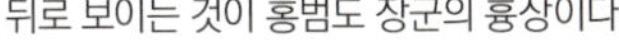
뒤로 보이는 것이 홍범도 장군의 흉상이다.

1996년 당시 크즐오르다 공동묘지에 있던 계봉우 선생의 묘. 그 왼쪽에는 그의 아내 김야간이 묻혀 있다. 2000년 8월 막내 아들 계학림이 홍범도 장군의 묘지 터 한 쪽에 부모의 묘를 옮겨 합장했다.

계봉우 선생의 활동에 관한 자세한 내용은 《꿈
속의 꿈》(계봉우 지음, 김필영 옮김, 강남대학교출판부,
2009)과 '소비에트 중앙아시아 고려인 문학과 계봉
우'(김필영, 《한국학연구》 제25집, 인하대학교 한국학연구
소, 2011)를 참고할 수 있다.

계봉우의 자서전 《꿈속의 꿈》

소련 붕괴를 전후한 1991년부터 1995년까지 크
즐오르다사범대 총장을 지냈던 도스만베토프 박사의
80회 생일 축하연에 참석하기 위해 2025년 9월 하순
다시 크즐오르다를 다녀왔다. 크즐오르다에 들른 김에 9월 20일 오후 크즐오르다고려인
협회 안옐레나 회장에게 연락하여 홍범도 장군 기념관을 방문했다. 홍범도 장군 기념관
은 크즐오르다고려인협회에서 관리하고 있다. 안 회장의 말에 따르면, 기념관 완공 후 내
부에 자료를 배치하고 일반인에게 개관한지 벌써 한 해가 지났지만 공식적인 개관 기념
행사는 아직까지 거행하지 못했단다.

필자와 크즐오르다고려인협회 안옐레나 회장

이날 안 회장이 나에게 사진 몇 장을 보여줬다. 그 사진들을 보고 나는 깜짝 놀랐
다. 1990년대 초반 내가 크즐오르다사범대 한국어 강좌를 위한 협의차 크즐오르다를 방

문했을 때 신세를 졌던 남슬라바(1953년생)와 함께 찍은 사진들이 있었다. 당시는 크즐오르다에 변변한 호텔이 없어서 잠자리가 매우 불편했는데, 슬라바의 도움으로 매번 그의 아파트에서 숙식을 해결할 수 있었다. 슬라바의 부인 마리나는 독일계 여성인데, 이들 부부에게는 두 명의 예쁜 딸 올야와 나타샤가 있었다. 사진의 출처에 대해 안 회장에게 물었더니 그녀의 부친이 슬라바의 가까운 친구라고 했다. 짐작하건대, 안 회장을 통하여 2024년 12월 초 내가 기념관을 방문했다는 소식을 우연히 들은 슬라바가 우리가 함께 찍은 사진을 보여 주었을 것이다. 당시 내가 대학을 방문하면 항상 총장의 통역을 맡았던 굴자한 스나사포바Ghulzhakhan Snasapova 프랑스어 강사와 촬영한 사진과 유르타 뼈대 앞에서 슬라바, 윤이흠 교수, 내가 함께 찍은 사진이 특별했다.

크즐오르다사범대 프랑스어 강사 굴자한 스나사포바와 필자

카작인들의 새해인 나우르즈 축제를 위해 조립하고 있던 유르타 앞에서 슬라바, 윤이흠 교수, 필자

아무튼 기적 같은 일이었다! 그 자리에서 나는 바로 안 회장에게 부탁하여 슬라바와 통화한 후 슬라바, 안 회장, 안 회장의 부친 유라를 저녁 식사에 초대했다. 나와 함께 홍범도 기념관을 방문했던 크즐오르다국립대 켄신바이 교수는 물론 한국 교육부에서 파견한 임혜민 한국어 강사도 만찬에 초청했다.

Loft식당에서 왼쪽부터 임혜민, 안옐레나, 티무르 켄신바이, 필자, 남슬라바, 안유라.

2025년 9월 21일 80회 생일을 맞은 도스만베토프 박사가 설립한 볼라샥대학교 과학위원회가 마련한 축하 행사에서 나는 굴자한 스나사포바 프랑스어 강사가 30여 년 만에 볼라샥대학교의 총장이 된 것을 보고는 감탄했다. 뜻밖의 반가운 만남이었다. 내가 러시아어로 축사를 할 수 있었지만, 총장이 대단한 인재라는 것을 행사에 참석한 교내외 내빈들에게 보여주기 위해 일부러 프랑스어로 축사하고 총장에게 통역을 부탁했다. 갑자기 프랑스어를 통역하는 총장을 보고는 모두들 놀라는 눈치였다.

2025년 9월 21일 볼라샥대학교 과학위원회에서 나의 축사를 통역하는 굴자한 스나사포바 총장

　　2024년 11월 말 카작스탄에 갔을 때 나의 마지막 여행이 될지도 모른다는 생각에 크즐오르다에 거주하는 두 옛 친구를 꼭 만나고 가겠다고 마음먹었다. 두 사람 모두 사귄 지 30년이 넘은 친구들이다.

　　박베르겐 도스만베토프Bakbergen Dosmanbetov(1945년생) 교수는 소련 말기인 1991년부터 카작스탄공화국 초기인 1995년까지 크즐오르다 사범대학(1937년 고려인 강제이주 시 크즐오르다로 옮겨온 원동고려사범대학에 바탕을 두고 개설된 대학) 총장을 지냈다. 1995년에는 대학 명칭이 바뀌어 크즐오르다인문대학교가 됐다. 내가 도스만베토프 경제학 박사를 처음 만난 것은 1992년 10월이었는데, 대학의 한국어 강좌에 관한 협의를 하기 위해서였다. 그의 협력과 후원으로 한국어 강의가 크즐오다사범대학에서 꾸준히 지속될 수 있었다.

1992년 10월, 협정서에 서명한 뒤 도스만베토프 총장과 필자

　　1996년 5월 하순 도스만베토프 총장과 함께 국민대학교와 교류협정 체결을 위해 모스크바를 경유하여 서울을 방문했다. 29일 교류 협정 체결 후 도스만베토프 총장은 5월 30일 독립기념관에 들러 박유철 관장에게 홍범도 장군의 초상화를 크즐오르다 고려인들의 이름으로 기증했다. 이 초상화는 크즐오르다 고려인들이 농사지은 쌀을 아교에 섞어 캔버스에 도배한 뒤 그 위에 그린 특별한 의미가 있는 유화였다.

　　대학을 떠난 후 그는 한 차례 크즐오르다시 시장(1996-99)에 당선되었고, 두 차례 카작스탄 상원의원(1999-2011)에도 당선되었다. 1999년 크즐오르다에 '계봉우 거리'가 조성된 것도 그가 크즐오르다 시장으로 재임할 당시 현지 고려인들을 위한 그의 배려 덕분이었다.

왼쪽부터, 국민대 국제협력처장, 현승일 총장,
박베르겐 도스만베토프 총장, 필자

도스만베토프 총장과 한국을 방문하기 위해
경유한 모스크바 붉은광장에서

독립기념관에서 도스만베토프 총장, 박유철 관장, 필자

1999년 9월, '계봉우 거리'에서 계봉우 선생의 막내아들 계학림과 필자

2024년 12월, 볼라샥대학교 본관 앞에서
도스만베토프 박사와 함께

도스만베토프 박사는 1999년에 크즐오르다에 사립 대학을 설립한 뒤, 2001년에 볼라샥대학교Bolashak University라고 명명했다. 정계에서 은퇴한 후로는 대학 경영에만 몰두했다. 근래에 스르다리야강 좌안에 12헥타르의 땅을 마련해서 캠퍼스를 새로 조성했다. 크즐오르다시에서 가장 높은 12층 규모의 강의동을 건축했고 크즐오르다시에서 가장 큰 1,200명을 수용할 수 있는 강당도 곧 완공될 예정이다.

2024년 12월의 크즐오르다 방문이 마지막일 줄 알았는데 2025년 9월에 다시 나는 크즐오르다를 다녀오게 됐다. 도스만베토프 박사가 2025년 9월 21일이 자신의 80회 생일이라며 나를 특별히 초대했는데 이런저런 옛정을 생각해서 안 갈 수가 없었다. 몇 년 전에 도프만베토프 박사의 부인 지나가 별세했는데, 그녀의 영혼이 평안하길 바라는 희생제물 헌납 행사가 9월 20일 오전에 있었다. 성경 등을 통해서 희생제물의 피를 신께 바친다는 것은 알았지만, 직접 보는 건 이번이 처음이었다. 일반적으로 양을 희생제물로 바치는데 막내아들이 특별히 낙타를 준비했다. 행사 후 희생제물은 불우한 이들에게 나눠준다고 했다.

2025년 9월, 낙타 한 마리를 희생제물로 바치기 전에 이슬람교 이맘이 기도하는 장면

21일 저녁에 개최된 500여 명의 하객이 참석한 생일 축하연에서 축사를 마친 나에게 도스만베토프 박사는 카작 민족 전통의상을 선물했다. 중요한 행사가 있을 때 주빈에게 전통의상을 선물하는 것이 일반적인데, 아마도 내가 멀리서 온 친구라서 특별히 선물을 준 것 같았다. 최근에 그의 기억력이 감퇴한 것이 마음에 걸렸지만, 아무쪼록 모든 걸 잘 마무리하길 마음속으로 기도했다.

2025년 9월 21일, 도스만베토프 80회 생일 축하연에서

티무르 켄신바이Timur Kenshinbay(1948년생) 교수는 내가 1994년 처음 만났을 때 크즐오르다사범대학에서 영어 전임강사로 일했다. 그후 대학 명칭이 크즐오르다인문대학교와 크즐오르다국립대학교로 두 차례나 바뀌었다. 티무르는 구소련에서 내가 만났던 사람 가운데 영어를 가장 완벽하게 구사했다. 그는 대학에서 국제관계 담당 부총장을 지냈고, 은퇴 후 연금을 받고 있다. 하지만 그보다 국제 업무를 효율적으로 처리할 수 있는 사람이 대학에 없어 지금까지도 한국 및 유럽연합과 관계된 업무를 담당하고 있다.

2004년 나의 주도로 카작스탄에서 처음으로 강남대학교와 이중학위제 협약을 맺을 때 클르슈벡 비쎄노프 총장을 도와 많은 일을 한 사람이 티무르였다. 그후 지금까지 강남대학교는 크즐오르다국립대학교 한국어전공 학생들을 매년 몇 명씩 무상으로 교환학생으로 받아주고 있다. 이는 강남대학교 윤신일 총장이 크즐오르다국립대학교가 고려인들이 1931년 블라디보스톡에서 세웠던 우리 민족대학에 바탕을 두고 있다는 역사적 사실을 인식하고 현지 고려인을 배려한 조치였다. 윤신일 총장에게도 항상 감사하게 생각하며 그가 늘 건강하기를 바란다.

2013년 내가 크즐오르다국립대학교에 영어-한국어 전공을 개설할 때 비쎄노프 총장과 함께 실질적으로 많은 도움을 준 사람도 티무르였다. 영어-한국어 전공이 개설되면서 한국어가 크즐오르다국립대에서 처음으로 독자 전공이 되었다. 티무르는 지난 30년 동안 크즐오르다에서 내게 헌신적으로 도움을 준 친형같은 고마운 친구이다. 앞으로 남은 여생도 지금처럼 계속 건강하고 행복하게 지내기를 바란다.

2024년 12월 2일, 크즐오르다 Loft 식당에서 티무르와 필자

유네스코 인류 무형 문화유산
프랑스 식전주 아뻬리띠프 apéritif

몇 년 전에 한국에서 갑자기 유명해진 프랑스 과자가 있다. 이름하여 마까롱 macaron 이다. 마까롱은 편도 가루에 계란과 설탕을 넣어 반죽한 것을 구운 것이다. 편도 扁桃 는 서양에서 아몬드라고 부르는 견과류인데, 한자 '작을 편' 자와 '복숭아 도' 자를 합친 그야말로 '작은 복숭아'의 씨이다. 프랑스 마까롱은 유네스코의 인류 무형 문화유산에 등재된 식품이다. 요즈음 한국에서 만들어 판매하고 있는 마까롱은 모양은 프랑스 것과 흡사하지만 맛은 완전히 딴판이다. 한국의 것은 너무

프랑스 식전주 연맹

달아서 마까롱 고유의 향이나 맛을 전혀 느낄 수가 없다.

최근에 알게 된 음식문화와 관련된 또 다른 프랑스의 인류 무형 문화유산이 있다. 2024년 12월 중순 아들과 같이 파리에서 길을 걷다가 우연히 '프랑스 식전주 연맹(FEDERATION FRANCAISE DE L'APERITIF)'이라는 간판을 보았다. 함께 가던 아들에게 식전주 연맹이 있다니 놀랍지 않느냐고 했더니, 그가 하는 말이 식전주를 포함한 프랑스 식사 자체가 유네스코의 인류 무형 문화유산에 등재됐다고 했다. 나도 처음 알게 된 사실이라서 궁금한 나머지 정확히 어떤 게 등재되었는지 알아보았다.

2010년 유네스코에 '인류 무형 문화유산'으로 등재된 프랑스 문화유산은 '프랑스 인들의 식도락 식사'(repas gastronomique des français)이다. 여기에 포함된 것은 식전주, 전식, 주식, 치즈, 후식, 후식주인데, 여기서 전식과 주식에 해당하는 요리는 최소 2가지 이상 4가지 정도로 구성돼야 하며, 전식 외에 나물을 곁들인 생선요리나 고기요리가 주 식으로 포함돼야 한다. 프랑스 식사 문화가 세계 인류 무형 문화유산이 된 데는 여러 가 지 이유가 있겠지만 제일 중요한 것은 프랑스인들의 전통적인 식사 습관에 있다. 프랑스 인들은 반드시 식탁을 꾸미고 식사에 필요한 식기를 갖추어, 식전주, 전식, 주식, 치즈, 후 식, 후식주를 차례로 나누며 대화를 즐기는 전통적 가치를 존중한다.

중국 음식 문화가 유명하지만 중국인들은 몇 가지 음식과 술을 한꺼번에 식탁에 올 리고, 대화를 즐기기 보다는 먹고 마시는 것에 치중하는 것과 비교하면 프랑스 식도락 문화가 왜 인류 무형 문화유산으로 등재되었는지 쉽게 이해할 수 있을 것이다.

다른 것은 제쳐두고 프랑스의 식전주와 식후주에 대해서 소개한다. 식전주는 입 맛을 돋우기 위해 마시는 술이라면 식후주는 소화를 돕기 위해 먹는 술이다. 프랑스에 서 사용되는 대중적인 식전주는 샴페인과 리큐어liqueur 종류인 빠스띠스pastis, 장씨안느 gentiane, 삐노pineau 등이 있는데, 샴페인은 누구나 어느 정도는 알 것이니 샴페인은 생략 하고 리큐어만 소개하겠다. 그리고 식후주에 대해서는 다음 글에서 언급하도록 하겠다.

빠스띠스는 프랑스 남부 지중해 지역 옥씨땅Occitant어로 '섞 다'라는 의미가 있다. 쑥으로 증류한 압쌍뜨absinthe 술이 중독 중 세를 유발하며 정신착란과 시각장애를 초래한다는 이유로 1915년 판매가 금지되면서 그 대체 상품으로 1932년에 처음으로 등장한 것이 빠스띠스이다. 빠스띠스는 아니스anis을 넣고 만들기 때문에 술에서 산초 향과 유사한 매우 강한 아니스 향을 느낄 수 있다. 빠스띠스는 일반적으로 다섯 배의 물로 희석해서 마신다. 빠스띠 스에 물을 부으면 색깔이 우유처럼 뿌옇게 변하는데 이는 아니스 에 포함된 아네톨anethole이란 성분 때문이다. 빠스띠스의 알코올

빠스띠스

도수는 45도이다.

장시안느gentiane 술은 '노란 꽃 장시안느'gentiana lutea의 뿌리를 넣어 만든 증류주이다. 장시안느는 한국어로 용담龍膽이라고 하는데 짙은 하늘색의 꽃이 핀다. 그러나 장시안느 술을 만드는 데 사용되는 것은 '노란 꽃 장시안느'로 키가 1.5미터에 이르며 50년 정도 생존하고 10년생 이상이 되어야 노란색의 꽃이 핀다. 장시안느의 뿌리는 쓴 글루코사이드glucoside를 함유하고 있어 그 맛이 매우 쓰며 술 맛 역시 씁쓸하다. 장시안느 술은 18세기 후반에 문헌에 등장하지만, 상품화가 된 것은 19세기 후반이다. 장시안느 술은 요즘 한국에서 유행하는 하이볼 칵테일에 아주 적당하다. 시판되는 장시안느의 알콜 도수는 16도와 40도 두 가지가 있다.

장시안느 술

노란 꽃 장시안느

삐노pineau는 그 술이 생산되는 지역 명칭인 '샤랑뜨'를 포함하여 '삐노 데 샤랑뜨'Pineau des Charantes라고 부른다. 삐노는 포도즙이나 아주 약간 발효된 포도즙에 꼬냑

cognac을 넣어서 숙성시킨 술로, 1921년에 처음 상품화되었다. 삐노는 사용하는 포도즙의 색깔에 따라 흰색 삐노, 적색 삐노, 분홍색 삐노가 있다. 흰색 삐노는 최소 18개월 이상 숙성시키는데 그 중 8개월은 참나무통 속에서 숙성시켜야 하고, 적색과 분홍색 삐노는 최소 14개월 이상 숙성시키는데 그 중 8개월은 참나무통 속에서 숙성시켜야 한다. 아래 사진의 삐노는 알콜 도수가 백색은 17도, 적색은 17.5도인데, 삐노의 알콜 도수는 대체로 17도 내외이다.

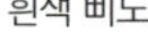
흰색 삐노

적색 삐노

유네스코 인류 무형 문화유산
프랑스 식후주 디제스띠프(digestif)

식후주를 지칭하는 프랑스어 어휘 '디제스띠프'digestif는 명사로는 '소화제'를, 형용사로는 '소화를 촉진하는'을 뜻하는데, 포괄적으로 '소화를 돕는 식후에 마시는 술'이라는 의미이다. 전문가들의 분석에 따르면, 식후주가 실제로 소화를 돕는 것은 아니지만 그런 느낌을 주게 하거나 식후에 기분을 좋게 한다는 것이다. 프랑스의 대부분의 식후주는 프랑스어로 생명수eau-de-vie라고 부르는 과일 증류주인데, 가장 대중적인 것은 백포도주를 증류한 꼬냑coganc, 사과즙을 발효시킨 시드르cidre를 증류한 깔바도스calvados, 배 증류주(eau-de-vie de poire williams), 자색자두 증류주(eau-de-vie de quetsche), 황색자두 증류주(eau-de-vie de mirabelle)이다.

꼬냑은 프랑스 꼬냑 지역 부근에서 생산된 백포도로 양조한 포도주를 증류한 뒤 참나무통에 숙성시킨 술이다. 지정된 꼬냑 인근 지역이 아닌 프랑스의 다른 지역이나 다른 나라에서 동일한 재료를 이용하여 같은 방법으로 증류하여 숙성시킨 것은 브랜디brandy라고 부른다. 프랑스의 꼬냑 생산지는 법령에 따라 6개의 구역으로 분류되며(뒤 쪽의 '꼬냑 생산 지역' 참조), 지정된 프랑스산 참나무통을 사용하여 최소 2년 동안 숙성시켜야 하고, 최소 알콜 도수는 40도여야 한다. 꼬냑은 뒤 쪽의 '프랑스의 도道와 지방'에서 서남쪽에 주황색으로 표시된 누벨 아끼뗀느Nouvelle Aquitaine 지방의 북부에 위치한 샤랑뜨–마리띰Charente-Maritime과 샤랑뜨Charente 도에서 생산된다. 프랑스는 18개 지방으로 나뉘며 본토에 13개, 해외 영토에 5개 지방이 있으며, 각 지방은 몇 개의 도(département)로 이루어진다.

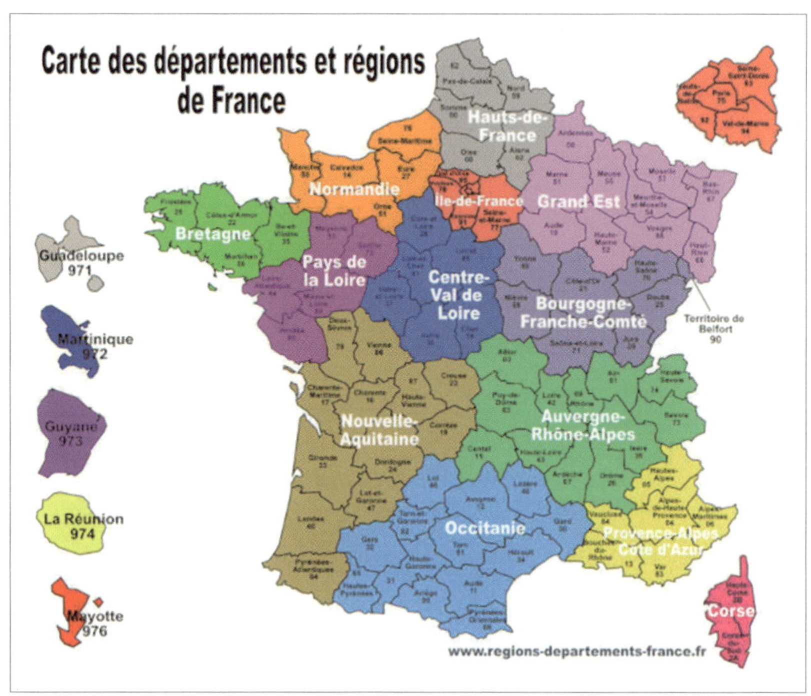

프랑스의 도(道)와 지방(숫자가 적힌 것은 도이고 색깔로 구분된 것은 지방이다.
왼쪽의 5개 해외 영토는 도이자 동시에 지방이다)

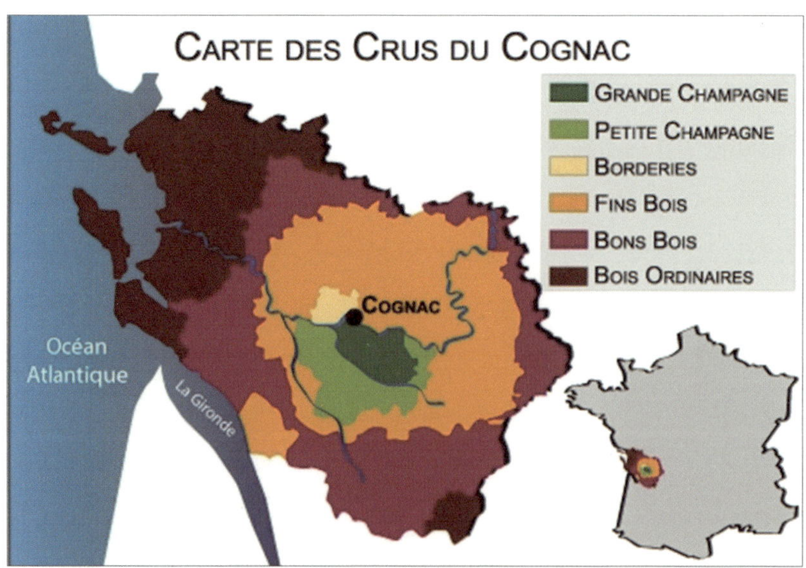

꼬냑 생산 지역

깔바도스는 노르망디 지방에서(옆 쪽의 지도 '프랑스의 도와 지방'의 서북쪽 주홍색 지역) 생산되는 사과의 즙을 발효시킨 시드르cidre를 증류하여 숙성시킨 술이다. 현재 생산되는 깔바도스는(아래 '깔바도스 생산 지역' 참조) 원산지 명칭에 따라 깔바도스Calvados, 깔바도스 빼이 도즈Calvados Pays d'Auge, 깔바도스 동프롱때Calvados Domfrontais 세 지역으로 나뉘며, 각각 전체 깔바도스 생산량의 74%, 25%, 1%를 차지한다. 이 가운데 깔바도스 동프롱때는 사과즙 발효주인 시드르cidre 70퍼센트와 배 즙 발효주인 뿌아레poiré 30퍼센트를 섞어서 증류한다. 깔바도스 생산에 사용되는 사과는 일반 사과와 비교하면 크기가 조금 작은데 단맛, 신맛, 쓴맛이 나는 세 종류로 구성된다. 깔바도스의 맛의 조화를 위해 전통적으로 단맛, 신맛, 쓴맛이 나는 사과들을 섞어서 착즙하여 시드르를 만드는데, 사용되는 단, 신, 쓴 사과의 비율은 각각 30, 40, 30퍼센트이다. 깔바도스도 꼬냑처럼 최소 2년 동안 참나무통에 숙성시켜야 하며, 현재 시중에서 판매되는 깔바도스의 알코올 함량은 40도이다.

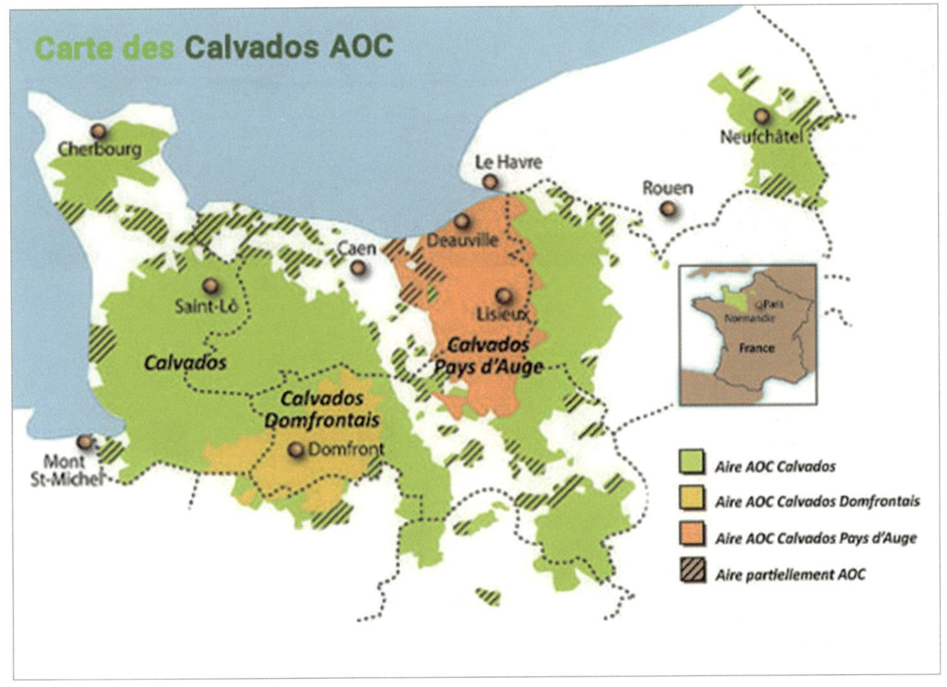

깔바도스 생산 지역

배(poire) 증류주, 자색 자두(quetsch) 증류주, 황색 자두(Mirabelle) 증류주도 과일의 즙을 짜서 발효시킨 후 증류한 술이다. 일반적으로 참나무통에 숙성시키지 않기 때문에 색이 투명하며 고유한 과일의 향을 느낄 수 있다. 프랑스에서 생산되는 이들 증류주는 아래 사진처럼 '오-더-비'eau-de-vie(생명수)라 하며 사용된 과일 명칭을 함께 표시한다. 여기서 말하는 '생명수'란 겨울의 혹독한 날씨에 한 잔을 마시게 되면 혈액 순환을 잘 되게 하여 언 몸을 녹여 주고 사람의 생명을 구한다는 뜻을 내포하고 있다. 간혹 배 증류주 병 안에는 배가 하나씩 들어 있기도 한데, 이는 배 꽃이 떨어진 후 병 안에 배 꼭지를 넣어서 배가 자라게 한 후 배 증류주를 채운 것이다. 병 속에 든 배를 '프리조니에르'prisonnière(포로, 죄수)라고 하고, 이처럼 병 안에 배가 들어 있는 것을 '오-더-비 드 뿌아르 푸리조니에르'eau-de-vie de poire prisonnière(배가 들어 있는 배 증류주)라고 부른다.

병 속에 든 배 '프리조니에르'

배가 들어 있는 배 증류주

배 증류주

자색 자두 증류주

황색 자두 증류주

내가 파리에서 가장 좋아하는 지역은 5, 6, 7구이다. 파리시는 중심부에서 달팽이관처럼 돌아서 가장자리에 이르기까지 20개의 구로 이루어져 있다. 특히 파리 5, 6, 7구 지역을 내가 좋아하는 이유는 역사가 오래된 곳이기도 하지만 도처에 아기자기한 풍경들이 존재하기 때문이다. 2024년 12월 어느 날 책을 사기 위해 6구에 있는 프낙FNAC에 들렀다. 프낙은 1954년에 설립된 기업으로 문화 상품과 전자 제품을 파는 곳이다. 한국으로 치면 교보문고와 하이마트를 합친 것과 비슷한 형태이다. 우리는 이곳에서 주로 책을 구입하곤 한다. 지하철 10호선을 타고 세브르–바빌론Sèvres-Babylone역에서 내려 프낙 쪽으로 가는 길에 이 골목 저 골목을 좀 돌아다녔다. 아래 사진들은 꽃으로 장식한 식당의 외부 풍경이 너무 아름다워서 찍은 것이다. 뒤 쪽의 노랑색 꽃으로 장식한 식당에 한 번 가 볼 생각이다.

필요한 책을 구입한 뒤 걸어서 뤽상부르 공원Jardin de Luxembourg을 지나 오데옹 극장Théâtre de l'Odéon을 거쳐 지하철역 오데옹까지 갔다. 오데옹 극장은 1990년에 '오데옹-유럽극장'Odéon-Théâtre de l'Europe으로 명칭이 바뀌었지만 대부분의 파리지앙parisien(파리 사람)들은 나처럼 아직도 예전 이름을 그대로 부른다. 뤽상부르 공원을 지나다가 본 나무에 앉아 있던 녹색 잉꼬새들이 생각나 여기에 사진을 남긴다. 새장이 아닌 자연 환경에서 잉꼬새를 본 것은 이것이 처음이었다.

오후 4시경이 되니 배가 출출했다. 작은아들과 뽈Paul이란 제과제빵점에 들어가 애플파이와 커피를 시켜 간식으로 먹었다.

뤽상부르 공원의 녹색 잉꼬새들

옆자리에 앉아 있던 이탈리아 관광객 가족이 나에게 영어로 어디에서 왔냐고 물었다. 내가 파리 주민이라고 했더니 그들이 겸연쩍게 웃었다. 작은아들이 나에게 중국에서 왔다고 하지 그랬냐며 미소지었다.

커피를 마시는 동안 나는 정말 오랜만에 진기한 광경을 포착했다. 한 노년의 남성이 파리에서 발행되는 일간신문 《르 몽드》Le Monde를 들고 커피를 주문하기 위해 줄을 서 있었다. 한눈에 봐도 옷차림이나 행동이 이 구역에 사는 주민임에 틀림없었다. 아마도 오래 전부터 이 가게에 들러 커피를 마시며 신문을 읽던 분인 것 같았다. 지금은 이런 풍경을 보기 어렵지만 1990년대 초반까지만 해도 끼오스그kiosk라고 부르는 가판대街販臺에서 일간지나 주간지를 산 후 카페에서 햇살을 마주하고 다리를 꼬고 앉아 유유자적하게 커피를 한 모금씩 마시면서 담배를 피우거나 신문을 읽으며 행인들을 훑어보는 사람들을 쉽게 볼 수 있었다. 하지만 1990년대 후반, 인터넷이 대중적으로 보급되면서 끼오스그에서 신문을 사는 사람도, 카페에서 신문을 보는 사람도 이제는 보기 드문 일이 되고 말았다.

요즘에는 정말 보기 드문, 신문을 읽기 위해 카페에 들린 주민

추억을 더듬어
파리 레 알Les Halles 지역을 가다

　주말이나 휴가 중에는 우리 식구는 각자 기상 시간이 달라 아침 식사 시간 또한 제각각이다. 나만 7시경에 아침을 먹고 아내는 10시경에, 그리고 애들은 11시 30분경에 아침식사를 한다. 애들이 늦게 일어나니 점심 식사를 주중처럼 13시경에 할 수가 없다. 그래서 작은아들이 아침식사를 마치면 나는 그와 함께 두세 시간 산책을 하는데, 지나가다가 그럴듯한 음식점이 눈에 띄면 우리는 그곳에서 점심을 먹는다. 큰아들과 아내는 집에서 점심을 먹고 산책을 나간다. 우리는 저녁 식사만 함께 모여 20시경에 먹는다.

　최근에 나는 파리 구시가인 라틴 구역(Quartier Latin)을 산책하면서 2024년 12월 7일 다시 문을 연 파리 노트르담 대성당(Cathédrale Notre-Dame de Paris)을 방문했다. 작년 성탄절 즈음만 해도 대성당 주위가 온통 비계飛階로 싸여 있었는데 이번에 보니 대

2019년 화재 후 2024년 12월에 복원된 노트르담 대성당의 모습

성당이 말끔하게 (주위에 아직 타워 크레인 한 대가 남아 있었지만) 옛 모습대로 복원됐다. 노트르담 대성당은 최초의 고딕 성당 가운데 하나이며, 고딕 전 시대인 1163년에 주춧돌을 놓은 뒤 1345년에 완공됐다. 대성당의 조각들과 스테인드글라스는 자연주의의 영향을 많이 받았는데, 이는 초기 로마네스크 건축에서 부족한 세속적인 외관을 보완해 줬다. 노트르담 대성당은 세계에서 최초로 벽날개를 설치한 건물이기도 하다.

돌아오는 길에, 지금은 호텔이 된 옛 사마리땐느 Samaritaine 백화점 앞을 지나다가 우연히 '레 알 드 파리'Les Halles de Paris 지역이 어떻게 변했는지 궁금했다. 1980년대 초반에 결혼한 이후로 지금까지 나는 그곳에 가본 적이 없다. 이전에 내가 총각이었을 때 자주 다니던 식당들이 아직까지 존재하는지 알아보기 위해 나는 작은아들에게 그곳에 한 번 가보자고 제안했다.

현재의 '레 알'(Les Halles) 지역은 과거 파리의 최대 농수산물 도매시장이었던 '레 알 드 파리'Les Halles de Paris가 있었던 장소를 정부에서 재정비하여 현대적인 상업지구로 만든 곳이다. '레 알 드 파리'는 1110년부터 존재한 유구한 역사를 지닌 시장으로 1969년 파리 교외에 위치한 랑지스Rungis로 이전할 때까지 파리 시민들의 식생활을 책임진 중앙시장이었다. 1873년에 발간된 프랑스 작가 에밀 졸라Emile Zola의 소설 《파리의 배腹部》(Le ventre de Paris)를 통하여 우리는 19세기 후반 '레 알 드 파리'의 풍경을 엿볼 수 있다.

나는 '레 알 드 파리'가 이전된 후에 파리에 갔기 때문에 이미 그때 시장 건물은 철거되고 재정비 공사가 진행되고 있었다. 당시 나는 금요일 저녁에 그 근처에 있는 식당에 자주 갔었는데, 그때 지나가면서 '레 알 드 파리'의 공사 현장을 보곤 했다. 1970년대 후반부터 1980년대 초반까지 내가 자주 다녔던 식당은 '프론트 페이지'Front Page와 '오 삐에 드 꼬숑'Au pied de cochon이었다. 주말에 나는 친구들과 같이 그곳에서 저녁식사를 하든가 아니면 디스코텍 '레 뱅 두슈'Les Bains Douches에 갔다가 이른 새벽 집에 돌아가는 길에 출출하면 그곳에 들러 채 친 치즈를 넣어 조리한 양파 수프인 '숲 알 로뇽 그라띠네'soupe à l'oignon gratinée를 먹곤 했다.

'레 알 드 빠리'(파리 농수산물 도매시장)가 있던 곳에 들어선 '포롬 데 알'(대형 지하 쇼핑센터)

'레 뱅 두슈'는 옛 '게르부아 목욕탕'이 있던 곳에 1978년에 문을 연 디스코텍으로 당시 파리에서 가장 유명한 클럽이었다. '게르부아 목욕탕'은 1885년 게르부아Guerbois 부자父子가 개장한 것으로, 옆의 표시판에서 볼 수 있듯이 당시 그곳에는 수영장을 갖춘 증기탕, 튀르키예 및 러시아식 목욕탕, 유황 증기샤워장 시설이 있었고 목욕출장과 마찰 마사지 및 손발톱 화장도 가능했다.

1885년에 개장한 게르브와 목욕탕

이들 식당이 있었던 지역은 로마인들이 1세기에 길을 만든 파리에서도 가장 오래된 곳 가운데 하나인 쌍 더니 거리(rue de Saint-Denis) 부근인데, 이전에는 매춘으로 아주 유명했다. 45여 년 만에 이 지역에 들렀더니 '오 삐에드 꼬숑'에는 아직까지도 손님들이 북적거렸지만, '프론트 페이지'나 '레 뱅 두슈'는 더 이상 존재하지 않았다. '프론트 페이지'는 식당의 메뉴판을 마치 신문의 앞표지처럼 조판해서 만들었기 때문에 붙여진 명칭이었다.

'프론트 페이지'의 메뉴판

'오 삐에드 꼬숑'의 모습

이야기를
끝맺으며

그동안 나는 어릴 적부터 꿈꿔 왔던 삶을 살았고, 자식들도 바르게 성장하여 사회에서 제 역할을 하고 있다. 게다가 지금까지 아내와 내가 무탈하게 지냈으니 이게 다 하늘과 조상의 덕이라고 생각한다. 어느 날 내가 생을 마감하더라도, 이 세상에서 나름 행복하고 기쁘게 살았으니 아무도 나의 죽음을 슬퍼하거나 안타까워할 필요가 없다. 이미 아들 삐에르-필립과 플로리앙에게 부탁한 적이 있지만, 내가 죽거든 지인들에게 부고하지 말고 가족끼리 조촐하게 나의 장례를 치르기를 바란다. 그리고 나는 내 자식들이 나의 시신을 화장한 뒤 남은 재를 태평양이나 대서양의 어느 기슭에 뿌려 주기를 바라며, 그들이 태평양이나 대서양을 지나다니는 길에 우리가 함께 쌓은 추억을 회상하길 바란다.

Jusqu'à présent, j'ai vécu la vie dont je rêvais depuis mon enfance. Mes enfants ont grandi et jouent désormais leur rôle dans la société, tandis que mon épouse et moi vivons paisiblement. Je considère que tout cela est une grâce du ciel et de mes ancêtres. Lorsque le moment viendra de rejoindre les cieux, je partirai sans regrets, car j'ai vécu heureux et comblé en ce monde. Je ne souhaite pas que l'on pleure ma mort ou que l'on s'en afflige. Comme je l'ai déjà demandé à mes fils, Pierre-Philippe et Florian, je veux que ma famille organise mes funérailles en toute simplicité, sans rédiger de nécrologie. J'aimerais que mes enfants dispersent mes cendres sur les rives du Pacifique ou de l'Atlantique après ma crémation, et qu'ils se remémorent les souvenirs que nous avons partagés ensemble lorsqu'ils contempleront ces océans.

2010년대 후반 내가 한국방송통신대학교 국어국문학과에 다닐 때 마지막 학기에 수강 신청한 과목 가운데 '글쓰기'가 있었는데, 이 과목의 과제 제목이 '내 인생에서 소중한 것들 다섯 가지 쓰기'였다. 그때 나는 아래 글을 제출해서 만점인 30점을 받았다. 이 글들 가운데 어머니와 아내에 대한 나의 그리움과 사랑을 담은 내용이 있는데, 이걸 저수령 자락 주현재의 내 농부 생활의 마지막 이야기로 남긴다.

1. 목화솜 요

내가 태어난 곳은 경상북도 북서부 지역 예천이다. 내가 초등학교와 중학교를 다닌 1950-60년대에 이 지역에서는 목화 농사를 많이 지었다. 우리 집은 읍내에 있었지만 읍내에서 조금만 벗어나면 곧바로 목화밭을 볼 수 있었다. 목화에 꽃이 필 때면 목화밭은 흰색, 노랑색, 분홍색 꽃으로 도배를 한 것처럼 아름다웠다.

목화에 꽃이 피고 얼마가 지나면 열매가 꿩 알만하게 커지는데 그걸 우리는 '다래'라고 불렀다. 말랑말랑한 다래를 따서 손톱으로 쪼개면 네 개로 분리된 각 방은 나중에 익으면 솜이 될 연한 섬유로 꽉 차 있는데 요걸 하나씩 꺼내서 씹으면 그 맛이 달콤하기 그지없었다. 과자가 귀했던 그 시절에 목화 다래는 우리들에겐 훌륭한 간식거리였다. 한 번은, 교외에 사는 같은 반 동무의 제안으로 선산봉 뒤편에 있는 공동묘지로 가는 길가에 있던 한 목화밭을 찾아가 한 고랑씩 맡아서 다래를 따 먹다가 주인한테 들켜 혼이 난 적도 있었다.

가을이 되면, 농부들은 벌어진 목화송이에서 털처럼 생긴 섬유를 발라내어 타면소打綿所에서 씨를 뺀 뒤 그걸로 무명을 짤 실을 잣거나 솜을 만드는 데 사용했다. 지금은 보기 힘들지만 그 당시 농촌엔 어디에나 타면소가 있어서 어렵지 않게, 목화송이에서 빼낸 섬유에서 씨를 발라내고 목화솜을 탈 수가 있었다.

나는 20대 초반에 프랑스 파리로 유학을 가서 파리대학교에서 공부를 마치고 운이 좋아 대학 교수가 됐다. 어머니께서는 당신이 40대 초반에 낳은 막내아들인 내가 오랜

기간 부모와 떨어져 외롭게 생활하는 것을 늘 안타깝게 생각하셨다. 프랑스에는 4월 중순의 부활절 방학과 11월 초순의 만성절 방학이 있다. 이 두 방학 동안 프랑스의 모든 학교는 2주간 휴무인데 모두 가톨릭 신앙과 관계가 있다. 부활절 방학이 되면 나는 항상 한국에 계신 부모님을 찾아 뵈었다.

1988년 4월 내가 한국에 갔을 때 어머니께서는 손수 만드신 목화솜 요 한 채를 선물로 주셨다. 목화솜 요는 장방형으로 크기는 가로가 80센티미터이고 세로는 190센티미터이다. 두께가 8.5센티미터인 이 요는 가제gaze로 만든 속싸개 속에 두텁게 탄 솜을 넣은 뒤 그걸 다시 광목으로 만든 겉싸개에 넣어 굵은 실로 시친 후, 앞면은 예쁜 색동단으로 덮고 뒷면은 옥양목 홑청을 씌워서 바느질한 것이다.

프랑스에서 나는 이걸 잠자리로 쓰기보다는 가끔 거실 바닥 양탄자 위에 깔아놓고 그 위에 앉아서 벽에 기대어 텔레비전을 보는 데 사용하곤 했다. 그러나 소파에 앉는 것보다는 불편해서 결국 그걸 고이 접어서 장롱에 보관해 뒀다.

그러다가 2002년 봄, 어머니께서 세상을 떠나셨고, 그 후 몇 년 뒤 우연히 한국으로 직장을 옮기게 되면서 나는 그 목화솜 요를 서울로 가지고 왔다. 돌아가신 어머니가 사무치게 그리워 침대 대신 그 목화솜 요를 쓰기로 했다. 몇 달을 쓰고 나니 홑청이 더러워져서 그걸 갈아야 하는데 수월치가 않았다. 게다가 솜이 너무 눌려서 다시 타야 하는데 가까운 곳에는 타면소가 없었다. 할 수 없이 솜을 타는 것은 포기하고 누나의 도움으로 겨우 홑청만을 갈았다.

계속 사용하고 싶었지만 목화솜 요의 보수와 유지가 어려워 예전처럼 그걸 다시 장롱에 넣어서 보관하기로 했다. 백두대간 저수령 자락으로 내려온 후 어머니가 생각나면 아주 가끔 목화솜 요를 꺼내 깔고 자기도 한다. 목화솜 요를 깔고 잘 때면 마치 어릴 적 어머니의 팔베개 같은 포근한 모정을 느낀다. 이 목화솜 요는 내가 아끼는 물건 가운데 어머님의 사랑이 담긴 유일한 것이라서 나에게는 더없이 소중하다.

2. 라욜 접칼

내가 항상 소지품과 함께 가지고 다니는 프랑스산 접칼이 하나 있는데 프랑스어로 라욜칼(couteau de Laguiole)이라고 부른다. 라욜칼은 프랑스 남중부에 있는 작은 마을 인 라욜에서 만든 칼이란 뜻이다. Laguiole은 프랑스어로 '라기올'로 발음해야 하겠지 만 프랑스 남부지역 사람들이 사용하는 옥씨땅 Occitant어로는 '라욜'이라고 읽는다.

접칼의 길이는 11센티미터인데 칼날을 펴면 전체 길이가 19.7센티미터가 된다. 흑단 으로 만든 칼의 손잡이는 세로로 중간에 홈이 나 있어 칼날을 접어 넣을 수 있으며, 손 잡이 앞쪽 끝 접는 부분에는 스테인리스스틸로 만든 꿀벌 한 마리가 예쁘게 장식되어 있 다. 칼을 보관하는 가죽집은 청록색이다.

이 접칼과의 인연은 앙브랑 Embrun에서 시작되었다. 앙부랑은 알프스산맥 프랑스 쪽 자락에 위치한 지역이다. 산악지역인 앙부랑은 해발고도가 778미터에서 2,800여 미터에 이르며 인구는 6천여 명이다. 청정지역인 앙부랑은 빼어난 산악 풍경과 쎄르-뽕쏭Serre- Ponçon이란 코발트색의 아름다운 인공호수로 유명하다. 1996년 7월, 우리 식구가 한 달 동안 여름휴가를 보낸 앙부랑은 세계적 인 자전거 경기대회인 뚜르-드-프랑스 Tour de France가 진행됐던 구간들 가운데 하나였다.

그때 마침 앙부랑에서 지역축제가 열려 온갖 지역 음식을 맛보며 토속 기념 품을 둘러볼 수 있었다. 그곳에서 아내가 반지형 해시계와 라욜 접칼을 나에게 선 물했다. 이 두 물건은 오지에서 매우 유 용한 것들이었다. 몇 년 후, 반지형 해시 계는 나의 의형이었던 서울대학교 윤이흠

나는 반지형 해시계를 끈에 묶어서 목에 걸고 다녔다.

교수께서 아들에게 선물하고 싶다고 하셔서 마지못해 드리고 말았다. 훗날 아내가 해시계의 행방을 묻길래 잃어버렸다고 얼버무렸지만 내심 미안했었다.

라욜 접칼은 일단 휴대하기가 아주 편리하고 칼날이 날카롭고 쉽게 무디어지지 않아 사용하기에도 좋다. 프랑스 사람들은 이런 접칼을 가지고 다니면서 야외에서 빵이나 고기를 썰기도 하고 과일을 자르기도 한다. 아무튼 접칼의 쓰임새가 매우 다양하다. 여행을 떠날 때면 나는 이 접칼과 함께 포도주병의 코르크 마개를 따는데 쓰는 라욜 병따개를 휴대한다. 이 두 가지 도구만 있으면 여행 시 야외에서 웬만한 것은 다 해결할 수 있기 때문이다.

나는 뭐든지 새로운 것을 보면 사고 싶은 충동을 억누르지 못하여 쓰지도 않을 물건들을 사는 버릇이 있다. 그런 내 성향을 잘 아는 아내는 되도록 물건들을 사지 않도록 나를 말리곤 한다. 그런데 아내가 그때에는 이상하게도 내게 라욜 접칼이 필요할 거라며 선뜻 사줬다.

아마도 당시에 내가 중앙아시아 소재 카작국립대학교에 나가 있을 때라서 그런 접칼이 필요할 거라고 생각했던 모양이다. 사실, 이 접칼은 돌궐 유목민의 후예인 현지인들과 함께 초원에서 이동식 천막가옥인 유르타yurta에서 생활할 때 매우 요긴하게 쓰였다. 이 접칼을 볼 때면 평소에 별로 말이 없는 아내의 세심한 배려가 새삼 고맙게 느껴진다. 앞으로 이 접칼만은 누가 달라고 졸라도 내주지 않고 평생 소중하게 지닐 생각이다.

3. 옥돌 도장

1991년 가을, 독일연방공화국 베를린에 있는 훔볼트대학교에서 개최된 한 학술대회에 참가했다가 성균관대학교 유학대학 이동준 교수를 알게 되었다. 학술대회 후 이 교수께서는 부인과 함께 프랑스 파리를 방문하셨고 나는 두 분을 도와드렸다.

이러한 인연으로, 1995년 8월 광복 50주년 기념행사에 한국 정부 초청으로 서울에 갔을 때 이 교수께서 우리 식구들에게 저녁 식사를 대접하셨다. 이 교수께서는 당시 10대였던 나의 두 아들에게 훈민정음체 한글 자모를 붓글씨로 써 주셨고, 40대 초반이었던 나에게는 호를 지어 주셨다. 내가 태어난 마을 이름인 지고개가 나의 호가 됐다.

지고개는 예천읍의 서본동과 대심동의 경계에 있던 작은 고개로 느티나무가 한 그루가 있었다. 예천초등학교 서북쪽 가까운 곳에 있던 지고개는 도로를 정비하면서 고개 자체는 사라졌지만 느티나무는 그대로 남아 있다. 지고개는 주현酒峴의 향찰식 표기로 주는 음독하고 현은 훈독하여 주고개로 불리던 것이 '주'가 '지'로 바뀌는 음운 변화를 거쳐 지금의 명칭인 지고개로 정착된 것으로 보인다.

호가 생겼지만 당시에는 딱히 호를 사용할 데가 없었다. 그러던 가운데 2001년 여름 서울을 방문했을 때 김학민 경기문화재단 문예진흥실장의 소개로 유재영 시인을 알게 되었다. 유 시인은 홍익대학교 미대를 졸업한 자기 딸이 파리에 유학할 생각이라며 나에게 도움을 청했고, 나는 유 시인의 딸을 성의껏 도와줬다.

2003년 가을 서울에서 다시 만난 유 시인은 고마움의 표시로 나의 성명과 호를 새긴 옥돌 도장을 선물했다. 도장의 색상은 옅은 녹색이고 형태는 가로와 세로가 각각 1.7센티미터인 정사각형이며 길이는 6.5센티미터이다. 성명은 한글 흘림체로 새겼고, 호는 한자 전서체로 팠는데, 도장의 파격적인 글자체가 내 마음에 쏙 들었다.

하지만 파리에서 딱히 도장을 쓸 기회가 없어서 사용하지는 못했다. 그러다가 한국과의 이런저런 인연으로 2004년 파리대학을 떠나 2005년부터 한국에서 국제지역학 교수로 일하게 되었다. 한국에서 생활하게 되면서 성명을 새긴 도장이 여러모로 필요하게 되었고, 선물로 받은 도장이 드디어 요긴하게 쓰이게 됐다.

서울에 온 지 7년이 되던 해에 나도 모르게 병이 들어 2012년 12월에 서울대병원에서 수술을 받았다. 만사가 귀찮아서 항암치료도 마다하고 직장에서 한 해 동안 연구년을 얻어 2013년 1월 나는 중앙아시아로 떠났다. 초원에서 목동들과 지내다가 2013년 12월에 돌아와서 2014년 봄 백두대간 저수령低首嶺 자락에 거처를 마련하고 강의가 없을 때는 그곳에 내려가 농사지으며 살게 됐다.

저수령은 충청북도 단양군과 경상북도 예천군의 경계에 위치하고 있는데 내가 농사를 짓는 곳은 예천 쪽이다. 토요일마다 오전에는 활터인 무학정에 나가 국궁 사술을 익히고, 오후에는 서예가 권창륜이 설립한 초정서예연구원에서 서예에 매진했다. 몇 년의 노력 끝에 나만의 필체가 만들어지고 내가 쓴 작은 작품에 이 도장으로 낙관을 찍게 됐다.

당시에는 내가 쓴 붓글씨 옆에 낙관을 찍는다는 생각만으로도 마음이 설레고 가슴이 벅찼다. 지금도 가끔 박사학위 논문 심사위원 난에 찍힌 내 성명 도장이나 붓글씨를 쓴 화선지 위에 찍힌 나의 호 낙관을 볼 때면 옛 추억에 잠기게 된다. 나의 성명과 호를 새긴 옥도장은 내 인생에서 나와 타인과의 관계를 돈독하게 맺어준 아주 특별한 물건이다.

4. 화석 서진

서진書鎭은 '책장이나 종이쪽이 바람에 날리지 아니하도록 눌러두는 물건'으로 문진文鎭이라고도 한다. 서진의 형태나 재질은 다양하지만 내가 사용하고 있는 서진은 직사각형에 가까운 조그마한 화석化石이다. 이 화석 서진의 크기는 대략 가로가 5센티미터, 세로가 9센티미터, 두께가 3.5센티미터이다. 화석의 바탕 색깔은 연한 회갈색인데 한쪽 면에는 석이버섯처럼 생긴 검푸른 색의 작은 얼룩이 군데군데 있고 반대쪽 면에는 물풀 자국이 있다.

1990년 가을, 고려사람들의 문학작품 현황을 조사하려고 소련의 회원국인 우즈베키스탄과 카작스탄을 방문했다. 카작스탄에 머무는 동안 샤른Sharyn(위구르어로 물푸레나무) 협곡을 답사했다. 샤른 협곡의 규모는 미국의 그랜드 캐니언Grand Canyon보다는 작았지만 웅대한 절벽과 적갈색 사암이 연출하는 경관은 그랜드 캐니언 못지않게 아름다웠다. 안내자였던 목동의 말에 따르면, 샤른 협곡은 빙하 시기에 형성되었고, 협곡의 길이는

90여 킬로미터에 달하며 높이는 300여 미터라고 했다. 드넓은 초원을 가로질러 협곡을 따라 한참을 내려가면 샤른강이 나오는데 강가에는 물푸레나무들이 무성했다. 내가 가지고 있는 화석 서진은 바로 그때 샤른강 주변에서 발견한 것이다.

손으로 글을 쓸 때는 한 손만 사용하니 다른 한 손으로 필요한 부분의 책장을 잡고 있을 수 있었다. 하지만 언제부터인지 컴퓨터로 글을 쓰면서 두 손을 모두 사용하게 되어 책장을 눌러 놓을 서진이 필요하게 되었다. 하지만 내 주위에는 서진으로 사용할 마땅한 물건이 없었다. 덩치가 큰 것은 책장의 글자를 많이 가려서 불편했고, 덩치가 작은 것은 무게가 가벼워서 책장이 넘어가거나 책이 덮이어 도움이 되지 않았다.

그러던 참에 샤른 협곡에서 주워 온 이 화석을 서진으로 사용하게 되었다. 이 화석은 크기나 무게가 적당하여 내가 사용하기에 딱 안성맞춤이었다. 이 화석 서진은 그 동안 내가 대학에서 논문을 작성하거나 책을 쓰는 데 큰 도움을 준 물건이다. 지금도 가끔 화석에 박힌 식물 문양을 볼 때면 카작스탄의 광활한 초원과 함께 젊은 날의 내 모습이 떠올라 옛 생각에 잠기곤 한다.

5. 사파이어 은반지

프랑스 파리에서 만났던 영어교사 김 선생의 소개로 2008년 초 내소사를 방문했다. 내소사는 전라북도 부안군 능가산 자락에 위치한 조계종 산하의 절이다. 백제 무왕 34년(서기 633년)에 창건된 이 절은 일주문에서 천왕문으로 이어지는 전나무 숲길과 연꽃 및 수련으로 장식된 대웅보전의 꽃무늬 문살로 유명하다.

나를 주지에게 소개하기 위해 전라남도 강진에 있는 백련사에서 보리심 보살이 일부러 그곳에 왔다. 보리심 보살은 김 선생의 지인인데, 이전에 내소사에서 현 주지의 스승을 모셨던 분이다. 주지의 요사채인 벽안당^{碧眼堂}에 들리니 갓 부임한 주지는 공교롭게도 마을로 법회를 하러 나가려던 참이라 간단하게 인사만 하고 저녁에 만나기로 했다.

저녁에 만난 장소는 내소사 신도인 어부가 직영하는 부안의 조그만 포구에 있는 소
박한 식당이었다. 저녁 식사 자리에는 우리 외에도 내소사 주지의 도반인 백양사 소속
승려 한 분과 그의 고등학교 은사가 참석했다. 백양사는 전라남도 장성에 있는 조계종
사찰이다. 그날이 마침 은사라는 분의 생일이어서 축하하는 의미로 나는 그분과 술을
좀 마셨다. 저녁 식사를 마치고 나오니 소문도 없이 내린 눈이 이미 꽤 많이 쌓였고 눈은
계속 내리고 있었다.

내소사로 돌아가는 길은 바다를 낀 낭떠러지였는데 눈으로 인해 매우 미끄러웠다.
아니나 다를까 걱정했던 대로 차가 미끄러져 반대쪽 차선으로 처박혔지만 다행히 아무도
다치지는 않았다. 낭떠러지 쪽으로 떨어졌더라면 함께 죽을 뻔했던 이 묘한 인연 때문에
나는 내소사 주지와 가까워졌고, 결국에는 한산寒山이라는 법명을 얻어 불교 신자가 됐다.

2014년 가을, 내소사에서 캄보디아 앙코르와트로 여행을 갔다. 내소사 주지와 친분
이 있는 승려 몇 분과 신도들도 동행했다. 여행지에서 마지막 점심 식사를 한국인이 경
영하는 식당에서 했는데, 이 식당은 선물 가게를 함께 운영하고 있었다. 선물 가게에서는
캄보디아에서 생산된 목청, 말린 망고, 금은 세공품, 전통 공예품 등을 팔았다.

조그만 블루 사파이어를 박은 은반지가 값도 저렴하고 마음에 들어서 사려고 했으
나 그 가게에서는 신용카드를 받지 않았다. 함께 갔던 누님뻘 되는 보살들이 은반지가 건
강에 하도 좋다고 하길래 암 환자였던 나는 행여나 하는 마음에 그 은반지를 구입하고
싶었다. 갑자기 현금이 필요하게 되어 내소사 주지에게 조심스레 돈을 좀 빌리자고 했더
니 선뜻 그 은반지를 사줬다.

돌아와서 은반지 구입 비용을 갚으려 했지만 주지는 선물이라며 받지 않았고, 나에
게 은반지 덕택으로 건강이 하루속히 회복되기를 기원했다. 아무튼 그때부터 나는 이 반
지를 무엇을 기대하는 마음으로 늘 끼고 다녔고, 건강 관리에도 각별히 신경을 썼다. 은
반지 덕분인지는 모르지만 주치의의 예상과는 달리 암이 재발되지도 않았고, 심각했던

건강상태가 조금씩 좋아졌다. 우여곡절 끝에 2018년 봄 나는 끝내 암을 극복했다.

아내는 내가 건강을 회복한 이유를 그동안 음식에 신경을 쓰고 공기가 맑은 산속에서 지내며 운동을 적당히 했기 때문이라고 보았다. 하지만 나는 이 은반지에 대한 막연한 나의 믿음이 암을 극복하는데 한몫 했다고 굳게 믿는다. 작은 블루 사파이어를 박은 이 은반지가 내 생명의 은인처럼 느껴져 지금까지도 나는 농사일을 하지 않을 때는 늘 이걸 끼고 다닌다.

백두대간 농부가 된
프랑스 교수의 사철 이야기

1판 1쇄 발행 ｜ 2026년 2월 19일

지 은 이 ｜ 김필영
펴 낸 이 ｜ 양기원
펴 낸 곳 ｜ 학민사
출판등록 ｜ 제10-142호, 1978년 3월 22일
주　　소 ｜ 서울시 마포구 토정로 222 한국출판콘텐츠센터 314호(⊕ 04091)
전　　화 ｜ 02-3143-3326~7
팩　　스 ｜ 02-3143-3328
홈페이지 ｜ www.hakminsa.co.kr
이 메 일 ｜ hakminsa@hakminsa.co.kr

ISBN　978-89-7193-274-2 (03810), Printed in Korea
ⓒ 김필영, 2026